HEYNE BÜCHER

SCIENCE FICTION

Herausgegeben
von Wolfgang Jeschke

Von Elizabeth A. Lynn erschienen in der Reihe
HEYNE SCIENCE FICTION & FANTASY

DIE CHRONIK VON TORNOR:

Die Zwingfeste (06/3955)
Die Tänzer von Arun (06/3956)
Die Frau aus dem Norden (06/3957)

Das Netz aus Sardonyx (in Vorb.)
Das Mädchen, das den Mond liebte (in Vorb.)
Fremdes Licht (in Vorb.)

ELIZABETH A. LYNN

DIE FRAU AUS DEM NORDEN

3. Band der Chronik von Tornor

Fantasy-Roman

Deutsche Erstveröffentlichung

WILHELM HEYNE VERLAG

MÜNCHEN

HEYNE-BUCH Nr. 06/3957
im Wilhelm Heyne Verlag GmbH & Co. KG, München

Titel der amerikanischen Originalausgabe

THE NORTHERN GIRL

Deutsche Übersetzung von Roland Fleissner
Das Umschlagbild schuf Franz Berthold
Die Illustrationen im Text zeichnete Ursula Olga Rinne
Die Karten sind von Erhard Ringer

Redaktion: Wolfgang Jeschke

Printed in Germany 1983
Umschlaggestaltung: Atelier Heinrichs & Schütz, München
Satz: Schaber, Wels/Österreich
Druck und Bindung:
Mohndruck, Graphische Betriebe GmbH, Gütersloh

ISBN 3-453-30888-3

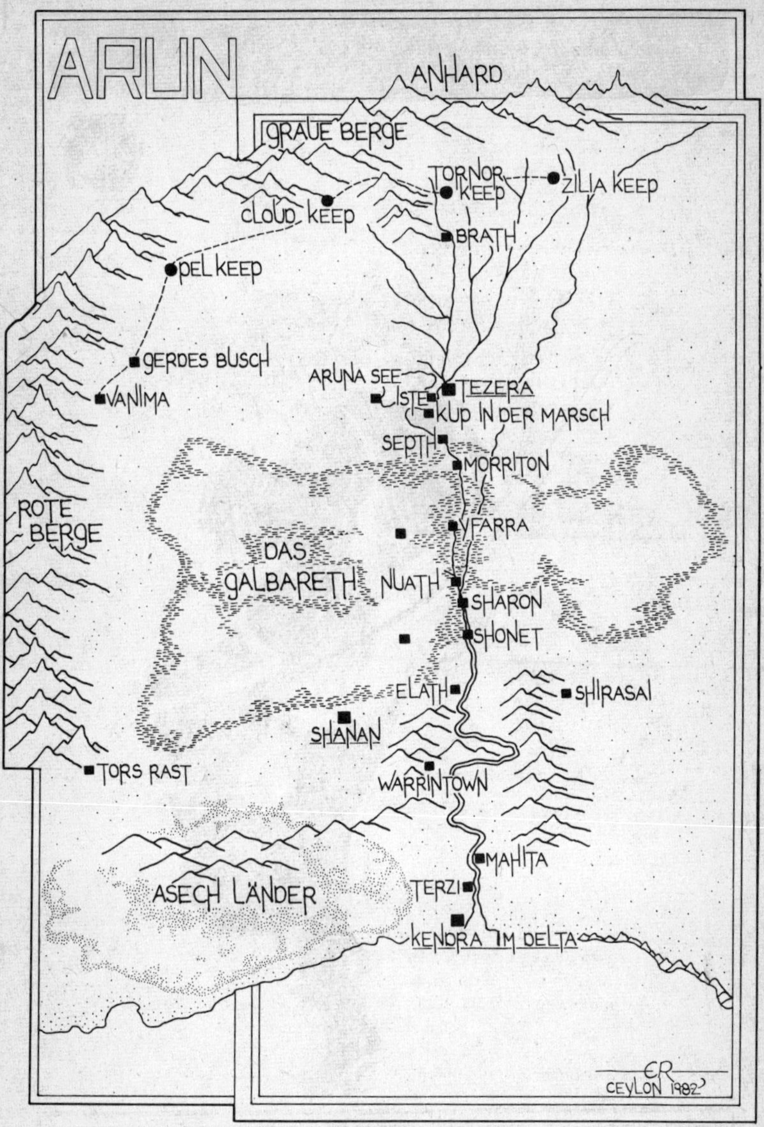
ARUN
ANHARD
GRAUE BERGE
TORNOR KEEP
ZILIA KEEP
CLOUD KEEP
BRATH
PEL KEEP
GERDES BUSCH
VANIMA
ARUNA SEE
LISTE
TEZERA
KUP IN DER MARSCH
SEPTH
MORRITON
ROTE BERGE
VFARRA
DAS GALBARETH
NUATH
SHARON
SHONET
ELATH
SHIRASAI
SHANAN
TORS RAST
WARRINTOWN
MAHITA
ASECH LÄNDER
TERZI
KENDRA IM DELTA
ER
CEYLON 1982

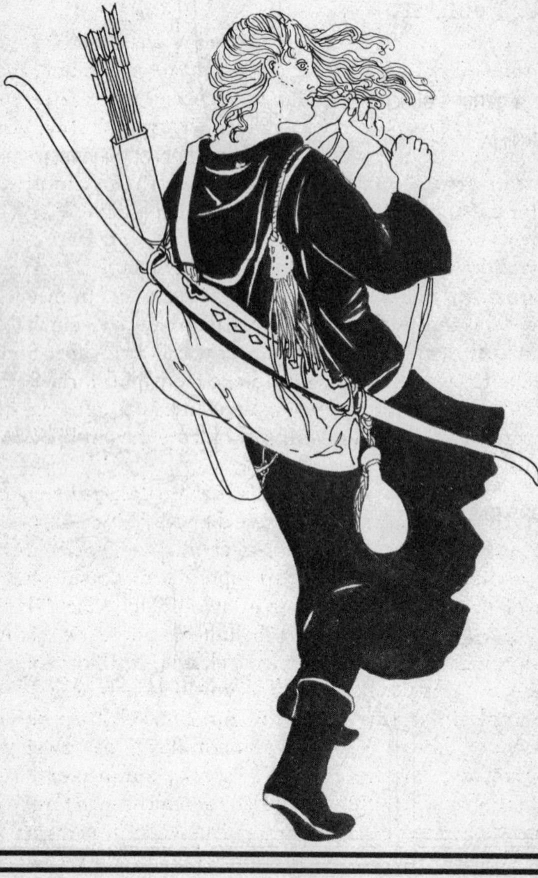

1. Kapitel

Ich hasse dich, dachte Sorren und meinte das Meer.

Die salzgeschwängerte Sommerluft machte sie müde. Der Geldreif, den Arré ihr für die Einkäufe gegeben hatte, hatte auf ihrem Arm eine rote Drucklinie hinterlassen. Hinter ihr stieg vom Dock der Fischgestank wie übler Dunst empor. Segel tanzten in der Bucht. Ein leerer Karren polterte hinter einem erschöpften grauen Maultier an ihr vorüber. Flundern, mahnte sie sich. Vier Tage lang Flundern.

Sie wanderte über den Markt, an Hökern und Läden und Ständen vorbei, auf den altvertrauten Hügelhang zu. In ihrem Rücken blinkte der Ozean, das Meer, bronzefarben wie ein Teller. Die Straßen über dem Katzenkopfpflaster waren heiß, aber Sorren verspürte die Hitze kaum durch die dicke Hornhaut ihrer Sohlen. Als sie endlich auf dem Hügelkamm angelangt war, ging sie nur noch schleppend, und das Baumwollhemd klebte ihr am Rücken und an den Brüsten.

Am Med-Tor blieb sie stehen und schaute über die große Stadt hinweg. In ihrem Zentrum leuchtete die rote Kuppel des Tanjo. Im Süden siedete und glitzerte das Meer mit den gelben Segeln der Fischerboote als verstreuten Farbtupfern. Im Osten und Westen der Stadt erstreckten sich die Baumwollfelder. Die Pflücker mit ihren großen Säcken über der Schulter konnte sie nicht sehen, doch sie wußte, sie waren in den Feldern. Im Norden lagen die Weingärten, von denen sie selber vor sieben Jahren gekommen war. Nur zweimal war sie dorthin zurückgekehrt, zu Besuch: das erstemal, um ihre neuen Kleider vorzuführen, das zweitemal zur Beerdigung ihrer Mutter. Sie war zu spät gekommen und sagte also ihre Abschiedsworte über dem bereits geschlossenen Grab. Und sie hatte versucht, sich deutlich an das Aussehen ihrer Mutter zu erinnern. Das war nun schon vier Jahre her. Wenn sie sich jetzt zu erinnern versuchte, gelang es ihr nicht einmal, die Gesichtszüge der Mutter heraufzubeschwören.

Das wuchtige blaue Gebäude im Westen, nahe dem Flußufer, war die Halle des Blauen Clans. An der Vorderfront wehten blaue Wimpel, und von Werkstätten, Verkaufsständen und Karren hingen kleine blaue Fähnchen, zum Zeichen, daß deren Besitzer Angehörige der Gilde und von gutem Ruf seien. Auch die Karren, auf denen Wein in Fässern aus den Weingärten der Med-Familie in die Stadt gefahren wurden, trugen blaue Bänder. Jenseits der Weinfelder lag das Galbareth mit seinen Feldern, auf denen das Korn wuchs; und hinter dem Kornland lag die Steppe — und die Berge. Sorren schloß für einen Augenblick die Augen, und in ihrem Geist begannen sie aufzuragen: hart, grau und unzerstörbar ... genauso wuchteten sie zuweilen in ihren Träumen in den Himmel.

Aber Berge gab es in der Umgebung von Kendra-im-Delta keine. Sorren öffnete die Augen wieder. Die Steine, aus denen der Tanjo gebaut worden war, stammten aus den Roten Bergen. Man hatte sie durch Shanan und das Asechland geschleppt, eine endlos weite Strecke, viele Tagereisen weit.

Sie wandte sich dem Tor zu. Der Torwächter blickte ihr aufmerksam von seinem Posten unter dem Schatten des Kavafruchtbaumes entgegen.

»Guten Tag«, sagte Sorren.

Er knurrte. Sein dunkelrotes Hemd war fast schwarz von Schweiß. Er hatte seinen Speer auf die Steine gelegt. Sorren dachte daran, was wohl Paxe sagen würde, wenn sie plötzlich vom Waffenhof kommen sollte und ihren Posten da so ohne seine Waffen vorfinden sollte.

»Heiß ist's«, sagte sie.

»Ja«, brummte der Wächter.

Grüne Schalen der Kavafrucht lagen im Rinnstein, wie Fetzen grünen Stoffs sah das aus. Alle Posten stahlen sich Kava, wenn sie am Tor Dienst hatten, doch dieser Posten da — er war jung und hatte einen dünnen semmelblonden Lippenbart — hatte anscheinend noch nicht gelernt, die Schalen außer Sichtweite zu bringen. Und er machte auch keine Anstalten, ihr das Tor zu öffnen. Sie streckte die Hand aus, um es selbst zu tun, und er schien sich zu besinnen und langte ebenfalls zu und berührte dabei ihre Finger. Die seinen waren klebrig.

Sie trat durch das eiserne Tor. »Ich danke dir«, sagte sie.

Wieder gab er nur ein Grunzen von sich. Die Wachtposten waren sich nie so recht sicher, wie sie sie behandeln sollten. Sie war zwar eine Leibeigene, eine Dienersklavin, doch Arré behandelte sie die meiste Zeit, als wäre sie ihre leibliche Tochter ... Und außerdem war da ja Paxe.

Das Tor fiel zu. Sie ging langsam über den Innenhof. Zu beiden Seiten des Weges standen Blumen mit in der Hitze hängenden Köpfen. Wie stets verwirrte sie das Muster der Ziegel im Hof. Sie ging an der Kante des Figurenbildes entlang. Das blaue Dreieck auf rotem Feld war ungleich. Sie überlegte sich, ob der Künstler, der es geschaffen hatte, die Asymmetrie bewußt angelegt hatte.

Als sie zur Vordertür gelangte, öffnete sich diese und ein Mann kam mit weiten Schritten heraus. Sie wichen voreinander zurück; mehr des Gleichgewichts wegen, denn aus Höflichkeit, ließ sich Sorren auf ein Knie nieder.

Das Duftwasser, das er trug, roch vertraut, und sie kniff die Augen zusammen. Tatsächlich, es war Isak. Und es war der Erntemonat; wieso war er nicht draußen auf den Feldern bei der Weinlese und überwachte die Pflücker? »Es tut mir leid, Herr«, sagte sie.

Er lächelte ihr zu. »Sorren.« Seine weiche Stimme erinnerte sie jedesmal an das Schnurren einer Katze. Er war nicht ärgerlich, natürlich nicht. Isak wurde niemals ärgerlich. »Du mußt vorsichtiger sein, Mädchen. Du würdest doch wohl nicht gern eines unserer erlauchten Ratsmitglieder aufs Kreuz legen, oder?«

»Nein«, antwortete sie.

»Natürlich nicht.« Er fuhr ihr leicht mit der beringten Hand übers Haar, dann ging er gemächlich quer über den Hof zum Tor hinüber. Sorren stand auf. Ihr linkes Knie tat weh, und sie rieb daran. Isak sprach kurz mit dem Torwächter, das Sonnenlicht schimmerte auf seiner blauen Seidentunika. Sie überlegte, ob er dem Mann wohl befahl, seinen Speer aufzunehmen.

Seine Muskeln hatten sich hart wie Ziegel unter seinem Hemd angefühlt, als sie gegen ihn geprallt war. Und jetzt würde Arré schlechter Laune sein; sie war immer seltsam mürrisch, nachdem sie mit Isak gesprochen hatte.

Sorren trat ins Haus. Es dauerte eine Weile, bis sich ihre Augen an das Dunkel gewöhnt hatten. Es roch nach Lilien in der langen schmalen Eingangshalle. Sie standen in einer Lackvase auf einem Tischchen unter der Statue des Wächters. Es war eine neue Statue, und sie war ein Werk des Bildhauers Ramath, des Bildhauers, der

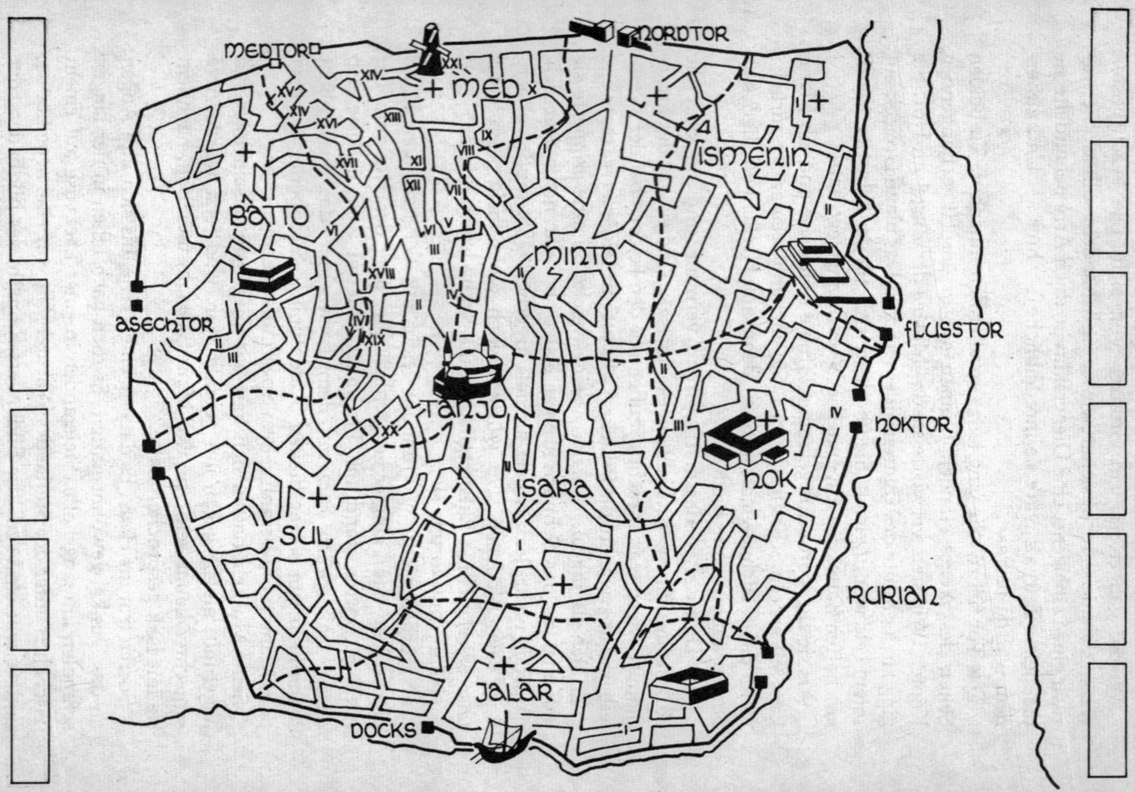
MEDTOR
NORDTOR
MEB
ISMENIN
BATTO
MINTO
ASECHTOR
FLUSSTOR
TANJO
HOKTOR
HOK
ISARA
SUL
RURIAN
JALAR
DOCKS

Kendra-im-Delta

Med-Bezirk:
I — Weinstraße
II — Med-Straße
III — Weinmarkt
IV — Straße der Goldschmiede
V — Halle der Reisenden
VI — Brunnenstraße
VII — Apfelstraße
VIII — Straße der Wollkämmer
IX — Gerichtssaal
X — Quellenstraße
XI — Der Becher
XII — Stallungen
XIII — Badehäuser
XIV — Ölstraße
XV — Der Mund / Die Zunge
XVI — Straße der Schmiede
XVII — Stricherstraße
XVIII — Breite Reihe
XIX — Straße der Kleinen Birnen
XX — Jasminstraße
XXI — Ölmühle

Ismenin-Bezirk:
I — Ratgasse
II — Halle des Blauen Clan

Isara-Bezirk:
I — Isara-Markt
II — Pinienchaussee

Hok-Bezirk:
I — Tischlerzeile
II — Weberstraße
III — Lerril-Straße
IV — Flußmarkt

Batto-Bezirk:
I — Batto-Straße
II — Pflaumenstraße
III — Kadras Haus
IV — Straße des Flüsterns
V — Haus der Lieblichen Träume
VI — Straße der Schildkröte

Minto-Bezirk:
I — Bernsteinstraße
II — Dreibrunnenstraße

Jalar-Bezirk:
I — Samstraße

\+ — Familiensitze

die Errichtung des großen Wächterbildes im Tanjo geleitet hatte. Sorren verneigte sich vor dem Bildnis. Steinerne Lippen lächelten ihr zu. Steinaugen schimmerten.

Sie überlegte, was wohl mit der alten Statue geschehen sein mochte. Man hat sie doch sicher nicht zerbrochen, dachte sie, so wie man einen alten nutzlosen Topf zu Scherben schlägt. Das wäre dem *chea* gegenüber unehrerbietig. Sie lauschte, ob sie den Klang von Arrés Stimme im Arbeitsgemach hören könne. Am Morgen hatte Arré geplant, sich mit ihren Aufsehern zu treffen und die Pläne für ein paar Straßenerweiterungen zu besprechen. Aber es war kein Laut zu vernehmen. Sie spähte in den riesigen Raum hinein. Da war nur Elith und wischte Staub und brummelte in sich hinein, während sie das Tuch über die Wandschirme schob.

Elith war alt, von fetter Plumpheit wie ein Federbett und dazu noch taub. Aber sie war die Leibdienerin von Arré Meds Mutter gewesen, darum behielt Arré sie weiter im Haus. Sorren erhob die Stimme: »Elith! Weißt du, wo *sie* ist?«

Die Alte drehte sich langsam um. »Küche!«

Sorren ging zur Küche. Sämtliche Türen und Fenster standen weit offen, und Netze waren darüber gespannt, um die Fliegen fernzuhalten, aber der weite Raum war heiß, heißer noch als der Markt drunten. Arré stand da und redete mit dem Koch. Als Sorren eintrat, wandte sie sich um und fragte: »Nun, was hat der Fischhändler gesagt?«

Schweißtropfen brachen auf Sorrens Oberlippe aus, sie wischte sie fort. »Der Fischhändler hat gesagt, daß er keinen Barsch für dich bekommen kann, aber er kann Flundern besorgen.«

»Flundern sind gut genug.«

»Ja, das habe ich ihm auch gesagt.«

»Wie wünschst du sie zubereitet?« fragte der Koch.

»Das ist mir gleich. Nicht zu deftig gewürzt, das bitte ich mir aus. Marti darf keine scharfgewürzten Speisen essen.«

Marti Hok war eines der Ratsmitglieder. Und die Flundern sollten bei der Ratsversammlung gereicht werden. Der Koch nickte und begann die Hilfsköche anzubrüllen. Sorren erinnerte sich an die Zeit, da sie selber in der Küche gedient hatte. Sie hatte die Arbeit verabscheut. Einmal war sie, zu jedermanns Verdruß, ohnmächtig geworden. Die übrigen Küchenhelfer hatten sie noch wochenlang damit aufgezogen, daß sie Angst vor Blut habe, aber ihr war nicht von dem Blut schlechtgeworden, sondern von der

Hitze. Vielleicht waren es die Hitze und das Blut zusammen. Sie war Gerüchen gegenüber empfindlich, und in der Küche gab es davon immer viel zu viele ... Kein Wunder also, daß Köche gern mit Gegenständen warfen.

Arré war in Weiß gekleidet. Das ließ ihre Haut dunkler erscheinen, als sie wirklich war. Die Hitze hatte ihr Haar zu kleinen Löckchen gekraust. Sie trug das Haar fast so kurz wie Paxe, doch war seine Textur anders, und in den Locken zeichneten sich graue Streifen ab. Sie warf den Kopf in Richtung Sorren und befahl: »Komm!« Dann ging sie vor ihr her aus der gekachelten Küche. Im etwas kühleren Flur lehnten beide sich an die Wand.

Arré sagte: »Ich hab' das Gefühl, es wird mit jedem Sommer heißer.« Sie reckte die Schultern. Ihre Augen blitzten aufwärts. »Ich bin sehr froh, daß du die Einkäufe erledigen mußt und nicht ich!«

Sorren grinste angesichts der Vorstellung, daß Arré Med, Ratsmitglied zu Kendra-im-Delta, Haupt der Familie Med, bei den Fischbuden am Dock Flundern einhandelte.

»Worüber grinst du so?« fragte Arré gereizt.

»Ich habe mir gerade vorgestellt, was für ein überraschtes Gesicht der Fischhändler machen würde.«

»Wisch dir das Gesicht ab!« Sie begann den Gang hinabzugehen. »Und lach mich nicht aus!«

Sie *hatte* schlechte Laune. Sorren fuhr sich mit dem Ärmel über den Mund. Arré trat in das kleine Wohnzimmer. Es war für sie zugleich Wohnraum und Arbeitsraum. Es ging nach Süden; tagsüber waren die Wände sehr hell und sonnenbestrahlt. Die Innenwand war genau wie die des größeren Empfangsraumes von Wandschirmen gebildet. An der äußeren, hölzernen Wand hing eine Tapisserie, ganz in Rot- und Blautönen. Die Farbstoffe für die Wolle kamen aus dem Asechland, keine anderen Färbemittel erzielten derart leuchtende und dauerhafte Farben. Der Fußboden war aus Holz und frei von Matten. In hellen Bahnen strömte Sonnenlicht über die Bretter. Die gekörnte Maserung schimmerte. Arré setzte sich in ihren kissenbelegten Sessel. Sorren war an der Tür stehengeblieben. Die alte Frau warf ihr einen kurzen Blick zu. »Setz dich!« nickte sie und deutete auf einen Fußschemel. »Ich muß mit jemand reden.«

Gehorsam ließ Sorren sich nieder. Rechts neben dem Sessel stand ein Lacktisch, seine Flächen in Rot und Schwarz leuchteten in der Sonne. Ein Schrank mit Glastüren an der Wand enthielt eine Reihe von Schriftrollen mit der Buchhaltung der Med-Familie. Einmal im Monat kam ein Schreiber des Schwarzen Clans — kein Schriftgelehrter, denn die ließen sich nicht zu derlei weltlicher Arbeit herab — und ging die Bücher nach Fehlern durch, wobei Arré ihn argwöhnisch überwachte. Arré Med hatte keinen eigenen Verwalter; das erschien ihr als unnötig in einem Haushalt, der nur aus ihr und ihrem Gesinde bestand. Die Buchhaltung erledigte sie selbst.

»Bist du Isak begegnet?« fragte sie.

Sorren nickte. »Am Tor.« Arrés Gesicht wirkte angespannt wie immer, wenn sie über ihren Bruder sprach. Silberarmbänder, an jedem Handgelenk zwei, klirrten, als sie die Hände gefaltet in den Schoß legte. Auf dem breitesten der Armbänder saß ein blauer Stein. »Was wollte er?«

Arré verzog das Gesicht. »Wie immer, was er kriegen kann.«

»Aber es ist Erntemond. Er sollte doch draußen auf den Feldern sein.«

»Unsinn. Myra erledigt die Weinlese besser, als er das je fertigbrächte, auch wenn ihm was daran läge.« Myra war Isaks Frau. »Er hat sich angeboten, vor dem Rat zu tanzen.«

»Hast du es zugestanden?«

Arrés Hände flogen auseinander. Sie wirkten an ihrer schmalen, kleinen Gestalt zu groß, zu ungraziös. Isaks Hände waren fein und hübsch. »Er ist der beste Tänzer der ganzen Stadt — wie hätte ich mich da weigern können?«

Selbst Arré mußte zugeben, daß Isak tanzen konnte. Das war eben seine Begabung, seine Kunst, so wie die Verwaltung ihr lag, und vielleicht war Tanzen seine Leidenschaft — oder jedenfalls eine von seinen Leidenschaften. Er war von Meredith von Shanan darin ausgebildet worden, aus der Schule Berenths von Shanan, der bei seiner Mutter, Jenézia von Shanan, gelernt hatte, und sie, das wußte jedes Kind hier in der Stadt, hatte in der Truppe Kels von Elath getanzt. Also besaß Isak das Recht, die *shariza* zu tragen, den roten Schal des Mitglieds eines *chearas*, doch mit größerem Takt, als er üblicherweise zur Schau stellte, nahm er Abstand davon. Einmal hatte Sorren ihn darüber ausgefragt. »Die *chearas* der Vergangenheit wurden im Waffenhandwerk und in der Kriegskunst ausgebildet«, sagte er. »Ich nicht.«

»Und warum nicht?« hatte sie gefragt.

»Krieg ist unzivilisiert, das weißt du doch«, hatte er geantwortet. »Kämpfen ist Gewaltanwendung, und das ist etwas Primitives und Rohes. Man überläßt so etwas den Söldnern. Und außerdem ist es in Kendra-im-Delta verboten, scharfe Klingen zu tragen.«

Aber die Kriegerrollen tanzte er gut genug. Sorren trommelte einen Rhythmus auf ihre Schenkel. »Soll ich für ihn spielen?«

»Ja.«

»Wir haben nicht proben können.«

»Das wird keine Rolle spielen. Nehmt irgendwas, das ihr beide gut kennt. Irgendwas.«

Seit vielen Jahren hatte Sorren für Isak die Trommel geschlagen; im ersten Jahr nur bei kleinen Gesellschaften, aber im darauffolgenden schon bei den großen Festen: dem Erntefest, der Frühlingsfeier, den Feiern am Tage der Stadtgründung. »Ich nehme an ...«

»Es spielt wirklich keine Rolle. Es ist ihm gleich, was er tanzt, wenn er nur in die Nähe der Versammlung kommen kann.«

Isaks politischer Ehrgeiz und die Verachtung, die Arré dafür hegte, waren in ihrem Haus kein Geheimnis. Aber das ist nicht gerecht, dachte Sorren. Isak liegt viel an seinem Tanz. Sie hatte ihm stundenlang beim Training zugeschaut, hatte gesehen, wie ihm der Schweiß in Strömen vom Körper troff und wie seine Lungen nach Luft keuchten, wo doch ein jeder andere, weniger disziplinierte Mensch längst abgebrochen haben würde, um zu ruhen, sich Wasser über den Kopf zu schütten, oder sonst etwas. Seine Muskeln waren so fest wie die Paxes, glatt, langgestreckt, und er bewegte sich mit ebensolcher Sparsamkeit, nur mit viel mehr Anmut.

»Worüber denkst du nach?« fragte Arré.

Sorren errötete. Sie wollte das von Paxe nicht sagen; es erschien ihr als zu derb. »Über Anmut«, sagte sie.

Arré Med lachte. »Mach dir da keine Gedanken«, sagte sie. Sie war eine kleine Frau, von ähnlichem Körperbau wie Isak. Obschon der Hocker, auf dem Sorren saß, niedriger war als ihr Sessel, trafen sich ihre Augen auf gleicher Höhe, wenn Sorren sich reckte. »Du brauchst dich nicht zu bemühen, graziös zu sein, Kind. Die Leute bemerken dich trotzdem.«

Sorren sagte: »Das kommt, weil ich groß bin und bleich.« Sie runzelte die Stirn, als sie an ihre helle Haut dachte. Selbst unter der heißesten Sonne weigerte sich ihre Haut, sich zu bräunen; statt dessen verwandelte sie sich in ein häßliches, schmerzhaftes Rot. Sie berührte ihr Haar, das lang war und von der weißgoldenen Farbe des Weizens. »Ich wäre viel lieber dunkel. So wie Paxe.«

»Dunkel ist jetzt Mode«, sagte Arré. »Aber sei nie betrübt wegen deiner Größe. Wir Zwerge müssen uns was anderes ausdenken, um die Leute auf uns aufmerksam zu machen. Denk an Isak!«

Das stimmte, die Leute bemerkten Isak immer. Und wenn sie es nicht von selbst taten, dann brachte er sie dazu. Er konnte machen, daß sich in einer Menschenmenge die Köpfe nach ihm reckten, schneller und leichter als irgendwer sonst. Aber die Leute nahmen auch Arré immer zur Kenntnis.

»Wirst du etwas Neues zum Anziehen brauchen?«

»Was?«

»Wenn du bei der Ratsversammlung für Isaak spielst.« Arré klopfte auf die Armlehne. »Gib doch Obacht, Kind!«

»Verzeih.« So gemahnt, streifte sie den Geldreif vom Arm und hielt ihn der älteren Frau hin. Arré nahm ihn, ihre Finger zählten automatisch die verbliebenen Muschelmünzen ab. »Nein, ich habe genug Kleider.«

»Wenn du gern was haben möchtest, dann sag's nur.« Sie grinste wie ein Gassenjunge bei einem Straßenkampf. »Isak wird dafür berappen.«

Ein leises Klopfen war am Wandschirm zu hören. Sie blickte sich um. Lalith stand unter der Tür. Sie war dreizehn, klein und geschmeidig und braunhäutig. Arré hatte sie sich aus den Weingärten geholt, genau wie seinerzeit Sorren, und sie ins Haus genommen, damit sie hier lebe und arbeite. »Der Koch schickt mich, dir das da zu bringen«, sagte das Kind und reichte ihr eine Schale.

»Schön«, sagte Arré, »gib her! Was ist es denn?« Lalith reichte ihr die Schale. Es waren Beeren, über die süßer Rahm gegossen war. Arré war bekannt für ihre Gier nach Süßem. »Ich dank dir, mein Kind.«

»Und das da ist gekommen.« Lalith hielt ein Schreiben in die Höhe. Das wächserne Siegel trug ein Wappen.

Arré brach das Siegel auf, überflog das Geschriebene, und die Brauen über ihren dunklen Augen zogen sich zusammen. »Wann ist das gekommen?« fragte sie.

»Gerade eben. Ein Diener hat es gebracht.« Lalith verlagerte das Gewicht von einem Fuß auf den anderen.

»Pah!« brummte Arré und legte den Brief auf den Lacktisch. »Es ist von Boras Sul. Er unterrichtet mich davon, daß er krank ist und

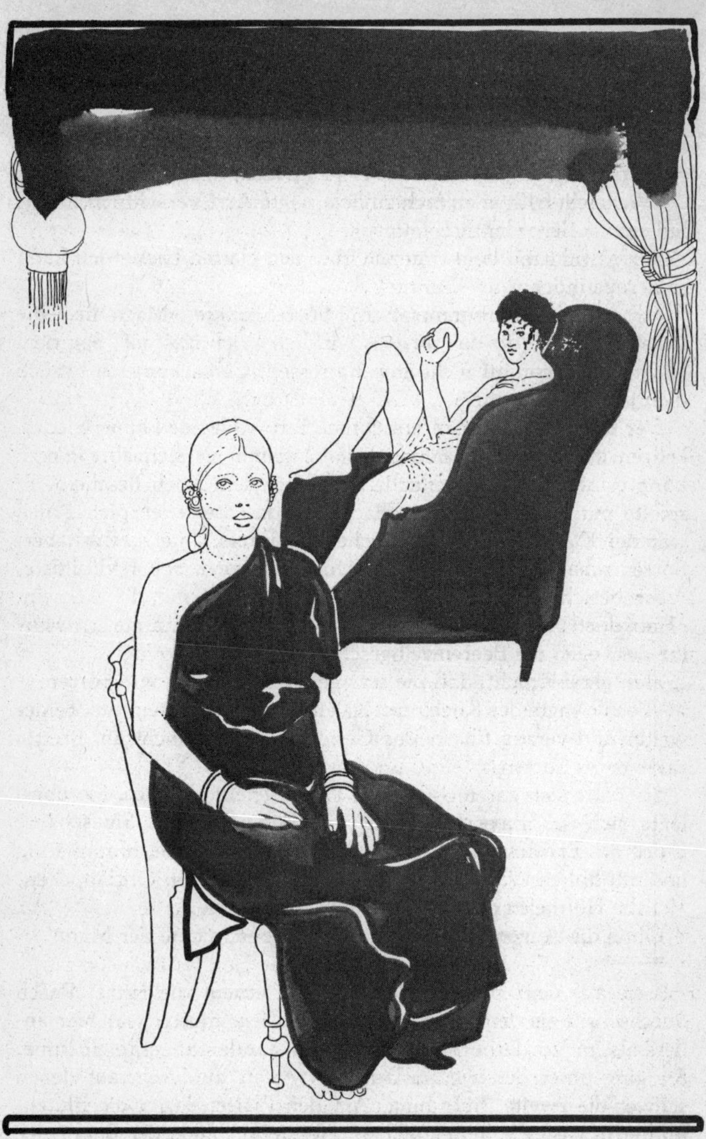

nicht zur Ratsversammlung kommen kann, und er bedauert und sei bedankt, meine teure Arré . . .« Sie verabschiedete Lalith mit einem Winken der Hand und nahm die Schüssel mit den Früchten. »Er wird seinen Sohn rüberschicken, und der ist ein noch größerer Idiot als er selbst. Pah!«

Sorren sagte: »Vielleicht ist er ja wirklich krank?«

»Vielleicht frißt er einfach zuviel«, sagte Arré verächtlich. Boras Sul war außerordentlich fett.

Sorren fuhr mit dem Daumen über den glatten Lack. »Ich kann es herausfinden.«

»Über den Dienstbotentratsch?« Sorren nickte. »Mach dir keine Umstände. Heb dir das für was wirklich Wichtiges auf. Sag dem Koch, Boras kommt nicht zum Ratsessen! Geh schon! Ich brauch dich jetzt nicht mehr.«

Der Brief hatte ganz offensichtlich ihre schlechte Laune wiederkehren lassen. Sorren ließ sie allein, damit sie sich abreagieren konnte. Sie ging in die Küche und sagte dem Koch Bescheid. Er spielte mit Kaleb über dem Hackbrett das Steinchenspiel. Kaleb war der Kapitän der Nachtwache und Paxes Unterbefehlshaber. Sorren schaute zu, wie sich das Muster auf dem Spielfeld bildete.

Sie berichtete von Boras Sul, und er zuckte nur die Achseln. »Hab' doch gewußt, es ist schlechte Nachricht«, brummte er. »Hab' ihr deswegen die Beeren reingeschickt.«

»Ich glaube nicht, daß die was genutzt haben«, sagte Sorren.

»Pech«, sagte der Koch, und Kaleb schob einen Stein drei Felder weiter und verzog finster das Gesicht. »Wackle nicht am Brett!« sagte er zu Sorren.

Sie hatte sich gar nicht an die Platte gelehnt gehabt. Sie überlegte sich, ob Paxe Isak hatte ankommen sehen. Sie schaute Kaleb an. Er war wie sie von außerhalb; ein Asech, braunhäutig und mit hohen Wangenknochen und Steinen in den Ohrläppchen. »Ist die Hofmeisterin im Waffenhof?« fragte sie.

Ohne die Augen vom Spielbrett zu heben, nickte der Mann.

Als sie aus dem Haus trat, überfiel sie erneut die Hitze. Rasch durchschritt sie den hinteren Hof. Das Ziegelmuster war hier anders als im Vorderhof. An den Wegen standen Sauerapfelbäume. Sie ging unter den weitausladenden Ästen hindurch, auf denen schwer die zweite Blüte hing. Auf den Platten lagen die Blütenblätter in rosigweißen Häufchen. Als sie am Ende der Baumallee angelangt war, hob sie erst den einen, dann den anderen Fuß und schüttelte die Blütenblätter ab. Lalith kehrte zwar die Plattenwege jeden Morgen, doch waren sie bereits wieder ganz in Rosa getaucht. Sie ging weiter in Richtung Waffenhof. Der Eingang zu ihm lag auf der anderen Seite, doch sie wollte nicht auf den Hof; sie durfte es gar nicht, da sie kein Soldat war. Als sie die hohe Rotholzumzäunung erreicht hatte, zog sie sich hoch und setzte sich darauf.

Von diesem Aussichtspunkt aus konnte sie den ganzen Hof überblicken, vom Eingangstor bis zum Waffenschuppen. Es waren gerade an die zwanzig Leute auf dem Platz. Sie standen im Kreis um einen kleinen Menschenknoten herum, der sich bewegte. Im Zentrum des Knotens war Paxe. Sechs Wachleute schlossen sie ein, tauchten auf sie zu, und sie wich aus und schwankte und wand sich, warf die Leute mit Leichtigkeit zu Boden, immer zwei Schritte ihren Bewegungen voraus, angreifend und sie niederschleudernd, wenn ihre müden Schritte sich verlangsamten.

Paxe entdeckte Sorren auf dem Zaun und grinste, die weißen Zähne blitzten. Doch sie fuhr in ihrem Schaukampf fort, ohne das Tempo zu ändern. Schließlich gebot sie mit einem lauten Ruf Einhalt: *»Yai!«* Die Wachen, die zugeschaut hatten, kamen näher, um ihr zu lauschen. Sie bewegte die Hände beim Sprechen. Sie trug — alle trugen — Trainingskleidung: das baumwollene Hemd und die Hosen mit Schnürbund, die Sorren an Isaks Probeuniform denken ließen. Das hatte sie einmal auch zu ihm gesagt, und er hatte erklärt, daß die alten Chearis früher sich so gekleidet hätten und daß die Stadtwachen diese Tradition fortsetzten, ohne zu wissen, woher sie stamme.

»Gibt es überhaupt noch irgendwo echte Chearis?« hatte sie gefragt.

Ein anderer Mann wäre vielleicht von dem Ansinnen verletzt gewesen, daß er kein echter Cheari sei, aber Isak wurde niemals zornig, und überdies hatte er ja mehr oder weniger so etwas selbst gesagt.

»Vielleicht gibt es noch welche«, hatte er geantwortet. »Irgendwo droben im Norden. Die Legende sagt, daß ein Sproß aus der Linie des Van von Vanima noch irgendwo in den Roten Bergen haust.«

Sorrens Haut prickelte. Sie erinnerte sich, daß ihre Mutter ihr Geschichten über das Tal der Hexer namens Vanima erzählt hatte, wo niemand jemals krank wurde, oder fror, oder Hunger hatte, und wo es immer Sommer war. »Gibt es einen solchen Ort wirklich?« hatte sie Isak gefragt.

Er hatte bitter gelächelt. »Die Legenden behaupten es.«

»Aber du glaubst nicht daran.«

Er hatte den Kopf geschüttelt. »Nein.«

Sorren kannte die Erzählungen über den Roten Clan. Sie hatte sie an den Lagerfeuern der Weinleser gehört. Früher einmal waren die Waffenhöfe der Städte öffentliche Orte gewesen, wo die Kinder hingingen, um die Kunst des Kämpfens zu erlernen. Und die kräftigsten, sichersten und anmutigsten unter diesen Kindern wurden ausgewählt und durften den Tanz lernen. Diejenigen, die sowohl kämpfen wie tanzen konnten, nannte man *chearis*, und wiederum die Besten unter ihnen verbanden sich in einer Truppe, einem Bund, der durch wechselseitige Liebe, Respekt und Können gefestigt war. Und die einzelnen Trupps nannte man einen *chearas*. Und sie zogen von Weiler zu Dorf zu Stadt, von der Steppe bis ans Meer, und tanzten und lehrten die Waffenkünste, und verführten die Herzen aller, die ihnen zuschauten im weiten Land von Arun, zur Harmonie.

Aber als immer mehr Menschen nach Kendra-im-Delta drängten, wurde der Rat der Häuser unruhig und besorgt; er belegte das Tragen von scharfkantigen Waffen mit dem Bann, danach sogar den Unterricht im Gebrauch scharfer Waffen innerhalb der Bannmeile der Stadt. Der Rat der Häuser in Shanan folgte diesem Beispiel. Und schließlich erließ sogar der Rat in Tezera einen Bann. Die Chearis waren empört über diesen Abfall von den Werten der Tradition und brachten ihre Klage vor den Tanjo. Der Rat der Hexer beriet sich, und schließlich verkündete *L'hel*, ihr Oberhaupt, den Spruch. Alle Dinge, hatte sie erläutert, unterlägen dem Wandel. Das *chea* manifestiere sich friedlich. Der Bann der scharfen Waffen werde die Städte befrieden und zu friedlichen Orten machen. Darum lasse man die Soldaten kämpfen, und man lasse die Chearis tanzen. Für Stadtleute gebe es nicht länger die Notwendigkeit, außer für jene, die zu den Wachen gerufen würden, das Waffenhandwerk oder den Kampf zu erlernen.

Einige Chearis, wie etwa Meredith von Shanan, hatten die Kampfmesser abgelegt, den Waffenhof verlassen und sich dem Lehren des Tanzes geweiht, so wie die Hexer es befahlen. Andere hatten sich den Stadtwachen angeschlossen und dort die Kunst der

Handhabung von Speer und Stockfechten und den Kampf mit bloßen Händen gelehrt. Solche Fertigkeiten erlaubten die Stadtregierungen den Wachen, aber keinem anderen Bürger.

Doch die meisten Chearis hatten sich aus den Städten davongemacht, ungläubig, voller Zorn und nicht bereit, sich zu wandeln.

»Wohin sind sie gegangen?« hatte Sorren zuerst Isak, dann auch Paxe gefragt. Die alten Geschichten beunruhigten und verzauberten sie gleichermaßen.

Isak hatte gesagt: »Sie sind in den Westen gezogen und nach Norden, ich nehme an, auf der Suche nach Vanima, wo die Ursprünge des Roten Clans liegen.«

Paxe hatte gesagt: »Sie gingen nach Westen.«

»Also gibt es noch einen Roten Clan?«

Und Paxe hatte gesagt: »Frage Isak Med. Der dürfte die *shariza* tragen, wenn er wollte.«

Und Isak hatte gesagt: »Frage die Meisterin im Hof! Frag Paxe!«

Aber man konnte Paxe nicht zum Reden bringen, wenn sie nicht wollte. Also fragte Sorren nicht ein zweitesmal. Statt dessen bog sie sich selbst die Antwort zurecht: Nein! Der Rote Clan existierte nicht mehr. Und der Gedanke machte sie traurig. Allerdings traf es zu, die Stadt war ein friedlicher Platz. Die Wachtrupps hielten die Ordnung aufrecht. Vielleicht waren noch ein paar alte Chearis am Leben, irgendwo in Arun verstreut. Aber es mußte bezweifelt werden, daß sie jemals sich innerhalb der Bannmeile der Großen Stadt blicken lassen würden.

Sorren blickte wieder über den Waffenhof. Den Kopf schräg gelegt, die Hände in die Hüften gestemmt, beobachtete Paxe die trainierenden Paare. Sie war hochgewachsen und so breitschultrig wie nur einer ihrer Wachsoldaten, eine strenge, achtunggebietende Gestalt. Das kurzlockige Haar trug sie ganz eng am Schädel anliegend. Sorren rutschte auf ihrem Zaun hin und her. Die Meisterin des Kampfhofes blickte zu ihr herüber, lächelte und ruckte mit dem Kopf in Richtung zu ihrem Häuschen hin. Sorren grinste. Sie schwang die Beine herum und hüpfte vom Zaun. Paxes Haus, in dem sie mit ihrem Sohn Ricard lebte, lag hinter der östlichen Seite des Hofes.

Die Tür stand offen. Ricard war zu Hause. Offiziell wohnte er da, doch tatsächlich schlief er kaum je im Haus, denn er zog die Häuser und Lasterhöhlen seiner Freunde vor. Er lag zusammengerollt in der Sonne auf der Bodenmatte. Als Sorren vor die Sonne trat, öffnete er die Augen. Langsam setzte er sich auf. »Was machst denn du hier?« fragte er.

Sie hätte ihn am liebsten ausgelacht, ihm gesagt, er solle nicht den Narren spielen, doch er war erst vierzehn und verabscheute es also, wenn man ihn auslachte. Sie machte einen Bogen um ihn. Was bei Paxe feste Muskeln waren, war bei ihm Fett. Immer war der Junge trübsinnig und kränklich; wenn sie, Sorren, solch ein mürrisches Kind gewesen wäre, Arré hätte sie wahrscheinlich angewidert zu den Weinfeldern zurückgeschickt. Sie trat in die Küche. Auf dem gekachelten Ofen lag Paxes graue Katze und schlief. Sie machte ein Auge auf — sie hatte nur das eine, das andere war ihr bei einem Kampf vor einem Jahr blindgekrallt worden — und gab einen zirpenden Frage- und Begrüßungslaut von sich.

Sorren streichelte über das dichte weiche Fell. Das Tier war so glatt und so gut durchtrainiert wie Paxe selbst. Es begann mit sanftem Grollen zu schnurren. Auf einem Teller mit Blütenmuster nahebei lag ein Pfirsich, und Sorren nahm ihn. Der Duft ließ ihr das Wasser im Mund zusammenlaufen. Sie biß hinein und spürte den Flaum auf der Zunge. Die Frucht war vollkommen. Reif und süß.

Ricard war ihr gefolgt. »Der war nicht für dich«, sagte er mürrisch, aber nicht ernsthaft.

»Magst du beißen?« sagte sie und hielt ihm die Frucht hin.

»Neeh.« Er kratzte sich am Kinn, wo die ersten Barthaare zu sprießen begannen. Er war hellhäutiger als seine Mutter. »Hör mal, ich muß dir was sagen.«

»Sag es!« Sie streichelte die Katze, aß ihren Pfirsich weiter und wartete. Er erzählte ihr eine lange komplizierte Geschichte, bei der es sich anscheinend um einen seiner Freunde handelte und um ein Mädchen. Sie fragte sich, ob er wirklich dachte, sie würde glauben, daß es diesen Freund tatsächlich gäbe.

Auf der Fensterbank stand ein Stundenglas, mit Sand gefüllt. Sie drehte es um und sah dem Sand zu, wie er aus der oberen Kammer in die untere rieselte. Ricard beugte sich über sie. Er war so groß wie sie, was hieß, daß er fast so groß war wie Paxe. Seine Stimme kam stotternd. Sie streifte ihn mit einem Blick.

Seine Lippen waren geöffnet. Er starrte ihr in den offenen Halsausschnitt des Hemdes.

Beide hatten den Faden seiner Geschichte verloren. Gleichzeitig. Ricard murmelte etwas, was Sorren nicht verstand.

Bevor sie ihn anfauchen konnte, trat er zurück, wirbelte um die eigene Achse und verschwand im Vorderzimmer. Sie hörte Paxes Schritte.

»Wo gehst du hin?«

Er murmelte irgend etwas. Die Haustür knallte zu.

»Sorren?«

Sie leckte sich die Finger, dann legte sie den fransigen Stein auf den Teller. »Ich bin hier drin.«

Paxe kam in die Küche. Ihr cremefarbenes Hemd war schweißfleckig. »Dieser Ricky«, sagte sie. »Er ist schon wieder fort, um mein Geld rauszuschmeißen. Ich krieg ihn nie zu sehen, außer wenn er was dringend braucht. Aber außer Geld will er nichts von mir.«

»Ach, er ist doch bloß ein Junge«, sagte Sorren. Dann breitete sie die Arme aus, und Paxe kam und ließ sich umfangen. Ihr Leib war heiß und roch nach Staub. »Mach dir doch keine Gedanken darüber, was er tut.« Sie griff nach oben und begann Paxes Nacken zu streicheln.

Sie stiegen hinauf zu Paxes überbreitem, steppdeckenbelegten Bett. Lächelnd zog sich Paxe die Kleider vom Leib. Sie legte sich aufs Bett und wartete, daß Sorren sich zu ihr lege. Dann wälzten sie sich herum, halb ringend, halb Liebe spielend. Zum Liebesknoten der Lust verschlungen, streichelten und kitzelten sie einander in eine zuckende Lust hinein. Sorrens Haut rötete sich vom Blut. Sie bettete den Kopf auf Paxes Schenkel. Eine Hand über Paxes warmen Venushügel gebogen, fühlte sie die pulsierende Lust aufschießen, explodieren und langsam wieder vergehen.

Sie fuhr sich mit der Zunge über die Lippen und schmeckte dort Paxe.

Paxes Finger griffen nach ihr. »Komm!«

Sorren schob sich hinauf, bis sie neben der Geliebten auf dem Kissen lag. Sie genoß es, wie gut sie zueinander paßten, wie ein Ding und sein Schatten. Paxe drehte sich auf die Seite. Ihre rechte Hand strich Sorren über die Brüste.

»Ich weiß, warum ich dich liebe«, sagte sie. »Du bist die einzige Frau in weitem Umkreis, die fast so groß ist wie ich.«

Vor dem Haus begann eine Frauenstimme zu singen. *»Bei Tage muß ich gehn, mein Schatz, noch lacht der Sterne Schein — Im*

Mondlicht, weiß und schön, mein Schatz, ach laß mich zu dir ein ...«

Sorren stimmte in den Refrain ein. »*Singt he und juhei für ein liebend Paar. Singt he für die müde Sonn. Singt he für die Maid, die mein Herz erfreut, wenn die Ernte ist getan!*«

Seufzend bog Paxe ihren langen Leib in die Höhe und wälzte sich über Sorren. »Du kannst nicht singen, weißt du?« Sie senkte den Kopf, ihre Lippen berührten einander, dann ihre Zungen.

Als sie sich voneinander gelöst hatten, sagte Sorren: »Ich weiß es. Deshalb spiele ich ja die Trommeln.« Sie wand sich unter Paxes schwerem Leib. »Geh weg!«

»Warum?«

»Ich muß zum Haus zurück.«

Paxe zog eine Schnute. »Dann muß ich ja wohl.« Sie rollte sich auf die Seite. Sorren setzte sich auf und griff nach ihren Kleidern. Während sie sich die Hosen anzog, überkam sie wieder jene Vision von den Bergen. *Sie war ein Vogel (jedoch ohne bestimmbare Form, ohne Gewicht) und schwebte über die Steppe. Sie nahm den Geruch der Nordluft wahr, dünn und sauber und knochentrocken; sie schmeckte sie, spürte, wie ihre Lungen sie in sich pumpten. Die Sonne brannte heiß. Unter ihr drangen die Berge herauf: braun und grün und weiß. Das Weiße waren Schafe. Sie grasten geruhsam über die Weide, und Mädchen mit Stöcken bewachten sie. Ein Fluß, blau wie ein Seidenband, fädelte sich eine Bahn auf ein Tal zu. Jenseits des Flusses standen die Berge. Und inmitten der Berge, in einer Kluft, schob ein Burgfried seine graue Spitze in den Himmel.*

Sie fand in die Gegenwart zurück und sah Paxe an ihrer Seite sitzen, die Brauen zusammengezogen. Sie hob die Handflächen zu dem dunklen Gesicht ihrer Geliebten. »Ich bin zurück.«

Paxe seufzte. »Wohin bist du denn diesesmal gegangen?«

»Wo ich immer hingehe«, sagte Sorren. »In die Berge.«

Sie war dreizehn Jahre alt gewesen und hatte auf einem Karren gesessen, der aus den Weingärten heimfuhr. Die kärglichen Besitztümer ihrer Mutter lagen verstreut in ihrem Schoß. Da bemächtigte sich ihrer die Vision zum erstenmal. Sie war viel zu betäubt, um Furcht zu empfinden. Doch als die Visionen immer wiederkehrten, begann sie in der Stadt herumzufragen, und sie fand heraus, daß diese Fähigkeit, im Geiste an andere Orte zu reisen, einen Namen hatte. Fernreisen, nannten sie es, und Menschen, die diese Gabe überkam, wurden ohne Umschweife zu Mitgliedern des Weißen Clans bestimmt und mußten, welches auch ihr Rang und ihre Stellung sein mochten, ihr Leben aufgeben und in den Tanjo ziehen, um dort dem *chea* zu dienen ...

Die Aufgabe war ehrenvoll, und der Titel »Hexer«, den man ihnen verlieh, war gleichfalls ehrenvoll. Aber Sorren wollte beides nicht. Die Hexenkünstler versetzten sie in Angst und Schrecken. Also schwieg Sorren hartnäckig und behielt ihre Begabung für sich. Der einzige Mensch, zu dem sie genug Vertrauen aufbrachte, um darüber zu sprechen, war Paxe.

Paxe sagte damals, als Sorren ihr von diesem Talent erzählte: »Du solltest in den Tanjo gehen.«

»Aber ich will nicht«, hatte Sorren geantwortet. Und Paxe hatte dies gelten lassen. Arré Med, das wußte Sorren, wäre niemals damit einverstanden gewesen; die verlangte es viel zu sehr nach Macht und Einfluß, als daß sie hätte begreifen können, warum jemand dies nicht wünschen mochte.

»Aber vielleicht wirst du es eines Tages wollen«, hatte Paxe gesagt. Und Sorren hatte genickt, obwohl sie es bezweifelte. Das Hexenvolk lebte im Tanjo und unterhielt nur Beziehungen zu seinesgleichen. Und Sorren, die an das aufregende Gewühl auf den Märkten gewöhnt war, erschien dies als ein allzu enges und beschränktes Leben.

Außerdem würde man sie im Tanjo gar nicht annehmen wollen. Vor ihrem geistigen Auge sah sie ja nur einen einzigen Ort. Sie sah die Berge, und nur die Berge. Im Frühling, wenn der blaue Fluß die steilen Hänge hinabsprang wie ein freigesetzter Hase, und im Sommer; sie sah die Berge im Herbst, wenn die Regen die Täler zu Marschland verwandelten; sie sah die Berge im Winter. Immer war es die gleiche Szenerie: die Felder, der Fluß und die Burg mit ihrem einen hohen Wachtturm. Im Winter glitzerte der Burgfried von Eis. Es mußte ein wirklich existierender Ort sein, dessen war sich Sorren sicher. Zuweilen näherte sie sich dem Turm in der Dämmerung nahe genug, daß sie ein Licht hinter den bernsteinfarbenen Glasscheiben schimmern sehen konnte.

Das alles hatte sie Paxe beschrieben, doch die Meisterin im Waffenhof hatte den Ort nicht gekannt.

Sorren dachte oft: Einmal, wenn meine Zeit ganz mein eigen sein wird, werde ich herausfinden, wo der Ort ist, und ich werde hingehen!

Doch ihre Mutter hatte sie als Leibeigene für die traditionellen acht Jahre an das Haus Med verdingt, und der Tag ihrer Freisetzung war noch ein ganzes, langes Jahr weit weg.

»Isak ist heute ins Haus gekommen«, sagte sie.

»Oh?« Paxe griff nach ihren Kleidern. »Was wollte er?«

»Er will vor dem Rat tanzen, wenn er zusammentritt.«

Paxe warf sich das Hemd über den Kopf. »Und Arré hat natürlich zugestimmt?« Sorren nickte. »Ich wüßte gern, worauf er aus ist.«

Ihre Stimme klang nachdenklich. »Warum sollte er auf etwas aus sein?« fragte Sorren. Sie streichelte Paxes Schenkel. Dort verlief eine lange tiefe Narbe quer über das Bein, und sie überlegte sich zum hundertstenmal, woher sie stammen mochte. Sie glaubte nicht, daß das eine Speerwunde war.

»Weil er . . .«, sagte Paxe, »weil er sie haßt. Ich erinnere mich, als Shana, Arrés Mutter noch lebte und Arré von ihr lernte, wie man den Bezirk verwaltet. Schon damals hat Isak sie gehaßt.«

Aus dem Waffenhof drang die Stimme von Dis, dem zweiten Wachoffizier, und erteilte den Soldaten Befehle. Paxe reckte sich auf. »Ich muß gehn, *chelito*. Wir sehen uns dann noch.« Sie preßte einen Augenblick lang die Lippen auf Sorrens Haar, dann stand sie auf. In ihrem dunklen, strengen Gesicht blitzten ihre Zähne.

Sie verschwand die Treppe hinab. Sorren blieb still sitzen und lauschte Paxes Schritten. Dieses Schlafgemach war wie Paxe selbst: kühl, sauber und von strenger Schönheit. Es lagen keine Matten auf dem Boden, die Wände waren aus Rotholz und nackt, ohne Tapisserien. Sorren begann sich das Haar zu Zöpfen zu flechten, erinnerte sich daran, daß sie nichts bei sich hatte, womit sie es binden konnte. Also ließ sie es lose hängen und stieg in den unteren Raum hinab.

Als sie um die Ecke des Hofes bog, um zum Haus zurückzukehren, sah sie Ricard, der auf sie wartete. Innerlich mußte sie lächeln, als er neben ihr Tritt faßte. Sie wartete, daß er zu reden beginnen möge, doch er schwieg verbissen und runzelte die Stirn. Schließlich wurde es Sorren zu langweilig.

»Willst du mir diese Geschichte nicht zu Ende erzählen?« fragte sie.

Er warf ihr einen verärgerten Blick zu. »Nein.« Auf dem Hof erteilte Paxe Anweisungen, ihre Stimme hallte zwischen den Zaunplanken hindurch. »Was hast du ihr gesagt?«

»Wem?«

»Meiner Mutter.«

Sie kratzte sich an der Nase. »Nichts über dich.«

Wenn es möglich gewesen wäre, so wurde sein Gesicht noch mürrischer. Doch immerhin brachte er ein gemurmeltes »Danke« zustande.

Sorren fragte sich, warum er in der Stadt blieb, wenn er sie so verabscheute. »Ricard?« fragte sie. »Hast du je von hier weggehen wollen? Reisen wollen?«

Er gaffte sie an, als hätte sie begonnen, in der Asechsprache zu ihm zu reden. »Was für einen Unterschied würde das schon machen?« sagte er.

Sorren konnte nicht erraten, ob dies nun ja oder nein bedeutete. Ricard trollte sich zögernd. Er stieß mit der Fußspitze immer wieder heftig gegen die Ziegelplatten des Hofes. Sorren hatte einmal gehört, wie Arré und Paxe sich seinetwegen gestritten hatten. Arré war der Ansicht gewesen, Paxe solle ihn in den Norden schicken, in die Weinfelder. »Myra wird ihn schon zum Arbeiten bringen«, hatte Arré gesagt. Und Sorren gab ihr recht. Doch Paxe wollte es nicht.

Vielleicht wäre Ricard ja ein angenehmerer Mensch, dachte Sorren, wenn er Brüder oder Schwestern hätte. Paxe hatte zwei Kinder vor ihm geboren, aber sie waren beide gestorben.

Sie betrat das Haus durch die Küchentür. Der Koch war unsichtbar. Die Küchenhilfen kauerten in einem verschwörerhaften Kreis beisammen. Sorren nahm den deutlich süßlichen Duft von Himmelskraut wahr. Sie reichten ihr die Pfeife, als sie sich zu ihnen hinabbeugte, und sie saugte langsam den scharfen narkotisierenden Rauch ein. Dann gab sie die Pfeife an Lalith weiter. Sie wanderte im Kreis und langte erneut bei ihr an. Sie rüttelte die Pfeife sanft, um die Himmelskrautflocken zu lockern, und machte einen letzten Zug.

Still ging sie dann nach oben. Ihr Zimmer lang im hinteren Teil des Hauses, nahe genug bei dem Arrés, daß sie die Rufglocke hören konnte, wenn Arré klingelte. Sie mußte an Arrés Zimmer vorbei, um das ihre zu erreichen. Wenn die Tür geschlossen war, bedeutete dies, daß Arré nicht gestört zu werden wünschte. Sorren hoffte, die Tür möge geschlossen sein.

Das Himmelskraut bewirkte, daß sie sich ihres Körpers überdeutlich bewußt war. Sie schob ihre Füße über den gemusterten

Teppich im Gang des Oberstocks. Arrés Tür stand offen, aber nur einen Spalt weit.

In ihrem Zimmer holte sie ihre Trommeln aus dem Korb. Sie waren aus Holz und mit Rehleder bespannt. Zu trommeln hatte sie auf den Weinfeldern begonnen, auf den ausgehöhlten Baumstämmen, die die Weinleser zum Herbstfest hervorholten. Sie klemmte sich die Trommeln zwischen die Knie. Auf dem linken Fell war eine abgenutzte Stelle. Wenn sie Isak in einem günstigen Augenblick erwischte, würde er für ein neues Fell berappen müssen, und das würde Arré Spaß machen. Sie tupfte sacht auf die Felle. *Pah-pah-pah-dam-pah.* Sie überlegte sich, was Isak vor den Räten tanzen würde. Es würde wohl etwas Langsames sein, raffiniert und voller kleiner Abwandlungen, keiner von den schnellen glanzvollen Schautänzen, die er bei Festen vorführte, um die Menge zu beeindrucken.

Pah-pah-pah-dam-dam. Die Wirkung des Himmelskrautes machte es schwer, sich zu konzentrieren. Ihre Finger fühlten sich kribbelig an. Doch, sie mochte Himmelskraut gern. Und besonders gern rauchte sie Himmelskraut mit Paxe (obgleich Paxe selber es nur selten rauchte; sie behauptete, es mache sie schläfrig) und liebte sie dann.

Pah-dam-pah-pah. Die Muskeln spielten unter ihrer Haut. Sie spürte den leichten Druck des Armreifs der Leibeigenen, den sie hoch am linken Arm trug. Er war aus Bronze und mit einem Dreiecksmuster aus blauer und scharlachroter Emaille verziert. Es machte ihr nichts aus, den Reif zu tragen; das Leben, das sie als Leibeigene führte, war viel angenehmer als jenes, für das sie bestimmt gewesen war: das einer wandernden Erntearbeiterin.

Das kleine Zimmer enthielt wenig, das ihr gehörte. Die Trommeln waren ihr Eigentum — Isak hatte sie ihr in einem Anfall von Großmut geschenkt. Die Kleider, die sie trug, waren dem Brauch gemäß ihr eigen. Die Sachen in der Zedernholztruhe — Bürste, Kamm, Bronzespiegel, eine Goldkette, Sandalen — gehörten ihr. Auch die KARTEN waren ihr Eigentum. Sie lagen in einem Holzkästchen unter ihrem Kissen. Sie waren uralt — sie hatte keine Ahnung, *wie* alt — und ihre Zeichnungen waren dazu bestimmt, mit ihnen wahrzusagen, die Zukunft zu lesen. Sie hatten ihrer Mutter gehört. Es waren insgesamt zweiundzwanzig, alle verschieden voneinander, und Sorren hatte sie nach den daraufgemalten Bildern mit Namen bedacht. Außerdem waren sie numeriert. Auf den Weinfeldern hatte Sorren gelernt, Nummern zu lesen. Eine der Karten, »der Tänzer«, war ohne Nummer, die andern waren alle numeriert, und sie hielt sie in dem hölzernen Kästchen in der richtigen Reihenfolge gestapelt und in ein Stück rote Seide verpackt.

Ihre Finger klopften auf die Felle. Die Karten schlagen und aus ihnen die Zukunft lesen, das ist gegen das Chea. Sagte jedenfalls der Tanjo. Doch Sorren ließ sich wegen dieses Verbotes keine grauen Haare wachsen; schließlich wußte sie ja nicht, wie man die Karten las. Und sie konnte sich auch nicht erinnern, ob ihre Mutter es gekonnt hatte. Sie wünschte, sie hätte sich an all die Geschichten erinnern können, die ihr die Mutter erzählt hatte; vielleicht hätte sie daraus erfahren können, woher die Karten stammten und wie sie gelesen werden mußten. Vielleicht hätten sie sogar Sorrens Visionen erklären können.

Zuweilen hatte sie daran gedacht, Arré die Karten zu zeigen. Aber wenn sie Arré die Karten zeigte, würde sie ihr auch von ihrer Gabe berichten müssen, und Arré würde es den Hexenleuten sagen, und dann würden sie Sorren zwingen, das Haus der Med zu verlassen und im Tanjo zu leben und dem Chea zu dienen, und sie würde von all ihren Freunden getrennt sein, besonders von Paxe, und sie würde niemals in die Berge ziehen.

Und das würde entsetzlich sein. Ihre Finger tanzten über die Trommel. *Pah-pah-pah, pah-pah-PAH!* Und das würde sie zutiefst verabscheuen und fortlaufen.

2. Kapitel

Paxes Tag begann im Morgengrauen. Die Vögel weckten sie, dann das Licht, das durch das Fenster im Osten drang. Sie lag bewegungslos im Bett und sortierte die morgendlichen Empfindungen, die auf sie eindrangen. Aus dem Med-Haus konnte sie das Klappern und Getöse hören, mit dem Toli, einer der Küchenlehrlinge, die Asche aus dem großen Ofen an der Hauswand kratzte, um ein frisches Feuer zu entzünden. Der Wind trug die Gerüche von Pinien und Schierlingstanne herbei. Die Brise war feucht und salzig, sie kam aus dem Süden. Paxe reckte sich, ihre Sehnen krachten, die Gelenke knackten leise. Sie schob sich auf den Ellbogen hoch und neigte den Kopf zur Seite, lauschte, ob sie irgendwelche Geräusche aus dem unteren Geschoß ihrer Kate hören könne. Doch sie hörte nichts; also hatte Ricard in dieser Nacht wieder nicht im Haus geschlafen. Sie hatte auch nicht damit gerechnet, daß er da sein würde: bei den seltenen Gelegenheiten, bei denen er sich herabließ, ihr Haus zu beehren, paffte er es stets voller Himmelskrautrauch, und das hätte sie auch diesmal riechen müssen. Außerdem würde sie ihn hereinstolpern gehört haben.

Sie stand auf und kleidete sich an. Inzwischen war sie daran gewöhnt, früh aufzustehen; sie hatte es den ganzen Sommer hindurch getan. Die drei Med-Offiziere — Paxe, Kaleb und Ivor — wechselten sich der Reihe nach in der Wache ab, viermal im Jahr, jedesmal beim Übergang zur nächsten Jahreszeit. Die Tagwache ging von Sonnenaufgang bis zum halben Nachmittag; die Spätwache, Ivor hatte sie jetzt, vom Nachmittag bis Mitternacht; und die Nachtwache von Mitternacht bis zum Sonnenaufgang. Die tatsächliche Wacheinteilung war allerdings flexibel, um den jahreszeitlichen Unterschieden gerecht zu werden. Der Nachtdienst war der am wenigsten leicht kalkulierbare, und der Dienst tagsüber war von allen drei Schichten der anspruchvollste. Und derzeit hatte Paxe das Tageskommando.

Kaleb wartete direkt am Tor des Waffenhofes auf sie.

»Einen guten Morgen«, sagte er.

Sie lächelte ihm zu. »Guten Morgen.« Sie kannten einander gut. Er war seit sieben Jahren ihr Unteroffizier und seit sechzehn Jahren ihr Freund. Nach dem Tod ihrer Töchter, während der Pestepidemie, hatte ihr Shana Med, die Mutter von Arré Med, die Erlaubnis erteilt, ihren Posten aufzugeben, die Weingärten zu verlassen und auf Reisen zu gehen. Sie war nach Westen gezogen, nach Shanan und noch weiter, quer durch das Gebiet der Asech bis nach Tors Rest, ein kleines Dorf an den südlichsten Ausläufern der Roten Berge.

Dort war sie zwei Jahre lang geblieben. Auf der Heimreise hatte sie Kaleb getroffen, und er war ihr in die Stadt gefolgt und hatte sich auf ihre Empfehlung hin der Med-Wache anschließen dürfen. Es war wahrscheinlich (wenn auch nicht sicher), daß er Ricards Vater war.

»Wie war die Nacht?« fragte sie.

Kaleb lehnte gegen die Hofmauer. »In diesem Bezirk war es ruhig. Drunten an den Docks gab es Ärger, aber die Jalar-Wache hat die Leute zerstreut.«

Die Arbeit im Hafen war langweilig und sehr schwer; manchmal fingen die Schauerleute und die Fischersleute Prügeleien an, nur um sich Luft zu machen. »Verletzte?«

»Eigentlich nicht. Es gab ein paar blutig geschlagene Schädel. Die Jalar-Wache mußte die Speerschäfte einsetzen.«

Das war nur das übliche. »Wer hat angefangen?« erkundigte sich Paxe.

»Weiß ich nicht. Aber es geht das Gerücht, daß Col Ismenin daran beteiligt war«, sagte Kaleb.

Er würde ihr kein Gerede hinterbringen, wenn er nicht glaubte, daß ein Körnchen Wahrheit dahintersteckte. »Das hört man nicht zum erstenmal«, sagte sie beiläufig. Die Brüder Ismenin waren als Raufbolde berüchtigt. Sie musterte Kaleb von oben bis unten. Seine Kleidung war staubig. Er war drei Jahre jünger als sie, und in seinem Haar breitete sich bereits Grau aus, aber er würde niemals zugeben, daß er müde sei. »Leg dich schlafen«, sagte sie.

»Das tu ich.«

Sie schaute ihm nach, als er den Waffenhof verließ. Ricard sah ihm nicht ähnlich, nein, eigentlich gar nicht. Sie überlegte, wo ihr Sohn die Nacht verbracht haben mochte. Den halben Tag lang trieb er sich in der Stadt herum, spielte, warf ihr Geld zum Fenster hinaus und rauchte Himmelskraut ... Fünfzehn war er. Mit fünfzehn war sie bereits schwanger gewesen. Vielleicht war es an der Zeit, daß sie sich eingestand, daß Ricard kein Kind mehr war.

Sie begannen mit ihren Übungen. Im Zentrum des weiten, stillen Platzes reckte sie ihren Leib und ließ ihn kreisen, nach Norden, Osten, Süden, Westen, Norden. Sie behandelte ihre Muskeln, wie ihre Wachtposten ihre Waffen behandelten, sie schliff sie und ölte sie. Ihr Körper war noch immer so fest und schlank, wie er es gewesen war, als sie in Sorrens Alter war, doch mußte sie jetzt daran arbeiten, diesen Zustand zu erhalten.

»Guten Morgen, Meisterin des Hofes!« Eine Handvoll ihrer Soldaten kam durch das Hoftor. Sie winkte einen Gruß. »Hast du von der Schlägerei gestern nacht gehört?« Das war Seth; er liebte Kämpfe.

»Ich hab' davon gehört«, rief sie. »Warst du dabei?«

Sein Schokoladengesicht platzte zu einem Grinsen auseinander. »Doch nicht ich. Ich war daheim und im Bett.«

»Das wäre ein echtes Wunder«, sagte Paxe.

Seth mimte Erstaunen.

»Schau mich bloß nicht so unschuldig an! Ich kenn dich!« Sie hatte ihm schon zweimal eine Prügelstrafe verordnen müssen, weil er im Waffenhof gerauft hatte. Er warf die Hände nach vorn, die Handflächen zum Himmel gewendet, ein Bild vollkommener Unschuld. Sie zuckte die Achseln. Die anderen Wächter knufften und neckten ihn, während sie zum Waffenschuppen hinübergingen. Paxe ließ die Leute allein exerzieren, ohne ihre Aufsicht. Es war die Tagesstunde, zu der sie normalerweise ihre Runde machte. Sie schlenderte ans Tor des Med-Bezirks. Dieser war von allen der mit den unregelmäßigsten Grenzen. Er hatte die Form eines Stiefels; die Stiefelöffnung wies nach Süden, die Zehen nach Osten, und der Absatz stieß direkt an das Nordost-Tor. Paxe nannte den Stadtteil den »Med-Distrikt«, doch ganz insgeheim dachte sie von ihm als dem ihren: er war ihr Gebiet, ihr Reich, das Stück Stadt, das ihr gehörte.

Bei der Halle der Reisenden an der Brunnenstraße machte sie halt und aß ihre Frühmahlzeit. Die Stadtleute begrüßten sie, Fahrende (die in der Halle kostenlos verpflegt wurden) starrten sie an und fragten sich ganz offenkundig, wer die sein mochte. Sie schlenderte über den Weinmarkt und stocherte sich dabei die

Wurstreste aus den Zähnen. In der Straße der Goldschmiede blieb sie vor einer Werkstatt stehen. Der Meister lächelte und zog seine sämtlichen Laden hervor.

»Hofmeisterin Paxe! Was verschafft uns die Freude? Gibt es etwas, das du gern haben möchtest? Sag es mir nur!«

Paxe betrachtete sich die wunderhübschen, teuren Schmuckstücke. Einst, vor vielen Jahren, hatte sie in eben dieser Werkstatt ein Armband für Arré erstanden. »Es gefällt mir alles, Tian, aber ich werde nichts kaufen.« Sie pochte auf ein Tablett. »Steck das wieder weg, bevor die Diebe unruhig werden!«

»Wenn du dabeistehst? Nie im Leben!« Doch er trug die Borde zurück in seinen Laden. Sie ging weiter, nach Süden zu dem Tanjo-Posten. Die Medwache, eine Frau namens Orilys, salutierte mit zusammengelegten Händen und einer Verbeugung.

Vier Bezirke grenzten an den Tanjobezirk: Med, Minto, Isara und Sul. Und alle vier unterhielten dort eine Wache. »Wie steht es?« fragte Paxe.

Orilys warf einen Blick auf die Kuppel des Tanjo. Hinter dem Tor leuchtete der breite weiße Prozessionsweg in der Sonne. Vor dem Eingang fegte ein Tempelschüler mit einem Besen das bereits makellose Pflaster. Ein roter Vogel glitt über ihre Köpfe hinweg seinem Nest zu. Eine Kolonie dieser Vögel hauste in den Mauerspalten des Bauwerks. »Still«, sagte die Wache. »Hier ist es immer still.«

Der Verkehr am Nordwest-Tor war normal. Paxe blieb stehen und beobachtete. Die Posten wurden unruhig, und sie lächelte ihnen zu, vermutlich hatte sie beim Würfelspiel gestört. Sie würden sofort weiterspielen, sobald sie ihnen den Rücken gekehrt hatte. Ein Kurier in Grün langte am Tor an, und die Posten hielten einen Karren zurück, damit die Botin zuerst eintreten könne. Paxe hätte gern gewußt, woher die Botin kam und was ihre Botschaft sein mochte. Es konnte keine Eilmeldung sein, denn sonst wäre die Botin im Sattel geblieben. Es war eines der Privilegien des Grünen Clans, daß seine Angehörigen innerhalb der Stadtmauern reiten durften.

Eine schnatternde Kinderschar drängte sich um sie, als sie vom Tor wegging. »Hofmeisterin!« kreischten sie, und sie betätschelte alle, die sie erreichen konnte, und gab dem ältesten Kind eine Bronzemünze mit der Anweisung, für sie alle Birnen zu kaufen. Die Kinder rannten zwischen den hereindrängenden Karren davon.

Auf dem Weg zum Hügel zurück kam Paxe durch die Ölstraße. Sie hieß so, weil längs der Straße früher einmal Chobabäume gestanden hatten, auf denen jene langen gelben Kapseln wuchsen, aus deren Samen man das Chobaöl preßte. Am Ende der Avenue stand noch immer eine Ölmühle. Doch die Bäume waren geplündert worden, bis sie sich schließlich geweigert hatten, noch Frucht anzusetzen, und man hatte sie vor einigen Jahren gefällt. Die Mühle hockte verlassen da. Die Häuser waren verfallen. Alt. Männer mit steinernen Augen und mürrische Frauen blickten ihr nach, als sie vorbeiging, und die verlotterten und zerlumpten Kinder in den Rinnsteinen hockten stumpf da und riefen sie nicht an. Eine Ziege wanderte ohne Strick völlig ungehindert über die Straße.

Paxes Schritte schienen in der rissedurchzogenen, trockenen Straße zu widerhallen, und über allem hing der schwere süßliche Duft von Himmelskraut. In einigen wenigen Gärten sproßte Mais, doch die meisten waren ausgetrocknet, die wenigen Pflanzen sahen dürr und leblos aus. Es war keine gute Gegend für einen Fremden. Paxe überlegte sich, was wohl geschehen wäre, wenn die Chobabäume weiter Frucht getragen hätten. Aber es gab in der ganzen Stadt nur noch wenige fruchtbare Chobabäume; man hatte fast alle abgeschlagen, um Platz für neue Häuser zu schaffen. Das Chobaöl importierte man jetzt aus den Shirasai-Plantagen. Zerfetzte Wimpel kennzeichneten leerstehende Gebäude, in denen früher einmal gutgehende Läden gewesen waren. Die Banner flappten schlaff über Paxes Kopf. Dürre Katzen stöberten in Haufen von Unrat. Die trostlose Verödung machte sie traurig, und sie sagte sich, daß jeder Stadtbezirk seine eigene Ölstraße habe. Die in ihrem eigenen Reich war nicht schlimmer als die meisten anderen.

Sie kam von der Rückseite zum Waffenhof zurück. Während sie um den hohen roten Zaun bog, roch sie Himmelskraut. Ein paar von den Soldaten auf Freiwache hatten geraucht, vermutete sie. Sie *hoffte*, daß es die Freiwache sein möge, nicht die im Dienst. Sie hatte ihren Leuten nachdrücklich verboten, im Dienst zu rauchen oder zu trinken. Der Hof klang leer, man hörte nicht die üblichen Rufe und das Grunzen der Leute beim Training.

Leise wanderte sie zum Eingang. Der Wächter war nicht auf seinem Posten. Sie zog die Augenbrauen zusammen. Doch der Waffenhof war schließlich nicht leer: eine kleine Menschengruppe stand in der einen Ecke, wo die Zaunpfosten aufeinanderstießen.

Sie konnte nicht sehen, was da vor sich ging; die Leute schienen etwas zu betrachten. Und Evrith, die Wache am Tor, stand auch dabei.

Sie spürte, wie der Ärger in ihr hochstieg. Die Leute rauchen Himmelskraut im Waffenhof, dachte sie, ich werde ihnen die Haut in Streifen vom Leib peitschen lassen! Sie trat durch das Tor. Plötzlich machte einer — es war Seth — einen Schritt zur Seite und hob beide Hände in die Luft. Paxe erkannte, was die Leute sich angesehen hatten, und ihre Muskeln verkrampften sich plötzlich: die Leute schauten auf das Sommersonnenlicht, das wie Wasser von der scharfen Schneide eines blanken Schwertes floß.

Die Wachtposten hatten sie zunächst nicht herankommen sehen. Als sie sie dann erblickten, erstarrten sie zu Stein. Sie streckte die rechte Hand aus. »Gib her!« befahl sie. Stumm legte Seth ihr den Schwertgriff in die Hand. Sie faßte mit beiden Händen zu. Der Waffengriff war aus Bronze und hatte ein dekoratives erhabenes Muster, wodurch das abgenutzte Metall fester im Griff lag.

Automatisch erinnerte sich ihr Körper an Stellung und Balance: sie schob den rechten Stiefel vor und schwang die Klinge. Sie hatte in Tors Rest von Tyré gelernt, wie man mit dem Schwert umgeht, Tyré, der in Anspruch nahm, bei Doménia trainiert zu haben, dem letzten Sproß der Linie des Van von Vanima. Sie schwang das Schwert erneut, und es sang, als es durch die Luft schnitt.

Ihre Soldaten starrten sie an, als hätten sie sie nie zuvor wirklich gesehen.

»Ah! Ihr habt nicht gewußt, daß ich damit gearbeitet habe«, sagte sie. »Wo habt ihr das her?«

Evrith setzte zur Rede an, und Seth stieß ihn mit dem Ellbogen an. »Es ist meins«, sagte er. »Ich hab' es vom Sohn eines Waffenschmieds gekauft.«

»Und wo hat der es her?«

»Gemacht«, sagte Seth leichtfertig.

Paxe kniff die Augen zu und betrachtete die einschneidige Klinge. Sie war kürzer als jene, mit der Tyré sie ausgebildet hatte, aber die Waffe sah genauso alt aus.

»Wo ist das Gehänge?« fragte sie.

Seth hob es vom Boden auf. Paxe streckte die Hand danach aus, und er reichte ihr die Scheide. Sie war aus Leder — aus altem brüchigen Leder. Sie runzelte die Stirn. Das Schwert sah zu abgenutzt aus und zu gut geschmiedet, als daß es der ehrgeizige Sohn irgendeines Hufschmieds hätte angefertigt haben können.

Wieder setzte Evrith zum Reden an. Und Seth zischte wütend: »Halt das Maul!«

Paxe streifte ihn mit einem schnellen Blick. Er lügt, dachte sie. Er begegnete aufsässig ihrem Blick, und wieder wuchs Zorn in ihr empor. Sie schob das Schwert in die Scheide und bückte sich, um es niederzulegen, sprang aber plötzlich hoch, straff und gerade wie eine gezogene Bogensehne, die an ihren Platz zurückspringt. Ihre rechte Faust packte Seth vorn am Hemd, und sie schüttelte ihn, bis seine Augen zu rollen begannen, und als sie ihn genug geschüttelt hatte, schlug sie ihm ins Gesicht. »Das ist für deine Lügen. Also, woher hast du es?« Sie wartete, bis er zu sprechen anfing, dann schlug sie ihn erneut, und diesmal sehr hart.

Tränen quollen ihm in die Augen, er sprudelte einen Namen hervor: »Lyrith!«

»Für wen kämpft er?« fragte Paxe.

»Ismeninas«, stammelte Seth und schwankte in ihrem Griff hin und her.

Paxe ließ ihn los.

Sie nahm das Schwert wieder auf. »Hast du vielleicht Lust, dich im Tanjo für den Besitz einer scharfen Waffe zu rechtfertigen?« fragte sie. Seths Gesicht wurde grau. Allesamt schüttelten die Soldaten den Kopf. »Dann schlage ich vor, ihr vergeßt, daß ihr das da jemals gesehen oder angefaßt habt.« Sie hielt das Schwert hoch.

Evrith sagte: »Ja, Hofmeisterin.« Sie traten ihr aus dem Weg, als sie sich umwandte und vom Trainingsplatz ging. Als sie außen am Zaun entlangschritt, roch sie wieder das Himmelskraut, dessen Duft noch immer in der Luft hing. Der ganze Vorfall hatte sich blitzschnell abgespielt.

Sie trug das Schwert in ihr Haus und legte es droben neben ihrem Bett nieder. Sein Anblick versetzte sie in Unruhe. Wenn Ricky heraufkam und das Schwert da liegen sah? Sie stieg wieder hinunter. Sie hob den Deckel ihrer Zedernholztruhe, wühlte das Schwert zwischen die Steppdecken, bis es von deren Falten bedeckt war. Sie würde natürlich Arré davon berichten müssen. Und Arré würde wissen wollen, wie es in ihre Hände gelangt sei, woher es stamme, wer es gefertigt habe. Sie grub das Schwert wieder hervor und nahm es auseinander, ganz wie der alte Tyré sie das gelehrt hatte.

Auf dem Griffzapfen entdeckte sie eingegrabene Runenzeichen — den Namen des Schmiedes. Sie rätselte daran herum, doch es war eine ihr fremde Schrift, und so gab sie es auf. Unter dem Namenszug befand sich ein kleines Fischemblem, und das verriet ihr genug. Das Schwert kam tatsächlich aus dem Norden, aus Tezera, und es war eine alte Waffe. Rost überzog den Stahl. Die Waffe mußte vor dem Bann geschmiedet worden sein.

Sie setzte das Schwert wieder zusammen. Selbst der verfärbte Stahl fühlte sich noch gefährlich an, sowohl wegen dem was er war, als auch wegen dem, was sein Besitz bedeuten konnte. Die Waffe war *ni'chea*! Waffen mit scharfem Schliff, so hatten die Hexer bestimmt, zerstörten jede Harmonie, die die Menschen in Frieden zueinanderbrachte und das Land Arun fruchtbar sein ließ, und so war es verboten, solche Waffen zu besitzen oder sie innerhalb der Stadt zu verwenden. Es war kein absolutes Verbot, doch die Ausnahmebedingungen waren klar und deutlich, und jedes Kind auf den Straßen der Stadt kannte sie — was natürlich Schwerter nur noch faszinierender machte, wie Paxe sehr wohl wußte.

Ihr Wächterstandbild ruhte in seiner Nische in der Wand. Sie pflegte es nicht oft anzuschauen; es war Bestandteil ihres Daseins, genau wie ihre Vergangenheit. Das Bild war aus rotem Stein, eine Seltenheit in Kendra-im-Delta: die meisten dieser Statuen hier in der Stadt waren aus Ton gefertigt und weiß. Kaleb hatte ihr die Statue geschenkt. Die Asech nahmen Symbole äußerst ernst. Kaleb war in zehn Jahren nicht ein einziges Mal in die Wüste zurückgekehrt, doch er trug noch immer das Stammeszeichen des Ratten-Clans unter dem Hemd, wo man es nicht sehen konnte.

Paxe starrte das stilisierte Gesicht an und überlegte, was sie tun solle. Das Gesetz verpflichtete sie, das Schwert in den Tanjo zu bringen, es den Hexern zu übergeben und Seth als seinen Besitzer zu denunzieren. Sie fragte sich, was sie wohl mit Seth machen würden, wenn sie ihn an sie verriet. Er konnte aus der Stadt verbannt werden, ausgepeitscht, mit einer schweren Geldbuße belegt werden, oder noch Schlimmeres. Der Mann, der als Letzter ein Schwert in die Stadt gebracht hatte, wurde damit bestraft, daß man ihm die rechte Hand abhackte.

Mit gerunzelter Stirn legte sie das Schwert wieder in den Kasten zurück. Dann stand sie auf und verließ ihr Haus. Ehe sie mit irgend jemandem sprechen würde — sei es Arré *oder* die Hexer —, wollte sie ganz genau in Erfahrung bringen, woher das Schwert gekommen war.

Sie schritt den Hang hinunter zur Quellenstraße, dort wandte sie sich nach Osten und ging zum Flußufer, in jenen Bezirk, der nach den Ismeninas benannt und der von ihnen bewacht wurde.

Das Haus der Ismeninas war aus Stein. Es erhob sich auf dem Steilufer und kehrte dem Fluß seine breite Rückfront zu. Es war ein neues Haus. Das ursprüngliche Herrenhaus der Ismeninas war, genau wie die anderen Häuser der Großen Familien der Stadt, aus rotem Zypressenholz gebaut gewesen, jenem wundervollen Holz, das sich zu Silber verfärbte, wenn es alterte. Es war Rath Ismenin, Ron Ismenins Großvater, der das Steinhaus hatte errichten lassen. Im Jahr des Rates Dreiundneunzig waren er und weitere Ratsmitglieder nach Tezera gereist, um dort über die Auswirkungen des Banns auf den Handel zu konferieren. Rath Ismenin hatte die großen Familien dort besucht und hatte dabei zum erstenmal in seinem Leben Marmorhallen betreten. Als er in den Süden heimgekehrt war, befahl er, daß das alte Herrenhaus dem Erdboden gleichgemacht werde, und baute sich ein Haus aus weißem Granit, mit Baumeistern und Maurern, die er in Tezera angeworben hatte. Seine Nachbarn waren zutiefst schockiert gewesen von der Sache.

Die Straße, an der das Haus lag, hieß mit dem charakteristischen Humor der Stadt im Volksmund »Rath-Gasse«. Der Waffenhof lag neben dem Haus. Wie der Hof der Med war er ein umzäunter Erdplatz. Paxe strebte rasch darauf zu.

Vor dem hohen Eisentor stand eine Wache. »Guten Morgen«, sagte Paxe. »Ich möchte den Meister des Hofes Dobrin sprechen.« Dobrin war seit fünfzehn Jahren Meister im Hof bei den Ismeninas. Er war ein kleiner dunkelhäutiger Mann, älter als Paxe. Sie kannte ihn — nicht besonders gut, doch alle Kampfmeister in Kendra-im-Delta kannten sich untereinander.

Der Posten am Tor sagte: »Tut mir leid. Der Meister unterrichtet jetzt im Hof.«

Paxe trat zurück, um sich den Mann genauer anzuschauen. Der Mann war jung und trug einen lächerlichen kleinen Oberlippenbart, der wie eine dünne Raupe aussah. »Ich heiße Paxe«, sagte sie. »Ich bin Meisterin im Hof der Med.« Und da sie erwartete, er werde ihr Platz machen, trat sie vor. Die Höflichkeit verlangte, daß er sie eintreten ließ.

Er fuhr sich über die trockenen Lippen und schob seinen Speer wie eine Schranke quer vor den Eingang. Unter der Speerspitze hing eine graugoldene Troddel. »Ich bedaure, Meisterin im Hof«, sagte der Junge. »Es ist niemandem gestattet, den Ismenin-Hof zu betreten, der nicht Ismenin-Farben trägt.«

Paxe hatte von solch einem Befehl noch nie etwas gehört. »Wessen Befehle sind das?« fragte sie.

»Die Ron Ismenins.«

Sie musterte ihn von oben bis unten mit einem abschätzenden starren Blick. Beide wußten sie, wie leicht es für sie sein würde, ihn beiseitezuschieben. Sie legte den Kopf schief und lauschte auf das Knallen von Holz, das auf Holz schlug und auf die ausgerufenen Zahlen (*Eins* — und *zwei* — und *drei* — und *vier*!«), die hinter dem Tor zu hören waren. Dann sagte sie: »Sage dem Meister im Hof Dobrin, daß ich hier bin und ihn zu sprechen wünsche!«

Möwen kreisten über ihrem Kopf und schrillten spöttisch. Hier am Fluß waren immer Möwen. Sie stemmte die Hände in die Hüften und trat zurück, damit der Posten Platz habe und sich überlegen könne, was er tun solle. Wenn er sich weigerte, Dobrin ihre Botschaft zu übermitteln, dann würde sie einfach durch ihn hindurchmarschieren.

Der Halbmann schluckte schwer. »Verzeih mir, Meisterin«, sagte er. Er schob den Riegel zurück und glitt durch die Tür. Sie hörte, wie er sie von der anderen Seite wieder verriegelte. Sie starrte auf das Tor und zwang sich, nicht zu explodieren.

Nach einer sehr kurzen Weile kehrte der Wachtposten zurück. Sie hörte, wie er den Riegel zurückschob, doch er kam nicht durch das Tor, sondern hielt ihr statt dessen den Flügel auf. »Entschuldige mich«, sagte er nochmals.

Sie musterte ihn, wie sie einen ihrer eigenen Soldaten gemustert haben würde. »Auf deiner Speerspitze sind Rostflecken.«

Die Ismeninsoldaten hatten sich auf dem Hof in zwei Gliedern aufgestellt, die Gesichter zueinander gekehrt und jeweils Paare bildend. Sie trugen Holzschwerter. Paxe schaute gelassen zu, wie sie ihre Schwerter schwangen, auf und nieder, wobei sie in Hüfthöhe beim Abwärtshieb innehielten. Das Vorhandensein einer Wache am Tor hätte sie vorwarnen sollen, sagte sie sich. Ein Junge schwankte mit einem Eimer an ihr vorbei. Er stellte den Eimer ab und spritzte Wasser auf den aufgewirbelten Staub des Hofes. Die Schwerterreihe schwang nach oben. Die Soldaten gaben vor, sie nicht zu sehen. Ein Mann fing ihren Blick auf. Er war ein hochgewachsener Mann, hellhäutig, mit rötlichbraunem Haar, und er trug Seide, nicht die übliche Baumwollkleidung. Am rechten Mittelfinger trug er einen goldenen Ring.

Sie hätte gern gewußt, wer der Mann war. Im Med-Hof trug kein Mensch Ringe, nicht einmal sie. Der Mann sah, daß sie ihn betrachtete, und lächelnd hob er seine Waffe und zog sie in einem scharfen, sauberen Hieb nach unten. Als die Waffe den tiefsten Punkt erreicht hatte, war sein Körper fast zusammengeklappt. Seine Hand zitterte nicht.

»*Eins* — und *zwei* — und *drei* und *vier*!« Eine Frauenstimme zählte den Takt mit. Paxe beobachtete den Kastanienroten und gelangte zu dem Schluß, er sei möglicherweise einer der jüngeren Brüder Ismenin. Scharfe Klingen sah sie nirgendwo. So wartete sie, und eine kleine Weile später erschien Dobrin. Er trug graue Baumwolle, und seine Kleidung war schweißgefleckt. In seinem Schnurrbart war mehr Weiß, als sie erinnerte, doch davon abgesehen, sah er wie immer aus.

»Sei willkommen«, sagte er.

»Ich danke dir, daß du mich auf deinen Hof läßt«, antwortete Paxe.

Er runzelte die Stirn. Seine grauschwarzen Brauen zogen sich zusammen. »Man hätte dich nicht warten lassen dürfen. Der Befehl sollte nicht für dich gelten.«

Die Schatten der Holzschwerter tanzten über dem Staub.

»Ich möchte unter vier Augen mit dir reden, Dobrin!«

»Worüber?« fragte er.

Paxe streifte ihn mit einem Blick. Er beobachtete seine Männer mit leidenschaftslosem Gesicht. Sie bewunderte seine Gelassenheit. »Über einen Mann in deiner Wache«, sagte sie. »Der Name ist Lyrith.«

Dobrin bat sie in sein Haus. Es war sogar noch weniger üppig möbliert als das ihre. Dobrin hatte nie geheiratet, erinnerte sich Paxe, und wahrscheinlich war dies einer der Gründe für die spartanische Einrichtung; die Kinder, die er möglicherweise gezeugt hatte, waren in den Häusern ihrer Mütter geblieben. Das Vorderzimmer verfügte über keine Stühle, es gab nur Kissen und einen niedrigen Tisch, auf dem in einer Kupferschale ein Zweig mit rosa Blüten lag. Wände und Fußboden waren kahl.

Paxe ließ sich auf ein Kissen nieder. Dobrin ging in die Küche und holte zuerst Wasser, dann einen Teller mit *fetuch* und eine kleine Lackschale mit Salz. Sie streuten Salzkörner auf die knackigen grünen Stengel und aßen. Daß sie gemeinsam aßen, verlieh der Begegnung einen freundlichen Hauch von Zeremoniell. In der östlichen Wand des Zimmers hockte in einer Nische ein weißes Tonbild des Wächters. Darunter stand auf einem Bord ein weiterer Blütenzweig. Als sie alle Fetuchstengel gegessen hatten, trug Dobrin den Teller und das Salzgefäß zurück in die Küche. Dann setzte er sich auf sein Kissen und faltete die Hände im Schoß.

»Es ist lange Zeit her«, begann er, »daß wir gemeinsam gegessen haben.«

Paxes Mundwinkel zuckten. Ganze sechs Stengel Fetuch! »Also darum bleibst du so schlank!« sagte sie.

Dobrin lächelte. »Du wünschst mit mir über Lyrith zu sprechen«, soufflierte er.

»Ja«, antwortete sie. Durch Dobrins Fenster konnte sie noch immer das Zählen der Übungsstöße hören. Sie wünschte sich, daß sie nicht gerade dem Wächter direkt hätte gegenübersitzen müssen; das Bildnis schien sie zu beobachten, schien ihre Gedanken zu lesen, bevor sie sie aussprechen konnte, genau wie es die Hexer im Tanjo taten, jedenfalls einige davon.

»Als ich heute morgen nach meiner Runde in meinen Hof zurückkam«, begann sie, »fand ich dort einen meiner Männer mit einem Schwert vor. Einer scharfen Klinge. Ich habe sie ihm abgenommen. Ich fragte ihn, wo er sie herhabe. Er gestand mir, daß Lyrith aus diesem, eurem Haus hier sie ihm gegeben oder verkauft hat. Ich weiß nicht, was von beidem.«

Dobrin sagte gleichmütig: »War die Waffe gezeichnet?«

»Sie trug das Fischemblem auf dem Dorn.«

Dobrin ballte die Hände zu Fäusten und löste sie wieder. Er stand auf und trat an die Tür, riß sie auf, und seine Stimme schnitt messerscharf in die Kadenz der Zahlenrufe. »Gavriénna!«

Die Frau hörte zu zählen auf. Kurz danach erschien sie in der Tür des Häuschens. »Meister?«

Dobrin sagte streng: »Hol mir Lyrith her!«

Die Frau verbeugte sich und verschwand. Paxe hörte sie etwas rufen.

Als sie zurückkehrte, hatte sie einen jungen dunkelhäutigen Mann im Schlepptau. Dobrin setzte sich wieder und bedeutete mit einem Wink, seine Soldaten sollten eintreten. »Paxe-no-Tamaris, Hofmeisterin von Arré Med«, sagte er und wies auf Paxe. »Sie kommt mit einer Beschuldigung in diesen Hof. Lyrith, kennst du einen Med-Soldaten namens ...« Er warf Paxe einen Blick zu.

»Seth«, sagte sie.

Der Mann biß sich auf die Unterlippe. »Jawohl, Meister im Hof.«

»Und du hast ihm ein Tezeraschwert verkauft oder gegeben?«

Lyrith senkte die Augen zu Boden. Gavriénna schüttelte ihn am Arm. »Antworte, rasch!«

Lyrith stammelte: »Ja, Meister.«

»Woher hast du es?«

Lyrith schluckte schwer. »Mein Vetter ist ein Händler, Hofmeister. Als wir ... als wir mit den Holzschwertern zu üben angefangen haben, hab' ich ihn gebeten, er soll mir ein echtes Schwert besorgen. Und er hat mir zwei gebracht. Und Seth ist der Bettgenosse von meiner Schwester. Er hat die Waffen im Haus gesehen und wollte eine davon haben, also habe ich ihm eine gegeben.«

»Obwohl du gewarnt wurdest, als wir mit dem Training begannen, daß der Besitz scharfer Waffen verboten war und verboten *bleibt*!«

»Jawohl, Meister im Hof.«

Dobrin beugte sich nach vorn. »Es ist dir verboten, ein Schwert zu besitzen«, sagte er. »Es ist dir verboten worden, von dem Training hier auch nur zu *sprechen*. Wenn die Nachricht davon, daß sich in deinem Haus ein scharfes Schwert befindet, in den Tanjo gelangte, ist dir klar, was dann mit dir passieren könnte? Du könntest in die Verbannung geschickt werden! Man könnte dir die Hand abhacken! Und trotzdem bittest du irgendeinen Händler, dir ein Schwert zu besorgen, als hättest du mich nie sagen hören: *Ihr sollt kein Schwert besitzen!* Ist dir nicht klar, was die Hexenleute dafür mit dir tun könnten?«

Er hatte die Stimme nicht erhoben. Doch Lyrith war grau im Gesicht und schwitzte. »Ja, Meister im Hof.«

»Du bist ein Idiot!«

»Ja, Meister.«

»Ich werde mir nicht die Mühe machen, Ron Ismenin davon zu berichten. Morgen wirst du mir diese Klinge, die du in deinem Haus hast, übergeben. Und heute um die Mittagsstunde wirst du an den Pfahl gehen. Gavriénna, zwanzig Schläge, und ich will, daß sämtliche Wachen im Hof Zeugen sind.« Die Wachoffizierin nickte. »Und jetzt, verschwinde von hier!«

»Los, komm, Idiot!« sagte Gavriénna. Sie zerrte Lyrith aus dem Haus. Paxe erhaschte einen Blick auf das Gesicht des Mannes: er war den Tränen nahe. Aber sie hätte nicht zu sagen vermocht, ob es Tränen der Schmach oder der Erleichterung waren.

»Bist du zufriedengestellt?« fragte Dobrin und legte die Hände wieder im Schoß zusammen.

Paxe schwieg. Das Zählen begann wieder. *Eins* — und *zwei* — und *drei* — und *vier*! »Nein«, sagte sie schließlich. »Nein, ich bin nicht zufrieden. Sag mir, Dobrin, warum exerziert ihr mit Schwertern, wo sie doch in der Stadt verboten sind?«

»Weil ich Meister im Hof bin«, sagte Dobrin. »Ich gehorche dem Haus, dem ich diene.«

»Obwohl du dabei den Bann brichst?«

Dobrin beugte sich vor. »Ich breche den Bann nicht.«

»Weil du keine scharfen Schwerter verwendest? Spiel mir nichts vor, ich bin kein Stadtbeamter. Du brichst wissentlich den Bann. Du weißt es, und Ron Ismenin weiß es. Warum sonst solltest du deinen Wachen befehlen, nicht über ihre Ausbildung zu reden, und warum sonst würde wohl dein Herr einen Posten ans Hoftor stellen, der Fremde fernhalten soll?«

Dobrin sagte: »Ich lehre den Kampf mit dem *komys*, Paxe, mit dem Kurzschwert.«

»Beim *chea*, was macht das für einen Unterschied, welches Wort du gebrauchst?«

»Ist dir der genaue Wortlaut des Banns vertraut?« fragte Dobrin.

»Nein. Ich hab' ihn nie gelesen. Aber ich weiß, was er besagt, und du weißt es auch.«

Dobrin sprach: »Der Bann ist in der alten Sprache niedergeschrieben. Ich selber spreche sie nicht, aber ich habe es mir übersetzen lassen. Da sind die Waffen aufgezählt, deren Besitz und Gebrauch innerhalb der Stadt verboten sind. Es gibt in der alten Sprache zwei verschiedene Wörter für ›Schwert‹: das eine bezeichnet die lange Klinge, das andere die kurze einschneidige Klinge. Im Bann steht kein Wort über diese zweite Waffe.«

Die Klinge, die sie Seth abgenommen hatte, war eine kurze Klinge gewesen, mit nur einer Schneide. »Willst du mir sagen, daß Kurzschwerter nach dem Geist des Bannes nicht ebenfalls verboten sind?«

Dobrin schüttelte den Kopf. »Das würde ich nicht behaupten wollen. Aber ich sage dir immerhin soviel, daß Kurzschwerter nach dem *Wortlaut* des Bannes nicht verboten sind.«

Paxes Hals begann zu schmerzen. »Dobrin, wir sind beide keine Schriftgelehrten. Wir sind Kampfmeister. Und unser Eid bindet uns an die Einhaltung der Gesetze. Und wenn wir gegen den Geist des Banns verstoßen, dann brechen wir das Gesetz — und mehr als nur das — wir brechen das *chea*!«

»Ach?« fragte Dobrin. »Tun wir das?« Wieder neigte er sich vor, und auf seinem Gesicht zeichnete sich plötzlich Leidenschaft ab. »Ich glaube das nicht, Paxe. — Nein, hör mich an! Wir Stadtleute werden von frühester Kindheit an dazu erzogen, dem Hexenvolk Ehrfurcht zu erweisen, zu glauben, daß sie aufgrund ihrer Kräfte der Weisheit näher sind als wir gewöhnlichen Menschen. Und was man vergißt, uns beizubringen, ist, daß sie einfach auch nur Männer und Frauen sind wie du und ich. Was immer ihre Gaben sein mögen, sie sind nur Menschen, und ich glaube einfach nicht, daß sie mehr wissen als du und ich oder sonstwer, oder genauer: was das Gesetz ist oder die Wahrheit — oder das Chea. *Mehr* wissen, Paxe! Ich glaube einfach nicht länger, daß das Chea von uns verlangt, etwas innerhalb der Tore der Stadt zu tun, und das Gegenteil vor den Toren. Draußen dürfen die Leute scharfe Waffen tragen und verwenden, in der Stadt aber nicht, und die Hexer behaupten, das Chea befiehlt es so. Doch das sichtbare Zeichen für die Anwesenheit des Chea ist Wohlstand und Eintracht unter den Menschen und Völkern, und sieh doch — vor den Stadttoren herrscht ja auch nicht Zwietracht! Es ist hundert Jahre her, seit wir einen Krieg hatten! Wenn der Bann so unumgänglich notwendig wäre, um Arun den Frieden zu erhalten, warum ist dann das übrige Land, das ihn nicht halten muß, so blühend und reich?« Er pochte nachdrücklich auf den Tisch. Paxe hatte ihn immer für schweigsam gehalten, und dieser Überschwang erstaunte sie. Es war die erste und einzige lange Rede, die sie je von ihm gehört hatte.

Einen Augenblick lang wirbelten Paxes Gedanken zurück in die Roten Berge, nach Tors Rest, zu Tyré. Der alte Cheari hatte den Bann verabscheut. »Er ist sinnlos«, hatte er argumentiert. »Wie kann es ein Chea geben für die Städte und ein anderes für Galbareth?« Tyré war schon tot, und er war in ihren Armen gestorben. An dem Biß einer so giftigen Viper, daß sie nicht mehr Zeit gehabt hatten, drei Dörfer weit zur Heilerin zu gehen. Sein Tod hatte Paxe das kaum geheilte Herz erneut gebrochen.

»Dann glaubst du also, der Bann ...«

»Ist von Menschen gemacht«, beendete Dobrin den Satz. »Von den Hexern aufgestellt. Ich nehme an, sie hatten gute Gründe dafür, ihn einzuführen, oder glaubten wenigstens, gute Gründe zu haben, als sie ihn aussprachen. Aber die Welt wandelt sich.«

Eins — und *zwei* — und *drei* — und *vier!*

Das Gesicht des Wächters lächelte heiter durch den Raum. Paxes Mund war trocken. Sie sagte schließlich: »Ich werde Arré Med davon berichten müssen, daß du den Schwertkampf lehrst, Dobrin.«

»Das weiß ich«, antwortete er. »Aber denk an das, was ich zu dir gesagt habe, Paxe. Über das Chea!«

Paxe rieb die Narbe an ihrem Schenkel. Sie konnte sie durch den rauhen Hosenstoff fühlen. Tyré hatte sie ihr beim Üben zugefügt.

»Sei versichert, das werde ich!« sagte sie.

3. Kapitel

Der Rat der Häuser von Kendra-im-Delta trat in diesem Jahr zum drittenmal im Hause der Arré Med zusammen, in der fünften Nacht der dritten Woche des letzten Sommermondes, kurz: im Jahre Einhundertsechsundvierzig seit der Gründung des Rates.

Fünf Familien besaßen Sitz und Stimme im Rat. Ursprünglich waren es drei gewesen; und es konnten auch sieben oder neun Familien sein. Durch die ungerade Zahl wurden Pattsituationen vermieden. Die Oberhäupter der Häuser — oder die von ihnen delegierten Personen — kamen zu den Sitzungen zusammen, die nach festgelegtem Muster jedesmal von Haus zu Haus rotierten.

Arré Med saß am Kopfende des Tischs, der großen doppelflügeligen Tür zugewandt, wie es ihrer Stellung als Gastgeberin im Großen Saal zukam. Zu Ehren des Anlasses trug sie ein neues Kleid. Ein Hemd und eine Tunika aus blauer und silberner Seide. Sie stocherte in ihrem Nachtisch herum und lauschte mit halbem Ohr den Worten von Boras Sul, der es sich anders überlegt hatte, in letzter Minute, und doch noch selbst erschienen war. Er pries überschwenglich eine goldene Schale, die ihm einer seiner bevorzugten Händler aus Tezera verschafft hatte. Er trug rote Kleidung, und das ließ ihn noch korpulenter erscheinen, als er tatsächlich war. Nicht zum erstenmal kam Arré zu dem Schluß, Boras sei ein Langweiliger, ein Gierhals und ein Narr.

Sie hatten sich früh zu Tisch gesetzt und aßen nun — Arré blickte zu der Stundenkerze in ihrer Nische hinüber — schon fast zwei Stunden lang. Die Fischgräten häuften sich auf dem Tisch. Sorren stand an der Tür. Sie hatte das Servieren überwacht, so wie der Direktor einer reisenden Gauklertruppe seine Akrobaten und Jongleure überwacht, und sie hatte ihre Sache gut gemacht. Die Ratssitzung begann offiziell, sobald das Mahl beendet war. Arré gab Sorren ein Zeichen, daß sie nun die Platten vom Tisch abräumen lassen könne.

Als das Mädchen sich niederbeugte, um ihren Teller zu nehmen, fragte Arré leise: »Ist die Schreiberin da?«

Sorren nickte. »Sie sagt, du solltest sie bitte nächstesmal nicht in der Halle warten lassen, weil ihr die Knie wehtun.«

Arré gluckste. Die Schreiberin war — schon seit fünfzehn Jahren — ein jähzorniges altes Weib namens Azulith-no-Alis. »Hol einen Stuhl für sie!«

»Das habe ich bereits.«

»Gut, mein Kind.« Arré gab ihren Teller frei. »Und mein Bruder?«

»Er ist vor ein paar Augenblicken eingetroffen.«

»Wo hast du ihn hingeschickt?«

»In das kleine Zimmer drüben überm Gang.«

»Schön. Wenn wir uns zu den Sesseln begeben, bring Gläser und zwei Karaffen von dem Nordlandwein.« Sorren nickte in halber Verbeugung mit dem Kopf.

»Arré, Liebste, du übertriffst dich jedesmal selbst mit deiner Küche«, stöhnte Boras und räkelte sich bequem in seinem Sessel zurecht. Der Stuhl krachte. Er wedelte mit der Hand durch die Luft und legte sie dann vorsichtig auf seinen Bauch. »Ich mache deinem Küchenchef mein Kompliment.«

»Ich werde nicht versäumen, es ihm auszurichten«, sagte Arré.

»Ich hab' mir grad überlegt . . « — Boras zögerte mit dem Gehabe eines Mannes, der fürchtet, eine Taktlosigkeit zu begehen —, »ob er mir eventuell sein Flundernrezept verraten würde?«

»Ich werde meinen Koch bitten, es für dich abzuschreiben und in deine Küche zu senden«, versprach Arré und brachte dem Geist ihrer Mutter ein Lächeln dar; ihre Mutter, Shana, hatte sie gelehrt, daß Menschen so viel umgänglicher waren, wenn sie sich die Bäuche gefüllt hatten.

»Die Tafel bei den Med war stets eine ganz hervorragende«, fuhr Boras, in Verfolgung seines Lieblingsthemas, mit hartnäckigem Ernst fort.

»Ich danke dir«, sagte Arré. Der Hals begann zu schmerzen von all den höflichkeitsbedingten Kopfdrehungen, und sie war sich mit Schrecken bewußt, daß ihr Bruder Isak nebenan wartete.

Sie war müde. Der vorherige Tag (und der zweite davor und drei Tage vor *jenem*) war mit Besprechungen mit ihren Aufsehern vergangen, den Bauinspektoren, die im ganzen Bezirk Löcher graben wollten wie Kinder in Schlammhaufen, und die nicht fähig schie-

nen zu begreifen, wenn sie darauf beharrte, daß sie zunächst von ihnen einen genauen Plan der systematischen Straßenverbreiterungen zu sehen wünschte, die sie vornehmen wollten. An dem heutigen Tag hatte sie den Gerichtssaal des Bezirks besucht und sich dabei unangemeldet hineingeschlichen, um den Richtern zuzuhören. Sie sehnte sich sehr danach, schlafen zu dürfen. Aber es war natürlich eine vergebliche Hoffnung, wenn sie mit einem frühen Ende der Sitzung rechnete. Zwar hatte sie dem Rat keine neuen Geschäftspunkte vorzubringen, aber irgendeiner würde es bestimmt tun.

Sie blickte über den Tisch hinweg. Marti Hok saß am Fußende, ihr gegenüber, wie es ihr Recht war als Älteste unter den Ratsmitgliedern. Sie war außerdem das Mitglied, mit dem Arré am häufigsten bei der Abstimmung gleichstimmte. Neben ihr, rechts von Arré, saß Kim Batto. Er hielt den Kopf gesenkt, und das Licht schimmerte auf seiner Schädelglatze. Kim war pusselig und oft widerborstig, doch sein Haus besaß enge Verbindungen zum Weißen Clan, und aus diesem Grund war Kim zugleich wichtig und gefährlich. Neben ihm saß Cha Minto, am nächsten neben Arré. Boras saß den anderen zwei Männern gegenüber.

Cha Minto hob nun die Augen von der Betrachtung der Maserung der Tischplatte. »Sei bedankt für das Mahl, Arré«, sagte er. Unter den Ratsmitgliedern war er der Jüngste, und normalerweise sprudelte er über von leichtfertigem Geschwätz, Nichtigkeiten, Tratsch über dieses Haus oder jenes. Arré fragte sich, was los sein mochte, daß er so schweigsam blieb.

»Ich habe es gern gegeben«, sagte sie. »Du bist so still, heut abend.«

»Es tut mir leid.«

Arré schnaubte. »Es hat ja keiner gesagt, daß du reden müßtest.«

»Ich könnte ja immer noch über das Essen sprechen«, gab er mit einem Blick auf Boras zurück.

Sie lächelte ihm zu. »Da gibt dir mal keine Mühe.« Sie fuhr leiser fort: »Das erledigt Boras für zwei hinreichend.«

Sie hatte beabsichtigt, ihn zum Lachen zu bringen. Doch er setzte nur ein flüchtiges Lächeln auf und starrte dann auf seine Hände. Arré gab auf. Marti Hok lächelte, als spüre sie Arrés Ungeduld. Wie eine fette Spinne sieht sie aus, dachte Arré. Das war nicht als Beleidigung gedacht — es war das gleiche Bild, das sie dachte, wenn sie an sich selbst erinnert wurde: ein mageres, dunkles Insekt mit raschen Bewegungen, dem man keine Aufmerksamkeit schenken muß, bis es einen gebissen hatte.

Die Ratsälteste pochte mit ihrem Stock auf den Boden. Der silberne Knauf hatte die Gestalt eines Vogels Phoenix. »Wollen wir beginnen?« befahl sie.

»Ja, fangen wir an!« sagte Kim.

Arré nickte. Sie bedeutete Marti, sie möge sich als die Älteste zuerst erheben. Am anderen Ende des großen Empfangsraumes waren Sessel um den Kamin gruppiert. Natürlich war der Rost leer, doch eine Feuerzange, die Zunderbüchse und ein Stapel gutabgelagerter Birkenkloben lagen bereit. Der Kaminsims war frisch poliert worden, und das Eichenholz schimmerte wie Seide. Auf dem Sims standen zwei Lampen mit Schirmen aus Ölhaut und warteten darauf, entzündet zu werden. Eine hohe rote Lackvase mit blauen Lilien stand in der runden Höhlung des Kamins.

Die Stadträte machten es sich gemütlich. Sorren trat ein und brachte ein Tablett mit Gläsern und zwei Karaffen voll trockenen goldgelben Weins. Sie reichte jedem Ratsmitglied ein Glas. Ein kratzendes Geräusch verriet Arré, daß der Tisch, an dem sie soeben gesessen hatten, an die Wand gerückt wurde, um den Platz für Isaks Tanzdarbietung freizumachen. Die Schreiberin, Azulith, kam herein und hockte sich auf den Schemel, der für sie an Arrés linker Seite bereitgestellt worden war.

»Guten Abend«, sagte die Schreiberin munter. Boras schützte Taubheit vor; Kim stierte ins Leere; Marti lächelte.

»Guten Abend, Azulith. Wie geht's deinen Knien?«

»Schrecklich! Es ist die Feuchtigkeit aus dem Wasser, Herrin, die den Schmerz bringt.« Azulith legte die Schriftrolle im Schoß zurecht und holte Pinsel und Tuschfäßchen hervor.

»Das kenne ich«, sagte Marti. »Mir geht es ebenso.«

»Fangen wir an?« sagte Kim brüsk.

»Du meine Güte«, säuselte Marti mit zuckersüßer Stimme, »was treibt dich denn so zur Eile?«

Kim schob schmollend die Lippen vor. Um seinen Worten zuvorzukommen, befahl Arré: »Sorren, schließ die Tür!«

Sorren zog die große Doppeltür zu. Arré hob ihr Glas an die Lippen. Sie liebte den Duft wirklich guten Weins, obschon sie selten mehr als ein Glas davon trank. Wein machte sie müde und schläfrig, und wenn sie zuviel davon nahm, wurde ihr übel. Sorren trat um die Gruppe herum zum Kamin und entzündete die zwei *chobata* auf dem Kaminsims. Sie schimmerten weich durch die bemalten porzellanweißen Hautschirme. Arré setzte ihr Glas auf dem Tischchen ab, das Sorren zu eben diesem Zweck an ihrem Ellbogen plaziert hatte. »Wer hat eine Erklärung abzugeben?« fragte sie.

Mit diesen Worten war die Ratssitzung offiziell eröffnet.

Kim Batto kreuzte unter seiner schwarzen und scharlachroten Robe die Beine. »Ich«, sagte er.

Arré faltete die Hände im Schoß. Zwischen der Familie der Batto und der der Med gab es eine lange Tradition der Feindschaft, die zweihundert Jahre weit zurückreichte, bis vor die Gründung der Ratsversammlung. Ewain Med, Kapitän der Stadtwache und Erbe des Hauses Med, war vom ältesten Sohn der Batto-Linie getötet worden, von einem Mann namens Raven Batto. Der wurde zum Gesetzlosen erklärt und mit ihm zog — dem eigenen Wunsche folgend, aber zur Verzweiflung ihrer Familie — Maranth Med, die nächste in der Erbfolge des Hauses Med.

Geschichten über ihre Fahrten nach Anhard oder in die Roten Berge hatten sich in Arun viele Jahre nach ihrem Verschwinden gehalten, doch da sie niemals zurückgekehrt waren nach Kendra-im-Delta, wußte niemand so recht, wohin sie nun wirklich gezogen waren. Die beiden Familien hatten gegeneinander gehadert und sich bekämpft und sich gegenseitig die Schuld an der Tragödie zugeschoben, bis Lerril Hok sie wieder zusammengebracht hatte. Das war so etwa sechzig Jahre nach dem Tode von Ewain Med geschehen. Diese Tat hatte dem Hause Hok den Ruf eingetragen, Friedensstifter zu sein, und sie hatten diesen Ruf niemals verloren.

»Der Rat hört«, sagte Arré.

Die Schreiberin hob den Pinsel. Die Räte, selbst Boras, beugten sich ein wenig nach vorn in ihren kissenbelegten Sesseln, und Arré Med spürte einen Funken von Erregung durch ihre Nerven schießen.

»Es geht um den Handel mit Himmelskraut. Meine Wächter berichten mir, daß er in letzter Zeit beträchtlich zugenommen hat, besonders unter der Asechjugend.«

Die Batto-Familie besaß die Kontrolle über den Handel mit den Asech, deren Händler Gewürze, Perlschmuck, Töpferwaren und Farbstoffe auf allen Stadtmärkten anboten. Für diese Waren erhielten sie Stoffe, Himmelskraut, Futtergetreide für ihre Pferde und Metall- und Lederwaren. Sie betrachteten sich noch immer als Wüstenvolk, doch zog es mehr und mehr von ihnen in die Städte, wo sie lebten und auf den Baumwollfeldern und in den Weingärten arbeiteten. Sie waren zu einer Quelle billiger Arbeitskräfte geworden, die man in Zeiten der Prosperität willkommen hieß und in Zeiten des Mangels und der Dürre scheel ansah und verabscheute.

Arré fragte: »Bringst du eine Klage vor?«

»Das tue ich«, sagte Kim.

»Erhebt ihr nicht eine Steuer auf den Handel?« fragte Marti Hok.

»Natürlich besteuern wir den Verkauf«, knurrte Kim.

»Dann verschafft euch doch die gestiegene Nachfrage einen erhöhten Gewinn. Beklag dich also nicht.«

Kim blickte verärgert drein. »Marti, es gibt wichtigere Dinge als Geld. Du hast den wesentlichen Punkt nicht begriffen. Hast du die Wirkung von Himmelskraut bei deinen Dienstboten bemerkt? Habt ihr sie bei euren Hafenarbeitern, ja selbst bei euren Wachsoldaten bemerkt? Das Kraut macht sie streitsüchtig — und faul! Sie haben plötzlich keine Lust mehr zu arbeiten. Sie lungern den ganzen Tag nur herum und rauchen, und in der Nacht machen sie Aufruhr.«

Marti entgegnete: »Himmelskraut macht die Leute nicht faul, Kim. Falls es dir noch nicht aufgegangen ist, Menschen *sind von Natur aus faul*! Und, nein, ich kann nicht sagen, daß ich dergleichen Auswirkungen bei meinen Wachen festgestellt hätte, aber schließlich rauchen meine Wachen nicht im Dienst. Tun deine das denn?«

»Natürlich nicht!« sagte Kim.

Azulith murrte: »Es ist leicht zu sagen, daß es wichtigere Dinge gibt als Geld, wenn man es nie entbehren mußte.«

»Azulith, sei still!« befahl Arré automatisch. »Marti, bleib ernst!«

»Oh, aber ich meine es ganz ernst«, sagte Marti. »Möchtest du, daß der Handel eingeschränkt wird, Kim?«

Kim zog die Brauen zusammen. »Also, das möchte ich damit nicht gesagt haben. Mir kam nur der Gedanke, daß schärfere Kontrollen angebracht sein dürften. Ich könnte damit beginnen, daß ich die Lizenzabgaben erhöhe. Dann wären weniger Händler in der Lage, mithalten zu können, und der Umsatz würde fallen.«

Marti sagte: »Das würde dem Blauen Clan aber gar nicht recht sein. Außerdem, wenn du die Abgaben erhöhst, ermutigst du die Leute nur, von Schwarzhändlern zu kaufen. Und das würdest gerade du ja wohl nicht wollen.«

»Nein«, sagte Kim. »Das nicht!«

Arré nahm das Wort: »Cha, was hältst du vom Handel mit Himmelskraut?«

Der junge Ratsherr starrte sie verwirrt an. »Ich bitte um Vergebung«, sagte er automatisch. »Ich hab' nicht zugehört. Aber ich bin sicher, Kim wird schon das richtige tun.«

Kims Gesicht spiegelte den Zwiespalt seiner Gefühle wider, die Freude über das Lob und die Verärgerung über Chas Unaufmerksamkeit.

Arré sagte: »Gibt es zu diesem Punkt noch Wortmeldungen?«

Keiner sprach. Boras Sul räusperte sich unheilverkündend. »Ich habe eine Erklärung abzugeben.«

Marti Hok seufzte.

»Der Rat hört«, sagte Arré.

Boras beliebte über Geld reden zu wollen. Seit dem vierunddreißigsten Jahr nach der Gründung des Rates hatte man in Kendra-im-Delta die *bontas* als Zahlungsmittel verwendet, jene geschliffenen Muschelscheiben, um mit ihnen, statt mit Gold und Silber, Käufe und Verkäufe zu tätigen. Münzprüfer saßen an allen acht Stadttoren mit Waagen und Gewichten und Maßen. Kaufleute und Reisende, die Einlaß in die Stadt begehrten, übergaben ihnen ihre Metallmünzen und erhielten dafür Armbänder mit Muscheln. Wenn sie davonzogen, gaben sie die restlichen Muscheln zurück und erhielten den Gegenwert in Metallmünzen wieder, abzüglich einiger Prozent Stadtsteuer.

Das Haus Sul vergab die Lizenzen an die Münzprüfer und Geldwechsler. Außerdem überwachte es die Handwerker, die die Perlmuschelschalen schnitten, aus denen die Bontas gefertigt wurden. Die Muscheln wurden zu fünf verschiedenen Größen zugeschnitten. Die kleinste war am wenigsten wert. Die Stadtleute nannten sie »die Knochen«. Die kleine Münze nannten einige »Wunschknochen«, andere einen »Fingerling«. Die anderen waren unter den Namen »Daus«, »Dreier«, »Tetra« und »Fünfer« bekannt, die man auch als »Largos« bezeichnete. Das sorgfältige Messen und Abwiegen der Metallwährung war für die Stadt lebenswichtig; wenn jede Dorfgemeinde den Fluß hinauf ein Wappen auf ein Stück Kupfer prägen konnte und es als Geldmünze ausgab, wirkte sich die Herstellung der *bontas* in Kendra-im-Delta als Stabilisierungs- und Normierungsfaktor aus und nutzte so der Gemeinwirtschaft in Arun.

Doch in jüngster Zeit, erklärte Boras, seien die Wechseltische überhäuft worden mit Münzen, die aus Bronze gefertigt waren. »Wie wenn man Steinchen auf die Waagschale wirft! Man könnte geradesogut einen Brocken Lehm nehmen, ein Zeichen reinschneiden und es Geld nennen!«

Er hat selbst ein Gesicht wie eine Bronzemünze, entschied Arré. Rund und flach und genau von der Farbe. Er funkelte sie alle an, als verdächtige er sie, die Inflation angezettelt zu haben. »Bloße Zeitverschwendung für die Geldwechsler!«

»Woher kommen diese Münzen?« fragte Marti.

Boras sagte mürrisch: »Aus Nuath.«

Nuath war nach Mahita die größte Stadtgemeinde am Fluß. Der größte Teil des Getreides für Kendra-im-Delta floß zunächst nach Nuath und dort auf die Barkassen des Blauen Clans, auf denen es flußabwärts befördert wurde. Sie müssen gute Geschäfte machen, dachte Arré, wenn sie sich eine Münzanstalt leisten können. Die meisten Gemeinden am Fluß verwendeten die Münzprägungen von Shanan oder Tezera.

»Sie prägen ein Gesicht auf die Münzen«, sagte Boras. »Und man unterrichtete mich, daß es das Gesicht des Stadtbankiers ist. Bezeichnet sich selber als Lord. Der Name ist Tarn. Und er nennt sich ›Tarn in Nuath‹.«

Kim Batto sagte: »Ich habe von ihm gehört. Er ist ein Ryth.« Das Haus Ryth war eine der prominentesten Familien des Blauen Clans, und ein Zweig von ihr saß in Kendra-im-Delta, ein weiterer in Shanan. »Er hält sich für einen Edeling, weil er Geld hat. Und er ist ehrgeizig.«

Marti lächelte. »Wer wäre das nicht?«

Kim blickte fromm drein.

»Gefährlich?« fragte Arré. Bagatelladelige, besonders jene, die die Kontrolle über eine Schlüsselposition im Getreidehandel ausübten oder ausüben konnten, mögen sich als gefährlich erweisen.

»Ich glaube, nein«, entgegnete Kim.

Marti sagte leichthin: »Wie kommt es, daß du von diesem Mann weißt, Kim?«

Kim lächelte: »Ich verkaufe ihm Töpfe.«

Kim hielt sich für so etwas wie einen Sachkenner, was die Töpferei der Asech betraf. Man hatte davon gehört, daß Leute ihn von so weit her wie Shanan als Experten für die Arbeiten irgendeines bestimmten Stammes, ja sogar eines bestimmten Töpfers heranzogen. »Besitzt er Geschmack?« fragte Marti höflich.

Kim schnippte ein Staubkörnchen von seinem Ärmel. »Keine Spur, meine Teure«, sagte er. »Der Mann ist ein Barbar.«

Er sagte es recht selbstgefällig. Arré bemerkte, daß sie ihre Finger verärgert ineinanderkrümmte. »Boras«, sagte sie hastig — sie würde sich nicht dazu hinreißen lassen, grob gegen Kim zu werden, denn das würde die Sitzung nur noch mehr in die Länge ziehen —, »wie verhalten sich deine Wechsler angesichts dieser Münzen bisher?«

»Sie ignorieren sie, meistens«, murrte Boras. »Schleusen sie durch. Manche unter den Stadtkaufleuten nehmen sie als Zahlungsmittel an, andere nicht. Aber mir gefällt das Ganze nicht. Das unterminiert die Wertmaßstäbe.«

»Ihr könntet getrennte Tische für die Bronzemünzen aufstellen lassen«, sagte Arré.

»Zuviel Umstände«, sagte Boras. »Außerdem würde das die Leute nur ermutigen, sie zu benutzen.«

Das stimmt, dachte Arré. Gelegentlich produzierte also sogar Boras Spuren von Intelligenz.

Marti Hok sagte: »Warum sollte man nicht am besten gar nichts unternehmen? Das klingt alles noch nicht so ernst. Befiehl deinen Münzprüfern, sie sollen die Bronzemünzen durchlaufen lassen, ohne sie zu wiegen, und erklärt den Stadtkaufleuten, daß sie Bronzemünzen nicht als Zahlungsmittel für Steuern oder irgendeinen anderen kommunalen Bereich verwenden können.«

»Hmm«, machte Boras.

»Die Idee gefällt mir«, sagte Kim.

Cha Minto nickte nur. Arré fragte sich, wieviel von der Diskussion er mitbekommen hatte. »Ich stimme zu«, sagte sie.

Sorren glitt unaufgefordert um die Runde zum Fenster hin und schob den Schirm beiseite. Es war noch hell draußen, doch die Luft war schon kühler. Eine feuchte Brise ließ die Lilien erzittern. Azulith bewegte die Finger, um den Schreibkrampf zu lösen; sie hatte ununterbrochen mitgeschrieben. Arré legte den Kopf gegen die Lehne. Er tat ihr noch immer weh. Isak, dachte sie. Was will Isak? Sie konnte sich keinen Grund vorstellen, warum er ausgerechnet an diesem Abend den Wunsch hegen sollte, an der Be-

ratung teilzuhaben. Sie beobachtete Sorren, die sich durch den Raum bewegte. Wenn sie Kinder geboren hätte — ihr Sohn oder ihre Tochter würden das tun, was Sorren soeben tat: Wein einschenken, Lampen anzünden. Genau wie sie selbst es für ihre eigene Mutter getan hatte. Doch Arré hatte nie ein Kind tragen wollen.

Sie winkte Sorren heran. »Sag meinem Bruder, wir erwarten ihn. Fülle die Gläser, bevor du gehst.« Sorren ging noch einmal mit der Weinkaraffe herum. Als sie den Raum verlassen hatte, klopfte Arré auf die Armlehne ihres Sessels.

»Mitglieder des Rates«, sagte sie, »ehe unsere Sinne zu sehr abstumpfen, um es noch wertschätzen zu können, erlaubt, daß ich euch eine Überraschung präsentiere.«

Die Doppeltür öffnete sich. Sorren trat ein, ihre Trommel in den Händen. Sie trug schwarze Seide mit Goldsäumen; um den Hals schimmerte eine goldene Kette, und auf der schwarzen Tunika waren rote Schmetterlinge aufgestickt. Arré vermutete, daß Isak diese Kleidung gewählt hatte, und sie nickte zustimmend. Sein Geschmack war schon immer ausgezeichnet gewesen. Boras Sul starrte das Mädchen mit plötzlich gierigen Augen an.

Sorren setzte sich auf den teppichbelegten Boden und nahm die Trommel zwischen die Knie. Routiniert begann sie einen einleitenden Wirbel zu trommeln. Leise und weich. Arrés Herz pochte heftig, während sie auf Isaks Auftritt wartete.

Und Isak kam durch die breite Tür.

Sein Kostüm war rot und golden. Er trug zwei riesige Fächer, die sich an seinen biegsamen Handgelenken wie Flügel ausbreiteten. Das lange Haar trug er mit einem roten Lackkamm aufgesteckt. In der breiten roten Schärpe schimmerte der reichverzierte Griff des Zeremonialdolchs, den alle Tänzer in Erinnerung an die Zeit trugen, in der der Tanz eine Kunst der Krieger gewesen war.

Er hob die Fächer und verbarg sein Gesicht hinter ihnen. Seinem Tanz lag eine Geschichte zugrunde wie allen Tänzen. Arré machte sich kaum die Mühe, der Geschichte zu folgen. Diese hier kannte sie allerdings: es war die Saga vom Verzauberten Adler. Die Trommeltöne und das weiche Rascheln der sich bewegenden Seide wirkte beruhigend auf ihre Sinne. Sie lehnte sich in die Kissen ihres Sessels zurück und ließ die Augenlider sinken.

Das Tempo der Trommeln wandelte sich, wurde rascher. Sie

öffnete die Augen. Isak stand in Positur, die Arme gebreitet wie die Flügel des Adlers. Er drehte den Kopf von einer Seite zur anderen, ruckartig und schnell, wie Vögel es tun. Seine Haut hatte er mit irgend etwas dunkler gefärbt. Die Zungen und Riemen seiner Sandalen waren perlenbestickt, um den Eindruck krallenhafter Fänge zu vermitteln. Er hatte sich sogar die Brauen mit Schwarz nachgezogen, und seine Augen glühten wie Vogelaugen, hell, ungeduldig und wild.

Er schüttelte den Kopf, stampfte und drehte sich. Der Kamm fiel ihm aus dem Haar. Die Haare flossen ihm den Rücken hinab. Er war jetzt die Hexe. Er krümmte sich grotesk. Das Gesicht verzerrte sich zu einer Maske von Bosheit und Arglist. Die Fächer klappten zusammen und wurden zu Hexenstäben.

Das Trommeltempo steigerte sich und wurde kriegerisch.

Er reckte sich hoch. Die Fächer kreuzten sich und wurden zu einem Bogen und einem Pfeil. Er war jetzt der Jäger, jung und voller Übermut, und arglos wie die Flamme. Der Jäger traf die Hexe, wurde geprüft, und bestand die Prüfung. Am Ende des Tanzes hob sich das Trommeln zu einem Crescendo, und der Tänzer war wieder ein Adler.

Sorren ließ die Hände auf die Knie sinken, Isak nahm die Fächer vom Gesicht fort. Er lächelte. Auf den Straßen, dachte Arré, würden sie jetzt jubeln und kreischen vor Begeisterung. Sogar Azulith blieb still, sprachlos, das breite Gesicht verzückt, Tusche und Schreibblätter in der Verzauberung ganz vergessend.

Sorren stand auf und öffnete die Türflügel. Isak rauschte durch die Tür, und sie folgte ihm. Die Stadträte blieben lange stumm sitzen. Schließlich rutschte Cha Minto in seinem Sessel nach vorn und sagte: »Arré, dein Bruder ist sehr begabt.«

Arré blickte ihn überrascht an. Isak liebte ausschließlich Frauen — sollte sich sein Geschmack gewandelt haben? Doch nein, Cha sah nicht aus wie einer, der gerade der Darbietung eines Geliebten beigewohnt hatte. Und wieder fragte sie sich, was heute mit Cha Minto nicht stimmte.

Marti Hok wandte sich Kim Batto zu. »Hilf mir bitte aufstehen!« bat sie. Er erhob sich und half ihr. »Diese alten Gebeine«, sagte sie. »Wenn ich zu lang an einer Stelle sitze, muß man mich nachher praktisch heraushieven!« Sie humpelte an den Wänden des Salons entlang. Sorren kam wieder herein. Sie hatte die Kleider gewechselt und trug nun wieder die weiche blaue Tunika und blauen langen Hosen, die Arré an ihrer Dienerschaft gern sah. Sie glitt an das offene Fenster. Der kühle dunstige Seewind, der aus dem Süden blies, wehte ihr Haar ganz auf eine Seite.

Boras wuchtete sich aus dem Sessel. »Ich bin zu lang gesessen«, sagte er. »Entschuldigt mich.« Er watschelte zur Tür hinaus. Cha Minto drehte sein Weinglas in den Fingern. Sorren trug die Karaffe hinüber und füllte sein Glas wieder.

Marti blieb an Azuliths Schemel stehen. »Deine Schrift ist bildschön, Zuli«, sagte sie. Sie legte ihre gichtige Hand der Frau auf die Schulter.

»Ich danke dir, Herrin«, sagte die Schreiberin. »Weiß das Chea, ich mach es schon lang genug. Achtundzwanzig Jahre beim nächsten Neumond.«

»Wer hat dich ausgebildet?«

»Samia-no-Reo, Herrin.«

»Ah!« murmelte Marti. Samia-no-Reo war eine der großen Schreibkünstlerinnen des Schwarzen Clans gewesen. »Ich hab' sie gekannt, als ich ein kleines Mädchen war. Sie hat mir immer Geschichten erzählt. Du mußt ja fast so alt sein wie ich, Zuli!«

»Ich werd achtundfünfzig, im Erntemond«, sagte die Schreiberin.

»Hast du Kinder?«

»Sechs davon«, sagte die alte Frau.

Boras Sul kehrte zurück. »Nun, nun, nun«, sagte er, »was kommt als nächstes, he?« Er setzte sich. Marti stapfte mühsam zu ihrem Sessel zurück, und Sorren half ihr beim Niedersetzen. Arré setzte sich ein wenig gerader hin. Ihr Nacken tat ihr weh.

»Ich habe eine Erklärung abzugeben«, begann Cha Minto.

Er hatte sein Glas beiseitegestellt und saß da, die Fingerspitzen aneinandergelegt, es war die Geste eines Gelehrten, und sie wirkte falsch an ihm. Arré dachte an Isak, dessen Talent jede beliebige Geste als wahr und echt erscheinen ließ. Sie fragte sich, ob er wohl noch innerhalb des Hauses war, ob er vielleicht seine Kleider zusammenlegte, dieses elegante Tänzerkostüm, und ob er wartete, voll Ungeduld und Wildheit wie der Adler.

Doch worauf könnte er warten? »Der Rat hört«, sagte sie fest.

Cha Minto räusperte sich. »Es ist der Brauch«, begann er, »daß dieser Rat seine Mitgliederzahl vergrößert, wenn Familien der Stadt stark und wohlhabend genug geworden sind, daß sie einen Sitz im Rat verdienen. Als der Rat gebildet wurde, bestand er aus drei Häusern, aus der Hok-Familie, der Med-Familie und der Batto-Familie. Die Häuser Sul und Minto wurden im sechsundneunzigsten Jahr des Rates in das Gremium aufgenommen, das war, wie ihr ja alle wißt, vor fünfzig Jahren.«

Boras Sul blickte verärgert drein, er hörte es nicht gern, wenn man erwähnte, daß seine Familie nicht zu den allerersten Ratsmitgliedern gehört hatte.

»In diesen letzten fünfzig Jahren ist Kendra-im-Delta weitergewachsen. Wir haben einen Waffenstillstand und Verträge mit den Asechstämmen ausgehandelt, und so herrschte Frieden zwischen den Menschen von Arun und den Wilden der Wüste.«

Das, dachte Arré säuerlich, hat aber mehr mit dem Einfluß der Hexenleute auf die leichtgläubigen Asech zu tun gehabt als mit den Machenschaften des Rates der Häuser.

Cha fuhr fort: »Der Handel mit Anhard hat zugenommen.«

Das stimmte allerdings.

»Die Ratsmitglieder können, denke ich, stolz auf das sein, was sie und vor ihnen ihre Väter und Mütter erreicht haben.«

Nun komm schon endlich zur Sache! dachte Arré.

»Doch, ohne die Verdienste der Familien schmälern zu wollen, die hier vertreten sind, muß ich sagen, daß ein Gutteil der Fortschritte durch die Bemühungen der Familien Jalar und Ismenin erzielt wurde. Aus diesem Grund schlage ich vor, daß wir diese zwei Familien auffordern, in den Rat einzutreten, so daß wir dann sieben Mitglieder hätten.«

Er machte eine Pause. Die einzigen Laute im Raum waren das Sausen des Windes am Fensterschirm und das leise Schaben des Pinsels der Schreiberin.

Oh, ist das raffiniert, dachte Arré, als ihr die Bedeutung dieser zwei Namen klar wurde. Martis Familie, die Hok, war die älteste der Stadt, und Marti Hoks zweites Kind, ein Sohn, war mit der Tochter von Meredith Jalar verheiratet. Die Jalaras beherrschten die Docks und die Fischereiflotte. Die Ismeninas besaßen die Minen. Jahrelang war Kendra-im-Delta beim Handel mit Metall von Tezera abhängig gewesen, besonders mit dem Kupfer und Eisenerz. Doch die Ismenin-Familie hatte in den Bergen östlich vom Fluß Kupfervorkommen entdeckt und Eisenerzlager westlich von Shanan in den Roten Bergen. Eisen und Silber, Kupfer und Kohle gingen alle erst durch die Hände der Ismeninas, ehe sie zu den Händlern und auf die Märkte der Stadt gelangten. Es war eine grobe und ungehobelte Sippschaft, reich, aufbrausend und mächtig.

Und Ron Ismenin und Isak Med waren sehr eng miteinander befreundet.

Arré hob das Glas vors Gesicht und betrachtete Cha Minto durch das blaue gewellte Kristall. Sie überlegte, ob er wußte, was er da anstellte, ob ihm das überhaupt klar war.

Marti Hok sagt: »Die Familie Jalar verdient schon lange einen Sitz im Rat der Häuser.« Boras Sul grunzte zustimmend.

Cha schaute selbstgefällig drein. »Allerdings ...« — Chas Gesicht wurde schlaff — »bin ich nicht so begeistert über die Ismeninas.«

Boras sagte: »Die zetteln immer Schlägereien an, dieser Haufen von Jungmännern, und sie sind alle noch zu jung.«

Cha Minto sagte: »Ron Ismenin ist siebenunddreißig Jahre alt. Und es sind nur vier Brüder, Boras!«

Boras lief purpurrot an, er sah aus wie eine Schildkröte, die gleich zuschnappen wird. Marti hob die Hand. »Letzte Woche hat es in den Werften Aufruhr gegeben, Cha. Und die jüngeren Ismeninbrüder waren mitten drin im Gewühl. Sie raufen gern und zetteln gern Streit an. Das beunruhigt mich. Was würde geschehen, wenn Ron Ismenin tot umfällt? Der Friede des Chea bliebe bei uns allen, ich sehe das nicht voraus — aber ich habe nicht den geringsten Wunsch, Doyenne in einem Rat von ungebärdigen Kindern zu sein!«

Kim Batto fuhr sich durch den Bart. »Ich glaube, das ist nicht fair, Marti«, murmelte er.

Oho, dachte Arré. Soll das heißen, der Weiße Clan begünstigt die Aufnahme des Hauses Ismenin?

Cha griff Battos Einwand auf. »Es *ist* unfair! Was wäre, wenn einer von uns hier tot umfällt? Was wäre, wenn du stirbst, oder Arré hier?«

Boras Sul räusperte sich. »Das ist voreiliges Geschwätz«, nuschelte er. »Sogar die Hexenleute wollen es nicht sagen, wann jemand vor dem Sterben steht.«

Marti Hok sagte: »Cha, das war sehr ungehobelt. Boras hat völlig recht. Wenn — möge das Chea mir noch ein paar Jahre gewähren —, *wenn* ich morgen tot umfallen sollte, dann ist mein ältester Sohn, Sironen, bestens dazu befähigt, meinen Sitz im Rat einzunehmen, wie er dies schon bei den Geschäften der Familie getan hat. Und wenn Arré stirbt, ist da Isak. Er ist noch jung, aber er ist ein Künstler, und schon deshalb zivilisiert. Und die Ismeninas sind unzivilisiert!« Sie nickte Sorren zu, ihr das Glas wieder zu füllen.

Cha Minto sah aus, als habe ihm soeben jemand einen Eimer Sand über den Kopf geschüttet. Arré grinste boshaft. Martis Zunge war mit wachsenden Jahren keineswegs stumpf geworden. Selbst Kim Batto hielt die Hand vor den Mund und versteckte halbwegs sein breites Grinsen.

»Ich entschuldige mich«, sagte Cha Minto. »Es lag mir fern, beleidigend zu sein.«

Kim ließ die Hand sinken. Seine Stimme klang glatt: »Ich weiß deine Argumente zu würdigen, Marti. Ich kenne Ron Ismenin ein wenig. Und er ist ein vernünftiger Mann. Die Jalaras sind — selbstverständlich — absolut akzeptabel. Aber ich unterstütze Cha Minto in seinem Antrag und bin bereit, den Versuch zu unternehmen und mit den Ismeninas zu verhandeln.«

»Ich bin dagegen«, sagte Boras Sul. Sorren füllte ihm zum letztenmal das Glas, und er fuhr ihr mit einer onkelhaften Vertraulichkeit über den nackten Arm.

Sie trat hastig zurück und stieß dabei fast das Tischchen an Cha Mintos Seite um.

Arré sagte: »Obacht, Kind!« Sie blickte zu Marti hinüber und erinnerte sich an ihre eigenen Eltern, die beide unerwartet plötzlich bei der Pestepidemie starben, die die Stadt im Ratsjahr Einhundertundneunundzwanzig überfallen hatte. Sie hatte es sich nicht gewünscht, das Oberhaupt der Familie sein zu müssen. Doch ihre Mutter hatte sie gut ausgebildet; sie war auf den leeren Platz geschlüpft und hatte nur ein paar kurze wehmütige Blicke hinter ihrer verlorenen Freiheit hergeschickt.

Marti sagte: »Ich bin ebenfalls der Überzeugung, daß der Rat sich erweitern sollte, so wie unsere Stadt wächst. Und ich billige die Nominierung des Hauses Jalar für eine Mitgliedschaft. Doch bevor ich nicht sichtbare Zeichen der Besonnenheit und des Ernstes bei den Brüdern Ismeninas entdecke, werde ich mich dagegen zur Wehr setzen, daß dieses Haus unter uns einen Sitz erhält.«

Azulith schrieb in wilder Hast. Cha Minto sagte: »Ich glaube, du machst einen Fehler.« Er hatte die Armlehnen seines Sessels so fest gepackt, daß seine Knöchel weiß hervortraten.

Arré sagte: »Cha, gibt es ein anderes Haus, das du vorzuschlagen bereit wärest, damit wir eine annehmbare Sitzverteilung bekommen?« Es gab nur noch ein weiteres Haus von genügend Ansehen und Einfluß, die Isaras, die den Handel mit Choba-Öl kontrollierten. Doch Cha schüttelte den Kopf. »Dann muß auch ich sagen, daß ich die Ismeninas für — unsichere Kantonisten halte. Also stimme ich mit Marti.«

Der Fensterschirm ratterte, der Wind fuhr stärker gegen die Paneele. Die Ratsmitglieder sprangen bei dem Geräusch auf, und Marti rieb die Hände aneinander.

»Sorren«, sagte Arré, »schließ den Fensterschirm und leg einen Koben in den Kamin!«

Sorren schob den Fensterschirm zu. Die Brise erstarb. Sie nahm die Vase heraus und zog den gezähnten Rost in die Mitte der Feuerstelle. Sorgfältig baute sie ein Feuerbett aus Kienholz und Zweigen. Sie schlug den Feuerstein, der Zunder flammte auf, und Feuer leckte gegen die schuppige Unterseite der Holzklötze.

Arré reckte sich. Die Kleider an ihrem Leib fühlten sich rauh und klebrig an. Cha Minto hielt sie mit den Augen fest, und sein Mund war schief und verklemmt. Arré dachte: Wenn du dich von meinem Bruder Isak benutzen läßt, dann tust du mir leid, mein Freund. »Cha«, sagte sie.

Seine Lippen preßten sich fest zusammen; er wandte den Kopf ab und vermied es, ihr in die Augen zu sehen.

»Cha!«

Er blickte zu ihr herüber.

»Bevor du heute abend hierhergekommen bist, hast du da vielleicht zufällig jemandem gegenüber von deiner Absicht gesprochen, diesen Antrag zu stellen? Zu Meredith Jalar, vielleicht? Oder zu Ron Ismenin?«

Er sagte: »Das wäre höchst regelwidrig gewesen.«

Marti Hok sagte scharf: »Ich vermute, diese Antwort bedeutet, nein.«

»Ja, das bedeutet sie«, bestätigte er.

Marti erhob sich aus ihrem Sessel und stapfte zum Kamin. »Ich friere so leicht«, bemerkte sie. Sie stützte sich schwer auf ihren Stock, und Arré hielt den Atem an. Marti sah sehr gebrechlich aus.

»Marti, geht es dir nicht gut?« fragte sie.

»Doch, vollkommen!« Die Augen der alten Frau blinzelten. Sie streifte Sorren mit einem Blick, die mit der Feuerzange in der Hand auf den Fliesen kniete. »Ich möchte um alles in der Welt nicht mehr jung sein, das versichere ich dir, Arré. Wie ist dein Name, Mädchen?«

»Sorren, Herrin.«

Marti wurde aufmerksam. »Das ist ein Nordländername. Bist du im Norden geboren?«

»Nein, Herrin.« Sorren hielt die Feuerzange angewinkelt wie einen Speer. Der Feuerschein schimmerte auf ihrem Haar und auf der blassen Haut, als trüge sie eine Rüstung, und Arré dachte: sie sieht aus wie ein Barbarenkind, fremdartig, wie eine Kriegsmaid in der Zeichnung einer alten Tonschale. »Ich bin in den Weingärten geboren, glaube ich.«

»Deine Hautfarbe ist die der Nordländer«, sagte Marti. »Kennst du die Legende von Sorren, der Herrin von Tornor?«

»Nein«, antwortete das Mädchen.

»Es ist eine alte Geschichte aus dem Norden. Ich könnte sie dir einmal erzählen. Es war Samia-no-Reo, die sie mir erzählt hat, als ich halb so groß war wie du. Und viel größer bin ich nicht mehr gewachsen. Schick sie einmal zu mir, Arré! Dann werde ich ihr die Sage erzählen.«

Arré verspürte einen flüchtigen Hauch von Eifersucht. Sie wollte nicht, daß Marti Hok ihrer Leibeigenen Geschichten erzählte. Doch dann schob sie den Gedanken beiseite. Marti hatte ihr die Arbeit bei der Ratssitzung abgenommen — sie verdiente eine kleine Belohnung.

Sie drehte die Handflächen nach oben. Die Silberreifen klirrten an ihren Gelenken. »Solange du sie nicht von ihrer Arbeit abhältst, Marti, kannst du ihr erzählen, wozu du Lust hast.«

4. Kapitel

Pah-pah-pah-PAH!

Sorren hängte die Feuerzange an ihren Platz zurück. Im Geschoß über ihr hörte sie Arré und Marti reden. Die Hose über den Schenkeln wurde heiß von den Flammen, doch sie spürte es kaum. *Tornor.* Wo und was war Tornor? Ein Schweißbächlein bahnte sich kitzelnd den Weg auf der Haut unter ihrer Brust, als der Name in ihrem Kopf erklang, als wäre es Musik.

Sie mußte an die Luft, brauchte Platz um sich herum. Sie stand vom Kamin auf und bog um die Sesselgruppe, ging zur Tür. Sie schlich sich in den Flur. Ihre Wangen glühten, und sie legte die Handflächen darauf, um sie zu kühlen. Durch den Spalt in der Tür sah sie Boras Sul, der herüberstarrte, und sie fragte sich, ob er ihr nachstarrte. Und sie dachte an mehrere unfeine Worte, die sie leider nie zu ihm würde sagen können.

Isak kam aus dem Zimmer, das ihm als Garderobe gedient hatte. Sein schwarzes Haar war noch immer mit dem roten Kamm hochgesteckt, doch er trug sein Kostüm — den goldenen Mantel des Adlers, die Lumpen der Hexe, den juwelenbesetzten Lendenschurz des Jägers — nachlässig über dem Arm, als wären es wertlose Fetzen. Er schaute Sorren prüfend an. »Was ist los mit dir?« fragte er dringlich.

Sorren ließ die Hände fallen. »Mir ist heiß.« Sie zögerte, dachte dann plötzlich: Er ist gebildet, vielleicht hat er von Tornor gehört. Doch er würde wissen wollen, warum sie darauf Wert legte, es zu erfahren, und sie war sich nicht sicher, ob sie ihm nicht zuviel verraten würde.

»Mehr nicht?« Er schaute sie nicht länger an, er starrte auf die Doppeltür, als könne er durch das Holz blicken. »Sorren?«

»Ja, Herr?«

»In drei Wochen findet im Haus der Ismeninas ein Fest statt. Ich werde tanzen. Könntest du kommen und für mich trommeln?«

»Ich glaub schon. Wirst du etwas Neues tanzen?«

»Nein, etwas Altes — die ›Werbung‹.«

Das war ein Verlobungstanz. Sorren fragte sich, welcher der Ismeninsöhne sich verheiratete und mit wem. »Ich werde um die Erlaubnis bitten müssen.«

»Ja, meine Schwester!« Er sprach das Wort »Schwester« aus, als wäre es mit Asche bestäubt. Immer noch starrte er auf die Doppeltür. Sorren dachte, was glaubt er denn, was da vor sich geht? Sie lauschte auf die sich hebende und senkende Stimme Arrés. Isak fragte sie nie über die Sitzungen aus, obschon er natürlich wußte, daß sie dabei bediente. Wenn er es täte, würde sie das natürlich Arré berichten, und wahrscheinlich wollte er nicht, daß Arré erfuhr, wieviel ihm daran lag, daß er deswegen die Dienstboten ausfragen mußte.

Er nahm die Kostüme in den Arm. »Was treiben die da drin denn bloß?« murmelte er in sich hinein.

»Sie genügen der Höflichkeit«, sagte Sorren. Er warf ihr einen eisigen Blick zu.

Die Türen öffneten sich weit, und Azulith kam mit ihren Protokollen und dem Tuschkasten heraus. Sie lächelte Sorren zu und wandte sich zur Küche.

»Schreiberin!« Seine weiche Stimme pfiff wie eine Peitsche.

Erschreckt drehte Azulith sich um und ließ fast den Tuschkasten fallen. »Mein Herr?« fragte sie.

Immer noch sanft fragte Isak: »Ich denke doch, daß ich mehr Respekt verdiene!«

Sorren mußte vor Überraschung blinzeln. Azulith hatte schmerzende Knie, das wußte doch jeder. Aber es gab nichts, was sie hätte sagen können. Zornig stand sie daneben, als Azulith sich ächzend auf ein schmerzerfülltes Knie niederließ.

»Ich danke dir«, sagte Isak. »Du kannst gehen.« Azulith erhob sich mit verzerrtem Gesicht. Die Augen waren beredt, voller Verachtung und Wut, als sie in den hinteren Teil des Hauses ging. Isak schien das nicht zu berühren.

Cha Minto kam durch die Tür.

Isaks ausdrucksvolle Schultern spannten sich. Der jüngste Ratsherr schüttelte mehrmals den Kopf. Sorren dachte: Paxe hat recht gehabt. Isak hatte etwas geplant und war darin enttäuscht worden. Eine Falte ihrer Tunika war verrutscht; sie legte sie wieder zurecht, und als sie aufblickte, sah sie, daß Boras Sul sie anstierte, als wäre sie ein Teller voll Essen. Hastig eilte sie den Gang hinab zum Garderobenzimmer, in dem die Mäntel der Gäste hingen. Boras Suls Diener kam aus der Küche, und sie hörte, wie der Fettkoloß aufgeregt mit ihm tuschelte. Sie wartete, solange sie sich getraute, tat so, als sei sie mit den Mänteln beschäftigt, bis sie sie fortgehen hörte.

Sie ging zum Salon zurück, um Marti Hok den Mantel zu bringen. Arré und Marti standen dicht an der Tür und sprachen miteinander. Sorren wartete, daß sie aufhörten. Toli aus der Küche stellte die leeren Karaffen und fleckigen Gläser auf ein Tablett. Kim Batto, der affektierte Laffe, war schon gegangen. Sorren strich über Martis Mantel. Es war ein Pelz, ein weicher weißer Pelz, viel zu warm, dachte Sorren, für den Sommer. Die alte Frau drehte sich um und sah sie mit dem Fell.

»Ja, gib's mir, mein Kind!« sagte sie lächelnd.

Sorren legte ihr den Mantel um die Schultern. Marti hatte eine lichtbraune Haut, fast gelblich wie sie und von tausend weichen Fältchen durchzogen. Das Haar war weiß, und sie trug es in einem Zopf zu einer Krone auf dem Kopf geflochten. Sie war klein und untersetzt wie Elith, doch Sorren glaubte, sie müsse älter sein als Elith: sie hatte Söhne und Töchter und Enkel und vielleicht sogar Großenkel.

Die alte Frau blickte ihr von unten her ins Gesicht. »Du bist zu groß, Kind. Arré, wie hältst du es nur aus, diese junge Riesin ständig um dich zu haben?«

»Ich liebe großgewachsene Leute, Marti.«

»Jaja. Wie alt bist du, Kind?«

»Siebzehn, Herrin«, sagte Sorren.

»Du wirst nicht vergessen, daß du mir versprochen hast, mich in meinem Haus zu besuchen?«

»Aber sicher wird sie es nicht vergessen«, sagte Arré. »Und, Marti, es ist fast Mitternacht. Geh endlich!«

Marti lachte. »Ich sitze ja doch die halbe Nacht wach, Arré. Ich schlafe von Jahr zu Jahr weniger. Wenn ich neunzig sein werde, werde ich die ganze Nacht wachend dasitzen wie eine federlose alte Eule auf einem Baum, zu alt, sich noch selber ihre Mäuschen zu fangen — und dann werde ich sehr, sehr weise sein.«

Sorren mußte darüber grinsen. Marti sah wirklich ein bißchen wie eine Eule aus. Sie schob die Hand vors Gesicht, um ihr Lächeln zu verbergen.

Arré sagte: »So mag es wohl kommen. Aber du bist bereits jetzt schon klüger, als gut ist für dich. Trotzdem hältst du mich vom Zubettgehen ab, und *ich* schlafe nachts noch!«

»Oh, na schön. Also geh ich jetzt und überlasse dich deinem Bett.« Marti nickte Sorren zu. »Ruf meine Sänfte, bitte!«

Sorren trat auf den Hof. Im Fackelschein sah sie den tuchbedeckten Buckel einer Sänfte. Die vier Träger hockten daneben auf der Erde. Sie sah ein Licht von einer Hand zur nächsten schattenhaften Hand wechseln, und der Nachtwind trug den Duft von Himmelskraut zu ihr herüber.

Sie ging über den Hof. Als sie bei den Trägern angelangt war, bemerkte sie, daß der Torposten sich zu ihnen gesellt hatte. Er war einer der ältesten Wachen, und sein Name war Borti. Paxe murrte über sein Alter, über seine Langsamkeit, doch irgendwie fand sie nie die Zeit, ihm zu sagen, er solle seine Dienstlitzen zurückgeben. Sorren mochte den alten Mann gern. Als sie ins Haus gekommen war, hatte er sie auf seinem Rücken überallhin getragen. Er pflegte sie »Bohnenstange« zu rufen, und bei ihm ließ sie sich das gefallen. »Sie ist fertig«, sagte sie zu den Sänftenträgern. Sie drückten ihr Rauchzeug aus und rollten auseinander. Einer zerrte die Haube von der Sänfte und rollte sie zu einem Ball zusammen.

Sorren kehrte ins Haus zurück, um Marti zu sagen, daß die Sänfte bereitstehe. In diesem Augenblick kam Azulith den Gang herunter. Um ihren wulstigen Mund war Fett verschmiert, und sie trug zusätzlich zu den Schriftrollen und dem Tuschkasten einen kleinen Beutel mit sich. Der Geruch von Fischkuchen strömte daraus hervor. »Gute Nacht, Sorren«, rief sie über die Schulter zurück.

»Gute Nacht dir«, antwortete Sorren.

»Gute Nacht, Sorren«, sagte eine ihr vertraute neckende Stimme.

Sorren wirbelte herum. In der Tür stand Isak und hinter ihm Cha Minto.

Sie war noch immer ärgerlich auf ihn. »Mein Herr«, sagte sie. »Ich dachte, Ihr wäret bereits gegangen.«

»Noch nicht ganz«, sagte er. Minto in seinem Rücken war bleich, und sie fragte sich, ob diese Blässe auf Isak zurückzuführen sein konnte. »Komm in zehn Tagen in mein Haus! Wir müssen die Brautwerbung probieren.«

Zehn Tage — das war direkt nach dem Ochsenfest der Asech. »Das werde ich, wenn ich kann, Herr«, sagte sie.

Er sagte kurz: »Gib dir Mühe, daß du kannst!« Und ehe sie

antworten konnte — und was hätte sie sagen können? —, verschwanden die beiden Männer in der Dunkelheit. Marti Hok kam an die Vordertür, sie stützte sich schwer auf ihren Stock beim Gehen. Sorren drückte sich an die Wand, um sie bequem vorbeizulassen. Die Träger halfen ihr in den Tragstuhl und trabten davon, und die Bronzeglöckchen an ihren Fesseln verklangen leise in der Ferne.

Arré kam an die Tür. Sie sah müde aus. Sie seufzte. »Verschließ jetzt die Tür!« befahl sie leise. »Ich will zu Bett gehen.«

Gemeinsam stiegen sie hinauf. Sorren schneuzte die Lampe im Schlafgemach und zündete sie dann an. Arré entkleidete sich währenddessen. (Sie ließ sich nicht gern dabei helfen. Als Sorren es versucht hatte, war sie angefaucht worden: »Ich bin noch nicht so klapprig!«) Sorren goß Wasser aus dem Krug auf dem Waschständer in eine Schüssel. Es war mit Rosenblättern parfümiert, die man im Garten gepflückt hatte. Sie brachte Arré die Schüssel und dazu ein Tuch. Arré wusch sich das Gesicht. Dann streifte sie ihre Armbänder ab, und Sorren legte sie in die Schmuckkassette. Die war aus Holz, und das Dreieckszeichen des Hauses Med war darauf eingeschnitzt. Arré hatte ihr einmal erzählt, die Schatulle habe ihrer Mutter gehört. Das Kästchen roch nach Moschus. Die kleinen Fächer waren mit bernsteingelbem Samt ausgeschlagen.

Arré saß nackt auf dem Bettrand. »Hat Boras dich heute abend belästigt?« fragte sie plötzlich.

Sorren trat an die Truhe, in der die Steppdecken aufbewahrt wurden. »Ach, kaum.«

»Ich werde ihm erklären, daß er damit aufhören soll«, sagte Arré. »Je älter er wird, desto weniger Manieren hat er, und er hat noch nie gute gehabt. Was hältst du von dieser letzten Sitzung?«

Sorren sagte: »Meistens höre ich gar nicht zu. Ich fand Isaks Tanz hervorragend.«

Arré runzelte die Stirn. »Hat er dich angesprochen, während ihr euch umgezogen habt, oder später, nach dem Tanz?« Sie kratzte sich am Schenkel, wo ein Insektenstich eine Schwellung hinterlassen hatte.

»Doch. Ja. Er hat mich gebeten, bei einer Verlobungsfeier bei den Ismeninas zu trommeln.«

Arré hob eine Augenbraue. »Oh? Hat er gesagt, wessen Verlobung?«

»Nein.«

»Wann findet sie statt?«

»In drei Wochen.«

»Hmm.« Arré gab einen brummigen Laut von sich. Sorren legte die Steppdecke über sie. Arré bedeckte sich die Augen mit einem Arm. »Laß das Licht brennen.«

Sorren zupfte die Decke an den Kanten glatt. Als sie sich wieder aufrichtete, sah sie Arré, die sich auf beide Ellbogen gestützt hatte und sie beobachtete. »Was stimmt denn nicht?« fragte die ältere Frau.

Das Wort quoll ihr im Mund auf, fast vermochte sie es nicht auszusprechen. Sie holte tief Luft. »Was ist T-T-Tornor?«

»Was stotterst du denn so herum? Das ist eine Grenzfeste, eine Wachburg, an der nördlichen Grenze.«

»Was ist eine Grenzfeste, eine Wachburg?«

»Ein Schloß, eine Befestigungsanlage.«

»Gibt es da einen Turm?«

Arré streckte sich wieder flach aus. »Ich bin niemals dort gewesen, wie sollte ich's also wissen? Laß mich jetzt ruhen, Kind! Ich möchte schlafen.«

Sorren hob die Schüssel mit dem schmutzigen Waschwasser vom Ständer. »Gute Nacht. Schlafe wohl.«

Vor Arrés Tür blieb sie stehen und lauschte. Das Geräusch schlurfender Füße und der pfeifende Atem verrieten ihr, daß Elith noch wach war. Die alte Frau stand früh auf und ging spät schlafen, und oft wanderte sie in dem dunklen Haus herum. Leise stieg Sorren ins Erdgeschoß hinab. Aus den Geräuschen schloß sie, daß Elith sich in dem langen Wohnzimmer aufhielt, und sie huschte an der Doppeltür vorbei, ehe die Alte sie sehen konnte. In der Küche war alles still. Sie schüttete das Waschwasser aus dem nächsten Fenster. Es würde dem Kräutergarten zugutekommen.

In ihrem eigenen Zimmer war der Fensterschirm halb geöffnet. Der Duft aus dem Garten stieg ihr in die Nüstern. Durch den Spalt sah sie den zunehmenden Mond, wie er weiß und strahlend über seinen Fluß von Sternen segelte.

Tor-nor. Sorren trommelte die Silben sacht gegen die Wand. *Tor-nor Keep. Pah-pah-dam.* Ihrer Erfahrung nach bedeutete »Norden« die Weingärten. Doch sie wußte, daß der Fluß durch die Weinfelder zog und weiter zur See floß, und da er nicht in dem Weinland entsprang, mußte er ja wohl von anderswo herkommen, und Flüsse, so hatte sie gehört, begannen immer in Bergen.

Berge, die gab es im Westen; Paxe war dort gewesen, aber sie redete kaum jemals von ihnen. Aber es gab auch Berge im Norden, und sie glaubte einfach, daß es diese Nordberge waren, die sie sah. Sie fuhr sich mit den Fingern durchs Haar. Was wäre, wenn das Schloß mit dem Turm, der das Wesentliche ihrer Traumvision war, wirklich solch eine »Grenzfeste« war? Sie setzte sich aufs Bett. Ihre Finger pochten weiter. Vielleicht hatte ihre Mutter sie »Sorren« genannt, mit gutem Grund, um zu betonen: »Du bist anders. Du bist aus einem andern Land.« *Sor-ren von Tor-nor. Pah-pah-a-dampah.* Bei der Traubenlese auf den Feldern hatte sie geträumt, eine andere zu sein, nicht solch eine armselige Arbeiterin im Weinberg, etwas Wunderbares, eine Prinzessin. Darum war sie bereitwillig mit Arré gegangen, ohne auch nur einmal zurückzublicken, weil sie ganz insgeheim hoffte, Arré werde sie zu einer Prinzessin machen. Jetzt erschienen ihr derartige Wunschträume als sehr töricht. Aber alle Kinder haben irgendwann solche Träume.

Und dennoch, es konnte wahr sein. Sie wünschte es sich so sehr. Selbst wenn sie keine Prinzessin war, sie wäre doch gern eine gewesen. Sie überlegte, was Paxe dazu sagen würde, wenn sie es ihr berichtete. Wenn sie zur Kate hinüberginge, jetzt sofort — doch Paxe würde vielleicht schlafen, und außerdem konnte Ricard dort sein. Sorren schaute stirnrunzelnd aus dem Fenster zum Mond hinauf. Sie hatte keine Lust, mit Ricard zu reden.

Sie entdeckte eine dickverfilzte Locke im Haar und begann daran herumzuzausen. Als sie das strähnige Haar endlich mit den Fingern gelöst hatte, wühlte sie in ihrer Truhe nach der Bürste mit dem Schildpattrücken, die Arré ihr geschenkt hatte, und bürstete sich wütend das Haar, bis es Funken sprühte.

Als sie die Bürste beiseite legte, überwältigte sie die Vision. Bilder stiegen hinter ihren Augenlidern auf. *Der Raum verschwand; sie sah die Burg, sah den Wachtturm. Das Bauwerk veränderte sich, es schrumpfte, wurde größer, je nachdem, wie ihr schweifender Geist sie näher oder ferner rückte. Die Sterne schlugen eine Brücke über die Welt. Auf den Mauergängen flammten Fackeln; die Luft war rein und trocken und kalt. Sie verharrte schwebend, plötzlich, vor dem geöffneten Fenster des Turmes. Ein Mann — oder ein Jungmann, ein Knabe, denn er sah sehr jung aus — saß in dem vieleckigen Raum. In einer Hand hielt er eine Feder. Die andere Hand war nicht vorhanden — es gab gar keine zweite Hand, wurde Sorren klar. Er besaß keinen rechten Arm mehr, er schien an der Schulter abgeschnitten zu sein. Der bestickte Ärmel hing leer herab.*

Das kleine Gesicht verschwamm. Die Vision verblich. Sorren fröstelte. Gänsehaut lief ihr über die Arme. Sie stand auf und schob den Fensterschirm zu. Dann ging sie in die Küche hinunter. Das Mondlicht versilberte die Töpfe und ließ sie wie Schätze erscheinen. Sie ging durch den hinteren Hof zu Paxes Kate hinüber. Die Tür war nicht verriegelt. Vorsichtig stieß Sorren sie auf. Ricard war nicht da. Von ihrem Schlafplatz auf einem Kissen hob die Katze den schmalen Kopf und starrte sie ruhig an.

Nackt kletterte sie in Paxes Bett. Starke Arme ergriffen sie und hielten sie fest. *»Chelito!«* murmelte Paxe schläfrig.

Sorren legte die Wange auf Paxes Brust. Das Lager, das sie mit der Geliebten teilte, war warm und angenehm und spendete Sicherheit wie eine Höhle. Zufrieden drängte sie sich an Paxes glatte Haut.

Sie erwachten früh, die Sterne leuchteten noch stark am Himmel, und sie liebten einander. Sorrens Haar knisterte und sprühte in dem halbdunklen Raum um ihren Kopf wie die Funken eines Freudenfeuers. Sie beschrieb ihre Vision und erzählte Paxe dann, was Marti Hok gesagt hatte. »Was hältst du davon?«

Die Katze kam, rollte sich auf den Rücken und forderte gebieterisch, daß man sie streichle. Paxe rieb ihr den weichen, weißen Bauch mit der Zehe. »Das ist interessant«, sagte sie.

Sorren war enttäuscht. Aber auf Paxes Gesicht lag ein Ausdruck, wie sie ihn nie zuvor gesehen hatte. Das Dämmerlicht glomm schwach wie der Atem eines Säuglings durch die Fensterschirme und überzog den strengen Raum mit einem winterlichen Hauch.

»Warum starrst du mich so an?« fragte Sorren.

»Weil ich dich liebe«, antwortete Paxe.

Sorren grinste. Sie hob Paxes Hand hoch und schob die Zunge in die warme Öffnung ihrer Faust. »Einmal möchte ich mit dir ins Bett kriechen und dort dann einen ganzen Tag lang bleiben!«

Paxe lachte. »Dann würdest du mich ganz erschöpfen«, sagte sie und fuhr Sorren mit der Hand über das Gesicht.

Die Katze folgte ihnen die Treppe hinunter. Dicht an der Tür beugte Paxe sich nieder und zog sich die Sandalen an. Sie trug die

Kleidung für den Waffenhof: rauhe blaue Hosen und ein sackartiges weißes Hemd. »War Ricard hier, als du heut nacht hereingekommen bist?« fragte sie.

»Keine Spur!«

Am Tor zum Waffenhof küßten sie sich. Sorren sah aus dem Augenwinkel Kaleb, der bereits im Hof stand. Er wartete darauf, daß sie sich verabschiedeten, damit er endlich seinen Bericht machen konnte. Er wartete da schon seit Sonnenaufgang, und Sorren hoffte, die Nacht möge glatt verlaufen sein. Wenn es irgendeine Störung gegeben hatte, würde Paxe wütend auf sich selbst sein, daß sie ihn hatte warten lassen.

Sie trödelte im Garten herum und genoß die Morgenluft in vollen Zügen. Als sie ins Haus kam, winkte Lalith ihr von der Küche her zu. Das braune Mädchen trug das Haar in ihrer Lieblingsfrisur, in vielen kleinen Zöpfen geflochten. Sie sahen wie Stacheln aus. Sie schielte auf die Stundenkerze. »Sie hat bereits zweimal nach dir gerufen!«

»Mist!« Sorren beeilte sich. »Warum bist du mich nicht holen gekommen?« rief sie über die Schulter. Lalith lachte, und Sorren, bereits auf der Treppe, grinste gleichfalls. Wenn Lalith in das Schlafzimmer gekommen wäre, um Sorren zu melden, daß Arré sie zu sehen wünsche, hätte Paxe dem Mädchen wahrscheinlich die Lampe an den Kopf geschleudert.

Arré saß auf ihrem Rosenholzschemel. »Wo bist du gewesen?« forschte sie bissig. Sie hatte sich sämtliche Armbänder übergestreift, und sie klirrten bei jeder Bewegung. »Wenn ich dich brauche, dann will ich dich hierhaben und nicht in der Stadt herumstreunen wissen.«

»Ich war drüben bei Paxe«, sagte Sorren.

Arré warf ihr einen streifenden Blick zu. Doch dann wurde ihr Gesicht weicher. »Ach, na ja. Jetzt bist du ja da. Setz dich! Ich hasse es, wenn du so über mir aufragst wie ein Baum.« Sorren ließ sich mit gekreuzten Beinen auf den weichen Wollteppich sinken. »Deine Haare sind ganz zerzaust!«

Sorren errötete.

Arré runzelte die Stirn. Sie griff neben sich zu dem kleinen Tisch, auf dem die Lampe stand, ihre Juwelenschatulle und eine kleine braune Steinstatuette, die Sorren für einen Hund hielt und von der Arré behauptet hatte, es sei ein Seehund. Arré streichelte dem Seehund über den Rücken. »Gestern abend hast du mir erzählt, daß Isak dich gebeten hat, bei der Verlobung von einem der Ismeninas zu trommeln.«

»Ja.«

»Du gehst heut einkaufen.« Dies war keine Frage. Sorren ging jeden Morgen einkaufen. »Ich will, daß du herausbekommst, welcher von den Ismeninjungen sich vermählt und mit wem.«

»Das kann ich machen«, sagte Sorren. Es gefiel ihr meist recht gut, wenn Arré sie darum bat, Sachen für sie herauszuschnüffeln.

»Sei diskret dabei!« sagte Arré scharf. Sie hielt ihr eine Schnur mit Geldmuscheln hin. »Da, nimm!«

Sorren nahm die Schnur und wandte sich zum Gehen.

»Versuch mal, ein paar süße Beeren zu finden«, sagte Arré hinter ihr drein. »Der Koch sagt, wir haben sie fast aufgebraucht.«

Als sie hinunterstieg, überlegte Sorren, warum Arré ausgerechnet *sie* gebeten hatte, etwas über die Ismenin-Verlobung herauszufinden. Sie hatte doch sicherlich eine Einladung dazu erhalten. Aber vielleicht wollte sie ja auch nur wissen, was man sich auf dem Markt so darüber erzählte.

Lalith wartete in der Küche auf sie. »Ja?« fragte Sorren.

Das Mädchen rollte die Augen. »Lamm und Fisch«, sang sie, »Anis, Zimt und Salz, Karotten und Zwiebeln, Gelbäpfel, wenn es welche gibt.«

Choba-Öl, dachte Sorren, und süße Beeren. »Ich danke dir«, sagte sie. Manche Leute nahmen geschriebene Listen mit auf den Markt. Doch sie konnte nicht lesen oder schreiben, also behielt sie alles im Kopf.

Sie stieg den Hang hinunter und wiederholte dabei singend ihre Einkaufsliste. Drunten im Tal am Fluß war es kalt. Der Nebel war hereingekommen und verhüllte den Fluß und das Meer; er troff von den Flanken der Pferde und von den Segeltuchdächern der Marktstände. An manchen Tagen war der Dunst so dicht, daß er die ganze Stadt überrollte und sogar den Hügel heraufstieg und die Knochen der alten Elith ächzen ließ, so daß sie nichts tun konnte, als herumzusitzen und zu jammern und die Füße in eine Schüssel mit heißem Wasser zu stecken, und *das* machte dann Toli wütend, weil es bedeutete, daß er die Öfen an diesem Tag zweimal heizen mußte.

Sorren machte der Nebel nichts aus; sie wanderte durch den feuchten Dunst, lächelte vor sich hin. Heute hatte sie sechs verschiedene Einkäufe zu erledigen, ganz zu schweigen von dem Auftrag, etwas über die Ismenin-Verlobung herauszubekommen. Sie ging zuerst zum Schlachter, weil sie das am wenigsten mochte. Der Stand war überlaufen, und sie mußte ihre Bestellung über die Köpfe geringerer Leute hinwegrufen. Dann ging sie zum Fischhändler.

Thule eilte auf sie zu und rieb sich eifrig die roten, aufgesprungenen Hände. »Hat sie den Fisch gemocht?« fragte er.

»Sie war hingerissen!«

Seine Brust schwoll an vor Stolz, wie wenn er jeden einzelnen Fisch selbst gefangen hätte. »Wunderbar, wunderbar. Und was darf ich heute für das Haus Med tun? Wieder Flundern? Seehecht? Seebarsch?«

»Ist Mirrim da?« fragte Sorren. Mirrim war Thules Tochter, eine schmale, stille Frau, die alles wußte, was in der Stadt passierte oder passieren würde.

»Heute nicht«, sagte Thule. »Heilbutt?«

»Zeig ihn mir mal!« sagte Sorren. Sie konnte zwar einen Fisch nicht vom andern unterscheiden, aber sie sah sie sich gern erst an. Thule führte sie zu den Zubern, redete dabei pausenlos und sehr schnell und zeigte ihr die fettesten Fische zur Begutachtung. Bei den Zubern stand der Karren vom Eishaus, und die Fische zuckten und sprangen, als wären sie noch lebendig, obgleich an ihrer Haut Eiskristalle hingen. »Ich nehme Barsch«, sagte sie. Der mittlere Sohn Thules, sein Name war Math, kletterte in einen Zuber und schaufelte mit einem Kescher die schönen braungoldenen Fische in einen Korb, der dem Koch des Hauses Med zugestellt werden sollte.

Die Gemüsestände waren überlaufen, und der Gewürzladen war gerammelt voll von Menschen, die Salz kauften. Sorren sagte dem Ladengehilfen ihre Bestellung auf und ging wieder. Im Isara-Bezirk hielt sie beim Ölhändler an und hinterließ dort die Wochenbestellung für Choba-Öl. Die Frau im Laden war freundlich und geschwätzig: sie tratschte über die Leute, deren Stand an den ihren stieß, über den Rat der Stadt und über ihre eigenen Verwandten. Sie hatte eine drollige und groteske Geschichte über drei Hexer auf Lager.

»Liegt Arré Med mit ihrem Bruder noch immer im Streit?« fragte sie.

»Sie haben keinen Streit«, sagte Sorren. »Sie mögen sich nur nicht besonders gern.« Da dies für sie nichts Neues war, verzog die Ölhändlerin nur das Gesicht.

Von einer Verlobung bei den Ismeninas hatte sie kein Wort gesagt. Sorren runzelte die Stirn, als sie den Stand verließ.

Sie ging zur Asechecke des Marktes hinüber. An einem Stand tanzte eine Asechfrau mit einer Schlange und ließ sie sich um die nackten Brüste schmiegen und winden. Die Frau war graziös und zugleich abweisend, während sie die Schlange über ihre Brustwarze lockte. Zu ihren Füßen saßen zwei Leute, einer spielte die Flöte, der andere jenes den Asech eigene Instrument, das *sho*.

Der Flötenspieler spürte Sorrens Blick und blinzelte ihr zu. Sie lehnte sich gegen eine Mauer und wartete, bis er zu Ende gespielt hatte. Sein Name war Simbaha, Rufname Simmy, und die Schlangentänzerin war seine Schwester. Sorren hatte für sie beim Erntedankfest einmal getrommelt.

Als die Vorstellung beendet war, klatschten die Zuschauer. Die Schlange zischte bei dem Lärm. Simmy kam mit einem Korb durch die Reihen der Gaffer. »Hallo, Sorren.«

»Ist es nicht zu kalt, nackt zu tanzen?« fragte sie.

»Ich hab' keine Ahnung, ich tanze nicht nackt. Und Tani macht es nichts aus.« Eine Frau warf eine braune Münze in den Korb, und er schwang ihn nachdrücklich hin und her: »Ich danke Euch, Herrin, möge das Lächeln des Wächters über Euch sein!« Er schwenkte den Korb in einem herausfordernden Kreis. Die Flöte, die er an einer Schlinge über der Schulter trug, war mit Blütenmustern bemalt. »Wirst du beim Fest diesmal für Isak Med spielen?«

Sorren nickte. »Ich denke schon. Hast du Jeshim in der letzten Zeit mal gesehen?«

»Diesen *chaba'ck*?« Das Wort bedeutete in der Asechsprache etwas ganz Scheußliches. »Er hat 'ne Höhle im Jalarbezirk. He, du, ich hab' gehört, du bist vergeben! Warum suchst du Jeshim?«

»Ich *bin* vergeben«, sagte Sorren. »Und ich will einfach mit ihm reden.«

»Zuuu schade, ich liebe große Frauen«, sagte Simmy.

Sorren winkte Tani auf Wiedersehen zu. Das Mädchen bemühte sich, die Schlange in den Korb zurückzulocken. Sorren wanderte nach Süden, aufs Meer zu. Hier war der Bezirk der Jalaras. Gelbe Fahnen, das Abzeichen des Hauses Jalar, wehten von Stangen, gelbgekleidete Wachen trieben sich überall herum. Sie wirkten unruhig, und Sorren fragte sich nach dem Grund dafür. Karren polterte über die hölzerne Uferpromenade. Durch den Dunst schim-

merten die gelben Segel der Fischerboote. Ringe von Seetang an den Duckdalben zeigten die Hochwassermarkierung. Jetzt stand das Wasser niedrig, doch war es nicht der Tiefststand. Bei Vollmond schien es, als würde das ganze Meer bei Ebbe vom Land fortgesaugt, und das ganze Delta draußen lag dann, dampfend und stinkend, nackt unter der erbarmungslosen Sonne da.

Sorren trat auf einen Posten zu. »Ich suche Jeshim-den-Gaukler.«

»Bei der Gleitbahn«, sagte der Posten.

»Und wo ist das?«

»Dort rüber.«

»Dort rüber«, entpuppte sich als ein Labyrinth von engen Gassen. Endlich kam Sorren um ein Gewirr von einem halben Hundert Hafenspeicher herum und sah das Meer. Droben kreisten Möwen. Vor ihr befand sich eine breite ausgehöhlte Vertiefung im Schlick, und in ihr lang das Gerippe, lagen die Planken eines Schiffes. Männer und Frauen kletterten darin herum. Sie schrien laut und machten einen Höllenlärm mit ihren Hämmern. Gerüche dampften von der Baustelle auf, Teergestank, der Geruch von frischem Holz und erhitztem Metall. Es war erregend, und Sorren holte tief Luft.

Sie fand Jeshim auf der Gangway. Er strahlte sie an: »Sorren!« Er hatte Asechblut und trug blaue Steine in den Ohrläppchen. »Was für eine Überraschung. Was bringt dich den weiten Weg von der Oberstadt herunter?«

Sorren grinste. »Ich bin natürlich nur deinetwegen herabgestiegen.«

Der Gaukler seufzte. »Ach, das wenn ich glauben könnte.« Er ließ die Hand auf ihrem Arm emporgleiten. »Du weißt doch, wie ich dir gegenüber fühle. Aber die Hofmeisterin Paxe ...« — er hustete — »würde mich in kleine Stücke schneiden und an die Muscheln verfüttern, wenn ich dich auch nur anfaßte.«

»Du hast ganz recht, das würde sie«, sagte Sorren und trat beiseite, so daß seine Hand abglitt.

Jeshim zuckte die Achseln. »Magst du einen Zug Himmelskraut?« Er bückte sich zu seinem Pack und holte eine Pfeife hervor, deren Kopf so groß war wie Sorrens Faust. Er füllte sie und holte die Feuersteine heraus. Seine Hände waren zerkratzt wie von hundert winzigen Bissen, und Sorren erinnerte sich, daß er ja auch mit Messern warf.

Zwei Wachtposten auf dem Holzstieg schnupperten genüßlich, als der Duft des Himmelsrauchs zu ihnen hinüberwehte. »Kannst du denn rauchen und dann jonglieren?« fragte Sorren.

»Aber klar doch«, sagte Jeshim. »Ich bin sogar viel besser, wenn ich geraucht habe, als vorher.« Er zog an der Pfeife. Er gab sie ihr, und sie rauchte einen kleinen Zug. Die berauschende Droge ließ ihre Ohren summen.

Auf dem Lattenstieg erklangen Schritte. »Wieder beim Rauchen, Gaukler?« sagte eine grobe Stimme. »Mach dich aus meinem Weg!« Ein Mann in einem grauen Umhang war den Stieg herabgekommen und stand nun Jeshim gegenüber.

Jeshim lachte. »Wieder besoffen, Humpelmann?« Er schnippte einen unsichtbaren Fleck vom Ärmel. »Was machst du, wenn ich keine Lust habe, mich zu bewegen?«

Der Mann bleckte die Zähne. »Willst wohl vor deiner Freundin angeben, wie? Beweg dich, oder ich mach dir Beine!«

»Nicht vor den Wachen, mein Bester«, sagte Jeshim. Doch er trat beiseite, aber nur so weit, daß der Mann an ihm vorbei an die Spitze des Holzstiegs gehen konnte. Als der Mann sich bewegte, schoß sein Fuß vor, und der Mann stolperte, fluchte und fing sich wieder.

»Bedaure«, sagte Jeshim. »Ein Mißgeschick!« Der Mann in Grau schwankte weiter, und der Gaukler lachte.

»Wer war das?« fragte Sorren.

»Das war der Hinkefuß.«

Der Graue hielt knapp vor dem Ende des Stegs an und setzte sich.

»Was macht er?«

»Er trinkt. Und er sitzt herum. Er kommt jeden Tag her. Er schaut denen gern beim Schiffsbau zu.« Jeshim zog wieder an seiner Peife. »Ach, vergiß ihn! Ich hab' dich 'ne ganze Weile nicht gesehen, Sorren. Was hast du die ganze Zeit getrieben?«

Sorren wählte ihre Worte mit Bedacht. Wenn sie aus Jeshim Informationen herauskitzeln wollte, dann, das wußte sie, würde sie ihn sich zuerst zum Schuldner machen müssen.

»Ach, immer das gleiche«, sagte sie. »Ab und zu habe ich getrommelt. Gestern abend habe ich für Isak Med gespielt. Bei der Ratssitzung. Und in ein paar Wochen trommle ich für ihn bei der Verlobungsfeier der Ismeninas.«

»Sehr hübsch«, sagte Jeshim wohlwollend. »Da bekommst du was Feines zu essen.«

»Ach, ich esse auch jetzt ganz gut. Ich hab' gehört, daß du dort jonglieren wirst.«

»Bei der Ismenin-Verlobung?« Jeshims Zähne schimmerten gelb durch den rotbraunen Bart. »Ich wollte, ich dürfte dabeisein. Ich wollte, das wäre wahr. Wer hat das gesagt?«

Sie hatte es ganz einfach erfunden. »Weiß ich nicht mehr. Stimmt es denn nicht?«

»Nee!« Er hielt ihr die Pfeife hin, und sie winkte sie beiseite. Er steckte sie wieder zwischen die Zähne und saugte heftig. Seine Brust schwellte sich.

Sie sagte: »Vielleicht schaff ich's ja, daß es wahr wird. Ich könnte deinen Namen vor Isak Med erwähnen. Vielleicht klappt es dann.«

»Wenn du das machst, bin ich dir sehr dankbar. Das könnte meiner schwindsüchtigen Börse ein bißchen Speck bringen.«

»Arbeitest du nicht am Herbstfest?«

»Aber sicher doch«, sagte der Gaukler. »Die Schreiberin des Blauen Clans ist ganz höchstpersönlich zu mir gekommen und hat mich gebeten, im Zelt des Blauen Clans eine Vorstellung zu geben. Aber bis dahin sind's noch fünf Wochen!«

Sorren zählte an ihren Fingern ab. »So ist es.« Sie ließ ihre Blicke schweifen. »Welcher von den Ismeninsöhnen heiratet eigentlich — ich hab's vergessen.«

»Col«, sagte Jeshim. »Er ist der älteste nach Ron.«

»Und wen kriegt er?«

»Ach, irgend so 'ne Schickse vom Blauen Clan.«

Er hatte die Augen vor dem Rauch halb geschlossen. Er wußte natürlich, daß sie ihn aushorchte, er mußte es wissen. Sorren knüpfte den Knoten ihres Armbands auf und schob einen Wunschknochen von der Schnur. Sie ließ ihn in Jeshims Pack gleiten. Seine Augen öffneten sich wieder. »Ihr Name lautet Nathis Ryth.«

Sie hatte keine Ahnung, wer Nathis Ryth war, aber Arré würde es wissen. »Kriegst du hier unten überhaupt was zusammen?« fragte sie.

Jeshim lächelte. Er schielte zu dem Pack bei seinen Füßen nieder. »Nicht besser oder schlechter als an irgendeiner andern Straßenecke der Stadt.« Seine Stimme war teigiger geworden und dunkler, der Himmelsrauch schien seine Wirkung zu tun. »Weiß denn Isak Med nicht, wer da droben auf dem Hügel sich mit wem verbandelt?«

Die Ismeninas lebten nicht in der Oberstadt auf dem Hügel. Sorren dachte nach. Sicher, sie wußte, was der Jongleur gemeint hatte. Sie sagte: »Ich stelle Isak keine Fragen. Er hat das nicht gern.« Das war zwar eine Lüge — Isak genoß es, wenn man ihm Fragen stellte —, doch hörte es sich gut an.

Jeshim nickte und ließ den Arm um ihre Schulter gleiten. »Sei doch ein bißchen nett zu mir, Sorren«, bat er.

Sie streifte die Finger von ihrem Oberarm. »Jeshim, steck deine krumme Pfeife weg!« Er schielte sie beleidigt an, als sie aufstand und langsam bis ans Ende der Holzplanken ging.

Das Meer siedete und wand sich unter dem Nebeldunst wie eine riesige geschmeidige Schlange. Sie lauschte dem Anprall der Wogen.

»Schön das, nicht?« sagte eine Stimme. Es war der Mann in Grau.

»Ja, vermutlich«, antwortete Sorren voller Zweifel. Sie fand die See eher furchteinflößend. »Bist du ein Fischer?«

Der Mann lachte. »Sehe ich etwa aus wie ein Fischer?«

Sorren betrachtete ihn. Er war dunkel, und er hatte ein komisches Gesicht: breite Wangenknochen, eine breite Stirn und ein festes schmales Kinn, ein Gesicht wie aus Teilen zusammengesetzt, die nicht zusammenpaßten, wie das Gesicht an der Holzpuppe eines Kindes.

Außerdem war der Mann sehr betrunken. Die braunen Augen konnten sich nicht so recht konzentrieren, und sein Atem roch streng nach Wein. »Nein«, antwortete Sorren, »das tust du nicht.«

Er schwankte auf der Stelle herum. »Ich weiß, wer du bist«, sagte er. »Du bist Leibeigene bei Arré Med. Das Mädchen aus dem Norden.«

»Mein Name ist Sorren.«

»Kadra. Kadra-no-Ilézia.«

Sorren mußte blinzeln. Der Name war ein Frauenname.

Sie betrachtete sich Kadra noch einmal genauer, und nun bemerkte sie die geschwungenen Hüften unter dem grauen Mantel, eine, zwei weitere Schwellungen, die Brüste sein konnten. »Tut mir leid«, stammelte sie.

»Das kommt vor«, sagte Kadra rätselhaft. »Oha, bin ich betrunken! Du kennst den?« Sie fuhr mit dem Daumen in Richtung auf den Jongleur zu.

»Ja. Wir sind Freunde.«

»Freunde.« Kadra sprach das Wort aus, als wisse sie nicht, was es bedeutete. Dann riß sie eine flache Silberflasche aus der Tasche und hielt sie schräg über den Mund. Ein Rinnsal lief ihr übers Kinn, und sie wischte es mit der flachen Hand fort.

»Wir sind hier nicht auf dem Hügel der Med. Was treibst du hier?«

Sorren stellte die Stacheln auf. »Das geht dich ja wohl kaum etwas an.«

Kadra blickte sie flüchtig an. »Nein, wahrscheinlich nicht. Wie nett von dir, mich darauf hinzuweisen.«

Sorren errötete. »Ich wollte nicht grob sein.«

»Wie alt bist du?«

Sorren verabscheute es, Leuten ihr Alter verraten zu müssen. »Siebzehn.«

»Also noch ein Säugling.«

Sorren biß die Zähne zusammen, um nicht antworten zu müssen. Kadra beobachtete sie und nickte dann, als freue sie der Anblick. Sie hob erneut die Flasche an die Lippen.

»Leer. Verdammt!« Sie schüttelte das Gefäß.

Sorren fragte: »Arbeitest du auf den Docks?«

Kadra lachte. Es war nicht gerade ein heiteres Lachen. »Nein.« Sie faßte an ihren Mantel, er glitt zur Seite und enthüllte etwas metallisch Glitzerndes unter ihm. »Ich war einst Bote.«

Sorren schaute sich den Mantel genau an. Unter Schichten von Dreck schimmerte ein Hauch von Grün durch. Das Metall konnte eine Schnalle oder ein Knopf gewesen sein, aber Sorren glaubte es eigentlich nicht so recht.

Nur die Boten besaßen das Recht, außerhalb der eigenen Wände Grün zu tragen. Die Farbe bahnte ihnen den Weg vor allen anderen, einschließlich der Sänften der Reichen. Die Leute vom Grünen Clan hielten sich zu ihresgleichen, dennoch hatte Sorren den einen oder anderen auf dem Hügel getroffen. Sie waren es, die die Erlasse des Rates der Häuser oder Anträge anderer Städte an den Rat austrugen und überbrachten, auch Botschaften zu den Asechvölkern und nach Anhard beförderten sie.

»Warst du krank?« fragte sie.

»Ich bin gefallen«, sagte Kadra, »und habe mir das Hüftgelenk gebrochen. Ich kann nicht mehr reiten.«

»Bist du lange ein Bote gewesen?«

»Zehn Jahre«, sagte Kadra. »Warum?«

Sorren begriff, daß sie schon wieder grob unhöflich gewesen war. »Ich bin nur neugierig«, sagte sie.

»Wer zuviel fragt, kann sich in Schwierigkeiten bringen!«

»Ich hab' doch nur freundlich sein wollen ...« Sie sprach zu Kadras Rücken. Die Frau war an ihr vorbeigestrichen und ging nun auf dem Holzsteig zur Straße hinauf. Links hinkte sie. Der Gedanke, der in Sorrens Hinterkopf aufgetaucht war, kam nun schlängelnd an die Oberfläche: Eine Botin, dachte sie, die muß doch etwas über den Norden wissen.

Als Kadra an Jeshim vorbeikam, stemmte er sich auf die Beine. Er kam zu Sorren herübergeschwankt und begann wieder seine Arme um sie zu legen. Sie stieß ihn mit dem Ellbogen fort. Leicht, ohne Nachdruck.

»Autsch!« Er rieb sich theatralisch die Rippen.

»Mach das nicht!« Sie sah, wie Kadra zwischen zwei Gebäude hinkte und dort verschwand. Ein Bote würde ihr sagen können, welche Straßen sie einschlagen mußte, wenn sie in den Norden reisen wollte, und wann die beste Zeit für die Fahrt sein würde.

»Rauch doch noch ein bißchen mit mir!«

»Ich kann nicht, Jeshim. Ich muß zum Haus zurück.«

Der Gaukler zuckte die Achseln. Er holte drei rote Bälle aus der Tasche und ließ sie durch die Luft wirbeln. Sie schienen dabei kaum seine Hände zu berühren. »Dem Humpelbein hast du aber 'ne Menge zu sagen gehabt. Ist der 'n Freund von *dir*?«

»Nein«, sagte Sorren. »Wir haben uns eben zum erstenmal gesehen. Aber warum nennst du sie ›der‹? Sie ist doch eine Frau!«

Jeshim grinste hinter seinen wirbelnden Bällen. »Hat Humpelmann das gesagt?«

»Nicht deutlich. Sie hat gesagt ...« Sorren versuchte sich an die genauen Worte Kadras zu erinnern.

»Und das stimmt genau«, sagte Jeshim. »Denn Kadra ist nicht so recht eine Frau, aber ein Mann ist sie auch nicht richtig. Sie ist beides, oder keins von beidem, wenn dir das lieber ist. Er ist ein *ghya*. Er hat die männlichen und die weiblichen Geschlechtsteile.« Er schien großen Spaß an seiner Erklärung zu haben, oder vielleicht war es ja auch nur Erleichterung darüber, daß er selber normal und keine Mißgeburt war.

»Woher weißt du das?« fragte Sorren.

»Ach, das weiß doch jeder. Es ist kein Geheimnis.« Er ließ die roten Bälle verschwinden und tat dann so, als pflücke er einen aus seinem Haar und einen zweiten aus seinem Mund. »Halt still, da ist er schon!« sagte er lachend und griff Sorren in den Ausschnitt.

»Finger weg!« Sie schlug ihm auf die Hand. Der Ball fiel auf die Planke des Stegs. Jeshim grapschte nach ihm, aber der Ball rollte über die Kante und klatschte in den Schlamm.

»Verdammt! Jetzt muß ich da runter in den Dreck und ihn holen!« Er starrte sie ärgerlich an. »Komm mit! Schließlich bist du daran schuld, daß er runtergefallen ist!«

»Oh, nein, das war ganz allein dein Fehler«, sagte Sorren. »Du sollst mich einfach nicht begrapschen. Ich hab' dir gesagt, du sollst es sein lassen!«

Er seufzte. »Sorren, du bist unfreundlich.«

Sie lächelte und griff in seinen Sack, wühlte darin herum und zog die Münze hervor, die sie ihm gegeben hatte. »Bin ich das?«

Er riß sie ihr aus der Hand. »Nein, nein, du bist ein äußerst großmütiges und liebevolles Mädchen. Komm bald wieder und rede mit mir!«

»Das werde ich«, sagte sie. »Und, Jeshim, es tut mir leid wegen dem Ball.«

»Ach, das macht nichts.« Er blies ihr einen Kuß zu, und sie tat, als finge sie ihn in der Luft auf und steckte ihn in den Ausschnitt. Und ehe er herankommen und ihr wieder die Arme um den Leib legen konnte, winkte sie ihm zu und eilte auf dem Holzstieg davon zu den Speichern zurück. Je weiter sie sich vom Fluß entfernte, desto heißer wurde es. Und als sie die Straßen wieder erreicht hatte, klebte ihr das Hemd am Leib. Sie roch Wein und zögerte einen Augenblick lang unschlüssig. Sie spielte mit den Bontas an ihrem Geldreif und sagte sich, daß Arré sie noch eine ganze Weile lang nicht vermissen würde. Zu ihrer Rechten lag eine Hafenkneipe, und auf dem schaukelnden Wirtshausschild war ein silberner Fisch aufgemalt. Aber sie mochte Wein eigentlich gar nicht so recht. Sie würde bei einem der öffentlichen Brunnen haltmachen und Wasser trinken, ehe sie den Hügel hinaufstieg. Sie kehrte der Taverne den Rücken zu und ging weiter. Es war ihr bewußt, daß es nicht Durst war, was sie zur Tür der Kneipe gezogen hatte, sondern der Gedanke, Kadra-der-Ghya könne vielleicht dort sein.

5. Kapitel

Sorren brauchte länger für den Heimweg bis zum Hause der Med, als sie gerechnet hatte.

An der Grenze zwischen dem Med- und dem Minto-Bezirk stieß sie auf eine Menschenansammlung. Zunächst dachte sie, es handle sich um einen Unfall, so wie die Leute sich da drängten. »Tretet zurück!« leierten die Wachtposten.

»Ist jemand verletzt?« fragte sie eine Frau an ihrer Seite.

Die Frau richtete ihre riesigen braunen Augen auf Sorren. »Nein, nein«, sagte sie ein wenig atemlos, denn sie war von allen vier Seiten bedrängt. »Es ist eine Heilung.«

Die Posten waren bemüht, den Weg freizuhalten, doch dieses Bemühen und das ständige Zurückdrängen der Menge gab ihnen alle Hände voll zu tun. Über die Köpfe der um sie herumstehenden Leute hinweg konnte Sorren gerade noch das Zelt des Heilers erkennen. Ringsum standen die Reihen der Kranken, winkend und schreiend mit fiebernden Stimmen, um die Aufmerksamkeit der Heilgehilfen zu erregen, die außen um die Menge herumstolzierten. Zu einer Heilung waren immer zwei Hexer nötig; soviel wußte Sorren: einer, der Wahrheitsfinder, zur Befragung des Patienten, und der eigentliche Heiler, der die Verwandlung vollzog. Manchen konnten sie nicht helfen: solchen, die bereits auf dem Weg der Besserung waren, beispielsweise, und die nur auf das Prestige und den Nervenkitzel aus waren, bei einem Heiler gewesen zu sein. Elith war einmal zu dem Zelt eines Heilers gegangen, um sich über ihre Kurzatmigkeit zu beklagen. Und der Heiler hatte ihr gesagt, sie solle nicht so gefräßig sein, und hatte sie heimgeschickt.

Endlich gelang es ihr, sich durch das Gedränge zu einer freieren Stelle durchzuwinden. Dann griff sie mit weitem Schritt aus und ging eilig nach Hause. Borti stand im Schatten des Kavafruchtbaumes und schwatzte mit dem Posten am Tor. »Was ist denn mit dir passiert?« fragte er und musterte sie von oben bis unten.

Sorren glättete ihre Kleider. »Ich bin in eine Heilung geraten.«

Arré befand sich im Garten. Sie liebte Blumen. Sie hatte zwar keine Ahnung, wie man sie pflanzte und pflegte, doch wenn sie durch ihren Garten wanderte, griff sie immer gern nach ihnen und berührte die Blüten mit einer seltsamen liebenswerten Zartheit. »Hast du Süßbeeren bekommen?« fragte sie, als Sorren herantrat.

Sorren seufzte. Sie hatte es vorgehabt. »Ich hab's leider vergessen.« Sie nahm den Geldreif vom Arm. »Aber ich habe herausgefunden, was du wissen wolltest.«

»Also rede.«

»Col Ismenin wird mit Nathis Ryth aus dem Blauen Clan verlobt.«

»Ryth«, wiederholte Arré. Dann wurde ihre Stimme schärfer: »Bist du sicher?«

Es gab eigentlich keinen Grund, warum Jeshim sie hätte belügen sollen. »So hat man es mir gesagt.«

Arré starrte auf die Hauswand, und auf ihrem Gesicht lag jenes halbverlorene Stirnrunzeln, das bedeutete, daß sie angestrengt nachdachte. Sorren fragte: »Was bedeutet das?«

Arré antwortete: »Interessant, interessant.«

»Wieso?«

Arré schnippte eine Biene aus ihrem Haar. »Du kennst doch den Brauch«, sagte sie. »Die Leute können heiraten oder auch nicht, aber wenn ein Mann und eine Frau nicht heiraten, dann sind die Kinder nur die ihren, nicht die seinen. Er hat keinen Anspruch auf sie.« Sorren nickte zum Zeichen, daß sie verstanden habe. Ihre eigene Mutter hatte nicht geheiratet, und sie wußte nicht einmal, wer ihr Vater gewesen war, kannte nicht einmal seinen Namen. Es war auch nicht wichtig. »Aber wenn sie heiraten, dann gehören die Kinder ihnen beiden, obwohl sie noch immer den Namen der Mutter tragen. Wenn also — nehmen wir es einmal an — ich Boras Sul geheiratet hätte, wäre er hierher ins Haus gekommen und hätte hier gelebt. Sein Bruder Emrith wäre dann das Oberhaupt des Hauses Sul. Aber unsere Kinder würden den Namen Med tragen.«

Sorren versuchte sich vorzustellen, wie es wäre, wenn Arré Boras Sul geheiratet und Kinder mit ihm gehabt hätte. Es gelang ihr nicht. »Ich bin froh, daß du es nicht getan hast.«

Arré schnaubte: »Davon war auch nie die Rede. Wie auch immer, die Ismeninas hatten immer Schwierigkeiten damit, sich an die Bräuche zu halten. Um wirklich wohlhabend zu sein, das ist der logische Schluß, muß eine Familie reich an Töchtern sein. Aber die Ismeninsöhne zeugen fast immer wieder nur Söhne. Wenn ihre Söhne dann in andere Adelsfamilien einheiraten, nehmen die Kinder den Namen der Mutter an, nicht den des Vaters. Aber man kann den Brauch auf zweifache Weise umgehen. Erstens, indem man weibliche Cousins, falls es welche gibt, in den Hauptzweig der Ismeninas adoptiert und die Söhne mit ihnen vermählt. Und der zweite Weg besteht in einer Allianz mit dem Blauen Clan. Ron Ismenin hat eine Tochter aus dem Hause Holleth vom Blauen Clan geheiratet, und Karya Holleth hat auf ihr Recht verzichtet, ihre Kinder mit ihrem Familiennamen zu benennen.«

»Ich verstehe«, sagte Sorren. Sie genoß es, wenn Arré in ihrer Anwesenheit laut dachte. »Das ist das gleiche, oder?«

»Das nehme ich an.« Arré neigte den Kopf zur Seite.

»Womit handelt das Haus Ryth?«

Arré zog die Brauen zusammen. »Getreide.«

Sorren überlegte hin und her, bis sie sicher war, daß sie die Zusammenhänge verstanden hatte. Dann sagte sie: »Warum werden den Ismeninas keine Töchter geboren?«

Arré spreizte die Finger beider Hände. »Die Fügung des Chea, nehme ich an.« Auf ihrem Gesicht glomm der spöttische Zug, den es stets aufwies, wenn sie über das Chea sprach.

»Auf der Apfelstraße hat eine Heilung stattgefunden. Grad als ich vorbeikam«, sagte Sorren.

Aber Arré brachte für die Heiler kein Interesse auf. »Ich wüßte gern, wer auf diese Idee gekommen ist«, sagte sie.

»Die Heirat?«

»Ach, die ist doch eindeutig von Vorteil für beide Seiten. Das Haus Ryth bekommt die Verbindung zu einem der herrschenden Häuser, und die Ismeninas verstärken ihre Bande zum Blauen Clan.« Sie runzelte die Stirn. »Ihre Bindung an den Blauen Clan könnte sogar ein bißchen enger werden, als mir lieb ist. Aber nein, ich meinte die Tatsache, daß ich über die Verlobung nichts erfahren hatte. Ich glaube, ich weiß nun Bescheid.«

Sorren erriet, was sie meinte, aus dem Gesichtsausdruck, den Arré zeigte. »Isak?«

»Es ist wahrscheinlich. Er ist mit Ron Ismenin befreundet. Ja, er schließt eigentlich überall Freundschaften, wo er hinkommt, dieser mein charmanter Bruder. Bei der Ratssitzung habe ich bemerkt, daß er und Cha so dick sind.« Sie kreuzte zwei Finger.

Sorren wackelte im kühlenden Gras mit den Zehen. Sie erinnerte sich an Cha Mintos Gesicht hinter Isaks Schulter. Da hatte er ängstlich ausgesehen und nicht verzaubert. Sorren berührte den Kelch einer Lilie, der Pollen staubte auf ihre Finger. »Isak ist doch verheiratet«, sagte sie.

»Das ist er«, entgegnete Arré.

»Er lebt im Haus Med. Seine Kinder tragen den Namen Med.«

Arré lächelte. »Das läßt sich leicht erklären, Kind. Myrano-Ivrénia ist die Tochter von Ivrénia Ishem aus dem Blauen Clan. Isak hat eine Kaufmannstochter geheiratet. Die Ismeninas sind nicht das einzige Adelshaus in der Stadt, das die Regel umgeht.«

In dieser Nacht träumte Sorren erneut von der Burg. Es war ein hektischer Traum. Sie erblickte den Wachtturm und dann die Festungsmauer. Jemand stand auf dem Wehrgang. Sie wollte sehen, wer es war. Und bei diesem Versuch wachte sie abrupt auf, als sie im Traum versuchte, näher an die Mauer heranzugelangen.

Der Traum brachte ihre Gedanken zu Kadra zurück. Bei Sonnenaufgang ging sie zur Kate hinüber, weil sie hoffte, Paxe dort vorzufinden, doch die Hofmeisterin war ausgegangen. Nur die einäugige Katze schnurrte ihr um die Beine. Auch von Ricard keine Spur.

Sie kehrte in die Küche zurück. Während sie im Kopf ihre Einkaufsliste herunterbetete und sich zum Gehen bereitmachte, fragte sie den Koch: »Bist du jemals einem Ghya begegnet?«

Er prustete sie durch seinen Bart an. »Ha. Da hat dir einer Märchen aufgebunden. Sowas gibt's gar nicht, Mädchen. Wo hast du das gehört?«

Sie zuckte die Achseln. »Ach, laß nur.« Und sie ging aus der Küche, ehe er ihr weitere Fragen stellen konnte.

Der Nebel war ins Land gekommen; Straßenhändler riefen ihre Waren aus, an den Karren bimmelten Schellen. Am Obststand dachte Sorren daran, einen Sack Süßbeeren zu bestellen, bezahlte sie gleich und befahl, daß sie sofort geliefert werden sollten. Das würde Arré Freude machen. Dann ging sie die Schiffsgleitbahn suchen.

Sie verlief sich auf den Docks. Die kahlen Wände der Speicherhäuser verwirrten sie. Nachdem sie durch enge, schlammerfüllte Gassen geirrt war, die für sie alle gleich aussahen, erblickte sie schließlich einen Mann, der in großen Lettern etwas auf eine Wand schrieb. Sie ging zu ihm. »Ich suche die Werft mit der Schiffsgleitbahn der Jalaras.«

Er wies die Straße hinunter. Seine braunen Hände waren vom Kalkstaub weiß bepudert. »Geh diesen Weg entlang und nimm dann die zweite rechts, dann kommst du hin.«

»Dank dir.« Sie blickte auf die Wand. »Was steht da geschrieben?«

»Niké-der-Steuermann ist ein Ziegenficker«, verkündete der Mann strahlend. »Das ist hier die vierte Wand, auf die ich es geschrieben habe.« Er grinste und verzierte sein Werk noch mit einem weiteren Schnörkel.

Sorren hielt sich an die angegebene Richtung. Sie überlegte sich, wer Niké-der-Steuermann sein mochte. Als sie dann die Schiffsgleitbahn erreicht hatte, zögerte sie, ehe sie auf den freien Platz trat. Die Jalarwachen, die auf dem Gehsteig herumlungerten, trugen Mäntel über ihren gelben Hemden. Die lärmenden Geräusche aus dem Schiffsrumpf erschienen ihr noch lauter als am Tag zuvor.

Auf dem Brettersteig saß Kadra wie ein Sack voller Kohlen, ganz fest eingewickelt in seinen/ihren dreckdunklen Mantel. Jeshim war nirgends zu sehen, und Sorren fragte sich, wo er sich herumtreiben mochte. Dann trat sie auf Kadra zu. Die *ghya* hatte Schlamm im dunklen Kraushaar. Sie schläft am Strand, dachte Sorren. Die Kleider stanken nach Seetang und Wein.

Die Ghya blickte auf. »Du schon wieder. Dein Freund ist nicht da.«

Sorren setzte sich unaufgefordert nieder. Die Planken des Steigs waren warm. Sie ließ die Beine über den Rand baumeln. »Ich bin gekommen, weil ich mit dir reden möchte, nicht mit Jeshim.«

»Mit mir?« Kadra blickte finster. »Hat Norres dich hergeschickt?«

»Keiner hat mich geschickt. Ich bin beim Einkaufen — ich meine, um diese Tageszeit gehe ich immer die Einkäufe für das Haus erledigen. Keiner weiß, daß ich hier bin.«

Kadra gähnte und rieb sich mit einer flachen Hand übers Gesicht. »Was meinst du denn damit, daß du mit mir reden willst?«

Sorren schluckte. »Du warst mal eine Botin.«

»Ja.«

»Bist du je in den Norden gekommen? Bis zu den Grenzfesten?«

Kadra zog die Knie hoch und stützte sich mit dem Kinn auf sie. »Oft genug.«

Sorren stieß heftig die Luft aus. Sie hatte den Atem angehalten. Sie hatte befürchtet — ja, es war töricht! —, daß es die Grenzfesten nicht mehr geben könne, oder daß sie alle leerstehen könnten, Ruinen wären, vom Erdboden verschwunden, und daß ihre Träume ein Nichts waren, eine Illusion, Vergangenheit. »Magst du mir von ihnen erzählen?« bat sie. »Wie man zu ihnen gelangt, wer dort wohnt, wie sie aussehen — all sowas?«

»Du brauchst nicht mich«, sagte Kadra. »Was du brauchst, ist ein Gelehrter.«

»Nein«, sagte Sorren, »die Gelehrten kennen die Geschichte. Aber ich will . . . ich will wirkliche Dinge erfahren«, sagte sie lahm.

»Warum?« fragte die Ghya.

Sorren hatte vorausgesetzt, daß sie dies fragen würde. »Muß ich dir das sagen?« fragte sie leise.

»Das mußt du«, antwortete Kadra.

Sorren rieb die Handflächen über die ebenen, splitterigen Planken. »Weil sie mich ›Mädchen aus dem Norden‹ nennen«, sagte sie. »Meine Mutter hat mir immer Geschichten erzählt — ich will dort hinaufgehen, wenn ich frei bin.«

Eine flüchtige Gefühlsregung, zu kurz, als daß man sie hätte genau benennen können, huschte über Kadras Gesicht. »Wann wird das sein?« fragte sie.

»In einem Jahr«, sagte Sorren, und es kam ihr vor wie eine Ewigkeit.

Eine schwarzköpfige Seeschwalbe landete auf einem Poller. Sie hob die Füße einen nach dem anderen und inspizierte sie, schüttelte das Gefieder und begann dann mit dem Schnabel die Zehen zu säubern.

Kadra sagte: »Gut, ich rede mit dir.« Sie stand auf. »Aber nicht hier. Wenn dieser Kupplerfreund von dir aufkreuzt, wird er beleidigt sein, wenn du nicht mit ihm redest.«

»Ich habe keine Lust, mit Jeshim zu reden«, pflichtete Sorren ihr zu. »Wohin können wir gehen?«

»Irgendwohin, wo ich was zu trinken kriege«, sagte Kadra. »Den Wein wirst du aber bezahlen müssen.«

Sie gingen zum »Silberfisch«. Die Taverne war geräumig und fast leer, und es stank nach dem Öl, in dem die Straßenhändler ihre Austern brieten. Sie setzten sich an einen Tisch im Hintergrund, nahe beim Küchenzugang. Die Tischplatte war mit Kerben und Schrunden bedeckt. Eine Frau brachte Kadra Wein in einer bernsteingelben Flasche. Sie hob fragend die Augenbrauen zu Sorren: »Was willst du trinken?«

»Ich möchte eigentlich gar nichts«, sagte Sorren und zerrte den kleinsten Bonta von ihrem Geldreif. Sie gab der Frau die Münze, und sie verzog sich achselzuckend in die Küche. Kadra preßte die Flasche an die Lippen wie ein gieriger Säugling. Sorren sah ihr finster zu, wie sie schluckte. »Wenn du dich zu schnell besäufst«, sagte sie, »wirst du nicht mehr reden können.«

Kadra stellte die Flasche ab. »Das liegt ganz bei mir«, sagte sie beiläufig. »Wenn du willst, daß ich dir 'nen Gefallen erweise, dann sprichst du besser freundlich mit mir!«

»Es tut mir leid«, sagte Sorren.

Die Ghya wischte sich die Lippen ab. »Hast du überhaupt eine Vorstellung davon, was eine Feste ist?«

»Eine Burg.«

»Ja.« Kadras Stimme wurde weicher. »Es gibt vier von ihnen. Pel Keep, Cloud Keep, Tornor Keep und Zilia Keep. Man hat sie vor vielen hundert Jahren erbaut, als Arun mit Anhard-hinter-den-Bergen Krieg führte. Sie liegen auf der Hochsteppe, mit den Bergen im Rücken ... Ich weiß nicht, welche Burg du aufsuchen willst.«

Die plötzliche Nennung des Namens ihrer Traumvision ließ Sorrens Nackenhaare sich sträuben. »Ich weiß es auch nicht«, sagte sie kleinlaut. »Was ...« — sie zögerte und fuhr dann fort — »was unterscheidet sie?«

»Alle sind aus Stein«, sagte Kadra. »Der Stein ist jetzt nachgedunkelt, allerdings auf den Wehrgängen von Pel Keep kann man noch weiße Stellen erkennen. Sie haben früher die Steine mit Kalktünche bestrichen, um sie zu schützen. Das Land südlich von den Burgen ist flach und unfruchtbar, und es gibt nur Nadelhölzer und die paar Hütten der Dörfler. Man sagt, daß sich im Leben dort oben seit hundert Jahren nichts verändert hat. Mehr noch. Hinter den Burgen stehen die Berge wie — wie ein Grenzwall, als ob das Land dort aufhörte und als ob dahinter nichts wäre, die Leere.« Sie lachte. »Ist aber nicht so.«

»Ja«, sagte Sorren. »Ja. Ja!«

Kadra blickte sie seltsam an. »Du bist also doch schon dort oben gewesen?«

»Nein«, versicherte Sorren. »Doch. Ja. In einem Traum.« Ihre

Wangen fühlten sich an, als seien sie blutrot. »Hat eine von den Burgen einen Turm?«

»Einen Turm? Ich glaube, eine hat mal einen gehabt. Aber er ist eingestürzt. Ich weiß nicht mehr, welche das war.«

»Gibt es Wölfe in den Bergen?«

Kadra lachte. »Ich bin nie einem begegnet.« Dann wurde ihr Gesicht ernst. »Aber ich habe von Fahrenden gehört, die aus dem Norden kamen, daß sie seltsame Laute auf der Steppe wahrgenommen haben. Vielleicht gibt es jetzt dort wieder Wölfe.«

»Gibt es Adler?« fragte Sorren. »Und Bogenschützen?«

»Sicher gibt es Adler und Leute, die mit Pfeil und Bogen Jagd auf sie machen. Warum?«

Wegen der Karten, dachte Sorren. Aber sie würde Kadra nichts über die Karten sagen. »Ach, nur so.«

Kadras Augen wurden schmal, und ihre Hand krümmte sich erneut um die Flasche. »Warum trinkst du nicht?«

»Ich mag nichts, danke.«

»Schlechte Manieren!« Die Worte klangen beinahe höhnisch. »Schlechte Manieren und Fragen. Wer hat dir solch ein feines Betragen beigebracht?«

»Arré Med«, sagte Sorren.

»Hah!« sagte Kadra und trank wieder. »Du weißt, wie sie sie nennen, hier unten auf den Docks? Sie und die anderen, die wie sie sind?«

Sorren wußte es. »Eine Renommierpute.«

»Wie ist sie denn so?«

Sorren zog angestrengt die Brauen zusammen. Wie konnte sie erklären, wie Arré war. »Sie ist sehr freundlich zu mir gewesen«, sagte sie.

Die Tür ging auf, und zwei Jalarwachtposten kamen herein. Sie setzten sich an einen Tisch im vorderen Teil des Raumes. Sie starrten mit gleichgültiger Arroganz herüber. Sorren fand, daß sie sie allzu lange anstarrten. Es gab außer ihr keine Leibeigenen in der Taverne, jedenfalls sah sie keine.

Ihre Arme prickelten, und sie rieb sie. »Mir gefällt es hier nicht besonders«, sagte sie.

»Ich finde es abscheulich«, sagte Kadra und trank. »Ich hasse Städte. Man verweichlicht. Und zu viele Leute — und zuwenig Platz. Zusammengedrückte winzige Häuser, vollgestopfte Straßen, verkrampfte Gehirne.« Ihre Stimme war lauter geworden.

Die Wachen starrten sie an. Mit jenem argwöhnischem Blick, den Schutzleute so an sich haben. »Das habe ich nicht gemeint«, sagte Sorren. Sie klopfte auf den Tisch. »Ich mag dieses Lokal hier nicht. Können wir nicht woanders hingehen?« Und während sie es sagte, erinnerte sie sich, daß Kadra eine Behinderung hatte. Vielleicht bereitete es ihr Schmerzen, gehen zu müssen. Doch die Ghya stand bereits auf den Beinen, und so folgte Sorren ihr nach draußen. Die Frau im Lederschurz schaute ihrem Weggang nach, starr wie eine Statue im Rahmen der offenen Küchentür.

Kadra bog wieder zur Werft zurück. »Komm mit«, befahl sie. »Komm, schauen wir uns das Schiff an!« Sorren hatte zwar wenig Interesse an dem Schiff, doch ging sie mit. Sie kletterten in die Grube hinab. Der Schlamm war kühl und feucht und schmatzte unter den Sandalen.

Als sie angelangt waren, begann Kadra zu husten, schwer und stoßartig, und es klang, als zerreiße es ihr die Brust. »Willst du dich nicht ein bißchen ausruhen?« bat Sorren. Aber die Ghya beachtete sie nicht. Ringsum lagen Wollballen auf dem Schlick. »Wozu ist die Wolle?« fragte Sorren.

»Zum Kalfatern«, sagte Kadra. »Sie tunken die Wolle in geschmolzenes Wachs und stopfen sie dann in Strängen in die Ritzen zwischen den Planken.«

Das Schiff war viel größer als die Fischerboote, das konnte sogar Sorren, die nichts über Boote wußte, erkennen. Sie starrte das große Skelett an. »Wozu bauen sie es — das Schiff?«

»Es wird nach Süden fahren«, sagte Kadra und winkte mit einem Arm aufs Meer hinaus. »Fort von der Küste, fort von den Städten, um neue Länder zu entdecken.« Sie beschattete sich die Augen. Nebelbahnen verhinderten, daß Sorren sah, was die Menschen auf dem Schiff taten.

»Sind *die* Seeleute?« fragte sie.

»Nein. Das sind Zimmerleute, Segelmacher, Taudreher. Die meisten davon sind ihr Lebtag lang noch nie außer Sichtweite von der Küste fortgekommen. Man wird eine Mannschaft anheuern, wenn das Schiff fertig ist.«

»Und wenn keiner mitfahren will?«

Kadra lächelte. »Jemand wird schon wollen«, sagte sie, und der Blick, mit dem sie das Schiff anschaute, war der eines Liebenden seinem geliebten Gegenstand gegenüber.

»*Du* willst mit!«

Kadra rutschte in dem trügerischen Schlick aus. Ihr dunkles Gesicht verzog sich vor Schmerz — oder vor Sehnsucht. »Ja, das will ich. Oh, Wächter, das will ich!«

Sorren versuchte sich auszumalen, wie es sein würde, wenn man sich solch einer kleinen Holzschachtel anvertraute, die dann mitten in all dem vielen Wasser trieb. Sie schauderte. »Wann wird es losfahren?«

»Wenn es fertig ist.«

»Wem gehört es?«

»Den Jalaras und den Isaras.«

Sorren überlegte sich, ob Arré wohl von dem Schiff wußte. »Du willst auch aus dieser Stadt weg«, sagte sie zu Kadra. »Hast du dich deswegen bereiterklärt, mit mir zu reden?«

Kadra setzte sich in den Schlamm. »So ist es. Ich werde dir die Straße nennen, die du am besten nach Norden nimmst. Was für Reisekleider du brauchst. Welche Ortschaften du meiden mußt. Weil, wenn ich dir helfe, dann wird mir der Wächter vielleicht zu einem Platz an Bord dieses Schiffes verhelfen.«

Sorren sagte: »Ich hab' nicht gewußt, daß man mit dem Chea feilschen kann.«

Das war eine Taktlosigkeit. Kadra sagte: »Bist du eine Hexe, daß du so gut über das Chea Bescheid weißt?«

»Nein. Vergib mir, ich hab' dich verärgert. Ich werde gehen.« Das Leben bei Arré hatte ihr immerhin soviel beigebracht, daß sie wußte, wann ein Rückzug angebracht war. Sie machte sich daran, die Werft zu verlassen.

Kadra rief ihr zu: »Warte!«

Sorren blickte zurück. Die Ghya hielt eine Hand ausgestreckt. Sorren schlitterte wieder zu ihr zurück.

Kadra sagte: »Ich hab' gesagt, daß ich dir helfen werde. Und das will ich auch.« Sie hob die Handfläche nach oben. »Zum Zeichen, daß unsere Übereinkunft ernstgemeint ist. Nimm!« Was sie ihr hinhielt, war eine Muschelschale. Sorren nahm sie ihr aus der Hand. Sie war geformt wie eine Träne, und sie war winzig und leicht wie eine Perle, durchschimmernd rosa und so zerbrechlich wie ein Streifen Gischt.

Während sie die modderige Böschung hinaufkletterte, drehte Sorren die Muschel in der Hand hin und her. Einmal blickte sie sich um und sah Kadra neben dem Schiff im Schlick kauern. Etwas in dieser Haltung ließ Sorren erschauern. Sie sollte zu einem Heiler gehen, dachte sie; es sieht aus, als wäre sie krank. Kurz vor der Straße wurde das Ufer steiler, und sie mußte ihre Hände benutzen, um das Gleichgewicht zu wahren. Ihre Füße rutschten immer wieder in dem Unrat von Seetang und Muscheln aus.

Als sie sich auf die Straße schleppte, tauchte vor ihr Ricards dunkles Gesicht auf. Überrascht und verärgert bei seinem Anblick, blieb sie stehen. Seine Augen waren blutunterlaufen, die Kleidung schmutzig, und er stank nach Himmelskraut. Er stierte sie mit dem vorwurfsvollen Schmollmund eines Babys an. Sie versuchte an ihm vorbeizugehen, doch er breitete die Arme aus, um sie aufzuhalten.

»Was hast du hier gemacht?« fragte sie. »Du stinkst.« Sie verzog das Gesicht.

»Ich hab' dich gesehen«, sagte er.

Sie verkrampfte die Finger um die Muschel und überlegte, was er damit meinte. Was gesehen? Wobei? »Spionierst du mir etwa nach?« Sie mühte sich, an ihm vorbeizukommen, aber er wich nicht von der Stelle.

»Ich hab' dich gesehen«, wiederholte er mit schwerer Zunge.

Sie spürte, wie der Ärger in ihr zu wachsen begann. »Ricky, laß mich in Frieden!«

»Hab' dich reden sehen mit dem Mann da.«

Sorren widerstand dem Drang, ihn anzubrüllen, ihm zu sagen, daß Kadra kein Mann sei. »Hau ab, Ricky!« sagte sie.

»Ich hab's gesehen«, sagte er wieder und fiel über sie her.

Zuerst dachte sie, er habe nur das Gleichgewicht verloren, und sie mühte sich, ihn aufrechtzuerhalten. Aber er zog sie auf die Steine nieder, seine Hände zerrten an ihrem Hemd. Sie schob ihn fort. Er war stark. Irgendwer stieß ein schrilles Pfeifen aus. Ricky keuchte seinen heißen Atem in Sorrens Gesicht, und ihr wurde klar, daß er versuchte sie zu küssen. »Ach, du Idiot!« rief sie und stieß ihn von sich. Er kam wieder auf sie zugekrochen, sabbernd und keuchend, und sie stieß ihm die Faust ins Gesicht. Die Katzenkopfsteine taten ihr an den Schulterblättern weh, als er sich über sie warf und sie mit dem Rücken in den Grund bohrte. »Du dummer kleiner Junge«, sagte sie.

»Ich bin kein Junge mehr«, grunzte er. Er hielt ihr die Handgelenke nieder und schob das Knie zwischen ihre Beine.

Sie hörte Lärm, eine Menschenmenge. Jemand lachte. Sie wand

und drehte sich, versuchte die Hände freizubekommen, und Ricky atmete ihr weiter das Himmelskraut ins Gesicht.

Dann wurde er von ihr fortgezogen. Sie setzte sich auf. Ihre Ellbogen waren zerkratzt und stachen. Zwei Jalarposten hielten Ricky zwischen sich fest. Sein Hemd war zerrissen. Sie grinste schief vor Zorn und Schadenfreude bei seinem Anblick und kam langsam wieder auf die Beine.

»Namen!« befahl einer der Wachsoldaten.

Sie rieb sich den Staub von der Handfläche. »Sorren-no-Kité, Leibeigene bei Arré Med«, sagte sie. Sie rieb sich die Flanke. Sie schmerzte sie. »Dieser Idiot da ist Ricard-no-Paxe, der Sohn der Meisterin im Hof bei den Med.«

Der zweite Wächter, ein wuchtiger Muskelprotz, schüttelte Ricky am Hemdkragen hin und her. »Was hast du vorgehabt?« verlangte er zu wissen. Ricky starrte finster vor sich hin und wollte nicht antworten. »Bist du verletzt?« fragte der andere Posten Sorren.

»Nein«, sagte sie. Plötzlich fiel ihr die Muschelschale ein. Sie hatte sie die ganze Zeit festgehalten, dachte sie. »Oh, verdammt!« Sie betastete ihre Kleider in der Hoffnung, die Schale möge sich in einer Falte verfangen haben. Dies war jedoch nicht der Fall. Wahrscheinlich war sie zu Pulver zerrieben worden. Wieder stieg der Ärger in ihr auf. »Ach, verdammt. Verdammt!«

»Was ist?«

»Seinetwegen habe ich was verloren.«

»Das da?« Der erste Wachtposten hielt ihr das Münzarmband hin.

»Ja, das auch«, sagte Sorren. Sie hatte nicht einmal bemerkt, daß sie es verloren hatte.

»Ihr solltet keine so rauhen Spielchen spielen«, sagte der Posten.

Sorren schaute wütend zurück. »Spielchen! Er hat mich angefallen! Glaubst du, ich mag Staub und Schrammen? Wir haben nicht gespielt!«

»Ach«, sagte Ricky, »hört bloß nicht auf die. Die ist doch bloß 'ne Hure!«

Sorren sprang ihn an. Sie würde ihm das Gesicht zerfetzen, sie würde ihm den Schädel einschlagen. Sie drosch auf ihn ein. Die beiden Wächter ließen Ricards Arme los und griffen nach ihr. Ricky rannte los und stieß sich durch die versammelte Menge. Die Posten fluchten laut, und die weibliche der beiden schlug sie ins

Gesicht. Sorren hatte bereits aufgehört zu kämpfen. Die Frau drehte ihr den Arm auf den Rücken und machte sie so wehrlos. Der Schmerz schoß ihr in die Schulter hinauf. Durch die zusammengebissenen Zähne knirschte sie: »Das hättest du nicht tun müssen!«

Sie eskortierten sie durch die ganze Stadt und den Hang hinauf bis zum Med-Haus. Am Tor ließ die Soldatin Sorrens Arm los. Er war ganz taub, und sie schüttelte ihn, damit das Gefühl zurückkehrte. Der Wächter am Tor starrte sie an. An der Haustür erwartete Elith sie. Die fette Alte hob die Augenbrauen, als sie Sorren sah, und watschelte dann eilig davon, um Arré zu rufen.

Sie kam aus dem kleinen Salon. »Was ist geschehen?«

Die Wächterin setzte zum Sprechen an, doch Sorren kam ihr zuvor. »Es war Ricard. Ich war beim Dock und sprach mit einem Freund, und er hat mich dort gesehen. Er hat nach Himmelskraut gerochen. Dann hat er mich angefallen. Ich habe mich gegen ihn zur Wehr gesetzt, als die da ankamen. Ricky hat mich als Hure beschimpft, und ich bin wütend geworden und habe ihn geschlagen, und dann haben sie mich gepackt, und er ist davongerannt.« Sie zitterte, und der Rücken tat ihr weh, und der Arm tat ihr weh, und sie fühlte sich wieder so verloren wie damals, als sie zwölf war.

»Bist du verletzt?« fragte Arré. »Hat er dir was getan?«

»Nein. Er kam nicht dazu.«

»Also?« sagte Arré zu den Wächtern. Sie schauten verlegen drein.

»Wir haben nicht gewußt, wer angefangen hat«, sagte die Soldatin zu ihrer Verteidigung.

»Er hat angefangen«, sagte Sorren. »Er hat mir sogar das Armband abgerissen.« Auf diese Weise daran erinnert, hielt der Posten Arré das Geldband hin. Arré nahm es und legte es beiseite.

»Ich danke euch, daß ihr so rasch eingegriffen und einen Kampf verhindert habt«, sagte sie zu den Posten. Und zu Sorren sagte sie sanft: »Warum gehst du dich nicht waschen?«

Sorren ging in die Küche. Im Waffenhof konnte sie Paxe hören. Die Küchenbolzen drängelten sich um sie und fragten sie aus. Sie sank auf einen Schemel. »Ich bin auf dem Markt angegriffen worden«, sagte sie.

»Wer hat das gemacht?« fragte Toli. »Was hast du dabei gemacht?«

»Mich gewehrt.« Sie fühlte sich noch immer ganz schwach.

Der Koch kam um den Hacktisch herum, das Hackbeil in der Hand. »Hast du die Bestellungen aufgegeben?«

»Ja.« Sie stützte den Kopf in die Hände. Der Koch reichte ihr ein sauberes feuchtes Tuch, und sie wischte sich das Gesicht ab und rieb dann die Ellbogen. Lalith brachte ihr eine Schale Tee. Sie sank auf dem Hocker in sich zusammen und trank. Lalith befingerte ihr zerrissenes Hemd.

»Ich werd's für dich flicken«, bot sie an.

Sorren schüttelte den Kopf. »Das kann ich schon.« Sie hatten Honig in den Tee getan. Der süße Geschmack war sehr besänftigend. Der Koch warf den Küchenhilfen drohende Blicke zu, und sie machten sich wieder an die Arbeit, kneteten Teig und putzten Gemüse. Jedesmal, wenn Sorren zu ihnen hinsah, lächelten sie zurück. Sie konnte Paxes Stimme jetzt nicht mehr vernehmen. Sie lehnte sich gegen den Hacktisch. Die Wärme in der Küche war köstlich und angenehm wie eine Daunendecke.

Die Küchentür ging auf. Arré trat ein, und hinter ihr kam Paxe. Sie war vom Training im Waffenhof ganz schweißbedeckt. Sorren erriet, daß Arré ihr Bescheid gesagt hatte. »Es war Ricard?« fragte Paxe. Lalith stieß einen erschrockenen Laut aus. Alle beobachteten Sorren. Paxe nahm Sorrens Gesicht mit beiden Händen, hob es auf und berührte mit den Lippen eine Prellung, die Sorren überhaupt nicht bemerkt hatte. »Hat er das angerichtet?«

Arré stand mit den Händen in den Hüften da. »Das sage ich dir doch immer«, sagte sie. »Er ist zu alt, hier nur herumzuhängen, dir das Geld abzubetteln und nur etwas zu arbeiten, wenn er Lust dazu hat. Er muß lernen, für etwas verantwortlich zu sein.«

»Aber er ist doch noch ein Kind«, sagte Paxe.

Arrés Silberarmbänder klirrten. »Er ist ein verzogener Balg!«

»Haben die Wachen ihn festgenommen?«

»Nein. Er ist ihnen davongerannt. Schick ihn in die Weingärten, Paxe!«

»Ich werde mit ihm darüber reden«, sagte Paxe, während ihre Hände streichelnd über Sorres Schultern glitten.

»Ach, rede nicht mit ihm!« Arrés Handfläche sauste schwer auf den Küchentisch. »Befiehl es ihm einfach, und Schluß! Du läßt ihm zuviel freien Willen, und schau an, was er anstellt!« Sie wies auf Sorren.

Sorren stellte sich Ricky in den Weinfeldern vor. Er war zu faul, um dort von großem Nutzen zu sein. Bei dem Gedanken an den

Frechling ballten sich ihre Hände zu Fäusten. Sie wollte ihn nie, nie wiedersehen.

»Du hast keine Ahnung davon«, sagte Paxe zornig zu Arré. »Du hast ja keine Kinder.«

»Aber ich kann sehen, was unter meiner Nase ist«, entgegnete Arré. »Manche Leute können das anscheinend nicht.«

Das Küchenpersonal, ja sogar der Koch, hatten ihre Arbeiten unterbrochen und lauschten begierig. »Ich gebe dir ja auch keine guten Ratschläge, wie du dich bei den Ratssitzungen verhalten mußt«, schoß Paxe zurück. »Also erspare mir die deinen, wo es um mein Kind geht!«

Der Streit setzte sich über Sorrens Kopf hinweg fort. Die lauten Stimmen bereiteten ihr Kopfschmerzen. Die Hitze in der Küche war erstickend geworden. Sie bekam fast keine Luft mehr, und der Rücken tat ihr weh, und ihr Ellbogen tat ihr weh. Sie hatte die Muschel verloren, die Kadra ihr geschenkt hatte; sie hatte Arrés Geld dazu benutzt, Wein für eine Säuferin zu kaufen ... Sie rutschte auf ihrem Hocker herum. Ihre Kehle brannte. Ihre Augen brannten.

Wie ein kleines Kind brach sie in Tränen aus.

Das Gezetere brach ab. Paxe legte ihr beide Arme um den Leib. Sie stiegen hinauf in Sorrens Zimmer, und Sorren rollte sich auf ihrem Bett zusammen und heulte. Paxe saß neben ihr, streichelte sie mit sanften Fingern. Nach einiger Zeit hörte Sorren auf zu weinen. Ihr Körper fühlte sich schwer und steif an, ganz so wie an jenen Tagen des Mondes, wenn sie ihre Blutung hatte. »Ich komme mir ganz dumm vor«, sagte sie. »Ich bin schläfrig.«

Paxe küßte sie auf den Mund. »Du bist nicht dumm.« Sie strich Sorrens Haar aus der Stirn. »Ruh dich aus! Dann wirst du dich gleich besser fühlen.« Sie stand auf. Sorren wollte ihr nachrufen, daß sie Ricards Hemd zerrissen habe, doch die Hofmeisterin war bereits durch die Tür verschwunden. Mit einem Seufzer bettete Sorren den Kopf auf den Arm, der nicht wehtat.

Arrés Tür stand offen, doch Paxe klopfte dennoch.

Arré kannte das vertraute Klopfen. »Komm rein!« rief sie.

Paxe stapfte ins Zimmer.

»Wie geht's ihr?« fragte Arré.

»Sie schläft.« Die Stimme der Hofmeisterin drohte: *Rede nicht darüber!*

Sanft sagte Arré: »Sie wird es überstehen. Kinder heilen rasch, und sie ist in mancher Hinsicht ja noch ein Kind. Sie ist nicht so sehr viel älter als Ricard.«

Paxe sagte: »Sie ist ein ganzes Stück älter als Ricard! Sie ist eine erwachsene Frau.« Und Arré konnte aus der Art, wie sie den Namen ihres Streuners von Sohn aussprach, erkennen, wie tief die Verbitterung und der Zorn Paxes waren.

Sie streckte die Hand aus und sagte: »Bitte laß uns nicht streiten, Paxe. Es tut mir leid, daß ich dich zu drängen versucht habe. Du sollst das mit Ricky tun, was du für am besten hältst.«

Paxe nickte. »Das werde ich auch!« Sie setzte sich auf den Rosenholzschemel. Ihre Größe ließ die Möbel im Raum als zu klein erscheinen. Sie nahm die Steinfigurine vom Tisch und fuhr mit den Fingern über sie. »Was soll das da sein?« fragte sie.

»Ein Seehund.«

»Er sieht wie ein Bär aus.« Sie setzte die Figur ab. »Arré, ich bin eigentlich nicht hergekommen, um über Ricky zu sprechen. Oder über Sorren.« Ihr Gesicht war ernst geworden, der Rücken hatte sich gestrafft und war gerade wie ein Brett. Arré legte sich in ihre Bettkissen zurück und spielte unablässig mit den Quasten der Überdecke, während Paxe ihr berichtete, wie sie am Morgen auf den Waffenhof gekommen war, nachdem sie ihre Runde gemacht hatte, und dort die Wachen mit einem Schwert entdeckt hatte.

Ihre Hände spalteten die Luft, als sie das Schwertspiel beschrieb; sie vergaß völlig, daß Arré in ihrem Leben noch nie eine Waffe benutzt hatte; sie berichtete, wie sie das Schwert zerlegt und was sie dabei herausgefunden hatte. Sie war so schlank und so hart, wie sie vor dreizehn Jahren gewesen war, nur die Augen und die Hände waren gealtert, und Arré blieb in ihrem Kissennest ganz still liegen und lauschte der alten Verlockung des Blutes in ihren Adern. Wenn wir doch ... wenn wir doch nur hätten zusammenbleiben können, dachte sie. Doch für Bedauern war es zu spät. Sie hörte gespannt zu, als Paxe ihren Besuch auf dem Waffenhof der Ismeninas beschrieb und berichtete, was sie dort herausgefunden hatte.

Als Paxe von den Soldaten in Reih und Glied und ihren Holzschwertern berichtete, fühlte Arré einen Schauder den Rücken hinablaufen. Auf *keinem* Hof wurden die Schwertkünste gelehrt! Das war verboten. »Wie ist es Ron Ismenin gelungen, seine Soldaten dazu zu bewegen, den Bann zu brechen?« fragte sie. »Ich hätte gedacht, die würden sich scheuen, ein Holzschwert auch nur anzufassen!«

Paxe erklärte, was Dobrin ihr über den Bann und über die Hexer gesagt hatte. Ihre Stimme klang angestrengt, und es war deutlich, daß das Gespräch mit Dobrin sie beunruhigte. Arré nickte. Für *sie* ergab das einen Sinn; aber schließlich hatte *sie* ja auch nie an das Chea geglaubt. *Sie* wußte, wie der Bann entstanden war. Der Rat der Häuser hatte ihn sich ausgedacht, mit stillschweigender Billigung des Weißen Clans, um die Macht des Roten Clans zu brechen, weil der Rote Clan für den Geschmack des Rates viel zu mächtig geworden war; außerdem wollte man die ständige Erschöpfung, das fortgesetzte Leerpumpen des Stadtschatzes beenden, das der Metallwaffenhandel mit sich brachte. Die Nachfrage nach Waffen und Metall bedeutete, daß ein Drittel der Geldmittel der Stadt für Erz und verarbeiteten Stahl abfloß, und daß dieses ganze schöne Geld in den Norden wanderte, den Händen der Herrschenden und der Kaufleute der Stadt entglitt und in Tezera landete. Und der Weiße Clan hatte mitgespielt, weil die Maßnahme des Bannes dazu beitragen würde, die Macht des Roten Clans einzudämmen.

Arrés eigene Großmutter, Tabitha Med, hatte bei der Schaffung dieses Banns mitgewirkt. Und zu der Zeit, als ihre Enkelin geboren wurde, gab es in der Stadt keine Chearis mehr. Und jetzt, jetzt haben wir Isak, dachte Arré, meinen teuren Bruder, der so gern mitmischt. Ich möchte wissen, wie es ihm gelungen ist, Cha Minto einzuwickeln.

Paxes Stimme drang scharf in ihre Überlegungen ein. »Arré, hörst du mir überhaupt zu?«

»Ich habe jedes Wort gehört«, behauptete Arré fest.

»Hat Dobrin mir die Wahrheit gesagt?«

»Worüber?«

»Darüber, daß das Kurzschwert nicht unter den Bann fällt.«

»Ich bin sicher, es ist so«, sagte Arré. »In meinem Arbeitszimmer habe ich eine Abschrift des Banns. Wir könnten sie uns ansehen, aber ich bezweifle, daß das nötig ist. Einer Lüge würde man doch zu leicht auf die Spur kommen.«

Erregt glitt sie vom Bett und trat ans Fenster. Die Ismeninfamilie besaß Erzminen. Also wäre es zu ihrem Vorteil, wenn der Bann aufgehoben würde, oder wenn sie einen Weg fänden, ihn zu umgehen. Wann ist ein Schwert kein Schwert? fragte sie sich und gab sich gleich selbst die Antwort: Wenn es ein Kurzschwert ist.

Kendra-im-Delta besaß den größten Markt, war das Handelszentrum im Land Arun, und was könnte man besser aus Metall machen als Waffen?

Ein Gedanke fuhr ihr durch den Kopf. Sie fragte: »Paxe, wann ist das gewesen?«

»Vor vier Tagen.«

»Vor *vier* Tagen? Vor der Ratssitzung?« Paxe nickte. »Und warum hast du so lange gewartet, bis du mir davon berichtetest?«

Paxe starrte auf ihre Hände. »Ich mußte erst darüber nachdenken.«

»Du hättest es mir gleich sagen müssen! Das Denken ist meine Aufgabe, nicht die deine. Wenn ich das gewußt hätte, als der Rat zusammentrat . . .« Was für einen Unterschied würde es gemacht haben? dachte sie. »Ist es in der Stadt allgemein bekannt, daß die Ismeninas mit dem Kurzschwert exerzieren?«

Paxe schüttelte den Kopf. »Nein, sie haben einen Posten am Hoftor, der alle abweist, die nicht die Ismeninuniform tragen. Und Dobrin hat den Soldaten befohlen, nicht darüber zu reden.«

»Hast du dort scharfe Waffen gesehen?«

»Keine, und Dobrin war darin ganz bestimmt: seinen Soldaten ist der Besitz scharfer Klingen verboten.«

»Aber Lyrith hatte eine.«

»Lyrith wurde ausgepeitscht.«

»Aber warum trainiert jemand mit Attrappen aus Holz, wenn er nicht plant, irgendwann einmal die echten zu benutzen?« fragte Arré.

Ich würde gern wissen, ob der Weiße Clan darüber informiert ist, dachte sie. Anscheinend nicht. Jemand würde es den Weißen sagen müssen, und sie glaubte nicht, daß die Hexer darüber glücklich sein würden. Sie versuchte sich vorzustellen, was die Ismeninas vorhatten. Vielleicht diente es dazu, einen Schwarzen Markt für Waffen einzurichten. Doch dem ließe sich leicht ein Ende setzen: die ersten, die man mit Schwertern ertappte, würden die rechte Hand verlieren, und das würde die übrigen abschrecken. »Was haben die Ismeninas vor? Was glaubst du?«

Paxe sagte: »Ich weiß es nicht. Aber ich weiß, es ist gefährlich.« Sie streichelte die Plastik in ihren großen Händen, als wäre es ein lebendiges Tierchen.

Arré schnaubte: »Aber sicher ist es gefährlich!«

»Was wirst du unternehmen?« fragte Paxe.

»Ich? Es gibt nichts, was ich tun könnte. Erstens . . .« — sie ging zum Bett zurück und setzte sich — »gibt es keine Handhabe im Bann oder in den Ratserlässen, die den Besitz von Holzschwertern untersagt.«

Paxe runzelte die Stirn. »Man kann auch mit einem Holzschwert töten, wenn man weiß, wie«, sagte sie.

»Kann man das?« fragte Arré. »Das habe ich nicht gewußt.«

War es möglich, daß die Ismeninas sich eine Privattruppe heranzogen? Es waren schon merkwürdigere Dinge geschehen. Aber es gab in Arun seit achtzig Jahren keine Armeen mehr, und außerdem konnte sie sich nicht vorstellen, was Ron Ismenin sich von einer Armee erhoffte, was er nicht bekommen könnte, indem er ein bißchen Geld springen ließ. Sie seufzte. »Ich muß mit dem Rat reden«, sagte sie und meinte Marti Hok. Mit einemmal fühlte sie sich müde, verspürte Hunger nach etwas Süßem; das Verlangen nagte in ihrem Leib. Sie lehnte sich in die Kissen. Linien, ein Muster von Verbindungen breitete sich in ihrem Kopf aus. Der Rat herrschte über die Stadt, doch es gab mächtige Einflüsse jenseits der formellen Macht der Ratsgesetze. Sie hatte das Gefühl, als würden sie, die Ratsmitglieder, manipuliert — von wem? Cha Minto? Pah! Isak? Den Ismeninas?

»Was soll ich unternehmen?« fragte Paxe.

Sie hatte beinahe vergessen, daß Paxe anwesend war.

Arré wollte etwas tun, was die Ismeninas ärgern würde. »Kannst *du* den Schwertkampf lehren?«

»Ja«, antwortete Paxe, »das könnte ich. Ich könnte mir von einem Tischler *sejis* machen lassen und sie in den Hof bringen.«

»Dann tu das.«

»Warum?« Paxe klang beunruhigt.

Arré lächelte sie an. »Weil die Ismeninas damit nicht rechnen werden. Tue es, Paxe! Es wird keine Schwierigkeiten geben, ehe der Rat nicht das Kurzschwert mit dem Bann belegt. *Wenn* er das tun sollte!«

»Sehr gut.« Paxe stand gleitend auf. Sie stellte das Steintierchen auf den Lacktisch und ging wortlos aus der Tür.

Arré griff vom Bett nach dem Steinding — vielleicht war es ja doch ein Bär — und betätschelte es mit sanften Fingern, die über die Schrunden und Mulden streichelten, die Paxes warme Hände zuvor berührt hatten. Sie hatte die Plastik von einem Asechtrödler vor vielen Jahren erstanden. Sie rollte die Figur zwischen den

Handflächen und versuchte sich an jenen Tag zu erinnern. Seit achtzehn Jahren hatte sie in dieser Stadt, in diesem Haus, in diesem Raum hier gelebt. Sie sog schnüffelnd den Geruch des Hauses ein, diese Mischung aus Blütendüften, Essengerüchen, dem Geruch menschlicher Körper. Sie setzte die Figurine auf den Tisch zurück. Mit einem Seufzer sank sie auf die Knie und drückte die Wange auf den Sitz des Rosenholzschemels, versuchte den Duft Paxes über dem Duft des Holzes zu erspüren. Es war töricht. Sie erhob sich. Ihre Knie krachten. Sie war zu alt für die Gefühle, die sie überkommen hatten.

War sie eigentlich eifersüchtig auf Paxe oder Sorren? Ein ganz klein bißchen bin ich es, dachte sie. Sie ging steifbeinig auf das Fenster zu, entriegelte den Paravent aus Seide und Papier und schob ihn beiseite. Häuser, Straßen, Werkstätten breiteten sich unter ihr aus wie auf einem Teppich. Sie beobachtete einen Bussard, der sich nach Norden durch den Himmel schwang, den Fluß hinauf, und sie erinnerte sich an Nachmittage, an denen sie am Fluß entlangspaziert war und vom Ufer aus die Barken betrachtet hatte, die flußabwärts gestakt wurden — und Paxes Arm hatte um ihre Schultern gelegen ...

Das waren Jahre des Glücks gewesen. Sie war dabei gewesen, ihr Gewerbe zu erlernen — die Herrschaft; Paxe war Zweiter Wachoffizier gewesen. Und Isak — Isak war in Shanan gewesen und hatte den Tanz studiert. *Weiß* Isak etwas von den Schwestern? fragte sie sich. Er war der Freund von Ron Ismenin, er *mußte* davon wissen. Aber natürlich würde er zu ihr nichts darüber sagen. Sie war seine Schwester, und er haßte sie und wollte sie aus ihrer Position verdrängen, oder doch wenigstens ihr gleich sein. Ein Bild füllte einen Augenblick lang ihre Erinnerung: ein Knabe, dunkel und schmal und graziös wie eine Katze, mit strahlenden dunklen Augen, der vor Entzücken krähte, wenn sie ihn in die Luft warf; sein langes Haar wirbelte im Wind. »Ré«, so hatte er sie gerufen. »Ré! Warte! Ré, darf ich mit dir kommen? Ré, ich will bei dir sitzen ...« Sie hatte ihn vergöttert, genau wie ihre Mutter und jedermann, der ihm begegnete. Aber wann hatte sich sein Entzükken in Eifersucht verwandelt, in Neid? Sie wußte es nicht mehr, wußte nur, daß es recht früh schon geschehen sein mußte. Mit sieben, acht Jahren war er in ihrer Gegenwart immer mürrischer und verstockter geworden, hatte ihrer Mutter hingegen eine immer heftigere Aufmerksamkeit erwiesen, als glaubte er, daß diese Liebesbezeugungen irgendwie die Tatsache ändern könnten, daß er der Jüngere war und nicht der Erbe. Er hatte um Shana Med geweint . . . Arré schloß das Fenster. Aber dann war er zu Meredith gezogen, um bei ihr zu studieren, und als er von Shanan zurückkehrte, war er stachelig und hart wie die Oberfläche einer *chobata*, und abweisend, zumindest gegenüber Arré, als hause er in den Tiefen irgendeiner Höhle.

Es war bereits weit in der Stunde der Abendmahlzeit, als Sorren wieder aus ihrem Zimmer hervorkam.

Die Laternenanzünder ließen ihre hellstimmigen Signalrufe erklingen, mit denen sie sich in den gewundenen Straßen Bescheid gaben. An den Abenden — und es war die Regel —, an denen Arré keine Gäste hatte, war sie gewohnt, ihre Abendmahlzeit in ihrem Zimmer einzunehmen. Sie war mit der Nachspeise beschäftigt, als Sorren eintrat. Der Kratzer auf der Stirn des Mädchens war rot und geschwollen. »Setz dich!« befahl Arré und schwang die Glocke für Lalith. »Hast du Balsam auf die Prellung getan?«

»Ja«, sagte Sorren und setzte sich auf den Schemel. Lalith trat ein, und Arré befahl ihr, ein zweites Gedeck zu bringen.

»Ich hab' keinen Hunger«, sagte Sorren.

»Unsinn«, knurrte Arré. »Du mußt einfach Hunger haben, nachdem du den ganzen Tag geschlafen und den ganzen Morgen gerauft hast!«

Sorren berührte den Rand der Prellung mit dem Finger. Arré dachte, es sieht schlimmer aus, als es ist. Sie selbst bekam leicht Wunden und Prellungen, und die winzigsten Kratzer heilten unendlich langsam. Sorren hatte eine weiße Haut, und darum zeichneten sich alle Verletzungen so deutlich auf ihr ab. Doch, sie sah wirklich wie eine Nordländerin aus; es war dieser Hautton gewesen, der ursprünglich Arrés Blick auf sich gezogen hatte. Vor Jahren, damals in den Weingärten: dieses Haar von der Farbe des Sonnenlichts, und diese Augen, die so blau waren wie die Trompetenblüten, die an den Weinstöcken emporrankten. Als ich ein kleines Mädchen war, dachte Arré, habe ich mir immer gewünscht, so auszusehen.

Sorren sagte: »Es war nicht meine Absicht, so lang zu schlafen!«

Arré lächelte sie an. »Aber ich schimpfe doch gar nicht mit dir, mein Kind.«

»Ich bin kein Kind.« Der Rücken des hochgewachsenen Mädchens versteifte sich auf die gleiche Art, wie dies bei Paxe immer der Fall gewesen war.

»Ich weiß, ich weiß ja«, sagte Arré sanft. Sie sieht jünger aus als siebzehn, dachte sie, mit ihrem vom Schlaf zerzausten Haar und den schweren weißen Augenlidern. »Wie fühlst du dich?«

»Ach, ganz in Ordnung.«

Lalith brachte das Essen. Sorren nahm den Teller auf die Knie. Sie hob ein Stück Schinken auf. »Ich glaube, ich hab' doch Hunger«, gestand sie. Scheu lugte sie durch die Wimpern herauf. »Vielleicht kommt es von der Seeluft. Ich war drunten bei den Docks, als Ricard mich — gesehen hat.«

»Oh?«

»Ich hab' mir das Schiff angeschaut. Das die Isaras und Jalaras bauen, um damit in den Süden zu fahren.«

Arré nickte. Edith Isara hatte ihr von dem Schiff erzählt. Sie hatte sich dabei halb über die Aufwendungen ihrer Familie mokiert: Es wird wahrscheinlich sinken, und man wird nie mehr was davon hören, hatte sie gesagt. Aber wer weiß, vielleicht kommt es doch zurück und bringt interessante Neuigkeiten aus fernen Ländern, von seltsamen Orten, wo Gold und Silber aus dem Boden schießen und die Edelsteine auf den Bäumen wachsen.

»Und ich habe immer geglaubt, daß du nach Norden willst«, sagte Arré zu Sorren.

Sie hatte sie damit necken wollen, doch Sorren wurde blutrot. »Das will ich«, sagte sie. »Eine . . . ein Freund hat mir das Schiff gezeigt.«

Arré schleckte ihren Löffel ab. »Ich schelte dich nicht — daß du mit Ricard gerauft hast.«

»Ich hab' ja gar nicht gewollt«, sagte Sorren. »Er hat mich dazu gezwungen!«

»Das glaub ich gern.«

»Was wird mit ihm, wenn er heimkommt?«

»Das liegt bei Paxe«, sagte Arré und dachte, ich hoffe, sie hat genug Verstand und schickt den jungen Lackel in die Weinfelder. Sie schaute Sorren an und sah ein großes Mädchen mit Goldhaut. Sie ist zweimal soviel wert wie Ricard, dachte sie ärgerlich.

Weich fragte sie: »Bist du zu erschlagen, um zu trommeln?«

Sorren schaute erschrocken drein. »Aber gewiß nicht!«

Gut so, dachte Arré. Sie zögerte, überlegte, wie sie es sagen sollte. »Wann gehst du, um mit Isak zu proben?«

Undeutlich, mit einem zweiten Mundvoll Schinken sagte Sorren: »Nächste Woche. Wenn ich darf.«

»Du darfst. Und ich möchte dich bitten, etwas für mich zu tun, wenn du zu Isak gehst.« Sie benutzte Sorren nicht gern, aber es gab keine andere Möglichkeit für sie herauszufinden, was sie wissen mußte. Isak redete ohne Scheu mit Sorren — vielleicht nicht ohne Zurückhaltung, doch mit weniger Berechnung, als er bei irgend jemand sonst bewies. »Sag Isak, wenn sich die Gelegenheit bietet, daß du Paxe auf dem Hof mit einem neuen Ding gesehen hast — mit einem kurzen Schwert. Frag ihn, was das ist, und berichte mir, was er dazu zu sagen hat.«

Sorren aß eine weitere Scheibe von dem Schinken. Das Licht der Chobata glomm still auf der feinen Textur ihrer Haut. Sie ist bezaubernd, dachte Arré mit einem leichten Schmerzgefühl, hinreißend, wie ich es nie war, auch nicht, als ich jung war.

»Hat sie wirklich ein echtes Schwert?« fragte Sorren. »Ich hab' gedacht, das ist verboten.«

»Vielleicht. Wir werden sehen«, sagte Arré. Sie überlegte sich, wieviel Isak wohl aus Sorrens Betragen herauslesen würde. Das Kind war von Natur aus nicht für Lug und Trug geschaffen.

»Und wenn er mich fragt, wo sie es her hat?«

»Dann sag ihm die Wahrheit, daß du das nicht weißt.«

»Und wenn er mich fragt, warum ich ihn danach frage?«

Arré lächelte. »Aber du kennst doch Isak, mein Kind! Du sagst ihm, der Grund ist, weil er *alles* wisse, was sich in der Stadt tut.«

6. Kapitel

Als Paxe am Morgen erwachte, waren Blutflecken in ihrem Bett.

Fluchend sprang sie auf und zog das Laken von der Matratze. Es war nicht die Zeit für ihre Blutung. Sie warf die Laken und die Steppdecke in einem Haufen auf den Fußboden und trat an das Waschbecken, um sich reinzuwaschen. Sie hob den Deckel der Truhe am Fuß des Bettes und holte ihren Schwamm hervor. Dann kauerte sie sich nieder und führte ihn in die Öffnung zwischen ihren Beinen ein. Ihr Rücken zuckte. Finsteren Blicks zog sie sich an und stampfte dann mit den besudelten Leintüchern auf dem Arm die Treppe hinab. Unter dem Gurtband ihrer Hosen spürte sie die Schwellung ihres Leibes.

Es war kalt draußen. Im Osten berührte die Sonne den Fluß, und die Wolken fingen die Spiegelung auf, so daß sie hell vom Licht schimmerten. Paxe warf das Bettzeug zu der Schmutzwäsche. Ihre Tage waren verfrüht gekommen, weil sie sich Sorgen machte, Sorgen um Sorren, um Arré, um die Stadt und, am meisten von allem, wegen ihres Sohnes.

Sie fragte sich, wo er stecken mochte. Er war nicht nach Hause gekommen, und sie hatte auch nicht damit gerechnet; wahrscheinlich hockte er irgendwo und versuchte den Mut aufzubringen, ihr unter die Augen zu treten. Arré hat recht, dachte sie, ich bin zu weich mit ihm gewesen. Aber nachdem sie zwei Kinder verloren hatte, hatte sie das dritte Kind fest an sich gebunden, es *zu* fest gehalten. Sie trat aus der Waschküche. Ein Junge, der das Armband des Leibeigenen der Hok trug, kam den Weg herauf. Paxe schaute zu, wie der Torposten mit ihm sprach, nickte und ihm dann das Tor aufstieß.

Sie machte sich mit besonderem Nachdruck an ihre Morgenübungen. Und als die Sonne die niedrigeren Dächer der Stadt klar hervortreten ließ, war sie in Schweiß gebadet. Soldaten kamen auf den Waffenhof und grüßten sie. Kaleb verspätete sich. Sie fragte sich, wo er bliebe, während sie zusah, wie ihre Mannschaft sich in Paaren aufstellte, um zu trainieren. Seth kam herein. »Guten Morgen, Hofmeisterin«, sagte er. Seine Stimme klang mürrisch. Zur Strafe dafür, daß er ein Schwert auf den Platz gebracht hatte, hatte Paxe ihm befohlen, sämtliche Waffen im Arsenalschuppen zu putzen, und das Haarfell auf seinen Händen und Unterarmen klebte fettig auf der Haut.

Die Wachen stellten sich im Viereck zum Pikendrill auf. Sie beobachtete, wie die Männer zustießen und sich drehten. Kaleb kam an, so leise, daß nur sein Schatten, der über die Erde glitt, ihr verriet, daß er gekommen war.

»Guten Morgen«, sagte er.

»Guten Morgen. Wie war die Nacht?«

»Wieder Raufereien bei den Docks.«

Sie schüttelte den Kopf. »Wie schlimm diesmal?«

»Schlimm.« Mit vor Müdigkeit rauher Stimme zählte er die Strecke der Nacht auf: sieben verletzte Wachtposten, einer mit einem Fischerdolch in den Magen gestochen, zwei mit Schädelwunden von Schlägen mit Schiffsspiekern. »Sie sind im Tanjo. Die Heiler sagen, der Bauchverletzte wird gesund, aber einer von den Männern mit Kopfverletzungen wird vielleicht erblinden. Correono-Samanth ist wütend.«

Correo war Hofmeister bei den Jalaras. »Das will ich hoffen«, sagte Paxe. Sie schauderte. Wenn das ihre eigenen Männer gewesen wären ... »Haben die Brüder Ismenin auch diesmal wieder mitgemischt?«

Kaleb machte eine Geste des Nichtwissens mit den Händen. »Keine Ahnung. Die Leute, die von den Jalarwächtern festgenommen wurden, wollten darüber nichts sagen.«

»Das kann ich mir denken«, sagte Paxe. »Glaubst du, man hat sie bezahlt?«

»Um das herauszukriegen, würde man einen Wahrheitsfinder brauchen!«

»Vielleicht kommt es noch so weit«, sagte Paxe. Sie legte den Kopf schräg und musterte Kalebs dunkles narbiges Gesicht. »Du siehst ganz erledigt aus, mein Freund.«

»Ich *bin* erledigt«, sagte Kaleb trocken. Daß er dies zugab, war so gar nicht seine Art, und es überraschte sie.

»Gehst du jetzt heim?« fragte sie.

»Ja.« Kaleb lebte westlich vom Hügel, in einer Hütte beim Nordwesttor.

»Ich begleite dich nach Hause. Ich muß dir etwas erzählen.«

Sie stiegen langsam den Hügel hinab. Die Straßen in der Nähe des Tores waren bereits von Karren verstopft. Der Duft der Trompetenblüten schwebte durch die Luft, getragen von der leichten Brise, überlagert von den schärferen Gerüchen der Gewürze und dem Gestank von Fisch und dem Schweiß angestrengter menschlicher Leiber. Die Trompetenblumen, erinnerte sich Paxe, wuchsen auf den Weinfeldern die Rebstöcke hinauf, so daß es bei der Weinlese aussah, als brächten die Trauben selbst diese üppigen, leuchtendblauen Blüten hervor.

Sie erzählte Kaleb von Seth, dem Schwert, ihrem Besuch bei Dobrin und dem Befehl Arrés. Er lauschte, den Kopf geneigt, während er mit jenem seltsam gleitenden Gang dahinschritt, der Menschen eigen ist, die gelernt haben, über Sand zu gehen. »Was hältst du davon?« fragte sie ihn.

Er saugte die Luft zwischen den Zähnen ein. »Was soll ich dazu sagen? Die Asechältesten haben uns die Waffen nie verboten. Aber wir achten die Weisheit des Weißen Clans, und innerhalb der Stadtgrenzen halten sich alle Wüstenkinder an den Bann.«

»Also glaubst du wirklich, ich sollte kein Schwerttraining einführen?«

Er schüttelte den Kopf — eine angelernte Bewegung, denn die Asech gebrauchten sie nicht. »Arré Med ist Ratsmitglied. Sie muß gute Gründe für ihre Anordnung haben.«

»Ja-a-a«, sagte Paxe. Sie waren bei der Hütte angelangt. »Die Nachricht von den Docks wird ihr wenig gefallen.«

»Es dürfte bald keine solchen Neuigkeiten mehr geben«, sagte Kaleb. »Correo verdoppelt die Wachen.«

»Sehr vernünftig«, sagte Paxe und hob die Hand. »Ich verlaß dich jetzt, mein Freund. Schlafe wohl!«

Kaleb ergriff ihr Hände. »Ich hab' das über Ricard gehört«, sagte er sanft.

Paxe fragte ihn nicht, wo er es gehört hatte. Kaleb besaß seine eigenen Informationsquellen.

»Hast du ihn gesehen?« fragte sie.

Er schüttelte den Kopf. »Nein. Aber mach dir um ihn keine Sorgen, Paxe. Er ist aus einer guten Zucht, und es ist in ihm nichts Bösartiges.«

Zu ihrer eigenen Überraschung spürte Paxe, daß sich ihre Augen mit Tränen füllten. »Ja«, stammelte sie. »Aber wenn du ihn siehst, dann sag ihm, er soll heimkommen.«

Der Tischler Perrit hatte seine Werkstatt im Hokbezirk, vom Medbezirk aus quer durch die Stadt fast eine Stunde Fußmarsch entfernt. Die Sonne, die rasch den Horizont heraufgerollt kam, begann allmählich das Katzenkopfpflaster zu erhitzen. Paxe beschloß, ihre übliche Routine zu durchbrechen und nach Osten zu gehen. Ihr Magen rumpelte, und sie dachte daran, daß sie noch nichts gegessen hatte. Ein Knabe kam vorbeigeschlendert. Er trug Kirschen in einem Korb, und sie rief ihn an. »Was ist dein Preis?«

»Ich verkaufe sie nicht, Hofmeisterin«, sagte das Kind, und seine Augen zuckten nervös von einer Seite zur anderen. »Ich bring sie meiner Oma. Ich hab' sie am Stand von Seri gekauft, das ist da unten, zwei Straßen weit ...«

Paxe hob die Hand, um seinem Geschnatter Einhalt zu gebieten. »Schon gut, schon gut. Zieh los!« Sie wanderte die Straße der Wollkämmer hinunter und wechselte in den Mintobezirk hinüber. An einem Stand in der Nähe des Tanjo kaufte sie sich Fischkuchen; sie schwatzte eine Weile mit dem Verkäufer, und es gelang ihr, ihm ein Glas Wein abzuluchsen.

Er erzählte ihr alles über den Kampf beim Dock. »Vierzig Verletzte!« sagte er mit genüßlichem Entsetzen.

»Sieben«, berichtigte sie ihn. »Nur sieben!«

Er blickte enttäuscht drein. Während sie dann weiterging, lauschte sie auf die Gespräche der Passanten. Sie sprachen von den Kämpfen und von dem bevorstehenden Herbstfest. Dreimal während ihres Streifzugs durch den Mintobezirk sah Paxe auf den Straßen alte Männer über Strohhalme gebeugt aus den Mustern der Stäbchen lesen. Man glaubte, aus diesen Mustern die Zukunft herauslesen zu können. Aber es war *ni'chea*, das Orakel zu befragen; der Weiße Clan hatte das vor vielen Jahren so entschieden, doch immer, wenn sich in der Stadt Beunruhigendes tat, tauchten diese Strohmeister wieder auf.

Der Markt schien noch voller als sonst zu sein. Auch schmutziger, als ob die Straßenfeger ihre Arbeit nicht getan hätten. Der Duft von Himmelskraut hing dick in der Luft. An einer sehr belebten Straßenecke glaubte Paxe ihren Sohn zu sehen. Doch als sie an die Stelle gelangte, wo sie ihn erblickt zu haben glaubte, war niemand da, der auch nur entfernt so aussah wie Ricard.

Ein Bettler streifte sie winselnd. Sie fauchte ihn an. Er zuckte zurück. Paxe versuchte sich zu erinnern, wann die Bettler aufgetaucht waren. Die meisten davon waren sowieso Betrüger, und Taschendiebe waren sie alle. Sie ging am Hok-Waffenhof vorbei, drehte den Kopf hinüber und lauschte mit halbem Ohr, ob das Kommando *(Eins — zwei — drei — vier!)* ertönte, aber sie hörte nur die üblichen Grunzer, das dumpfe Klatschen und die schlurfenden Füße. Die Bezirkswachen mit den weiß-blauen Hokabzeichen verbeugten sich vor ihr.

Als sie die Werkstatt in der Tischlerzeile betrat, fand sie Perrit eifrig bei der Arbeit. Er stand über ein Stück Holz geneigt, das in einer Zwinge eingespannt war. Sie kannte ihn gut genug, als daß sie ihn bei der Arbeit hätte stören wollen. Sie lehnte sich an die Wand, gleich neben der Tür, und wartete, bis einer der Lehrlinge sie sah und ihr eiligst einen Hocker brachte. Sie schaute Perrits Händen zu, wie sie mit dem Hohlmeißel hantierten. Es roch nach Hobelspänen und Terpentin im Werkraum. Bretter von allen Größen und Holzarten, in allen Farben lagen überall aufgestapelt.

Perrit legte den Meißel beiseite und nahm das Werkstück aus der Zwinge. »Guten Tag«, sagte Paxe.

Perrit nickte. Er war dunkelhäutig wie sie, weißhaarig und alt, aber seine Schultern waren stark wie das Eichenholz, mit dem er arbeitete. »Ha, Hofmeifterin Pakfe«, sagte er lispelnd. Seine Stimme verschliff die Laute, die er nicht mehr genau sprechen konnte. Die drei oberen Vorderzähne waren ihm im Mund verfault. »Wa' können wir für dich 'un?«

Da die Stadtwachen es gelegentlich mit betrunkenen Matrosen oder betrunkenen Leuten vom Land zu tun bekamen, die eingeschmuggelte scharfe Waffen trugen, trainierte Paxe ihre Männer im Abwehrkampf von Messern. Für dieses Training verwendete sie gekrümmte Klingen aus Weißeiche, die man *nijis* nannte. Und Perrits Werkstatt lieferte sie an Paxe und noch an zwei weitere Kampfhöfe.

Paxe stemmte die Ellbogen auf die Knie und beugte sich vor. »Ich brauche ein paar Geräte fürs Training.«

Überraschung tanzte über das dunkle Gesicht. »I' da' nich' 'u früh?«

Paxe tastete sich mit äußerster Vorsicht weiter. »Perrit, reicht deine Erinnerung bis in die Zeit vor dem Bann?«

Zwei Jungen marschierten vorbei. Sie trugen Rotzederbretter auf den Schultern. Ihr Haar war mit Sägemehl bestäubt, und ihre Kleider ebenso. Perrit antwortete: »'a' i' 'o. Ich war ein Junge von 'rei'ehn, wie 'ie 'en Bann gemach' haben. Warum?«

»Weil du der einzige Holzschnitzer in der Stadt bist, der mir einfällt, der sich möglicherweise noch erinnert, wie man *sejis* anfertigt.«

Der alte Mann rieb sich am Stoppelkinn. »E' gibt noch andere«, sagte er. »Brauch' 'u 'eji'?«

Er schien weder schockiert noch überrascht zu sein. Paxe hätte ihn gern gefragt, welcher von seinen Landsleuten die *sejis* für Dobrin geschnitzt hatte, aber sie wußte, daß er es ihr nicht verraten würde. »Ja, ich brauche welche. Sagen wir, zwanzig Stück.«

Er nickte. »Mach ich 'ir.«

»Fertige sie selber an«, sagte sie. »Und liefere sie auch selbst ab!«

Er grunzte etwas. »Brauch ich 'ich nich' 'afür, mir 'af fu 'agen. Wann willf 'u fie haben?«

»Wie lange wirst du brauchen?«

Er starrte ins Leere, während er es ausrechnete. »In 'rei Wochen.«

»Das reicht gut«, sagte Paxe. »Und du wirst feststellen, daß das Haus Med sich — großmütig zeigen wird.«

Als sie die Werkstatt verließ, zuckte ihr Rücken. Sie durchquerte den Isarabezirk, und ihr Kreuz pochte bei jedem Schritt. Am Tor zum Tanjobezirk blieb sie stehen. Orilys verneigte sich. »Hofmeisterin.«

»Wie steht es?«

»Ruhig wie immer.«

Auf dem makellos sauberen Pflaster störte nichts. Die Akolythen hielten die Steine reingefegt. In einem plötzlichen Impuls streckte Paxe die Hand aus. »Laß mich durch!«

Lächelnd zog Orilys das Eisentor auf.

Es war düster in dem roten Steinbau. Paxe gewöhnte ihre Augen an das Dämmerlicht. Als sie klar sehen konnte, legte sie die Handflächen aneinander und verneigte sich. Der Boden war mit viereckigen blauen und silbernen Fliesen belegt. Die Wände waren schmucklos. Licht fiel durch schmale Luken in der Kuppel herein und schimmerte durch das Silberfiligran der Lampen, die von oben herabhingen. Sie waren an der geschwungenen Kuppeldecke mit langen Ketten an Haken befestigt. Ein leises Gezirpe verriet die Anwesenheit von Vögeln. Paxe trat einen Schritt vor und streifte ihre Sandalen ab. Sie faltete die Arme über ihren Brüsten und hob ihr Gesicht in die Höhe. Sie starrte die weiße Säule im Zentrum des Raumes an. Die Fliesen unter ihren Füßen waren kühl.

Die Steinsäule war unten, über der Basis, vom Schweiß und Fett der zahllosen Hände glattpoliert, die sie berührt hatten. Das Symbol des Wächters, das wußte jedermann, war nichts weiter als eben dies — das Abbild eines Dinges, das es nicht gab. Denn »der Wächter« war kein wirkliches Wesen, sondern nur das Symbol für jene gewaltigere Wirklichkeit, welche die Gelehrten das Chea nannten. Doch hier in dieser bedeutungsschwangeren schweren Stille fiel es leicht zu vergessen, daß der Wächter nur ein Symbol war, daß seine Statue nur ein Stück geglätteter Stein war. *Oh, du Wächter,* sagten die Menschen der Stadt. *Möge der Wächter dir sein Lächeln schenken,* riefen sie einander zu. Sie stellten seine Statuen in ihren Wohnungen auf und verneigten sich davor. Einmal, erinnerte sich Paxe, war auch sie hierhergekommen und hatte ihre Kinder beweint. Sie betrachtete den alterslosen, unwandelbaren Alabaster. Es war einfach, darin etwas Wirkliches zu erkennen, eine Wesenheit, stärker als man selbst, weiser als man selbst, nicht Weib und nicht Mann, nicht geboren und nicht sterbend, frei von den Mühen und Wunden, die alles Leben, auch das des Glücklichsten, brandmarken.

Paxe schloß die Augen und murmelte ein kurzes stilles Gebet in das verschwiegene Dunkel hinein: daß durch sie, Paxe, dem Volk der Stadt, die sie liebte, kein Schaden geschehen möge.

Als sie wieder an die Grenze zu ihrem Bezirk gelangte, begann Paxe sich unruhig zu fühlen. Sie hatte Erfahrung genug, um sich nicht offen umzublicken; statt dessen ging sie langsamer, bog in die eine und andere Gasse ein und ging dann den Weg zurück. Leise schob sie sich in einen verschatteten Türeingang und wartete. Kurz darauf erhaschten ihre scharfen Ohren das Klatschen bloßer Füße auf dem Stein. Eine kleine Gestalt mit einem Korb kam durch die Gasse, aus der sie soeben gekommen war.

Sie packte das Kind. »Du bringst sie also deiner Oma, was? Du kleines verlogenes Miststück!« Sie knuffte den Jungen fest genug, daß es wehtun mußte. Der Korb fiel ihm aus den Händen und

rollte unbeachtet über die Straße. Er wand sich in ihrem Griff. Paxe schloß die Hand fest um seinen dünnen Arm. »Bleib stehen!« Sie schüttelte ihn. »Du bist hinter mir hergeschlichen!«

Zerlumpt und dunkelhäutig wie zahllose andere Vertreter des Straßenproletariats, starrte das Kind sie an.

»Wie ist dein Name?« fragte sie gebieterisch. »Wo wohnst du?«

Er schüttelte den Kopf, als forderte er sie heraus, ihn noch peinlicher zu befragen.

Paxe runzelte die Stirn. Dann kam ihr plötzlich eine Idee, und sie packte ihn an einem Arm und einem Bein und drehte ihn kopfunter. Er kreischte. Zwei Münzen — eine stumpfe, schwere, eine blitzende — fielen ihm aus der Tasche. Die Bronzemünze hüpfte zweimal hoch und rollte in den Rinnstein. Paxe setzte rasch den Fuß auf die helle geschnittene Bontamünze.

»Die gehören mir!« fauchte der Junge. Sie stellte ihn wieder auf die Beine, und er kroch hin, um die Bronzemünze aufzuheben.

»Sag mir, von wem du sie hast, dann kannst du auch die Bonta wiederhaben«, sagte Paxe. Die Unterlippe des Kindes begann zu zittern. »Es hilft dir nichts, wenn du heulst.«

Die drohenden Tränen versiegten. »Ich weiß seinen Namen nicht«, stammelte der Junge.

»Das glaube ich dir nicht«, sagte Paxe.

»Ich weiß es aber nicht!« Seine Augen beobachteten sie hinterhältig. »Er hat rote Haare, das hab' ich gesehen.«

»Es gibt eine Menge Rothaarige in der Stadt.«

»Er hat drei Brüder, und die haben auch alle rote Haare.«

Grinsend nahm Paxe den Fuß von der Bonta. »Wenn du nicht eine Tracht Prügel haben willst, dann sagst du ihm nicht, daß ich dich erwischt habe«, sagte sie drohend. Sie trat zurück. Blitzschnell wie eine zustoßende Schlange griff der Junge den Dreier vom Pflaster und raste auf eine Gasse zu.

Paxe ließ ihre Runde aus und ging direkt zum Haus der Med zurück. Sie trat an den Kücheneingang. Toli knetete auf einem Brotbrett Teig und sang dabei einen Gassenhauer. Lalith puhlte Garnelen aus, und die durchschimmernden Schalen lagen über die Stufen der Küchentür verstreut.

»Ist Arré in ihrem Arbeitszimmer?« fragte Paxe.

Lalith stellte die Schüssel beiseite und wischte sich die Hände an der Schürze ab. »Ja, Hofmeisterin. Soll ich dich anmelden?«

Paxe lächelte dem Mädchen zu. »Nein, laß nur!« Sie ging eilig durch die lange Küche. Im Herd brannte das Feuer, und die Hitze trieb ihr prickelnde Schweißtropfen auf die Wangen.

Arré saß in ihrem Arbeitszimmer in ihrem Sessel. In ihrem Schoß lag ein Blatt Papier; es war rahmfarben und dick wie eine Kalbshaut und mit einem roten Wachsklumpen versiegelt. Auf dem Siegelwachs war das dreieckige Wappen des Hauses Med eingeprägt. »Guten Morgen«, sagte Paxe.

»Guten Morgen«, antwortete Arré.

Paxe ließ sich auf den Schemel nieder. Sie konnte den Blick nicht von dem Brief wenden, der da als gewichtiges Paket auf Arrés Knien lag. Sie vermochte aber die Aufschrift nicht recht zu erkennen. »Was ist das?«

Arré schnippte mit einem Finger gegen das Papier. »Ein Schreiben an den Tanjo. Von mir«, erklärte sie.

Paxe war überrascht. Arré, das wußte sie, hatte wenig Sympathien für den Weißen Clan. »Wegen der Schwerter?« fragte sie.

»Wegen der Schwerter«, bestätigte Arré. »Das Hexenvolk muß wissen, was die Ismeninas tun. Und welche Maßnahmen wir im Rat auch beschließen mögen, wegen dieser Schwerter brauchen wir die Zustimmung des Weißen Clans.«

»An wen sendest du das?« fragte Paxe.

»An Jerrin-no-Dovria i Elath«, sagte Arré und rollte den Namen auf der Zunge.

Jerrin-no-Dovria i Elath war der *L'hel* — das Oberhaupt — der Kongregation der Hexen in Kendra-im-Delta. Paxe erinnerte sich an ihn von Festtagszeremonien: ein untersetzter Mann mit mächtigen Schultern und kornseidigem Haar. Vor drei Jahren hatte er beim Frühlingsfest präsidiert. In diesem Jahr war Ricky zwölf geworden, und Paxe hatte ihn in den Tanjo gebracht, zur Anerkennungszeremonie. Paxe selbst hatte wie die meisten Menschen, die außerhalb der Stadt aufgewachsen waren, diese Zeremonie niemals selbst miterlebt. Die Hexenleute hatten sie eingeführt, um jenes andere Ritual zu ersetzen, das einst traditionsgemäß den Übertritt von der Kindheit ins Erwachsenenalter gekennzeichnet und in der Verleihung eines Messers bestanden hatte. Nun aber wurden bei der Zeremonie die Zwölfjährigen dem L'hel vorgestellt, der sie feierlich zum Wächter geleitete . . . Paxes Eindruck von dem Mann war günstig gewesen; er schien sowohl selbstsicher als auch sanft zu sein. Gut, dachte sie. *Er* würde wissen, was er zu den Ismeninas sagen mußte.

Sie erinnerte sich an Dobrins leidenschaftliche Tirade gegen die Hexer. »Welche Kräfte sie auch haben mögen, sie sind auch nur Menschen ...«

»Du scheinst dich nicht darüber zu freuen?« sagte Arré. »Du ziehst ein finsteres Gesicht. Ich hatte gedacht, daß es dir so recht sein würde!« Der sarkastische Unterton, den sie nie ganz vermeiden konnte, wenn sie über die Hexenleute sprach, kroch wieder durch ihre Stimme.

»Es ist mir recht«, sagte Paxe.

Arré runzelte die Stirn. »Ich hoffe, ich muß nicht selbst in den Tanjo gehen.«

Paxe beschloß, das Thema zu wechseln. »Gestern nacht hat es wieder Ärger auf den Docks gegeben. Sieben Verletzte. Möglicherweise haben die Ismeninas das angezettelt.«

Arré sagte: »Es wäre an der Zeit, daß Ron etwas wegen seiner Brüder unternimmt!« Dann reckte sie sich, und ihre Stimme wurde traurig. »Ich bin die richtige, sowas zu sagen.«

»Isak ist aber nicht in Prügeleien verwickelt«, sagte Paxe.

»Ich wäre glücklicher, wenn er es wäre. Dann wüßte ich wenigstens, was er tut. Er lebt in seinem Haus, und er tanzt, und er macht Besuche, er arbeitet nichts — was also stellt er in seinem Kopf an?« Ihre Stimme hatte sich vor Verdruß gehoben.

Paxe dachte: Sie hört sich genauso an wie ich, wenn ich mir Sorgen um Ricard mache. Sie war es leid, sich Sorgen um ihren Sohn zu machen. »Ich war in der Tischlerzeile und habe zwanzig Sejis bestellt, wie du es befohlen hast.«

»Ausgezeichnet!«

»Arré ...« Paxe suchte nach Worten. »Wenn man die Schwerter in der Stadt wieder einführt, dann könnte es mehr als nur sieben Verletzte geben. Ein Schwert ist eine tödlichere Waffe als ein Knüppel oder ein Messer ...«

Arré spreizte die Finger. »Habe ich etwa gesagt, ich möchte, daß man das Schwert wieder in die Stadt bringt? Das habe ich nicht!«

»Aber wozu dann *sejis* bestellen?«

»Weil es politisch sinnvoll ist«, sagte Arré. »Die Ismeninas haben Schwerter.«

Paxe schüttelte den Kopf. Politik ging sie nichts an. »Man ist mir gefolgt, als ich zum Tischler ging«, sagte sie.

»Wer?«

»Ein Kind. Ich hab' ihm in einer Gasse eine Falle gestellt, und es hat zugegeben, daß die Ismeninas es mir auf die Fersen gesetzt haben.«

Arré schnaubte. »Diese Idioten! Glauben die etwa, daß du einen Schatten nicht bemerken würdest?« Sie kratzte sich am Kinn. »Aber es ist trotzdem interessant, daß sie glauben, sie müßten wissen, wohin du gehst und mit wem du sprichst.«

»Soll ich den Schatten abhängen?«

Arré schob die Lippen vor. »Nein. Laß ihn ruhig herumhängen. Laß die Ismeninas ruhig glauben, wir seien beide dumm.« Sie nahm den versiegelten Brief aus ihrem Schoß, und unter ihm lag ein zweiter, kleinerer, geöffneter Brief. »Ist Sorren schon zurück?«

»In der Küche ist sie jedenfalls nicht«, antwortete Paxe.

Arré klopfte mit dem Zeigefinger an den zweiten Brief. »Marti schickt hier eine Einladung an Sorren, sie zu besuchen. Sie war ziemlich angetan von dem Kind.«

»Das hat Sorren mir erzählt.«

»Marti will ihr Geschichten erzählen. Lauter Märchen über die Burgen im Norden. Neulich abends hat Sorren mich gefragt, was eine ›Bergfeste‹ ist.«

»Und? Hast du's ihr erklärt?«

»Ich habe es ihr erklärt.«

Paxe fragte sich, ob Sorren Arré von ihren Visionen erzählt habe. »Sie träumt vom Norden«, sagte sie. »Sie möchte dort hinaufziehen, wenn ihre Dienstzeit beendet ist.«

Arré sagte: »Kinder haben die seltsamsten Absichten. Sie wird darüber wegkommen.«

Paxe schüttelte den Kopf. »Das glaube ich nicht.«

Es herrschte ein kurzes Schweigen. Arré durchbrach es. »Ist Ricard schon heimgekommen?«

Paxe starrte auf ihre Hände. »Nein.« Ein Surren erfüllte den Raum, als eine Fliege durchs Fenster kam und um ihre Köpfe kreiste.

Arré sagte sanft: »Es tut mir leid, wenn ich unüberlegt geredet habe.«

Paxe begriff, sie spielte auf ihr Gespräch, das ärgerliche, über Ricard an. »Das hast du nicht«, sagte sie müde. »Was du gesagt hast, war richtig — ich habe ihn fürchterlich verzogen.« Das häßliche Wort klang unheilschwanger.

Arré sagte mit Bestimmtheit: »Paxe, du sollst dir nicht solche Sorgen machen. Er kommt schon zurück.«

»Ja. Ich hoffe es«, sagte Paxe.

Sorren war bekümmert. Sie hatte den Weg zur Schiffswerft diesmal ohne fremde Hilfe gefunden. Sie hatte zwar eine Weile dazu gebraucht, aber es hing auch Nebel über dem Ufer. Er hatte die Fischerboote verschluckt und sie blind in der Milchsuppe treiben lassen, und die Docks hallten wider vom Blöken der Muschelhörner, die auf jedem Boot in verschiedener Tonhöhe geblasen wurden, um die anderen Fahrzeuge zu warnen.

Jeshim war von den Docks verschwunden, abgezogen, dachte sie, um sich ein wärmeres Plätzchen zu suchen. Aber sie fand auch keine Spur — obwohl sie überall suchte, sich sogar in den Schlick hinabwagte, um unter dem Holzsteig nachzuschauen — von der Ghya.

Sie kletterte wieder auf den Holzsteig hinauf. An seinem Ende standen die Jalarwachen. Sie ging zu ihnen.

Der Wind trug ihr Fetzen ihrer Unterhaltung zu. »Erstochen«, sagte einer. »Ein Stich ins Gedärm wie eine Sau.« Sie brachen ab, als sie Sorren herankommen sahen, und einer faßte an seinen Speer.

Der andere fing seinen Arm ab. »Suchst du wieder deinen Freund?« fragte er.

»Ich suche Kadra«, sagte Sorren aus respektvollem Abstand. Sie brachte den Jalarsoldaten keine übertriebene Freundlichkeit entgegen.

»Hast du unter dem Steg nachgeschaut.«

»Ja, dort ist sie nicht.«

»Du könntest im ›Fisch‹ fragen.«

Das war eine gute Idee. »Ich danke euch«, sagte Sorren.

Die Türen der Taverne waren gegen die Kälte geschlossen, doch sie gingen auf, als Sorren dagegendrückte. Die Frau im Lederschurz kam aus der Küche. Ihre Hände waren seifig. »Was willst du?« fragte sie.

»Ich suche Kadra«, erklärte Sorren.

»Hah!« sagte die Frau. »Die! Versuch es auf der Straße.« Sie ging wieder in den hinteren Teil des Hauses zurück.

Sorren schaute ihr finster nach. Das ist mir eine große Hilfe, dachte sie, während sie wieder auf die Straße trat. Dann, weil man sie gelehrt hatte, Befehle wörtlich zu befolgen, wenn sie anders keinen Sinn ergaben, wanderte sie um die Ecke der Taverne herum.

Die Hintertür stand offen. Von drinnen war die fluchende Stimme einer Frau und das Knallen von Töpfen zu hören. An der

Ostwand des halb aus Holz gebauten Hauses erregte ein Lumpenbündel ihre Aufmerksamkeit. Die Kleiderhaufen kamen ihr bekannt vor, und sie trat näher. Das Bündel bewegte sich. Sie kniete nieder. »He, du«, sagte sie. Sie stupste in den Kleiderhaufen hinein. Das lange Bündel stöhnte, und unter dem lappigen Rand einer Kapuze stierte ein Auge sie an.

»V'schschwinne!« sagte eine Stimme.

Sorren schob die Kapuze zurück. Das Gesicht des Ghya war auf der einen Seite von Prellungen bedeckt. Die linke untere Kinnpartie sah geschwollen aus. Die Kleider wirkten erstaunlich sauber, doch rings um sie herum stank es nach saurem Wein und Erbrochenem.

»Kann ich dir helfen?« bat Sorren.

»Mach dassu fortkomms'!« lallte Kadra. Sie bewegte den Mund, als schmerze er sie. Mit zuckender Hand versuchte sie sich die Kapuze wieder über das Gesicht zu ziehen.

»Das darfst du nicht tun«, sagte Sorren. »Mußt du dich übergeben?« Sie zog das Tuch erneut von Kadras Kopf.

»Nein!« Kadra stemmte sich mit der Hand zum Sitzen hoch. »Ich musch mich wassen.« Die Stimme war kräftiger geworden. »Wenn du schon nicht fortgehst, dann hilf mir doch wenigstens auf die Beine.«

Sorren stellte sich neben sie und streckte ihr die Hand hin. Kadra ergriff sie, hievte sich empor, wobei sie die Wand ebenfalls zu Hilfe nahm. »Oh, du heiliger Wächter, mein Kopf!« Sie stopfte ihre Kleider zu einer Art von Ordentlichkeit zurecht. »Warte hier auf mich«, sagte sie und schwankte halb auf die Hintertür der Kaschemme zu. »Norres!«

Ein Kreischen antwortete ihr. Es schien etwas zu bedeuten. Kadra taumelte durch die Tür. Sorren schaute sich auf dem Ruheplatz der Ghya um. Das Lager war bar jeglicher Bequemlichkeit, und das einzig Gute daran war, daß die Stelle durch die umliegenden Häuser vor dem Wind geschützt war.

Nach geraumer Zeit tauchte Kadra wieder aus der Schenke auf. Ihre Haare troffen vor Nässe. Mit größerer Festigkeit kam sie auf Sorren zu. »Du bist ganz schön hartnäckig«, sagte sie. »Wie hast du mich gefunden?«

»Die Frau da drin hat es mir gesagt.« Sorren deutete auf die Hintertür der Kneipe.

»Das war zu erwarten. Was willst du?«

Sorren sagte: »Du hast versprochen, du bringst mir bei, wie ich in den Norden komme.«

»Chea! Das habe ich wirklich. Aber macht dich das zu meiner Hüterin?« Sie hockte sich nieder, den Rücken gegen die Wand aus Holz und Ziegeln gelehnt.

Die Kinnbacke war links unten tatsächlich geschwollen. »Bist du in einen Kampf geraten?« fragte Sorren.

»Ja, da war ein bißchen Quatsch auf den Docks gestern nacht«, sagte die Ghya. »Ich kam in den Streit von wem anders rein und kam nicht mehr raus.«

Ein Karren rumpelte auf einer Straße von einem Speicherhaus zu den Docks hinunter. Sorren sagte: »Wenn es dir nicht recht ist, daß ich hierherkomme, dann komme ich nicht mehr. Aber ich muß wissen, wo ich dich finden kann, und wann. Ich kann am Morgen kommen, wenn ich mit dem Einkaufen fertig bin, aber ich kann nicht jeden Tag kommen, oder jemand wird es merken.«

Weitere Wagen rollten dem ersten nach. Geistesabwesend sagte Kadra: »Die müssen ein Schiff entladen.« Sorren rieb sich die Augen. »Du meinst das alles ganz ernst, nicht wahr? Du hast dir alles zurechtgelegt. Woher hast du den Kratzer?«

Eine Sekunde lang wußte Sorren überhaupt nicht, was die Ghya meinte. Dann erinnerte sie sich an die Prellung an der Stirn. »Ach, das ist nichts«, sagte sie. »Nur ein Gerangel.«

»Und? Hast du gesiegt?«

»Ich bin nicht unterlegen.«

»Verstehst du was vom Kämpfen?«

Sorren schüttelte den Kopf. Solche Dinge lernten Dienstboten nicht. »Nein, aber ich bin stark«, sagte sie.

»Stärke allein genügt nicht«, sagte die Ghya. »Kannst du jagen? Kannst du mit einem Speer oder mit einem Messer umgehen?«

Wieder schüttelte Sorren den Kopf.

»Wenn du in den Norden ziehst, mußt du was vom Jagen verstehen«, sagte Kadra, »und du mußt dich selbst schützen können. Das Volk im Galbareth wird dich zwar in Ruhe lassen, aber hinter dem See Aruna wird die Gegend wild. Dort ist nicht gerade das allerfreundlichste Land für einen einsamen Fahrenden.«

»Ich will aber nur wissen, wie ich hinkomme«, sagte Sorren und mühte sich, nicht ungeduldig zu wirken. Es wurde schon allmählich Mittag, und sie wollte nicht, daß Arré ihre Abwesenheit bemerkte, falls sie sie brauchen sollte.

»Es wäre leichter, wenn du eine Landkarte hättest«, sagte Kadra.

Sorren hatte noch nie so etwas gesehen. Sie wußte jedoch, was sie auf einer solchen Karte sehen würde: das Land Arun, ganz kleingemacht, damit es auf ein Stück Pergament paßte. Sie überlegte, ob es ihr möglich sein würde, solch ein Ding zu bekommen.

»Weißt du, wo die Pflaumenstraße liegt?« fragte Kadra.

»Ich kann sie finden«, sagte Sorren.

»Sie ist im Batto-Bezirk. Eine Tante von mir hat dort ein Haus. Manchmal bin ich eine Weile dort. Ich werde dort auf dich warten, nächste Woche, drei Stunden nach Sonnenaufgang.«

»An welchem Tag?«

»Am vierten Tag. Sie geht am vierten Tag in jeder Woche ins Badehaus, morgens, und sie bleibt zwei Stunden lang dort.«

»Wie werde ich das Haus erkennen?«

Kadra sagte: »Frag nur nach mir. Irgendwen.«

Sie eilte den Hang hinauf, als eine Stimme aus einem Türeingang ihr etwas zuzischelte. »Sorren!« Sie blickte sich um, sie war ärgerlich, daß man sie aufhielt. War etwa Jeshim hinter ihr her? Ein Schatten fiel über die Straße. »Sorren!«

Es war Ricard. Er stand unter einem Kavafruchtbaum. Er sah erschöpft und verschreckt und sehr jung aus.

»Ich bitte dich«, sagte er.

Sie ging dahin, wo er sich nicht schreiend mit ihr unterhalten mußte. »Was ...?«

»Sorren, es tut mir so leid«, sagte er mit der Stimme eines ganz kleinen Jungen, zitterig und hoch. Sie fragte sich, ob er das aus Berechnung machte. Seine Kleider waren dreckig, und sein Hemd hatte noch immer den Riß. »Wirklich, es tut mir leid. Ich war so in Trance, daß ich ein bißchen durchgedreht habe. Ich bin jetzt nicht mehr high. Ich hab' keinen Mundvoll Himmelskraut gehabt, seit ich den Wachen ausgerissen bin.«

Es war möglich, daß er die Wahrheit sprach. »Was willst du von mir?« fragte Sorren.

»Ist meine Mutter wütend auf mich?«

»Wahrscheinlich«, antwortete Sorren. »Wir haben nicht über dich gesprochen.«

»Bist du in Ordnung?« Er starrte ängstlich auf die Prellung an ihrer Stirn.

»Du hast mich nicht verletzen können«, sagte sie. »Ricky, ich geh jetzt zum Haus zurück. Wenn du mit mir reden willst, dann komm mit!«

»Ich trau mich nicht heim«, sagte er.

Die Antwort war das ehrlichste Wort, das sie je von ihm gehört hatte. »Das wirst du wohl früher oder später doch müssen«, sagte sie. Mit einigem Erstaunen stellte sie fest, daß sie nicht mehr böse auf ihn war. »Also, ich glaube, du solltest wirklich zurückkommen.«

Er schob die Füße hin und her. »Kann ich mit dir gehen?«

»Ich sag dir doch, du kannst.« Sorren fragte sich, wo er zuletzt geschlafen haben mochte. Er war unter dem Baum hervorgekommen. Vorsichtig faßte er Tritt neben ihr. Es war komisch, so neben ihm zu gehen. »Wo bist du gewesen?« fragte sie.

Er hob die Achseln. »Bin so rumgerannt. Davongerannt.« Er seufzte. »Unten bei den Docks.«

»Ich bin überrascht, daß die Jalarwächter dich nicht gefunden haben«, sagte sie.

»Ich war flußaufwärts. Im Hokviertel. Ich hab' sie gesehen. Meine Mutter, meine ich. Ich hab' mich hinter dem Hok-Waffenhof versteckt.«

Sorren sagte: »Es ist nicht anständig von dir, ihr solchen Kummer zu machen. Sie muß eine wichtige Arbeit tun.«

Er kickte einen Stein. »Ich will ihr ja gar keinen Kummer machen. Es passiert einfach. Ich bin so blöd.«

Sie konnte es sich nicht verkeifen zu sagen: »Genau das habe ich mir auch gerade gedacht.« Er schielte zu ihr herüber, wandte dann den Blick ab, und sie schämte sich, daß sie ihn so geneckt hatte. Sie stiegen im Gleichschritt den Hügel hinan. »Was wirst du ihr sagen?«

»Was kann ich schon sagen?« fragte er.

Sie zuckte die Achseln.

Als sie in die Nähe des Med-Hofes kamen, sagte Sorren: »Sie haben jetzt sicher zu tun. Um diese Stunde gibt sie gern Unterricht.«

»Ich weiß.« Er zog wieder die Schultern hoch. »Ich denke, es ist besser, wenn ich im Haus auf sie warte.«

»Ja«, sagte Sorren. Sie fuhr ihm über den Ärmel. »Viel Glück, Ricky.«

Er ließ den Kopf hängen. »Danke.« Sorren hätte gern gewußt, was Paxe zu ihm sagen würde. Für Prügel war er schon zu groß.

Sie sah ihm nach, wie er auf die Kate zuging. Wie ein Kind schleifte er steifbeinig die Füße nach und zog flache Furchen in den staubigen Boden.

Im hinteren Hof wartete Lalith auf sie. In ihrem Stachelhaar hing ein Häufchen von rosa Blütenblättern. Die schwarzen Augen funkelten vor Neugier. »War das eben nicht *Ricard*?«

Sorren nickte.

»Wie kannst du nur mit dem reden, nach dem, was er mit dir gemacht hat?«

Sorren seufzte. »Ach, es war ganz leicht, ich habe einfach den Mund aufgemacht.« Lalith kicherte. »Wo ist Arré?«

»Im Salon.« Sie traten ins Haus. Lalith trollte sich in die Küche, Sorren ging zum Salon. Sie überlegte sich, ob Arré sie wohl vermißt habe. Sie hoffte, dem sei nicht so gewesen. Die Tür stand offen, und sie trat ein, ohne zu klopfen, und reckte ihre Schnur mit den Bontas vor sich hin.

Paxe war da.

Sofort fühlte sich Sorren befangen. Sie haßte es, Gespräche zu unterbrechen, und sie wußte nie genau, wie sie sich verhalten sollte, wenn Paxe und Arré ihr gemeinsam gegenüberstanden. Das letztemal, als sie sie zusammen erlebt hatte, hatten die beiden sich gestritten. Sie trat einen Schritt zurück, in der Absicht, sich zu verdrücken und später wiederzukommen, wenn sie ihre Angelegenheit erledigt hatten. Paxe drehte sich um und lächelte ihr zu.

»Komm rein!« befahl Arré. »Häng nicht so herum! Wo bist du gewesen?«

Aus dem Winkel, in dem die Sonne auf den Holzfußboden fiel, erkannte Sorren, daß es schon spät am Tag war. »Einkaufen«, sagte sie.

»Du brauchst dazu jeden Morgen länger«, sagte Arré und streckte die Hand nach der Bontaschnur aus. Sorren ließ sie in ihre Hand gleiten.

»Ich habe Ricky getroffen«, sagte sie.

Paxe drehte sich auf ihrem Schemel herum. »Wo?«

»Auf dem Heimweg. Er ist mit mir zurückgekommen. Jetzt ist er drüben in der Kate.«

Paxe stand auf. »Ich möchte jetzt gern ein Wörtchen mit ihm reden«, sagte sie.

»Aber natürlich«, sagte Arré. »Geh nur. Geh!« Ihre Armbänder klingelten, als sie auf Sorren wies. »Du gehst dich frischmachen.

Zieh eine frische Tunika an! Ich möchte, daß du eine Botschaft für mich beförderst.«

»Wohin?« fragte Sorren.

»Zum Tanjo.«

Sorren erstarrte. Arré fuhr fort: »Und morgen darfst du gehen und die Geschichten über den Norden anhören. Heute kam eine Einladung von Marti Hok für dich.« Sie hielt inne, dann sagte sie: »Nun? Freust du dich nicht?«

Sorren schluckte. Sie sagte: »Ich will nicht in den Tanjo gehen.«

Es wurde sehr still im Raum. In das Schweigen drangen die Rufe der Soldaten auf dem Waffenhof klar und deutlich durch das geöffnete Fenster herein. Schweiß glitschte Sorren den Rücken hinab. Eine Hand streifte sie von hinten, und sie sprang vor. Es war Paxe, sie war noch immer da.

Arré sagte: »Was soll das heißen, du willst nicht in den Tanjo gehen?«

Sorren stammelte: »Ich . . . ich hab' Angst vor denen!«

»Unsinn«, sagte Arré. »Geh und mach dich frisch!«

Paxe sagte: »Arré, warum läßt du mich nicht den Brief durch einen Posten überbringen. Das würde förmlicher wirken.«

Arré blickte sie finster an. »Ich habe gedacht, du willst mit deinem Sohn sprechen?«

»Das werde ich.« Paxe rührte sich nicht. Die beiden älteren Frauen hielten einander mit den Blicken fest.

Arré seufzte: »Also gut. Schick eine Wache!« Paxes Hand löste sich von Sorrens Hüfte, und dann hatte Paxe den Raum verlassen. Sorren biß sich auf die Lippe und wartete darauf, daß Arré sie fragte, warum sie Angst vor den Hexern habe.

Doch Arré sagte nur: »Was stehst du da so herum? Hast du nichts zu tun?« Und sie wedelte verabschiedend mit der Hand. Sorren verschwand, als hätte sie Flügel an den Füßen. Später, wenn sie sicher war, daß Arré sich nicht mehr über sie ärgerte, würde sie sie wegen der Einladung von Marti Hok befragen. Sie überlegte, was sie am besten anziehen solle.

Als sie durch die Küche lief, fragte Toli: »Worüber bist du denn so glücklich?«

»Ich sag's dir später«, rief sie über die Schulter zurück. Sie lief zu Paxes Kate hinüber, um ihr für ihr Eingreifen zu danken.

Doch die Tür zu dem Häuschen war nachdrücklich verschlossen.

An diesem Abend schlug das Wetter um. Der Wind kam peitschend von Süd und brachte die Nebelschwaden die Straßen der Stadt herauf, lange, daunige Dunstbänder. Bei Sonnenuntergang warfen sich die Bäume wie sonst nur während der herbstlichen Regenstürme. Kaltes Wetter versetzte den Koch stets in Hochstimmung; er sang auch diesmal bei der Arbeit. Lalith legte aus nur ihr bekannten Gründen auf dem Tisch im Großen Salon ein Gedeck auf. Sorren entzündete die Chobatalampen und ging Arré melden, daß das Abendmahl bereit sei. Der Koch hatte sich diesmal wieder selbst übertroffen: er hatte Schildkröteneier zubereitet und Garnelen und Gelbäpfel in Honig.

Arré starrte die zur Schau gestellten Gerichte an. »Was soll das?« fragte sie.

»Er mag es, wenn es nicht heiß ist«, erklärte Sorren.

Sie war noch zweimal zu Paxes Kate gegangen, aber jedesmal war die Tür verschlossen gewesen. Sie schaute Arré beim Essen zu und dachte dabei an Marti Hok. Als sie den abschließenden Gang aus der Küche holte, stand Ricard wartend im Hausflur. Er hatte sich gesäubert, sein Haar war feucht, und er trug frische Kleidung. Sorren vermutete, daß er im Badehaus gewesen war. »Was willst du denn?« fragte sie.

»Ich möchte mit *ihr* reden.«

»Ich werde fragen.« Sorren trug die Nachspeise — eine schaumige Delikatesse aus Sahne und Sorbet — zu Arrés Platz und hob den Deckel hoch.

Arré lächelte. »Das sieht ja wundervoll aus.«

»Ricard wartet im Flur. Er möchte dich sprechen«, meldete Sorren.

Arré nahm ihren Löffel. »Er soll hereinkommen!« befahl sie.

Sorren winkte Ricky ins Zimmer. Er drückte sich seitwärts an ihr vorbei, als habe er Angst oder schäme sich, sie zu berühren, und Sorren fragte sich, was Paxe wohl zu ihm gesagt haben konnte. Er wirkte sehr bedrückt. Er stand am Tischende, räusperte sich mehrmals und sprach dann: »Ich danke dir, daß du mir erlaubst, dich zu stören, Herrin.« Es war die erste formelle Rede, die Sorren je aus seinem Mund gehört hatte.

Arré löffelte ihr Sorbeteis. »Du hast mir etwas zu sagen?« schmatzte sie. »Fang an!«

Er befeuchtete sich die Lippen. »Ich habe in einem Haus auf deinem Grund und Boden gelebt, und ich habe aus deiner Küche gegessen, und ich habe von dem Geld gelebt, das du meiner Mutter für ihr Werk zahlst. Und neulich habe ich etwas sehr Törichtes getan.« Er schielte zu Sorren und gleich wieder von ihr weg. »Wenn ich in deinen Diensten arbeitete und das machte — was ich gemacht habe —, dann könntest du mich bestrafen lassen, oder prügeln lassen oder sonst was. Wenn ich noch ein Kind wäre, dann könntet ihr mich bestrafen wie ein Kind. Meine Mutter könnte das. Ich kann . . . meine Mutter sagt, ich kann entweder ein Kind sein, oder ich kann ein Mann sein.«

»Und zu was von beidem hast du dich entschlossen?« fragte Arré.

»Zu dem, was mich aus Schwierigkeiten raushält«, sagte Ricky.

»Daran hättest du schon früher denken sollen«, sagte Arré.

»Ich weiß. Aber ich habe nicht gedacht.«

»Schön. Dann denk jetzt! Was willst du sein?«

»Gibt es da überhaupt eine Wahl?« fragte Ricky. »Ich will ein Mann sein.«

Arré nickte. »Deine Mutter hat dich das gleiche gefragt?«

»Ja.«

»Und was hast du ihr geantwortet?«

»Was ich soeben dir gesagt habe.«

»Was hat sie dazu gesagt?«

Wieder fuhr sich Ricky mit der Zunge über die Lippen. »Sie hat gesagt, daß ich hierherkommen soll, es dir sagen, und daß ich dann tun soll, was immer du mir befiehlst.«

»Sehr gut«, sagte Arré und schwang ihren Löffel. »Ich will, daß du in die Weinfelder gehst. Du kannst morgen aufbrechen. Ich werde dir ein Begleitschreiben mitgeben. Das überbringst du Myra-no-Ivrénia Med, und du wirst tun, was sie dir aufträgt, selbst wenn es Arbeit im Weingarten sein sollte.« Sie hielt wartend inne. Ricard nickte. »Da wir den Erntemond haben, wird es möglicherweise der Fall sein. Du wirst deinen Lohn verdienen wie jedermann, und nach sechs Monaten wird man dir gestatten, falls du das willst, die Weingärten zu verlassen und hierher zurückzukehren, und dann werden wir weitersehen. Aber zwischen heute und dann wünsche ich von dir, daß du arbeitest, ohne zu murren. Hast du verstanden?«

»Ja, Herrin.«

»Gut. Dann geh und sage deiner Mutter auf Wiedersehen!« Sie tauchte den Löffel in ihr Sorbet. Ricard verneigte sich und ging hinaus. Die Chobataflammen zuckten im Luftzug, als die Tür sich öffnete und wieder schloß.

»Was hältst du davon?« fragte Arré.

Sorren trat wieder an ihren Platz am Kamin. »Ich glaube, es wird ihm guttun, wenn er arbeiten muß.«

Arré schaute finster drein. »Zweifellos.« Sie klopfte mit dem Löffel auf den Teller. »Aber das habe ich nicht gemeint. Wird Paxe mir böse sein, weil ich ihn fortschicke?«

Sorren dachte darüber nach. Der Gedanke war ihr nicht gekommen, daß Paxe wünschen mochte, Ricky solle fortgehen, und daß sie dennoch darüber böse sein könnte. »Ich glaube es nicht«, sagte sie. »*Sie* hat es nicht *selbst* tun können. Deshalb hat sie ihn dir hergeschickt.«

7. Kapitel

Der nächste Morgen war klar und kühl. Sorren stand früh auf. Ehe sie irgend etwas anderes tat, griff sie unter ihr Kopfkissen und holte das Stück Papier von Marti Hok hervor. Arré hatte ihr den Brief abends zuvor gegeben und sie ermahnt, ihn nicht zu verlieren. Ihre Finger glitten über das feste Papier, und sie lächelte. Der Brief war noch da.

Sie zog sich an Kleidern an, was gerade bei der Hand war, und ging Arré ihr heißes Wasser bringen. Der Krug wartete bereits auf sie. Sie füllte ihn aus der Röhre und schleppte ihn dann die Treppe hinauf. Sie trat so leise wie möglich, als sie das Schlafzimmer betrat, Arrés Schüssel füllte und den leergewordenen Krug neben den Waschtisch stellte. Arré stieß mit den Beinen unter der Steppdecke, murmelte etwas Unverständliches, erwachte jedoch nicht.

In der Küche stieß Sorren auf Lalith, die Fischkuchen zerhackte. »Heute mußt du die Einkäufe übernehmen«, sagte Sorren zu ihr.

»Was?« Laliths Zöpfchen zitterten. »Wieso?«

»Weil ich zu Marti Hok gehe.«

»Schau, schau, unsere feine Lady«, rief Toli höhnisch. »Du hast Ruß am Hemd. Willst du etwa so gehen?«

Sorren zeigte ihm das Mondzeichen. »Nein. Und, Lalli, es ist ganz leicht. Du kennst die Geschäfte alle, ich hab' sie dir gezeigt. Du sagst es einfach den Gehilfen, und sie schicken dann alles herauf.«

»Brauche ich ein Geldband?« fragte Lalith.

»Nein. Sie können uns die Rechnung schicken.«

Toli sagte: »Ich komme mit dir, wenn du allein Angst hast.«

Die Dreizehnjährige bekam einen steifen Rücken und reckte sich hoch. »Ich hab' gar keine Angst. Ich kann es allein.«

Sorren ging zur Kate hinüber. Doch außer der Katze war niemand dort. Da sie glaubte, Paxe sei vielleicht im Waffenhof, ging sie dorthin und spähte durch die Stangen des Tores. Dis zeigte einem neuen Rekruten, wie man einen Pikenangriff pariert. Die Daumen im Gürtel, schaukelte Borti auf den Hacken gleich hinter dem Eingang.

Er stand auf, um mit ihr zu reden. »Hallo, Bohnenstange!« Er winkte ihr zu. »Willst du Hoppereiter machen?«

Sorren tat beleidigt. »Ich suche die Meisterin im Hof, und außerdem ist das nicht mein Name, du Tattergreis!«

»Wen rufst du einen Tattergreis, he?«

»Dein Schnauzbart ist grau«, sagte Sorren. »Und schau dich doch bloß mal an. Du wirst immer fetter!«

Er klatschte sich auf den Bauch. »Alles Muskeln, junge Lady!«

»Hah!« Sie versuchte an ihm vorbei auf den Hof zu schauen.

»Sie ist nicht da drin.«

»Und du weißt, wo sie ist?«

»Ich glaube, sie hat heute ihre Runde ganz früh gemacht ...« Er zupfte an seinem Schnurrbart. »Ich glaube, sie ist zum Tor gegangen, um ihrem Sohn Fahrwohl zu sagen.«

Also ging Ricard wirklich fort. »Ich danke dir«, sagte Sorren. Sie beugte sich vor und küßte Borti auf die Wange. »Du bist eigentlich ein netter Mann, weißt du?«

Sie ließ ihn stehen, und er starrte ihr nach, als hätte sie sich vor seinen Augen in einen Fisch verwandelt. Sie ging durch die Küche, am Wohnzimmer vorbei. Elith holte sie am Fuß der Treppe ein. Ihr Atem stank nach Knoblauch. Im großen Salon sei ein Fensterparavent zerrissen, sagte sie, und die Lampen brauchten frisches Öl.

»Ich habe vor drei Tagen schon Choba bestellt«, sagte Sorren. Das lahme Genuschel der alten Frau ließ sie die Geduld verlieren. »Sag Toli, er soll es dir aus dem Vorratsraum holen.«

Sie zog sich frische Sachen an und klopfte dann gegen Arrés Tür. »Komm herein!« sagte Arré. Sorren glitt ins Zimmer. Arré saß auf der Bettkante und streifte sich gerade die Armbänder über. »Ah! Laß dich mal anschauen. Dreh dich! Du siehst sehr hübsch aus, Kind.«

»Ich danke dir«, sagte Sorren. Dann blickte sie sich im Zimmer um. »Kann ich hier etwas für dich tun?«

Arré gluckste. »Ach, ich will dich nicht aufhalten. Hast du Paxe heut morgen schon gesehen?«

»Sie ist zum Tor, um Ricky zu verabschieden.«

»Ah. Sehr gut. Also, Kind, zieh los!« Sie machte scheuchende Bewegungen mit beiden Händen. Gewohnheitsmäßig zupfte Sor-

ren an der Überdecke, als sie am Bett vorbeikam. Sie wollte etwas sagen — etwas tun — sie wußte aber nicht, was. Ihre Gefühle waren völlig durcheinander.

Sie trat aus der Haustür, und im gleichen Augenblick kam ein Junge in der Kleidung der Tempelzöglinge durch das Hoftor. Er benahm sich sehr wichtigtuerisch. »Ich habe eine Botschaft für die Lady Arré Med zu überbringen«, verkündete er Sorren und dem Vorderhof. »Von Jerrin-no-Dovria i Elath.« Sorrens Puls raste, wie es stets geschah, wenn der Weiße Clan vor ihr genannt wurde.

»Im Haus«, sagte sie und trat vom Weg, um ihn eintreten zu lassen. Er stolzierte an ihr vorbei, ohne sich zu bedanken, wie wenn ihm Ehrerbietung wie selbstverständlich gebühre. Er brachte die Antwort auf den Brief, den zu überbringen sie sich geweigert hatte.

Die Hokposten schienen sie bereits erwartet zu haben.

Sie hatte das Schreiben mit ihrem Namen darauf mitgebracht, um es ihnen vorzuweisen, doch sie brauchten es gar nicht zu sehen, sie winkten sie einfach den Pfad hinauf, sobald sie ihren Namen gesagt hatte. Sie hatte sich Sandalen übergestreift, und sie klapperten auf den Platten, als sie auf die Haustür zuschritt. Das Hokhaus war enorm groß, viel größer als das der Med. Es war mit Silberzedernholz gebaut und hatte die Form eines U, in dessen Mitte ein geräumiger Garten angelegt war. Trompetenblumen wuchsen an Spalieren hoch und schaukelten von dem Spitzdach.

Die Angehörigen der Familie Hok lebten alle beisammen. Ein Mädchen in einem weißen Kleid führte Sorren in einen blaugekachelten Waschraum, damit sie sich dort den Staub von Gesicht und Händen waschen könne, und brachte sie dann zu dem Alkoven, wo sie ihre Sandalen ablegen konnte. In dem kleinen Raum stapelten sich mindestens ein Dutzend Sandalen- und Schuhpaare.

Marti Hoks Zimmer war geräumig und hell und hatte Fenster ringsum, um die Sonne einzulassen. Marti saß mitten im Raum in einem großen hölzernen Sessel. Die Armlehnen des Sessels waren wie Schlangenköpfe geschnitzt.

»Komm herein, mein Kind!« sagte die alte Frau. »Laß dich anschauen!« Sorren gehorchte. Sie war froh, daß sie sich frische Kleidung angezogen hatte. »Du siehst bezaubernd aus. Setz dich!« Sorren klappte die Beine unter sich zusammen und saß auf dem Fußboden. Die Matten waren aus leuchtendgoldenem Stroh geflochten, und sie waren sehr weich und dufteten süß. Ein Kind kam hereingelaufen, dann ein zweites. »Meine Enkel«, sagte Marti Hok voll Stolz. Vom Flur her dröhnten Stimmen; ein drittes Kind stolperte herein. Sorren fragte sich, wie viele Enkelkinder Marti haben mochte — sechs, zehn, dutzendweise?

Die Kleinen kamen ohne Unterlaß hereingetrapst und zeigten ihrer Großmutter lebendige Frösche, tote Wassermolche, aufgeschürfte Knie, brachten Zänkereien vor sie, suchten Trost in Unsicherheiten, zeigten geheimniskrämerisch ihre unbezahlbaren Schätze. Martis Kinder — erwachsene Kinder — lugten durch die Tür, fragten beiläufig etwas, sagten zu den kleinen Kindern: »Ärgert eure Großmutter nicht!«

Jedesmal, wenn eines der Hokkinder eintrat, ließ sich Sorren in Achtung vor dem Brauch auf ein Knie nieder. Dann brachte eine Dienerin Schalen mit Sorbet für Marti und ihren Gast. Sorren stand auf, um beide Schalen entgegenzunehmen.

»Setz dich!« befahl Marti Hok. »Und hör auf, dauernd auf- und abzuhopsen, jedesmal wenn eine meiner Töchter hereinkommt. Du bist mein Gast, du bist hier schlicht und einfach Sorren, und ich bin Marti. Komm vom Boden weg und nimm dir ein Kissen! Ich freue mich, daß du kommen konntest.«

Sorren grinste. »Ich sitze gern auf dem Boden«, sagte sie. Sie ließ sich von der Dienerin die Schale reichen.

»Dann sollst du auch dort sitzen. Möchtest du Tee, Wein oder Wasser?«

»Ich würde gern einen Schluck Wein trinken«, sagte Sorren. »Danke, Her . . . Marti.«

Marti Hok befahl der Dienerin, ein Glas Wein zu bringen. Sorren löffelte sich das Halbgefrorene in den Mund. Es schmeckte nach Himbeeren, und das Aroma stieß an ihre Zunge wie eine zerspringende Blase. »Das schmeckt gut«, sagte sie.

»Es ist gut«, sagte Marti. »Wie findest du mein Haus?«

Sorren blickte sich um. Es roch wundervoll in diesem Raum; in hohen Vasen standen Blumen in sämtlichen Ecken. Die Kissen waren aus Seide und mit Gänsedaunen gefüllt. In einem Rohrkäfig, der von einer hohen Holzstange hing, sang eine glückbringende Grille. »Mir gefällt es.« Vorsichtig, weil sie an die Länge ihrer Beine dachte, streckte sie sich im Sonnenlicht aus.

Ein junges Mädchen mit langem schwarzen Haar kam in das Zimmer geschossen. »*Abu*, schau mal!« Das Kind hielt die gehöhlten Hände empor. Marti beugte sich darüber.

»Bemerkenswert«, sagte die alte Frau mit viel Überzeugung. »Wo hat sie das gefunden?«

»Im Garten.«

»Fein. Trag ihn wieder hinaus und laß ihn frei. Er braucht Licht und Luft.«

»Ich will ihn aber behalten!« quengelte das Kind. Es öffnete die Hände so weit, daß Sorren einen riesigen flaumigen orangefarbenen Schmetterling sehen konnte, der sich an die Handflächen klammerte.

»Sie kann ihn nicht behalten, er stirbt sonst. Laß ihn fliegen, *chelito!*«

Das Mädchen zog eine Schnute. Marti fächelte über die Flügel des Falters. »Sieh doch, *chelito*! Er wächst doch noch, und er möchte frei sein.« Die orangenen Flügel zitterten, mühten sich, sich zu strecken. »Laß ihn fliegen! Er kann nicht wie eine Grille in einem Käfig leben.«

Das Kind seufzte: »Und ich möchte ihn *so* gern behalten.«

»Es gibt Geschöpfe, die du nicht festhalten kannst.«

Das Mädchen ging aus dem Zimmer, die Augen fest auf den trocknenden Schmetterling geheftet. Im Nebenzimmer begann jemand zu singen: *»Still-husch-husch, schlafe, mein Kindchen, schlafe nun ein, süß sollst du träumen, wohl soll dir sein. Schlaf in Frieden und voll Lust, hier an deiner Mutter Brust. Still, mein Kind, nun schlafe ein . . .«* Das Lied brach ab.

Marti lächelte. »Meine Jüngste, Alanna. Sie ist schwanger.«

»Wie viele hast du?« fragte Sorren.

»Enkelkinder? Kinder? Drei Söhne und vier Töchter. Und nur der Wächter weiß, wie viele Enkeltöchter und Enkelsöhne; ich kann einfach den Überblick nicht mehr behalten. Im Hause von Arré ist das anders, wie?«

»Ach nein«, sagte sie und löffelte die Reste ihres Sorbets aus der Schale, das zu einer cremigen roten Pfütze zerschmolzene Halbgefrorene auf dem Boden des Gefäßes. »Es ist natürlich viel ruhiger.«

»Zu ruhig«, sagte Marti Hok. »Arré brennt zu schwach, sie ist wie ein einsamer Kohlenbrocken auf einem Rost. Sie braucht mehr Menschen um sich herum. Sie braucht eine Liebe.«

»Arré?« fragte Sorren ungläubig. Sie stellte die Schale neben sich ab. Sie konnte sich Arré einfach nicht mit einem oder einer Geliebten vorstellen.

»Du glaubst, sie ist zu alt dafür?« fragte Marti mit amüsiertem Ton. Ihr Gesicht überzog sich mit unzähligen Lachfältchen. »Warte, bis du selber vierzig bist, dann verstehst du es besser.«

»Nein«, protestierte Sorren. »Ich weiß, daß . . .« Schließlich war Paxe ja auch fast vierzig. Doch Paxe war eben Paxe.

»Außerdem hätte sie Kinder haben sollen«, fuhr Marti fort. »Aber schließlich hat sie ja doch dich.« Sie griff nach ihrem Gehstock und stand auf. Sorren sprang eilig auf die Füße. »Komm, Kind, gehen wir in die Bibliothek!«

Das Bücherzimmer des Hauses Hok erinnerte Sorren an das Arbeitszimmer von Arré, nur daß hier, anstatt eines einzigen Schranks für die Schriftrollen, an den Wänden viele Schränke mit Glastüren und vollgestopft mit Schriftrollen herumstanden. Es gab einen breiten Holzsessel, das Zwillingsstück zu dem in Martis Zimmer, hinter einem gleichfalls sehr massiven Schreibtisch. Marti ließ sich langsam in dem Sessel nieder. Sie wies mit wedelnder Hand auf die Schriftrollenschränke: »Hast du je zuvor soviel Papier auf einmal gesehen?«

Sorren schüttelte den Kopf. Sie begutachtete die Schränke und überlegte sich, was es bedeutete, sie alle abstauben zu müssen.

»Mordith, mein Großvater, war ein Schriftgelehrter. Er hat diese ganzen Rollen hier gesammelt. Er hat die Leute dafür bezahlt, daß sie ihm alte Aufzeichnungen und Geschichten anbringen, und je älter sie waren, desto lieber war es ihm. Er hat mir oft aus ihnen vorgelesen. Samia-no-Reo war seine Freundin, und sie kam oft, und dann saßen die beiden da und waren ganz in den Chroniken versunken, versuchten die Spuren von diesem und jenem Lord aufzufinden, und waren dabei glücklich wie Kinder. Und die Dienstboten hat er nie hier hereingelassen. Er kümmerte sich um alles selber.«

»Ist er tot?« fragte Sorren.

Marti lachte. »Sehr tot. Wenn er noch lebte, Kind, dann wäre er sehr, sehr alt.«

Sorren kam sich töricht vor. Sie beugte sich vor und spähte durch das wellige Glas in einen der Schränke. »Gibt es da die Geschichte der Sorren?«

»Nicht in dem Schrank. Geh zwei weiter, nach links, und bring mir den Lederband mit dem Papier!« Sorren öffnete die Schranktür. Staub wirbelte heraus, und sie mußte niesen.

Der Ledereinband war ein rostiges Rot, schrundig, abblätternd, alt. Sie trug die Schrift zum Tisch und legte sie vor Marti Hok nieder. Die alte Frau berührte das Leder behutsam. »Ich glaube, es ist das richtige«, sagte sie und blickte auf. »Ja. Tornor. Weißt du, wo das liegt?«

»Im Norden, in den Bergen. Es ist eine Grenzfeste.«

»Und weißt du auch, was eine Grenzfeste ist?«

»Ein Schloß. Eine Burg.«

»Und weißt du, wozu eine Burg dient?« fragte die alte Frau.

Sorren erinnerte sich an das, was Kadra gesagt hatte. *Sie wurden erbaut . . . als Arun im Krieg lag mit Anhard-hinter-den-Bergen . . .* »Für den Krieg«, antwortete sie.

»Und was weißt du vom Krieg?« fragte Marti Hok.

»Nichts«, sagte Sorren, doch sie erinnerte sich an die Geschichten, die sie an den Lagerfeuern der Weinleser gehört hatte. »Doch, ein bißchen. Meine Mutter hat mir was erzählt, über eine Zeit, in der wir gegen das Volk der Asech gekämpft haben. Sie kamen aus der Wüste und haben alles niedergebrannt und getötet . . .« Sie zitterte bei der Erinnerung daran, wie der Feuerschein über die Gesichter der alten Weiber in den Weinfeldern gezuckt hatte, wie sich die alten knotigen Hände im Rhythmus ihrer Worte bewegt hatten.

»Mir hat man die gleichen Geschichten erzählt«, sagte Marti Hok leise. »Mein Großvater konnte sich noch erinnern. Er erzählte mir oft von Dörfern und Feldern in Flammen, von Reitern, die aus der Wüste herangaloppiert kamen . . . Ich träumte Alpträume, daß mein Zimmer in Flammen stand und ich mitverbrannte, und ich weinte in meine Kissen, bis meine Großmutter zu mir kam und ihm befahl, mit diesen Geschichten aufzuhören, und dann erzählte sie mir, daß die Hexer im Tanjo Frieden für alle Ewigkeit mit den Asech geschlossen hätten und daß sie niemals zulassen würden, daß die Stadt brennt.«

Einen kurzen Augenblick lang sah Sorren in Marti Hoks Gesicht das kleine Mädchen, das sie einst gewesen sein mußte. Vor sechzig Jahren. »Hast du damals schon in diesem Haus gewohnt?« fragte sie.

»In diesem selben Haus. Nun, diese Zeit ist vorbei und wird nie zurückkehren, wenn es dem Wächter gefällt. Ich bete darum, daß der Krieg etwas bleiben möge, was du nie erfahren mußt. Es gibt in unserer Geschichte eine Epoche, die wir als ›Die Jahre der Kriege‹ bezeichnen. So hat mir jedenfalls mein Großvater gesagt, daß man sie im Norden so nennt. Die Grenzfesten wurden vor langer, langer

Zeit erbaut, um die Menschen zu schützen, die auf der Steppe lebten, um sie vor den Überfällen der räuberischen Anhardleute zu bewahren. Früher kämpften wir gegen Anhard, genau wie gegen die Asech. Doch diese Kriege fanden vor zweihundertundfünfzig Jahren ein Ende.«

»Wir treiben doch jetzt Handel mit Anhard«, sagte Sorren. Sie berührte ihren Arm. »In den Feldern haben sie mich immer geneckt und gesagt, ich hätte anhardisches Blut in den Adern.«

»Das könnte der Fall sein. Diese Menschen sind hellhäutig. Manchmal. Aber ihre Haut ist meist gelblicher als die deine.«

»Meine Mutter hat auch immer gesagt, daß das nicht stimmt.«

»Dann muß es so sein. Nun — also diese Chroniken stammen aus Tornor. Den Schwarzen Clan gab es ja schon vor zweihundertundfünfzig Jahren, und die Schriftgelehrten im Norden schrieben die Chroniken der verschiedenen Schlachten. Mein Großvater hat ein paar davon in seine Sammlung aufnehmen können.«

Sie schnürte die Lederhülle auf. Sorren beugte sich über den Tisch. Aus irgendeinem Grund hatte sie erwartet, daß die Berichte mit Bildern versehen sein würden, Bilder von Frauen mit Schwertern, von Reitern, Burgen, seltsamen Fabeltieren — wie auf ihren magischen Karten. Sie wurde enttäuscht; auf den gelblichen brüchigen Blättern waren keine Bilder, nur breite Zeilen voll Schrift, die das Blatt auf und ab liefen. Die Tusche war zu Grau verblaßt.

»Kannst du das lesen?« fragte sie.

»Die hier nicht«, sagte Marti. Sie legte jene Blätter beiseite. »Aber das hier kann ich entziffern.« Hier wirkte die Tinte klarer, und die Schriftzeichen standen von links nach rechts auf dem Blatt, so wie es sich gehörte. Sorren fuhr vorsichtig mit dem Zeigefinger über ein Stück gerollter Schrift, ganz sacht, und Staub heftete sich an ihre Fingerspitze, und ein winziges Flöckchen Papier brach unter ihrer Berührung ab und schwebte wie ein Blütenblatt zu Boden.

»Dies ist die Geschichte von Sorren«, sagte Marti und wies auf einen Schriftblock. »Hier, das ist der Name: Sorren.« Sorren starrte die Zeichen an, die ihren eigenen Namen bedeuteten. »Und hier tauchte der Name wieder auf, und immer wieder. Sorren. Sorren.«

»Lies mir die Geschichte.«

Marti beugte sich über das Blatt. »Ich werde dir vorlesen.

Dies ist die Mär von edlem Mut und großen Abenteuern, wie

Elin sie kopiert hat, die Schreiberin von Berent, Zweiundzwanzigstem Lord von Tornor Keep, im Jahre des Rates 89, im dritten Wintermond, im siebenten Jahr der Herrschaft des Lord Berent . . .« Marti brach ab. »In diesem gleichen Jahr 89 hat der Tanjo den Bann über Kendra-im-Delta verhängt.«

»Oh«, sagte Sorren.

»Dieser Bericht ist die Kopie einer Kopie, die im Jahre 32 von Josen, Schreiber des Morven, Neunzehnter Lord von Tornor Keep, gefertigt wurde. Dann fährt die Schriftkundige fort und erklärt, daß die ältere Handschrift, die anscheinend vom Original kopiert wurde, durch Feuer beschädigt worden ist. *Und es begab sich* — sie liebt diese Art der Sprache —, *daß im vierundzwanzigsten Jahr der Herrschaft des Lord Athor sich ein Kriegsherr erhob aus den Dörfern des Südens, und das Dorf hieß Iste, nahe der Stadt Tezera, und sein Name lautete Col, genannt Col Istor. Getrieben von seinem Hochmut und nicht bedenkend des Volkes im Land, versammelte dieser arge Mann eine Heerschar von Unzufriedenen und Übeltätern um sich und machte sich auf, um sich selbst und seine Gefolgsleute mit Ruhm und Reichtum zu bedecken . . .* Ach, ich werde dir nicht alles vorlesen, das würde den ganzen Tag dauern. Anscheinend hat Col Istor aus der Gegend um den See Aruna sich ein Heer gesammelt, es nach Norden geführt und die Grenzfesten bekriegt.«

»Aber war das während der Jahre der Kriege?« fragte Sorren.

»Nein, die Zeit war schon vorbei. Arun und Anhard hatten bereits Frieden.«

»Aber warum hat dann Col I . . . I . . .?«

»Istor.«

». . . Col Istor kämpfen wollen?«

»Darüber steht hier nichts«, sagte Marti. »Er war für den Kampf ausgebildet, er hatte im Süden gegen die Asech gekämpft. Vielleicht hat er sich gelangweilt. Er hat drei der Burgen eingenommen. Von den vieren, die es gab. Athor, auf Tornor Keep, hatte eine Tochter, Sorren, und einen Sohn, Errel. Col Istor nahm die beiden zu Gefangenen. Aber sie konnten fliehen — im Winter. Die Geschichte verbreitet sich darüber ganz genüßlich, daß es Winter war. *Die Schneewächten waren in dieser Zeit des Jahres hoch wie ein großer Mann, und der Stahl so kalt, daß die Finger an ihm festfroren, so daß ein Mann an seinen Schwertgriff fahren mochte, und wenn er die Hand davon nahm, so war selbige ohne Haut . . .*

Äch! — Dann zogen sie nach Süden und nach Westen, und dann, heißt es in der Geschichte, gelangten sie in das Land des Ewigen Sommers, in das Zaubertal namens Vanima.«

Sorren fragte: »Das steht wirklich da?«

»Ja.« Marti las weiter: »*Und es begab sich, da sie in die Nähe von Vanima gelangten, daß die Berge zur Seite glitten und sie eintreten ließen, und sie schlossen sich hinter ihrem Rücken. So wurde das zauberische Tal vor Feinden geschützt.*«

Das alles klang unwirklich. Wahrscheinlich war es auch nicht die Wahrheit. »Und was steht noch da?«

»Es heißt, daß Errel und Sorren sich an Van, den Beherrscher des Tales, wandten und ihn um Hilfe baten. Er sagte ihnen, er würde ihnen gegen Col Istor helfen, doch müßten sie dafür einen Preis bezahlen.«

»Und was war das?«

»Das verschwieg er ihnen.«

Sorren sagte: »Das ist nicht recht.«

»Nein«, gab Marti zu, »aber es ist recht plausibel. Soll ich weitermachen?«

»Ja, bitte!«

»Sie waren damit einverstanden, und so versammelte er seine Chearis um sich, und sie zogen nach Norden, nach Tornor Keep. Sie erstürmten die Burg und töteten Col Istor und alle seine Leute. Dann forderte Van seinen Lohn.« Marti hielt inne, um eine neue Seite aufzuschlagen. »Der Preis für seine Hilfe war, daß eines der Kinder Athors in das Tal des Ewigen Sommers ziehen und dort leben sollte, und es nie verlassen durfte. Also kämpften die beiden Athorkinder, um herauszufinden, welcher bleiben, welcher mit Van und seinen Chearis nach Vanima zurückfahren sollte. Errel verlor. Und Sorren wurde die Herrscherin von Tornor Keep, und ihre Tochter herrschte auf Tornor nach ihr, und deren Tochter wiederum danach. *Und so begab es sich, daß das Geschlecht sich auf Tornor Keep fortpflanzte bis zum heutigen Tage.*«

... bis zum heutigen Tage ... Sorren seufzte vor Wohlbehagen. Diese Geschichte hatte ihr Kité nie erzählt. Wahrscheinlich hatte sie sie nicht gekannt. Sie überlegte sich, wie das sein mochte, wenn man mit dem eigenen Bruder kämpft. Sie würden einander doch sicherlich kein Leid tun wollen.

»Haben sie sich ähnlich gesehen?« fragte sie.

»Sorren und Errel? Davon steht nichts da«, sagte Marti. »Von

Sorren heißt es: *Ihr Haar war fahl wie das Nordgras und ihre Augen so blau wie der Winterhimmel.* Errel wird überhaupt nicht beschrieben. Ah, hier heißt es noch, daß Sorren groß war.« Die alte Frau lächelte. »Wenn es dir Freude macht, kannst du dir vorstellen, daß sie ausgesehen hat wie du selbst.«

Sorren nickte. »Du hast gesagt, ich habe Nordländerzüge.«

»Das stimmt«, sagte Marti. »Viele von den Nordländern sind hellhäutig und haben helle Augen. Hat dir die Geschichte gefallen?«

»Ja, sehr, und ich danke dir!« Sorren überlegte sich, ob ihre Mutter diese Geschichte irgendwann einmal gehört haben mochte, vielleicht, als *sie* noch ein Kind war, oder ob sie dann vielleicht in Erinnerung an die Geschichte ihrer Tochter nach dieser kriegerischen Frau aus dem Norden genannt hatte. »Darf ich noch mehr hören?«

Marti sagte: »Oh, *chea*! Kind, es gibt ein halbes Hundert davon!« Sie schob die Blätter wieder in der ursprünglichen Ordnung zusammen. »Und außerdem, mein Kind, die Vergangenheit ist eine Falle, und du bist zu jung, um dich in ihr zu fangen. Warte, bis du alt bist und häßlich, dann wird sie alles sein, was dir noch geblieben ist.«

Sorren begriff nicht, was Marti damit meinte. »Ich finde dich nicht häßlich«, sagte sie.

Die alte Frau lachte. »Ich danke dir.« Sie schloß den roten Faltband. »Bring das an seinen Platz!«

Sorren hob das schuppende Lederkästchen auf. Ein Stück Papier glitt aus dem Stapel und flatterte zu Boden.

»Warte«, sagte Marti und stupste den Fetzen mit ihrem Stock an. »Was ist denn das?« Sorren legte den Faltband auf den Tisch zurück, bückte sich und hob das Papierstück auf. Es waren Bilder darauf. Es waren schwerverständliche Tuschezeichnungen mit Rändern drum herum und Schriftzeichen am Fuß. Die Bilder sahen vertraut aus, wie etwas, was sie früher bereits einmal gesehen hatte.

»Was ist es denn?« fragte Marti und beugte sich vor.

»Es ist zwischen den Blättern rausgefallen.« Sorren drehte den Papierfetzen um. Auf der Rückseite waren weitere Zeichnungen.

»Zeig mal her«, befahl Marti. Vorsichtig nahm sie Sorren das Blatt aus der Hand. *»Der Träumer«*, las sie. *»Eine schlafende Frau. Über ihrer Liege ist ein Fenster: wir sehen im Fenster zwei* *leuchtendrote Sterne. Der Weber ist eine Frau in einem grünen Kleid. Sie sitzt an einem Webstuhl. Die Herrin: eine goldenhaarige Frau, die im Freien steht. Sie lächelt.* Was soll das?«

Sorren sagte: »Das sind die Karten.«

»Wovon sprichst du, Kind?«

Sorren nahm das Papier. »Die Lady. Der Träumer. Das da ist der Tänzer.«

»So laß mich doch sehen ...« Sie beugten beide den Kopf über das Blatt. »Ja. Aber du kannst doch gar nicht lesen, Kind, wieso kennst du die Namen?«

»Meine Mutter hat sie mir gegeben. Es sind insgesamt zweiundzwanzig. Sie sind so groß ...« Sie zeichnete mit den Händen ein Rechteck in die Luft, um die Größe anzugeben. »Und es sind Bilder darauf wie die hier, nur sind sie farbig, und es ist mehr auf den Bildern. Die Herrin zum Beispiel hat einen Hund neben sich.«

Marti zählte nach. »Hier sind acht Karten abgebildet. So hast du sie doch genannt? Karten? Aber wo sind die anderen?« Sie zog den Faltband über den Tisch zu sich herüber. »Die müssen doch da sein.«

Sie öffnete den Band und hob die Blätter von einem Stapel in einen neuen heraus. Sorren stieß auf ein zweites Blatt Papier. »Hier sind weitere acht«, sagte sie. Marti hob weiter die Blätter aus dem Band, und ein drittes Blatt fand sich. »Das ist der Rest.« Sorren erkannte die Zeichnungen, so verzwickt und fremdartig sie auch wirkten. »Der Turm, das Rad, der Dämon, der Alte Knochige, die Mondfrau, das Dorf.«

»Laß mich sehen!« Marti spähte nach den Bilderzeichnungen. »Sie haben Namen, Kind. Das da, das du den Alten Knochigen nennst, das ist der Tod. Was du die Mondfrau nennst, heißt der Mond, und was du das Dorf nennst, ist die Sonne.«

Sorren sagte: »Meine Mutter hat mich nie gelehrt, sie zu benennen.«

Marti lehnte sich in ihren Sessel zurück. Ihre sanftbraunen Wangen waren dunkler geworden. »Weißt du eigentlich, was da in deinem Besitz ist?« fragte sie. »Diesem Papier zufolge«, sie pochte mit dem Finger darauf, »kann einer, der darin ausgebildet ist, die Zukunft aus deinen Karten lesen. Du sagst, deine Mutter hat sie dir hinterlassen?«

»Ja.«

»Ich frage mich ...« Marti lachte. »Ja, es muß einfach so sein.«

XVIII
X
XVIIII

»Was muß so sein?«

Marti berührte wieder das Papier. »Diese Karten waren einst in der Obhut des Herrscherhauses von Tornor.«

Sorren schluckte. Sie starrte erneut auf die Zeichnungen. »Das kann nicht sein«, sagte sie. »Meine Karten sind jünger als diese Zeichnungen da.«

»Hmm«, machte Marti. Sie runzelte die Stirn. »Haben deine Karten auf der Rückseite ein Muster?«

»Nein.«

»Aha. Hier steht, das Muster auf der Rückseite der Karten war ein roter Stern auf weißem Feld. Und das Wappen von Tornor ist ein achtzackiger roter Stern auf weißem Grund. Du mußt eine Kopie des Originalkartenspiels haben.« Ihr Gesicht kräuselte sich in zahllose Fältchen vor Vergnügen. »Ich möchte wissen, wie deine Familie dazu gekommen ist. Konnte deine Mutter damit umgehen?«

»Ich weiß es nicht«, sagte Sorren. »Sie ist gestorben.«

»Vielleicht konnte sie es«, sagte Marti. »Und vielleicht trägst du deinen Namen mit Recht. Vielleicht gehörte deine Familie, die Linie deiner Mutter, vor unzähligen Jahren zum Herrscherhaus auf Tornor.«

Sorren blinzelte heftig. Sie wußte nicht, sollte sie lachen oder weinen. »Meine Familie?«

»Ja. Gewiß doch. Solche Dinge gibt man nicht fort.« Marti lachte. »Soll ich dir noch was sagen? Das Herrscherhaus von Tornor wurde begründet von einem rebellischen Sproß des Med-Hauses. Du könntest also eine entfernte, eine sehr, sehr entfernte Verwandte von Arré Med sein!«

Sorren hätte sich am liebsten in den Arm gekniffen, um sicher zu sein, daß sie nicht träumte. Sie war also wirklich eine Nordländerin, zwar im Süden geboren, aber das Blut des Nordens rollte durch ihre Adern. Sie war sogar . . . doch nein. Sie gebot sich selbst Einhalt. Sie war keine Prinzessin. Sie war eine Leibeigene, deren Ur-ur-ur-vielmals-urgroßmutter möglicherweise die jüngere Tochter in einem Adelshaus gewesen sein mochte. »Ich wollte, ich wüßte es genau«, sagte sie.

Marti Hoks Gesicht verdüsterte sich. »Laß dich durch mich nicht durcheinanderbringen«, sagte sie sanft. »Es ist doch nur ein phantastisches Spiel, mein Kind.«

Aus dem Flur rief eine Stimme: »Mutter!?« Eine Frau schob den

Kopf durch die Tür. Sie war sehr jung und hochschwanger. »Was um Himmels willen treibst du denn *hier*?« fragte sie.

»Was kümmert das dich?« sagte Marti barsch. »Ich bin beschäftigt. Gibt es was Wichtiges? Wenn nicht, dann verschwinde und laß uns in Frieden!«

»Hoppla!« sagte die Frau und verschwand. Marti lachte.

Sorren hielt noch immer die Bilder fest. Sie redete sich ein, es sei ja bloß eine alte Geschichte über eine tote Prinzessin. Dennoch, nun kam es ihr vor, als habe die Lady von Tornor mit ihrer toten Hand über Jahrhunderte zu ihr herübergegriffen und sie berührt ... Vielleicht hatte sie ihre Karten besessen, sie angefaßt, sie ausgelegt, sie benutzt, um in die Zukunft zu schauen. Hat sie mich gesehen? dachte Sorren. »Gibt es einen Turm auf Tornor Keep?«

»Einen Turm?« wiederholte Marti Hok, doch sie fragte nicht, warum. Sie zog den Faltband wieder zu sich heran. »Ein Turm. Tornor *hatte* einen Turm, Elin-die-Schreiberin erwähnt ihn, sie nennt den Zeitpunkt, zu dem er errichtet wurde. *Er blickt nach Norden,* schreibt sie, *und hat stets nach Nord geblickt, seit er erbaut worden, auf daß die zahlreichen Herrscher von Tornor einen Ort hätten, wo sie stehen und den Kampf gegen die anhardischen Räuber befehligen konnten* — man kann doch keinen Kampf von einem Turm aus befehligen, aber woher sollte sie das auch wissen, die dumme Person.«

»Haben die übrigen Burgen auch einen Turm?«

»Nein.«

Also *war* es Tornor, was sie gesehen hatte. Sie war nach Tornor Keep gelangt in ihrem Fernreisen. Das Blut pochte in ihrem Kopf, und der Turm der Burg — weit, weit entfernt — tauchte wieder in ihrer blicklosen Sicht auf.

Marti Hok mahnte: »Sorren!«

Sorren schluckte. Das Bild verschwand. »Ja? Oh, es tut mir leid, Her ... Marti. Ich habe geträumt.«

»Haben dir meine Geschichten Vergnügen gemacht?«

»O ja. *Sehr.*«

»Dann ist's gut. Und du könntest etwas für mich tun, als Gegenleistung.«

»Aber natürlich«, sagte Sorren.

Marti nahm ihr das Stück Papier aus der Hand. »Ich würde mir gern deine Karten einmal anschauen.«

Sorren blieb stumm. Sie könnte zum Medhaus gehen, sie holen

— doch wenn sie in das Haus auf dem Hügel zurückkehrte, würde sie nicht mehr Sorren, die Gastfreundin, sein, sondern Sorren-die-Leibeigene, und Arré würde bestimmt irgendeinen Auftrag für sie finden, der Koch würde etwas zu tun finden für sie, das Abendmahl würde aufgetragen werden müssen, Wäsche, sie würde sie waschen müssen, alles mögliche würde es zu tun geben . . .

Marti sagte leise: »Ach, denk nicht weiter daran, Kind!«

Sorren heftete den Blick auf die alte Frau und sagte: »Ich möchte aber gern.«

»Wenn du es kannst, dann wirst du es tun. Nein, laß die . . .« Sorren hatte begonnen die Papiere wieder in den Faltband zurückzulegen. »Das kann jemand andrer tun. Es hat den Anschein, daß ich recht hatte, als ich dich eine Nordländerin genannt habe. Sag mir, hast du jemals daran gedacht, einmal in den Norden zu reisen, wenn deine Zeit im Dienst beendet ist?«

Sorren dachte an Kadra, dachte an ihre Visionen. »Ja.«

»Und du würdest auf der Stelle gehen, wenn du könntest«, sagte Marti. »Ich kann es in deinen Augen lesen. Gib dir keine Mühe, es zu leugnen!« Sie tastete nach ihrem Gehstock, Sorren legte ihn ihr in die Hand. »Aber es ist ganz gut so, daß du jetzt nicht fort kannst. Du hast eine Geliebte, nicht wahr? Ja, ich erinnere mich, die Hofmeisterin. Sie kümmert sich um dich. Und Arré tut das ebenfalls, und dir liegt auch etwas an ihr, ein bißchen was, und das ist sehr wichtig; sie braucht Menschen um sich, die sie liebhaben. Du kennst ihren Bruder?«

Die plötzliche Frage verwirrte Sorren. »Ja«, sagte sie. »Ich trommle für ihn.«

»Er ist ein böser Mensch«, sagte Marti Hok. »Und ich bin alt genug, das Böse zu erkennen, wenn ich es sehe.«

Sorren hatte nicht den Eindruck, daß Isak böse war. Boshaft, das vielleicht, möglicherweise sogar grausam, aber nicht böse.

»Du glaubst mir nicht?« sagte Marti. »Nun, wir werden es ja sehen.« Sie stemmte ihren Stock fest auf den Boden und erhob sich. »Unterdessen könntest du Geduld lernen, indem du einer alten Dame noch ein Weilchen länger Freundlichkeit erweist. Magst du Blumen? Fein. Dann komm und spaziere mit mir durch den Garten!«

8. Kapitel

»Ha-ha-ha-ha-tay-ha-ha-ha ...« Gesangsfetzen hallten in den Gassen wider. Paxe wanderte langsam durch das Sonnenlicht zum Nordwestlichen Tor. Es war das Fest des Ochsen, ein Feiertag der Asech. Das Fest dauerte drei Tage lang, und aus den Häusern der Asech drangen interessante Gerüche, und die Frauen sangen mit Stimmen, die immer höher schrillten, bis sie sich in Gelächter auflösten. Männer spielten Musik auf Rohrflöten, und Kinder rannten mit Klappern herum, die wie Ochsen geformt waren. Es war das bedeutendste Fest der Asech, nach dem Fest des Pferdes, das im Frühjahr nach der Aussaat gefeiert wurde. Paxe ertappte sich dabei, daß sie im Rhythmus der fremdartigen Musik ausschritt. Eine klare Stimme begann in einem Haus zu singen, und Paxe sah die Silhouette eines Mädchens hinter einem Paravent. *»Ya-ha-ha-tay* ...« Sie mußte an Sorren denken.

Sie hatte Sorren — außer bei einem beiläufigen Grüßen, das kaum zu vermeiden war — seit vier Tagen nicht mehr gesprochen. Nein, sie war ihr nicht böse, war nicht zornig auf sie, noch gab sie ihr die Schuld für das, was ihr eigener Narr von einem Sohn angestellt hatte —, doch sie wollte sie einfach nicht sehen. Für eine Zeitlang. Während der letzten vier Nachmittage war Sorren gekommen und hatte still und geduldig auf dem Zaun des Waffenhofes gehockt, und Paxe war bei ihren Soldaten geblieben und hatte so getan, als hätte sie die schlanke goldene Gestalt auf den Holzbalken nicht gesehen.

Arré hatte es natüclich bemerkt und gestern morgen mit ungebremster Plumpheit gesagt: »Sorren ist unglücklich. Ich nehme an, es ist dir nicht entgangen.«

»Ich weiß es.«

»Und? Wirst du etwas dagegen tun?« fragte Arré.

»Wenn ich soweit bin.« Es klang grausam. Arré zuckte die Achseln.

»Ich denke, du benimmst dich töricht«, sagte sie, und das war dann das Ende vom Ganzen. Es hatte Paxe ferngelegen, grausam zu sein, doch wann immer sie Sorren sah, hielt etwas sie davor zurück, die Hand zu ihr hinzustrecken. Sie hoffte, daß niemand, außer Arré, etwas bemerkt hatte.

Der Verkehr am Tor floß träge; eine Wagenschlange wartete darauf, eingelassen zu werden. Paxe fragte sich, was diese Stauung verursachte. Sie blickte sich nach dem diensthabenden Offizier um. Sein Name war Sereth, und er war in der Stadt geboren.

»Wo ist Sereth?« rief sie einem der Posten zu.

»Hinterm Wachhaus!« rief der Posten zurück.

»Hofmeister!« Paxe drehte sich um und sah Sereth, der ihr von der Mauer des hohen Wachhauses her zuwinkte. Sie gab den Gruß zurück und arbeitete sich über die gepflasterte Straße zu ihm hindurch.

Das dichte sandfarbene Haar stand ihm starr vom Schädel ab. »Ich muß dir etwas zeigen.« Sie folgte ihm um das Wächterhaus herum zu dem kleinen Waffenschuppen, in dem die Torwachen ihre Piken und Schleudern aufbewahrten. Er kniete vor einer Kiste nieder und schlug den Deckel zurück. »Schau dir das an!«

Auch Paxe kniete nieder. Der Stempel außen auf der Kiste besagte, daß sie Wolle enthielt. Sie schaute hinein. Da lag ein Bündel orangefarbener Wolle, und zwischen den weichen Lagen ragte etwas Leuchtendes hervor. Sie griff hinein und tastete vorsichtig über das Gewebe. Sereth verlor die Geduld. Er beugte sich über ihre Schulter und zog die Wolle beiseite. Das orangefarbene Gewebe verbarg eine — nein, mehr als eine oder zwei Waffen in Scheiden. Schwerter.

Sereth hockte sich neben ihr nieder. »In der Kiste sind sieben Messer und zehn Schwerter. Vanesi-die-Kauffrau hat sie gebracht. Sie schwört, sie hat nicht die geringste Ahnung gehabt, daß sie da drinsteckten. Sie ist jetzt im Wachhaus. Wir haben sie festgenommen, weil wir uns dachten, du willst vielleicht mit ihr reden.«

Er war ein wenig außer Atem — vor Erregung, vermutete Paxe. Sie fragte sich, ob er jemals zuvor ein echtes Schwert gesehen hatte. »Habt ihr unter ihren anderen Waren weitere Waffen entdeckt?«

»Nichts. Wir haben die Karawane auseinandergenommen.«

»Habt ihr überhaupt sonst Waffen gefunden?«

»Noch nicht. Wir überprüfen sämtliche Wagen noch einmal, besonders die aus dem Norden.«

Paxe drehte das Schwert in den Händen. Es leuchtete hell und scharf und trug weder Dellen noch war Rost zu sehen. »Wann hat zuletzt jemand versucht, scharfe Waffen in die Stadt hereinzuschmuggeln?« fragte sie.

»Vor drei Jahren«, sagte Sereth prompt. »Ben-no-Shana hat durchs Westliche Tor zwei Schwerter hereingebracht. Man hat ihm auf der Stelle die rechte Hand abgehackt.«

Paxe stand auf und ließ das Schwert zurück in die Kiste gleiten. »Ich hatte seinen Namen vergessen«, sagte sie. »Du hast ein gutes Gedächtnis, Sereth.« Sereth errötete vor Freude. »Bring mir Vanesi.«

Der Hauptmann eilte davon. Er führte ihr Vanesi höchstpersönlich aus dem Torgefängnis vor. Die Kauffrau kam mit weitem Schritt aus dem Wächterhaus. Das rote Haar war nach der Tezeraner Mode gekräuselt. Sie trug gelbe Seide und hochschäftige braune Lederstiefel. Als sie Paxe erblickte, kam sie eilig vor Sereth her auf sie zugelaufen. »Hofmeisterin Paxe!« Sie reckte die Hände vor. »Ich versichere dir, ich weiß nichts darüber, daß da Waffen in meiner Wolle versteckt waren!«

»Wann hast du zuerst was davon erfahren?« fragte Paxe.

»Als deine Wachen die Kiste aufgemacht und sie entdeckt haben. Ich bin entsetzt darüber, selbstverständlich.«

Paxe musterte die Händlerin von oben bis unten. »Wer könnte Waffen in deine Kisten einschmuggeln, ohne daß du etwas davon weißt, Vanesi?«

Die Frau seufzte und stemmte dann beide Hände auf die üppigen Hüften. »Jeder, der über einen Geldbeutel verfügt. Nur wenige von meinen Leuten sind unbestechlich. Es gibt auf jeder Fahrt kleine Diebereien, aber dies ist das erstemal, daß jemand mir Sachen in die Kisten hineinsteckt, statt sie herauszunehmen. Hofmeisterin, du kennst mich doch, seit sechs Jahren fahre ich durch dieses Tor. Ich bin eine Handelsfrau; warum sollte ich Waffen in die Stadt bringen, eine Geldstrafe riskieren oder das Einreiseverbot oder noch Schlimmeres?«

Paxe kratzte sich am Kinn. Draußen vor dem Tor zankte jemand sich mit einem Posten herum, daß es so endlos lange dauere, bis man Einlaß finde, und Sereth eilte hinaus, um für Ordnung zu sorgen.

»Vanesi, ich kenne dich in der Tat«, sagte Paxe. »Und ich würde dir gern Glauben schenken. Wer ist dein Karawanenführer?«

»Leth-no-Chayatha. Er logiert in der Bernsteinstraße im Minto-Bezirk.«

»Ich werde dafür sorgen, daß man ihn befragt. Die Wolle und die Kiste, in der sie kam, gehören dir, nehme ich an.«

Vanesi blickte finster drein. »Unseligerweise kann ich das nicht bestreiten. Mein Stempel steht auf der Kiste.«

»Das Gesetz ist dir bekannt«, sagte Paxe. »Ich muß darüber Meldung machen.«

»Ich weiß«, sagte Vanesi. »Ich nehme an, ich werde vor meinen Clan geladen werden. Aber darf ich für jetzt gehen? Ich wohne in der Dritte-Brunnen-Straße, und du weißt ja, wo die ist.«

Die Dritte-Brunnen-Straße lag gleichfalls im Minto-Bezirk. »Wenn man dich benötigt . . .«

»Werde ich zur Verfügung stehen«, versprach die Kauffrau.

»Gut, dann kannst du jetzt gehen«, sagte Paxe. »Ich bedaure, daß du aufgehalten wurdest.«

Das stattliche Kaufweib zuckte die Achseln. »Ich bin schon schlechter behandelt worden.« Sie stapfte davon. Sereth kam vom Tor zurück, und Paxe sah, wie er dem wandelnden Berg Vanesi nachstarrte, der sich davonwälzte.

»Ich glaube nicht, daß wir sie festhalten müssen«, sagte Paxe. »Schick jemand in die Bernsteinstraße, der Leth-no-Chayatha verhört, den Karawanenführer. Eigentlich . . . ach, tu du das selber.«

»Mit Vergnügen.« Sereth fuhr mit dem Daumen in Richtung auf das Tor. »Sollen wir die Züge weiter durchsuchen?«

»Sicher doch!«

»Aber das bringt Verzögerungen im Fluß.«

»Soll es doch!«

Sereth verbeugte sich, die Handflächen gefaltet. »Hofmeisterin.« Er ging seine Posten instruieren. Einen Augenblick lang empfand Paxe Bedauern für die Menschen am Ende der Wagenschlange, die eventuell vor den Stadttoren würden lagern müssen, wenn die Tore bei Sonnenuntergang geschlossen würden, aber sie konnte nichts anderes anordnen. Die Rufe aus der Karawanenschlange waren leiser geworden, die Neuigkeit breitete sich bereits vor den Stadtmauern aus.

Sie verkürzte ihre Runde, um rascher nach Hause zurückzugelangen: Arré würde über den Zwischenfall informiert werden wollen. Als sie auf der Hügelspitze anlangte, grüßte eine Stimme sie. »Hofmeisterin!« Sie drehte sich um. Es war Ivor, der Wachhabende der Spätwache. Er war so dunkelhäutig wie sie selber und hatte einen schmucken kleinen Bart und Schnurrbart, auf den er außerordentlich stolz war. »Eitel wie ein Pfau«, pflegten seine Männer zu sagen, aber sie liebten ihn, besonders weil er sie alle beim Würfeln schlagen konnte. Er war ein sehr guter Wachoffizier.

Sie wartete, bis er bei ihr war, und erwog, ob sie ihm von den eingeschmuggelten Schwertern erzählen oder besser abwarten sollte, bis sie Arré unterrichtet hatte. Sie beschloß zu warten. Ivor kam heran, das dunkle Gesicht gezeichnet von Zorn und Besorgnis. »Hofmeisterin, ich habe einen Mann verloren.«

»Was soll das heißen? Wen?«

»Seth«, sagte Ivor. »Er ist desertiert.«

Paxe fluchte wortlos. »Bist du sicher?«

»Er ist eindeutig verschwunden. Niemand hat ihn gesehen, seit gestern, und er hat sich nicht zum Appell gemeldet.«

Seth stand bereits seit zwei Jahreszeiten unter Ivors Kommando. »Wo ist er hin, was denkst du?«

Ivor antwortete: Er ist ein Junge vom Land. Vielleicht hat er genug davon, Piken zu schleifen, und ist in sein Dorf zurückgegangen.«

»Ja«, sagte Paxe zweifelnd. »Glaubst du das wirklich?«

Ivor stemmte die Hände auf die Hüften. »Eigentlich bezweifle ich das. Ich hab' nie gehört, daß er vom Dorf gesprochen hat, außer voll Verachtung. Es gefällt ihm viel zu gut in der Stadt, als daß er fortmöchte. Ich möchte wetten, der steckt noch hier.«

Paxe rieb sich die Nase. Eine Fliege surrte um sie herum, und sie schlug geistesabwesend nach ihr. Sie konnte sich nicht erinnern, wann sie zum letztenmal eine Desertion erlebt hatte. »Hat er irgendwas zu jemandem gesagt?«

Ivor antwortete: »Er hat sich das Maul zerrissen, seit du ihn zum Putzdienst verdonnert hast. Aber nein, er hat zu keinem was von Abhauen gesagt.«

Sobald er aus dem Bezirk heraus war, würde es ihm leichtfallen, sich der Festnahme zu entziehen, aber es würde nicht so leicht für ihn sein, eine Arbeit zu finden. Er würde schließlich Hilfsarbeiter werden müssen. »Gib allen Höfen Nachricht und dem Magistrat, Seth-no ...«

»... Lenia«, half Ivor nach.

»Seth-no-Lenia ist aus seinem Dienst desertiert und hat seinen Posten verlassen, bitte informiert den Hofmeister des Hauses Med, falls er gesichtet wird, eine Belohnung wird für Informationen ausgesetzt, die zu seiner Festnahme führen blah-blah undsoweiter. Der Kerl soll verdammt sein, wieso ist er abgehauen? Ich hätte ihn entlassen. Ich habe noch nie einen Soldaten behalten, der nicht dienen wollte.«

»Es kommt noch mehr«, sagte Ivor grimmig. »Soweit ich sagen kann, ist er mit dem Ersatzschlüssel für den Waffenschuppen abgehauen.«

»Oh, verdammter Mist!« fluchte Paxe. »Wie, zum Teufel, hat er ihn gekriegt?«

Ivor blickte elend drein. »Von mir. Er hat ihn nicht zurückgebracht.«

Sie brauchte ihm die Torheit seines Verhaltens nicht erst unter die Nase zu reiben. Es war deutlich, daß er es selbst wußte. Nach einer kurzen Pause sagte sie: »Wir werden das Schloß ändern müssen. Stelle eine Wache an den Schuppen und finde einen Schlosser — es fehlte uns gerade noch, daß jemand sich einschleicht und uns die halbe Ausrüstung stiehlt. Und sag Kaleb, er soll ebenfalls Wachen beordern.«

Sie trat ins Haus. »Arré«, rief sie laut. Sie hatte nicht die geringste Lust, sich ans Zeremoniell zu halten.

Elith steckte den Kopf aus der Tür des Großen Salons und funkelte sie an. »Die *Herrin* Arré ist in ihrem Arbeitsgemach«, murrte sie.

Arré saß in ihrem kissenbelegten Sessel. »Was bringt dich mit derartigem Getöse in mein Haus?« sagte sie.

Paxe ließ sich auf den Hocker fallen. »Hör mir gut zu!« Und dann berichtete sie Arré von den eingeschmuggelten Schwertern.

Arré verkrampfte die Hände im Schoß und ließ den Kopf sinken. Sie lauschte konzentriert. Als Paxe mit ihrem Vortrag zu Ende kam, sagte Arré: »Welche Befehle hast du dem Hauptmann der Torwache gegeben?«

»Ich habe befohlen, alle Karawanen zu durchsuchen, sobald sie eintreffen, und keine Ausnahmen zu machen.«

»Gut so. Glaubst du Vanesi? Meinst du, sie hat dir die Wahrheit gesagt?«

Paxe rieb sich an der Nase. »Doch, ich denke schon. Aber wenn du ganz sichergehen willst, kannst du noch immer einen Wahrheitsfinder bemühen.«

Arrés Hände lösten sich. »Darüber werde ich dem Tanjo in

eigener Person berichten«, sagte sie. »Aber ich will keinen Wahrheitsfinder einschalten, wenn ich es vermeiden kann. Paxe, sag den anderen Hofmeistern Bescheid, daß durch die Stadttore Waffen eingeschmuggelt werden. Ersuche sie, die gleichen Maßnahmen wie du zu ergreifen.«

Paxe nickte. »Wer bringt diese Schwerter herein, was meinst du?« fragte sie.

Arré fragte: »Sind es neue oder alte Schwerter?«

»Neue«, sagte Paxe und dachte: was macht das schon für einen Unterschied?

»Aha«, machte Arré. »Dann habe ich eine recht gute Vermutung, wer sie hereinbringt. Die Ismeninas!«

»Wie willst du das wissen?«

Arré reckte einen Finger hoch. »Erstens: Im Ismenin-Hof wird der Schwertkampf geübt. Zweitens: Die Ismeninas besitzen Land, auf dem große Eisenerzlager liegen. Drittens: Die Ismeninas besitzen Eisenschmelzen und Hammerwerke, wo man neue Schwerter anfertigen könnte. Viertens . . .« — vier Finger wedelten vor Paxes Nase in der Luft — »das Schwert, das dein Soldat hatte, kam von einem Ismeninsoldaten.«

Paxe runzelte die Stirn. »Warum fragst du, ob es alte oder neue Schwerter sind? Was sagt dir das?«

»Weil, wenn es nämlich alte Schwerter gewesen wären, es denkbar wäre, daß jemand anders sie hereinbringt. Aber nur die Ismeninas können neue Schwerter in die Stadt bringen.«

»Das erste Schwert war ein altes.«

»Die Ismeninas müssen ein paar alte aus dem Norden eingeführt haben, um sie als Vorlage für ihre Waffenschmiede zu verwenden.«

Das klang wahrscheinlich. Paxe fiel kein einziger Einwand ein. »Dobrin hat aber gesagt, daß seinen Soldaten der Besitz scharfer Waffen verboten ist.«

Freundlich erwiderte Arré: »Das würde er in jedem Fall sagen, Paxe. Er muß einen höllischen Schrecken bekommen haben, daß du direkt zum Tanjo gehen könntest.«

»Nein«, entgegnete Paxe. »Er war nicht erschrocken. Und er würde mich auch nicht belügen. Er ist nicht die Sorte Mann.«

»Ach, wirklich?« fragte Arré. »Nun, ich kann das nicht wissen, ich kenne den Mann nicht.«

Die Trainingskadenz (»*Eins* — und *zwei* — und *drei* — und *vier*!«) hallte sekundenkurz in Paxes Gehirn wider. Sie sagte:

»Diese Schwerter kommen wahrscheinlich durch alle die Tore, nicht bloß durch das eine.«

»Ich werde Briefe an alle Oberhäupter der Häuser schreiben, und auch gleich an den Blauen Clan und sie von diesen Vorfällen unterrichten. — Wenn ich recht habe — und ich fürchte, ich habe recht —, dann werden die Ismeninas die Schwerter auf dem Fluß heranbringen, auf den Barkassen und Erzkähnen. Schließlich besitzen sie ja auch die Erzschiffe!«

»Aber die Wachen der Hok sollen doch die Schiffahrt im Auge behalten.«

»Ja. Aber tun sie es?« fragte Arré.

»Sie haben die Neigung, die Ismeninwachen die Hauptarbeit tun zu lassen.«

»Nun, dann sollen die Hokwachen mal zur Abwechslung ihr Teil der Arbeit leisten. Und sogar Dobrin — oweh, Paxe, vergiß, daß ich das gesagt habe —, sogar die Ismeninas werden ihren Flußwachen befehlen müssen, die Barkassen zu durchsuchen. Gibt es in der Stadt irgendwelche Gerüchte über das Training im Ismeninhof?«

»Ich habe nichts gehört«, sagte Paxe. »Dobrin hat sämtlichen Soldaten befohlen, den Mund zu halten.« Sie beugte sich vor. »Arré, warum wollen die Ismeninas Schwerter in der Stadt haben? *Was haben die damit vor?*«

Arré sagte: »Wenn ich das wüßte, würde ich's dir sagen. Aber ich weiß es nicht. Soll ich zu Ron Ismenin gehen und ihn fragen? Er würde mir nichts verraten.« Sie legte den Kopf gegen die Sessellehne; die Haut in der Kuhle an ihrem Hals blitzte überraschend weiß auf.

Von draußen schwebte leise der Klang einer Flöte ins Zimmer. In die Melodie hinein sagte Paxe: »Warum hast du mir aufgetragen, *sejis* zu bestellen und den Schwertkampf zu lehren?«

»Weil es den Ismeninas eine ungeheure Macht innerhalb der Stadt verleihen würde, wenn ihre Soldaten als einzige im Gebrauch von Schwertern ausgebildet sind.«

Der Flötenklang wandelte sich, als der Flötenspieler eine Melodie fand, die er spielen konnte. Paxe neigte den Kopf zur Seite und lauschte ... *Ich bin ein Fremdling in einem fremden Land, ich bin verstoßen, wohin ich immer geh ...*

Sie sagte: »Im Westen sagen die Leute, dieses Lied hätten die Chearis gesungen, als sie die Orte verließen.«

Arré rieb sich die Augen. »Es ist viel älter.« Sie sah sehr müde aus.

Paxe fragte: »Wann gehst du zum Tanjo?«

»In vier Tagen.«

»Das ist am letzten Tag des Sommers.«

»So ist es.« Sie zeigte ein halbes Lächeln. »Ich hasse die Sommerhitze, aber es tut mir immer leid, wenn diese Jahreszeit zu Ende ist. Ist das nicht töricht?«

»Nein, es ist nicht töricht«, sagte Paxe. Sie ließ ihre Hand einen Augenblick lang auf Arrés Hand ruhen. Manchmal erschien es ihr als seltsam, daß sie beide sich zu Menschen entwickelt hatten, die so schwere Verantwortung trugen, die solch eine Vielzahl von Aufgaben und Problemen lösen mußten. Sie lächelte bei der Erinnerung an andere Sommer, in denen sie so viel sorgloser gewesen waren. Sie waren durch den Garten des Landhauses spaziert — die Bäume und die Hecken waren damals niedriger —, und es gab keine Kinder, wegen derer man sich streiten mußte (Ricard war noch ein Säugling), keinen Isak, der Arré den Schlaf raubte (er war in Shanan, sich die *shariza* zu erwerben), keine Schwerter, keine Schmuggler — und keine Sorren.

Sorren war auf dem Weg zu Kadra.

Der Duft der *kadashi* und *pitof*, dieser würzigen Asechbrote, wehte durch die Straßen. Sorren blinzelte gegen die Sonne an. Sie liebte die Feste der Asech sehr; es gefiel ihr, wie sie sich mit denen der Stadtbewohner abwechselten: das Winterfest, die Frühlingsfeier, das Fest des Pferdes, das Fest der Stadtgründung, die Mittsommernachtfeiern, das Ochsenfest, die Herbst- und Erntefesttage und so fort. *»Ya-hata-ha-tay«*, sang eine Frauenstimme, und Sorren schlug mit den Fingern gegen den Schenkel, trommelte mit dem Rhythmus und synkopisch gegen ihn an.

Das einzige, was ihr derzeit Sorgen bereitete, war Paxe. Seit Rickys Fortgehen war Paxe wortkarg geworden und hatte sich von ihr zurückgezogen. Das schmerzte sie. Und sie hoffte, es möge bald vorüber sein. Sie hatte die Hofmeisterin sogar gefragt, ob sie böse mit ihr sei, und Paxe hatte das geleugnet. Aber sie hatte während der vergangenen vier Tage so getan, als sehe sie Sorren nicht, wenn diese auf ihrem Stammplatz auf dem Zaun des Kampfhofes hockte.

Die Pflaumenstraße lag im Battobezirk, in der Nordostecke der

Stadt, wo die Straßen vom Asechland hereinführten. Es war keine sehr wohlhabende Straße: von den Dächern hingen lose Ziegel, die kleinen Katen waren alt, eng und verwahrlost. Sorren fragte sich, wie sie hier Kadras Haus finden sollte. Sie befand sich hier in einem Asechghetto, das verrieten ihr schon die Gerüche, und auf vielen Türbalken sah man das Ochsenzeichen zu Ehren des Festes.

Ein kleines Mädchen kam auf die Straße gewandert. Sie trug zwei Klötze aus Holz, sang tonlos vor sich hin und schlug die Hölzer aufeinander. Sorren rief ihr zu: »*Chelito*, weißt du, wo Kadra-die-Botin wohnt?«

Das Kind hob den Kopf und begaffte die große Fremde; goldene Reifen baumelten an den kleinen braunen Ohrläppchen. Dann nickte das Kind.

»Willst du es mir zeigen, Kleines?«

Wieder schaukelten die Ringe.

Die kleinen Häuser am entfernten Ende der Gasse standen etwas zurückgesetzt, und zwischen ihnen und den Straßen lagen kleine Gartenflecken. In einigen wuchsen Himmelskrautpflanzen inmitten der normalen Kräuter. Das Asechkind blieb vor einem Haus stehen. »*Bé*«, sagte das Mädchen, was bedeutete: »Hier.«

Hier gab es kein Ochsenzeichen über der Tür, und aus dem Innern drang keine Musik.

»Kadra lebt hier?« fragte Sorren.

»*Dosh.*« Das hieß »ja«. Sorren reckte die Schultern und ging zur Tür der Kate. Das Asechmädchen beobachtete sie dabei. Sie klopfte. Es rührte sich nichts. Sie klopfte erneut.

»Bé!« rief das Mädchen. Sorren drehte sich um; das Kind deutete zu einem Staubpfad, der um die Westseite des Hauses herumführte, dicht daneben lag die Mauer des nächsten Häuschens. Verwirrt, aber guten Willens machte Sorren sich auf den Weg. Nach ein paar Schritten erinnerte sie sich an das Mädchen und drehte sich um, um ihm zu danken, doch das Kind war verschwunden, die Straße lag verlassen da.

Der Boden hinter der Kate war unbebaut, und es stand da eine Holzhütte mit einem Spitzdach. Es roch nach Ziege und nach noch etwas anderem. Wenn es da drin einmal eine Ziege gegeben hat, sagte sich Sorren, dann hat sie sich längst den Weg in jemand anderes Garten freigefressen. Der andere Geruch — sie trat näher auf den Schuppen zu. Neben dem Stall lag eine Flasche in einem Lederetui. »Kadra!« sagte Sorren.

»Yaa?« sagte Kadras Stimme. Sorren ging zu dem Stall. Die Ghya saß darinnen, eine zweite Flasche in der Hand. Kadra wirkte betrunken.

Der Gestank nach Ziege und Wein drehten Sorren fast den Magen um. »Du bist blau«, sagte sie.

»Yaa.«

»Du wolltest mir doch helfen. Du hast es versprochen. Und wie kannst du mir helfen, wenn du dich ständig betrinkst?« Enttäuschung und Ärger ließen ihre Stimme scharf werden. Sie wandte sich zum Gehen.

»Verflucht, Mädchen, bleib hier!« sagte die Ghya. Sie kam aus dem Stall, stand schwankend da und preßte die Knöchel auf die Augen. »Ich hab' gedacht, du kommst nicht.«

»*Ich* pflege meine Versprechen zu halten«, sagte Sorren.

»Schnippisch, was?« Kadra klappte wieder zusammen und hockte elend da. »Komm her! Ich hab' was für dich.«

Zögernd trat Sorren zu ihr hin. Die Ghya hob eine Rolle von der schmutzigen Erde und reichte sie ihr. Sie entrollte das Blatt mit spitzen Fingern. Es war eine Reihe von Linien mit feinen Markierungen darauf eingezeichnet. »Was soll das?«

»Oh, du heiliger Wächter! Mädchen, das ist eine Landkarte!« schnaubte die Ghya. »Ich hab' sie für dich gemacht.« Sorren hielt die Luft an, Kadra beugte sich so dicht zu ihr hin. »Das da ist Kendra-im-Delta.« Kadra deutete auf einen Kreis im unteren Teil der Zeichnung. »Ich habe die ›K‹-Rune hingeschrieben, das ist das gleiche Zeichen wie auf den *bontas*, schau die an deiner Geldschnur an, dann erkennst du es.« Ihr Finger wanderte die Karte hinauf. »Die Linie da ist der Fluß. Das ist der Aruna-See. Hier liegt Tezera und das Fischsymbol daneben.« Sie zeigte auf jeden Ort, während sie ihn nannte. Die unbeholfenen Linien sahen aus wie eine Kinderzeichnung.

Im oberen Teil der Karte waren kleine Höcker eingetragen. Sorren zeigte darauf. »Was bedeutet das?«

»Berge«, sagte Kadra. »Die Grauen Berge, wo die Grenzfesten liegen.«

Berge! dachte Sorren. Ihre Finger bogen sich zu Krallen, während sie sich tiefer über die Karte beugte. Sie stellte sich vor, sie sei ein Vogel, fliege über das Land Arun, so wie sie in ihren Träumen über die Steppe flog. Aus dieser Karte konnte sie alle Straßen erfahren, jede Wegbiegung, jede Schlaufe des Flusses. Sie fuhr die

Linie nach, die aus dem Norden floß. »Und wie reise ich dorthin?« fragte sie.

Die Ghya zerrte einen Strohhalm aus dem Stalldach. Vorsichtig setzte sie ihn auf die Karte. »Hier ist die Stadt, in der wir uns befinden. Um zu den Grenzfesten zu gelangen, muß man nach Tezera reiten und sich dann nach Nordosten wenden, nach Zilia Keep, oder nach Nordwesten, wenn man zu den übrigen Burgen gelangen will. Hast du dich schon entschieden, zu welcher du reisen willst?«

»Tornor«, sagte Sorren.

»Das liegt hier.« Kadra fuhr mit dem Strohhalm über das Papier. »Die Straße führt am Fluß entlang nach Norden. Der Fluß heißt der Rurian. Wann wirst du gehen? Ich werde dir die Route auszeichnen, und dir die Dorfnamen angeben.«

»Im nächsten Sommer«, antwortete Sorren.

»Der Herbst wäre besser«, sagte die Ghya. »Es ist anstrengend, im Sommer durchs Galbareth zu reisen. Die Hitze saugt einem das Leben aus dem Leib. Im Herbst ist die Luft kühler, und die Straßen sind weniger staubig. Dann gibt es nur ein Problem: in den Norden zu kommen, bevor es zu regnen beginnt.«

»Warum? Was passiert dann?« fragte Sorren.

»Die Steppe, die Straßen, alles verwandelt sich in Schlamm. Die Pferde verabscheuen das.«

Sorren hatte nicht über Pferde nachgedacht. »Ich kann nicht reiten.«

»Dann wirst du zu Fuß gehen müssen«, sagte Kadra, »und du wirst so noch viel länger brauchen. Wenn du ein bißchen Geld hast, findest du vielleicht einen Händler, der dich in seinem Wagen mitfahren läßt, wenigstens bis Tezera.«

Sorren schluckte. Kadras Worte bauten unerfreuliche Bilder vor ihr auf: hitzeerfüllte, schlammige Straßen, fremde Leute, die vielleicht keine freundlichen Absichten hegten. »Wie lange werde ich brauchen?«

»Den ganzen Weg zu Fuß? Zwei Monate, mindestens. Wenn du mit einem Karawanenzug bis Tezera fährst, dann weniger. Sagen wir, zwei Wochen bis Tezera, und dann nochmal zehn Tage von dort bis Tornor Keep. Das heißt, *du* würdest so lange brauchen. Ein Bote könnte es in viel kürzerer Zeit schaffen, selbst zu Fuß.«

Das war eine lange Fahrt. Sorren biß sich auf die Lippen.

»Na, überlegst du's dir doch noch?« fragte Kadra.

Sorren hätte gern »nein« gesagt, »nein, natürlich nicht«. Doch es war töricht vorzutäuschen, daß man stärker sei, als man war. »Ja, ich denke nach.«

»Gut«, sagte die Ghya. »Das solltest du bestimmt.« Und geschickt rollte sie die Karte zusammen und schnürte sie zu.

»Aber ich möchte noch immer gehen«, sagte Sorren.

»Willst du das?« Kadras Stimme nahm wieder jenen seltsamen flachen Ton an. »Dann solltest du aber daran denken, dir sowas zuzulegen.« Sie griff unter ihren Umhang und zog mit einer raschen Bewegung, die Sorren zurückfahren ließ, ein Messer hervor.

Die Messer hatte man nicht völlig aus den Stadtmauern verbannen können; sie waren zu vielfältig nützlich. Also hatte der Rat der Häuser Statuten aufgestellt, in denen klar und genau festgelegt war, wie lang und wie breit Messer sein durften, und wer sie bei welchen Gelegenheiten, an welchen Orten tragen durfte. Botschafter durften innerhalb der Stadtmauern Messer tragen, doch mußten sie von den erlaubten Maßen sein. Kadras Messer war klein und sehr dünn. »Es hat nur eine Schneide«, sagte die Ghya. Sie zeigte Sorren das Heft, das aus Metall mit Beinintarsien war. Die Klinge war gekrümmt, und nahe der Spitze war eine Markierung eingeritzt, die ein wenig wie ein Pferdekopf aussah.

Sorren sagte: »Das sieht scharf aus.«

»Es ist scharf«, sagte die Ghya. »Es ist zum Stechen, nicht zum Schneiden. Ich kann dir so eins besorgen.«

»Nein!« sagte Sorren sofort. »Nein. Ich will das nicht.« Die Bestimmungen, daß Leibeigene nicht einmal die gesetzlich erlaubten Waffen tragen durften, waren äußerst streng. Sie waren nur in geschlossenen Räumen, Küchen und dergleichen, erlaubt. »Nein!«

»Du wirst aber was nötig haben«, sagte Kadra.

»Nein.« Dieses ganze Gerede über Waffen bewirkte, daß sie ganz verkrampft wurde. »Ich brauche nichts.«

»Man wird sehen«, sagte Kadra. Sie pochte auf die Karte. »Soll ich das noch für dich aufheben? Ich werde dir die Markierungen eintragen.«

»Würdest du das tun?«

»Ja, willst du denn nicht genau das? Komm nächste Woche wieder! Aber ich warne dich, ich werde besoffen sein wie eine Sau, und du wirst mich wieder aus dem Dreck hochziehen müssen.«

»Warum?« fragte Sorren.

Die Ghya sagte trübselig: »Wie du mal zu mir gesagt hast — es geht dich nichts an!«

Sie stand auf. Sie war nicht ganz sicher auf den Beinen. Und sie stank und war dreckig, ihr Gesicht war ein fleckiges Gelb, wo die Prellungen von der Rauferei, in die sie geraten war, langsam abheilten. Sorren blieb wie festgenagelt stehen. »Wird man dich mit auf das Schiff nehmen, wenn du betrunken bist?« fragte sie.

Kadra schlug nach ihr.

Der Hieb ließ sie zur Seite taumeln, warf sie fast direkt neben der Landkarte zu Boden. Sie fing sich mit beiden Händen auf dem Grund ab und kroch beiseite und außer Reichweite. Kadra stand mitten auf dem Pfad und starrte Sorren mit versteinerten Augen an. Ihre Lippen waren vor Wut zurückgezogen, die Zähne gefletscht.

Nach einer Weile entspannten sich die geballten Fäuste. »Ich hab' dir schon mal gesagt, du sollst auf deine Zunge achten!«

Sorrens Gesicht brannte — vor Scham und von dem Hieb. Sie sagte: »Es tut mir leid.«

Kadra gab den Weg frei. »Hau ab!«

Benommen ging Sorren an ihr vorbei zur Straße. Sie hatte nicht erwartet, daß Kadra sie schlagen würde, und sie hatte nicht geahnt, daß die Ghya sich so blitzschnell bewegen könnte. Und sie wußte nicht, warum sie gesagt hatte, was sie gesagt hatte. Blöde Kuh, schalt sie sich selbst. Du bist eine sagenhaft blöde Kuh! Jedesmal wenn du mit Kadra sprichst, bringst du es fertig, was Falsches zu sagen!

Wütend über sich selber, den Tränen nahe, eilte sie zum Med-Bezirk zurück. Auf halbem Weg hielt sie an und wusch sich das Gesicht an einem öffentlichen Brunnen. Die alten Tattergreise, die um den Brunnen hockten und tratschten, machten ihr höflich Platz, damit sie die Pumpe drücken konnte. Das kühle Wasser fühlte sich auf der heißen Haut wundervoll an.

»Also, mein Herr«, sagte eine unglaublich schöne Stimme an ihrem Ellbogen, »wie ist euer Botschaftertreffen in Nuath verlaufen?«

Es war dieser Name — Nuath —, der Sorren veranlaßte, sich umzuwenden. Wasser tröpfelte von ihren Lidern, während sie zu erspähen versuchte, wer da gesprochen hatte. Etwas Weißes blitzte vor ihr auf. Sie hielt den Atem an — und merkte, daß eine Hexe ihr direkt ins Gesicht blickte.

»Der Mann ist so störrisch wie ein Maulesel!« antwortete eine Männerstimme. Sorren kannte diese Stimme recht gut. Sie hatte sie vor nicht allzu langer Zeit im Salon des Med-Hauses gehört. Der Mann an der Seite der Hexe war Kim Batto.

Sie legte die Handflächen aneinander und verneigte sich. Noch nie zuvor war sie einer Hexe so nahe gekommen. »Was für wunderhübsches Haar du hast, mein Kind«, sagte die Hexe. Sie besaß wirklich eine bemerkenswert schöne Stimme, tief und melodisch und verführerisch wie Honig. »Du hast geweint, nicht wahr? Hast du Kummer? Kann ich dir helfen?«

Die Hexe war schön. Ihr dunkles Haar fiel ihr über das Kleid wie ein schwarzer Fluß, der durch ein Feld von Gänseblümchen fließt. Sorren bemühte sich, mit ruhiger Stimme zu sprechen. »Es geht mir ganz gut, *damisen*. Ich habe mich nur mit einem Freund gestritten.«

Kim Batto hüstelte. »Ich kenne das Kind, *lehi*. Sie ist ein Nordlandmädchen, das als Leibeigene im Med-Haus dient. Bemühe dich ihretwegen nicht, wahrscheinlich geht es um ein Nichts.«

»Schmerz ist niemals ein Nichts, mein Herr.«

»Ach, ihr tut nichts weh! Das sieht man doch, wenn man sie anschaut. Was ist los, Sorren?« fragte er mit grober Stimme, als spräche er zu einem Hund oder zu einem Rind.

Sorren berührte den Boden mit einem Knie und stand wieder hochgereckt da. »Mein Herr, ich gehe nach Hause. Ich habe eingekauft.«

»Na also«, sagte Kim Batto triumphierend.

Die Heilerin beachtete ihn nicht. »Sie hat Angst«, sagte sie. »Ich glaube, sie hat Angst vor mir.« Sie streckte eine Hand aus. »Kind, du brauchst mich nicht zu fürchten. Ich bin dem Chea geweiht, der Harmonie.« Die Stimme klang verführerisch.

»Lehi, das ist doch lächerlich«, sagte Kim Batto und legte der Hexe die Hand auf die Schulter.

Sie wirbelte unter der Berührung herum. »Mein Herr und Lord, ich habe dir nicht die Erlaubnis gegeben, mich zu berühren«, sagte sie so klar und deutlich, daß die alten Männer am Brunnen es hörten und zu keckern begannen. Kim Batto wurde blutrot im Gesicht. »Auch habe ich nicht um deine Hilfe gebeten!« Die Hexe wandte sich wieder Sorren zu. »Du hast mich ›Damisen‹ genannt. Das ist ein Wort aus der alten Sprache. Wo hast du sie erlernt, mein Kind?«

Sorren sagte zaudernd: »Ich war Pflückerin, *lehi*. Ich habe es auf den Feldern gelernt.«

»Du bist eine Feldarbeiterin? Aber warum fühle ich dann ...« Die Hexe ließ den Satz unbeendet. Und plötzlich fühlte-spürte-wußte Sorren, da war eine Berührung, eine Wesenheit, weich wie eine Spinnwebe, aber kräftig wie das Licht der Sonne, unentrinnbar wie der eigene Herzschlag. Ihre Sinne schienen sich zu verdunkeln, schienen schwächer zu werden, um dann, plötzlich, viel klarer zu werden. Wind schlug ihr ins Gesicht — sie roch den Duft von Leder, Sandelholz, Linnen und Wasser. Unfähig, sich zu bewegen, ertrug sie das Eindringen der Hexe in das Heiligtum unter ihrer Schädeldecke.

Der Kontakt dauerte nur einen Augenblick, dann verging er. Freigegeben, stieß Sorren einen Schrei aus. Tollpatschig wie ein Kind stieß sie gegen Kim Batto, der einen Fluch ausstieß. Als sie das Gleichgewicht wiedergewonnen hatte, floh sie Hals über Kopf wie ein Verbrecher vom Ort seiner Untat. Sie tauchte durch das Gewirr der Einkaufenden, der Händler und Kinder und Ochsen und Ziegen davon. Endlich erreichte sie, schluchzend vor Atemnot, das Med-Haus. Der Torposten gaffte sie erstaunt an. »Wer ist denn hinter dir her?«

Sie verfügte nicht über die Worte, es ihm zu sagen.

»Fahr zur Hölle!« Sie rannte durch das Tor, ehe er überhaupt hinlangen konnte. Paxe stand auf dem Waffenhof — Sorren hörte sie reden, Anweisungen geben. Es hörte sich an, wie wenn sie Pikentraining befehligte. Sorren wandte sich dem Häuschen zu, blieb dann jedoch stehen. Paxe hatte ihr seit vier Tagen nicht einen einzigen Blick gegönnt. Wenn sie jetzt in die Kate ging, könnte das Paxe wütend machen. Und das würde sie nicht ertragen können. Aber wenn sie ins Haupthaus ging, würde Arré sie vielleicht sehen und würde wissen wollen, was nicht in Ordnung sei, und was sollte sie dann sagen? Nach Atem ringend stolperte sie in den Garten und ließ sich dort auf den Rasen fallen.

Es war Borti, der sie fand. Als wiege sie nichts, hob er sie hoch und trug sie an die Hinterseite des Hauses in die Nähe der Waschküche. »So.« Er steckte ihr einen Fruchtschnitz in die Hand. »Iß!« Sie biß hinein. Der süße Saft machte sie heftig einatmen, so gut schmeckte es.

»Wie ...«

»Ruath hat es mir gesagt.« Ruath hatte die Wache am Tor. »Hat gesagt, du sähest geradeso aus, als ob ein Dämon hinter dir her wäre.«

»Oh.«

»Ich hab' ihm gesagt, daß ich das bezweifle. Aber ich hab' mir gedacht, ich geh mal nach dir schauen.« Seine tiefe Stimme rumpelte zärtlich dahin wie ein Wiegenlied. »Du weißt doch, du brauchst mir überhaupt nichts zu erzählen, wir sind doch Freunde, oder? Aber wenn du gerannt bist, dann hast du Hunger, also hab' ich dir was zu essen gebracht. Und durstig ...« — Er legte ihr eine lederbezogene Flasche in den Schoß. »Also hab' ich das da auch gleich mitgebracht.«

Sorren zerrte mit zuckenden Fingern den Korken aus der Flasche. Aber sie zitterte jetzt nicht mehr so stark. Dann trank sie. Der Wein war sehr herb und stark. Sie verschluckte sich, hustete sich aus und trank erneut. »Danke, Borti!«

»Ach, nicht der Rede wert. Du würdest das doch auch für mich tun, oder?«

»Sicher.« Sie lächelte weinerlich in sein schnurrbärtiges Gesicht hinauf. Die Schnurrbarthaare waren von weißen Strähnen durchsetzt, doch waren sie noch immer lang und von üppiger Dichte. »Bloß glaube ich nicht, daß ich dich tragen könnte.«

Er schob die Lippe vor. »Ach, du würdest schon das richtige tun, wenn's nötig ist.« Die Bestimmtheit und Gewißheit in seiner Stimme bewirkte, daß sie sich gerade aufsetzte. Er schlug sie fest auf den Rücken. »Na, geht's jetzt wieder?«

»Ja, es geht.«

Er rettete die Flasche aus ihrem Schoß, korkte sie zu und stopfte sie sich unter den Gürtel. »Na, dann gibt's nichts mehr zu sagen. Du machst dich besser ins Haus auf.«

9. Kapitel

Isak war der Hengst.

Mit nackter Brust, einen riesigen Bambusphallus zwischen den Beinen befestigt, bäumte er sich spielerisch auf. Sorren ließ ihre Finger galoppieren. Sie hatten diesen Teil seines Tanzes gerade zum drittenmal geprobt. Sie sah seine Hand fliegen, während er den Takt abzählte. Das schwarze Haar flog lose wie die Mähne eines Pferdes.

Der Tanz begann mit einem Pfau, der sich spreizte und posierte in dem Werbetanz des Männchens um das Weibchen, wechselte dann zum Bären über, der sich mühte zu tanzen und dabei tollpatschig durch den Bühnenkreis schwankte. Diesen Teil hatten sie beendet. Im Finale des Tanzes wurde Isak zum Schwan, kalt, elegant und königlich. Die Bärensequenz war die schwierigste, weil es in ihr zwei verschiedene Rhythmen gab. *Pah-pah-dam.* Sorren sah Isaks Schultern im Schlag ihrer Trommel schwingen. Der Hengst trat ab. Das zeigte Isak dadurch an, daß er ihr den Rücken zukehrte, er sozusagen in den Kulissen verschwunden war.

Sie hörte nicht auf zu trommeln. Unter dem Hemd rann ihr der Schweiß zwischen die Brüste. Der Rhythmus wurde weicher, leiser ... Isak nickte ihr zu. Er war bereit. Sie begann den Aufzug des Schwanes zu trommeln. Für diese Sequenz trug er einen Federumhang, doch hier, für die Probe hatte er ihn fortgelassen. Seine Arme stiegen empor, sie waren Schwingen.

Er betrat die Bühne erneut, gleitend jetzt, den Kopf zurückgeworfen, irgendwie den Hals gestreckt, jedenfalls sah er länger aus. Das war die Magie des Tänzers, daß er den Zuschauer in die Illusion hineinzwingen konnte. Dieser Teil wurde eindrucksvoller, wenn ein Flötenspieler mitwirkte. *Pah. Pah.* Der Schwan umhüllte mit seiner Schwinge die Schwänin, die unsichtbares Objekt seiner Bemühungen war, wie die Stute es beim Hengst, die Bärin beim Bärentanz, die Pfauhenne beim Pfauenhahn gewesen waren. Isak

sank zu Boden, er hielt die Arme nach oben, so daß der Federmantel ihm über Gesicht und Körper fallen würde. Sorren ließ die letzten Töne des Finales vibrieren, dann wurden ihre Hände still.

»Wie sieht es aus?« fragte er, während er die Schultern rollte und die Arme sinken ließ.

»Fein«, sagte Sorren.

»Dann machen wir für diesmal Schluß!« Der Tänzer ging mit weiten Schritten zur Tür und steckte den Kopf auf den Flur. »Bringt mir Wasser!« Dann kam er zurück und setzte sich auf die Bodenmatten. »Sorren, ich werde allmählich alt.«

Er griff nach einem Tuch und rieb sich die Augen und das Gesicht. Unter der bernsteinfarbenen Haut glitten die Muskeln geschmeidig dahin. Sorren grinste. Er sah gar nicht alt aus.

»Du lachst«, sagte er. »Wie alt bist du denn jetzt?«

»Siebzehn.«

»Oh, Wächter! Du bist ein Säugling. Ich bin dreiunddreißig, fast doppelt so alt.«

»Es fällt nicht auf«, sagte Sorren.

Isak lachte. Nach einer gutverlaufenen Probe lachte er immer ziemlich viel. »Teneth!« rief er. Die Tür glitt auf, und ein dickliches Mädchen kam seitlich herein. Sie brachte ein Tablett mit einem Wasserkrug und zwei Bechern.

»Danke dir«, sagte Sorren und nahm dem Mädchen das Tablett aus den Händen. »Ich werde eingießen.«

»Laß das sie machen«, sagte Isak. »Sie hat Körperbewegung nötiger.« Sorren setzte das Tablett ab. Teneth errötete und goß zuerst Isak, dann Sorren Wasser ein.

»Das ist alles«, sagte Isak und entließ die Dienerin mit einer Handbewegung. Er hob seinen Becher an die Lippen und trank ohne abzusetzen. Die letzten paar Tropfen schnippte er sich mit den Fingern in das nach oben gerichtete Gesicht. »Aah!«

Sorren entspannte ihre Trommelfelle. Die Probe war gut verlaufen. Sie nippte an ihrem Wasser. Das Mädchen hatte Zitrone hineingetan. Als sie zum letztenmal in diesem Haus gewesen war, hatte ein Junge namens Koré sie bedient. »Was ist mit Koré passiert?« fragte sie.

»Er ist nicht mehr hier.«

Isak wurde Menschen rasch überdrüssig; wahrscheinlich war Koré wieder draußen auf den Weinfeldern. Sorren hob das Handtuch auf, das Isak benutzt hatte, und rieb sich Hände und Gesicht damit ab. Sie überlegte sich, wie es sein mochte, für Isak ein Haus zu führen.

Er streckte die Beine flach auf der Matte aus und begann mit der Stirn seine Knie zu berühren. Sorren hatte Paxe die gleiche Übung machen sehen, wenn sie eine Trainingsstunde im Waffenhof hinter sich hatte. Damit streckte man die Muskeln; und wenn sie es versäumte, konnte sie Krämpfe bekommen. »So«, sagte er aus dieser zusammengefalteten Stellung heraus, »und wie geht es meiner teuren Schwester?«

»Arré Med befindet sich wohl.«

Seine Mundwinkel zuckten in die Höhe. Er wußte, wie sehr sie es verabscheute, mit ihm über Arré zu sprechen. Und ehe er noch etwas sagen konnte, fragte sie: »Wie geht es deiner Frau?«

»Ach, recht gut. Sie wird zum Fest in die Stadt kommen.«

Während der Festtage lebten Myra und die Kinder mit ihm in dem Stadthaus der Familie. »Und wie geht's den Kindern?«

»Gut, nehme ich an. Myra würde mir Bescheid sagen, wenn sie gestorben wären.«

Er war wie ein Spiegel; man bekam von ihm nie etwas anderes zurück als eine glitzernde Spiegelung der eigenen Fragen. Sorren stand auf. Ihre Knie schmerzten, weil sie sie so lange in einer Stellung gehalten hatte. »Wann ist diese Verlobungsfeier, mein Herr?«

»In vierzehn Tagen.«

»Werden wir noch eine Probe brauchen?«

»Ich weiß nicht.« Er ließ sich rücklings auf die Matte sinken. »Was meinst du?«

»Ach, ich tu, was dir recht ist.«

Er lachte. »Das glaube ich nicht. Heute ist es ja gutgegangen. Das Fest beginnt eine Stunde vor dem Mittag, aber vielleicht ist es besser, wenn du ein wenig früher kommst.«

»Einverstanden.« Verlobungen dauerten meist bis zum Sonnenuntergang, manchmal auch darüber hinaus. »Meinst du, die Ismeninas würden vielleicht gern einen Jongleur sehen?« fragte sie, da sie sich plötzlich an Jeshim erinnerte.

»Vielleicht«, antwortete Isak. »Warum, kennst du einen?«

»Er heißt Jeshim. Er ist ein Halbasech; er jongliert mit Bällen und Tellern, und er kann auch Messerwerfen. Er ist sehr gut.«

»Wenn du ihn bis dahin siehst, dann sage ihm, er soll bei mir vorbeikommen und mir zeigen, was er kann. Ron hat mir die Unterhaltungsnummern überlassen.«

»Ich werde es ihm sagen«, antwortete Sorren. »Hast du einen besonderen Wunsch, was ich anziehen soll?«

»Zieh was Elegantes an!«

»Ich könnte die Seidenrobe mit den Schmetterlingen tragen, die ich bei der Ratssitzung angehabt habe.«

»Ja, tu das.« Er schnippte mit dem Finger nach ihrem Knie. »Du hast an dem Abend sehr hübsch ausgesehen.«

Sorren errötete. »Danke.«

Sie trat ans Fenster. Es ging auf einen kleinen Garten hinaus: Sonnenlicht funkelte auf den Blüten der roten und gelben Tulpen, die wie Soldaten in Reih und Glied standen. Isak hielt den Hof und den Garten immer schön gepflegt, doch Sorren glaubte nicht, daß er sich einen Deut um die Blumen scherte, er wollte nur einfach Schönes um sich haben. Selbst in diesem Zimmer, das nur ein Übungssaal war, waren die Wandbilder aus teurer Seide, die Kissen waren mit Gänsedaunen gefüllt, und die *chobatas* waren von feinstem bemalten Porzellan.

Sie holte tief Luft und stieß dann den Atem langsam aus. Sie war nervös. Bei ihrer Morgenmahlzeit hatte Arré gesagt: »Vergiß nicht, meinem Bruder von dem Schwert zu erzählen!« Noch vor einer Woche war es ihr leicht erschienen, und sie hatte sich bereiterklärt, eine kleine Lüge auszusprechen; jetzt kam es ihr nicht mehr so einfach vor. Isak war außergewöhnlich klug.

Andererseits war diese Lüge inzwischen sehr viel plausibler geworden, als sie es vor einer Woche gewesen wäre. Es gab tatsächlich jemanden, der Schwerter in die Stadt einschmuggelte. Die Wächter an sämtlichen Toren durchsuchten die Karawanenzüge nach Waffen, und jedermann auf den Märkten wußte, daß sie dabei über dreißig Klingen gefunden hatten: in Baumwollballen und Holzbündeln, auf Langholzflößen und Erzkarren, in einem Getreidesack und sogar in einem Warenbündel aus Tezera, das als Kinderspielzeug deklariert gewesen war.

Morgen würde Arré in den Tanjo gehen und mit dem L'hel über den Bann sprechen. Auch das war auf den Straßen allgemein bekannt. Sorren fragte sich, ob man den Bann vielleicht aufheben würde. Sie bezweifelte es, doch wenn der Bann gelöst würde, dann würde vielleicht auch der Rote Clan wieder nach Kendra-im-Delta zurückkehren. Zwar wußte sie, das war unwahrscheinlich, doch empfand sie es als erregend, es sich vorzustellen.

Isak rubbelte sich die Haare mit dem Tuch. Sorren sagte zu

seinem Nacken: »Mein Herr und Lord, darf ich dich etwas fragen?«

»Aber sicher.«

»Heute früh habe ich Paxe im Hof mit einem Schwert trainieren sehen.«

Er ließ das Handtuch fallen, drehte sich um und blickte sie an. Seine Stimme klang sanft wie ein Katzenschnurren: »Wirklich? Wie interessant.«

»Es hat mich beunruhigt. Ich habe gedacht — ich weiß, daß jemand Schwerter in die Stadt gebracht hat, alle wissen das —, ich hab' gedacht, es ist verboten, ein Schwert zu haben.«

»Dann solltest du Paxe darüber fragen«, sagte Isak.

»Ich rede mit ihr nicht über solche Sachen«, sagte Sorren. Dies stimmte. Sie ließ die Blicke zu den Wandbehängen schweifen. Sie wiesen die Farben des Hauses Med auf: rot und blau.

Isak straffte sich das Haar mit einer Hand im Nacken und tastete mit der anderen nach einer Spange. »Teilen denn die wahrhaft Liebenden nicht alles miteinander?« Er fand die Spange. »Und wieso fragst du ausgerechnet mich?«

Sorrens Herz pochte heftiger. Weil mir deine Schwester das befohlen hat, dachte sie. »Weil ich mir denke, du würdest es wissen«, sagte sie.

Isak rieb sich mit der Hand über die glattrasierte Wange. »Es *ist* gegen das Gesetz, ein Langschwert zu besitzen, ein Kriegsschwert. Aber es hat nie einen Erlaß des Rates gegeben, der den *komys*, das Kurzschwert, verbietet. War das Schwert ein langes?«

»Ich weiß nicht, ich habe nie ein langes gesehen.«

Er gab ihr die Länge und Breite mit den Händen an. »Etwa so und so.«

»Ich kann es wirklich nicht sagen. Ich war zu weit weg. Ich bin bloß eine Leibeigene, also darf ich nicht auf den Waffenhof.«

Isak erhob sich. »Hast du dich mit Paxe gestritten?«

Sie blickte auf ihn hinab. »Wie kommst du denn darauf?«

»Der Kratzer an deiner Stirn.«

Isak besaß scharfe Augen. Sorren fuhr mit den Fingern über die Schwellung. Sie hatte wirklich beinahe vergessen, daß sie noch da war. »Nein, das war Ricky«, sagte sie.

»Wer ist Ricky?«

»Ein dummer Junge«, sagte sie, »der mich vor einer Woche auf dem Markt angerempelt hat.«

»Ah, ein Anbeter!« er neigte den Kopf zur Seite, um zu sehen, wie sie auf seine Neckerei reagieren würde. Sie fragte sich, was er sagen würde, wenn er wüßte, daß Ricky Paxes Sohn war. Natürlich würde er seine Witze darüber reißen. »Das freut mich«, sagte er. »Ich wäre untröstlich, wenn ich hören müßte, daß Paxe und du Streit habt.«

Es machte ihm diebischen Spaß, dergleichen zu ihr zu sagen. Sorren griff nach dem Tablett, zog es heran und goß für beide die Gläser voll Zitronenwasser. »Wer heiratet eigentlich?« fragte sie wie nebenbei.

»Col Ismenin heiratet Nathis Ryth aus dem Blauen Clan.«

Also war Jeshims Information korrekt gewesen. Sorren trank Wasser. »Also ist sie dann eine Ismenin-Tochter?« fragte sie.

Isaks Augen wurden schmal. »Wie die Dinge stehen, eigentlich, nein«, sagte er langsam. »Der Vertrag bedingt, daß er ein Ryth wird. Warum fragst du?«

»Ach, aus Neugier«, sagte Sorren und blickte ihm fest in die Augen. Nach einem kurzen Augenblick lächelte er.

»Das ist schließlich ja schon Tradition«, sagte er. »Und das Haus Ryth ist sehr zufrieden mit dem neuen Sohn.«

Sorren stellte ihr Glas ab. »Ich sollte jetzt gehen, Herr.«

»Ja, ich nehme an, du mußt. Ich sehe dich dann also im Hause Ismenin. Verabsäume bitte nicht, meiner lieben Schwester meine untertänigsten Grüße zu übermitteln.«

»Ja, Herr und Lord.«

»Ich vermute, sie schläft noch immer allein.« Sorren gab keine Antwort. Isak fuhr träge fort: »Sie braucht jemanden im Bett, glaube ich, der sie davor bewahrt, alt und häßlich und verbittert zu werden. Ich würde ihr ja gern jemand empfehlen, aber ich fürchte, unsere Geschmacksrichtungen stimmen nicht überein.«

Sorren verabscheute es, wenn er so über Arré sprach. Sie schaute an ihm vorbei über seine Schulter zu den Wandteppichen.

»Vielleicht schaust *du* dich mal für sie um«, sagte Isak, »da dein Geschmack ja in die gleiche Richtung geht wie ihrer. Du weißt doch, daß sie und Paxe mal Bettgefährtinnen waren?«

Sorren starrte ihn an, schockiert und mit dümmlichem Gesichtsausdruck. »Nein«, sagte sie.

»Vor dreizehn Jahren, als sie beide noch jung und feurig und schön waren.« Er hob die Stimme: »Teneth! Bring mir ein frisches Hemd!« Das dickliche Mädchen kam eilig mit einem blauen Hemd überm Arm hereingewatschelt. Er lächelte. »Auf Wiedersehen, Sorren. Wir treffen uns bei der Verlobung!«

Sie ging durch die Straßen, die Trommeln an die Brüste gedrückt wie ein Säugling. Sie malte sich Paxe und Arré aus, wie sie im Sonnenlicht durch den Garten gingen, unter den Sauerapfelbäumen, Arrés Arm um Paxes schmale Taille gelegt, Paxes langer Arm Arrés Schultern umfassend. Es fiel ihr nicht schwer, sich Paxe jung vorzustellen.

Vor dreizehn Jahren, dachte sie, war ich eine kleine Göre von vier Jahren.

»Hoi! Mädchen!« Sie drehte sich um. Ein Mädchen mit gebräuntem Gesicht und Strohhut, wie ihn die Traubenleserinnen tragen, stand unter ihr am Rand des Hügels. In einer dunklen und recht schmutzigen Hand hielt sie ein Stück Papier.

»Ja, was ist?« fragte sie.

»Dienst du im Med-Haus?«

»Ja.«

»Du kennst die Hofmeisterin?«

Sorren sagte mit sogar noch vorsichtigerer Stimme: »Ja.«

Das Mädchen zeigte grinsend seine weißen Zähne. »Ich soll das da am Tor für die Hofmeisterin hinterlassen, aber es hat so lange gedauert, bis sie uns durchgelassen haben, daß der Torhauptmann uns dann schließlich gesagt hat, sie sei schon fort.« Sie reichte ihr das Papier hin. »Da, nimm du es! Es ist ein Brief von ihrem Sohn an sie.«

Sorren nahm ihr das Papier aus den Fingern. »Danke«, sagte sie, »ich werde es ihr geben.« Das Mädchen schwenkte den Hut und rannte den Hang hinab wie eine Ziege.

Sorren ging zum Waffenhof. Paxe war nicht da. Sie trug den Brief wie die Fahne eines Parlamentärs für einen Waffenstillstand vor sich her und ging zu Paxes Kate. Sie klopfte.

»Komm rein!« rief Paxe. Sorren trat ein. Paxe saß mit gekreuzten Beinen vor ihrem Tisch auf der Matte. Schreibzeug war über den ganzen Tisch und rings um sie herum ausgebreitet.

»Was hast du?«

»Da ist ein Brief von Ricard«, sagte Sorren.

Paxes Gesicht leuchtete auf. »Gib ihn schon her!« Sorren brachte ihr den Brief, und sie riß ihn eilends auf. Sie las, und ihr ganzer Körper schien plötzlich zu lächeln. Sie legte den Brief in den

Schoß und streckte eine Hand aus. Sorren ging zu ihr, und Paxe nahm ihre Hand, drehte sie nach oben, hob sie an die Lippen und drückte ihre Zunge in die Höhlung.

»Du hast sehr viel Geduld mit mir gehabt«, sagte sie. Sie fuhr mit der anderen Hand über den Brief. »Wo hast du das her?«

»Ein Mädchen von einer Karawane hat es mir gegeben.« Sorren verspürte ein heftiges Verlangen, sich in Paxes Arme zu werfen, sich an ihren kräftigen Körper zu schmiegen. Sie dachte noch immer an das, was Isak gesagt hatte. »Was schreibt er denn?«

Paxe hielt das Papier hoch. *»An Paxe-no-Tamaris, Hofmeister bei Arré Med, von ihrem Sohn Ricard, ich grüße dich.* Man hört, daß das ein Schreiber geschrieben hat«, schob Paxe ein. *»Ich arbeite auf den Feldern. Es geht mir gut. Celénia-no-Tazia ist meine Feldaufseherin. Die Arbeit ist schwer. Ich habe gelernt, wie man die Trauben vom Stock löst, ohne sie zu zerquetschen. Sie zahlen mir vier Dreier die Woche. Bitte schick mir ein Paar weiche Stiefel oder Geld dafür. Du fehlst mir. Ich wollte, ich wäre zu Haus. Dein dich liebender Sohn Ricard.«*

Sorren schnaubte: »Das hätte ich ihm sagen können, daß die Arbeit schwer ist!« sagte sie.

Paxe strich ihr das Haar aus dem Gesicht. »Aber du weißt doch, daß er dich das nie gefragt hätte.«

Also war alles wieder in Ordnung. Sorren setzte sich auf die Matte, die Trommeln legte sie neben sich. »Was treibst du da?« fragte sie mit einem Blick auf die sich rollenden Papierblätter und das Tintenfäßchen.

Paxe legte den Brief auf den Tisch und nahm einen Pinsel auf. »Übermorgen ist der erste Herbsttag. Ich mache die neue Wacheinteilung.«

»Welche Wache wirst du selber übernehmen?«

»Die Nachtwache«, sagte Paxe.

Sorren seufzte. »Ich bekomme dich nie zu sehen, wenn du das Kommando über die Nachtwachen übernimmst.«

»Ich weiß, *chelito*, und es tut mir leid«, sagte Paxe, »aber ich muß es tun.«

»Was ändert sich sonst noch?«

»Kaleb übernimmt die Spätwache, Ivor die Tageswache. Er hat noch nie das Tageskommando gehabt, deshalb mache ich Borti zu seinem Zweiten.«

Sorren grinste: »Na, da wird er sich aber freuen!«

»Ich weiß. Ich hoffe, Ivor hat Verstand genug, auf ihn zu hören. Borti mag ja alt sein und faul, aber er weiß mehr über diese Stadt als zwei andere x-beliebige Leute.« Paxe reckte sich, und man konnte die Muskeln unter ihrem Hemd sehen. »Und wo bist du heute gewesen?«

»Bei der Probe mit Isak heut morgen«, sagte Sorren. Sie rutschte auf der Matte näher an Paxe heran.

»Und, ist es gut gegangen?«

»Ja«, sagte Sorren. »Aber ich *hasse* Isak!«

Paxe fragte: »Warum haßt du Isak, *chelito*?« Ihr Arm schlang sich um Sorrens Schultern, und sie ließ sich glückserfüllt dagegensinken.

»Er ist ein *chaba'ck*! Es macht ihm Vergnügen, Menschen wehzutun.«

Paxes Körper wurde vollkommen steif. »Hat er dir wehgetan?«

»Er hat was gesagt ...«

Paxe blickte finster drein. »Was?«

»Er hat mir gesagt ...« Sorren starrte auf die Bodenmatten. Plötzlich war es gar nicht mehr so leicht, es auszusprechen. »Er hat gesagt, du und Arré, ihr wart ein Liebespaar, vor ganz langer Zeit.«

»Ah«, sagte die Hofmeisterin und streichelte mit den Fingern Sorrens Nacken. »Er war ja nicht einmal hier. Er war in Shanan und lernte bei Meredith.« Sie schlang beide Arme um Sorren und zog sie fest an sich. Sorren konnte die Tusche an ihren Fingern riechen. »Du willst also, daß ich dir davon erzähle?«

»Ja. Bitte«, sagte Sorren.

Paxes Atem strich durch Sorrens Haar. »Ich war damals Zweitkommandierender bei den Med-Wachen. Kemmeth-no-Vira war Hofmeister. Er ist schon tot. Ich war vierundzwanzig, Ricard war ein Baby, und Arré war dreißig. Es war drei Jahre nach dem Tod ihrer Mutter, und Arré lernte, wie man Oberhaupt einer Familie und Ratsmitglied ist. Sie war auch damals schon so wie jetzt — klein und hochfahrend und eigensinnig wie ein Hurrikan — und ich ...« — Paxe zögerte — »ich war dir ziemlich ähnlich, auf vielerlei Art. Sie brauchte jemanden, mit dem sie reden konnte, und ich hörte gern zu ...«

»War sie schön?« fragte Sorren.

Paxe gluckste. »Das würde ich nicht gerade sagen. Bezaubernd. Ja, und sie konnte einen zur Weißglut treiben. Nein, schön war sie nicht.«

Sorren verschränkte die Finger in die ihrer Geliebten. »Aber du, du mußt schön gewesen sein.«

»Das bezweifle ich«, sagte Paxe.

»Und was ist passiert?«

»Wir waren zwei Jahre lang ein Liebespaar. Und dann . . . dann wuchsen wir einfach langsam auseinander.«

Sorren runzelte die Stirn. »Daraus erfahre ich nicht sehr viel.«

»Es ist schon so lange her«, sagte Paxe sanft. »Du kennst doch das Silberarmband mit dem blauen Stein drin, das Arré immer trägt?«

»Natürlich«, sagte Sorren, »es ist ihr Lieblingsschmuck.«

»Ich habe es ihr geschenkt.«

»Oh!« Sorren erwog diese Nachricht einen Augenblick lang. »Tut es dir leid, daß es vorbei ist?« fragte sie, unfähig den kleinen Giftstich der Eifersucht aus ihrer Stimme zu verbannen.

Paxes Arme drückten sie fester. »Ich hab' doch eine Geliebte«, sagte sie.

Und dann liebten sie sich. Gleich da auf den Matten des Fußbodens, und das Webmuster drückte sich tief in Sorrens nackten Rücken ein.

Nach dem heftigen Liebesspiel saß Sorren erschöpft und nackt im Unterzimmer und erzählte Paxe von ihrem Besuch bei Marti Hok, von der Geschichte der Sorren von Tornor und von der Entdeckung der ›Karten‹. »Es ist wahr«, sagte sie. »Marti Hok hat es gesagt. Ich bin wirklich aus dem Norden.«

Paxe fragte: »Hast du Marti Hok erzählt, daß du in den Norden gehen willst?«

Sorren faßte ihr Haar mit den Händen zusammen, um es zu flechten. »Sie hat es gewußt«, sagte sie und errötete, als ihr einfiel, daß Marti Hok ja auch über sie und Paxe Bescheid gewußt hatte. »Sie weiß ziemlich viel.« Sie hielt im Zöpfeflechten inne, als ihr Martis Worte einfielen. »Sie hat gesagt, Isak sei böse.«

Paxe lehnte sich in ein Kissen zurück. »Böse ist aber ein sehr starkes Wort.«

»*Du selber* hast gesagt, er führt etwas im Schilde«, sagte Sorren mit Nachdruck.

»Und das tut er. Du brauchst ein Band, *chelito.*« Sie stand auf und ging ins Obergeschoß. Sorren hörte sie im Schlafzimmer hantieren. Als sie wieder herunterkam, hielt sie ihr ein langes Indigoband hin.

Sie schlang das Band über Sorrens Kopf und dann hinab und kreuzweise über ihre Brüste. Sorren griff mit einer Hand danach. »Mach das nicht, es kitzelt.« Sie verknotete das Band um das Ende des Zopfes ganz fest, dann fragte sie: »Was heckt Isak aus?«

»*Ich* weiß es nicht«, sagte Paxe. »Aber wieso hat er sich heute dazu hinreißen lassen, dich unglücklich zu machen? Ich habe gedacht, er mag dich gern.«

»Ich glaube«, sagte Sorren langsam, »es war, weil ich ihn über die Schwerter ausgefragt habe.«

Paxe erstarrte zu einer Statue, ehe sie sich langsam auf die Matte niederließ. »Was ist das über Schwerter?«

»Arré hat mir befohlen, ihm zu sagen, daß ich dich im Hof mit einem Schwert gesehen habe.«

Paxe runzelte die Stirn. »Was hat er dazu gesagt?«

Sorren antwortete: »Er hat mich gefragt, ob es ein langes Schwert gewesen ist oder ein kurzes. Ich hab' gesagt, ich weiß es nicht, und dann hat er gesagt, daß lange Schwerter gegen das Gesetz sind, daß aber der Rat die kurzen Schwerter niemals unter Bann gestellt hat. Hat er die Wahrheit gesagt?«

Paxe blickte finster drein. Sorren fragte sich, ob sie vielleicht besser von Isak geschwiegen hätte. Dann sagte Paxe: »Er hat die Wahrheit gesagt.«

Sorren schüttelte den Kopf, um ihren Zopf zu prüfen. Er flog wie ein Pferdeschweif. Und während sie in Paxes düsteres Gesicht spähte, kam ihr plötzlich ein Gedanke, ein Verdacht: »Paxe, *hast* du ein Schwert?«

»Ja«, sagte Paxe. »Es gehört nicht mir, ich habe es von einem meiner Männer.« Ihr Stirnrunzeln vertiefte sich. Sorren wollte vor Freude fast laut schreien: Wenn die Schwerter wieder Einzug hielten in der Stadt, dann würde vielleicht auch der Rote Clan wiederkehren ...

»Darf ich's mal anschauen?« fragte sie.

Paxe blickte auf. »Warum möchtest du es sehen?«

Sorren erinnerte sich an die Gesichter der Geschichtenerzähler an den Lagerfeuern der Weinleser, und wie ihre Augen geglüht hatten, wenn sie von den Chearis sprachen. »Ich ... ich hab' noch nie ein Schwert gesehen.«

»Genau wie die meisten Leute hier in der Stadt«, sagte Paxe. »Hast du noch nie ein Messer gesehen? Ich rede nicht von Küchenmessern, ich meine, eine richtige Waffe.«

Sorren dachte an Jeshims Messer und dann an Kadra. Die Röte stieg ihr ins Gesicht. Was würde Paxe sagen, wenn sie etwas von Kadra erführe? »Ja.«

»Nun, ein Schwert sieht so aus, nur länger.«

Es war deutlich, Paxe wollte ihr die Waffe nicht zeigen. Sorren bemühte sich, ihre Enttäuschung zu verbergen. »Ist es solch ein Schwert wie sie die Schmuggler hereinbringen?« fragte sie.

Scharf fragte Paxe: »Wieso weißt du davon?«

»Ist das ein Geheimnis? Auf dem Markt reden alle darüber.«

Paxe griff nach ihrem Hemd. »Ja, es ist eins von denen«, sagte sie.

Sorren überlegte sich, was Arré sagen würde, wenn sie ihr von Isak berichtete. Morgen würde Arré zum Tanjo gehen ... »Du, glaubst du, die Hexen werden den Bann aufheben?« fragte sie.

Paxes Gesicht tauchte im Halsausschnitt des Hemdes auf. »Auf den Gedanken wäre ich nie gekommen«, sagte sie. Sie tastete hinter sich und suchte auf der Matte ihre Hosen. »Ich weiß es wirklich nicht.«

Sorren überlegte, ob sie Paxe etwas von ihrer Begegnung mit der *lehi* sagen könne. Doch die Erinnerung an die Hexe bewirkte, daß sich ihr Magen verkrampfte. »Wenn die Hexer den Bann aufheben«, sagte sie versonnen, »kommt vielleicht der Rote Clan in die Stadt zurück. Das würde mich freuen.«

Paxes Hände ballten sich in ihrem Schoß. Gefühle zuckten flammengleich über ihr Gesicht. »Würdest du das?« fragte sie. »Warum?«

»Ach, es wäre so aufregend!« sagte Sorren. »Die Waffenhöfe würden für alle offenstehen, so wie früher, und die Chearis würden tanzen ... So, wie's jetzt ist, passiert nie was in der Stadt. Glaubst du nicht auch, daß es aufregend wäre, wenn wir die Chearis wiederhätten, und sie tanzen und lehren würden?«

Paxe sagte: »Ich habe mal einen Cheari gekannt. Früher.«

»Was?« Sorren mußte blinzeln. »Davon hast du nie was gesagt!«

»Er ist jetzt schon tot«, sagte Paxe. »Ich habe ihn selber ins Grab gelegt. Er sah da so schmal aus, so klein ... Ich habe ihn in meine eigene Decke gewickelt. Mehr hatte ich nicht, um es ihm zu geben. Er war so alt und so ausgebrannt vom Fieber — als ich ihn ins Grab hob, war es, wie wenn ich ein Kind hineinlegte.«

Sorren schluckte. »Du hast mir nie etwas davon gesagt«, sagte sie. Der aufquellende Gram in Paxes Gesicht erschütterte sie.

»Nein.«
»Wie war sein Name?«
»Tyré.«

Bei einbrechender Dämmerung wurde das Tor zum Waffenhof geschlossen. Als sie daran vorbeikam, spähte Paxe zwischen den Stäben durch, und der leere Platz ließ sie grundlos zusammenschauern. Sie zog den Mantel fester um sich. Es war diese seltsame Zwischenzeit des Tages, kurz vor der Nacht: Licht hing noch im westlichen Himmel, doch im Osten zitterten bereits die Sterne. Der Mond war noch nicht aufgegangen; er würde in dieser Nacht erst nach Mitternacht heraufsteigen. In den großen Straßen ertönten die Rufe der Laternenanzünder. *»Aahuu! Aahuu!«*

Paxe kam an einem Wachtposten vorbei. Ihre Silhouette war sehr deutlich und allen bekannt. »Verdammt!« flüsterte jemand beim Knochenrasseln eines rollenden Würfels. Sie drehte sich nicht um. Heute nacht war sie nicht Paxe, die Meisterin im Hof der Med, sondern Donita, ein Bauernweib von außerhalb der Stadt. Den Trick hatte ihr Kemmeth beigebracht. »Geh und setz dich in irgendeine Kaschemme und hör zu«, hatte er gesagt, »und du kannst aus dem Geschwätz mehr erfahren, als du je bei der Runde zu Ohren bekommst.«

Der Duft von Zwiebeln und Anis verriet Paxe, daß sie an einem Kräutergarten vorbeikam. Sie kniete nieder und faßte knetend in die Erde, bis die Poren ihrer Hände und die Nägel schmutzig waren. In einer Kate in der Nähe bellte ein Hund, und Donita-das-Bauernweib kam auf die Beine, die Hände wirklichkeitsgetreu verdreckt, einen Anisstengel zwischen den Zähnen.

Sorrens Erwähnung der Schwerter hatte sie zu dieser Eskapade bewogen, dies und die Erinnerung an Tyré, die sie nicht zur Ruhe kommen lassen wollte. In dieser Nacht brauchte sie Lärm und Lachen, mußte sie mit Fremden reden. Sie kam am »Becher« vorbei, der größten Taverne in diesem Bezirk. Die Türen standen weit offen, und einladender Lärm drang durch sie heraus: Lachen, das Klirren von Gläsern. Jemand drinnen spielte auf einem *sho*. Aber »Der Becher« war gutbeleuchtet und viel zu beliebt; irgend jemand da drinnen würde mit Sicherheit die Med-Meisterin wiedererkennen. Hier war nicht der rechte Ort für das, was Paxe in dieser Nacht vorhatte. Sie wandte sich nach Norden. Sie wußte, die Bäuerin Donita würde sich in der Nähe des Nordwestlichen

Tores herumtreiben. Fremde und Reisende neigten dazu, sich an die besonderen Stadtteile zu halten, wo sie ihren Geschäften nachgingen. Matrosen suchten stets die Hafenkneipen im Jalar-Bezirk auf; Kaufleute und Karawanentreiber gingen in die Schenken um die Halle des Blauen Clans.

Direkt westlich von der Ölstraße lag eine Gasse, die »Der Mund« genannt wurde. Hier lebte kaum jemand; längs des Weges standen Speicherhäuser und einige wenige verdreckte Geschäfte. Am Ende der Gasse lag eine Bar mit dem Namen »Die Zunge«. Es war ein geducktes breites Haus, halb aus Holz, halb aus roten Backsteinen gebaut. Die Tür stand offen, und Paxe konnte drinnen die Schatten herumgehender Menschen sehen. Chobalampen, zu flache Schalen, als daß man sie wirklich als Lampen hätte bezeichnen können, hingen an angelaufenen Metallketten von der Decke, und der Geruch von Himmelskraut quoll aus der Tür und klebte wie Rauch an den schmutzigen Wänden.

Auf den Stufen spielten drei Leute das Kullerspiel. Paxe kam gemächlich heran. Ohne aufzublicken, machte einer eine Handbewegung. »Geh außen rum!«

»Kann nicht«, sagte Paxe. »Kein Platz.«

Sie schauten auf. »Dann steig oben drüber, wenn du schon mußt«, sagte einer und rückte eine Handbreit mit dem Bein beiseite. Paxe drehte sich seitwärts und stieg über das Spielfeld hinweg. Absichtlich stieß sie mit dem Absatz gegen das Brett, so daß Figuren umfielen. »Grazil wie eine Tonne!« murrte der Spieler. Unter dem Schatten ihrer Kapuze grinste Paxe. Sie kannte zwei der Spieler, beide arbeiteten in einem der Lagerhäuser der Med, und beide hatten sie nicht erkannt.

Im öffentlichen Raum der Kneipe war es heiß und stickig. Aus der Küche drang der Gestank von bratendem Fisch und verbrauchtem Öl, dazwischen mischte sich der säuerliche Geruch von billigem Wein. Paxe löste die Schnur ihres Umhangs und gab einer Serviererin ein Zeichen, sie solle ihr einen Humpen bringen. »Heiß hier drin«, sagte sie zu dem ihr am nächsten stehenden Mann. »Hm-hm.« Er schaute sie an und dann desinteressiert wieder weg.

In einer Ecke hockten ein paar Asech eng beisammen, spielten mit Würfeln und rauchten Himmelskraut. Der Rauch hing in einer blauen Wolke über ihren Köpfen. An einem Tisch neben der Küche war ein lärmenderes Würfelspiel im Gange. Paxe drängelte sich hinüber und gesellte sich zu den Gaffern. Beim Würfeln bekamen die Leute oft eine lose Zunge. Eine fette Frau mit dreifarbigem Haar ließ die Würfel rollen. Vor ihr auf dem Tisch lagen mehr Bontas als vor sonst einem der Spieler. »Na, komm, Baby, komm, mein Süßer, mach schon, mein Wonnebrocken!« sang sie leise in ihre gehöhlten Hände. *»Eehjah!«* Sie ließ die Würfel rollen. Sie hüpften über den gewachsten Tisch und blieben in einer Kerbe zwischen den Brettern stecken. »Sieben! Blecht mal!« Sie schnippte mit den Fingern in Richtung der übrigen Spieler. An einem der nackten Arme verlief eine Narbe, und ihre braunen Augen waren schlau und so hart wie Glas. Die anderen Spieler murrten, und einer warf drei Fingerlinge auf den Tisch und ging davon. Ein anderer Mann nahm sofort seinen Platz ein.

»Hat einer was vom alten Scivith gehört?« fragte einer.

»Was is mit dem?« fragte die Frau mit der Narbe und schüttelte die Würfel.

»Er ist mit einer Schickse aus Shanan abgehauen. Hat sämtliche Knochen im Haus mitgehen lassen. Beria ist so wild wie 'ne Hornisse.«

»Ach, sie fährt ohne ihn viel besser. Komm, mein Baby, komm mein Süßer . . .« Wieder rollten die Würfel. »Vier.« Sie gab weiter. »Du bist dran, Toby.«

Toby verlor. Die Würfel kreisten um den Tisch. Wieder ging einer aus dem Spiel, und Paxe nahm seinen Platz ein. Die dicke Frau lächelte ihr herzlich zu. »Eine Neue. Willkommen bei uns am Tisch, mein Herzblatt. Du kennst die Spielregeln? Gleiche Augen verlieren. Ungerade gewinnt, sieben, neun und elf verdoppeln den Einsatz. Der Einsatz ist drei Fingerlinge.«

»Ich danke dir«, sagte Paxe und drehte die Silben schwerfällig wie eine Hinterwäldlerin. Sie griff in die Tasche, zog ihre Geldschnur hervor und legte drei kleine Bontas auf den Tisch.

Die übrigen Spieler warfen einander heimliche Blicke zu, lächelten hämisch. »Wo biste denn her?« fragte die fette Frau.

»Aussem Tal«, sagte Paxe unbestimmt.

Die Frau zu Paxes rechter Seite hieb auf den Tisch. »Hör auf zu jammern und spiel endlich!«

Die Würfel kreisten. Paxe gewann eine Kleinigkeit, die fette Frau ebenfalls. Keiner sonst gewann. »Ich heiße Annali«, sagte die Fette.

»Donita-no-Elli.« Elli war ein weitverbreiteter Name.

»Biste schon lang hier inner Stadt?«

»Heut angekommen!« Paxe sah zu, wie die Würfel fielen. Sie

sahen echt aus. Doch Annali sah nicht echt aus. Paxe erkannte mit geübtem Auge die Manieren des Falschspielers, ohne diese spezielle Betrügerin jemals gesehen zu haben. Sie fragte sich, ob Annali allein oder mit einem Partner arbeite, und wie lange sie an diesem Bezirk bereits die Kunden gemolken hatte. »Hab's fast nicht mehr geschafft, bevor sie zumachen. Es hat 'ne Stunde gedauert, bis man durchs Tor konnte. Und meinen Wagen haben sie bis zu den Achsen gefilzt. Was die bloß suchen?«

Vier, fünf Stimmen gleichzeitig sagten es ihr. »Waffen — Schwerter.«

»In *meinem* Wagen?« Paxe blickte entsetzt drein.

»In allen Wagen«, sagte Toby und ließ sich in seinen Stuhl zurückfallen. Die Bedienung brachte Paxe ihren Humpen.

»Eine Tischrunde«, befahl der Mann, der hinter Paxe stand. Es gelang ihr, unbemerkt einen Blick auf ihn zu werfen. Der Mann war klein und mager und hatte ausgebeulte graue Kleidung an. Er sah nicht aus wie einer, der sein Geld bei einem Würfelspiel hinauswerfen kann, aber er klebte mit gierigen Augen auf dem Tisch, seine Finger hämmerten auf seine Hüften, die Daumen steckten wie zufällig unter dem mächtigen Ledergurt.

Das war also der Partner. Paxe fragte sich, wieviel Geld sie würde verlieren müssen, um die Information zu bekommen, auf die sie aus war. Der Schwindel konnte nicht länger als seit ein paar Wochen durchgeführt worden sein, ein, zwei Wochen, schätzte sie, oder die Wachen wären darüber gestolpert. Das Spiel blieb so lange ehrlich, bis ein Fremder dazukam, dann vertauschte Annali die Würfel. Wenn der Fremde nüchtern blieb, verlor er nur beim Spielen. Wenn er betrunken wurde, verlor er manchmal und gewann manchmal und wurde dann auf dem Heimweg ausgeraubt.

Paxe fragte sich, ob die anderen Spieler vor sich selbst nur so taten, als wüßten sie nichts von Annalis Praktiken und was sie war. Ein paar von den Mitspielenden mochten sogar ehrliche Leute sein, oder aber nur dumm. Annali würfelte und verlor. Die Hände der fetten Frau waren in ständiger Bewegung. Sie gestikulierte, klatschte in die Hände, rieb die Handflächen aneinander.

Einer der Spieler starrte Paxe bedeutungsvoll an. »Biste sicher, du weißt, wie man das spielt?« fragte er. »Ich hab' schon Bauern getroffen, die haben ihr ganzes Geld beim Würfeln verloren.«

Annali blickte ihn finster an. »Chano, wie ungehobelt. Du kannst doch sehen, daß Donita weiß, wie man spielt. Außerdem, wir hier spielen nicht so. Das hier ist eine freundschaftliche Spielrunde.« Bei ihrem Lächeln zeigte sie dem Mann sämtliche Zähne. »Donita, was hast du auf deinem Wagen gehabt?«

»Mais, Melonen, Kirschen und Pfirsiche.

»Wie ist die Melonenernte dieses Jahr?«

»Dick und rund wie Babyärsche.« Die Würfel kamen wieder zu Paxe. Sie warf sie hoch und fing sie auf. Sie glaubte, das Gewicht sei verschieden, aber sie war sich nicht sicher. »Ich hab' immer geglaubt, scharfe Waffen sind in der Stadt verboten«, sagte sie.

»Sind sie auch«, sagte die Frau rechts von ihr. Sie gähnte zahnlückig. »Aber jemand bringt sie trotzdem herein.«

»Wer?« fragte Paxe.

Die Frau zuckte die Achseln. »Das weiß keiner.«

Paxe würfelte. »Neun! Rückt den Einsatz raus!« Unter dem Stöhnen der anderen Spieler stapelte sie ihre Bontas auf Häufchen.

Chano war blank bis auf einen Zweierling. Der Würfel kam zu ihm, er warf und verlor. Leise fluchend stand er auf, schwankend wie ein Steckling im Wind. »Das hat mich erledigt. Gute Nacht! Bäuerin, gute Nacht! Euch allen! Paß auf, mit wem du deine Stunden verbringst!« Er bekam einen Schluckauf. Und während er davontaumelte, glitt bereits ein neuer Spieler an seinen Platz.

»Ich hab' mal ein Schwert gesehen«, sagte die Frau rechts von Paxe.

Alle blickten auf.

»Mein Kerl hat es vom Fluß mitgebracht. Hat mir erzählt, daß dort einer sie verkauft. Das Metall ist nicht besonders gut, sagt er. Hat das Ding im Holzschuppen versteckt.«

Paxe sagte: »Die Torwachen haben mir gesagt, ich soll mich vom Fluß fernhalten. Sie sagen, daß dort Leute verletzt worden sind.«

Toby grinste. »Das sind die Ismenin-Jungs, die spielen gern so ein bißchen rum. Die Jalaras haben eben keinen Sinn für Humor.« Alle brüllten vor Lachen. Toby warf und verlor. »Verdammt! Es sieht so aus, als käme heut das Glück nie mehr zu mir.«

Die Reden wandten sich der Ernte zu. Paxe tat, als trinke sie, und lauschte. Sie hätte gern gewußt, wie viele unter den Leuten in der Kaschemme schon ein echtes Schwert zu Gesicht bekommen hatten. Waffen waren für Stadtleute einfach nichts Wirkliches, entschied sie. Wieder kreisten die Würfel. Der Bontahaufen von

Annali war höher als je zuvor. Paxe trank ihren Wein aus und tat, als fege sie fast den leeren Humpen vom Tisch. »Auweiah. Ich muß betrunkener sein, als ich gedacht hab'.« Sie rieb sich die Schläfen mit den Fingern, machte aber keine Anstalten zum Aufbruch.

»Noch eine Tischrunde«, rief der Mann, den sie als Annalis Komplizen erkannt zu haben glaubte.

»Gibt's hier in dem Viertel auch Schlägereien?« fragte Paxe. Der Mann, der Chanos Platz eingenommen hatte, würfelte und verlor.

»Hier?« Toby lachte. »Hier doch nicht. Die Hauptleute würden jeden bei lebendigem Leib abhäuten, der es versuchte. Das is hier 'ne ruhige Stadtgegend. Und das Spiel hier is das aufregendste Ereignis, was hier je passiert.« Er hieb die Faust auf den Tisch, und die Bontas sprangen. »Hier ist der Med-Bezirk, und Arré Med will, daß hier Ruhe herrscht. Ruhe!«

»Aber wo bringen sie denn die Schwerter hin?« fragte Paxe.

»Das weiß der Wächter! In den Flußbezirk vielleicht, damit die Ismeninas damit spielen können.«

Die Frau rechts von Paxe sagte: »Ich hab' gehört, der Weiße Clan wird vielleicht was über die Schwerter sagen.«

»Vielleicht werden sie«, sagte Annali. »Kein Mensch weiß, was die Hexenleute tun werden. Toby, du spielst.«

Toby spielte und verlor. »Ach, Scheiße!« Er gab die Würfel an die Frau an Paxes rechter Seite weiter und stierte dabei Annali böse an. »Ich weiß nicht, wozu wir überhaups 'nen Rat haben. Der Rat könnte doch den Handel mit Schwertern ganz einfach verhindern, wenn die bloß wollten. Aber jetzt haben die Hexer das Sagen in 'ner Stadt, und der Rat is bloß'n Aushängeschild. Das sieht doch'n nackter Säugling an 'ner Brust.« Die Frau rechts von Paxe würfelte und gewann. »Oh, Scheiße, alle gewinnen, bloß ich nich!«

»Geduld ist eine schöne Tugend«, sagte Annali leise. Sie strich die Würfel auf dem Tisch ein und reichte sie Paxe. Paxe nahm sie ungeschickt und ließ sie fallen. »Ah, mir tut der Kopf weh!« klagte sie.

»Sieht so aus, wie wenn wir auf unser Bauernmädchen verzichten müßten, wie?« sagte der Mann, der auf Chanos Stuhl saß.

Annali lächelte. »Spielen wir noch eine Runde«, sagte sie. Ihre Stimme war weich wie Butter. »Dem Geduldigsten lacht das Glück.«

Paxe spielte noch eine Runde weiter mit und gewann. Sie hämmerte die Faust auf den Tisch. »Das war's, ich steige aus.« Sie schaufelte ihren Gewinn in die Taschen. Jemand drängte sich heran, um ihren Platz einzunehmen. »Ich danke euch allen.«

»Kannst gern immer wiederkommen«, sagte Toby, dessen gute Laune zurückgekehrt zu sein schien. Der Mann, den Paxe als den Komplizen Annalis erkannt hatte, war verschwunden. Paxe tat noch immer betrunken und schwankte an die Tür. Sie bemerkte, daß auch die Asech aufgehört hatten zu würfeln.

Die Spieler hockten nicht mehr auf der Straße vor der Taverne. Paxe blieb auf der Straße stehen, atmete leise und lauschte aufmerksam. Außer dem Lärm aus der Schenke hörte sie nichts. Sie begann mit schweren, unsicheren Schritten zu gehen. Nach einer Weile hörte sie die verräterischen Geräusche von Stiefelabsätzen. Man folgte ihr.

Sie grinste in die Dunkelheit. Tyrés Training hatte ihre Fähigkeiten zu solcher Schärfe geschliffen, daß nur die Wüstenkinder der Asech ihr gleichkommen konnten. Sie schleppte ihren Schatten zwei Straßen weiter weg und verschmolz dann mit der Nacht. Annalis Komplize ging weiter und begann dann in den Rinnsteinen und Türeingängen nach seiner Beute zu suchen, und Paxe hockte auf dem Dach eines Schuppens und hörte ihm zu, wie er keuchte und grunzte und fluchte. Sie glitt vom Dach und stolperte unsicher unter eine Laterne. Er entdeckte sie sofort, und sie lockte ihn in eine Sackgasse. Ihr Mund wurde breit vor Lachen, weil er sich so abmühte, leise und verstohlen hinter ihr dreinzuschleichen. Schließlich blieb sie stehen, schwankte hin und her, tat, als müsse sie sich übergeben. Der Verfolger ließ alle Vorsicht fahren, sprang vor, und Paxe beugte sich nach rückwärts, balancierte auf einer Hand und einem Bein und schwang das andere Bein herum wie eine Sense.

Der Mann ging mit allen vieren voran zu Boden. Sie sprang ihn an und blockierte seine Ellbogen hinter seinem Rücken. Er versuchte den Griff aufzubrechen, indem er sich zurückfallen ließ, und sie verstärkte den Griff und packte ihn mit Daumen und Zeigefinger an der Nase. »Ich brech dir die Nase«, sagte sie und drückte zu. Er stöhnte und wurde schlaff. Sie legte ihn auf den Bauch in den Dreck und setzte ihm das Knie ins Kreuz. »Ich sollte dich den Wachen übergeben«, sagte sie.

Sein Atem ging schmerzhaft.

»Wer war der Mann, der so früh vom Spieltisch fortging?«

»Chano. Er ist ein Zuhälter.«

Paxe drückte mit der Hand seine Luftröhre zu. »Wer ist er?« fragte sie und drückte fester zu.

»Ahhh — nicht!« keuchte der Mann. »Er wohnt in der Aalstraße. Er ist Weber.«

»Warum hat er versucht, mich zu warnen?«

»Das weiß ich nicht. Ich wollte, er hätte es gelassen.«

»Gib nicht ihm die Schuld«, sagte Paxe. »Ich hab' gewußt, was da los ist, bevor ich mich auch nur hingesetzt hatte.«

Sie erwog, ob sie ihn den Wachen übergeben solle, entschloß sich aber dagegen. Sie war sicher, das saubere Paar würde nicht in dem Bezirk verweilen, jetzt gewiß nicht mehr. Außerdem — sie mußte über sich selber lächeln — hatte das kurze Gerangel ihr gutgetan, sie fühlte sich besser und konnte es sich leisten, großmütig zu sein. Sie ließ den Gauner sich auf die Knie aufrichten. »Das nächstemal solltest du es nicht so eilig haben, einen Fremden auszunehmen«, sagte sie. »Verschwinde von hier, und dreh dich nicht um dabei!« Zitternd stand der Mann auf und machte sich davon, bemüht, sich ja nicht umzublicken. Leise wie ein Geist folgte Paxe ihm an den Eingang der Gasse; sie mußte gegen den Impuls ankämpfen, ihm in letzter Sekunde nachzurufen: *»Buh!«*

Sie war schon halbwegs zu Hause, als ihr bewußt wurde, daß sie erneut verfolgt wurde.

Es war jedoch nicht der Räuber, dessen war sie sich sicher. Aber wer war es dann? Sie schlug einen Haken zurück, doch die Straße war leer wie ein abgeerntetes Feld. Sie blieb in einem Türeingang stehen, lauschte, konnte jedoch nichts hören. Sie trat von dem Türstein, und kaum war sie drei Straßen weiter gegangen, da vernahm sie das kaum hörbare rhythmische Rascheln von Stoff auf der Erde. Sie erstarrte in einem Schattentümpel. Das Geräusch brach ab.

Von Zorn erfüllt, verschaffte sie sich Eingang in ein Gattertor, durchquerte einen Garten und kletterte über einen Zaun. Es war heller geworden. Sie schaute nach Westen. Der nicht ganz volle Mond, aber fast so hell wie der Herbstmond selbst, kam wie ein Leuchtturmfeuer über die Horizontlinie gestiegen. Sein Schein schimmerte auf ein paar weißen Muscheln im Garten. Paxe hob eine Schale auf und warf sie in den nächstgelegenen Garten. Das schreckte Hühner aus dem Schlaf, die laut gackernd aufstoben. Ein Hund schlug an. Eine Tür knallte auf. »Wer ist da?« Unter dem Schutz des Geschreis zog Paxe sich die Kapuze übers Gesicht und stahl sich auf die Straße zurück.

Zwei weitere Blocks lang hörte sie ihren Schatten hinter sich. Sie blieb nicht stehen, um nachzudenken. Sie entdeckte eine brauchbare Rabatte mit Wein, und mit vier Klimmzügen war sie oben und von dort auf einem glitschigen Ziegeldach. Sie preßte sich flach gegen die Ziegel und spähte über den Rand hinunter. Sie wartete darauf, daß ihr Schatten näherkam, um sie zu suchen. Aber er kam nicht. Grinsend schob sie sich über den Firstbalken auf die andere Seite des Hauses. Die Kante einer Regentonne bot ihr einen willkommenen Tritt, um wieder auf die Erde zu gelangen. Sie zog sich die Stiefel aus und hängte sie an den Schnürsenkeln um den Hals. Dann schlich sie durch eine Gruppe von Kavabäumen und kam mit vom Brei der abgefallenen Früchte klebrigen Füßen wieder hervor. Es gab für ihren Verfolger jetzt nur eine Chance, sie zu erwischen: wenn er die Nase eines Wolfes besaß.

In der Straße der Schmiede hörte sie wieder den Klang von Schritten.

Sie rannte leise wie eine Wüstenantilope mit gestreckten Beinen, spürte den Wind im Gesicht. Ihr Verfolger war gut, sogar ein Meister in der Kunst des Beschattens, aber sie war nun nur noch fünf Straßen weit von zu Hause weg. Sie rannte in die öffentlichen Bäder und wieder hinaus. Sie lief durch eine Gasse, durch den Hintereingang einer Himmelskrauthöhle und durch den Vordereingang wieder hinaus, und die benebelten Kunden stierten sie verständnislos an. Sie überkletterte einen Zaun und glitt durch die Lehmgrube eines Töpfers, kletterte über einen zweiten Zaun und landete in einem Rosenbusch. Die Dornen stachen sie in die Knöchel. Sie zwängte sich in einen Stall und wand sich unter den verwirrten Augen der Maultiere und Pferde durch ein Fenster hinaus; die Tiere hatten fast den gleichen Ausdruck in den Augen wie die Menschen in der Rauschhöhle. Sie schlich zweimal durch dieselbe Gasse, kam beidemale anderswo heraus und blieb dann endlich stehen, um zu lauschen. Sie hörte die Schritte.

Grinsend ging sie auf sie zu. Sie zupfte sich ein Rosenblatt aus dem Haar, ein Schatten löste sich aus der Nacht und trat auf sie zu. Sie umarmten einander, heftig atmend. »Wann hast du's gemerkt?« fragte Kaleb.

Paxe lachte und schwindelte, während sie ihrem Soldaten den Arm auf die Schultern legte: »Ich hab's von Anfang an gewußt.« Er legte ihr den Arm um die Hüfte.

Sie gingen gemächlich die Straße hinauf. Paxes Atem ging ruhiger. »Ich hab' dich in der Kneipe gesehen«, sagte Kaleb.

»Ich dich nicht. Warst du bei den Würfelspielern drüben in der Ecke?«

»Ja. Warum bist du hingegangen?«

»Ich wollte hören, was man so tratscht.«

»Und dafür ist dort der rechte Platz. Was hältst du von Annali?«

Paxe gluckste. »Sie ist sehr gut. Wie lange arbeitet sie schon in dem Viertel?«

»Seit drei Wochen. Du hast mir meinen Plan vermasselt. Ich war drauf und dran, sie auszumisten.«

»Ivor hat sie nicht entdeckt.«

»Nein. Aber er ist jung, er lernt es schon noch.«

»Warum hast du Annali und ihren Freund drei Wochen lang ungeschoren gelassen?« fragte Paxe.

Kaleb antwortete: »Weil ich erst vor drei Tagen auf sie aufmerksam geworden bin. Sie sind verdammt schlau; bei der Wachablösung machen sie eine Pause im Spiel.«

»Sie kennen eben deinen Ruf!« Paxe umarmte ihn. »Oh, Wächter, war das ein Spaß!«

»War prima, was?« Seine Stimme klang wehmütig.

»Kaleb, hast du etwa Heimweh?« Sie waren noch zwei Straßen vom Med-Haus entfernt. Sie kamen unter einer Laterne durch, und das Licht schien auf Kalebs Gesicht und verlieh ihm einen glühenden Bronzeton. Die roten Steine in seinen Ohrläppchen leuchteten wie Blutstropfen. Paxe blieb stehen und drehte Kaleb zu sich herum. »*Hast* du Heimweh?«

»Manchmal«, sagte er. »Wenn der Wind von der See hereinkommt, werde ich oft ruhelos. Das ist eine kalte Stadt hier für einen Reiter der Wüste, und es fällt einem schwer, sich in einer Stadt zu Hause zu fühlen, wo es keine Pferde gibt und keinen Platz, wo sie frei herumlaufen können.«

Paxe war nie eine gute Reiterin gewesen. Sie legte Kaleb beide Hände auf die Schultern. »Willst du fort?«

»Nein«, sagte er. »Meine Heimat ist hier. Und ich mag meine Arbeit. Außerdem, ich würde dich vermissen.«

Sie mußte schlucken. Einen kurzen Augenblick lang hatte sie gefürchtet, er könne ja sagen. Sie wanderten ein paar Schritte weiter. »Ich möchte wissen, wo Ivor steckt?« sagte sie dann und hob die Hand vor den Mund, um ein Gähnen zu verbergen.

»Auf dem Waffenhof«, sagte Kaleb. Er blieb abrupt stehen. »Paxe — wenn das alles hier vorbei ist, wenn der Waffenschmuggel unterbunden ist, nach dem Fest — laß uns zusammen aus der Stadt fortgehen. Wir könnten nach Westen ziehen, in mein Land, und dort reiten und jagen. Meine Leute würden uns gut aufnehmen.«

Die Brise strich durch die Kavabäume. Paxe seufzte. Sie erinnerte sich an das scharfe Funkeln der Sterne über der Wüste, fern von dem Nebel und dem Staub der Stadt. »Für wie lange?« fragte sie, halb verführt.

»Für so lange, wie Arré Med auf uns verzichten kann.«

Paxe schnitt eine Grimasse. »Arré würde uns am liebsten überhaupt nicht fortlassen.« Aber man könnte es hinbekommen, dachte sie. Sereth war kompetent, sie könnte ihn vom Tordienst wegbeordern und zum Zweitkommandierenden machen; Ivor könnte den Hofmeister spielen ... »Wir können nicht, Kaleb. Nicht jetzt, jedenfalls. Vielleicht in einem Jahr.«

»Ja, das ist wohl so.« Er küßte sie auf die Wange. »Gute Nacht, meine Freundin.« Während sie sich zum Gehen wandte, kitzelte der Duft von Himmelskraut sie in der Nase.

Sie ging zu ihrer Kate. Sie wirkte sehr leer und verlassen. Die Kissen waren wild im ganzen Raum verstreut, und sie begann sie zu ordnen. Es roch nach Liebe hier unten. Durch den Fensterschirm schien das Licht des Mondes und warf ein Lichtband auf die Wand. Das Haus fühlte sich kalt an. Ihr Bett war kalt; sie setzte sich gähnend darauf nieder. Sie spielte die Verfolgung dieses Abends noch einmal im Geiste durch und fragte sich, was wohl Arré dazu sagen würde, wenn sie erführe, daß ihre Offiziere wie Kinder über Dächer und durch Badehäuser Fangen gespielt hatten.

Sie zog sich die Kleider vom Leib und preßte das Kissen an die Brust. Doch, es hatte Spaß gemacht! Auch das Gerangel mit Annalis kleinem Freund war ein Heidenspaß gewesen. Und doch hatte Kaleb sie für einen Augenblick in Furcht versetzt in dieser Nacht. Sie wollte nicht, daß er aus der Stadt fortging. Sie liebte ihn, und sie brauchte ihn. Paxes Augen brannten. Tyré war tot, Ricard war fort, Arré war zu stark in Anspruch genommen und wurde immer unzugänglicher, je älter sie wurde ... Paxe warf sich im Bett herum, entschlossen, nicht zu weinen, sich nicht selbst zu bemitleiden und nicht — aber wie sollte sie das fertigbringen? — an Sorren zu denken.

10. Kapitel

Arré strich sich mit einer Hand die Kleider glatt und warf ihrer Sänfte einen bösen Blick zu, die da im Vorderhof stand. Paxe wartete am Vordertor, um sie zu verabschieden. Sie hatte befohlen, daß man die Medwimpel an die Stangen der Sänfte binden sollte, damit jedermann unterwegs wissen sollte, wer in ihr getragen wurde ... Arré wünschte, sie hätte sich nicht dazu entschlossen, eine Sänfte zu nehmen. Sie haßte dieses Vehikel, es machte aus jedem Gang ein öffentliches Unternehmen. Sie war gesund genug, also war es lächerliche Prahlerei, sich tragen zu lassen. Die einzigen Menschen, die außer Alten und Kranken die Sänften benutzten, waren reiche Stadthandelsherren, die gern ihren Mangel an Geschmack zur Schau stellten, oder Fremde, die sich sonst verlaufen würden.

Sie war nervös, und das brachte sie in üble Laune. Sie warf Sorren einen Blick zu, die hinter ihr im Flur stand. Mit dem Kind war irgend etwas geschehen; ihre Stimme hatte einen scharfen Unterton bekommen, und ihr Lachen klang wilder. Sie hatte sich mit Paxe wieder versöhnt, oder umgekehrt, Paxe mit ihr. Das war gut so. Diese Versöhnung hatte kurz nach Sorrens Besuch in Isaks Haus stattgefunden, und Arré fragte sich, wie stark Isak an Sorrens plötzlicher Launenhaftigkeit beteiligt sein mochte.

Isak! Immer wieder kehrten alle ihre Gedanken zu ihm zurück. Ihr Verstand umspielte die Muster. Isak war im Bündnis mit Ron Ismenin. Ron Ismenin ließ Schwerter in die Stadt bringen. Cha Minto war im Bund mit Isak; *er* wollte, daß man den Ismeninas einen Sitz im Rat verleihe. Kim Batto wollte die Ismeninas im Rat haben, und er war mit dem Weißen Clan verbandelt. Die Ismeninas schürten Aufruhr im Jalar-Distrikt. Einer der Ismeninbrüder plante die Heirat mit einer Tochter des Ryth-Hauses und wollte, aus Arré unbekannten Gründen, in das Haus adoptiert werden. Sein Anteil am Erbe würde mit ihm gehen. Arré überlegte, wieso die Ismeninas sich so leicht bereiterklärten, auf Geld zu verzichten. Sie war sich einigermaßen sicher, daß die Sache nichts mit Tradition zu schaffen hatte.

Die Briefe die sie an die Oberhäupter der großen Häuser geschickt hatte, um sie über die Schwerter zu unterrichten, hatten ihre Wirkung getan; die Stadt summte wie ein Wespennest, während die Unschuldigen sich mühten, dem Waffenschmuggel Einhalt zu bieten, und die Schuldigen bestrebt waren, alles unter den Teppich zu kehren. Paxe hatte ihr am Morgen berichtet, daß die Zahl der an den Toren entdeckten Waffen zurückgegangen sei. Doch konnte dies natürlich auch bedeuten, daß die Schmuggler nur neue Wege gefunden hatten, sie in die Stadt zu bringen. Und selbst wenn keine neuen Waffen mehr in die Stadt geschleust wurden, so waren doch jene, die den Wachen entgangen waren, noch immer hier — und wurden von den Ismeninas versteckt gehalten. Das vermutete Arré jedenfalls. Und wenn der Rat nicht die Anordnung an die Ismeninas ergehen ließ, einer Durchsuchung ihres Besitzes zuzustimmen, dann, so zweifelte Arré, würde man die Waffen wohl nie finden.

Und dem, dessen war sie sicher, würde der Rat niemals zustimmen.

Der Rat konnte, falls er das wollte, verkünden, daß der Bann, trotz seiner fehlerhaften Abfassung, auch auf kurze Schwerter, nicht nur auf lange Anwendung finde. Aber eine solche Erklärung des Rates würde von geringem Gewicht sein, wenn sie nicht die Unterstützung des Tanjo fand. Arré runzelte die Stirn. Kim Batto hatte dafür plädiert, die Ismeninas in den Rat zu berufen, und er war das Sprachrohr des Weißen Clans. Bedeutete dies, daß der Weiße Clan irgendwie im Bündnis stand mit den Ismeninas? Was war, wenn der Weiße Clan *wünschte*, daß die Waffen wieder in Kendra-im-Delta Einzug hielten?

Es gab nur einen Weg, das herauszufinden, und sie schlug soeben diesen Weg ein. Sie hatte Schmerzen im Magen, jene mahnende Schmerzen, die sich ihr Bauch vorbehielt, um ihr zu sagen, daß er das Bedürfnis nach etwas Süßem habe. Arré ignorierte das Gefühl. Süßigkeiten machten sie friedlich und stumpf, und für diese Unterredung mit dem L'hel wollte sie unbedingt ihren Verstand beisammenhalten.

Wie war es dazu gekommen, daß der Weiße Clan — und sein Oberhaupt, der L'hel — solch eine Machtfülle in Arun erringen konnte? Sie war sich nicht sicher. Der Clan selber war nur einige hundert Jahre alt. Verglichen mit dem Hause Med waren das Emporkömmlinge. Die Med konnten ihre Linie fünfhundert Jahre weit zurückverfolgen, bis in die Zeit vor der Gründung der Stadt. Sicher, es traf die Wahrheit, daß dieses Land in den letzten hundert Jahren sich großen Wohlstandes im Frieden erfreut hatte. Doch warum dafür den Hexen das Verdienst zuschreiben, dachte Arré. Wir waren es, die reichen Familien der Stadt, die Wege finden mußten, um mit dem wachsenden Handel und der zunehmenden Bevölkerung fertig zu werden. Die Hexen heimsten dafür den Ruhm ein, aber es waren die führenden Familien, auf deren Schultern die Verantwortung lastete.

Sie schaute nach dem Stand der Sonne auf den Platten des Hofes: es war Zeit, daß sie sich auf den Weg machte. Sie nickte Paxe zu, die den Sänftenträgern ein Zeichen gab. Sie stellten sich an ihre Plätze an den Tragstangen. Eine Reihe hochpolierter Speerspitzen marschierten ans Tor und hielten an: ihre Eskorte. Arré stieß den Seidenvorhang beiseite und stieg in die Sänfte. Es blieb gleich, wie gut und lange sie die Sessel lüfteten, die Dinger stanken! Sie pochte gegen die Seidenpapierwand des Kastens. Die Sänfte schwankte, sie fiel nach vorn und dann zurück, und sie biß sich auf die Zähne: sie haßte diese Bewegung, haßte es, hier eingesperrt zu sein, haßte ihre Hilflosigkeit ...

»Yai!« rief Paxe. Die Stimme klang wie durch Watte.

»Ho — und *ho* — und *ho* — und *ho* ...« Die Sänfte schwankte im Rhythmus des leisen Singens der Träger. Arré klammerte sich in die Kissen. Durch den Spalt in dem schwingenden Vorhang erblickte sie ihren eigenen Hof hinter dem Tor, den Kavabaum, die Eskorte, die zurückfiel — nein, sie selbst bewegte sich ja vorwärts. Die zwei Reihen der Soldaten hatten sich nur aufgetan, um die Sänfte zwischen sich aufzunehmen. Wieder neigte sich die Sänfte. Arré faßte in die Kissen und fluchte mit verhaltener Stimme. *»Ho* ...« sangen die Träger, und Arré wurde fortgetragen, flankiert von Wachen, fort von ihrem Haus und den Medhügel hinab.

Es war gnädigerweise nur eine kurze Reise.

Die Sänftenträger waren behutsam, und als sie sie endlich im Tanjobezirk absetzten, war Arré so dankbar dafür, wieder festen Boden unter sich zu spüren, daß sie den Männern zulächelte und dem Wachoffizier befahl, ihnen noch ein Trinkgeld zu ihrem Lohn zu geben. Es überraschte sie, daß sie heil und unversehrt wieder die Erde berührte. Die Wachen furchteinflößend hinter sich, ging sie langsam auf den Eingang zum Tanjo zu. Das große rote Gebäude war wirklich beeindruckend. Und so befahl sie sich, nicht davon beeindruckt zu sein.

Am Tor des Tanjo zögerte sie, und während sie so wartend dastand, kam ein Mann auf sie zu. Sie erkannte ihn, und es versetzte ihr einen Schock — nicht daß sie ihn sah, sondern daß sie ihn hier und jetzt traf. Es war Kim Batto.

»Arré!« Er war ganz Lächeln. »Man erwartet dich schon. Geh nur direkt hinein!« Er trat ihr aus dem Weg und ging langsam davon. Nachdenklich blickte sie ihm nach. Er war ohne Leibwache gekommen, und er hatte es sich nicht nehmen lassen, ihr zu demonstrieren, daß er wisse, weshalb sie gekommen sei . . . Das war keine schlechte Methode, um sich den Anschein von Bedeutung umzuhängen. Sie ertappte einen ihrer Wächter, wie er das Zeichen des Gehörnten Mondes hinter Kim Battos Rücken machte, und sie unterdrückte ein Lächeln.

»Sei bedankt, Hauptmann«, sagte sie. »Ich werde euch in etwa einer Stunde wieder brauchen.«

Der zweite weißgepflasterte Platz war sehr sauber. Arré schaute den Wachen beim Abmarsch zu. Dann wandte sie sich um und trat durch das Tor in den Tanjo. Im Innern war es düster. Gleichgültig starrte der Wächter auf sie herab, auf die anderen Menschen in dem roten Raum, auf die Stadt, auf die Welt . . . Aber er war ja nur eine Statue. Sie starrte grimmig zurück, sie weigerte sich, sich dieser Verlockung zu Ehrfurcht und Anbetung zu unterwerfen, ihr nachzugeben. Vor diesem Stein, bloß einer Statue. Eine ganz ähnliche stand bei ihr zu Hause im Flur neben dem Eingang. Der gleiche Bildhauer hatte sie angefertigt. Es war nur ein Steinbild.

Jemand flüsterte ihren Namen — man hatte sie erkannt. Zwei Frauen, die dicht vor dem Sockel der Statue knieten, starrten zu ihr her. Als sie sie anblickte, erröteten sie, flüsterten aber weiter miteinander. Arré legte die Hände in der Geste einer Bittenden zusammen und verneigte sich. Sie haßte diesen politischen Zwang, der sie dies tun ließ.

»Arré Med.« Das war kein Flüstern. Ein Akolyth war zu ihr getreten.

»Ja.«

»Bitte komm mit mir hier herüber!« Er nickte, und sie folgte ihm.

Er führte sie um die Statue herum an eine Tür, an die sie sich undeutlich vom letztenmal erinnerte, bei dem sie sich mit Jerrin-no-Dovria i Elath getroffen hatte. Die Blaufliesen, die den Bogen über der Tür schmückten, paßten zu den blauen Kacheln des Bodens. Die Tür war ein Paravent und ließ sich leicht öffnen. Der Diener bedeutete ihr, sie möge vorausgehen. Sie trat in einen ähnlich gekachelten Flur.

»Du bist Arré Med«, sagte die Frau, die sie dort erwartete. Sie besaß eine außergewöhnliche Stimme, tief und rauh. Das Gesicht unter der schweren Drapierung des langen schwarzen Haares war glatt und verführerisch. Der Saum ihres langen weißen Kleides schleppte über die Kachelmuster. »Sei willkommen im Tanjo. Ich bin Senta-no-Jorith.«

Sie sprach ihren Namen aus, als erwarte sie, daß Arré ihn kenne. Ihre Grazie und ihre Haltung verliehen der älteren Frau das Gefühl, unschön und linkisch zu sein. Es war ein Gefühl, mit dem Arré vertraut war, und sie wartete, daß es vergehe.

»Bitte folge mir«, sagte die junge Frau. Der Gang war nur kurz und endete wieder an einem Bogen, der sich direkt zu einem besonnten Innenhof hin auftat.

In der Mitte dieses Hofes lag ein Grasgarten voller Blumen, und in dessen Mitte ein Becken mit roten Fischen und daneben eine Bank. Jerrin-no-Dovria i Elath saß auf der Bank. Er erhob sich bei Arrés Ankunft. Er sah noch fast genauso aus, wie Arré ihn in Erinnerung hatte: dunkelhäutig (wenn auch nicht so dunkel wie sie selbst), mit hellem Haar, dunkelblauen Augen und Narben über beide Wangen. Er trug weiße Seide. Am Mittelfinger seiner rechten Hand steckte ein prächtiger Goldring mit weißem Stein. Der Mann war untersetzt und hatte die breiten Schultern eines Ringers, und er war nur eine Spur größer als Arré selbst.

»Es ist eine große Freude, dich wiederzusehen, Arré Med«, sagte er. Die Stimme war angenehm. »Bitte setz dich!« Er wies auf das Ende der Steinbank.

Arré ließ sich nieder. »Danke, L'hel«, sagte sie. Mit rauschenden Gewändern setzte sich Jerrin ihr gegenüber. Die schwarzhaarige Frau sank graziös wie eine Akrobatin zu seinen Füßen nieder und faltete die Hände im Schoß. Ihre Kleider wirkten blendend weiß vor dem Grün.

»Ich habe befohlen, daß meine Wachen mich in einer Stunde wieder abholen«, sagte Arré.

»Ich bin sicher, wir haben unser Geschäft in dieser Zeit erledigt«, sagte Jerrin. »Darf ich dir eine Erfrischung anbieten? Wein? Wasser? Tee?«

»Wein«, sagte sie. Sie erwartete, daß er eine Dienerin rufen würde. Statt dessen blickte er nur kurz zu dem roten Steinbau hinüber. Arré hörte das Geräusch eines Paravents, der in seinen Schienen beiseiteglitt. Ein Krug aus blauem Kristall und drei blaue Gläser schwebten von dem Gebäude heran wie von unsichtbaren Händen getragen, glitten über den sonnendurchfluteten Hof und kamen vor den Füßen des L'hel zur Ruhe. Senta nahm den Krug und schenkte Wein in die Becher. Sie reichte einen dem L'hel, den zweiten Arré.

Arré nahm das Gefäß fest in beide Hände. »Ich wußte nicht, daß du das kannst«, sagte sie.

»Meine Gabe ist Körperheben«, sagte Jerrin. »Und da ich es für das beste hielt, wenn wir ganz privat miteinander sprechen, habe ich schon vorher Wein bereitstellen lassen.«

»Kannst du heben, was immer du willst?« fragte Arré. Der Weinbecher war leicht.

»Schwere Dinge sind komplizierter«, sagte er. »Ich könnte zum Beispiel die Bank hier nicht heben. Aber ich könnte es vielleicht fertigbringen, dich von ihr aufzuheben.«

Es gelang Arré, sich davor zurückzuhalten, daß sie nach dem Rand des Sitzes griff. »Du brauchst es mir nicht zu beweisen«, sagte sie.

Er lachte. »Ich werde es nicht tun. Alle in diesen Mauern haben Demonstrationen derartiger Kräfte erlebt — um so erfrischender ist es, mit jemandem reden zu können, für den sie noch immer eindrucksvoll sind.« Seine Stimme wurde gespielt selbstmißbilligend: »Ich habe mich produziert, fürchte ich.«

Arré lächelte und nippte an ihrem Wein. Er schmeckte sehr blumig. Sie sagte es laut.

»Aus den Weingärten der Med«, sagte Jerrin.

Sie nickte ihm ihre Billigung zu. Sie hatte den Wein erkannt, es war kein billiger Jahrgang. Ebensowenig waren die Becher und der Krug billige Ware, und auch nicht die Seidenstoffe, die die Hexer trugen, nicht das Gold an Jerrins Finger, und nicht die blauen und silbernen Fliesen, die auf dem Tanjoboden solch wunderschöne

Muster bildeten. Der Weiße Clan bezahlte dies zum Teil mit dem Geld, das ihm von der Stadt gegeben wurde und das einen gewissen Prozentsatz der Stadtsteuer betrug. Die übrigen Gelder stammten aus anderen Quellen: vom Blauen Clan, den Handwerkergilden, und selbstredend von den dankbaren Bewohnern des Landes Arun.

Sie strich glättend über ihre Seidenrobe. Die Berührung des leichten feinen Stoffes vermittelte ihr ein Gefühl der Lust und Sicherheit. Sie hatte an diesem Morgen beim Ankleiden ihre Armbänder fortgelassen, weil sie geargwöhnt hatte, der L'hel könne sie für frivol halten. Jetzt vermißte sie sie. Sie hätte gern gewußt, wer Senta-no-Jorith war und wieso sie an dieser Unterredung teilnahm. Sie entschloß sich, mit einem Umweg die Diskussion in Gang zu bringen.

»Die Ernte wird in diesem Jahr hervorragend sein, berichteten mir meine Verwalter. L'hel, es wäre eine Schande, wenn das Erntefest durch die Gegenwart scharfer Waffen verdorben würde.«

»Bitte nenne mich Jerrin«, bat der Mann. »Titel klingen so formell und steif, und wir beide sind einander ja nicht fremd, also brauchen wir auch nicht formell zu sein. Du hast recht, es wäre furchtbar und es wäre schändlich. Wir können nur hoffen, daß es nicht geschehen wird. Der Wächter hat uns in diesem Jahr reich gesegnet, die Ernte ist in der Tat überreich, und beim Fest werden sich zweifellos Unzählige in die Stadt drängen. Ich beabsichtige, es in eigener Person mit der Großen Anrufung zu eröffnen. Ich weiß, der Blaue Clan und die Gilden haben die gewohnten Unterhaltungen vorbereitet, um das Volk zu ergötzen. Ich wurde unterrichtet, daß dein Bruder tanzen wird ...«

Arré spannte sich. »Mein Bruder tanzt in jedem Jahr.«

»Und er ist sehr gut darin«, sagte der L'hel.

Selbst Arré war es zuviel, daß ein Jerrin-no-Dovra i Elath sich so herablassend über ihren Bruder äußerte. »Er ist mehr als nur sehr gut«, sagte sie schroff. »Er hat das Recht, die *chariza* zu tragen, und das hat kein anderer Tänzer sonst, hier in dieser Stadt!«

»So ist es«, sagte Jerrin. »Du preisest ihn — und dennoch, glaube ich, herrscht wenig Eintracht zwischen euch.«

»Das ist wahr«, sagte Arré. Manche Leute behaupteten, die Hexer wüßten alles. Arré bezweifelte dies zwar, doch war sie sicher, daß Kim Batto dem L'hel alles berichtet hatte, was er über die Med-Familie wußte, zu wissen glaubte oder vermutete, einschließlich der Tatsache, daß Bruder und Schwester einander verabscheuten und daß Isak sich niemals an die Tatsache gewöhnt hatte, daß Arré, und nicht er selbst, in die Fußstapfen ihrer toten Mutter getreten war.

»Doch es ist Anlaß für eine gewisse Besorgnis meinerseits«, sagte Jerrin, »daß und wenn Familien, insbesondere solche von Adel, in Unzufriedenheit miteinander stehen.«

»Oh?« machte Arré.

»Als Beispiel«, fuhr Jerrin fort, »ich habe vernommen, daß du Einwände hast gegen die Verleihung eines Ratssitzes an das Haus Jalar und das Haus Ismenin. Darf ich nach deinen Gründen fragen?«

»Es ist nicht der Brauch, daß Ratsangelegenheiten außerhalb des Rates diskutiert werden«, erwiderte Arré.

Jerrin lächelte. »Doch du wirst es mir sagen«, und seine Stimme klang sahnig, »es sei denn, du ziehst es vor, daß ich es von Kim Batto erfahre ...«

Arré legte die Hände ineinander. Ihr Hintern tat ihr weh, und sie wünschte, sie säße auf einem Kissen und im Schatten. »Ich habe keine Einwände gegen die Aufnahme der Jaralas in die Ratsversammlung«, sagte sie. »Aber ich stimme gegen die der Ismeninas, weil sie jung und voller Ehrgeiz sind und weil man ihnen nicht trauen kann.«

Der L'hel schob die Lippen vor. »Vielleicht würde es leichter werden, sie im Rat unter Kontrolle zu halten.«

»Dafür gibt mir niemand eine Garantie«, sagte Arré mit Nachdruck, »und sie erhielten dadurch Zugang zu Machtfunktionen, die sie jetzt nicht besitzen. Ich glaube eben, sie und die Stadt fahren besser ohne diesen Einfluß.«

Die Frau zu Jerrins Füßen sagte leise: »Warum glaubst du, man dürfe den Ismeninas nicht trauen, Arré Med?«

Arré drehte ihr mit Facetten verziertes Glas in den Händen. »Weil ich glaube, daß sie dafür verantwortlich sind, daß es derzeit wieder Schwerter in der Stadt gibt.«

»Hast du dafür Beweise?« fragte Senta.

»Nein. Aber überlegt doch! Erstens: die Ismeninas sind im Besitz der Eisenerzlager, die man westlich von Shanan entdeckt hat. Zweitens: Auf dem Waffenhof der Ismeninas wird die Schwerttechnik exerziert. Drittens: Die Brüder Ismenin kämpfen gern. Und das ist in der ganzen Stadt wohlbekannt. Sie sind keine friedfertige Familie.«

»Das alles weiß ich«, sagte Jerrin. »Aber ich weiß auch, daß die Ismeninas nicht die einzige Familie hier sind, auf deren Waffenhof die Schwertkunst gelehrt wird. Zumindest ein weiteres Adelshaus hegt Pläne, desgleichen zu tun.« Er lächelte.

»Oh, ich gebe es zu«, sagte Arré. »Aber ich bin sicher, du verstehst den Grund. Ich wäre überglücklich, den Befehl an meinen Hofmeister rückgängig zu machen, wenn Ron Ismenin das Ausbildungstraining in seinem Hof unterbindet.«

»Ich bezweifle, daß er das tun wird«, sagte Jerrin.

Arré fuhr fort: »Doch ich bin nicht hierhergekommen, um die Ismeninas irgendeines Vergehens zu beschuldigen, wenn es auch so klingen mag. Ich bin gekommen, um den Tanjo und den Weißen Clan zu fragen, was der Weiße Clan gegen die Schwerter in der Stadt zu unternehmen gedenkt.«

»Was der Weiße Clan zu unternehmen gedenkt?« fragte Senta. »Oder was der Weiße Clan wünscht, daß der Rat tue?«

»Der Rat würde sich niemals anmaßen, dem Weißen Clan Vorschriften zu machen«, sagte Arré. »Beabsichtigt der Weiße Clan, dem Rat vorzuschreiben, was er zu tun habe?«

»Nein«, sagte Senta. »Doch wenn der Weiße Clan Sitz und Stimme im Rat besäße, dann könnten beide gemeinsam handeln.«

Arré hatte nicht damit gerechnet, daß die Unterhaltung sich dahin wenden würde, aber die Einwände hierauf waren in ihrem Hirn fest eingebrannt. »Es gibt zwei gute Gründe, warum der Rat es ablehnt, den Weißen Clan aufzunehmen. Der erste ist eine Frage der Funktion. Der Weiße Clan betreibt die Heilkunst, macht Wetter und findet die Wahrheit heraus: diese sind seine Funktionen, und der Rat kann sie nicht ersetzen. Der Rat dagegen übt die Herrschaft aus. Und das ist seine Funktion, welche der Weiße Clan nicht übernehmen kann. Zweitens: Wenn der Rat dem Weißen Clan Zutritt gewährt, würde er auch dem Schwarzen Clan und dem Blauen Clan und auch dem Grünen Clan, vermute ich, Sitz und Stimme einräumen müssen.«

»Und was ist mit dem Roten Clan?« fragte Jerrin.

»Es gibt keinen Roten Clan!«

Jerrin hob seinen Becher. »Dein zweites Argument ist stichhaltiger als das erste.«

»Was meinst du damit?«

»Du hast recht, wenn du sagst, wenn der Rat den Weißen Clan

aufnähme, dann dürfe man auch erwarten, daß er die anderen Clans zuläßt, und dies würde das Regieren um so vieles erschweren. Nun ist es aber so, daß kein Einzelmitglied des Rates diese Stadt regiert, sondern der Rat als Ganzes tut dies. Wenn man daher den Weißen Clan in den Rat aufnähme, dann würde ihm damit nicht mehr Macht zur Beherrschung dieser Stadt übertragen, als jedes einzelne Adelshaus sie besitzt.«

»Die Herrschaft ist eine Bürde, die den noblen Familien der Stadt auferlegt ist«, sagte Arré. »Und wir werden dazu herangezogen und ausgebildet. Wir haben Erfahrung.«

»Auch ich bin ausgebildet zu regieren«, sagte Jerrin. »Ich leite den Tanjo.«

»Wenn du Ratsmitglied wärst, wer würde dann über den Tanjo herrschen«, fragte Arré.

»Aber ich würde ja nicht Mitglied des Rates sein wollen«, erklärte Jerrin. »Wie du wohl sagen würdest: Das ist nicht die Funktion des L'hel.«

Arré wartete, bis eindeutig war, daß er nicht ohne Drängen fortfahren würde. Dann sagte sie: »Und wer sollte dann nach dem Wunsch des Weißen Clans dessen Mitglied im Rate sein?«

»Ein Wahrheitsfinder«, sagte Jerrin.

Diplomatie, dachte Arré grimmig, hat nichts mit Wahrheit zu schaffen. »Nein. Wenn der Rat es für nötig erachtet, Beweise für das Tun der Ismeninas zu finden, dann wird man diese Beweise auch finden. Das ist eine interne Frage.«

»Aber warum hast du mir dann davon schriftlich berichtet?« fragte Jerrin.

»Weil es nicht nur gegen die Gesetze unserer Stadt verstößt, Waffen hereinzubringen, sondern nach den Definitionen des Banns *ni'chea* ist«, sagte Arré. »Außerdem — ich dachte mir, es würde dich interessieren.«

Jerrin lächelte. Das Schweigen wurde lastender. Arrés Magen murrte, bettelte um etwas Süßes. Sie trank einen kleinen Schluck Wein, um ihn zu besänftigen. Sie fragte sich, ob Ron Ismenin jemals hier gesessen hatte. »Hast du erwogen«, sagte sie, »daß du über eine moralische Autorität verfügst, die dem Rat nicht zu Gebote steht? Du könntest, falls es dir beliebt, dich direkt an die Ismeninas wenden und andeuten, daß es ein unkluger Schachzug sei, Schwerter in die Stadt zu bringen.«

»Das könnte ich«, sagte Jerrin. »Vorausgesetzt, die Ismeninas fragen mich jemals um meine Meinung. Aber Ron Ismenin hat noch kein einzigesmal mit mir gesprochen.«

Wie außerordentlich praktisch, dachte Arré. Aber Kim Batto redet mit dir, und Kim Batto unterstützt den Anspruch der Ismeninas ... Jerrins Indigoaugen waren fest auf ihr Gesicht gerichtet, und sie hatte das ungute Gefühl, daß er ihre Gedanken lesen konnte.

»Bist du ein Wahrheitsfinder?« fragte sie.

Er schaute überrascht drein, und seine Augen glitten von ihrem Gesicht weg. »Ich? Nein. Ich bin ein Gedankenheber. Wir Hexer besitzen gewöhnlich nur eine der Gaben. Ich habe keinen Zugang zu deinem Denken, und wenn dem so wäre, würde ich es nicht ausnutzen. Das wäre äußerst unhöflich.«

»Und du bist nicht unhöflich.« Sie überlegte, ob sie ihm glauben durfte. »Wie alt bist du, falls ich dich fragen darf?«

Er berührte sein seidenfeines Haar. »Siebenundvierzig. Ich wurde mit neununddreißig zum L'hel bestimmt.«

»Es ist eine Funktion auf Lebenszeit?«

»Sie kann es sein. Es gibt drei *L'helis*: einen hier und einen in Shanan, einen in Tezera. Die beiden anderen sind sehr viel älter als ich.« Er drehte den Becher in der Hand, und der Ring an seinem Finger fing das Licht auf und spiegelte es wider. »In meinem Fall glaube ich nicht, daß ich bis an mein Lebensende L'hel sein werde. Ich werde immer müder.«

Sie glaubte ihm nicht. Er versuchte sie durch Charme einzuwickeln, wie eine Spinne, die Seidenfäden um ihr Opfer webt. Offenheit konnte eine Täuschung sein; sie selbst hatte sie eingesetzt, sie kannte die Taktik zur Genüge. »Woher stammen die Narben auf deinem Gesicht?« fragte sie. »Sie sehen so regelmäßig aus, als hätte man sie absichtlich angebracht.«

»Das hat man.« Jerrin fuhr sich mit der Linken über die Wange. »Die Asech haben sie mir zugefügt; sie brandmarken ihre Hexer auf diese Art. Einst waren solche Narben ein Zeichen der Schande, jetzt sind sie Ehrenzeichen.«

»Aber du bist kein Asech. Warum hast du sie dann?«

»Ich habe zwei Jahre lang bei den Asech-Hexern gelebt.«

»Was tun Asech-Hexer.«

»Sie heilen«, sagte er, »machen Wetter, finden die Wahrheit. Sie halten auch den Kontakt der Stämme untereinander aufrecht. Es würde zu lange dauern, einen Kurier durch die Wüste zu schicken, und es ist nicht immer sicher. Gedanken zu senden, das geht schneller.«

Arré trank ihren Becher bis zur Neige leer. Reden machte sie stets durstig. Sie hob das Gefäß. »Darf ich dich um noch einen Schluck Wein bemühen?«

Er ließ die Schale aus ihrer Hand schweben und füllte sie, ohne sie zu berühren. Sie wurde von einem Gefühl des Unheimlichen befallen, als sie zusah, wie der Krug sich hob und ganz von selbst eingoß, einer Empfindung, als wären die Dinge in diesem Garten, die Blumen, die Bank, die Steine, die gleitenden Fische fühlende Wesen und könnten lauschen und vielleicht sogar sprechen.

»Ich danke dir«, sagte sie. »Wollen wir noch ein wenig über die Schwerter reden?« Jerrin neigte zustimmend den Kopf. »Man sagt, die Hexen wissen alles, was in der Stadt geschieht. Hast du davon gewußt, daß die Ismeninas seit geraumer Zeit Schwerter durch die Tore einschmuggeln und daß sie den Schwertkampf mit ihren Soldaten üben?«

Senta antwortete: »Wir haben davon gewußt.«

»Und ihr habt sie darin fortfahren lassen?«

»Was wünschst du? Was hätten wir tun sollen?« fragte Jerrin.

»Die Ismeninas für *ni'chea* erklären!« schlug Arré vor.

Jerrin gluckste. »Das würde die Stadt in zwei Lager spalten.«

»Dann diese Schwerter für *ni'chea* erklären.«

»Das haben wir. Der Bann ist noch gültig.«

»Kurzschwerter werden von dem Bann nicht erfaßt, und die Ismeninas bringen nur solche herein.«

»Dann soll der Rat erklären, daß auch die kurzen Schwerter unter den Bann fallen, und sie werden gebannt sein.«

»Wird der Weiße Clan den Rat darin unterstützen?«

Jerrins Stimme klang wie Seide. »Der Rat herrscht. Der Weiße Clan heilt, macht Wetter und spricht die Wahrheit. Ist der Rat denn abhängig von der Unterstützung durch den Weißen Clan?«

Arré packte den Kristallbecher so fest, daß sie fürchtete, er könnte zerspringen. »In dieser Sache, ja!«

Es herrschte Schweigen; ein zorniges Schweigen, soweit es Arré betraf. Sie war zu einem Eingeständnis gedrängt worden, das zu machen sie nicht beabsichtigt hatte. Die Stille wurde von dem lauten Lied eines Vogels durchbrochen. Ein roter Vogel stieß aus dem Himmel und landete an Sentas Füßen. Sie lächelte und streckte eine schöngeformte Hand aus. Der Vogel schüttelte sein

Gefieder zurecht und flog aus dem Gras auf ihr Handgelenk, setzte sich und ließ sich sacht mit einem Finger streicheln. »Sie heißt Leeka«, sagte sie. »Seit zwei Jahreszeiten hat sie und ihr Gefährte sich ein Nest im Tanjo, in der Kuppel, gebaut.« Ihre Stimme klang warm. Arré warf dem L'hel einen Blick zu und erstarrte. Er stierte die Frau und den Vogel mit wutverzerrtem Gesicht an. Dann bemerkte er Arrés Blick, und sein Gesicht wurde sofort wieder glatt, doch zu spät. Arré fragte sich, was er denn gegen die Zuneigung Sentas zu der Taube einzuwenden haben könnte. Sie hatte diesen gleichen Gesichtsausdruck früher schon einmal gesehen: auf dem Gesicht ihres Bruders; er verriet verletzten Stolz und bittere Eifersucht. Sie rieb sich die Arme, die sich plötzlich, trotz der heißbrennenden Sonne, wie von einem Frösteln durchronnen anfühlten.

Senta schnippte mit den Fingern in die Höhe. »Flieg, Leeka!« summte sie. Die Taube schoß in die Luft.

»Arré Med«, fragte Jerrin, »hast du jemals etwas von Zukunftssehen gehört?«

Und was kommt jetzt? dachte Arré. »Ich weiß, daß es eine Gabe der Hexen ist.«

»Weißt du, wie sie funktioniert?« Arré schüttelte den Kopf. »Hexen, die Dinge und Ereignisse sehen können, ehe sie geschehen, nennen wir Zukunftsseher oder Propheten oder Weissager. Es ist eine unsichere Gabe; wir verstehen sie noch nicht, und so kommt es, daß wir nicht wissen, wenn wir Dinge sehen, ob sie sich ereignen *werden* oder vielleicht nur ereignen *können*.«

»Aber wie könnt ihr ...« Arré runzelte die Stirn. Zukunft, das war die Zeit, die noch nicht eingetreten war, wie konnte es sie also geben, so daß man sie »sehen« konnte? Das ergab keinen Sinn für sie. »Warum sagst du mir das?« fragte sie.

»Unsere Zukunftsseher haben eine Zeit erblickt, in der die Menschen auf den Straßen von Kendra-im-Delta mit Schwertern kämpfen.« Arré hielt den Atem an, und er hob Schweigen gebietend die Hand. »Wir erblicken eine andere Zeit, in der Kurzschwerter auf Geheiß des Rates aus der Stadt verbannt sind. Wir sehen wieder eine andere Zeit, in der die Stadt angefüllt ist mit Fremdlingen, die von Schiffen kommen wie unsere Fischerboote, nur größer, sehr viel größer, die aus dem Süden gesegelt kamen, fremdartige Männer und Frauen in seltsamen Kleidern, und die unsere Sprache nicht sprechen können. Und wir sehen wieder eine andere Zeit, in der Schiffe aus dem Süden heranziehen, die Krieger bringen, die in die Stadt eindringen und die Wälle niederreißen und die Häuser der Menschen niederbrennen.«

Arré durchlief ein Frostschauder. Unwillkürlich vollzog ihre Hand das Abwehrzeichen. »Wird sich irgendeine dieser Zukünfte tatsächlich ereignen?«

»Das wissen wir nicht«, sagte Jerrin. »Vielleicht nicht eine von ihnen. Ich sage dir dies nicht, damit du dich fürchtest, sondern um dir eine Lektion zu erteilen, wie wir sie im Tanjo lernen mußten. Sie ist nicht leicht zu lernen, aber sie ist ganz einfach: *Tu nichts!*«

Arré starrte auf den Grund ihres Bechers. Sie dachte: Ist das der Rat, den du Kim Batto gegeben hast?

»Also«, fuhr Jerrin fort, »wenn der Weiße Clan das nächstemal um Aufnahme in den Rat ersucht, dann verweigere ihm diese nicht!«

»Ich habe nur eine Stimme im Rat, L'hel. Nicht *ich allein* treffe solche Entscheidungen.«

»Aber du bist die stärkste Stimme«, sagte Senta. »Boras Sul ist nicht der Erwähnung wert, Cha Minto ist . . . sagen wir willig und gehorsam, und Marti Hok ist einfach alt.«

»Ihr erwähnt Kim gar nicht.«

»Kim Batto wird tun, was ich — wir — ihm befehlen«, sagte die Frau. Ihre Augen hoben sich zu Arrés Augen: sie waren so schwarz wie die des Vogels und undurchdringlich wie Obsidian.

Schritte raschelten im Gras. Ein dunkler Junge in einer kurzen weißen Tunika näherte sich der Bank. »Vergib mir, L'hel, Lehi, aber die Eskorte der Lady Arré ist innerhalb des Tores und wünscht zu wissen, wo die Lady sich befindet.«

»Wie du selbst sehen kannst, Niko, ist sie hier«, sagte Senta. Sie streckte beide Hände aus und ergriff mit ihnen eine Hand Arrés. »Sag ihnen, sie sitzt im Garten, genießt die Sonne und wird bald kommen.«

Der Akolyth verneigte sich und huschte davon. Arré zog ihre Hand fort. Ruhig und fest betrachtete sie die weiße Frau. »Du bist eine Heilerin«, sagte sie.

Senta nickte. »Ja, ich habe die Gabe. Aber ich bin auch noch Wahrheitsfinderin.«

Jerrin sagte: »Senta! Begleite die Lady Arré zum Tor.«

Senta erhob sich. »L'hel«, murmelte sie und verneigte sich. Arré stand ebenfalls auf. Ihre Knie knackten, und der Rücken tat ihr weh. Senta führte sie durch die säulenbestandene gekachelte Halle in den Kuppelbau. Unter der Kuppel wandte sie sich der Statue des Wächters zu und verneigte sich so tief, daß ihr langes Haar die Fliesen berührte. Ihr Körper war stark und biegsam und graziös wie eine Weide. Die Statue lächelte rätselhaft auf sie beide herab.

Die Wachen waren in zwei Reihen vor dem Tor angetreten. Arré begann darauf zuzuschreiten, doch Senta legte ihr die Hand auf den Arm. »Arré Med«, sagte sie, »ich möchte dich um eine Gefälligkeit ersuchen. Du hast eine Leibeigene in Diensten, ein Mädchen von nordländischem Blut. Sie hat goldenes Haar. Du kennst das Mädchen, das ich meine?«

»Ja.«

»Ich würde gern mit ihr sprechen. Ich habe nichts Böses im Sinn mit ihr, das versichere ich dir. Würdest du sie zu mir schicken?«

Arrés Gedanken stoben hastig durcheinander. Was könnte die Wahrheitsfinderin von Sorren wollen? »Sie wird wahrscheinlich nicht kommen wollen«, sagte sie. »Sie fürchtet den Tanjo.«

»Ich weiß«, sagte Senta. Sie neigte den Kopf dicht an Arrés Ohr. »Und sie hat recht, wenn sie einige unter uns fürchtet. Und unrecht, wenn sie andere fürchtet.«

Sie redet gar nicht über Sorren, dachte Arré. »Wen sollte man rechtens fürchten?« murmelte sie.

»Macht ist gefährlich«, flüsterte Senta. »Fürchte den, der sie am meisten begehrt.« Sie lächelte, als habe sie etwas ganz Unwichtiges gesagt. »Der L'hel ist dein Feind, Arré Med.« In den Tiefen dieser bemerkenswerten Augen blitzte etwas ... Die Wahrheit? fragte sich Arré. »Gehab dich wohl!« Senta drehte sich um, nickte den Soldaten zu und schritt mit langen, graziösen Schritten zum Kuppelbau des Tanjo zurück.

11. Kapitel

Arrés Magen knirschte. Haßt er mich? dachte sie. Die Warnung hatte sie verunsichert. Was hatte *sie* denn getan, daß sie sich die Feindschaft des L'hel zugezogen hatte? Und warum sollte sie Sentano-Jorith Glauben schenken, ihr vertrauen, da sie doch nichts weiter zu sein schien als das Sprachrohr des L'hel? Sie blinzelte zu der Kuppel hinüber, doch die Wahrheitsfinderin war bereits verschwunden.

Eine Männerstimme sagte über ihrem Kopf: »Herrin?«

Sie blickte auf. Der Wachhauptmann ragte vor ihr empor. Sie fauchte: »Was willst *du* denn?«

Er trat einen Schritt zurück. »Wir sind bereit, dich nach Hause zu geleiten«, sagte er.

»Ich danke dir.« Arré überlegte, ob sie nicht lieber zu Fuß gehen solle. Doch das würde zu lange dauern, und Paxe würde mit Recht wütend sein, wenn sie es täte. »Laß mir eine Sänfte holen!« Er verbeugte sich und pfiff dann zwischen den Zähnen.

»Vergewissere dich, daß sie auch sauber ist«, sagte sie schroff, und er verbeugte sich erneut. Eine Sänfte schwankte heran und hielt mit wehenden blauen Wimpeln draußen vor dem Tor. Arré kletterte hinein und übersah dabei absichtlich den ausgestreckten Arm des Offiziers. Sie überlegte sich, was ihre Mutter an ihrer Stelle zu dem L'hel gesagt haben würde. Es half ihr, an ihre Mutter zu denken. Shana Med hatte nie vor irgend etwas Furcht gehabt, nicht einmal vor der häßlichen Pest, die sie dann umgebracht hatte.

Die Sänfte hielt abrupt, und sie wurde gegen die Vorderwand geschleudert. Dann wurde der Tragstuhl abgesetzt. Der Hauptmann trat heran, um Arré herauszuhelfen. Wieder reichte er ihr den Arm, und wieder übersah ihn Arré. »Danke, Hauptmann«, sagte sie. »Bitte bestelle der Hofmeisterin, daß ich sie zu sprechen wünsche.« Sie trat ins Haus. Elith war in der Halle und führte wie üblich ihre brabbelnden Selbstgespräche. Sie wird senil, dachte Arré ungeduldig. Ich sollte sie auf die Weinfelder senden, dort könnte sie in der Sonne hocken und mit sich selber schwatzen und in Frieden sterben.

»Bring mir was zu essen«, befahl sie der alten Frau scharf. Elith blinzelte. »Geh und sag dem Koch, ich möchte Beeren und Sahne haben!« Sie trat in ihr Arbeitszimmer. Sie Sonne schimmerte auf dem silbrigen Zedernholzboden, auf den leuchtenden Wandteppichen, auf dem Glas des Aktenschrankes. Arré ließ sich in ihren Sessel fallen und schleuderte die Schuhe von den Füßen. Sie lehnte sich wollüstig in die Kissen zurück und dachte: Ich bin eine Spinne, und das hier ist mein Netz.

Es war kindisch, doch das schamlose Bild bewirkte, daß sie sich besser fühlte.

Ihr Magen siedete vor Hunger, und sie betätschelte ihn. »Geduld!« sagte sie.

»Geduld ist eine löbliche Tugend«, sagte Paxe von der Tür her.

Arré grinste sie an. »Wer sagt das?«

»Eine Frau, der ich gestern nacht begegnet bin.« Der breite Mund ihrer Hofmeisterin hob sich in den Winkeln nach oben. »Sie war eine Trickdiebin. Firth hat gesagt, du willst mich sprechen?«

»So ist es. Setz dich!« Arré wies auf den Schemel, und Paxe setzte sich. »Wie lang ist es her, daß du die Schwerter bestellt hast? Die *sejis*?«

»Eine Woche«, antwortete Paxe.

»Und wann werden wir sie bekommen?«

»Perrit hat gesagt, er braucht drei Wochen. Er liefert zwar oft früher, aber ich weiß nicht, ob es diesmal klappen wird. Sagen wir, in zwölf Tagen.«

»Ich will sie gleich haben!« sagte Arré. »Biete ihm den doppelten Preis an, wenn er sie gleich fertigmacht. Ich will, daß auf dem Med-Hof Unterricht in der Kunst des Kurzschwertfechtens erteilt wird, und ich will, daß unsere Soldaten bis zum Fest im Gebrauch dieser Waffen wohlgeübt sind.«

Paxes Brauen zogen sich zusammen. »Wohlgeübt?« wiederholte sie. »Das ist nicht zu schaffen. Es sind nicht einmal vier Wochen bis zum Fest!«

»Ich weiß sehr gut, wann das Fest ist! Aber ich will, daß möglichst viele meiner Wachen das Schwertspiel beherrschen bis dahin. Bilde sie soweit aus, daß sie Schwerter tragen können und damit überzeugend wirken und sich dabei nicht die hohlen Köpfe abschlagen. Kannst du das wenigstens?«

Die Tür ging auf, und Lalith kam mit einer blauen Schüssel voll Kirschen herein. Arré nahm sie ihr aus den Händen. »Ist Sorren noch nicht vom Markt zurück?« fragte sie.

Das Mädchen mit den Ringelschwanzzöpfen schüttelte den Kopf. »Noch nicht, Herrin.«

»Wenn sie zurückkommt, sag ihr, ich will sie sehen!«

»Ja, Herrin.« Lalith warf Paxe einen neugierigen Blick zu und verschwand. Arré aß einen Löffel voll Beeren. Das starke, süße Aroma ließ sie vor Vergnügen seufzen.

Sie warf Paxe einen Blick aus den Augenwinkeln zu. Die Hofmeisterin runzelte noch immer die Stirn. Wahrscheinlich dachte sie über die Schwertsache nach. Soll ich ihr sagen, was im Tanjo los war? dachte Arré. Sie vertraut dem Weißen Clan. Es wird ihr das Herz brechen, wenn sie erfährt, daß der L'hel käuflich ist.

»Wo sind die Schwerter, die durch das Tor gekommen sind?« fragte sie.

»Was wir gefunden haben, liegt im Wachhaus am Tor unter Schloß und Riegel.«

»Laß sie herbringen!« sagte Arré. »In unsern Hof.«

Paxe nickte.

»Läßt dich Ron Ismenin noch immer von diesem Kind beschatten?«

Paxe lächelte. »O ja, wenn ich es zulasse.«

»Kannst du mir jemanden finden — nicht ein Kind! —, dem du genug vertraust, und ihn Kim Batto auf die Fersen setzen?«

Paxe kratzte sich am Kinn. »Ja«, sagte sie dann. »Ich glaube schon. Doppelte Bezahlung?«

»Was immer du für gerechtfertigt hältst«, sagte Arré, »aber ich will, daß er überall beschattet wird, Tag und Nacht!«

»Warum?« fragte Paxe.

Arré holte tief Luft. »Sagen wir einfach«, flüsterte sie behutsam, »weil ich nicht glauben kann, daß unser guter Kim so fromm ist, wie er gern erscheinen möchte.«

Paxe richtete sich steif auf. »Du glaubst, er ist in die Tricks der Ismeninas verwickelt?«

»Das mag wohl sein.«

»Der Tanjo hält sehr große Stücke auf ihn. Sagt man.«

»Das weiß ich«, sagte Arré. »Aber ich will sichergehen. Wenn

du die Sache mit deinem Spitzel besprichst, dann sag, daß ich direkt berichtet haben will.«

»Wie du es wünschst«, sagte Paxe. »Sonst noch was?«

»Nein. Hast du Nachricht von deinem Sohn?«

Paxe lächelte. »Gestern, einen Brief, mit einer der Karawanen. Es geht ihm gut. Ich soll ihm Stiefel schicken.«

»Das ist erfreulich«, sagte Arré. »Ich bin froh, daß es ihm gut geht.« Paxe entfernte sich. Arré schob die Füße auf den Schemel und begann über Kim Batto nachzudenken, und über Sorren, und darüber, warum um des Himmels willen Senta-no-Jorith Sorren zu sehen wünschte.

Sorren nahm teil an einer Hochzeitsfeier. Die Schlangentänzerin Tani heiratete. Die Trauungszeremonie hatte noch nicht stattgefunden, und sie würde auch erst dann vorgenommen werden, wenn Tani wieder zu ihrem Stamm zurückgekehrt sein würde. Der Mann, dem sie verbunden wurde, befand sich noch in der Wüste. Tani war glücklich, denn sie mochte den Mann gern. Simmy war glücklich, weil Tani nicht in die Wüste zurückging, um dort zu leben; ein Punkt im Heiratskontrakt war es, daß der zukünftige Gatte nach der Vermählung nach Kendra-im-Delta ziehen müsse. Und Tanis Schlangen waren glücklich, weil man ihnen soviel zu fressen gegeben hatte, daß sie fast einschliefen.

Die Feier hatte auf dem Isara-Markt ihren Anfang geommen, doch nach einiger Zeit geriet sie außer Kontrolle, und Simmy schlug vor, sie sollten zu seiner Kate ziehen, ehe die Isara-Wachen anmarschierten und die Feiernden zerstreuten. Die Hütte war winzig und stank nach Ziegenfell und Himmelskraut und den kräftigen scharfen Gewürzen, die die Asech in der Küche verwendeten. Sorren hockte trommelnd auf einem Kissen. Simmy blies die Flöte. Sothri und Tani tanzten. Sie wanden sich lange Schals in langsamen erotischen Bewegungen um Brüste und Bauch, während Nerim, ihr Juniorpartner, in der Tür stand und die Lippen an ein schachtelähnliches Musikinstrument, ein *sho*, preßte.

Die Asechtrommeln waren flacher als jene, an die Sorren gewöhnt war, und meist wurden sie mit Stöcken gespielt. Doch Sorren hatte die Stöcke weggelegt. Der Klang war mehr blechern als der auf ihren Trommeln, weniger resonant, mehr wie eine Rassel. Doch das spielte keine Rolle. Die Musik des Sho war wild und fremdartig, und sie kitzelte im Blut wie Wein. Sorren bearbeitete die Trommel mit beiden Händen, während Simmys Flöte die Tonleiter auf und ab glitt. Alle in dem engen Raum rauchten Himmelskraut und schwankten hin und her. Tani und Sothri sangen, es klang wie eine der Hymnen an den Festtagen, nur hektischer. Und bald hatte der Gesang Worte, und die Männer stimmten mit ein, brüllend und lachend. Tanis Gesicht wurde rot und röter. Aus den wenigen Worten, die sie begriff, erriet Sorren, daß es ein sehr zotiges Lied war.

»Du weißt, was es bedeutet?« fragte eine einschmeichelnde Stimme. Ein Arm glitt um Sorrens Schulter. Es war Jeshim, und er stank nach Himmelskraut. Die Worte bedeuten: *Wie der aufgebäumte Hengst nach seiner Stute ruft, so rufe ich, hochgebäumt, meine Geliebte . . .*

»Huch«, machte Sorren.

»Und wie fühlst du dich, meine süße Trommlerin?«

»Ich bin nicht deine Trommlerin, Jeshim, und ich fühle mich prächtig.« Sie bewegte die Schultern, damit er seinen Arm wegnehme. Das schien er jedoch nicht zu wollen. Seine Finger schlossen sich um ihre Brust. »Jeshim, wenn du mich so drückst, kann ich nicht trommeln.« Sie hörte auf zu spielen. Simmy nahm die Flöte von den Lippen und funkelte Jeshim düster an. Jeshim zuckte die Achseln und nahm die Hand weg.

»Wo bleibt der Fraß?« brüllte irgendeiner. Tani und Sothri gingen in die winzige Küche Simmys und kehrten mit großen Tellern voller Asech-Köstlichkeiten zurück: Sesamkuchen und kleine Klößchen aus Lammfleisch, in Eierteig herausgebacken, und andere Delikatessen, die Sorren unbekannt waren. Tani setzte ihr Tablett vor Sorren ab. Sie nahm sich einen Sesamkuchen.

Jeshim griff sich einen langen dünnen Streifen Fleisch und stopfte ihn sich mit sichtbarem Wohlbehagen in den Mund. »Was ist das?« fragte Sorren.

Er grinste. »Eidechse.« Sie zog die Hand blitzschnell von dem Tablett zurück. »Heiliger Wächter, Mädchen, ich mach Spaß!«

Sie glaubte ihm nicht. Wahrscheinlich *war* es Eidechse. Sie nahm sich noch einen Sesamkuchen. »Du, ich hab' dir eine Botschaft auszurichten. Von Isak Med«, sagte sie. Vielleicht würde er sie in Ruhe lassen, wenn sie ihm gute Nachrichten brachte.

»Was ist es?«

»Wenn du bei der Ismenin-Verlobung auftreten willst, dann geh und sprich mit ihm.«

»*Wai'hai!*« Jeshim sprang auf. Dann bückte er sich und küßte Sorren überschwenglich auf beide Wangen. »Ach, du überaus liebliches Wesen, ich stehe zutiefst in deiner Schuld.« Er bahnte sich einen Weg zur Küche durch und kehrte mit einem Weinschlauch zurück. »Da, willst du?« Er hielt ihr den Schlauch hin. Sorren schüttelte den Kopf.

Es war fein, daß sie ein bißchen an solch einer Feier teilnehmen konnte. Arré war im Tanjo und hatte nicht damit gerechnet, dort vor dem Mittag wegzukommen. *Ta*-ta-ta-*ta*-ta-ta ... Sie hieb auf die Trommel ein. Auch sie schwankte nun mit den Schultern im Rhythmus hin und her. Nerim ließ sie nicht aus den Augen; Sorren lächelte ihm zu, und er errötete bis zum Haaransatz und schaute weg. Er sah wie Ricard aus, nur angenehmer. Daß er so schüchtern war, machte ihn attraktiv. Sie pochte auf die Trommel, bis ihre Finger brannten.

Als sie dann aufbrach, folgte Simmy ihr auf die Straße, um ihr Adieu zu sagen und ihr für ihr Trommeln zu danken.

»Ich danke dir, daß du mich eingeladen hast. Ich hätt' ein Geschenk gebracht, wenn ich das vorher gewußt hätte.« Die Asech unter den Gästen hatten Geschenke mitgebracht: Töpfe und Ledersachen und Einzelteile für einen Schmuck.

»Darüber mach dir mal keine Gedanken. Deine Anwesenheit war Geschenk genug.« Er blickte kurz zum Himmel hinauf. »Du wirst doch keine Schwierigkeiten kriegen, oder?«

»Ach nein, das geht schon gut so. Ich habe Zeit heut morgen.«

»Das mit Jeshim tut mir leid.« Seine Stimme klang grimmig. »*Ich* hatte ihn nicht eingeladen, aber es ist schwer, ihn fernzuhalten.«

Auf dem Heimweg hämmerten die Lieder der Asech noch immer in Sorrens Kopf. Als sie in die Küche trat, sagte Lalith: »Arré will dich sprechen.« Sie krauste die Nase. »Du riechst aber komisch! Wo bist du gewesen?«

»Bei einer Asechhochzeit«, sagte Sorren. »Und ich habe Eidechse gegessen.«

Lalith riß die Augen weit auf. Grinsend ging Sorren zum Salon. »Wo hast du gesteckt?« fragte Arré, fast im gleichen Ton wie Lalith.

Sorren setzte sich auf den Hocker. »Bei einem Fest. Ich habe getrommelt. Es war eine Feier bei Asechfreunden.«

Arré schnaubte verächtlich. »Ich scheine es nie zu schaffen, daß man mich mitten am Tag zu einem Fest einlädt.«

Die Stimme klang scharf — war sie in guter Laune oder in schlechter?

»Wessen Fest war es denn?«

»Sie ist Schlangentänzerin«, sagte Sorren. Sie hätte gern gewußt, wie das Treffen mit dem L'hel verlaufen war. Tagelang hatte sie gefürchtet, Arré könne ihr doch noch befehlen, sie zum Tanjo zu begleiten, und an diesem Morgen hatte sie absichtlich sehr früh das Haus verlassen und war lange fortgeblieben, damit sie Arré nicht unter die Augen kam.

Arrés rechte Hand streckte sich, um die Armbänder zu berühren, die normalerweise an ihrem linken Handgelenk saßen. Aber da waren keine. »Also, warum habe ich . . .« Sie lächelte. »Oh. Ich hab' mich schon gewundert, warum ich heute morgen die Armbänder fortgelassen habe. Es war, weil ich nicht leichtfertig und putzsüchtig erscheinen wollte. Leichtfertig! Pah!« Sie schnaubte. »Geh und hol sie mir, Kind!«

Sorren ging die Treppe hinauf und in Arrés Schlafzimmer. Sie holte die Armreifen aus der Schatulle, brachte sie Arré, die sie sofort über die Hand schob. Ihre Finger streichelten über den Reif mit dem Edelstein, das Geschenk Paxes.

»Setz dich doch, Kind!« sagte Arré. Sorren tat es. Sie fragte sich, ob etwas nicht stimmte. Arré neigte den Kopf. »Sag mir, Kind«, begann sie, »warum sollte ein Wahrheitsfinder mit dir sprechen wollen?«

Sorren wurde innerlich kalt. »Ich . . . ich weiß es nicht«, stammelte sie.

»Bist du je einem begegnet?«

»Ja, einmal einer auf dem Markt.«

»Und wie hat sie ausgesehen?«

»Sie . . . sie hatte schwarze Haare und eine wundervolle Stimme. Sie kam mit Kim Batto daher.«

»Senta«, sagte Arré. »Was hat sie zu dir gesagt?«

»Sie . . . ich war ganz durcheinander, und sie hat mich gefragt, warum ich weinte. Sie hat mir Angst gemacht, und da bin ich weggerannt.«

»Hast du schon immer Angst vor den Hexenleuten gehabt?« fragte Arré. »Ich weiß, du hast meinen Brief an den L'hel nicht zum Tanjo tragen wollen — Sorren, hör auf so zu zittern!«

»Ich kann nicht«, wimmerte Sorren.

Arré beugte sich vor und nahm ihre Hände. »Du kannst!« sagte sie fest. »Sorren, die Hexen sind vielleicht fremdartig und seltsam, aber sie haben nie jemand was Böses getan, jedenfalls soweit ich weiß. Warum solltest du Angst vor ihnen haben? Gibt es etwas, was du besitzt oder tust, was sie verboten haben?«

Sorren schluckte. Das war schlimmer, als sie befürchtet hatte. Sie wagte nicht, Arré von ihren Visionen zu erzählen. Arré würde sicher wünschen, daß sie in den Tanjo gehe.

Aber sie hatte etwas, das sie herzeigen konnte: die Karten. Also sagte sie: »Ich . . . ich werd's dir zeigen. Aber dazu muß ich rauf.«

»Dann geh!« sagte Arré und gab ihre Hände frei.

Sie trug die Schachtel herunter und legte sie in Arrés Schoß. »Dies ist der Grund«, sagte sie.

Arré öffnete die Schachtel und nahm die Karten heraus. Behutsam wickelte sie die rote Seide auf, nahm die erste Karte und wendete sie auf die Bildseite. Ihr Augenbrauen hoben sich. »Hah.« Sie drehte die zweite Karte um. Es war die webende Frau. »Was stellt das dar?«

»Meine Mutter hat sie mir vererbt«, sagte Sorren. »Sie kommen aus dem Norden. Es sind Wahrsagekarten.«

Arré drehte die dritte Karte um, die mit der schlafenden Frau. »Was meinst du damit, sie kommen aus dem Norden?«

Sorren erklärte, wie sie die Bilder der Karten in den Aufzeichnungen des Großvaters von Marti Hok gefunden hatten. »Sie stammen von Tornor Keep«, sagte sie. Tornor, wie fremd sich dieses Wort noch immer in ihrem Mund anhörte.

Arré strich sacht über die gemalten Bilder, genauso, wie sie eine Blüte im Garten zu berühren pflegte. »Sie sind schön«, sagte sie. »Warum hast du sie mir nie zuvor gezeigt?«

Sorren ließ den Kopf sinken. »Ich hab' gedacht, du nimmst sie mir weg. Es ist gegen das Chea, sie zu besitzen.«

»Weil es Wahrsagekarten sind? Aber sie gehören doch dir, mein Kind! Es sind Erbstücke.« Sie legte sie in die Schachtel zurück und faltete die rote Seide wieder über sie. »Kannst du sie benutzen?«

»Nein. Ich bin aus den Weingärten weggegangen — und dann, meine Mutter ist gestorben. Sie hat es mir nie gezeigt, wie man es macht.«

Arré seufzte. »Das war meine Schuld«, sagte sie. »Ich habe dich fortgeholt.« Sie hielt die Schachtel mit beiden Händen fest. »Ich glaube, du solltest lernen, wie man damit umgeht.«

»Wie und wo?«

»Ich weiß es nicht«, sagte Arré und setzte den Deckel wieder auf das Kästchen. Dann reichte sie es Sorren. »Stell das fort, Kind!«

Sorren trug die Karten wieder hinauf.

Als sie ins Zimmer zurückkehrte, hatte Arré ihr Schreibzeug hervorgeholt und schrieb an einem Brief. Sorren schaute der Feder zu, die über das Papier flog. Arré beendete ihren Brief, der sehr kurz war, und goß Streusand darüber. »Ich habe der Wahrheitsfinderin gesagt, daß ich dich zu ihr schicken werde. Aber du weißt ja, wie vergeßlich ich bin . . .« Arré vergaß niemals auch nur die geringste Kleinigkeit. »Ich muß wohl vergessen haben, dir davon zu sagen.«

Sorren fragte: »Wird sie nicht ärgerlich sein?«

»Möglich. Aber das ist mir gleich. Und dir sollte es ebenfalls gleich sein. Du bist meine Leibeigene und stehst unter meinem Schutz. Trotzdem vermeidest du besser in der nächsten Zeit die öffentlichen Heilungen und den Tanjo tunlichst.«

»Das tue ich ja sowieso«, sagte Sorren.

»Hast du alle Einkäufe erledigt?« fragte Arré.

»Ja.«

»Ist das Haus sauber? Die Wäsche gewaschen?« Sorren nickte. »Gut.« Arré faltete den Brief und versiegelte ihn mit dem Med-Siegel auf rotem Wachs. »Dann könntest du dies hier zu Marti Hok tragen.«

Aber Marti Hok war nicht zu Hause. Die Hok-Wachen erinnerten sich an Sorren und ließen sie an die Vordertür durch, ohne das Med-Siegel auf dem Brief auch nur anzusehen. Das Mädchen mit dem weißen Kleid machte ihr die Tür auf. »Ich bringe einen Brief von Lady Med an die Lady Marti«, sagte Sorren. »Ist sie zu sprechen?«

Das Mädchen verzog entschuldigend das Gesicht. »Sie ist mit ihrem Sohn am Hafen. Ist es eilig? Ich kann ihr den Brief durch einen Posten zustellen lassen.«

»Ich glaube nicht«, sagte Sorren. Arré hatte nichts von Eile gesagt.

»Yona? Was gibt's?« rief eine Frauenstimme. Eine Tür im Innern des Hauses fiel zu, und eine Frau trat in den Flur. Sie hatte ein weiches Silberkleid an, das sich mächtig über ihrem offenkundig schwangeren Bauch spannte. Das Mädchen und Sorren verneigten sich beide.

»Sie ist eine . . .«

»Ich habe einen . . .«

Sie brachen beide gleichzeitig ab. Alanna Hok lachte. »Nicht gleichzeitig beide«, sagte sie und nahm Sorren den Brief aus der Hand. »Was ist denn das? Oh, ich sehe. Ich leg ihn Mutter auf den Tisch.« Sie hatte ein rundes freundliches Gesicht, und das Haar fiel ihr in weichen braunen Locken über die Wangen. Ihr Rücken war leicht nach vorn durchgebogen, um das Gewicht des Kindes in ihrem Leib auszugleichen. »Jetzt weiß ich wieder, wer du bist — das Mädchen aus dem Norden. Sag Arré Med, meine Mutter wird den Brief heute abend erhalten. Es muß wichtig sein, daß sie dich geschickt hat.« Sie wedelte mit dem steifen Papier auf und ab, als wäre es ein Fächer. »Weißt du, was drinsteht?«

»Nein, Herrin«, sagte Sorren. Sie glaubte es zwar zu wissen, doch Arré würde ihr nicht gerade dankbar sein, wenn sie darüber redete, und sei es mit einem Angehörigen der Hok-Familie. Alanna fächelte sich träge Luft zu, und Sorren konnte in dem leichten Luftzug den Duft von Sandelholz riechen, den sie auf ihr Haar gesprüht hatte. Sorren verbeugte sich wieder. »Ich werde Arré Med deine Nachricht ausrichten.«

In dieser Nacht fand sie keinen Schlaf. Ruhelos lag sie auf ihrem Bett, warf sich herum wie ein Fisch an der Angel, und versuchte an nichts zu denken. Schließlich setzte sie sich auf. Sie tastete auf dem Bett nach ihrer Zunderbüchse, machte eine Flamme und führte sie an den Docht der Kerze. Ihr dunkler Schatten blühte an der Wand auf. Sie holte die Karten unter dem Kopfkissen hervor und betrachtete sie in ihren Händen. Sie nahm die erste Karte hoch, den Tänzer, und legte ihn in den Schoß. Schön und vor Freude glühend strahlte er sie aus der gemalten Szenerie herauf an, als wäre er lebendig. Sie überlegte, ob er wohl ein Cheari sein könnte oder sollte. Sie ließ sie anderen Karten auch auf ihren Schoß gleiten und nahm eine zufällige zweite Karte auf: die Sonne. Man sah eine ländliche Gegend, mit einer Scheune, einem Feld und tanzenden Leuten. Sie nahm eine dritte Karte: den Reiter. Sein Mantel war grün. Konnte dieser Reiter Kadra darstellen? Sorren schaute sich das gemalte Gesicht ganz nahe an, um zu sehen, ob es einem ihr bekannten ähnelte, doch das Gesicht war dafür zu klein. Wieder nahm sie eine Karte: die Lady. Auf dem Bild hatte sie Goldhaar. Sorren überlegte sich, ob in diesem Schicksalsspiel, das sie nicht zu lesen verstand, die Lady für ihre Mutter zu gelten hatte. Dann funkelte sie der Wolf aus dem Spiel an. Die böse Wildheit seiner roten Augen war erschreckend. Der Gaukler ließ sie an Jeshim denken, dann an Isak. Sie nahm den Phoenix auf. Das, dachte sie, ist die allerschönste von den Karten: die Schwingen des Vogels schimmerten durch das Feuer in sämtlichen Regenbogenfarben.

Ach, das Ganze war töricht ... Sie hatte nicht die geringste Ahnung, was die Karten bedeuteten, und es nutzte ihr gar nichts, auch wenn sie sie ewig anstarrte. Sie legte sie wieder aufeinander, ohne auf die ursprüngliche Ordnung zu achten, und verstaute sie wieder in dem Kästchen. Sie warf die Steppdecke zurück und ging ans Fenster. Der abnehmende Mond sah aus, als wolle er ins Meer hineintauchen.

Sie ertappte sich dabei, daß sie sich fast schmerzhaft nach einer ihrer Visionen sehnte. Doch zu ihrem Verdruß geschah gar nichts. Die Welt blieb ringsum fest und sicher und altvertraut. Seufzend ging sie wieder ans Bett zurück. Sie wünschte, sie hätte gewußt, wo Toli den Beutel mit dem Himmelskraut versteckt hatte. Es war zwar langweilig, allein zu rauchen, doch hätte ihr die Zauberdroge wenigstens beim Einschlafen helfen können.

Am Morgen der neuen Wacheinteilung hatte Paxe Kopfschmerzen. Sie rieb sich die pochende Schläfe. Der Schmerz war mitten in der Nacht aufgetreten und, wenn er auch ein wenig schwächer geworden war, hockte noch immer in ihrem Kopf, bohrend, sich windend wie ein nagender Wurm. Sie beruhigte sich mit dem Gedanken, daß er verschwinden werde, sobald sie damit aufhörte, müßig herumzutrödeln, und trat vors Haus. Ivor stand im Waffenhof, hatte die Hände in die Hüften gestemmt und schickte ihr ein fröhliches Grinsen entgegen. Sie bedeutete ihm mit einem Kopfnicken, näherzukommen, und er kam glückstrahlend herangeeilt.

»Hofmeisterin, ich danke dir, daß du mich für diese Wache eingeteilt hast. Ich werde mein Bestes tun, das verspreche ich dir.«

»Das weiß ich, daß du das tun wirst«, sagte Paxe. »Ach, und laß dich von Borti nicht herumschubsen, er wird das nämlich versuchen.«

»Das wird er nicht.«

»Aber versuch auch nicht, alles selber zu tun. Die Tageswache ist anstrengend, weil man auf eine Menge achten muß, aber ich hätte dich nicht dafür eingeteilt, wenn ich nicht Vertrauen zu deinem gesunden Menschenverstand und zu deinen Fähigkeiten hätte.«

Ivors Augen leuchteten bei diesen Worten. »Ich danke dir.«

»Hast du die Inspektionsrunden schon gemacht?«

»Ich wollte gerade anfangen.«

»Wenn du zum Tor kommst, sag Sereth, sie sollen die Schwerter, die wir beschlagnahmt haben, auf einen Wagen laden und hier abliefern. Arré Med will, daß sie im Waffenschuppen untergebracht werden.«

»Ich werde es tun.«

»Ist das Schloß schon ausgewechselt?«

»Der Schlosser kommt heute nachmittag.«

»Gut.« Ihre Schläfe hämmerte, und sie kämpfte gegen das Verlangen an, sie zu reiben. »Ich seh dich dann später noch.«

Er verneigte sich und marschierte flott durch das Tor des Waffenhofes davon.

Sie schlug den kürzesten Weg zum Hok-Viertel ein. Als sie am Tanjo vorbeikam, merkte sie, daß sich ihre Muskeln vor innerer Spannung verkrampften. Sie schüttelte kräftig die Arme, um die Verspannung zu lösen. Die Wachen des Tempelbezirks verneigten sich vor ihr. Im Hok-Bezirk herrschte geschäftiges Treiben: die Straßen waren verstopft von Karren und Menschen, die es alle eilig hatten und die einander zubrüllten. Sobald sie Paxe erblickten, machten sie ihr stumm und hastig Platz. Sie ging zu Perrits Werkstatt. Der alte Mann zeigte im hinteren Bereich der Werkstatt einem Lehrlingsmädchen, wie man mit einem Hammer umgeht. »Fiehste die Markierung?« sagte er und wies auf ein Brett, das auf zwei Sägeböcken lag. »Wir nennen fie Eulenaugen. Fie kommen, wenn du den Hammer fu locker oder fu feft hälft.« Er nahm den Hammer auf und schlug den Nagel sauber ein. »Der Hammer fpringt, wenn du ihn fu feft anfaft. Wenn ich fuflage, dann treff ich nur den Nagel. Bei mir hüpft der Hammer nich' fort.« Er gab dem Lehrling den Hammer. »Verfuchf mal.«

Paxe unterbrach die Unterweisung. »Perrit, ich muß dringend mit dir reden.«

Er runzelte die Stirn. »Blof 'n Moment, Hofmeifterin.«

»Nein, sofort!«

»Alfo, verfuchf«, sagte er zu dem Mädchen. »Ich bin gleich zurück.« Immer noch mit finsterem Blick trat er zu Paxe. »Waf if lof?«

»Ich brauche diese *sejis*!«

»Kann ich nich fo fnell faffen!« Er schüttelte den Kopf.

»Doppelte Bezahlung?«

Er legte den Kopf schief und schaute sie an. Sie sah, wie die Frage in ihm arbeitete. »Stell keine Fragen!« sagte sie. »Es ist besser, wenn du nichts weißt. Also, wie bald kann ich sie haben?«

»In fehn Tagen. Früher gehf nich.«

»Dann mach sie. Ivor-no-Akia hat das Kommando der Tageswache, er wird dir zeigen, wo du sie abgeben sollst, für den Fall, daß ich nicht erreichbar bin.« Das Lehrlingsmädchen hinter ihnen pochte zimperlich auf dem schlagstellenübersäten Brett herum.

Paxe ging wieder in den Med-Bezirk zurück. Sie nahm den gleichen Weg, ihre Füße trugen sie automatisch. Als sie eine Straße weit vom Tanjo entfernt war, entdeckte sie ein ihr wohlbekanntes kleines Gesicht hinter sich. Sie schlug einen Haken zurück und erwischte den zerlumpten kleinen Jungen, als der durch die Gasse kam und in allen Türeingängen nach ihr spähte. Sie hob ihn hoch und schüttelte ihn in der Luft, bis er vor Furcht zu zittern begann. »Du wirst Ron Ismenin sagen«, preßte sie durch zusammengebissene Zähne hervor, »wenn ich dich noch einmal hinter mir herschleichen sehe, dann werde ich dich in den Fluß schmeißen. Und sag ihm, das gilt für jeden anderen, den er versucht, mir auf die Fersen zu setzen!« Das Kind bebte in ihrem Griff, und sie funkelte es finster an. Der Zorn war diesmal nur halb gespielt. Ihr Schädel dröhnte. Sie ließ den Jungen wie einen kaputten Schuh auf die Straße fallen, und als sie sich dann umdrehte, um zu prüfen, ob er ihrem Befehl gehorchte, sah sie keine Spur mehr von ihm. Sie schritt weiter auf ihrem Weg den Hügel hinauf; sie schämte sich ihrer Unbeherrschtheit ein wenig.

Jenith-no-Terézia war eine kleine bräunliche Frau. Paxe kannte sie schon seit Jahren. In den Jahren, in denen Paxe als Wache auf den Weinfeldern diente, hatte Jenith dort auf dem Gut gearbeitet, und sie war etwa zur gleichen Zeit wie Paxe in die Stadt gezogen. Sie war jetzt Aufseherin in einem der Med-Lagerhäuser. Als Paxe sie aufspürte, inspizierte sie gerade ein leckendes Weinfaß und drohte dem Faßbinder, der es gefertigt hatte, Mord und Totschlag an. »Nun schau sich einer das bloß an!« schrie sie und wies auf eine rote Pfütze unter dem Faß. »Irgendein Hurensohn von einem räudigen Wildesel hat grünes Holz dafür verwendet, und es ist geschrumpft, bevor wir den Wein eingefüllt haben! Verdammte Scheiße! Die Winterdämonen mögen ihn an den Eiern davonschleppen, diesen Mistkerl, der das gemacht hat!« Sie grinste Paxe an. »Hofmeisterin! Was treibt dich denn zu uns? Durst?«

»Nein. Kann jemand für dich mal hier aufpassen, während du für einen Moment mit mir rauskommst?«

»Sicher.« Jenith ging ihren Assistenten suchen, fand ihn und erteilte ihm ein paar kurze Anweisungen. »Gehn wir! Ich bin so aufgeregt wie eine Jungfrau bei ihrer ersten Orgie!«

Paxe führte sie zum »Becher«. Sie lachte den ganzen Weg über. Die Leute in der Tavernenküche erkannten sie beide wieder. Sie brachten Paxe Wein und lehnten ihre Bezahlung ab. Jenith trank Wasser.

»Was, du trinkst nicht?« fragte Paxe.

»Chea! Ich brauche es gar nicht! Die Dämpfe in dem Schuppen reichen aus, daß ich am Abend nur noch heimwärtsschwanke. Aber sag mir, wie geht's dir? Ich seh dich einfach nicht oft genug, du emsiges Bienchen. Sag, arbeitet Kaleb noch immer für den Med-Hof? Ein wundervoller Mann!« Sie lächelte. »Was treibt dein Junge?«

»In den Weinfeldern«, sagte Paxe und nippte an ihrem Wein. »Er arbeitet.«

»Wunderbar! Meine Töchter sind auch draußen. Ich hab' ihnen gesagt, sie dürfen erst wieder zurück in die Stadt, wenn sie genug Geld haben und ein Jahr lang nichts von mir brauchen.«

Jeniths Töchter waren etwa zur gleichen Zeit geboren wie die Paxes, und Paxe erinnerte sich gut an die vier Kleinen, die miteinander im Hof des Gutshauses gespielt hatten. »Geht es ihnen gut?«

»Recht gut«, sagte Jenith. »Aber was kann ich für dich tun?«

»Nicht für mich«, sagte Paxe. »Doch für Arré Med. Jen, kannst du noch immer unsichtbar werden, hier in der Stadt?«

Jenith grinste. »Ich hab's seit einiger Zeit nicht mehr probiert. Aber ich denke doch, daß ich es könnte.« Sie war eine Asech und war während der ersten zwölf Jahre ihres Lebens in der Wüste aufgewachsen. »Warum?«

»Arré Med hat Verwendung für dein Talent. Sie bezahlt dir das Doppelte von dem, was du jetzt verdienst, damit du jemand überallhin durch die Stadt verfolgst und ihr berichtest, wohin er immer geht.«

»Für doppelte Bezahlung ziehe ich mich sogar nackig aus und tanze in einer Schlangengrube«, sagte Jenith. »Wen beschatte ich?«

»Kim Batto.«

Jenith schob die Lippen vor. Doch sie fragte nicht nach dem

Grund für ihren Auftrag. Sie trank von ihrem Wasser und verbarg so das Gesicht hinter dem Becher. Dann setzte sie ihn ab und sagte: »Also gut. Shem kann sich eine Weile allein um das Lagerhaus kümmern. Wie lange soll die Geschichte dauern? Und kann ich jemand dazu nehmen, der mich ablöst, wenn es nötig wird?«

»Du kannst dir eine Ersatzfrau nehmen, aber die bezahlst du dann aus deiner Tasche«, sagte Paxe. »Und was die Dauer betrifft . . .« Sie runzelte die Stirn. Darüber hatte Arré nichts gesagt. »Es sollte mit dem großen Fest vorbei sein.«

»Wann fang ich an?«

»Sobald du kannst. Komm Arré Med alle drei Tage Bericht erstatten, es sei denn, sie befiehlt dir was anderes.«

Jenith nickte. Sie beugte sich näher heran und sprach mit gedämpfter Stimme: »Paxe — was hat der L'hel zu Arré gesagt, gestern, über die eingeschmuggelten Schwerter?«

»Ich weiß es nicht«, antwortete Paxe. »Sie hat es mir nicht erzählt.«

Jenith malte mit einem Finger einen kleinen Ring auf den Tisch. »Die Leute sagen überall auf den Straßen, daß der Tanjo den Bann aufheben wird, und auch, daß der Rote Clan wieder zurückkommen wird.«

Paxe hob ihren Becher. »Davon hab' ich nichts gehört«, sagte sie, nicht ganz wahrheitsgemäß. Sorren hatte ähnliches berichtet. Wie, wenn das stimmt, dachte sie. Ein Zornfunken stob in ihr auf, als sie an Tyré dachte, der aus der Stadt verbannt worden war, weil er sich geweigert hatte, eine kastrierte Kunst zu lehren, der die Hexer und den Bann so abgrundtief gehaßt hatte . . .

»Noch etwas«, sagte Jenith. Ihre Stimme wurde sogar noch verstohlener. »Die Leute reden, daß auf dem Waffenhof der Ismeninas den Soldaten der Schwertkampf beigebracht wird! Ich hab' einen Ismeninposten danach gefragt, und er hat gesagt, es ist eine Lüge, aber sie haben eine Wache am Tor zum Kampfplatz, so daß jetzt keiner mehr reinschauen kann. Glaubst du, es könnte wahr sein?«

Paxe fühlte sich versucht zu sagen: Ja, es ist wahr. Doch irgend etwas — Treue Dobrin gegenüber vielleicht — hielt sie davon zurück. Sie fragte sich, wie lange es es wohl dauern würde, bis dieses Gerücht durch die ganze Stadt drang. Warum nur, dachte sie, hat Jerrin-no-Dovria i Elath nicht auch die Kurzschwerter sofort unter den Bann gestellt? Vielleicht würde er es noch tun? Vielleicht wartete der Weiße Clan nur auf die Aktion seitens des Rates. Sie wünschte, Arré hätte ihr wenigstens irgendwas gesagt. Jenith beobachtete sie mit ängstlich fragenden Augen. Paxe schüttelte den Kopf: »Darüber weiß ich wirklich überhaupt nichts, Jen.«

Sie beschloß, in ihr Häuschen zurückzukehren und zu schlafen. Vielleicht würde der Schlaf den Kopfschmerz mildern, der in ihrer Stirn saß wie eine brennende Kohle. Als sie am Hoftor vorbeikam, warf sie einen Blick hinein, um zu sehen, wer sich dort aufhielt. An der Tür des Waffenschuppens kniete ein fremder Mann — der Schlosser, dachte sie, doch sie dachte an Seth und überquerte den Hof, um sich zu vergewissern. Es war ein kleiner Mann, und er hatte Büschel schwarzer Haare, die ihm wirr in sämtliche Richtungen vom Kopf abstanden, so daß er aussah, als habe er die Räude. Respektvoll richtete er sich auf, als sie ihm über die Schultern spähte.

Das alte Schloß lag auf der Erde. »Mach deine Arbeit weiter!« befahl Paxe. »Ist der Wachoffizier nicht zurück, wenn du damit fertig bist, dann gib dem Torposten die Schlüssel.« Er verneigte sich. Sie wanderte über den Waffenhof. Sie merkte, daß ihre Soldaten in ihren Übungen langsamer wurden und ihr nachstarrten. Wie muß ich bloß aussehen, dachte sie.

Ein Lärm auf der Straße ließ sie heraumfahren. Es war das Geklingel von Glöckchen und der Singsang von Sänftenträgern. Sie kam gerade rechtzeitig an die Ecke, um zu sehen, wie eine leere Sänfte über den Hügelhang hinab verschwand. Sie ging zum Torwächter. »Wer kam in dieser Sänfte?« fragte sie.

»Die Lady Marti Hok, Hofmeisterin«, sagte der Posten.

Paxe nickte. Natürlich, dachte sie. Arré würde sich auf jeden Fall mit Marti beraten wollen. Sie spürte ihre Muskeln schmerzhafter, während sie zu ihrem Haus ging. Die Katze beklagte sich jammernd an ihren Knöcheln, und sie hob sie auf und kraulte sie unterm Kinn, bis sie zu schnurren begann und sich in ihren Händen genüßlich preisgab und alle viere in die Luft reckte. Der kleine Körper vibrierte vor Wonne. »Na komm schon meine Kleine!« sagte Paxe und setzte sie auf den Boden. Die Katze blinzelte sie mit ihrem einen Auge an und gähnte ausgiebig. »Ja, gehn wir schlafen.« Die Katze wusch sich die eine Pfote und stakte dann, den Schwanz hoch aufreckend, die Schwanzspitze zuckend wie eine Fahne im Wind, hinter Paxe die Treppe hinauf und zum Bett.

12. Kapitel

»Unternimm nichts«, sagte Marti Hok. »Was für ein *interessanter* Ratschlag.«

Sie saß mit Arré in dem hellen, dufterfüllten Arbeitszimmer, alle Fenster standen offen, und der Duft der Blüten wehte in den kleinen Raum herauf. Arré hatte in ihrem Brief gebeten: Komm, so schnell du kannst! Und Marti hatte dies ganz wörtlich verstanden und hatte zwei bereits getroffene Verabredungen abgesagt und war ins Med-Haus gekommen. Sie hatte mit Arré die Morgenmahlzeit eingenommen, drüben im Salon, und Arré hatte in allen Einzelheiten von der Unterredung im Tanjo berichtet. Jetzt saß sie in ihrem kissenbelegten Sessel und schlürfte Rosentee aus einer Teeschale mit grüner Glasur.

»Jerrin-no-Dovria i Elath ist also der Ansicht, ich bin schon zu alt und spiele keine Rolle mehr, wie?« sagte sie.

»Und Boras ist zu dumm«, sagte Arré.

Marti blickte finster drein. »Also, *alt* bin ich, das ist wahr, und Boras *ist* dumm, aber er ist nicht *so* dumm, noch bin ich *so* alt, daß wir eine Drohung nicht erkennen, wenn wir ihr konfrontiert sind.« Ihr Gesicht verzog sich säuerlich. »Pah! Unternimm nichts. Das würde dem Weißen Clan Freude machen.« Die dunklen Augen unter den gelblichen Lidern leuchteten ebenso hart, wie die Senta-no-Joriths es getan hatten, und ihre Stimme klang rauh vor Verachtung und Zorn. »Für was für Narren die uns halten müssen, Arré!«

Arré grinste schief. Marti wirkte so schockierend und erfrischend wie ein Sprung in den Kaltwasserteich nach einer längeren Sitzung in den Heißräumen des Badehauses. »Ich danke dir dafür, daß du so schnell kommen konntest«, sagte sie.

»Dein Brief machte es dringlich«, sagte Marti. Sie blickte sich im Arbeitszimmer um. »Habe ich dir je gesagt, wie gut mir dieser Raum hier gefällt?« fragte sie. »Deine Mutter hat ihn auch schon zum Arbeiten benutzt. Damals lag ein gelber Teppich auf dem Boden.«

»Ja«, sagte Arré, »er liegt jetzt in meinem Schlafzimmer.«

»Denkst du oft an sie?«

»Ja«, sagte Arré.

Marti lächelte. »Ich lege es darauf an, daß meine Kinder sich später an mich erinnern sollen. Ich kann sie sagen hören: Die alte Dame würde das so gemacht haben. Sie sagen das jetzt schon, wenn sie glauben, ich höre es nicht — ›Die alte Dame würde es nicht tun und sie würde auch nicht zulassen, daß *du* es tust!‹« Sie lehnte sich in ihren Sessel zurück.

Auf die Innenwand der Teeschalen waren rote und blaue Fische gemalt. Die Fische ließen Arré wieder an den Tanjo denken; sie hatte Marti alles gesagt, nur die Abschiedsworte der Wahrheitsfinderin hatte sie verschwiegen. Diese Worte hatten sie erschreckt, und sie versetzten sie noch immer in Furcht. Doch hatten sie ja nichts mit Schwertern zu tun, nichts mit den Ismeninas, und außerdem hatte sie keine Ahnung, ob es die Wahrheit war, die sie ausdrückten. Man sagte zwar, daß die Wahrheitsfinder nicht logen. Aber man hielt ja schließlich auch den L'hel für einen ehrenwerten Mann. Wenn er glaubt, dachte Arré, er kann mir mit seinem Schoßtierchen von Wahrheitsfinderin einen Schrecken einjagen, dann wird er enttäuscht sein.

»Also«, sagte Marti, »was werden wir wegen dieses Unsinns beginnen, Arré? Nichts tun? Und die Stadt einfach unter die Herrschaft des Weißen Clans fallen lassen?«

»Nein«, sagte Arré mit Festigkeit. »Das werden wir nicht!«

Sorren hatte langstieligen Flieder in die Vase getan und sie am Morgen, ehe sie zu ihren Einkäufen loszog, auf den Lacktisch gestellt: die leuchtend blauen Dolchdolden spiegelten sich in dem schwarzen Lack wider, ebenso die rote Vase. Med-Farben, dachte Arré. Sie berührte die Blüten an einer Dolde. So war es vor der Einsetzung des Rates, dachte sie, zuerst herrschte das eine Haus über die Stadt, dann ein anderes. »Sollten wir vielleicht Boras Sul zu unserer Unterredung hinzuziehen?« fragte sie. Schließlich war er ja ihr Verbündeter.

Marti hob die Augenbrauen. »Willst du Boras wirklich hier dabeihaben?« fragte sie. »Er wird nur auf dem Hintern herumrutschen und brabbeln und einschlafen, und er wird entsetzt sein über alles, was er zu hören bekommt, und wird nicht einen einzigen brauchbaren Gedanken beisteuern — außerdem, ich glaube, er hat überhaupt keine Gedanken mehr, nicht mehr jedenfalls, als die ans Fressen. Nein, Arré, ich glaube, wir sollten Boras nicht hinzuziehen.«

Arré lächelte. »Aber wir könnten Meredith Jalar und Edith Isara dazu bitten.«

»Sie gehören aber nicht zum Rat.«

»Stimmt«, sagte Arré. »Und es stimmt auch, daß das Haus Batto ebenso alt ist wie das Haus Med und beinahe so alt wie das Haus Hok, aber so, wie die Lage jetzt ist, hätte ich weit lieber Meredith Jalar im Rat als Kim Batto.«

»Oh, ich stimme dir natürlich zu«, sagte Marti. »Kim wird sehr bedeppert dastehen, wenn all das vorbei ist, denke ich. Ja, ich stimme dir zu, er muß der Verbindungsmann zwischen dem Tanjo und den Ismeninas sein. Was für ein dümmlicher, pompöser Mann! Er wird von Glück sagen können, wenn er mit heiler Haut aus der Geschichte herauskommt. Aber, er ist nur ein kleines, ein ganz belangloses Problem.« Sie hob die Hände in die Höhe. »Wir haben aber zwei sehr große Probleme. Ron Ismenin und die Schwerter sind das eine. Die ehrgeizigen Ziele des Weißen Clans sind das andere. Beide glauben, sie können den andern benutzen, um ihre Ziele zu erreichen. Stell dir einen Strang Wolle vor. Es gibt da zwei Enden, aber es ist nur ein einziger Faden. Wenn du an einem der beiden Enden zerrst, löst sich der Strang auf. Und was wir zwei hier tun müssen, ist folgendes: wir müssen uns entschließen, an welchem Ende wir zu ziehen beginnen.«

»Ach, ich wünsch mir, du wärest mit mir im Tanjo gewesen«, sagte Arré.

Marti trank einen Schluck Tee. »Ich bin sicher, ich hätte es auch nicht besser machen können. Du sollst deine Stärke nicht unterschätzen, Arré, du sollst die ihrige auch nicht überbewerten. Sie *müssen* verletzliche Stellen haben — schließlich hat die jeder. Ich beispielsweise neige zu Erkältungen.«

Arré begann zu lachen. »Marti, du bist nicht unterzukriegen!« sagte sie.

»Das will ich doch hoffen«, sagte die alte Frau. »Und nun, da es mir gelungen ist, dich endlich zum Lachen zu bringen, wollen wir mit unserem Zweierrat weitermachen? Du hast Zeit gehabt, über alles nachzudenken, ich nicht. Also sage mir, was du dir überlegt hast.«

»Also, ich habe mir überlegt«, sagte Arré, »daß man dem L'hel geben könnte, was er begehrt.«

»Eine Abstimmung im Rat.«

»Ja. Aber wir könnten darauf bestehen, daß der Repräsentant des Weißen Clans *kein* Wahrheitsfinder sein darf.«

»Und woher würdest du wissen, welche Gabe der Hexer besitzt?«

»Ich würde eine Demonstration fordern«, sagte Arré. »Hexer haben immer nur eine der Gaben.«

»Wer hat dir das erzählt?«

»Der L'hel — aber ich glaube, es ist so.«

»Es spielt keine Rolle«, sagte Marti. »Wir dürfen dem Weißen Clan einfach nicht nachgeben. Wenn wir für ihren Sitz im Rat stimmen, weil sie uns dazu erpressen, dann wird unsere Macht zur völligen Bedeutungslosigkeit herabsinken, wir werden nur noch eine nutzlose und kraftlose Pro-forma-Einrichtung sein, und früher oder später wird einer kommen und uns vom Tisch fegen.« Sie vollführte mit einer Hand eine kehrende Bewegung.

»Dieser Moment ist vielleicht schon über uns gekommen«, sagte Arré.

»Nein, das glaube ich nicht. Aber zweifellos liegt dieser Denkprozeß der Drohung des L'hel zugrunde, daß er nämlich durch Stillschweigen Ron Ismenin tun lassen wird, was immer der will, gleichgültig was der Rat wünscht oder beschließen mag. Sollen wir also dem Problem von der anderen Seite her beikommen? Vielleicht erweist es sich von hier aus als leichter. Wie viele von diesen Schwertern gibt es jetzt in der Stadt?«

»Wir haben fünfunddreißig an den Toren abgefangen, und sie sind in den Wachstellen unter Schloß und Riegel«, sagte Arré. »Und was die restlichen angeht — ich glaube, wir können annehmen, daß wir die meisten gefunden haben, nachdem wir mit der Suche begonnen hatten, aber wir haben natürlich keine Vorstellung davon, wie viele durchgerutscht sind, ehe wir begonnen haben, alles zu durchsuchen.«

»Und die hat Ron Ismenin«, sagte Marti. »Könnten es genügend an Zahl sein, um einen Wachtrupp damit auszurüsten?«

»Das könnten sie, ich habe daran auch schon gedacht.«

Die alte Frau warf ihr einen scharfen Blick zu. »Ist das der Grund, warum du deine Hofmeisterin letzte Woche beauftragt hast, *sejis* zu bestellen?«

Arré lächelte. »Was weißt du denn darüber?«

»In diesem Kaff bleibt aber doch wirklich gar nichts geheim«, sagte Marti. Sie blickte finster in ihre Teeschale. »Aber was hat Ron Ismenin davon, sich eine Kampftruppe aufzubauen? Hier in dieser Stadt leben zu viele Menschen, als daß man sie unter dem Kriegsrecht regieren könnte.«

»Möchtest du noch Tee?« fragte Arré und griff nach dem Glöckchen, um Lalith herbeizurufen.

»Nein, danke«, sagte Marti. »Warum sind eigentlich die Fische in der Schale blau und rot?«

»Weil die Medfarben Blau und Rot sind«, sagte Arré. »Ich habe sechs davon.«

»Aber ich habe noch nie einen blauen Fisch gesehen«, sagte die alte Frau.

»Ich auch nicht. Vielleicht hat der Töpfer sie gesehen.«

»Hmmm.« Marte dachte darüber nach. »Also, ich glaube, der Künstler hat sich das einfach bloß so erfunden. Ich bin froh, daß du deine Hofmeisterin beauftragt hast, jemanden zu finden, der Kim beschattet. Das nur nebenbei. Das war ein guter Einfall.«

»Es war nicht meine eigene Idee«, sagte Arré. »Ron Ismenin hat zuerst daran gedacht. Er hat nämlich irgendeinen armen Wurm geschickt, der meine Hofmeisterin beschatten sollte.«

Marti sagte langsam: »Arré, ich glaube nicht, daß das die Idee von Ron Ismenin war.«

»Oh? Warum?«

»Ich glaube, das war die Idee deines Bruders«, sagte Marti. Ihre Stimme klang sanft, aber sehr bestimmt. »Er ist mit Ron Ismenin befreundet. Im Verlauf der Jahre habe ich meine Augen auf deinem Bruder gehabt. Dein Bruder ist ein Raubtier. Cha Minto ist ein höflicher und anständiger Mann — wie war noch das Wort, das der L'hel über ihn gesagt hat? Ach ja, Kim sei willig und gehorsam —, also, er ist anständig, aber willig und gehorsam, und dein Bruder hat ihn in irgend etwas hineingelockt. Ich habe sie bei unserer Ratssitzung beobachtet. Hast du das Gefühl gehabt, daß Cha sich ganz wohl fühlte? Ich nicht: er war zornig und hatte Angst, und er schien nicht zu wissen, wie er sich aus der Falle befreien sollte. Ich habe großes Mitleid mit Cha.«

Dein Bruder ist ein Raubtier ... Arré erschauderte bei diesen Gedanken. »Ich gleichfalls«, sagte sie. Sie erinnerte sich an Isak, als er den verzauberten Adler getanzt hatte, wie seine Augen da in dem leidenschaftlichen Feuer des Adlers gebrannt hatten. Was ist aus meinem kleinen Bruder geworden, dachte sie voll Trauer.

Dann sagte sie: »Ich kann bei Isak überhaupt nichts erreichen.«

Marti sagte: »Er ist dein Erbe, nicht wahr?«

»Ja, und seine Kinder nach ihm. Er hat drei, und der älteste, Riat, ist acht.«

»Nach wem schlägt er, nach seinem Vater oder nach seiner Mutter?«

»Er sieht seinem Vater ähnlich«, sagte Arré. »Aber er hat den Verstand seiner Mutter und ihre Freundlichkeit.«

»Seine Mutter ist eine Ishem, nicht wahr?« fragte Marti. »Eine gute Verbindung.« Wieder blickte sie in ihre Teeschale. »Ich glaube, jetzt möchte ich doch noch einen Schluck Tee, Arré.«

Arré klingelte, und Lalith kam. Mit tiefer Verneigung nahm sie Martis Schale und reichte sie ihr gefüllt zurück. »Für mich bring Wein!« befahl sie, und als er ihr serviert wurde, nahm sie hastig einen großen Schluck.

»Was hältst du von der Ismenin-Verlobung?« fragte Marti.

»Genau das wollte ich dich auch gerade fragen.« Der Wein verbreitete Wärme in ihrem Bauch. Sie trank noch einen Schluck.

»Du weißt natürlich«, sagte Marti Hok, »daß Col Ismenin seinen Namen aufgibt und daß Nathis Ryth die Tochter des Ratsvorsitzenden von Nuath ist, jenes Mannes, dessen Profil auf die Bronzemünzen geprägt ist.«

Das war eine Neuigkeit für Arré. »Nein, das habe ich allerdings nicht gewußt«, sagte sie.

»Ich habe mit meinen Karawanenführern über ihn gesprochen«, sagte Marti. »Die behaupten, er unterhält eine Privatarmee. Und sie sagen auch, daß seine Münzen in den meisten Siedlungen am Fluß als Zahlungsmittel angenommen werden.«

»Was hat er mit dieser Armee im Sinn?« fragte Arré.

»Derzeit nichts. Es ist eine ziemlich kleine Truppe. Aber Schwindler und Diebe machen einen weiten Bogen um Nuath. Sie ziehen es vor, hungrig zu bleiben, als sich von den Ryth-Soldaten erwischen zu lassen. Wie es heißt, sind die äußerst tüchtig.«

»Tüchtig, das sind unsere Stadtsoldaten ebenfalls.« Arré ließ die Armbänder an ihren Handgelenken klirrend kreisen. »Und Kendra-im-Delta braucht kein Privatheer, ganz gleich, was sie sich weiter oben am Fuß leisten. Wenn Ron Ismenin das denkt, dann irrt er sich gewaltig. Vielleicht sollte *er* nach Nuath ziehen und ein

Ryth werden.« Etwas fiel ihr plötzlich ein. »Kommt dieser vulgäre Kerl vom Blauen Clan etwa zur Verlobung?«

»Ich denke, ja. Hast du vor, mit ihm über das Betragen seiner zukünftigen Verwandtschaft zu reden? Ich werde mich neben dich stellen und ganz schrecklich abweisend aussehen.«

Arré lächelte. »Ich kann nicht hingehen«, sagte sie. »Ich bin nicht eingeladen worden.«

Marti packte die Knaufkrücke ihres Stocks mit beiden Händen. »Was? Aber das ist doch lächerlich! Isak wird tanzen ...«

»Oh, das weiß ich wohl. Sorren schlägt die Trommeln für ihn. Meine Dienstboten sind begehrter als ich; ich hab' das früher schon gesagt.« Der Wein glühte in ihren Eingeweiden. Die Empörung, die sich auf Martis Gesicht breitmachte, erregte in ihr den Wunsch zu lachen.

Marti stieß die Stockspitze auf den Boden. »Aber du *wirst* hingehen!«

»Werde ich es wollen?«

»Selbstverständlich wirst du wollen! Kannst du nicht sehen, wie dumm Ron Ismenin dann dastehen wird? Er kann dich ja doch schlecht an der Tür abweisen lassen.«

Arré versuchte sich vorzustellen, wie Ron Ismenin ihr bedeutete, sie solle heimgehen. »Nein.« Sie begann breit zu grinsen. »Marti, du bist ein Dämon!« Was würde Isak tun, wenn sie einfach bei dem Fest auftauchte? »Ich werde hingehen.«

Marti schaute selbstgefällig drein. »Sorren wird also beim Fest trommeln. Natürlich werden sie die ›Werbung‹ bringen. Sie ist ein zauberhaftes Kind, Arré; gute Manieren, charmant, alles, was man sich nur wünschen könnte.«

»Ich weiß«, antwortete Arré. »Ich könnte auf sie nicht stolzer sein, wenn sie meine eigene Tochter wäre.« Die Worte schienen einen Augenblick lang wie Rauch in der Luft zu hängen.

Marti seufzte. »Schwerter, Arré ...« Ihre Stimme klang düster. »Schwerter und die ehrgeizigen Pläne der Ismeninas ... Was werden wir dagegen unternehmen? Hast du schon einen Plan? Du hast mich zwar hergerufen, um mich um Rat zu fragen, aber um ehrlich zu sein, ich habe keine Idee, was wir tun könnten.«

Arré sagte: »Aber ich glaube, ich weiß was.« Sie fragte sich, was Marti sagen würde, wenn sie ihr von den verschiedenen Zeiten erzählen würde, die die Zukunftsseher »geschaut« hatten, bei denen sich alle Ereignisse zu widersprechen schienen und die dennoch existierten und »geschaut« werden konnten. Welches ist die wahre Wirklichkeit? dachte sie. Die Zukunft, in der die Stadtbewohner sich gegenseitig auf den Straßen mit dem Schwert bekämpfen? Die andere, in der der Rat *kyomos* unter Bann stellt? Oder die, in der die Stadt brennt? Oder noch eine andere Zukunft? Zu welcher Zukunft wird mein Handeln beitragen?

Es spielte keine Rolle.

Sie strich mit den Fingerspitzen über die Fliederblüten. Eine Blüte löste sich und sank in ihren Schoß. Sie sagte: »Mein Plan geht dahin, die Dinge zu beschleunigen, so hoffe ich jedenfalls, und Ron Ismenin dazu zu bringen, verfrüht mit seinen versteckten Schwertern zu tun, was immer er damit vorhaben mag. Es kann natürlich gefährlich werden. Aber wenn es klappt, dann sind damit zwei Punkte sichergestellt. Erstens, daß er seine Pläne überstürzt in die Wege leiten muß, also wird es Pannen geben, und zweitens: daß er sich durch sein Handeln auf eine derartige Weise selbst ins Unrecht setzen wird, daß der L'hel ihn nicht länger unterstützen *kann*.«

Marti faltete die Hände im Schoß. »Sag mir, was du vorhast«, bat sie.

Als Sorren an diesem Nachmittag von ihren Einkäufen heimkehrte, traf sie auf eine kreischende Elith, Lalith in Tränen aufgelöst und eine gereizte, streitsüchtige und betrunkene Arré.

»Was ist los?« fragte sie die alte Frau auf dem Flur. Doch Elith war mit hochrotem Gesicht damit beschäftigt, Lalith auszuschimpfen. Sorren fing den Namen Arrés in der Tirade auf und ging auf Zehenspitzen zum Arbeitszimmer. Auf dem Lacktischchen standen zwei leere Karaffen. Sorren roch an ihnen und zog die Nase in Falten.

Arré saß in ihrem Sessel und schaute finster drein. Das Haar stand ihr wild und ungebändigt um den Schädel.

»Was ist passiert?« fragte Sorren. Sie hatte noch niemals erlebt, daß Arré mehr trank, als daß sie einen kleinen Schwips bekam.

»Nichts«, knurrte Arré.

Elith tauchte im Türrahmen auf. »Mehr nicht!« sagte sie und schüttelte den Zeigefinger gegen Arré. Sie wirkte auf Sorren wie eine Glucke, die wütend die Federn aufstellt.

»Ich trinke, wenn ich will und so viel ich will!« brüllte Arré zurück. Dann bekam sie einen Schluckauf.

»Warum willst du trinken?« fragte Sorren. Doch Arré schob nur das Kinn nach vorn und grollte und sah dabei fast wie ein störrisches Kind aus.

Elith sagte: »Ich geh für ein paar Stunden aus dem Haus, bloß für ein, zwei Stunden, und das da finde ich vor, wenn ich heimkomme!«

Sorren trat zu ihr. Die alte Frau roch nach Jasminseife; sie hatte also ihrem Freund, dem Seifenmacher, einen Besuch abgestattet. »Warum bist du denn so zornig?« fragte Sorren.

Elith schniefte. »Keiner hört auf mich!« Ihre Stimme nahm den vertrauten weinerlichen Ton an.

Arré sagte: »Ich will nichts davon hören!« Wieder stieß sie der Schluckauf. Sie leckte sich über die Lippen. Ihre Stimme klang träge, beinahe dumpf. »Ich hab' Durst.«

»Du kannst nicht mehr bekommen!« sagte Elith.

Arré hob eine Hand und schleuderte das Glas fort, das von der Wand abprallte. Es hinterließ einen Riß in der Tapete und zerschellte auf dem Boden.

Sorren ging in die Küche. Sie nahm einen Becher und einen Krug, füllte Wasser in den Krug und stellte beides auf ein Tablett. Lalith hockte auf der Treppe und schniefte in einen Putzlumpen. Ihre Wangen waren mit Tränenspuren bedeckt, Sorren fragte: »Lalith, warum hast du ihr soviel Wein gebracht?«

Das Mädchen antwortete: »Sie hat es mir befohlen. Was hätte ich denn tun sollen?«

»Nichts«, sagte Sorren. Sie überlegte, ob Arré wohl soviel getrunken hatte, daß ihr übel werden würde. Sie hoffte, daß das nicht der Fall war. »Sie hat ein Glas zerschmettert«, sagte sie. »Du holst besser den Besen und fegst sodann die Scherben zusammen.

Sie nahm das Tablett in beide Hände und trat in das Arbeitszimmer. Elith stand noch immer unter der Tür, und Sorren mußte sich an ihr vorbeidrücken. Sie stellte das Tablett auf den Tisch, goß Wasser in den Becher und reichte ihn Arré. Arré trank gierig. Ihr Gesicht war heftig gerötet. »Gut«, flüsterte sie. Sie sackte tiefer in ihren Sessel hinein, die Lider fielen ihr zu.

Sorren hockte sich auf den Schemel. Lalith kam mit einem Besen und einem nassen Tuch hereingeschlichen.

»Möchtest du nicht lieber ins Bett?« fragte Sorren leise. Es kam keine Antwort. »Lalli, hol den Koch!« befahl Sorren.

»Ich hab's ja gewußt, daß das passieren wird«, erklärte Elith von der Tür her.

Sorren spürte, wie sie die Beherrschung verlor. »Anstatt herumzudröhnen, daß du es ja immer gesagt hast, solltest du lieber das Bett für sie aufdecken.«

Doch Elith mümmelte nur etwas und blieb beharrlich und unverrückbar stehen. Der Koch steckte den Kopf herein. »Was ist denn das?« sagte er und zog ein schiefes Gesicht. »Oh!« Er trat zu Arré und hob ihr mit einer raschen, sanften Bewegung ein Augenlid hoch. Der Mund fiel ihr auf, und sie atmete schwer, rührte sich aber nicht. »Nimm du die Beine!« sagte der Koch zu Sorren, dann bückte er sich und schob seine langen Arme unter Arrés Achseln, und zu zweit schleppten sie sie aus dem Zimmer und die Treppe hinauf.

Sorren füllte kühles Wasser in ein Becken und trug es ans Bett. Sie überlegte, was geschehen sein mochte, was Arré veranlaßt haben konnte, so maßlos zu trinken. Sie betupfte ihr das Gesicht, das schuppig und trocken war. Arré hatte nun auch laut zu schnarchen begonnen, und der Atem roch süßlich wie frischgemolkene Milch. Plötzlich überlief Sorren ein Schauder, und der Lappen entfiel ihrer Hand. Arré war zwar oft müde, aber noch nie war sie krank gewesen. Was, wenn sie an einer Krankheit litt, einem Fieber, vielleicht sogar dem Lungenfieber? Was, wenn sie sogar so krank war, daß sie sterben würde?

Sie setzte das Becken auf den Boden und floh zur Tür. Arré murmelte etwas und reckte eine Hand zur Decke. Sorren trat wieder ans Bett. »Arré?« fragte sie.

»Hnnh«, sagte Arré. Sie öffnete ein Auge. »Sorren. Geh nicht fort!«

Sorren setzte sich auf den Bettrand. »Wie fühlst du dich?« fragte sie.

»Durstig.«

Am Abend fand sich Paxe im Haus ein. Die Sonne wollte gerade untergehen. Lalith geleitete sie in den Oberstock. Sie hatte ihre Stiefel mit den Holzabsätzen an, und so wirkte sie noch größer als gewöhnlich. Sorren war überaus froh, sie zu sehen. Arré war wach; sie hatte den ganzen Nachmittag hindurch in Schüben geschlafen und gewacht. Nun saß sie halb in ihren Kissen. Als Paxe sich setzte, machte sie die Augen auf.

»Ah. Du?« Sie richtete sich mühsam weiter auf. »Hast ... hast du die *sejis*?«

Paxe antwortete: »Ich konnte ihn nicht dazu bewegen, sie früher als von heut an in zehn Tagen zu liefern. Reicht das noch?«

»Es wird reichen müssen«, sagte Arré. »Und was ist mit dem Schatten?«

Was für ein Schatten? dachte Sorren und trat einen Schritt näher zum Bett.

»Sie heißt Jenith. Früher hat sie mal in den Weinfeldern gearbeitet.«

Arré leckte sich über die Lippen. »Durst«, flüsterte sie.

Wasserkrug und Becher standen zu Paxes Füßen. Sie bückte sich, goß ein und hielt das Trinkgefäß an Arrés Lippen. Arré trank hastig und fieberig, dann ließ sie den Kopf in die Kissen zurücksinken. Sie schaute Sorren an. »Tuch!«

Sorren kniete nieder und tauchte den Lappen ins Becken, dann legte sie ihn behutsam über Arrés Stirn. Das Wasser tröpfelte ihr die Wangen hinab.

»Was redet man in der Stadt über die Schwerter?«

»Nicht viel, bisher«, sagte Paxe.

»Und über Ron Ismenin?«

»Es gehen Gerüchte um, daß auf dem Ismeninhof im Schwertkampf exerziert wird, und daß der Hof das abstreitet.«

Arré nickte. Der Lappen glitt ihr von der Stirn. Paxe fing ihn ab. Sie tunkte ihn selbst ins Wasser und legte ihn sacht wieder auf Arrés Stirn. »Natürlich«, sagte Arré. »Das müssen sie ja sagen. Ron Ismenin ist sehr, sehr vorsichtig. Er will die Leute nicht aufschrecken, er will nicht, daß sie denken, er tut etwas *ni'chea*! Aber gut, das nächstemal, wenn dich jemand fragt, dann erzähle, was du weißt. Sag aber nicht, daß du es weißt, sag, du hast es nur gehört. Du hast gehört, daß die Ismeninas mit dem Kurzschwert exerzieren, daß sie mit dem *kyomos* arbeiten.«

Sorren fragte: »Tun sie das?« Davon hatte sie bisher nichts gehört. Auch Paxe hatte ihr nichts darüber gesagt.

»Ja. Sie tun es«, sagte Arré.

»Weiß Isak das?«

Arré lächelte. »Isak weiß alles darüber. Er ist Ron Ismenins Freund.« Plötzlich standen ihr die leichtquellenden Tränen der Betrunkenen in den Augen. »Mein kleiner Bruder. Ré hat er mich immer gerufen. Ré ... Du kannst auch sagen, daß der Tanjo dies zwar nicht billigt, sondern auf den Zusammentritt des Rates in zwei Monden wartet, weil der Rat beabsichtigt, auf jener Sitzung den Bann auf das Kurzsch ... sch ... schwert auszudehnen. Du kannst sagen, daß du glaubst, daß Ron Ismenin verdammt viel Glück hat, daß das Training mit dem Kurzschwert nicht als *ni'chea* erklärt ist.« Sie wedelte mit den Händen durch die Luft. »Erzähl es allen! Laß es die ganze Stadt wissen!«

Paxe fing ihre Hände ab und hielt sie sanft fest. »Arré, ist dies wahr?«

Arré antwortete: »Spielt das eine Rolle? Die Leute werden es jedenfalls glauben.«

Paxe sagte: »*Ich* will aber die Wahrheit wissen.«

Arré sagte: »Ein Teil davon stimmt. Und das genügt doch, Paxe, oder? Halbwahrheiten? Ron Ismenin wird glauben, er weiß, welcher Teil wahr ist und welcher nicht, aber er wird recht unzufrieden sein mit der Sache. Es wird in seiner Seele brennen und stechen und sich entzünden und eitern, bis er nicht länger weiß, wem oder was er glauben soll ...« Sie bekam Schluckauf. »Das Bett dreht sich.«

Paxe fragte abrupt: »Arré, was hat der L'hel gesagt, was er wegen der Schwerter unternehmen wird?«

Arré schüttelte den Kopf. Der Lappen fiel auf die Steppdecke. »O nein«, stammelte sie, »du lockst mich nicht so leicht in eine Falle.« Sie schloß die Augen, seufzte und schien wieder zu schlummern.

Paxe stand auf. Ihre Augen schauten besorgt drein. »Ist sie den ganzen Tag lang schon so?«

»Seit ich vom Markt zurück bin. Ich fand Elith vor, die mit Lalith herumbrüllte, und *sie* hockte betrunken in ihrem Arbeitszimmer. Sie hatte zwei ganze Karaffen Wein getrunken.«

Paxe schaute finster drein. »Sie darf nicht trinken! Sie weiß es doch!« Sie legte die Hand an Arrés Wange. Arré rührte sich nicht. Ohne es zu wollen, griff Sorren nach der Hand ihrer Geliebten.

»Wie schlimm krank ist sie?« fragte sie. Die Worte schmerzten sie in der Kehle.

Paxe sagte: »Nicht so krank, daß sie davon stirbt!« Sie legte Sorren den Arm um die Schulter und zog sie leicht an sich. »Mach dir keine Sorgen, *chelito*!«

Schwere Schritte und keuchender Atem auf dem Gang warnten sie. Sie traten auseinander, als Elith durch die Tür kam. »Wie geht's ihr?« fragte die Greisin.

»Sie schläft«, sagte Paxe.

»Bei ihrer Mutter ist's auch so gekommen, bevor sie starb«, sagte Elith.

Die Worte ließen Sorren bis in die Knochen erschauern. Doch Paxe sagte: »Shana Med ist an der Pest gestorben!«

»Ah ja«, sagte Elith, »aber es war das da, was sie umgeworfen hat, genau wie ihre Mutter vor ihr.« Die Stimme des alten Weibes bekam einen schneidenden Klang. »Ich habe drei Generationen des Hauses Med herangepäppelt, und ich kenne die Schwächen dieser Familie. Die Heilerin hat es mir gesagt. Es ist eine Krankheit, und sie macht die Muskeln schlaff, und den Mund trocknet sie aus, und der Atem wird süß von ihr. Sie hat es, genau wie ihre Mutter vor ihr es gehabt hat, und wie es ihre Kinder gehabt haben würden.« Sie rang nach Luft. »Ich hab' es gesehen. Ich weiß ...«

»Schluß jetz!« befahl Paxe. Sie machte zwei große Schritte zur Tür, packte die Alte an den Schultern und schob sie auf den Flur hinaus. Dann kam sie wieder ans Bett zurück. Wieder beugte sie sich hinab und befühlte Arrés Stirn. »Elith ist eine alte Krähe«, sagte sie. »So krank ist sie gar nicht. Aber man muß auf sie aufpassen.«

Sorren schluckte. »Ich werde bei ihr bleiben.«

»Wenn du Hilfe brauchst, gib dem Torwächter eine Nachricht. Er weiß, wo er mich finden kann.«

Sorren nickte. »Das werde ich tun.«

Als Paxe gegangen war, ging Sorren in ihr Zimmer. Sie trug ihr Kissen und ihre Steppdecke in Arrés Schlafzimmer hinüber. Der Kerzenschein zuckte über die schmale schlafende Gestalt hin. Sie wollte nicht, daß Arré starb. Sie hockte sich neben das Bett und belauschte das schwere rasselnde Atmen, und wilde Gedanken schossen zügellos durch ihren Kopf. Vielleicht war die Krankheit Arrés ein Zeichen für sie, vielleicht würde sie verschwinden, diese Krankheit, wenn sie in den Tanjo ging, dort gestand, wer und was sie war, wenn sie ihre Träume aufgäbe und eine Hexe würde ... Doch sie wußte es besser. Man konnte mit dem Chea nicht feilschen. Das hatte sie selbst sogar zu Kadra gesagt.

Arré schlief zwei ganze Tage lang. Sorren wachte bei ihr am Bett, so gut es eben ging. Lalith hatte die Einkäufe übernommen, Toli das Saubermachen. Den Wachen hatte man einfach gesagt, daß Arré sich nicht ganz wohl fühle und daß sie keine Besucher zu sprechen wünsche. Alle paar Stunden kam Paxe herauf; doch sie sagte nur, wenn Arrés Atmung sich nicht verändere und sie weder zu heiß noch zu kalt würde, sollte man sie alleinlassen, warten, bis sie von selbst erwache. Aber was, wenn sie das nicht tut? dachte Sorren, sprach es aber nicht aus. Es würde dem Satz zu große Wirklichkeit verliehen haben, hätte sie ihn ausgesprochen.

Am zweiten Tag befand sich unter den Besuchern Jenith.

Sorren kannte die Frau nicht, aber sie erinnerte sich an ihren Namen. Sie ging selbst ans Tor. »Es tut mir leid«, sagte sie, »aber Arré Med kann dich jetzt nicht empfangen. Könntest du noch mal wiederkommen?«

»Gut. Ich komme wieder«, sagte die dunkle Frau. Sie roch nach Wein und Himmelskraut. »Aber sag ihr ganz bestimmt, daß ich da war.«

Am dritten Morgen erwachte Arré. Sie war sehr geschwächt, und Sorren mußte ihr auf den Nachttopf helfen. Sie wollte es nicht glauben, als Sorren ihr sagte, wie lange sie geschlafen hatte. »Zwei Tage und zwei Nächte? Das kann nicht sein!« Doch die schweißdurchtränkten Bettlaken trugen schließlich dazu bei, sie zu überzeugen. »Ich will mein Bad. Und ein Frühstück«, sagte sie und zog die Nase hoch. »Heiliger Wächter! Mach rasch das Fenster auf!«

Sorren schob die Fensterschirme auf. »Ich hatte Angst, du könntest dich erkälten«, sagte sie.

Arré betrachtete das Nest des Bettzeugs auf dem Fußboden. »Wer ist bei mir gewesen? Du?« Sorren nickte. Arré streifte ihr über den Arm. »Ich dank dir, mein Kind«, sagte sie. »Ich hab' dir einen Schrecken eingejagt, nicht wahr? Ich hab' mir selber Angst gemacht.« Sie fuhr sich mit beiden Händen durchs Haar. »Pah! Ich fühle mich so leer wie ein leerer Krug, und ich stinke ärger als eine Ziege!«

Nach dem Heißwasserbad bestand sie darauf, daß man ihr in das Arbeitszimmer im Erdgeschoß hinabhelfe. »Ich habe Arbeiten zu erledigen. Wer ist gekommen, während ich schlief?«

»Jenith war da«, sagte Sorren.

»Jenith? — Ach ja, die Spürnase! Wann kommt sie wieder?« Sorren zuckte die Achseln.

»Wieso weißt du das nicht?«

Also spielt sie die Gereizte, wie eine eingesperrte Biene, um die zwei Tage des Schweigens wieder wettzumachen, dachte Sorren.

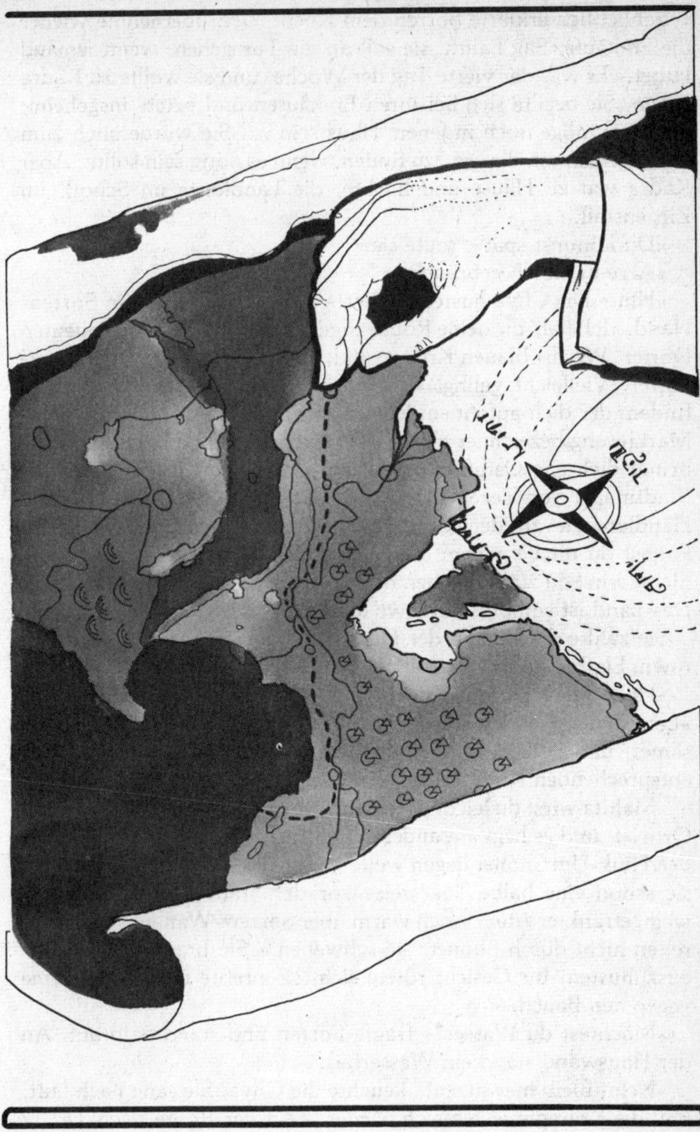

Schließlich erklärte Sorren dem Koch: »Ich übernehme wieder die Einkäufe. Sag Lalith, sie soll an die Tür gehen, wenn jemand läutet.« Es war der vierte Tag der Woche, und sie wollte zu Kadra gehen. Sie beeilte sich bei ihren Einkäufen und betete insgeheim, die *ghya* möge noch in jenem Haus sein ... Sie würde auch zum Dock gehen, um die Frau zu finden, wenn es nötig sein sollte. Aber Kadra war zu Hause und hockte, die Landkarte im Schoß, im Ziegenstall.

»Du kommst spät«, sagte sie.

»Arré hat mich gebraucht.«

»Hm.« Die Ghya hustete. »Hier!« Sie legte die Karte in Sorrens Hand. »Ich hab' dir deine Route angezeichnet. Die Kreise bedeuten Dörfer. Wo die blauen Kreuze sind, sind die Rastplätze der Kauffahrer. Vielleicht gelingt es dir, einen freundlichen Händler zu finden, der dich auf einem Wagen mitfahren läßt. Die große rote Markierung bezeichnet Elath, die Hexenstadt. Die kürzeste Route bringt dich ans Ostufer des Aruna-Sees —, bis direkt unter die Stadtmauer von Tezera. Und von Tezera gibt es immer ein paar Händler, die zu den Grenzfesten hinaufziehen, und vielleicht kannst du dir bei einem die Fahrt nach Tornor erbetteln. Wenn nicht, wirst du zu Fuß gehen oder dir ein Maultier kaufen müssen. Das Land ist sumpfig dort, wo sich die Flüsse treffen.«

Sie zählte die Namen der Dörfer auf. »Terzi, Mahita, Warrintown, Elath, Shonet, Sharon, da bist du im Galbareth, Nuath ...«

»Halt!« bat Sorren. Die Litanei ließ ihr den Kopf wirbeln. »Langsamer!« Kadra wiederholte die Namen noch einmal langsamer, und Sorren sagte sie ihr nach, wobei sie jeweils auf den entsprechenden Kreis auf der Karte zeigte.

»Mahita wirst du leicht erkennen, weil es größer als die anderen Orte ist, und es liegt am anderen Flußufer, eine Brücke führt über den Fluß. Um Shonet liegen weite Himmelskrautfelder. Du kannst sie schon eine halbe Tagesreise vor der Stadt riechen.« Kadras weingetränkter Atem strich warm über Sorrens Wange. »Die Leute reiten nicht durch Shonet, sie schweben.« Sie brach ab, um sich auszuhusten. Ihr Gesicht rötete sich, sie preßte beide Unterarme gegen den Bauch.

»Möchtest du Wasser?« fragte Sorren und stand halb auf. An der Hauswand stand ein Wasserfaß.

»Nein! Bleib hier sitzen!« keuchte die Ghya. Sie rang nach Luft, und die Krämpfe legten sich wieder. »An der Route nach Tezera gibt es reichlich Gasthäuser. Es wird dir nicht schwerfallen, was zu essen zu bekommen. Hinter Nuath ...« — sie deutete auf die Karte — »kommst du nach Yfarra. Dort leben die Flußleute. Dann Morriton, Septh und Kup-in-der-Marsch. Und dann Tezera.«

Sorren wiederholte die Namen der Reihe nach.

»Dein Gedächtnis ist gut«, sagte Kadra.

»Ich danke dir«, antwortete Sorren.

Sie beugte sich erneut über die Karte und sagte sich noch einmal die Namen vor, bemüht, sie in ihrem Gehirn zu verankern. Terzi, Mahita, Warrintown, die Hexenstadt, wohin sie *nicht* gehen würde, Sharon, Shonet — nein, das war falsch, erst kam Shonet, *dann* kam Sharon. Der scharfe Tiergeruch in dem kleinen kastenartigen Stall machte sie schwindlig. Aber es gab hinter dem Haus eben nur in diesem Ziegenstall Schatten.

Kadra hatte erneut einen Hustenanfall. Als er vorbei war, sagte sie mit einer heiseren Stimme: »Was weißt du davon, daß sie auf dem Hof der Ismeninas mit verbotenen Waffen exerzieren?«

Sorren wich aus. »Wieso sollte ich darüber was wissen?«

Die Ghya sagte: »Weil Arré Med mit dir redet, Mädchen, deshalb. Spiel mir hier nicht die Dumme vor. Stimmt es?«

Terzi, Mahita, Warrintown, die Hexenstadt, Shonet, Sharon, Nuath, Yfarra. Sie trommelte die Namen aufs Knie. »Ich *weiß* es nicht«, sagte sie, weil sie sich an Arrés Befehl erinnerte, daß sie darüber reden sollten. »Aber ich hab' gehört, wie sie auf dem Markt darüber geredet haben.«

»Schön, sag mir nichts, wenn du nicht willst«, sagte Kadra.

»Was hältst du denn davon?« fragte Sorren.

»Was kümmert mich das alles?« sagte die Ghya. »Ich hau ab — auf die eine oder andere Weise.«

Kadra zog das Messer aus dem Gürtel und begann sich die Nägel zu schneiden. Der Nagel am kleinen Finger der rechten Hand war lang, lang wie der eines Schreibers. Die anderen Nägel beschnitt sie sich ganz kurz. »Du müßtest ein Messer haben«, sagte sie wieder. »Irgendeine Waffe.«

»Nein!« Sorren runzelte die Stirn. Terzi, Mahita, Warrinton, die Hexenstadt, Shonet ...

»Also dann einen Bogen, damit du jagen kannst. Heiliger Wächter, Mädchen, du planst, zu Fuß durch ein wildes Land zu ziehen, das du nicht kennst — was ist, wenn du dich verirrst? Was wirst du dann essen? Beeren und Nüsse wie ein Eichhörnchen? Was ist, wenn du verletzt wirst, oder du trinkst schlechtes Wasser und wirst krank?«

»Ich werde Fallen bauen.«

»In Fallen erwischst du aber nicht immer gleich was. Kannst du mit Steinen werfen und dein Ziel treffen?«

»Nicht besonders gut.«

»Du brauchst einen Bogen und Pfeile. Ich kann dir einen besorgen, und ich kenne auch einen Platz, wo du üben kannst. Du bist eine Nordländerin — die Fertigkeit liegt dir im Blut. Du müßtest es schnell können.«

Die Fertigkeit liegt dir im Blut — Sorrens Phantasie zitterte. Sie erinnerte sich an die Karte: die Frau, die einen Bogen spannt, als Silhouette vor dem zunehmenden Mond. Die Bogenschützin hatte Goldhaar, genau wie sie selbst. »Leibeigene dürfen keine Waffen besitzen.«

»Ich werde es für dich aufbewahren.«

»Aber es ist *ni'chea*. Was ist, wenn einer mich damit üben sieht?«

»Keiner wird dich sehen«, versprach Kadra. »Ich kenne da einen ganz hervorragenden Platz. Aber selbst wenn dich jemand sehen sollte, irrst du dich. Bogen und Pfeile sind nur dann *ni'chea*, wenn die Pfeile Eisenspitzen haben. Ich werde dir Pfeile mit stumpfen Spitzen machen. Für Niederwild sind sie sowieso besser geeignet.«

»Du kannst Pfeile machen?« staunte Sorren. »Das hab' ich nicht gewußt.«

Kadra grinste, es war kein freundliches Gesicht, das sie machte. »Bitte erspar mir die Aufzählung der Dinge, die du nicht weißt!« Wieder hustete sie, klappte in der Leibesmitte zusammen und spuckte heftig in den Staub. »Verfluchte Stadtluft«, murmelte sie.

Es ist nicht die Luft, die dich husten läßt, dachte Sorren, es ist das Saufen, aber sie sprach es nicht aus. Warrintown, die Hexenstadt, Shonet, Sharon, Nuath, Yfarra, Morriton, Septh und So-und-so-in-der-Marsch. Ja, Kup. Paxe hatte ein Schwert, und das war *ni'chea*. Warum also sollte nicht sie selber einen Bogen haben?

Sie bog die Arme im Winkel ab, versuchte sich zu erinnern, wie die Bogenschützin auf der Karte ihren Bogen hielt. Kadra gluckste. »Willst es also doch versuchen?«

Sorren schielte sie seitwärts an. »Ja. Ich glaub, ja!«

»Gut«, sagte die Ghya. »Wir treffen uns nächste Woche wieder hier. Dann habe ich den Bogen für dich. Steh mal auf, laß sehen, wie groß du bist!« Gehorsam kam Sorren auf die Beine. Sie war größer als alles auf dem vergammelten Grundstück, außer dem Haus selbst, und sie kam sich deswegen ungeschlacht und täppisch vor, wie es meist der Fall war. Auch Kadra stand auf. »Steh still!« befahl sie und begann Sorren mit der Hand von den Füßen bis in die Achselhöhle abzumessen, als wäre Sorren ein Pferd. »Gut.« Kadra ließ sich wieder fallen. Auch Sorren setzte sich wieder.

»Warum hast du das gemacht?« fragte sie.

»Ein Bogenmacher muß wissen, wie groß du bist, wenn er für dich einen Bogen anfertigt.«

»Wie lang wird der Bogen sein?«

»Wenn du das untere Ende auf die Erde setzt, sollte das obere Ende genau bis zu deiner Achselhöhle reichen. Ich werde der Frau sagen, sie soll deinen Bogen kürzer machen; ein kürzerer Bogen ist für die Jagd am besten, weil er sich nicht so leicht im Gebüsch verhakt.«

Scheu sagte Sorren: »Ich werde nicht vor dem Fest dafür bezahlen können. Dann gibt mir Arré gewöhnlich eine Geldschnur.«

Kadra schaute finster drein, als errege die Erwähnung von Geld ihren Zorn. »Da mach dir mal keine Gedanken. Die Bogenmacherin schuldet mir eine Gefälligkeit. Also werde ich nichts dafür bezahlen. Warum sollte es dich was kosten?«

Sorren hatte das beunruhigende Gefühl, daß Kadra log. Doch sie würde sich zurückhalten und nichts dazu sagen. Sie ließ den Strang der Ortsnamen in ihrem Kopf dahingleiten — Warrintown, Elath, Shoneth, Sharon — »Was für Kleidung müßte ich für die Fahrt anziehen?«

»Festes, strapazierfähiges Zeug«, sagte die Ghya. »Stiefel, und einen Mantel und warme Kleidung für kaltes Wetter.«

»Aber ich werde doch im Sommer reisen«, wandte Sorren ein.

»Nachts wird es im Norden sogar im Sommer recht kalt.«

Sharon, Nuath, Yfarra, Morriton, Kup-in-der-Marsch. »Wieviel Geld werde ich brauchen?«

Kadra zuckte die Achseln. »Wieviel wirst du haben?«

»Ich weiß nicht«, sagte Sorren. In dem Vertrag über ihre Zeit als Leibeigene gab es einen Punkt, nach dem eine gewisse Summe für sie beiseitegelegt werden sollte, die man ihr aushändigen würde, wenn ihre Dienstverpflichtung beendet war. Arré würde das wissen. Sie überlegte, ob Arré sich schon ein wenig besser fühlen würde, wenn sie wieder nach Hause kam. »Was ist mit deinem Schiff los?« fragte sie. »Ist es immer noch nicht fertig?«

Wieder stahl sich jener sehnsüchtige Ausdruck in Kadras Gesicht. »Der Rumpf und der Kiel sind fertig. Die Zwischendecks auch, jetzt arbeiten sie am Oberdeck. Wenn das eingezogen ist, kommen die Zimmerleute an Bord und bauen die Kabinen. Vor zehn Tagen haben sie die Masten den Fluß heruntergeflößt. Es ist sogar möglich, daß es bis zum Fest noch fertig wird.«

»Wie soll es heißen?« fragte Sorren. Auch Schiffe, dachte sie, müssen ja schließlich einen Namen tragen.

»Es hat einen Namen aus der alten Sprache«, sagte Kadra. »Er bedeutet ›Sternenfinder‹! Sternenfinder — *Ilnalamaré*.«

13. Kapitel

Die Kurzschwerter wurden dem Med-Hof am sechsten Tag der ersten Woche des Herbstmondes geliefert, vier Tage früher, als Perrit versprochen hatte.

Paxe lag im Schlaf, als eine Hand auf ihrer nackten Schulter sie mit hochstoßenden Abwehrbewegungen aus den Kissen fahren ließ. Sie hatte von den Roten Bergen geträumt, und sie erkannte Kaleb in eben dem Augenblick, als ihre Hand nach seiner Kehle fuhr und er um Vergebung bittend grinste und sich mit einem Satz aus ihrer Reichweite begab.

»Tut mir leid.«

»Du wolltest doch Bescheid wissen, wenn die *sejis* geliefert worden sind«, sagte der Mann.

Sie rieb sich die Augen klar. »Was, die sind schon da? Perrit ist ein wunderbarer Kerl!« Der Himmel lag heiß, blau und leuchtend im Fenster. »Wie war der Tag?« fragte sie.

»Ruhig, bis jetzt«, antwortete Kaleb.

Paxe stand auf, trat an das Waschbecken und benetzte sich das Gesicht. »Hat Perrit selber die Schwerter geliefert?«

Kaleb nickte. »Er ist noch drunten im Waffenschuppen und verstaut sie.«

Sie gingen zum Waffenlager. Perrit hatte einen der Männer der Spätwache, Sekki, mehr oder weniger dazu gepreßt, ihm zu helfen. Als Paxe sich unter dem niedrigen Türbalken des Schuppens hindurchbückte, fuhr er sie maulend an: »Ich habf ja gewufft, daf du keine Geftelle haft!«

Paxe warf einen hastigen Blick in den hinteren Teil des Schuppens, um sich zu vergewissern, daß die scharfen Waffen, die sie aus dem Wächterhaus am Tor hatte herbeischaffen lassen, außer Sichtweite verstaut waren. Ja, sie lagen gutversteckt unter Seidenstoffen und Leinwand. Sie streifte die Wände mit einem Blick. Perrit hatte Gestelle für die Lagerung der *sejis* gebaut. Sie nahm eines der Holzschwerter herunter und fuhr mit dem Daumen über das Holz. »Weißeiche«, sagte sie.

»Na ficher doch!«

Der Firnis war wie Seide. Sie hielt die Klinge in der Handfläche, um ihre Balance zu testen. »Sie sind wunderschön, Perrit, und ich danke dir. Keiner in dieser Stadt könnte eine solche Arbeit leisten, außer dir.«

»Wart ab, bif Arré Med die Rechnung fieht!« Er war plötzlich schüchtern geworden. »Ich hab' mein' Karren draufen.« Er trat aus dem Schuppen und schritt rasch über den Waffenhof, eine kleine, vierschrötige Männergestalt mit riesenhaften Schultern. Kaleb schloß die Schuppentür und brachte die Schlösser an. In der Stille klang das Metallgeräusch überlaut.

Sekki verbeugte sich. »Entschuldigt mich, Hauptmann, Hofmeisterin« — und verschwand in Richtung Tor.

Kaleb sagte: »Die Neuigkeit, daß auf dem Ismenin-Hof der Schwertkampf exerziert wird, läuft durch die ganze Stadt.«

»Ich werde es Arré Med berichten.«

Kaleb fragte: »Paxe, weiß Ivor Bescheid darüber, daß du die Absicht hast, die Leute mit dem Kurzschwert auszubilden?«

»Ich hab' ihm nichts davon gesagt«, antwortete Paxe.

»Dann weiß er es also nicht.« Kaleb rieb sich am Kinn. »Es könnte sein, daß es ihm schwerfällt, das zu akzeptieren. Er ist in der Stadt geboren und hier aufgewachsen. Und für ihn ist ein Schwert in der Stadt *ni'chea*, egal wie lang es ist.«

In dieser Nacht machte Paxe die Runde in der Dunkelheit, genau wie sie es zuvor bei Tage getan hatte, von Posten zu Posten, an der Halle der Fahrenden vorbei, durch die Weinstraße, die Straße der Goldschmiede entlang. Bei Tanjoposten hielt sie an. Die Kuppel ragte von Sternen eingerahmt in die klare Nacht. Aus dem Portal schimmerte ein Licht, und ein zweiter Lichtschein fiel aus dem Wohntrakt hinter dem großen roten Bauwerk. »Wer lebt dort?« fragte sie und erriet die Antwort, ehe sie erfolgte.

»Das sind die Privatgemächer des L'hel.«

Bei Sonnenaufgang ging sie auf den Waffenhof, um Ivor den Lagebericht zu gebe. Er sah so frisch und kregel aus wie immer, wie ein Tänzer vor dem ersten Sprung, das Haar in einem Knoten oben auf dem Kopf gestrafft, die Kleidung frischgewaschen und mit Lavendel parfümiert. »Komm rüber ins Haus!« sagte sie.

Er folgte ihr zur Kate. »Setz dich!« Sie wies auf die Bodenmatten. Er ließ sich im Schneidersitz nieder, direkt neben dem Tisch; Paxe setzte sich ihm gegenüber.

»Ist was nicht in Ordnung?« fragte er.

Sie faltete die Hände im Schoß; sie überlegte, wie sie es ihm beibringen sollte. Am besten mache ich's ganz drastisch, dachte sie. »Ivor? Hast du je mit einem Schwert gearbeitet?«

Auf seinem Gesicht trat eine kaum merkliche Veränderung ein. »Nein, Hofmeisterin.«

»Warum schaust du mich so komisch an?«

Er berührte mit den Fingerspitzen sein Gesicht. »Ich weiß nicht, wie mein Gesicht aussieht.«

»Du hast doch von den Gerüchten gehört, die in der Stadt umgehen?«

»Daß die Ismenin-Soldaten mit dem Kurzschwert kämpfen lernen? Natürlich hab' ich das gehört.«

»Es ist wahr«, sagte Paxe.

Ivor senkte den Kopf. Ist es, damit ich sein Gesicht nicht sehen kann, dachte sie. Dann blickte er wieder auf. »Die Klingen, die widerrechtlich in die Stadt gebracht wurden — jedenfalls die, die wir entdeckt haben, waren Kurzschwerter.«

»Und? Hast du jemals andere als diese Schwerter gesehen?« fragte Paxe. Er schüttelte den Kopf. »Wie willst du es denn dann wissen?«

Er fummelte an seinem Schnurrbart herum. »Borti hat es mir gesagt. Er meint, das kann wichtig sein.«

»Es *ist* wichtig. Die Kurzschwerter werden nämlich vom Bann nicht betroffen. Und darum scheuen sich die Ismeninas nicht, mit ihnen Unterricht zu erteilen. Vor mehreren Tagen ist Arré Med in den Tanjo gegangen, um mit dem L'hel über die Schwerter in dieser Stadt zu konferieren. Ich weiß nicht, was sie besprochen haben, sie hat es mir nicht gesagt. Aber die Kurzschwerter fallen noch immer nicht unter den Bann. Und auch wir werden die Kampftechnik mit ihnen *unseren* Soldaten beibringen.«

»Wie?« fragte der Hauptmann.

»Mit *sejis*. Schwertern aus Holz. Sie sind bereits angefertigt und liegen im Waffenschuppen bereit.« Paxe streifte den Schlüssel des Lagers aus der Tasche und legte ihn auf den Tisch. Ivor hob ihn auf. »Arré Med wünscht, daß die Wachen bis zum Herbstfest mit diesen Waffen einigermaßen anständig umgehen können!«

Ivor schluckte. »Hofmeisterin . . .«, begann er und brach ab.

»Sag es schon!« befahl Paxe.

»Mein ganzes Leben lang hat man mir eingehämmert, daß es *ni'chea* ist, Waffen in der Stadt, innerhalb der Mauern, zu tragen, ja zu besitzen ...«

Paxe blickte auf ihre Hände und merkte, daß sie sie zu Fäusten geballt hatte. Sie öffnete sie wieder. »Wenn sie *ni'chea* wären, meinst du nicht, der Weiße Clan hätte sich dazu inzwischen eindeutig geäußert?«

»Ich glaube ja«, sagte Ivor. »Aber — Hofmeisterin, bist du jemals über einen Boden gegangen, der fest und sicher aussah und der dann unter deinem Schritt wankte und wich wie Treibsand unter den Gezeiten? Du sagst mir, die Kurzschwerter sind nicht *ni'chea*, und mein Magen fühlt sich an, wie wenn der Boden unter mir wegsackt.«

»Ich weiß. Ich spüre es auch«, sagte Paxe. »Aber ich bin Meisterin im Hof der Med, und so lauten meine Befehle von Arré Med, daß wir den Schwertkampf lehren sollen. Das einzige, was ich zu wissen brauche — und was du zu wissen brauchst, Hauptmann! — ist, daß es nicht gegen das Gesetz ist.«

Er verbeugte sich aus den Hüften, die Handflächen zusammengefaltet, und stand dann mit einer fließenden Bewegung auf. Er wollte zur Tür gehen.

»Warte noch!«

Er machte eine Kehrtwendung. »Hofmeisterin?« Sein Gesicht war wie aus Stein.

»Du hast meinen Lagebericht noch nicht gehört«, sagte sie.

»Hofmeisterin!«

»Es war ruhig.« Verdammt noch mal, viel zu ruhig, dachte sie. Ivor beobachtete sie noch immer mit seinen Achataugen, und sie hätte ihm am liebsten eine harte Kopfnuß versetzt, oder ihn in die Arme genommen — was immer, wenn es ihn aus dieser Erstarrung befreit hätte. »Die Posten bei den Badehäusern haben wieder zwei Männer beim Ofen schlafend aufgegriffen und sie zu einem der Asyle für Fahrende geschickt. An der Grenze des Batto-Bezirks haben sich zwei Männer geprügelt, und die Batto-Wachen haben sie getrennt. Auf der Ölstraße entdeckte man eine kranke Frau, ein Batto-Posten hat sie in den Tanjo eingeliefert ...« Sie zwang ihn, ihrer Aufzählung zu lauschen, und merkte, wie seine Augen sich langsam veränderten, sie wieder wahrnahmen. Als sie mit dem Bericht fertig war, pochte es wieder in ihrer rechten Schläfe, wie wenn einer ihr einen Hieb versetzt hätte. Doch Ivor sah nicht mehr aus, als sei ihm das Blut zu Eis erstarrt.

Er verneigte sich. »Gibt es sonst noch etwas, Hofmeisterin?«

Sie überlegte, ob sie ihm etwas von dem Schatten sagen sollte, den sie auf Arrés Geheiß hin auf Kim Batto angesetzt hatte. Doch nein, das ging Ivor nichts an, und es würde ihn nur noch mehr beunruhigen, wenn er davon wüßte. Das bißchen Sicherheit, das er in sich gefunden haben mochte, war recht gefährdet, und sie wollte nicht daran rühren, ehe es nicht stärker geworden war. »Das war alles, Hauptmann. Abtreten!«

Zwei Stunden vor Sonnenuntergang war der Waffenhof voll. Als Paxe aus ihrer Kate kam, zählte sie vierzig Mann hinter der Umzäunung. Die Tageswache war zum großen Teil da, und die Spannung angestauter Erregung war erdrückend wie die aufgeladene Luft vor einem Gewitter. Sie fragte sich, wie sich die Nachricht so schnell hatte verbreiten können.

Einige Soldaten hatten sich zu Fechtkreisen aufgestellt. Doch als Paxe auf den Platz trat, lösten sich die Kreise auf. Alle Soldaten drehten sich zu ihr hin. Die Tür zum Waffenschuppen war — selbstverständlich — verschlossen. Sie fing Kalebs Blick auf — er überquerte den Platz und stellte sich an ihre Seite. »Wir haben nicht genug *sejis* für alle«, sagte sie. »Wer hat die Männer herbefohlen?«

»Ich nicht!« Er fischte den Schuppenschlüssel aus der Tasche, und Paxe schloß auf. Da lagen die Schwerter auf den Gestellen. Paxe hob eines, dann ein zweites herab. Sie reichte das eine Kaleb.

»Erinnerst du dich denn noch?« fragte sie lächelnd. »Es ist eine lange Zeit her, seit der Wüste.«

Seine Zähne blitzten in der schattendunklen Hütte hell auf. »Ich erinnere mich.«

Als sie wieder in die Sonne traten, hörte man, wie die versammelten Wachen wie ein Mann tief Luft holten. Paxe zeigte willkürlich auf die Männer. »Du da! Postiere dich am Hoftor. Niemand, der nicht die Med-Farben trägt, darf hereinkommen!«

Enttäuschung kroch in dem Gesicht des Soldaten herauf, den sie bestimmt hatte, doch er verbeugte sich schweigend und marschierte zum Tor.

Paxe drehte sich auf dem Absatz um, so daß sie Kaleb genau gegenüberstand. »Zeigen wir ihnen mal ein bißchen was«, sagte sie. »Ganz langsam.«

Er senkte die Spitze der hölzernen Waffe zum Gruß und nahm die Kampfposition ein. Sie eröffnete, und er parierte den Stoß. Sie fiel ein zweitesmal gegen ihn aus, und wieder parierte er und griff sie dann an und zwang sie, außer seiner Reichweite zu springen. Die Angriffs- und Verteidigungsschwünge bildeten ein Muster, das sie beide kannten: es war das *naiga,* eine Folge genau vorgeschriebener Stöße und Abwehrparaden, wie sie sie von Tyré gelernt hatte, um sie dann, in der Wüste, ihrerseits Kaleb beizubringen. Dieses besondere *naiga* bestand aus fünfundzwanzig Schritten.

Schlag, Schlag, Stoß, Parade, Schritt zurück, Hieb gegen die Beine. Während sie abdeckte, merkte sie, daß ihr die Brust beklemmt wurde: sie atmete falsch. Sie zwang sich, im Rhythmus ihrer Stöße auszuatmen. *Haff — Haff.* Beim vierzehnten Schritt des Tanzes strauchelte Kaleb, Paxe unterlief seine Deckung, schlug seine Schwerthand beiseite und zurück und legte ihn mit einer Bewegung, die sie im Besitz seiner Waffe ließ, zu Boden. Er rollte ab und kam knapp außerhalb ihrer Reichweite wieder auf die Beine.

Paxe kniete nieder und schob ihm sein Schwert mit dem Griff voraus wieder hin. Er nahm es auf, wobei er bemüht war, die Schneide nicht mit den Fingern zu berühren.

Paxe sagte in ein Schweigen hinein, das so dicht war, daß sie es fast zu riechen meinte: »Die erste Regel des Schwertkampfes lautet: Du gehst mit dem hölzernen Schwert genauso um, als wäre es nicht aus Holz, sondern aus Stahl. Berührt also niemals die Spitze oder die Schneide der Klinge mit der Hand. Spielt niemals damit herum und erlaubt auch anderen nicht, damit herumzuspielen, wenn ihr dabei seid.«

Die Soldaten drängten sich enger heran. Ein paar nickten. Sie sprach weiter: »Das hier ist ein *kyomos,* also ein Kurzschwert. Es unterliegt nicht dem Bann und darf also laut Gesetz benutzt werden. *Allerdings ...«* — sie brach ab, um ihre ganze Aufmerksamkeit auf das Kommende zu lenken — »ist derzeit der Gebrauch des Kurzschwerts, wie der eines Speers, den regelrecht ausgebildeten Wachsoldaten vorbehalten und darf nur auf dem Waffenhof praktiziert werden. Jeder meiner Männer, der eine

Klinge ...« — sie klopfte auf ihr *seji*, um sicherzugehen, daß die Leute begriffen, daß sie auch ein hölzernes Schwert meinte — »über diese Mauer nach außen bringt, wird bestraft — und eine solche Übertretung wird dem Tanjo mitgeteilt werden!«

Diesmal nickten mehrere. Sie grinste und ließ den offiziellen Ton fallen. »Ist euch das klar? Gut! Und kein Gerede über die Angelegenheit! Verstanden, ihr Eselsköpfe? Euren Müttern gegenüber oder euren Bettliebchen oder sogar untereinander, sobald ihr außerhalb der Mauer seid. Was wir hier drin tun, das geht keinen sonst was an, nur uns! Wenn ihr gefragt werdet, zieht ein unschuldiges Gesicht. Wer euch fragt, wird euch zwar nicht glauben, aber das spielt keine Rolle. Und jetzt ...« Sie wählte vier Soldaten aus dem Kreis und befahl ihnen die *sejis* aus dem Waffenschuppen zu holen und sie zu verteilen. »Es sind nicht genug für euch alle da. Macht euch deswegen keine Sorgen. Nein!« Dies galt Kepi, die ihr Schwert unter dem Griff an der Klinge gefaßt hatte. »Du hast soeben vier Finger deiner linken Hand verloren. Laß die Klinge fallen!« Scharlachrot im Gesicht ließ Kepi das *seji* in den Staub fallen. »Jetzt geh und stell dich an die Wand! Kinith, du nimmst die Waffe!« Kinith kniete nieder und nahm die Klinge auf, wie er sie es hatte tun sehen: die Finger um den Schwertgriff.

»Hat schon irgend jemand von euch mal eine Klinge benutzt?« fragte sie.

Vier Stimmen murmelten bejahend. »Schön. Ihr seid ab jetzt Ausbilder. Werdet aber bloß nicht aufgeblasen deswegen. Achtung! Diejenigen, die ein Schwert haben, stellen sich in zwei Reihen einander gegenüber auf. Richtet die Waffe — *so*!« Sie ahmten ihre Position nach. »Den rechten Fuß vor! Rechte Hand oben an den Griff, wie wenn ihr einen Speer haltet, aber fester. Nehmt eure verdammten Schultern runter! Hände genau in Hüfthöhe! Euer Griff soll fest, aber locker sein!« Sie legte ihr Schwert zu Boden und inspizierte die vier »Ausbilder«, um sicherzugehen, daß diese auch wirklich begriffen, was sie taten. Die Soldaten, die keine Waffe abbekommen hatten, schauten mit eifersüchtigen Blicken zu. »Ja. Gut so! Ihr vier da, gebt die Waffen ab. Geht und überprüft die Haltung der Leute. Nein, so nimmt man keine Waffe auf! Ein Knie auf den Boden, den Rücken gerade, damit du dich umschauen kannst, Trottel!« Sie machte den Mann nach, der sich aus der Hüfte gebückt hatte, um ein Schwert aufzuheben. »Das ist die einfachste Methode, die mir einfällt, um einen Schwertstoß in den Rumpf zu bekommen. Geh und stell dich neben Kepi!«

Sie brachte ihnen den ersten Hieb bei, den Vorwärts-Abwärts-Schlag. Und nach einer Weile hallte der Kampfhof von den Zählkommandos wider. — *Eins* — und *zwei* — und *drei* — und *vier!* — Eine leichte Brise aus dem Süden wehte kühlend über den Platz, doch sehr bald waren alle, auch Kaleb und sie, trotzdem von Schweiß bedeckt. »Kneif die Arschbacken zusammen, wenn du deinen Schwung beendest, aber halt die Hände und Schultern flexibel! Der Hieb muß fest sein. Laß die Spitze nicht sinken. Wenn die Klinge beim Schlag wackelt, dann ist dein Griff falsch, vielleicht zu verkrampft. Und *eins* — und *zwei* — und *drei* — und *vier!* Und noch mal. Erstes Glied, legt eure Waffen nieder, *kniend*, ihr Ärsche! Ja, so ist's richtig. Fallt zurück! Ihr zehn, vorgetreten, nehmt die Waffen auf! Wieso nimmst du denn die Klinge unterm Griff, du Idiot? Ab an die Mauer! Du da, nimm sie! Und *eins* — und *zwei* — und *drei* — und *vier* . . .«

Als die zweite Stunde zu Ende ging, hatten sämtliche Soldaten — einschließlich des Postens am Tor und jener, die die meiste Zeit an der Strafmauer verbringen mußten — eine Chance bekommen, die ersten drei Schritte des *naiga* zu lernen. Paxe rief alle zusammen und hämmerte ihnen nochmals ihre Warnung ein, ehe sie die Mannschaft entließ. Kaleb überwachte den Rücktransport der Holzschwerter zum Schuppen.

Dann trat er wieder an ihre Seite. »Na, was hältst du davon?« fragte sie ihn.

Er nickte. »Sie werden's schaffen.«

»Wenn sie nur nicht darüber reden.« Sie streckte sich und spürte, wie ihre Gelenke knackten. Ihre Muskeln waren hart und schmerzten. Sie berührte Kaleb am Arm. »Komm und trainiere ein bißchen mit mir! Ohne Waffen.«

Er grinste und verlagerte sein Gewicht. »Yai!« Sie griff nach ihm, und er wirbelte um sie herum. Sie attackierten und parierten und warfen sich wechselseitig zu Boden, und Paxes verspannte Muskeln lockerten sich. Schließlich bedeutete sie ihm, er solle abbrechen. Ihr Haar, ihre Kleidung war dick mit Staub bedeckt.

»Ah, so ist es besser«, stöhnte sie. »Jetzt fühle ich mich wieder mehr wie ein Mensch.«

Kaleb sagte heiter: »Du riechst aber eher wie ein Esel!«

»Elender Schuft! Ist das die Art, wie du zu deinem Befehlshaber sprichst?« Sie grinste. »Heiliger Wächter! Ich stinke wirklich bestialisch! Ich nehme besser ein Bad! Gib mir die Schuppenschlüssel.«

Er reichte ihr den schweren Schlüsselbund. »Für wann hast du ein zweites Training mit den Schwertern geplant?« fragte er. »Eins, an dem die Spätwache mitmachen kann?«

»Morgen nachmittag«, sagte Paxe, »vor der Wachablösung.«

Zwei Tage später begab sich Paxe um Mitternacht auf den Waffenhof, um Kalebs Bericht entgegenzunehmen, und fand dort zwei Männer vor, die auf sie warteten: Kaleb und Sereth, den Hauptmann der Tagwache am Stadttor.

Abgesehen von den beiden war der Platz leer. Sie nickte ihnen grüßend zu und überlegte sich, was Sereth hier zu suchen habe. Seit der neuen Wacheinteilung hatte sie ihn nicht mehr gesehen. Zu den Schwertübungen war er nicht erschienen, doch vermutete sie, daß dies nicht aus Drückebergerei geschehen war, sondern weil er nach einer Tagesschicht am Tor völlig erschöpft sein mußte. Auch Kaleb sah müde aus. Aber er sah auch verärgert drein.

»Wie war der Tag?« fragte sie.

»Ich hab' schon mal bessere gehabt«, antwortete Kaleb. Dann erstattete er ihr kurz Bericht und wies schließlich mit dem Kinn auf Sereth. »Dein Torhauptmann hier wünscht eine Unterredung mit dir. Er weigert sich, mir oder Ivor die Sache zu unterbreiten.«

Sereth trat von einem Fuß auf den anderen. »Hofmeisterin«, begann er, »ich weiß, es ist gegen das Reglement, aber ich habe guten Grund.«

»Du solltest einen verdammt guten Grund haben!« sagte Paxe. Alle Beschwerden oder Vorschläge seitens der Hauptleute mußten der Vorschrift nach zunächst ihren Wachoffizieren oder Kaleb unterbreitet werden. Sereths dichtes sandfarbenes Haar stand ihm vom Kopf ab, wie stets, wenn er erschreckt war. »Also gut«, sagte sie, »gehn wir ins Haus hinüber!«

In der Hütte war es finster. Paxe tastete nach Zunder und Feuerstein und entzündete eine Lampe. Als es im Zimmer hell wurde, sagte Sereth: »Hofmeisterin, bitte vergib, daß ich mich so an dich wende.«

Paxe erwiderte: »Nicht ich muß dir vergeben, sondern Ivor und Kaleb. Du beleidigst sie, wenn du ihre Autorität in dieser Weise mißachtest.«

»Ich beabsichtige keine Beleidigung, ehrlich«, stammelte Sereth. »Nur, die Sache ist so wichtig!«

Kalebs Brauen zogen sich finster zusammen.

Paxe sagte kalt: »Du bist unverschämt und taktlos, Hauptmann! Setz dich! Also, worum geht es?«

Sereth setzte sich. Kaleb stand bedrohlich an seiner Schulter. »Es geht um Leth-no-Chayatha«, sagte er.

»Um Vanesis Karawanenführer.«

»Ja. Du hast mich beordert, ihn zu befragen. Wegen der Schwerter.«

»Du hast es getan.«

»Ich habe es getan. Und er wußte von nichts, er hat es geschworen beim Wächter, beim Grab seiner Mutter, bei sämtlichen Winterdämonen, daß er nichts weiß.« Sereth runzelte die Stirn. »Aber ich glaube ihm nicht. Irgendwas in seinem Gehabe . . . Doch der Blaue Clan wollte nicht gestatten, daß ein Wahrheitsfinder zugezogen wird, und ich dachte mir, ich bekomme ja doch nicht mehr aus ihm heraus, wenn ich ihm immer wieder die gleichen Fragen stelle. Er hat immer die gleichen Antworten geliefert. Also habe ich es aufgegeben.«

»Wann hast du seine Befragung abgebrochen?« fragte Kaleb.

»Am letzten Tag des Ochsenfestes. Ich hab' ihn nicht weiter vernommen, aber ich habe ein Auge auf ihn gehabt.« Er hielt inne, schob störrisch das Kinn vor und sprach weiter. »Ich habe meinen Zweitkommandierenden gebeten, für mich ein paarmal einzuspringen, damit ich meinen Posten verlassen konnte, und ich habe ein paar Freunde aus der späten und der Nachtwache gebeten, mir zu helfen.«

»Weiter!« befahl Paxe grimmig.

»In der Nacht des Halbmonds — vor drei Tagen also — hat er sein Haus verlassen und ist an einen Ort gegangen, wohin er zuvor nie gegangen war. Die übrigen Tage hat er meist immer das gleiche gemacht: er ist in Kneipen gegangen oder rüber in die Stricherstraße.«

»Bist du ihm *dorthin auch* gefolgt?« fragte Kaleb, und seine Stimme triefte vor Sarkasmus.

»Ja. Aber ich hab' mich im Schatten gehalten, und ich glaub nicht, daß er mich entdeckt hat. Er hat einen ganz guten Körper . . .« — Sereths Zähne blitzten —, »und ich nehme an, er macht ganz gern Geld damit. Jedenfalls, er ist dann zu diesem Haus gegangen, reingegangen, und als er wieder rauskam, hatte er eine *Menge* Geld! Er hat es für Kleidung und Schmucksachen ausgegeben und beim Glücksspiel in Kneipen, und er hat seitdem in Lokalen gegessen, die sich ein Karawanenführer normalerweise nicht leisten kann.«

»Man hat ihn für etwas bezahlt«, sagte Paxe. »Gut also, Sereth, welchem Haus hat er seinen Besuch abgestattet?«

»Isak Meds Haus«, sagte Sereth.

Paxe mußte blinzeln. Isak! Arré hatte den Verdacht gehegt, daß Isak irgendwie etwas mit den Schwertern zu tun habe. »Was meinst du, was ist in diesem Haus geschehen?« fragte sie.

»Ich bin sicher, er ist für etwas bezahlt worden«, sagte Sereth. Er schien sich Mühe zu geben, seine Überraschung angesichts einer solchen Frage zu verbergen. »Ich hab' mir gedacht — also, es erschien mir als wahrscheinlich, daß es was mit den Schwertern zu tun hat.«

»Warum?« fragte Kaleb. Doch die Anspannung in seinem dunklen Gesicht verriet, daß er nun Sereths Geschichte immerhin ernst zu nehmen begann.

Sereth antwortete: »Weil sie auf dem Ismenin-Hof mit dem Kurzschwert exerzieren; und das schon, bevor wir in Vanesis Wagen die Schwerter gefunden haben. Und Isak Med und Ron Ismenin sind Freunde.«

Paxe beugte sich vor und sagte: »Woher weißt *du*, wann sie im Ismenin-Hof damit begonnen haben?«

Sereth antwortete: »Mein Schwestersohnsvater hat einen Bruder, der dort Wache ist. Und vor drei Nächten hat er sich betrunken und mir alles erzählt.«

Also bröckelten Dobrins Befehle der Geheimhaltung endlich doch ab. Wo die Gerüchte wie die Fledermäuse durch die Stadt schwirren, dachte Paxe, glauben die Ismeninsoldaten wohl, daß es jetzt kein Rolle mehr spielt, zu wem sie davon reden. Sie nickte Sereth zu. »Du hast recht«, sagte sie, »und es war korrekt gehandelt, daß du direkt zu mir gekommen bist. Ich nehme meinen Verweis zurück.«

»Unglücklicherweise«, warf Kaleb ein, indem er sich neben Sereth kauerte, »ist nichts von dem, was du anbringst, ein Beweis für ein Verbrechen. Gut, ein Mann hat plötzlich Geld. Und was? Möchtest du vor ein Gericht des Med-Distrikts treten und Anklage gegen Isak Med vorbringen?«

Sereth fuhr sich nervös mit den Fingern durchs Haar. »Gewiß nicht. Aber ich hab' mir gedacht, wenn Leth einem Verhör unterzogen würde von ...« Er schielte erwartungsvoll und unsicher zu Paxe hin. »Hofmeisterin, du bist viel eindrucksvoller als ich. Vielleicht wird er dir sagen, was er mir nicht gestehen wollte.«

Kaleb an seiner Seite ließ ein dunkles Glucksen vernehmen. »Paxe, was er meint, ist daß du es aus dem Kerl herausprügeln sollst.«

»Ach, es braucht ja nicht das zu sein«, warf Sereth hastig ein. »Bloß — er ist unglaublich *eitel*!«

»Wir drohen ihm also, wir schneiden ihm die Nase ab?« Kalebs Zähne blitzten.

»Moment, Moment!« sagte Paxe. »Überlegt doch mal! Ich habe nämlich nicht die Absicht, Vanesis Karawanenführer mit einem Schlachtmesser durch ganz Kendra-im-Delta zu verfolgen!«

Sereth sprang beinahe von der Matte auf. »Das brauchst du ja gar nicht. Ich weiß, wo er ist. Er ist heut nachmittag in das Volksbad gegangen. Und im Augenblick gammelt er in einer Pfeifenhöhle im Batto-Bezirk herum. Sie heißt ›Haus der Lieblichen Träume‹ und liegt in der Straße des Flüsterns. Er hat vor, dort bis zwei Stunden vor Mitternacht zu bleiben, dann will er wieder in die Stricherstraße zurück.«

»Ich kenne diese Rauchhöhle«, sagte Kaleb.

Das Licht der Chobatalampe fiel ihm ins Gesicht; die Müdigkeit schien von ihm abgefallen zu sein wie ein abgestreiftes Hemd. »Der Besitzer ist ein Asech, und er heißt Skandar. Ich kenne ihn ganz gut. Er wird nichts dagegen einzuwenden haben, wenn wir uns privat mit einem seiner Kunden unterhalten, solang wir die anderen nicht im Schlaf stören ... Außerdem hat er Privatzimmer.«

Sereth hatte bei den Worten des Wachoffiziers zu strahlen begonnen.

Paxe sagte: »Schön, du bist überzeugend.« Sie stand auf und ging im Zimmer hin und her. Die Statue des Wächters schien sie von ihrem Platz her zu beobachten, und einen Augenblick lang hatte es den Anschein, als bewege sie sich.

»Also gut«, sage Paxe schließlich. »Versuchen wir's damit!« Sie überlegte, was Arré sagen würde, wenn sie ihr Beweise dafür vorlegte, daß Isak Med direkt in den Schwerterschmuggel verwikkelt war.

Selbstverständlich begleitete Sereth sie zu der Rauchhöhle. Kaleb und er warteten im Hof, während Paxe ihre Zweitkommandierende Dis holen ließ und ihr auftrug, an ihrer, Paxes, Stelle die Runden zu machen. Dis war eine unerschütterlich ruhige, verläßliche Person, eine Großmutter von — bei der letzten Zählung — sechs Enkeln. »Was immer du vorhast«, sagte Dis zu Paxe, »hab Spaß dabei!«

Je weiter südlich sie kamen, desto dichter wurde der Nebeldunst in der Stadt. Es roch nach Fisch. »Bei den Docks drunten muß er so dick sein, daß man drin schwimmen kann«, sagte Sereth.

Kaleb brummte: »Ich kann nicht schwimmen.«

Paxe schielte zu ihm hin. Sein Gesicht wirkte düster. Sie stellte ihm ein Bein. Er sprang zwei rasche Schritte nach vorn und wirbelte auf den Zehen herum.

»Warum glotzt du so trübsinnig drein?« verlangte sie zu wissen. »Vor 'ner Weile warst du noch forsch und lustig, und jetzt spielst du den Frosch am Brunnengrund!«

»Ich hab' bloß nachgedacht«, sagte Kaleb.

»Und worüber, bitte?«

»Wie wir mit Leth-no-Chayatha reden sollen.« In seine Augen trat ein wölfisches Glitzern.

Paxe runzelte die Stirn. »Ach, es wird nicht viel Überredungskunst kosten«, sagte sie. »Er wird vom Himmelskraut ganz hoch in den Wolken schweben.«

»Wahr«, sagte Kaleb. »Wie wahr.«

Sie wurden dreimal angehalten, ehe sie in die Straße des Flüsterns kamen: zweimal von Med-Wachen, einmal von einem Batto-Posten. Die feuchten Straßen schienen ihre Schritte zu dämpfen. Kaleb ging selbstverständlich ganz geräuschlos, und Sereth schielte ihn drei-, viermal neidisch an, bis er schließlich fragte: »Wie machst du es, daß du so unhörbar gehst?«

»Ausbildung«, sagte Kaleb. »Training. Ich bin in der Wüste aufgewachsen und hab' gelernt, mich so leise an Ratten anzuschleichen, daß ich sie mit der bloßen Hand fangen konnte.«

Sereth warf Paxe einen ungläubigen Blick zu. »Es ist wahr«, bestätigte sie, »ich habe ihm selbst dabei zugesehen.« Nebeltropfen rieselten ihr in den Kragen, und sie stopfte die Hände in die Taschen und fluchte leise vor sich hin, weil sie vergessen hatte, den Mantel mit der Kapuze anzuziehen.

Der Nebeldunst ließ die grauen Steine der Straßen im Laternenlicht schwarz leuchten. Sie begegneten nur wenigen Menschen: ein paar späten Nachtschwärmern, die kaum merkten, daß es nieselte, einem Mädchen, das von einer Spätschicht in einer Kneipe kam, einem alten Mann, der neben seinem hängeohrigen Esel heimwärts stapfte — die Gestalten tauchten wie Gespenster auf und verschwanden wieder im Dunst. Viele der Tavernen, an denen sie vorüberkamen, schienen halbleer zu sein, und einige, von denen man hätte annehmen können, daß sie geöffnet seien, waren verrammelt und verschlossen.

Sie gelangten in die Straße des Flüsterns. »Warum heißt die so?« fragte Paxe.

Sereth antwortete: »Weil es eine Stelle in der Straße gibt, sagen die Leute, wenn du dich auf die stellst, kannst du jedes Wort hören, das irgend jemand irgendwo im ganzen Block sagt. Ich hab' sie aber nie gefunden, diese Stelle.«

»Wie oft hast du's denn versucht?« fragte Kaleb.

Sereth zuckte die Achseln. »Ein-, zweimal.«

Sie waren noch zwei Häuserblocks vom Haus der Lieblichen Träume entfernt, und Paxe konnte bereits hier den starken, süßen Geruch der Droge wahrnehmen. Das Himmelskraut, das man in den Pfeifenhöhlen rauchte, war beträchtlich stärker als die Mischungen, die man im Straßenhandel bekommen konnte. Paxe zog Himmelskraut dem Wein als Rauschmittel vor, weil es die Sinne auf eine ihr angenehme Weise schärfte.

Doch hatte sie aufgehört, Himmelskraut zu rauchen, von dem Moment an, als Ricky nichts anderes mehr tat, als es zu rauchen. Sie fragte sich, wie es ihm wohl gehen mochte, und ob er die Stiefel erhalten habe, die sie ihm geschickt hatte.

»Da«, sagte der Torhauptmann. »Wir sind da!«

Es war ein langes, niedriges Haus, einem Lagerhaus ähnlich, mit nur wenigen Fenstern. An einer Stange über der Tür hing schlaff ein Wimpel. Darauf war ein gemaltes Bild: eine Tonpfeife und das gezackte Blatt der Himmelskrautpflanze. Unter dem Bild stand geschrieben: *Das Haus der Lieblichen Träume.* Die Lettern waren verblichen. Der Himmelkrautduft war überwältigend. »In dem Haus«, sagte Sereth, »sind sogar die Mäuse im Himmel.«

»Laß mich mit Skandar reden«, bat Kaleb. Paxe nickte, und sie stießen die Tür auf.

Der lange Raum dahinter war schattendunkel: Chobalichter auf kleinen Tischchen leckten mit Lichtzungen über die traumstillen

Gesichter der Rauchenden. Es war heiß und stickig im Raum. Die Hitze kam von Kohlebecken, die in Abständen auf dem Gang zwischen den Tischen standen; Rauchsüchtigen war es sehr viel rascher kalt als anderen Menschen. Der Raum war durch halbhohe Paravents in kleine Gemächer aufgeteilt; die Trennwände waren nicht höher als ein sehr großer Mann reicht, wodurch eine Illusion der Intimität und Zurückgezogenheit erreicht wurde. Aus den Séparées drang Stimmengemurmel, vom hinteren Teil des Hauses hörte man Lachen. Der Rauch des Himmelkrauts hing schwer in der Luft — und Paxe spürte augenblicklich, wie ihr Körper auf die Verlockung der Droge ansprach. Und auch das, sagte sie sich, ist reinste Illusion.

Ein Mann kam eilig durch den Gang auf sie zu. Er hatte das typische Asech-Gesicht, schmal und wie dunkle Bronze, und blaue Edelsteine blitzten in den Ohrläppchen. Kaleb trat ein paar Schritte vor und sprach zu dem Mann, und die beiden hielten flüsternd Zwiesprache. Kaleb kehrte zurück. »Leth-no-Chayatha ist in einem der hinteren Séparées, und er schwebt so hoch, wie die Tanjokuppel in den Himmel ragt. Skandar, sagt, er kann uns in einem Hinterzimmer unterbringen und dann den Mann zu uns bringen, doch fordert er von uns, wir sollen die Sache — bitte — bitte — in aller Stille erledigen, weil sonst seine Kunden gestört werden.«

»Wieviel?« fragte Paxe und tastete nach ihrer Geldschnur.

»Einen Dreier.«

Paxe streifte das Geldstück in der Tasche von der Schnur, reichte es Kaleb, der es an Skandar weitergab. Sie folgten dem Mann an den Nischen vorbei bis zu einer zweiten Holztür. Die Gemächer waren hier solider, hatten Holzwände. Es gab Kissen auf den Bodenmatten, einen Tisch, um den Ellbogen aufzustützen. Paxe zog sich die Stiefel aus und ließ sich auf einem Kissen nieder. Sereth fuhr sich mit den Fingern durchs Haar, bis es aussah wie ein Reisigbesen. Sie schlug ihn gegen das Bein, um seine Aufmerksamkeit zu erlangen. »Setz dich!«

Er gehorchte. Kaleb lehnte am Türrahmen. Kurz darauf hörten sie eine Stimme. »Das ist Leth«, sagte Sereth. »Heiliger Wächter, ist der im Tran.« Das Gemurmel von draußen klang dickflüssig wie Leim.

Kaleb sagte: »Wenn er reinkommt, schlag ich ihn zu Boden. Hofmeisterin, du hältst ihn an Armen und Schultern fest. Sereth, du packst seine Beine. Wir sollten ihm besser was in den Mund stopfen.«

Paxe sagte: »Nimm sein Hemd. Du wirst ihn ausziehen!«

»Prima Idee«, sagte Kaleb.

»Wo soll ich mich . . .«, setzte Sereth zu sprechen an.

»Dort!« befahl Paxe und zeigte an das Tischende, das der Tür am nächsten war. Sereth kroch hinüber. Die Tür wurde aufgestoßen, ein Mann kam herein. »Also, was soll das denn nun schon wieder?« fragte er, während er benommen in den schwacherleuchteten Raum spähte.

Kaleb griff zu, wirbelte den Mann herum und warf ihn mit einer einzigen sparsamen Bewegung rücklings auf den Tisch. Sereth packte die Beine, Paxe zerrte ihm die Arme hinter den Kopf und machte so seinen Oberkörper bewegungsunfähig. Als er mit dem Rücken auf den Tisch prallte, schrie er vor Schmerz auf. Kniend faßte Kaleb in das Hemd des Mannes und riß es ihm mit kräftiger Hand nach unten, und dann stopfte er den Stoff in Leths aufgerissenen Mund, ehe der Karawanenführer auch nur wahrnahm, was da mit ihm geschah. Als sein ganzer Mund voll Stoff war, begann er sich zu wehren, versuchte sich aufzubäumen, sich durch Herumwerfen von seinen Widersachern zu befreien. Kaleb legte ihm die Hand an den Hals, Finger und Daumen jeweils auf einer der beiden Halsschlagadern, und begann zuzudrücken. Leth rang nach Luft, seine Augen wurden glasig.

Kaleb nahm die Hand fort. »Wenn du zu schreien versuchst — keiner kann dich hören«, sage er. Seine Hand glitt an seinen Stiefelschaft und zog ein Messer hervor. Sereth bekam ganz große Augen und schielte zu Paxe hinüber, die nur mit den Achseln zuckte. »Wir wollen nichts weiter als Antwort auf ein paar Fragen. Du sagst sie uns, und wir verschwinden. Du sagst sie uns nicht, und wir werden dir leider ein bißchen wehtun müssen. Kapiert?«

Begreifen und die Nachwirkungen der Droge rangen miteinander in Leths Blauaugen. Er mühte sich, durch den Knebel zu sprechen. Kaleb lächelte und setzte die Messerspitze sanft auf den dunklen Bauch des Mannes. »Kein Laut!« befahl er und zog den speichelnassen Stoffetzen heraus.

»Bei den Winterdämonen, wer seid ihr . . .?« Kaleb legte den Knebel wieder auf den Mund des Mannes, drückte ihn jedoch nicht hinein.

»Das geht dich eigentlich nichts an, mein Bester. Also, hier kommt die erste Frage.« Er drückte das Messer ein wenig tiefer in die Haut. Blut rann tröpfelnd über Leths Bauch. Er atmete hastig ein, um dem bohrenden Stahl zu entgehen, und Paxe zerrte ihm die Arme nach unten und zwang ihn so, den Leib nach oben zu wölben. Kaleb hob das Messer an. »Wer hat dich dafür bezahlt, daß du die *kyomos* in Vanesis Karawane mitgeschmuggelt hast?«

Er nahm den Stofflappen weg. Leth stammelte mit keuchender Stimme: »Ich hab' nicht ... ich hab' ja nicht ... ihr habt den falschen ...«

»Mann?« beendete Kaleb für ihn und klatschte den Hemdfetzen wieder über seine Lippen. »Du glaubst wohl, ich meine es nicht ernst, was? Haltet ihn fest!« Und er begann mit leichtem Druck Linien auf den Torso des Mannes zu zeichnen, von den Brustwarzen zur Nabelgrube, erst eine Spur, dann zwei, dann drei ... Er hielt inne und fuhr in seine Tasche. Er hielt ein Säckchen in die Höhe. Paxe erkannte es. Es war der Beutel, in dem sie das Salz in ihrer Küche aufbewahrte; Kaleb mußte es mitgenommen haben. Sie hatte nicht einmal bemerkt, daß er die Küche betreten hatte.

»Salz«, sagte er. Er legte das Messer beiseite und begann den Sack aufzuschnüren, langsam, um die Folter quälerisch zu verlängern. Paxe warf Sereth einen Blick zu. Der junge Wachsoldat war bleich, hatte die Lippen fest aufeinandergepreßt. Leth versuchte erneut, sich loszuwinden, und Paxe riß ihm wieder die Arme hart nach hinten. Das Salz würde schmerzen, aber es würde weiter keinen Schaden anrichten. Sie hoffte nur, daß er nicht zu sehr von der Droge betäubt sein möge, um es zu spüren.

Kaleb hatte das Säckchen geöffnet. Ganz beiläufig nahm er Salzkörner zwischen Daumen und Zeigefinger und streute sie in die offenen Schnittwunden. Leth stieß durch das Tuch hindurch einen heiseren Schrei aus und versuchte sich loszureißen, doch Paxe und Sereth hielten ihn nieder. Tränen quollen ihm aus den Augen. Kaleb wartete, bis der Mann sich nicht mehr wehrte, dann nahm er den Knebel weg. »Wer hat dich dafür bezahlt, daß du die *kyomos* in Vanesis Karawane versteckt hast?«

»Minto«, keuchte Leth. »Der Lord Cha Minto.«

»Er lügt«, sagte Sereth sofort. »Er ist dem Minto-Haus nie auch nur einen Schritt weit nahegekommen.«

»Ich lüge nicht, ich schwöre es bei ...« Leths Stimme schwoll an. Kaleb stopfte ihm den Lumpen wieder in den Mund und legte sich mit seinem Gewicht darauf. Mit der linken Hand rollte er Leth die Hosen herunter, legte die Hüften bloß und ließ nur gerade noch die Geschlechtsteile des Mannes bedeckt.

Er nahm wieder das Messer.

»Warte!« sagte Paxe. Ja, Leth besaß wirklich einen hübschen Körper: schlank und fest und geschmeidig wie der einer Wildkatze. »Nimm ihm den Knebel ab!« Kaleb gehorchte. »Sag mir«, sagte sie, »wer hat dir das Geld *übergeben*?«

»Isak Med«, sagte Leth.

»Und wo?«

»In seinem Haus. Aber er hat mir gesagt, es ist Minto-Geld, und er ist nur der Überbringer.«

»Glaubst du ihm das?« fragte Kaleb. »Wenn nicht ...« Er hob das Messer hoch.

»Ich schwöre, ich sag die Wahrheit«, sagte Leth, und die Stimme brach ihm. »Ich flehe euch an ...«

»Halt den Mund!« sagte Paxe. Es gab eigentlich keinen Grund, warum der Mann das erfinden sollte. Natürlich, Isak hatte ihm befohlen, das zu sagen, wenn man ihn befragte. Es paßte haargenau zu Isaks Charakter.

»Wir wollen ganz sicher gehen«, sagte sie zu Kaleb und verstärkte ihren Zug an Leths Armen. Kaleb nickte, sein Gesicht blickte entschlossen drein. Paxe wandte die Augen ab, und Sereth tat das gleiche.

Was nun folgte, war scheußlich. Doch schließlich nahm Kaleb das Messer fort und sagte: »Ich glaube, er ist sauber.« Unter seinem Knebel stöhnte und schluchzte Leth, mehr vor Furcht und Erniedrigung als vor Schmerz. Kaleb zog ihm die Hosen wieder über die Messerschnitte nach oben, wobei er sich bemühte, sie nicht mit dem Stoff zu berühren. Leth war von seiner Geschichte nicht abgewichen, daß Isak Med ihm beiläufig und wie zufällig erzählt habe, er sei der Zahlmeister für Cha Minto.

»Da ist noch etwas«, sagte Paxe. Kaleb nahm den Knebel heraus. Leth starrte sie mit schmerzverquollenen Augen an. »Woher hast du die Schwerter bekommen?«

»Sie haben sie uns direkt an der Stadtmauer von Mahita übergeben. Ich habe sie in den Kisten verstaut«, keuchte er.

»Woher wußtest du, wo man dich bezahlen würde?«

»Ich habe eine Nachricht erhalten.«

»Hattest du keine Furcht vor dem Bann?« fragte Paxe.

Leth zuckte die Achseln und wimmerte. Paxe zog die Brauen

zusammen, und er versuchte vor ihr wegzurutschen. »Ich ... ich hab' geglaubt, wenn das Haus Minto Schwerter einführt, dann muß das seine Ordnung haben«, sagte er furchtsam.

Kaleb schnaubte durch die Nase. »Hast du dir das gedacht, bevor oder nachdem man dich bezahlt hatte?«

Irgendwo in der Lasterhöhle stöhnte eine Frauenstimme laut, vor Furcht — oder vor Lust, es war unmöglich, das zu unterscheiden. Paxe fühlte sich leicht im Kopf von dem allgegenwärtigen Himmelskrautrauch. Cha Minto, dachte sie, und Isak? Sie hätte eigentlich Cha Minto dessen nicht für fähig gehalten — er war ihr immer als ein ziemlich naiver Dummkopf erschienen —, doch wenn Isak ihn da hineinmanövriert hatte — ja, das vermochte sie zu glauben.

»Aber warum hast du dabei mitgemacht?« fragte sie.

»Wegen dem Geld«, sagte Leth-no-Chayatha, und in seiner Stimme schwang ein fragender Unterton mit.

Paxe seufzte und gab seine Arme frei. »Also gut.«

Sereth ließ Leths Füße los. Er setzte sich auf und stieg behutsam vom Tisch auf den Boden. Geistesabwesend trat Kaleb beiseite, um ihm Platz zu machen. »Darf ich jetzt gehen?« murmelte Leth demütig.

Kaleb blickte zu Paxe. Das Messer lag noch immer in seiner Hand. »Darf er?«

»Ja, laßt ihn gehen. Gib ihm sein Hemd!« Sereth hob es vom Boden auf und reichte es dem Mann. Es war zerfetzt, feucht vom Speichel und sah aus wie ein Putzlappen.

»Schrei es nicht von den Dächern, daß man dich unterm Messer über die Schwerter befragt hat«, sagte Paxe, »oder es könnte sein, daß du dich in einer Schließzelle im Wachhaus wiederfindest. Ehe der Rat nicht anders entscheidet, ist es noch immer gesetzwidrig, Schwerter in die Stadt zu bringen. Das kann dir die rechte Hand kosten. Das weißt du. Du wirst überwacht werden, bis du die Stadt verläßt. Wann ziehst du wieder nach Norden?«

»Nach dem Fest«, stammelte Leth.

»Sei auch ganz sicher, daß du wirklich verschwindest«, sagte Paxe mit starrem Blick, und dann legte sie eine Drohung in ihre Stimme: »Du bist sehr leicht davongekommen, weißt du. Es hätte schlimmer sein können. Und es wird ganz sicher schlimmer werden, falls du den Mund aufmachst!«

Leth schauderte. »Ich sag kein Wort.«

»Ja, tu das besser. Du bleibst hier sitzen, bis wir fort sind.« Sie stand auf. Sereth streckte die verkrampften Arme. Kaleb griff das Säckchen Salz vom Tisch, und als er sich wieder aufrichtete, war sein Messer verschwunden.

Sie zogen sich die Stiefel an und gingen in den Vorderraum der Rauchhöhle. Aus einem Zimmer trat Skandar zu ihnen. »Wie habt ihr ihn zurückgelassen?« flüsterte er.

»Er ist noch ganz«, sagte Kaleb, »aber ein bißchen durcheinander. Danke, mein Freund. Man wird deine Dienste nicht vergessen.«

»Nicht der Rede wert.« Und er geleitete sie hinaus.

Als die kühle Nebelluft sie empfing, seufzte Paxe. Sie hatte Kopfschmerzen. Das kommt vom Rauch in der Pfeifenhöhle, sagte sie zu sich selbst. Dann schlug sie Kaleb auf die Schulter.

»Danke! Ich hätte das nicht tun können!« sagte sie.

Sereth schauderte zusammen. »Ich auch nicht.«

Kaleb machte eine wegwerfende Handbewegung. »Da!« Er reichte Paxe den Salzbeutel, und sie steckte ihn in die Tasche. Der Wind kam in Böen von Süden, ließ die Blätter rascheln und schlug lose Fensterläden gegen die Rahmen.

Sereth fragte: »Soll ich ihn beobachten lassen?«

Paxe lächelte. »Nein. Aber laß ihn ruhig glauben, daß du es tust. Du weißt ja, wo er wohnt; du könntest gelegentlich dort vorbeigehen, wenn er zu Hause ist, und dich von ihm sehen lassen. Es war sehr gescheit von dir, daß du damit zu mir gekommen bist.«

Sereth bemühte sich vergeblich, sein entzücktes Grinsen zu verbergen. »Und wohin gehen wir jetzt?« fragte er.

»Ihr marschiert in eure Betten«, sagte Paxe. »Und ich marschiere an die Arbeit.« Und am Morgen, dachte sie, werde ich mit Arré reden. Langsam wanderten sie ostwärts und nach Norden, drei Gespenster, die in der trübseligen Dunkelheit auftauchten und wieder verschwanden.

14. Kapitel

»Cha Minto?« fragte Arré. »Bist du sicher?«

»Ja, ich bin sicher«, antwortete Paxe.

Sie saßen im kleinen Wohnzimmer. Arré wartete auf Jenith und auf Morin, den Schneider. Ein Wind aus dem Osten hatte sich in den frühen Morgenstunden erhoben und hatte den Nebel in Schwaden quer durch die Stadt nach Westen vertrieben. Die Sonne lag wie Silber über der See, und der Himmel war klar und blau und heiß.

Paxes Bericht traf Arré ganz unvorbereitet, doch die Nachricht, daß Cha Minto für den Schwertschmuggel bezahlt habe, überraschte sie keineswegs. »Das also war los mit ihm bei der letzten Ratssitzung.« Sie drehte die Armreifen an ihrem linken Handgelenk. »Ich glaube, ich will nicht so ganz genau wissen, auf welche Weise du an diese Information gelangt bist.«

»Nein«, antwortete Paxe, »besser nicht. Aber ich garantiere dir, daß mein Informant davon fest überzeugt ist.«

Arré fragte sich, wie Isak Cha Minto dazu gepreßt haben mochte, bei dieser schmutzigen Sache mitzuspielen. Waren die zwei etwa ein Liebespaar? Nein, irgendwie konnte sie das nicht so recht glauben. Ihr Mund war trocken, und sie griff nach der Wasserkaraffe auf dem Lacktisch und goß sich erneut das Glas voll. Seit ihrem Krankheitsanfall war sie immer und immer wieder von einem unbezähmbaren Durstgefühl überfallen worden.

Paxe folgte ihren Bewegungen mit den Augen. »Arré, hast du dich wieder völlig erholt?« fragte sie besorgt.

»Es sieht so aus«, sagte Arré. »Ich habe seit jener Nacht keinen Wein mehr angerührt.« Es fiel ihr noch immer schwer zu glauben, daß sie zwei Tage durchgeschlafen hatte. »Was erzählt man sich jetzt in der Stadt über Ron Ismenin und die Schwerter?«

»Die Neuigkeit, daß sie auf dem Ismenin-Hof im Schwertkampf trainieren, hat sich überall herumgesprochen.«

»Und bringen die Leute die Ismeninas mit den geschmuggelten Schwertern in Verbindung?«

Paxe rieb sich am Kinn. »Noch nicht, bisher. Oh, ein paar Leute tun es. Es ist seltsam, Arré, den hier in der Stadt geborenen Leuten erscheinen Waffen einfach als nicht wirklich und *real*. Sie reden zwar darüber, aber sie denken nicht darüber nach.«

»Wie machen sich deine Leute beim Schwerttraining?«

»Sie sind begeistert. Aber auch sie sehen Schwerter nicht als etwas Wirkliches an, als Werkzeuge, die verstümmeln oder töten können.«

»Ich hoffe, das wird nie geschehen«, sagte Arré leise.

Paxe fragte: »Glaubst du denn, daß die Möglichkeit besteht?«

Arré seufzte. »Ich habe dir neulich gesagt, ich weiß nicht, was Ron Ismenin vorhat. Vielleicht kannst du es herausfinden. Frag doch deinen Freund Dobrin!«

Sie hatte das nur halb ernst gemeint. Doch Paxes Augen wurden schmal, und dann nickte sie. »Vielleicht tu' ich's«, sagte sie.

Lalith klopfte den Türpfosten. »Herrin?«

»Ja, Kind, was gibt's?«

»Jenith ist da und möchte dich sprechen.«

»Gut.« Arré stellte ihr Glas auf den Tisch.

Paxe stand auf. »Ich verzieh mich, damit ihr reden könnt.« Sie reckte die langen Arme hoch über den Kopf. »O Wächter, bin ich müde!« Und sie schleppte sich aus dem Zimmer. Im Flur blieb sie kurz stehen und sprach mit Jenith. Arré hörte ihre Stimmen — Paxes tiefe und die höhere, rauchige der Fremden. Dann trat Jenith ein. Sie war eine kleine dunkle Person mit einem anziehenden verwitterten Gesicht und goldenen Ohrringen in beiden Ohren.

»Herrin.« Sie verneigte sich, dann schaute sie sich mit unverhohlenem Wohlgefallen um. »Hübsch ist es hier. Ich mag die kleinen Lampen.«

»Ich danke dir«, sagte Arré, amüsiert, aber zugleich auch bezaubert von dem natürlichen Charme. Die Lampen waren aus weißem Porzellan, dem feinsten, das in ganz Arun gefertigt wurde; und der Künstler hatte darauf Trauben gemalt, die noch am Weinstock hingen, sozusagen als Tribut und Ehrerbietung gegenüber der Quelle des Reichtums der Med. Die Farben waren frisch und leuchtend. »Mir geht es genauso. Bitte setz dich!« Sie wies auf den Hocker.

Jenith ließ sich nieder. »Stört es dich, wenn ich rauche?«

»Nein.« Arré schaute fasziniert zu, wie Jenith eine Pfeife und einen kleinen Beutel aus Rehkitzleder aus der Tasche ihres Kleides holte und aus dem Beutel ein grünes Kraut in den Pfeifenkopf stopfte, dann aus der gleichen Tasche Zunder und Feuerstein zog und die Pfeife anzündete.

»Ah!« Sie legte den Kopf in den Nacken und öffnete den Mund. Ein Ring weichen grauen Rauchs schwebte langsam zur Decke hinauf. »Jetzt fühl ich mich besser.«

Arré hatte noch nie zuvor jemanden gesehen, der Rauchringe blasen konnte. Sie schaute kindlich-begeistert zu, wie die grauen Ringe sich vom Mund der Frau lösten und emporschwebten. Ehe sie die Decke erreichten, lösten sie sich auf, und Arré überlegte, wie das wohl aussehen würde, wenn sie alle zusammenhängend blieben, und sie malte sich eine Decke aus, die ganz von schwebenden grauen Ringen überzogen war.

»Möchtest du?« fragte Jenith und schob ihr die Pfeife hin.

»Nein, ich danke«, sagte Arré. Der Duft von Himmelskraut erfüllte den kleinen sonnigen Raum ganz. »Es tut mir leid, aber ich war krank, als du zum erstenmal hier warst.«

»Ha, du warst krank? Das haben sie mir nicht gesagt. Sie haben bloß gesagt, komm wieder. Ich wäre ja gleich am nächsten Tag gekommen, aber das war der Tag, an dem der Kurier die Stadt verlassen hat, und natürlich bin ich hinterdrein.«

»Die Stadt verlassen?« sagte Arré. »Kim Batto ist aus der Stadt fortgegangen?«

»Nein. Aber sein Bote ist fort.« Jenith deutete mit dem Pfeifenstiel auf Arré. »Du weißt doch, Herrin, daß deine Anweisungen nicht gerade brauchbar waren. Paxe hat mir gesagt, ich soll Kim Batto beschatten, aber du willst ja nicht wirklich wissen, was Kim Batto jeden Tag so treibt und wohin er geht, oder? Oh, das kann ich dir auch sagen. Aber was du wirklich wissen willst, ist was er *wirklich unternimmt*!«

Arré hob die Augenbrauen. »Sprich weiter!«

»Augenblick, entschuldige mich.« Jenith holte ein Stäbchen hervor und stocherte in ihrer Pfeife herum. Sie saugte fest daran, bis wieder Rauch in einem gleichmäßigen dünnen Faden aus dem Kopf aufstieg.

»Also, ich habe damit angefangen, Kim Batto zu beschatten, wie mein Auftrag lautete. Am ersten Tag der letzten Woche wußte ich nicht, was er tat, da habe ich ihn noch nicht unter Beobachtung gehabt; Paxe ist erst an dem Nachmittag zu mir gekommen. Am zweiten Tag ging er auf den Markt und in den Tanjo. Dritter Tag: er geht ins Badehaus und dann zum Schneider, wo er Stoff für neue Kleider ausgesucht hat, die er zu der Ismenin-Verlobung tragen will.«

»Woher weißt du, wofür die Kleider gedacht sind?« fragte Arré.

»Ich hab' mit dem Schneider gesprochen. Er ist ein Nachbar von Shem, meinem Assistenten im Lagerhaus. Er hat keine Ahnung, warum ich gefragt habe.«

»Ich verstehe«, sagte Arré. »Weiter!«

»Vierter Tag ...« — Jenith unterbrach sich und blies einen dicken Rauchring in die Luft — »vierter Tag: da bleibt er den Morgen über in seinem Haus. Ich habe mit einem der Küchenjungen gesprochen und herausgekriegt, daß er geschrieben und dabei schrecklich geflucht hat. An diesem Nachmittag traf ein Kurier im Haus ein, kein Botschafter, sondern ein Soldat in Reitkleidung. Das hat mich neugierig gemacht. Ich entdeckte einen Freund und ließ den beim Haus aufpassen, was der Herr Batto tat, und ich bin dann dem Kurier gefolgt. Er verließ das Haus mit einem Beutel unterm Arm, ging zu den Stallungen, um sich ein Pferd zu mieten. Ich habe einen Bekannten im Stall des Med-Bezirks, also hab' ich mir ein Pferd geborgt und bin dem Mann gefolgt. Er nahm die Flußroute. Er steckte den Beutel und was drin war in seine Satteltasche, und jedesmal wenn er hielt, um was zu essen, nahm er ihn mit, also habe ich angenommen, daß es was Wichtiges sein mußte. In der ersten Nacht machte er in Mahita halt, und ich blieb in der gleichen Herberge wie er, aber es war nichts zu machen, er nahm den Beutel mit ins Bett. Das gleiche passierte in Warrintown und Elath. In Elath sprach er in der Halle der Reisenden mit einem Mädchen und sagte, er geht nach Nuath.« Sie stieß wieder einen Rauchring aus. Arré saß da und lauschte gebannt dem Bericht.

»Unterwegs, auf der Strecke zwischen Elath und Shonet, ist er dann unvorsichtig geworden, oder übermütig. Er hat den Beutel im Stall gelassen, als er zum Essen in einen Gasthof ging. Natürlich hat er nicht gewußt, daß ich in der Nähe war. Und am Abend hat er es wieder gemacht. Also bin ich mit einem großen zusammengerollten Kavablatt, dem größten das ich finden konnte, ich hab's mit einer Schnur verschnürt, in den Stall gegangen und hab' rausgenommen, was in der Tasche war und das Blatt dafür reingesteckt.« Sie griff in ihr faltenreiches Kleid und zog eine weiße Rolle hervor, die mit dem Wappenzeichen der Batto-Familie versiegelt war: dem galoppierenden Pferd. »Dann bin ich so schnell wie möglich zurückgeritten. Auf einem Tier, wie *er* es hatte, wäre das unmöglich gewesen, aber *ich* saß auf einem Asechpferd, also habe ich nur die Hälfte der Zeit gebraucht, die er gebraucht haben würde. Wenn er also die Blattrolle schon am nächsten Morgen entdeckt haben sollte, kann er doch nicht eher als in zwei Tagen wieder hier sein.«

Arré nahm die Schriftrolle mit beiden Händen. »Du verblüffst mich«, brachte sie hervor.

Jenith lächelte. »Ach, das war ganz leicht«, sagte sie selbstgefällig. »Der Wachsoldat war ein Trottel, daß er mich nicht bemerkt hat. Ich hätte mich sicher gesehen. Aber nachdem er dann unterwegs angefangen hat, Himmelskraut zu rauchen, hätte der nicht mal eine Sau bemerkt, wenn sie zu ihm ins Bett gekrochen wäre.«

Arré öffnete die Rolle.

Sie überflog sie rasch und übersetzte dabei automatisch im Kopf den formellen Text. Das Schreiben ging an Lord Tarn i Nuath Ryth aus der Stadt Nuath, und brachte die Bestätigung der Übereinkunft zwischen Tarn i Nuath Ryth und Kim Batto »in Anerkennung der beiderseitigen Interessen«. Es enthielt ferner vage Anspielungen auf Getreidepreise, die eventuell gesenkt werden könnten, als Gegenleistung für bestimmte Dienstleistungen, die mit dem Rat der Häuser in Kendra-im-Delta zu tun hatten. Sie dachte: Was geht hier eigentlich vor? Sie hatte damit gerechnet, daß Jenith ihr irgendwelche Beweise für die Verbindung zwischen Ron Ismenin und dem Tanjo liefern würde, nicht Beweismaterial für etwas, das ein Vertrag zwischen Kim Batto und irgendeinem ungehobelten Barbaren aus dem Blauen Clan oben am Fluß zu sein schien!

Sie las die Schriftrolle noch einmal durch. Auch beim zweitenmal lernte sie nicht mehr aus ihr. Sie überlegte, was diese »Dienstleistungen« (im Schreiben sorgfältig nicht näher definiert) sein sollten. Es wird keine solchen Dienste geben, dachte sie schroff. Vertragsschließungen seitens einzelner Adelshäuser (außer in der traditionellen Form durch Heirat) mit anderen Häusern oder Clans waren strikt verboten. Sie grinste bei der Vorstellung, was Kim Batto sagen würde, wenn sein Kurier zurückkehrte, um zu gestehen, daß er bis Shonet gelangt sei — oder bis Sharon oder sogar

Nuath — und dann gemerkt habe, daß seine Botschaft verschwunden war.

Jenith sagte: »Ist es das, was du haben wolltest?«

Arré blickte auf. »Es ist sicherlich etwas, was ich gern haben wollte. Allerdings hatte ich das nicht vorausgesehen; ich weiß nicht, was es ist, und ich bin auch nicht sicher, worum es dabei geht. Ich muß dir noch Geld schuldig sein.« Sie trat an ihre Truhe, zögerte und zog dann zwei Vierlinge hervor, die sie der kleinen dunklen Frau gab. »Reicht dies aus?« fragte sie. »Du hast sicher Reisekosten gehabt.«

»Damit sind sie gedeckt«, sagte Jenith. »Ich hab' nicht viel gebraucht. Ich hab' mir ein Pferd geborgt, und ich habe in den Ställen geschlafen.« Sie nahm ihre Pfeife von dem Lacktischchen. »Soll ich weitermachen, Herrin?«

»Du sollst«, sagte Arré. »Wenigstens noch vier Tage, bis zu der Ismenin-Verlobung.«

Jeniths geschickte Hände ließen die Münzen in ihren Röcken verschwinden. Ihr Haar war pechschwarz und mit Jasminöl eingerieben, und sie trug ein Kupferamulett mit einem Ochsenkopf am Hals.

»Tun die Ringe da nicht weh?« fragte Arré und deutete auf die Goldringe in Jeniths Ohrläppchen.

»Nö«, sagte die Asech. »Meine Tante hat mir die Löcher mit einem Pfriem gestochen, als ich ein ganz kleines Baby war. Meine Töchter haben sie auch.«

»Du hast Kinder?«

»Drei — zwei Mädchen und einen Jungen.«

»Wie alt bist du?«

»Vierzig«, sagte Jenith und lächelte. »Ich arbeite für das Haus Med seit meinem zwölften Lebensjahr; auf den Weinfeldern, in der Kelter, und jetzt im Lagerhaus.«

Vierzig, dachte Arré, Jenith ist bloß vier Jahre jünger als ich. »Ich danke dir für deine Dienste für mein Haus«, sagte sie.

Jenith nickte. »Du bezahlst gut. Einen schönen Tag wünsch ich dir, Herrin!« Und sie stapfte hinaus.

Hat sich ein Pferd geliehen und in den Ställen übernachtet, dachte Arré; ich könnte das nicht — und ich hätte es auch vor zwanzig Jahren nicht gekonnt. Die Erkenntnis verwirrte sie ein wenig.

An diesem Nachmittag machte sich Paxe auf, um mit Dobrin zu sprechen.

Sie hatte vorgehabt zu schlafen, bis sie die erste Unterrichtsstunde im Schwertkampf geben mußte, doch sie hatte keinen Schlaf gefunden. Schließlich hatte sie sich vom Bett erhoben, war zur Zedernholztruhe gegangen und hatte den Deckel hochgeklappt.

Sie nahm das Schwert heraus und legte es beiseite. Dann grub sie in der Truhe nach den Sachen, die dort lagen, wie sie wußte, obschon sie sie seit sechzehn Jahren nicht mehr angeschaut hatte. Das Nelkenöl fand sie zuerst, und sie nahm den Stöpsel heraus und roch an dem Öl. Es duftete noch immer frisch und war brauchbar. Der Puder lag in einer kleinen Schachtel mit dem Pinsel. Sie nahm sie heraus. Ganz zuletzt stießen ihre Finger auf das Stück rotes Tuch, das sie aus den Roten Bergen mitgebracht hatte. Sie hob den verblichenen Stoffetzen aus dem Bauch der Truhe und breitete ihn über die Knie.

Tyré hatte das Tuch getragen. Sterbend hatte er es vom Arm gezogen und in ihre Hand gedrückt: seine *shariza*, das Ehrenzeichen des *cheari*, das ihm fünfzig Jahre früher Doménia verliehen hatte. Paxe hatte damals versucht, ihm zu sagen, daß sie kein Recht auf das Tuch besitze, doch er hatte sie gar nicht mehr gehört.

Sie streichelte das Tuch. Es roch nach Zedernharz. Sie hatte es nicht ein einzigesmal getragen, und sie würde es auch jetzt nicht umbinden, doch sie hatte es einfach wieder einmal ansehen müssen.

Sie heftete die Augen fest auf das rote Steinbild des Wächters. Aber nichts geschah — kein Gefühl der Befreiung oder des Abklingens der Sorge wollte sich einstellen. Sie redete sich gut zu, daß dies ja nur eine Statue sei, daß das Chea nicht immer zu den Menschen spreche ... Dann stand sie auf und schlang das steife Tuch um den Sockel der Statue. Darauf trat sie wieder an die Truhe und begann das Schwert aus dem Norden zu reinigen.

Als sie damit fertig war, legte sie das Schwert zurück in die Truhe und ging aus dem Haus. Das Herrenhaus der Ismeninas lag breit und prächtig an seinem Hügelhang; sie stieg hinauf und überlegte sich, wie es wohl drinnen sein mochte, während sie am Tor vorbeikam. Dumpf und feucht, wahrscheinlich.

Sie ging zum Waffenhof. Dort hatte man das Tor ausgetauscht. Es war nicht mehr ein Gattertor mit Eisenstäben, durch die man hineinsehen konnte, wenn nicht der Posten davorstand. Das neue Tor war aus Rotzederplanken, hatte ein schweres Schloß und war höher als Paxes Kopf, schloß genau mit der Höhe der Umzäunung ab. Der Mann am Tor (ein anderer als beim erstenmal) erblickte sie und erstarrte in Habachtstellung, den Speer quergelegt, das Tor versperrend.

»Sag eurem Hofmeister, Paxe-no-Tamaris ist hier und möchte mit ihm sprechen«, sagte sie.

Er verneigte sich. »Wenn du mich entschuldigen würdest, Hofmeisterin . . .« Er schob den Riegel zurück und schlüpfte durch das Tor, das er so dicht an seinem Körper hielt, daß sie nicht hindurchzusehen vermochte. Sie lauschte der Zahlenkadenz, die über die Mauern drang, bis der Posten zurückkehrte. »Der Hofmeister ersucht dich, um den Waffenhof herum zu seinem Haus zu gehen.«

»Ich danke dir«, sagte Paxe. Sie ging um den Hof, und die Zählstimme wurde lauter. *Eins* — und *zwei* — und *drei* — und *vier!* Über ihrem Kopf schrien die Flußmöwen.

Die Tür der Hütte stand offen. Sie trat ein. Dobrin saß mit gekreuzten Beinen hinter seinem Tisch. In der Kupferschale lag ein Zweig mit gelben Blüten, ein zweiter Zweig stand vor der Statue des Wächters. Statt der Fetuchstengel lagen diesmal Apfelschnitze in einer schlichten blauen Schüssel.

Paxe zog die Stiefel aus und stellte sie in den Alkoven an der Tür, dann schritt sie über die Matten zu dem bereitgelegten Kissen.

Sie aßen von den Apfelschnitzen.

Dann sagte Dobrin: »Es tut gut, dich wiederzusehen.«

Paxe antwortete: »Du weißt doch, wo ich wohne.«

»Ja.« Es klang wie eine Entschuldigung. »Ich hatte sehr viel zu tun — und du hast jetzt die Nachtwache, oder? Ich mochte dich nicht beim Schlafen stören.«

Paxe lächelte. »Wie geht dein Training voran?«

»Gut«, sagte Dobrin. »Und das deine?«

Sie hatte vorausgesetzt, daß er davon wisse. »Wie erwartet. Wir haben die *sejis* noch nicht lang«, antwortete sie.

»Findest du, daß die Soldaten aus der Stadt schlechter sind oder besser im Gebrauch der Klingen?« fragte er.

Sie kratzte sich am Kinn. »Ungefähr genauso gut wie die vom Land — nur vergessen sie leicht, daß sie das Holz so anpacken müssen, als wäre es Stahl. Sie können sich einfach nicht vorstellen, daß es Schwerter sein sollen, für sie sind es Holzlatten.«

»Ja«, sagte Dobrin, »das gleiche stelle ich auch fest.«

Paxe fragte: »Wo hast du deine Waffenausbildung erhalten, Dobrin?«

»Bei einer Frau mit dem Namen Sithi. Im Galbareth. Sie war schon recht alt. Sie hatte eine Zeitlang mit einem *chearas* trainiert, bevor der Bann erlassen wurde, aber sie besaß selbst die *shariza* nicht. Warum?«

Paxe streichelte mit einem Finger die zarten gelben Blüten. Es waren Sumpfdotterblumen, und sie wuchsen überall im Flußdelta; sie hatten beinahe gar keinen Duft. »Ich hab' über das nachgedacht, was du mir über die Hexenleute und über andere Dinge erzählt hast ... Dobrin, hast du wirklich Vertrauen zu Ron Ismenin?«

Steif fragte er dagegen: »Ich verstehe nicht, was du damit meinst?«

Paxe runzelte die Stirn. »Verflucht, Mann, spiel mir doch nicht den Narren vor! Wir sind Kollegen, wenn nicht Freunde. Du weißt genau, was die Ismeninas die letzte Zeit gemacht haben — sie haben scharfe Waffen durch die Stadttore hereingeschmuggelt. Also, wo sind sie? In eurem Waffenschuppen? Irgendwo im Haus versteckt?« Zu ihrem eigenen, nicht geringen Erstaunen verspürte sie in sich ein starkes Verlangen, den Mann anzuschreien. Mit Mühe gelang es ihr, die Stimme gedämpft zu halten. »Was hat Ron Ismenin mit diesen Klingen vor?«

Zu ihrer Verblüffung begann Dobrin zu lächeln. Er sagte: »Ich kann deinen Argwohn verstehen, Paxe, aber du täuschst dich.«

»Worin täusche ich mich?«

»Ja, es stimmt, die Schwerter sind hier. Aber der Waffenschmuggel ist nicht von den Ismeninas arrangiert worden. Ron Ismenin hat mir das feierlich geschworen, und ich glaube ihm. Es war die Idee eines anderen Mannes.«

Isaks Idee? dachte Paxe. Cha Mintos? »Wer ist es?« fragte sie.

»Ich weiß es nicht.«

»Was hat Ron mit ihnen vor, jetzt wo er sie in seinem Besitz hat?«

»Nichts«, sagte Dobrin. Er hob eine Hand hoch. »Nichts bis zur Ratssitzung nach dem Fest. Zu diesem Zeitpunkt, hat er mir erklärt, wird er dem Rat den Vorschlag unterbreiten, daß man das

Kurzschwert offiziell wieder in der Stadt zulassen soll. Ausschließlich für die Wachsolaten, natürlich.«

»Und was ist mit dem Weißen Clan?« fragte Paxe. »Welche Rolle spielt der dabei?«

Dobrin schaute überrascht drein. »Überhaupt keine. Das Haus Ismenin unterhält keine Beziehungen zum Tanjo. Mein Herr denkt genau wie ich über die Hexenleute. Er erweist dem Chea Ehrerbietung, aber er traut den Hexen weder, noch fragt er sie um Rat.«

Paxe dachte: Ich bezweifle allerdings, daß Ron Ismenin Ehrerbietung vor irgendwas empfindet, außer vor seinen eigenen Wünschen. »Was ist, wenn du dich irrst?« fragte sie und beugte sich vor. Sie ärgerte sich, daß ihre Stimme dabei geschwankt hatte.

Dobrin sagte gutmütig: »Aber ich irre mich nicht, Paxe.« Er legte beide Hände flach auf den Tisch. »Ich kenne die Ismeninas. Ich bin seit so vielen Jahren in ihren Diensten; ich war Colin Ismeninas Hofmeister, und ich hab' sogar noch den alten Rath Ismenin gekannt, in den paar Jahren vor seinem Tod. Die Ismeninas haben immer für das Wohl der Stadt gewirkt.«

»Und für ihr eigenes«, sagte Paxe trocken.

»Verhält sich das Haus Med da anders? Glaubst du, Arré Med unternimmt etwas, ohne sich vorher zu überlegen, wo die Vorteile für ihr Haus liegen?«

Die Frage war fair. »Nein«, sagte Paxe.

Dobrin nickte. »Glaub mir«, sagte er ernst, »wenn ich annehmen müßte, daß Ron Ismenin auch nur das geringste tut, was der Stadt schaden könnte, ich würde nicht länger sein Hofmeister bleiben. Bei meiner Ehre als Schwertkämpfer, ich schwöre es!«

Es gab wenig, was Paxe daraufhin hätte sagen können. »Mögest du niemals Grund haben, deinen Schwur zu bereuen«, sagte sie.

»Du wirst sehen, mein Vertrauen ist nicht fehl am Platze.«

»Loslassen!« kommandierte Kadra.

Sorren ließ die Bogensehne schnellen. Der Pfeil kam schwankend vom Bogen los, schlängelte sich auf die Zielscheibe zu, kippte seitlich in einen Dornenbusch und hinterließ eine Furche auf der Erde.

»Noch mal!« befahl Kadra. »Pfeil in die Kerbe!« Sorren senkte den Bogen bis in Hüfthöhe, drehte ihn horizontal und setzte den Pfeil an die Sehne. Der linke Arm tat ihr weh, und sie hätte ihn gern gerieben. Aber Kadra hatte gesagt, der Schmerz bedeute, daß sie den Bogen zu verkrampft hielt, und nicht, daß sie müde sei. Vorsichtig lockerte sie den verspannten Griff am Bogen.

»Ziel!« Sorren hob den Bogen an, zog die Sehne zurück, bog den Ellbogen so ab, wie Kadra es ihr vorgemacht hatte, bis die Bogensehne sie genau in der Kinnmitte berührte. Sie schaute zum Ziel, versuchte die genaue Mitte zu finden. Es war schwierig, die genaue Mitte eines Heuhaufens zu finden ...

»Schuß!« Sie ließ die Sehne schnellen. Diesmal fuhr der Pfeil in den Rand des Ziels, blieb dort einen Augenblick lang stecken, fiel dann herunter und neben die verschnürten Heuballen. Sorren warf einen Blick auf die Erde bei ihrem rechten Fuß. Sie hatte noch vier Pfeile übrig.

»Anlegen!« befahl Kadra. »Du machst es gut. Zielen! Schau nicht auf den Pfeil! Schau aufs Ziel. Es bewegt sich nicht. Halt die Schultern unten. Los!«

Sie befanden sich auf der Hauskoppel von irgend jemand, viele Straßen weit entfernt von der Pflaumenstraße im Batto-Bezirk. Auf einer Wiese hinter ihnen grasten Pferde und Maultiere. Blaue Fliegen schwirrten wie besessen um die Tiere, die Heuballen und um die beiden Menschen. Auf dem Boden lagen alte und frische Pferdeäpfel. Es war heiß, und Sorren fragte sich ärgerlich, wie lange sie eigentlich schon hier weilten. Ihr erschien es wie eine Ewigkeit, obwohl es wahrscheinlich kaum mehr als eine oder zwei Stunden waren.

Tammo kam hinter ihr herangeschlichen; sie drehte sich nicht nach ihm um, aber sie konnte ihn hören und konnte ihn riechen. Er schlurfte mit den Füßen, als wären sie zu schwer, als daß er sie vom Boden heben könnte. Mit seiner weinerlichen Stimme fragte er Kadra etwas, die ihm freundlich antwortete. Tammo war schwachsinnig, und seine Aufgabe bestand darin, die Weide von Mist freizuhalten, eine niemals endenwollende Arbeit, die ihm nichts auszumachen schien, obwohl man hätte annehmen dürfen, daß sie ein Kind zum Wahnsinn treiben mußte. Doch Tammo war kein Kind; er war ein ausgewachsener Mann mit muskelschweren Armen und straffem schwarzen Haar, das ihm zottig auf die mächtigen Schultern fiel.

Sorren faszinierte ihn mit ihrem blonden Haar und ihrer lichten Haut. Als Kadra sie zum erstenmal hierher auf die Koppel gebracht hatte, hatte er die Hand ausgestreckt, um sie zu streicheln. Sorren war erschreckt zurückgewichen. »Laß ihn ruhig!« hatte die Ghya gesagt. »Er tut dir nichts. Er ist bloß neugierig.« Und so hatte Sorren stillgehalten, während Tammo ihr mit den Fingern durch die Haare strich, als wäre sie ein Pferd. Danach hatte er sie dann allerdings wirklich in Frieden gelassen.

»Leg an!« befahl Kadra. Sorren nahm einen der noch verbliebenen Pfeile auf. Schweiß brannte ihr in den Augen. Sie ließ den Pfeil los und trocknete sich die Augen — Bogenschützen mußten sehen können! Sie nahm den Pfeil erneut und achtete besonders darauf, die Fiederung nicht zu drücken. »Zielen. Los!« Diesmal flog der Pfeil genau auf das Ziel zu und blieb stecken. Er zitterte. »Gut«, sagte Kadra, und Tammo stieß einen komischen hellen Quietschlaut aus.

Sorren bog die Finger um den Griff in der Bogenmitte. Der Bogen war aus Holz und Horn gefertigt; er reichte ihr bis an die Brüste, wenn sie ein Ende auf dem Boden aufsetzte; die Spitzen waren nach außen geschwungen wie Flügel. Der Zug war nicht zu hart. Kadra hatte gesagt, er sei eigentlich zu leicht für sie, aber es sei besser, einen zu leichten Bogen zu haben als einen zu schweren, den sie nicht spannen konnte. Die Pfeile waren aus Zedernholz und hatten Leitfedern aus grauen Truthahnfedern. Die Sehne war Seide. »Anlegen!« kommandierte Kadra. Sie hatte die ganze Zeit direkt hinter Sorrens linker Schulter gestanden. »Zielen! Drück die Finger nicht so zusammen! Locker! Los!«

Im Boden steckte noch ein Pfeil. Sorren griff seufzend nach ihm. Er trug einen blauen Punkt, der anzeigte, daß es sich nicht um eine scharfe Waffe handelte, doch wenn sie daran dachte, daß sie innerhalb der Stadtgemarkung mit einem Bogen hantierte, begann ihr Herz zu hämmern. »Leg an!« befahl Kadra. Stumpfe Pfeilspitzen, hatte sie gesagt, waren besser für Kleinwild als scharfe echte Spitzen, weil sie betäubten und das Tier davon niederging. (Natürlich bedeutete das, daß man das Tier dann manchmal erst noch töten mußte, wenn man es gefunden hatte. Daran dachte Sorren gar nicht gern. Der Geruch von Blut war ihr zuwider!) »Zielen. Los!« Der Pfeil schoß mitten ins Ziel und blieb stecken. Sorren grinste.

»Spann den Bogen ab!« sagte Kadra. Sorrens Grinsen verging. Das war schwer, auch wenn man ihr gezeigt hatte, wie man es anstellte, und sie es selbst schon zwanzigmal getan hatte. Sie stemmte das eine Bogenende gegen ihren Fußspann, hielt den Bogen mit der rechten Hand still und bog ihn mit der linken von sich fort und schob die Schlinge der Sehne aus der Kerbe. Wenn man das falschmachte, konnte der Bogen zurückschnellen und einen verletzen. Diesmal ging es leicht. Sie legte den Bogen auf die Erde. Trotz des Tuchlappens, den sie auf Kadras Anweisung hin unter dem Ellbogen des linken Armes umgebunden hatte, tat ihr dort der Arm weh, und die Finger der rechten Hand waren unterhalb des ersten Fingergliedes blasig und schmerzten.

»Nimm!« sagte Kadra und reichte ihr die Silberflasche. Sorren ergriff sie und setzte sie an die Lippen. Der starke Wein ließ sie keuchen . . . Sie nahm noch einen kleinen Schluck und gab Kadra dann die Flasche zurück, die daraus trank, als wäre es Wasser. »Heiliger Wächter«, sagte sie, »das tut gut. Geh die Pfeile holen!«

Sieben Pfeile waren ins Ziel gegangen — einer direkt in der Mitte, sechs auf dem Boden vor dem Ziel, und zwei im Dornbusch. Sorren fand einen langen Stecken und holte sie heraus. Ihre Schultern schmerzten, und sie rollte sie auf und nieder, wie sie das bei Paxe nach dem Training gesehen hatte. Sie wünschte, sie hätte sich für das Feld Sandalen angezogen, nicht wegen der Dornen, sondern wegen des Pferdemistes, der überall herumlag.

Sie brachte Kadra die Pfeile. Die Ghya begutachtete sie sorgfältig, untersuchte sie nach Rissen, fand aber keine. Wieder bot sie Sorren die Flasche an. »Nein, danke dir«, lehnte Sorren ab. Kadra trank. Die Sonne blitzte auf dem Silberflakon. »Wo hast du es her?« fragte Sorren. »Es ist sehr schön.«

»Es ist das Geschenk eines Adelshauses, für das ich in Tezera als Botschafter geritten bin.« Kadra hustete und steckte den Flakon weg. Sie trug diesmal nicht ihren Umhang, und unter dem dünnen Leinenhemd zeichneten sich deutlich ihre Brüste ab.

»Soll ich die Pfeile noch mal aufstecken?« fragte Sorren.

»Nein«, sagte Kadra, »für heut ist's genug. Wie fühlst du dich?«

»Der Rücken tut mir weh.«

»Ja. Du gebrauchst neue Muskeln. Mach dir nichts draus. Du bist ziemlich gut mit dem Bogen, weißt du?« die Ghya lächelte. Es war ein ehrliches Lächeln, ganz ohne jene zynische Beifärbung, auf die Sorren gewartet hatte. »Das Nordländerblut kommt halt in dir durch!«

»Ich danke dir«, sagte Sorren.

Sie hob den Bogen auf. Die Haut auf ihren Armen war rot, die Sonne hatte sie verbrannt. Es würde eine schmerzliche Nacht werden, und sie würde sich Tee für Umschläge brühen müssen. Eine Fliege landete auf ihrem Knie, und sie schnippte sie fort.

Kadra sagte: »Ich bin noch immer der Ansicht, daß du ein Messer haben solltest.«

»Ich will aber kein Messer«, gab Sorren störrisch zurück.

»Ich rede doch nicht von einer Waffe! Gerechter Wächter! Mädchen, du kannst einfach nicht so durch die Lande ziehen, ohne ein Messer. Womit willst du Fisch ausnehmen, mit den Zähnen? Und ein Beil wäre auch kein Fehler. Du wirst es brauchen, wenn du dir ein Feuer bauen willst.«

Sorren sagte: »Ich denke darüber nach. Ich kann ja doch erst in einem Jahr fort.« Sie hielt den Bogen hoch. »Was mache ich damit?«

»Du läßt ihn hier. Tammo weiß, wo er ihn verstecken kann. Und nächste Woche kommen wir wieder her und du übst wieder.« Tammo hatte seinen Namen gehört und kam herangeschlurft. Kadra sagte: »Tammo, versteck den Bogen und die Pfeile, wo keiner sie finden kann! Gut so?«

»Aaah, aah«, sagte er und wedelte mit der Hand auf die Scheune zu.

»Ja, sehr gut. Wir kommen bald wieder.« Kadra klopfte ihm freundlich auf die Schulter. »Du warst eine große Hilfe, Tammo. Du warst sehr lieb!«

»Aaaaa!« Er strahlte und machte ein paar komisch-groteske Tanzschritte. »Aaaaah!«

Dann, während sie von der Koppel gingen, stand er da und wedelte mit den Armen und schaute ihnen nach. »Wer ist er?« fragte Sorren.

Kadra lachte. »Mein Bruder. Meine Mutter hat wenig Glück gehabt mit ihren Kindern. Sie hat zwei Mißgeburten zur Welt gebracht, und damit hatte sie genug. Beim nächstenmal, als sie schweren Leibes wurde, hat sie einen Trank genommen.« Kadra lachte noch einmal. »Wie gefällt dir das Bogenschießen?«

Sorren zuckte die Achseln. »Es macht Spaß, glaube ich.«

»Auf einen Heuballen schießen, das ist leicht. Beim nächstenmal nehmen wir ein bewegliches Ziel, damit du lernst, wie es ist, auf etwas zu zielen, das nicht stillhält.«

»Auf etwas Lebendiges?«

»Nein. Wart's ab! Aber irgendwann wirst du auch auf Lebewesen schießen müssen, Sorren!«

»Ich würde aber lieber Fallen stellen.«

»Fallen funktionieren nicht immer. Glaub mir, ich weiß es.« Sie waren an der Gasse angelangt, die zur Straße führte. Am einen Ende war Abfall aufgetürmt; abgenagte Maiskolben, Kavarinden und Topfscherben. Am Zugang zur Straße blieb Kadra stehen, und ihr Gesicht verlor plötzlich alle Farbe. Sie taumelte, sie stieß mit der Hand vor und stützte sich an der Ziegelmauer ab.

»Was ist dir?« fragte Sorren erschrocken. »Kann ich dir helfen?«

»Bedräng mich nicht!« fauchte die Ghya, und Sorren trat einen Schritt zurück. Kadra atmete weiter schwer und heftig. Endlich richtete sie sich auf und zog die gegen die Wand gestemmte Hand zurück.

»Ich hasse es, wenn man mich anfaßt«, sagte sie.

Sorren versteckte die Hände hinter dem Rücken. »Tut mir leid.«

»Ich weiß, du willst mir nur helfen«, sagte die Ghya. »Aber ich will keine Hilfe.«

Zwei Frauen kamen Arm in Arm vorüber; die eine zog die Nase kraus und sagte mit gedämpfter Stimme etwas zu ihrer Freundin.

Sorren schielte auf ihre kotbedeckten Füße. »So kann ich nicht ins Haus zurück«, sagte sie. »Gibt's hier in der Nähe ein Badehaus?«

»Die Straße hinunter und dann links.«

»Kommst du mit mir?«

»Ich bring dich hin«, sagte die Ghya. »Aber ich komm nicht mit rein. Ich ziehe es vor, beim Baden allein zu sein.« *Wo mich,* schien ihr Ton zu sagen, *keiner anstarrt.*

Sorren überlegte sich, was Kadra tun würde, wenn sie sie — wer immer diese »sie« sein mochten — nicht auf dem Schiff mitnehmen würden. Die Trinkerei der Ghya (und ihre rüden Manieren), das mußte doch sicher ausreichen, sie nicht zuzulassen. Noch zweimal blieb die Ghya stehen und stützte sich gegen die nächste Wand, den rechten Arm auf den Magen gepreßt, als habe sie Krämpfe, und Sorren fragte sich besorgt, was sie tun würde, falls Kadra hier zusammenbrechen sollte. Aber jedesmal richtete sie sich wieder auf. Dann kamen sie an den Bogengang aus roten Backsteinen, der zum Badehaus führte. Vor dem Eingang stand eine Statue des Wächters. Darunter befand sich eine schwere Urne mit engem Hals, in den die Badewilligen Geld stecken sollten.

Sorren verneigte sich vor der Statue. Kadra rührte sich nicht.

Sorren überlegte, ob sie eigentlich wirklich Zeit genug für ein

Bad habe. Sie hatte das Gefühl — wahrscheinlich ganz törichterweise —, daß Arré sie argwöhnisch zu überwachen begonnen habe, zu merken, wann sie das Haus verließ und zu welcher Zeit sie zurückkehrte. Doch an diesem Morgen war Arré mit dem Schneider beschäftigt. Sorren warf Kadra einen Blick zu und zerrte einen Wunschknochen von ihrem Geldband und ließ ihn in das weite Maul der Urne fallen. »Du solltest aber doch mit mir kommen«, sagte sie.

»Warum?« Die Ghya brauste plötzlich wutentbrannt auf. »Damit du sehen kannst, wie ich unter meinen Kleidern wirklich aussehe? Nein, danke. Das nicht!« Sie machte kehrt und ging davon, bevor Sorren auch nur die Möglichkeit hatte zu sagen: Nein, so habe ich das nicht gemeint! Ach verflucht, dachte Sorren. Sie begann hinter Kadra herzulaufen, blieb dann aber stehen. Die Ghya würde ihr wahrscheinlich doch nur befehlen, sie in Ruhe zu lassen. Nein, sie wollte eine Woche warten. Vielleicht würde sich Kadra bis dahin etwas abgekühlt haben.

Es gab in jedem Stadtbezirk ein Öffentliches Badehaus. Man hatte sie auf Kosten der Stadt nach der Großen Pest errichtet, und sie wurden aus Steuermitteln unterhalten. Das erste Gemach in jedem Badehaus war der Raum, wo man die Kleider wechselte. Es war immer ein kleiner Raum, gewöhnlich durch ein Deckenfenster erhellt, und mit Borden an den Wänden ringsum. Ein Wärter saß dort, dem Schein nach, um die Habe der Leute zu bewachen und Seifenkugeln auszugeben, doch in Wirklichkeit, um sicherzustellen, daß keiner in die Bäder ging, der dies nicht durfte. Manchen Menschen war der Zutritt zu den Öffentlichen Bädern verboten: Frauen während der Tage ihrer Blutung, Leuten mit Hautausschlägen oder Hautpusteln und allen, die offene Wunden aufwiesen.

Sorrens Tage waren gerade vorbei. Sie trat vergnügt in den Wechselraum. An diesem Tag hatte in diesem Batto-Bad die Aufsicht ein altes Weib, das zusammengekrümmt und nahezu kahl war. Eine der Schultern war viel höher als die andere.

»Willst du 'nen Bademantel, meine Süße?« Sie wies zu den aufgehängten Baumwollmänteln, die sämtliche leuchtende Muster aufwiesen.

»Nein, ich danke dir«, sagte Sorren, streifte sich Hosen und Hemd ab und steckte sie in ein Fach. Die Geldschnur und ihr Leibeigenenarmband legte sie obendrauf.

Die Wärterin starrte sie mit lüsternem Wohlgefallen an, als Sorren sich das Haar löste. »Ach, was bist du zauberhaft«, sabberte die Alte mit krauser Nase. »Aber was für ein Gestank ist das?«

Sorren schaute auf ihre dreckbeschmierten Füße. »Scheiße«, sagte sie. »Ich bin über ein Weide gegangen.«

Die Wärterin schnalzte mit der Zunge. »Das wirst du alles wegwaschen müssen, äch!« Sie legte Sorren eine Seifenkugel in die Handfläche, und Sorren schnüffelte daran: sie roch nach Minze. »Geh nur direkt rein, Süße! Heißbad nach rechts, Brunnen und Warmbecken links, Kaltbecken hinten.«

Der Gang zu den Badesälen war mit weißen und gelben Kacheln ausgelegt. An seinem Ende wandte sich Sorren nach links, zu den Brunnen. Es gab davon zwei, und das Wasser lief ununterbrochen aus einem Rohr in der Decke in die Schalen der Brunnen und über deren Rand auf den Lattenrost des Bodens. Das Wasser kam vom Fluß und wurde beim Durchlauf durch den Ofen erhitzt. Rings um die Brunnen standen Holzbänke, auf die sich die Badenden zum Waschen setzen konnten. Es saßen gerade drei Frauen da und schwatzten mit weitausladenden Gesten miteinander. Überall lagen Badeschwämme herum; am nähergelegenen Brunnen wusch sich ein alter Mann inbrünstig die Zehen. Unter dem Wasservorhang des zweiten Brunnens spielte ein kleines Mädchen frech wie ein Streifenhörnchen.

Sorren hob einen Schwamm auf. Sie trat an den Brunnen und wusch sich mit Schwamm und Wasser den oberflächlichen Schmutz weg, dann seifte sie sich am ganzen Körper ein, angefangen bei den Schamhaaren.

Die Seife biß auf ihrem linken Arm und in der rechten Hand, aber der Schwamm fühlte sich gut an auf der Haut, wie eine große liebevolle Hand, die ihr über den Leib strich. Als sie ganz sauber war, ging sie zu dem Warmbecken. Es lag direkt neben dem Waschraum. Die Menschen kamen in das Warmbecken, um da zu sitzen, sich zu entspannen, das Wasser einwirken zu lassen, und um mit Freunden zu plaudern. Der Raum mit dem Kaltbecken konnte sowohl von dem Warmbecken aus wie von dem Dampfbad aus betreten werden. Den Dampfraum erhitzte man mittels heißer Steine. Auch da gab es Bänke, auf die man sich lagern konnte; sie standen in abgestuften Terrassenreihen, wobei es auf den tiefergelegenen Bänken kühler war, und es war üblich, daß man

zunächst auf diesen unteren Bänken Platz nahm und sich dann allmählich nach oben zu den heißen emporarbeitete. Sorren blickte auf ihre Sonnenbrandarme. Eigentlich mochte sie das Dampfbad gern, aber diesmal würde es zu sehr auf der verbrannten Haut wehtun.

Sie ließ sich in das Wasser des Warmbeckens gleiten, und ihr Haar wallte hinter ihr drein wie Seetang. Sie bog das Rückgrat durch und ließ die Brustwarzen aus dem Wasser ragen. Träge und wollüstig dem Wasser hingegeben, überlegte sie sich, wie Kadra wohl wirklich aussehen mochte. Es konnte ja schließlich kein allzu befremdender Anblick sein. Aber wie konnte jemand einen Spitz und einen Sack und *darüber hinaus* auch noch eine Möse haben?

Nach der wundervollen Entspannung im Wasser fühlten sich ihre Kleider schmutzig, stickig und stinkend an. Sie biß die Zähne zusammen und zog sie trotzdem über. Das Haar ließ sie offen, damit es beim Gehen trocknen konnte. Sie zählte die Bontas an ihrer Geldschnur nach — es waren noch alle da.

Die Wärterin hatte ihr dabei zugesehen und stellte ihre Stacheln auf. »Denkste ich bin eine Diebin?« murrte sie.

»Nein, Mütterchen, aber du hättest ja mal kurz den Rücken kehren können.«

»Mütterchen?« Die Mumie zeigte die paar ihr verbliebenen Zahnstummel. »Ich bin sicher nicht *deine* Mutter, Süße, nicht bei deiner weißen Haut und den hellen Haaren.« Und sie schwenkte ihre dürren schwarzen Arme. »Außerdem, ich bin zu alt, oder du bist zu jung dafür. Großmutter, das würde noch angehen. Aber du siehst wie eine Lady aus, die ich mal kannte, es ist lang her. Im Galbareth. Ah, war *das* eine Schönheit!«

Erfrischt und übermütig lief Sorren unter dem Bogengang durch und kam auf die Straße. Die Sonne traf sie voll auf den Kopf, und sie fuhr sich mit den Fingern durchs Haar, um die Strähnen zu lockern. Sie kniff die Augen zusammen. Sie hoffte, Arré möge noch immer mit ihrem Schneider beschäftigt sein. Sie schlenderte langsam nach Norden, auf der Suche nach einer Straße, die vom Batto-Bezirk in den der Med führte, und fand eine: die Straße der Schildkröte.

Sie begann ganz leise zu singen. *»Wo sind sie hin, die Auserwählten? Wo reiten sie nun, die Tänzer stark und fein? Das*

Langschwert scharf, das Langhaar wehend im Wind? Wo sind sie hin, und wo mögen ihre Lieder sein?«

Irgendwo vor ihr ertönte ein kadenziertes Rufen: »*Ho-ho*« und »*hoh-ho*«. Es war nicht der Singsang von Sänftenträgern. Weiter vorn drängten sich die Menschen an die Schaufenster und in Hauseingänge, wie sie es bei vorbeiziehenden Karawanen tun. Sorren trat zurück, und jemandes Ellbogen drückte sich ihr in den Bauch. Weiter vorn riefen die Leute etwas. Durch die plötzlich wie erstarrt daliegende Straße schien ein heißer Wind zu fegen, und ein Pferd wieherte, ein melodischer Klang wie das Rufen eines Horns.

Und wie eine Erscheinung aus vergangenen Tagen marschierte ein Trupp Soldaten die Straße herab. Sie trugen Schutzleder und Stahlpanzer und hatten lange Piken über den Schultern. Die Gesichter waren von Helmen mit hohen Goldfederkronen beschattet. Der Gesang kam von ihnen her, und sie marschierten nach seinem Rhythmus in Viererreihen, mit schwingenden Armen, mit sich im Takt des Sangs hebenden Stiefeln. In ihrer Mitte ritt ein Mann auf einem Rappen, und auch er trug eine Rüstung. Quer über den Schoß hielt er ein blankes Schwert. An den Schenkeln der marschierenden Soldaten baumelten leere Schwertgehänge.

Sie zogen die Straße der Schildkröte hinab zur Mitte des Batto-Bezirks hin. Als sie verschwunden waren, strömten die verblüfften Gaffer wieder auf die Straße zurück. »Die kommen aus Tezera!« schrie eine Frau und hämmerte mit der Faust auf einen Türpfosten ein. Andere behaupteten hartnäckig, die Soldaten seien aus Shanan gekommen oder aus Mahita oder sogar aus Shirasai.

Sorren kam nach Hause. Dabei entdeckte sie am Nordwestlichen Tor eine riesige Menschenmenge, die sich dort drängte, und sie sah die Bedienten von den Öffentlichen Stallungen, die reiterlose Pferde am Zügel führten. Die Geschirre waren mit Federschmuck und Silberschnallen reich verziert. Und als Sorren dann durch das Tor des Med-Hauses trat, war ihr die Neuigkeit vorangeeilt. »Hast du schon von den Soldaten gehört?« fragte sie der Dungkehrer von seinem Wagen her.

Sorren rief, während sie durch das Tor trat: »Ich hab' sie gesehen!« Sie hätte gern gewußt, ob sie wirklich aus Tezera kamen. Ihr waren sie wie Gestalten aus der Vergangenheit erschienen, nicht Chearis, aber doch so ähnlich wie die alten Chearis. Und sie hatte das Gefühl, sie habe sie durch die Worte ihres Liedes heraufbeschworen.

Atemlos stürmte sie in den kleinen Salon und blieb abrupt stehen. Paxe war da. Arré schaute Sorren an, und ihre Mundwinkel zuckten. »Du hast die Soldaten gesehen«, sagte sie. »Ich kann es aus deinen leuchtenden Augen erraten.« Sie wandte sich wieder Paxe zu. »Fahr fort!«

»Sie kommen aus Nuath«, sagte die dunkle Frau. »Der Lord Tarn i Nuath Ryth hat sie mitgebracht; sie sind seine Eskorte, sagt er, für die Verlobung seiner Tochter. Kim Batto hat ihn am Nordwestlichen Tor empfangen.«

»Der Lord Tarn i Nuath Ryth!« Arrés Stimme klang halb amüsiert, halb erzürnt. »Die Unverschämtheit dieses Kerls! Und außerdem ist es noch falsch! Es müßte Tarn-no-irgendeine Ryth i Nuath heißen. Wie war sein Muttername, möchte ich wissen, und warum hat er ihn abgelegt? Wie viele Männer hat er mitgebracht?«

»Vierzig«, sagte Paxe. Ihre Kleider waren zerknautscht, und Sorren vermutete, daß sie geschlafen hatte, als der Bote von dem Stadttor sie informieren kam. »Sie haben ihre Reittiere und ihre Schwerter am Tor abgegeben. Aber er hat darauf bestanden, sein Schwert zu behalten. Er sagte — nicht zu mir, ich war nicht dort, aber zu meinem Hauptmann der Tageswache — ›ich werde mich hier vor der Stadtmauer niederlassen, ich und meine Soldaten, und niemand wird durch dieses Tor ein- oder ausreiten, es sei denn man gestattet mir, im Sattel und mit meinem Schwert in die Stadt einzureiten.‹«

Arré schnaubte: »Der hätte den ganzen Verkehr bis hinauf nach Nuath aufgehalten!«

»Das ist der Grund, warum Ivor sich schließlich entschloß, ihn hereinzulassen.«

»Oh, die Entscheidung war richtig. Und Kim Batto hat ihn empfangen?« Sie verzog das Gesicht zu ihrem Straßengörengrinsen. »Ich wünschte, ich wäre dabeigewesen und hätte das gesehen. Wie hat er das denn erklärt? Es hätte ihn doch Ron Ismenin empfangen müssen.«

»Ron Ismenin wurde aufgehalten«, sagte Paxe. »Er hat Botschaft geschickt. Als ich fortging, traf Col Ismenin dort ein, so daß also alles seine Ordnung hatte und ziemlich war. Tarn i Nuath Ryth weilt im Batto-Haus, die haben mehr Gemächer als die Ismeninas in dem ihren. Das stimmt vielleicht sogar, weil bei den Ismeninas das ganze Haus voll von ihren Verwandten vom Blauen Clan sein muß.«

»Und die Frau, für die der ganze Zauber veranstaltet wird, wo befindet sie sich?«

»Als ich vom Tor wegging, kam ihre Sänfte gerade durch.«

Aré blickte Sorren an. »Was hältst *du* von der Geschichte?«

Sorren suchte nach einer Antwort. Aber ihr fiel nichts anderes ein als das bemerkenswerte Aussehen der Soldaten. »Die hatten goldene Federbüsche auf den Helmen und hohe Stiefel bis zum Knie.«

Arré sagte sarkastisch: »Es muß ihnen ziemlich heiß geworden sein, als sie durch das Tal ritten. Schön, das alles ist sehr interessant. Und morgen wird es im Haus der Ismeninas wahrscheinlich sogar noch aufregender werden. Verdopple die Posten an der Grenze zum Batto-Bezirk«, sagte sie zu Paxe, »bis diese Leute wieder dorthin verschwunden sind, woher sie gekommen sind.«

Paxe nickte und ging.

Arré sagte: »Bist du in dem Gewühle steckengeblieben? Hast du dich dort herumgetrieben?«

»Ja«, sagte Sorren. »Hast du deine Kleider bekommen?«

»Der Schneider will sie heute abend bringen.« Arré neigte den Kopf auf die Seite. Sorren wurde starr. »Auf deinem Bett liegt was für dich. Geh und schau's dir an!«

Sorren stieg hinauf. Unter der Tür ihres Zimmers blieb sie mit offenem Mund stehen. Über der Tagesdecke auf ihrem Bett lagen eine Seidentunika und dazupassende Hosen. Die Seide war blau, und an Manschetten und Kragen waren scharlachrote Zierbiesen angebracht. Sie kniete nieder und ließ sacht die Hand über den Stoff gleiten. Es war schwere Seide und doppelt so fein wie alles, was sie je getragen hatte. Die Ärmel waren voll und weit wie ein Glockenmund, aber sie reichten nur bis zum Ellbogen. Sie rieb das Material gegen die Wange und war hingerissen von der Berührung. Dann hielt sie sich die Tunika vor die Brust.

Sie rannte die Treppe hinab. Arré saß still in ihrem Sessel. »Na, gefällt es dir?« fragte sie lächelnd. »Und dann ist auch noch das hier.« Sie streckte die Hand aus. Auf der Handfläche lag etwas, das glitzerte. Sorren nahm es. Es war ein Kamm; er war von jener Art, wie Isak sie zuweilen bei seinen Tanzdarbietungen trug. Der Kamm war rot und hatte Intarsien aus Lapislazuli.

»Es ist wunder-, wunderschön.« Sorren kniete neben dem Sessel nieder und wiegte ihren Kamm mit beiden Händen. Sie konnte nicht einmal eine Vermutung anstellen, was Kamm und Kleider wert sein mochten. »Das alles ist viel zu kostbar für mich!«

»Sei kein Närrchen«, sagte Arré. »Du wirst prachtvoll aussehen damit, und warum solltest du für einen solchen Anlaß nicht teure Kleider tragen?«

»Was wirst du denn anziehen?«

»Ein langes Kleid. Du wirst es heut abend zu sehen bekommen.« Sie fuhr Sorren streichelnd übers Haar. »Du duftest nach Minze.«

»Ich war im Badehaus.«

»Aha.« Arré rieb sich am Kinn. »Kind, ich will ja gar nicht wissen, was dein Geheimnis ist. Aber — hast du eine andere Geliebte?«

»Eine andere ...« Sorren hätte am liebsten laut losgelacht. War *das* der Grund, warum Arré sie so argwöhnisch beobachtet hatte? »O nein, keine Spur davon!«

»Gut, mein Kind. Paxe würde es wehtun, glaube ich, auch wenn sie wahrscheinlich nichts darüber sagen würde. Sie hat gerade einen Sohn aufgegeben. Es würde ihr Kummer bereiten, wenn sie jetzt auch noch dich verlieren sollte.«

»Aber Ricard hat ihr doch geschrieben«, sagte Sorren, »und ich geh ja nirgendwohin.« *Noch nicht,* dachte sie und erinnerte sich an den Tag mit Kadra und an den Bogen und an die Landkarte ... *Noch nicht ...*

»Geht es dir wieder ganz gut?« fragte sie.

»Mir ist es nie besser gegangen«, antwortete Arré. »Ich muß nur einfach daran denken, bei dem Fest nichts zu trinken.«

15. Kapitel

Das Haus der Ismeninas war sogar noch prunkvoller als das der Hok-Familie.

Der Pfad, der zu dem Vordertor des großen weißen Hauses führte, war von Kavafruchtbäumen gesäumt. Als Sorren diesen Weg entlangging, ihre Trommeln unter dem einen, die neuen Kleider unter dem anderen Arm, segelte ein Falter von einem der Baumäste in Spiralen herab und ruhte für einen Augenblick auf ihrem Haar. Sie schüttelte ihn sanft ab. Die Luft war geschwängert vom Duft der Kavabäume und der Küchengerüche, denn in den Küchenräumen der Ismeninas waren die Vorbereitungen für das Fest eifrig im Gange. Die Posten an der eisernen Einfriedung um den Hof des Herrenhauses hatten Sorren, die sich geschmeichelt fühlte, gleich wiedererkannt und ließen sie eintreten, mit dem Hinweis, sie möge sich zum Seiteneingang des Hauses begeben. Daß der Posten an der Treppe sie nicht kannte, erwies sich als nur allzu deutlich. Er starrte ihr argwöhnisch entgegen, als sie auf ihn zutrat.

»Ich werde beim Fest die Trommeln spielen«, erklärte sie und hielt ihm ihre Instrumente hin.

Er zuckte mit dem Daumen in Richtung auf einen Weg, der im Winkel vom Hof fortführte. »Küchentür!« Der Mann trug eine Rüstung: einen Helm, einen Brustpanzer aus Leder und Metall, und die Lederbänder seiner Sandalen waren breit und außen mit gepunztem Metall beschlagen. Er wirkte in seiner Rüstung ziemlich unbehaglich.

Die Küchenräume des Hauses Ismenin waren nur wenig verschieden von denen im Med-Haus, sie waren nur viel weiträumiger. Küchenchef war eine magere dunkelhaarige Frau. Sie war beinahe so groß wie Sorren selbst und dunkler als sogar Paxe, und sie redete in wilden abgehackten Sätzen auf die sechs oder sieben Hilfsköche und Küchenbolzen ein, die um sie herumwuselten.

Große Stücke rohen Fisches lagen auf Tranchierborden, und der Geruch überdeckte alle anderen Gerüche.

Die Küchenchefin bemerkte Sorren als erste. »Ja?« fragte sie.

»Ich werde beim Fest trommeln«, sagte Sorren. »Der Wachtposten hat mich hierhergeschickt.«

Die Küchenkommandeurin erhob die Stimme: »Tokki!«

»Jo?« rief eine Stimme von draußen, und eine weitere Person drängte sich in die Küche. Sorren mußte blinzeln. Die neue Person war lang und dünn und dunkelhäutig — und sie war ein Mann, erkannte sie, während sie Tokkis Hüften und Hände und den dunkelbraunen Krausbart anstarrte.

Er begrüßte sie mit einem Kopfnicken. »Willst du da anwachsen, Mädchen? Komm mit!« Sorren bahnte sich einen Weg durch die Küche zu ihm hinüber. Sie empfand Feindseligkeit diesem Mann gegenüber; sie verabscheute es, wenn man sie »Mädchen« nannte. Als sie bei ihm angekommen war, fragte er: »Wie ist dein Name?«

»Sorren.«

»Sorren. Gut. Du kannst jetzt aufhören zu gaffen, wir sind Zwillinge, Tekka und ich. Sie ist die Köchin, und ich bin hier der Hausmeister und Verwalter. Du bist die Trommlerin von Isak Med, nicht wahr? Er hat gesagt, du wirst früh kommen.« Er zerrte sie eilig durch einen Gang — seine Schritte griffen sogar noch weiter aus als die ihren, und es war für sie eine ganz neue Erfahrung, daß sie größere, nicht kleinere Schritte machen mußte, um mit jemand mitzuhalten. »Waua, halt an!« Sie hatte begonnen, dem Mann davonzulaufen. »Stell deine Sandalen da ab!«

»Da«, das war ein großes Alkovenzimmer, fast schon ein richtiges Zimmer an der Seite des Gangs. Sorren streifte ihre Sandalen ab, stellte sie auf ein Bord und überlegte sich, ob man sie vielleicht barfuß durch das Haus gehen lassen wolle. Bisher hatte sie auf dem Steinfußboden keinerlei Matten gesehen.

Tokki wies auf einen Kasten. »Da drin sind Schuhe. Such dir ein Paar, das dir paßt.«

Sorren schaute in die Kiste: sie war angefüllt mit Schuhwerk in allen Größen. Jedes Paar war mit einem Band zusammengebunden, und sie hatten alle die gleiche Farbe: Gelb und Grau, die Wappenfarben der Ismeninas. Sie suchte herum, fand ein Paar, das ihre Größe zu haben schien, probierte, wackelte mit den Zehen ... »Die werden gehen«, sagte sie.

Tokki zog die Hosenbeine hoch, um ihr zu zeigen, daß auch er solche Schuhe trug. »Die Gäste bekommen auch welche«, sagte er, nahm sie am Ellbogen und führte sie in einen weiteren Gang. Hier lag ein dichter Wollteppich mit leuchtenden geometrischen Mustern in Rot und Schwarz. Der Bodenbelag paßte zu den Wandbehängen. Tokki öffnete eine Tür. Alle Türen in diesem Haus schienen aus Holz zu sein, waren nicht die üblichen papierenen Schiebeparavents, so daß man sie aufziehen und zudrücken mußte, nicht sie schieben. »Hier kannst du dich umziehen. Der Große Salon liegt da hinüber, dort versammeln sich dann alle Gäste. Das Scheißhaus liegt da drüben ...« Er deutete auf eine Tür an der gegenüberliegenden Wand. »Ich komm dir Bescheid sagen, wenn der Unterhaltungsteil beginnt. Hab keine Angst, du kommst nicht als erste dran. Hast du Hunger?« Sorren nickte. »Man wird dir zu essen bringen. Ach, und streune nicht herum, du würdest dich sicher verlaufen. Das Haus ist sehr verwinkelt.« Er lächelte sie mit blendendweißen Zähnen an und verschwand. Das Zimmer war etwa so groß wie der kleine Salon im Med-Haus. Es hatte Steinwände, und auch die Decke war aus Stein. Auf dem Boden lag ein lohgelber Teppich und die Wände waren mit dicken umbrafarbenen Behängen düster bedeckt.

An einer Wand zog sich eine niedrige und mit Kissen belegte Sitzbank entlang. Sorren ließ sich darauf nieder und überlegte, ob man von ihr erwartete, daß sie das ganze Fest hindurch, wenn sie mit dem Trommeln fertig war, eingesperrt in diesem Zimmer verbrachte. Sie stieß dem Diwan die Hacken in den Bauch; es würde ungeheuer fad werden! Dann überlegte sie, wie viele Menschen sich wohl hier im Haus befinden mochten. Die Ismeninas waren eine große Familie, und sie lebten alle zusammen, doch ganz im Gegensatz zu ihrem Eindruck im Hok-Haus fühlte sie sich hier keineswegs willkommen, keineswegs behaglich, keineswegs als etwas Besseres als eine Dienerin. Sie lauschte, doch die Steinwände und die Stoffbehänge dämpften nahezu jedes Geräusch. Da könnte in diesem Augenblick ein Wagen vorbeifahren, draußen am Tor, dachte sie, und ich würde es nicht merken. Wie, wenn Tornor auch so ist, dachte sie, alles so abgeschlossen und still und kalt?

In diesem Augenblick ging die Tür auf, und Jeshim trat ein.

Tänzelnd trug er einen länglichen Kasten im Arm, und ein unförmiger Sack baumelte über seinen Rücken. Er glitt durchs

Zimmer und ließ den Kasten neben Sorren auf die Bank fallen. »Sorren, du mein süßes Mädchen, wie geht es dir? Ist das nicht ein Wunder? Und ich verdanke das alles dir, meine Süße!« Er verneigte sich in übertriebener Reverenz vor ihr. »Innigsten Dank. Wie sehe ich aus?«

Er hatte ein langes rotorangenes Kleid an mit leuchtend blauen Klecksen darauf. Das Rot und das Organgebraun paßten zu seinem Bart.

»Du fällst sicherlich auf«, sagte sie.

»Ja. Das glaube ich auch.« Er öffnete den Kasten. In ihm lagen seine Messer schimmernd auf dem dunklen Filz, mit dem der Kasten ausgeschlagen war. Er fuhr mit einem Finger liebevoll über eine blitzende Klinge. »Ach, ihr meine Schönen. Sind sie nicht wundervoll?«

Sorren fand die Messer nicht wundervoll. »Was hast du in dem Sack?« fragte sie.

Er zerrte den Sack heran, schnürte ihn auf und hielt ihn ihr geöffnet unter die Augen. »Meine Jonglierkugeln.« Sie warf einen Blick in den Sack. Es waren fast zwanzig Bälle darin.

»Du kannst doch nicht etwa mit so vielen Bällen jonglieren?«

»Natürlich nicht. Aber ich nehme immer Ersatz mit. Ich bin ein Profi, was immer ich mache!« Er ließ das linke Augenlid langsam bedeutungsvoll sinken. »Vergiß das nur nicht!«

»Was gibt es sonst noch an Unterhaltung? Weißt du es?«

»Einen Pantomimen. Erinnerst du dich an Saedi? Er hat beim Herbstfest im letzten Jahr mitgemacht. Dann drei Musiker. Dann komm ich. Dann eine Pause, und dann du und Isak Med.«

»Was für Musiker?«

»Weiß ich nicht mehr.« Er setzte sich auf den Diwan und legte ihr den Arm um die Schultern. Sein Bart kitzelte sie am Kinn. Er roch nach Himmelskraut. »Willste ein paar Züge machen?«

»Nein!« Sie stand auf. »Und ich mag auch nicht, daß du mich andauernd begrapschst, Jeshim, ich mag das einfach nicht!«

Er zuckte die Achseln. »Ich hab' ja bloß nett sein wollen.« Er lächelte schlau zu ihr herüber. »Wie gefällt dir denn Kadra? Erzähl mal, wie sieht das denn nackig aus? Ich hab' den Typ nie ohne den blöden Mantel gesehen!«

Sie starrte ihn an, erstaunt und zornig. »Was willst du damit sagen?«

»Ach, komm schon, Süße!« sagte er und schaute sie mit einem

faunischen Lustgrinsen an. »Du hast ihn doch immer besucht, das weiß ja die halbe Stadt. Na, sag schon, wie ist es, wenn man mit einem *ghya* vögelt. Wie fickt man *sowas*?«

Auf Sorrens Armen traten Kältepusteln hervor. »Das tu' ich nicht!« sagte sie.

Jeshim holte ein Messer aus dem Kasten und stocherte in einer Hornhautschwiele in seiner Handfläche herum. »Wie es dir beliebt. Ich hab' ja nur mal so gefragt.«

Sie riß ihm das Messer aus der Hand. »Du wirst mir jetzt mal zuhören!« fauchte sie und hielt das Messer tief und flach, so wie sie Paxe ein *niji* hatte halten sehen. »Vielleicht hast du keine Freunde und kannst es darum nicht begreifen, daß man jemand gern haben kann, ohne mit ihm ins Bett zu steigen. Aber Kadra und ich sind Freunde, und ich wünsche nicht, ein derartiges Geschwätz zu hören. Nie mehr! Hörst du?!«

Sie war so wütend, daß es sie schüttelte. Jeshin blieb einen Augenblick lang völlig bewegungslos. Dann streckte er ihr die geöffnete Hand entgegen. »Sorren, bitte gib mir das Messer da«, bat er leise.

Sie schloß die Finger nur noch fester um den Griff. Es war ein winziges Messer, viel kleiner als das Schneidemesser in der Küche und überhaupt nicht furchterregend. »Wirst du mich dann ab sofort in Ruhe lassen?«

»Gib mir das Messer, oder ich muß dir wehtun!«

»Das wirst du nicht«, sagte sie.

»Reiz mich nicht!« Sie spürte, wie er sich spannte, um nach ihr zu schlagen, und sie trat aus seiner Reichweite. Plötzlich gruben sich Finger in ihre Schulter, zwangen sie anzuhalten. Sie stieß einen Schmerzensseufzer aus.

»Dies genügt!« sagte eine Stimme, Isaks Stimme. Er nahm die Hand von ihrer Schulter und trat zwischen die beiden. »Ich will nicht wissen, wie es begonnen hat, aber hiermit ist Schluß! Sorren ...« — er fixierte sie mit seinen dunklen Augen —, »du legst jetzt das Messer auf den Boden. Sofort!«

Sie kniete nieder und legte das Messer auf Armeslänge entfernt auf den Boden. Isak kniete nieder, nahm es und reichte es Jeshim. »Gaukler, stell diesen Kasten weg!«

Seit er da war, schien der Raum kleiner geworden zu sein. Sorren erhob sich und rieb sich die Schulter.

Isak lächelte sie liebenswürdig an. »Nun, wie geht es dir, Kind?«

Sie fragte sich, ob er vergessen haben konnte, was er bei ihrer letzten Begegnung zu ihr gesagt hatte. »Ach, gut.«

Er machte eine Handbewegung auf Jeshim zu und sein Ton wurde neckend. »Ich habe gedacht, ihr beide seid Freunde. Freunde kämpfen doch nicht miteinander, oder? Du hast ausgesehen, als wenn du ihm gleich die Gurgel durchschneiden wolltest.«

»Ich will bloß, daß er mich mit seinen Scheißpfoten in Ruhe läßt«, sagte Sorren.

»Gaukler, laß sie mit deinen Scheißpfoten in Ruhe! Und mit deiner Zunge ebenfalls. Meine Tasche ist im Flur draußen. Bring sie mir!« Jeshim, gezüchtigt und stumm, tat, wie ihm befohlen.

Isak setzte sich auf den Diwan, indem er die Messerschachtel beiseite schob. »Und wie befindet sich meine teure Schwester?« fragte er und neigte neckisch den Kopf. Er trug Straßenkleidung, doch das Haar war schon auf dem Kopf aufgesteckt, und es war pomadisiert und parfümiert, so daß Isak duftete wie ein ganzer Garten.

An diesem Morgen hatte Arré zu Sorren gesagt: »Du kannst Isak alles sagen, was er gern hört, nur nicht, daß ich zu diesem Fest zu kommen beabsichtige. Wenn er dich darüber ausfragt, mußt du lügen!«

»Es geht ihr besser«, sagte Sorren.

»Ach ja, ich hab' gehört, sie war krank. Es tut mir ja so leid für sie. Ich wäre sie ja gern besuchen gekommen, aber kranke Menschen werden immer so schnell müde.« Er entdeckte ihre Trommeln und die Kleider, die neben ihr lagen. »Was ist das? Neue Kleider?«

»Ja. Arré hat sie für mich gekauft.«

Er hielt sie in die Höhe. »Sehr hübsch.«

Jeshim kam vom Korridor hereingeschwankt. Er schleppte mit beiden Armen einen enormen Sack. »Heiliger Wächter, was ist da bloß drin?« stöhnte er.

»Kostüme«, sagte Isak. Er schnürte den Sack auf und zog den Strohpenis des Hengstkostüms heraus.

Jeshim gluckste und griff danach. Er tat, als binde er sich das riesige Glied vor den Bauch. »Ich hätte nichts gegen so ein Trumm.« Seine Lippen verzerrten sich lüstern. »Hast du noch mehr davon?«

»Nein«, sagte Isak kurz.

Sein Ton war eisig. Jeshim ließ den Strohpenis neben den Sack fallen und hob seinen eigenen Beutel vom Boden auf. »Ihr entschuldigt mich«, sagte er.

Isak lächelte und schaute nun wieder zu Sorren herüber. »Also hat dich meine liebe Schwester ganz wohlvorbereitet hierhergeschickt. Wie ausgesprochen lieb von ihr. War sie *wirklich* krank?«

»Ja«, antwortete Sorren. Sie knetete ihre Finger; der Zorn war von ihr gewichen, aber sie fühlte sich davon noch gespannt, und die Kleider klebten ihr auf der Haut.

Isak machte erneut den Sack auf und holte seine Schminkfarben für die Gesichtsmaske heraus. Dafür hatte er verschiedene Arten von Farben in kleinen emaillierten Schachteln. »Was hat ihr gefehlt?« fragte er.

Sorren trommelte mit den Fingern ihre Schenkel entlang. »Sie hat zuviel getrunken.«

Isaks Mund zuckte. Er holte die Pinsel hervor, die er für die Gesichtsmaske benötigte, und glättete die schimmernden Pinselhaare. »Es ist doch ein Witz, oder? Das Haus Med macht und machte sich sein Vermögen durch unsere Weinfelder und durch die Kellereien, und meine teure Schwester kann das Zeug nicht vertragen.«

Plötzlich wurde die Tür aufgestoßen, und Leute drängten sich herein. Ein Diener in Grau und Gelb trug eine Platte mit Essen auf; Saedi der Pantomime kam herein, und sein schmales braunes Gesicht wandte sich mit dem Interesse des Künstlers von Isak (vor dem er sich verneigte) zu Jeshim und zu Sorren. Drei Frauen in langen Silberroben mit langen Holzflöten traten ein, setzten sich in eine Ecke und begannen sofort zu üben: Triller und Läufe und Fetzen von Straßengassenhauern. Sorrens Magen knurrte. Sie trat an das Tablett, das auf dem Boden abgesetzt war, und suchte zwischen den Käsesorten, den Früchten und kleinen Würstchen, bis sie den Nudelauflauf fand.

Sie aß sechs von den kleinen Kuchen. Als sie vom Tablett aufblickte, sah sie, daß Isak sie beobachtete. Er hielt einen Pinsel in der Hand, auf seinen Knien lag ein Messingspiegel.

Sie errötete, weil sie so gierig gewesen war. »Herr und Lord, möchtest du etwas essen?«

»Nein. Ich habe schon gespeist.« Er winkte. »Komm her!«

Sie trat neben ihn. Er zog ihr Gesicht näher zu dem seinen. »Halt still! Mach den Mund zu!« Sie preßte die Lippen aufeinander, und einen Augenblick später verspürte sie den leichten zitternden Kuß des Schminkpinsels auf ihrem Gesicht. Er umkreiste ihre Augen und zog sich dann zurück. »Schau dich an!« Isak drehte den Spiegel, damit sie sich sehen konnte. Und sie schaute sich an — ja, sich selbst, doch war es ein Selbst mit dicken schwarzen Augenbrauen und schmachtenden Augen. Sie wollte mit der Hand zu diesen fremdartigen schwarzen Linien fahren, doch er stieß ihr die Hand fort.

»Laß das! Du siehst gut aus damit. Du kannst dich abschminken, wenn du getrommelt hast.« Wieder legte er den Kopf schief. »Die Gäste müßten allmählich da sein. Beeil dich, zieh dich an, Kind! Es gibt ein paar Happen zu essen, dann kommt die Unterhaltung, dann wieder mehr Essen, und danach die Zeremonie.«

Sorren lauschte und vernahm das leise Gebrabbel, das entsteht, wenn viele Menschen in einem großen Raum alle zusammen reden. »Gehst du denn nicht hin?« fragte sie.

Isak schüttelte den Kopf. »Nach meiner Vorstellung. Niemals vorher; es verdirbt die Stimmung.« Er begann sich auszuziehen. Und so zog sich auch Sorren die Tunika über den Kopf. Während der eineinhalb Wochen, in denen sie ihn zuletzt gesehen hatte, hatte sich der Haß, den sie ihm gegenüber empfand, irgendwie verflüchtigt und hatte wieder der seltsamen Kumpelhaftigkeit und Kameraderie Platz gemacht, die sie ihm gegenüber stets empfunden hatte, diesmal allerdings mit ein wenig mehr Respekt und Furcht gemischt als sonst. Sie beobachtete, wie er sich in das Kostüm des Pfauenmännchens kleidete, den Harnisch aufnahm, das Federkleid, und sie betrachtete bewundernd die Geschmeidigkeit der Muskeln unter seiner Haut, die Eleganz seines schlanken Körpers ... Auf der anderen Seite des Raumes beobachtete Saedi ihn gleichfalls mit großen Augen.

Plötzlich durchschnitt ein Laut die Luft, ließ die Musikerinnen verstummen und alle im Raum, auch Isak, zu Stein erstarren. Eine der Flötistinnen ließ ihr Instrument fallen. Der Laut war ein Hornstoß, ähnlich dem Lärm der Schiffsmuschelhörner im Nebel, nur viel lauter und viel wilder.

»Heiliger Arsch, was ist ...«, stammelte Jeshim.

Isak lachte und hob den kleinen Spiegel auf, der ihm von den Knien gerutscht war. »Das ist Tarn Ryth«, sagte er trocken.

»Der Mann mit den Soldaten«, sagte Sorren.

»Der Mann mit den Soldaten«, stimmte Isak ihr zu. »Hast du

sie gestern in die Stadt einmarschieren sehen? Was hältst du davon?«

Sorren strich sich die Seide ihres Kleides im Schoß glatt, und sie dachte, wie sie reagiert hatte, als sie der Soldaten ansichtig geworden war. Sie hatten sie an Chearis erinnert. Doch nun, nachdem sie die Posten der Hauswache näher gesehen hatte, diese Männer in ihren lächerlichen Rüstungen, dachte sie: Nein, die *chearis* waren niemals so wie die da! Isak hat viel mehr von einem echten *cheari* als dieser Mann da auf seinem Roß.

»Ich finde, sie sehen doof aus«, sagte sie.

Isak gluckste. »Das finde ich auch«, sagte er und setzte sich die Federkrone des Pfauenhahnes auf den Kopf.

Die Tür ging auf. Cha Minto kam herein. »Isak?« Seine Stimme klang hoch und befremdend. »*Sie* ist da! *Sie* ist hergekommen!«

»Was brabbelst du da?« fragte Isak und ließ den Pinsel sinken, mit dem er sich gerade langgezogene dicke Brauen aufs Gesicht malte.

Cha Minto — er sah ungeheuer elegant aus in seiner fahlgrünen Seidenrobe — sagte: »Deine Schwester steht am Tor.«

Isak erbleichte unter der Schminke.

Das Blut wich aus seinem Gesicht und strömte ihm in die Hände, die sich um den Spiegel krampften. Er preßte ihn, als wolle er ihn zertrümmern ... Als er dann sprach, war seine Stimme wie Eis. »Was hat Ron getan?«

»Er bittet sie ins Haus. Selbstverständlich. Was sonst könnte er tun?«

»Nichts«, sagte Isak. Die Farbe kehrte ganz langsam wieder in sein Gesicht zurück. »Nichts. Also gut. Geh und mach dich beliebt! Nein ...«, sagte er scharf, als der andere Mann zum Sprechen ansetzte. »Ich kann jetzt nicht kommen. Schau doch, wie ich angezogen bin! Geh!«

Cha Minto ging hinaus. Isak schaute Sorren an. Sie mußte schlucken. Ihre Hände waren kalt. In Isaks Augen war keine Spur von Wärme, kein Gefühl, kein Fünkchen von jenem Humor, den sie noch kurz vorher gemeinsam empfunden hatten ... Sie fummelte mit ihrer Tunika herum und bekam sie schließlich über den Kopf. Und während sie ihr auf die Schultern glitt, sagte Isak leise: »Du hast gewußt, daß sie kommen will.«

Sorren nickte. Ihr Mund war so trocken wie in der Hitze gebackene Erdfladen.

»Hättest du es mir gesagt, wenn ich dich danach gefragt hätte?« bohrte er.

Sie fuhr sich mit der Zungenspitze über die Lippen, merkte, daß sie nicht zu sprechen vermochte, und schüttelte nur den Kopf. Jeshim in seiner Ecke verfehlte einen Ball; er hüpfte ihr über den Fuß hinweg.

Isak nickte, einmal und kurz. »Zieh deine Hosen an!« befahl er und stand auf — eine juwelenfunkelnde prachtvolle Märchengestalt, das Abbild eines Prinzen der Vogelwelt.

Arré Med amüsierte sich prächtig. Der Ausdruck auf Cha Mintos Gesicht — und sein abruptes Verschwinden im Innern des Hauses und das Gesicht Ron Ismenins, als ihm klar wurde, daß er unter gar keinen Umständen eine Entschuldigung dafür würde finden können, sie nicht eingeladen zu haben — das war Balsam für ihre Seele. Sie nahm die gestammelte Begrüßung Ron Ismenins mit einem Lächeln entgegen und trat dann zurück, um Marti Hok (die älter war als sie, kränkelnd und das Oberhaupt des Rates) unter dem Portal des Herrenhauses den Vortritt zu lassen. Auch der Posten an der Pforte mit seiner Rüstung und den Schweißtropfen auf der Stirn hatte sie amüsiert. Cha Minto amüsierte sie. Die gezwungen ausdruckslosen Mienen der sensibleren Gäste, die spürten, daß etwas nicht stimmte, aber keine Ahnung hatten, was es war, hätten sie beinahe laut auflachen lassen.

Sie marschierte zu Kim Batto hin, der schwatzend neben einem Kaufherrn stand. »Einen guten Tag«, sagte sie zu ihm. Er stand mit dem Rücken zu ihr, und als er sich umdrehte, bot sich ihr zu ihrem diebischen Vergnügen der Anblick seiner herabsinkenden Kinnlade. »Ich weiß, du hast gedacht, ich komme nicht. Es tut mir leid, daß ich dich enttäuschen muß. Wie hat es deinem Kurier auf seinem kleinen Ausritt in den Norden gefallen?« Sie ließ ihn mit offenem Mund stehen und ging Edith Isara und ihre hochgewachsenen Töchter begrüßen. Das Haus, sie gestand es sich widerwillig ein, sah entzückend aus, und es roch bezaubernd. Die Ismeninas hatten anscheinend keine Kosten gescheut bei ihrem Wunsch, die Gäste zu befriedigen, sie zu unterhalten und ihnen zu gefallen. Eine lange Tafel mit vorbereiteten Platten, Früchten in Honigkandierung und anderen Fleisch- und sonstigen Delikatessen war über die ganze Längsseite des Großen Salons hin aufgebaut. Überall standen frischgeschnittene Lilien. Stehlampen mit parfümiertem Öl erhellten das ziemlich düstere Gemach, und Spiegel, sowohl aus Bronze wie aus Silber, reflektierten das Licht von den Wänden. Arré erhaschte in einem der Spiegel ihr eigenes Abbild und nickte sich selber zu. Die Robe — rot und lang — stand ihr sehr gut, und sie trug zu ihren Silberarmbändern noch einen riesigen Saphir, der in seiner Silberfassung wie ein großes indigoblaues Auge an ihrem Halsansatz saß.

Sie hatte den Saphir am selben Morgen beim Goldschmied Tian erworben. Der Schmuck war prachtvoll — protzig, aber das war der Anlaß, zu dem sie ihn gekauft hatte, ja ebenfalls. Sie fragte sich, wo Isak war — sich umziehen wahrscheinlich. Sie nahm sich ein Seetangbällchen und aß. In einem Winkel des Salons drängten sich zahlreiche Leute zusammen, und sie vermutete, daß in ihrer Mitte Tarn i Nuath Ryth sich befinden mußte. Er war das allerinteressanteste Ereignis in Kendra-im-Delta seit der Institution des Bannes. Und er war auch der Grund, warum sie sich den Saphir geleistet hatte, ganz abgesehen davon, daß der Stein wundervoll schön war. Sie hatte die Absicht, mit dem Mann zu sprechen, und um dafür einige Zeit zu gewinnen, mußte sie sein Interesse lang genug wachhalten. Und Barbaren — gleich ob von außerhalb Aruns oder von innerhalb — standen in dem Ruf, notorische Liebhaber schöner Steine zu sein.

Cha Minto war auch wieder da. Sie trat zu ihm. »Einen guten Tag, Cha.«

Er wich ihren Augen aus. »Guten Tag. Arré. Ein beeindruckendes Büffet, nicht wahr?«

»Ich möchte, daß du mir Tarn i Nuath Ryth vorstellst.«

Er nahm ihren Arm. »Schau mal, da sind die Musikerinnen!« Und er drehte sie so, daß sie die drei Flötenspielerinnen in ihren Gazekleidern erblicken mußte. »Wollen wir nicht rüberschlendern und ihnen zuhören?«

»Nein«, sagte sie. »Übrigens kann ich jederzeit einen anderen bitten, Cha. Du beträgst dich wie ein Narr, weißt du das? Hat dir mein Bruder befohlen, mich von ihm fernzuhalten?« Sie schüttelte seine Hand von ihrem Arm ab.

Hilflos starrte er sie nur einfach so an. Die Musikerinnen begannen zu spielen, eine leichte Tanzmelodie, die die musikalischeren Gäste dazu bewegte mit den Köpfen zu wackeln. »Die Musik ist wunderschön«, sagte Arré. »Wirst du tun, worum ich dich gebeten habe?«

»Ich kann nicht«, sagte Cha Minto, und in seinen Augen stand panische Angst.

»Dann bemüh dich nicht weiter. Aber wenn dir deine Dienstbereitschaft für die Pläne meines Bruders einmal zu sauer aufstößt, dann komm zu mir!«

Karya Holleth Ismenin trat an ihre Seite. »Arré, einen guten Morgen. Ist es nicht ein wundervoller Tag für eine Verlobung? Es ist lange her, seit du zuletzt hier warst. Darf ich dir das restliche Haus zeigen? Wir haben vieles geändert.«

»Ich danke dir«, sagte Arré. »Ein andermal gern, Karya. Im Augenblick möchte ich mit Tarn i Nuath Ryth sprechen. Würdest du uns bekannt machen?«

Karya sagte verzweifelt: »Ach, der ist überhaupt nicht so interessant, das kann ich dir versichern. Schau mal, hör mal die Flötistinnen, sind sie nicht gut?«

»Zweifellos«, sagte Arré. »Entschuldige mich bitte.« Sie drängte sich an Karya vorbei und strebte der Ecke zu.

Kim Batto fing sie ab. »Arré, ich möchte gern wissen, was deine Worte bedeuten sollten, als du an mir vorbei hereinkamst.«

Sie mustete ihn von oben bis unten, sah den Schweißfilm auf seiner Stirn und überlegte sich, ob seine kahle Tonsurstelle auf dem Schädel wohl ebenfalls schwitzte. »Du weißt ganz genau, was ich sagen wollte«, fuhr sie ihn an. »Ich weiß Bescheid über das Papier, das du nach Norden geschickt hast, weiß, was darin stand, und ich weiß auch, daß es nicht an seiner Bestimmung angelangt ist. Möchtest du, daß der Rat davon unterrichtet wird, daß du Geheimabsprachen mit anderen Clans getroffen hast? Ich bezweifle, daß der Rat das billigen wird. Und ich werde ihn darüber informieren, wenn du mir weiterhin Steine in den Weg legst.« Sie spürte, wie der Jähzorn in ihr zu wachsen begann.

Plötzlich ertönte eine Glocke. Allmählich trat Stille ein. Unauffällig hatten Dienstboten überall im Raum Faltstühle aus Kalbsleder aufgestellt, auf denen sich die Gäste ausruhen konnten. Die Musikerinnen spielten einen Tusch. Auch die Menge in der Ecke wurde nun still, und die Leute am Rand setzten sich. Arré erblickte kurz einen braunhaarigen Mann mit mächtigem Bart, der eine leuchtendgelbe Tunika und einen schwarzen Kilt trug. Goldene Ketten (reichlich viele) hingen ihm um den Hals.

Kim schob seinen Arm durch den ihren, als sie sich weiterzuschieben begann. »Horch doch, die Musik!« sagte er drängend.

»Das ist die Musik für die Pantomime. Das mußt du dir anschaun!« Er setzte sich und zog sie auf den Nachbarhocker nieder. Es blieb ihr nichts anderes übrig, als dazusitzen, wenn sie ihm nicht schreiend ins Gesicht schlagen wollte, und so hockte sie kochend vor Wut da und wartete. Dann tauchte der Pantomime hinter einem Vorhang auf. Er war schmal und leicht und bemerkenswert geschmeidig. In rascher Folge stellte er mimisch eine Frau dar, die sich das Haar kämmt vor einem Spiegel, einen alten Mann, der im Fluß Kleider wäscht, einen Matrosen, der in eine Schiffstakelage hinaufsteigt, einen Mann aus der Stricherstraße (das war ziemlich gewagt), der auf einen betuchten Freier wartet, und einen Soldaten, der sich auf Wache langweilt, sich bemüht, nicht einzuschlafen, mit einem Auge immer nach dem Wachoffizier schielt. Der Künstler war sehr gut. Arré mußte trotz ihrer Wut lachen. Der Pantomime gab nun ein etwas längeres Stück: ein Betrunkener, der zu pissen versucht. Lautes Lachen erfüllte den Raum, als der Künstler so tat, als habe er den Penis verloren und suche mit dem Nachttopf in der Hand überall in seinem Schlafzimmer nach ihm. Schließlich ließ er den Nachttopf fallen und endete damit, daß er aus dem Fenster und einem erzürnten Passanten auf den Kopf schiffte.

»Ist er nicht hinreißend!« sagte Karya Holleth Ismenin und neigte sich vor, um Arré auf die Schulter zu tippen. »Ist er nicht wonnig?«

»Brillant«, sagte Arré und merkte, daß inzwischen Ron Ismenin zwischen ihr und der Ecke des Zimmers stand.

Der Mime beendete seine Vorstellung, verbeugte sich und verschwand wieder hinter dem Vorhang. Die Musikerinnen spielten etwas Neues.

Arré fühlte sich versucht, Karya Holleth Ismenin zu fragen, wieso man sie, Arré Med, nicht zu der Verlobungsfeier eingeladen habe, nur um zu hören, was sie darauf antworten würde. Doch dies wäre eine ebenso grausame wie grobe Unhöflichkeit gewesen. Sie lächelte statt dessen Kim an. »Ich hab' Hunger. Wollen wir ans Büffet gehen?«

»Ich bring dir gern einen Teller«, sagte Karya und stand eilig auf. »Geh hier nicht weg!« Sie wieselte zur Tafel hinüber.

»Geh nicht weg, das scheint das Motto dieser Versammlung zu sein«, murmelte Arré Kim Batto zu. »Du wirst mich aber doch irgendwann mal wieder aufstehen lassen müssen, weißt du.«

Er tat, als habe er sie nicht gehört. »Ich freue mich schon auf den Tanz deines Bruders«, sagte er.

»Oh, ich ebenfalls«, sagte Arré. Sie brannte darauf, Isak zu sehen, wenn er sie zu Gesicht bekam. Auf seinem Gesicht würde sich natürlich nichts von seinem Ärger abzeichnen — schließlich war er ja ein Tänzer und vermochte seine Gefühle so gut zu verbergen, bis er selber nicht mehr wußte, daß er Gefühle hatte —, aber sein Körper würde ihn verraten. Sie hätte gern gewußt, was er zu Sorren gesagt hatte, als er erfuhr, daß sie, Arré, anwesend war. Hoffentlich war er nicht zu wütend gewesen.

»So, da bin ich wieder«, sagte Karya. Sie stellte Arré ein vollbeladenes Tablett auf die Knie: sie hatte zehn oder zwölf verschiedene Delikatessen aufgestapelt, Fischküchlein und kleine Pasteten und Nudelsoufflé und Seetangbällchen und Früchte in Scheiben . . . Arré aß nur ein weiteres Seetangbällchen. Die Flötistinnen spielten eine lustige kleine Melodie, und ein Mann in Rot und Orange und Blau sprang in den Saal herein. Kugeln wirbelten um seinen Kopf. Er zählte leise vor sich hin, als er zunächst auf einem Bein, dann auf dem anderen balancierte. Er glitt hinter den Vorhang und kehrte mit einer Handvoll Messer zurück. Es waren ganz kleine Messer. Er begann mit ihnen zu jonglieren. Die Musik brach ab, und alle wurden still, beugten sich auf den Hockern vor und schauten den Messern zu, die wie kleine Münzen durch die Luft wirbelten . . . Arré merkte, daß sie die Luft anhielt. Langsam atmete sie aus.

»Laß mich die mal anschaun!« dröhnte eine Stimme. Alle fuhren zusammen, und der Jongleur verpaßte ein Messer. Es fiel dumpf vor seinen Füßen auf den Teppich. Der Mann in Gelb und Schwarz schritt wuchtig durch den Raum und streckte eine Hand vor. »Gib mir das mal!« Er pflückte ein Messer aus der Hand des Artisten, der sie wie einen Blumenstrauß hielt, und berührte dann mit der Spitze seinen Daumenballen. »Hanh. Wirklich scharf. Aber das ist keine Art, mit Messern umzugehen. Sie sind kein Spielzeug.« Er warf den Arm über den Kopf, und ein blitzender Gegenstand flog durch die Luft. Jemand schrie auf. Das geschleuderte Messer landete in einer der schönen ismeninischen Holztüren.

Karya Ismenin schauderte. »Dieser Barbar!« flüsterte sie angewidert.

Der Jongleur sagte: »Für einen Amateur wirfst du gut.« Kühl wählte er eins der Messer aus dem Strauß in seiner Hand und schleuderte es in die gleiche Richtung. Zitternd blieb es im Türholz stecken, eine knappe Handbreit neben dem ersten Messer.

Schweigend ging Ron Ismenin quer durch den Raum und zog beide Messer aus der Tür. »Du wirst meine Gäste erschrecken, Tarn«, sagte er. »Vielleicht können wir uns das für später aufheben?« Er reichte dem Jongleur beide Messer zurück. »Ich danke dir, das war beachtlich.« Dann wandte er sich der Gesellschaft zu. »Der Tisch ist gedeckt, Freunde. Wollen wir hinübergehen?« Er winkte einem Diener zu, der die Türflügel zum Speisezimmer aufstieß. Dort warteten lange Tafeln zwischen Bänken, und sie waren schwer beladen mit Essen. Die Musik begann wieder, und alle Gäste erhoben sich.

Der Schmaus schien nicht enden zu wollen. Kim Batto und Karya Ismenin hatte Arré auf einen Platz manövriert, der möglichst weit von dem des Tarn i Nuath Ryth entfernt war, und so konnte sie nichts weiter tun als essen und mit den beiden reden. Aber sie sprach so wenig wie möglich und aß so wenig, wie sie nur über sich brachte. Sie verschmähte den Wein, obwohl Karya immer und immer wieder betonte, es sei Med-Wein und wie gut er doch schmecke. Bei solchen Veranstaltungen tritt gewöhnlich nach der Tafel und vor der nächsten Attraktion eine Art Flaute ein, doch Arré hatte das Gefühl, es werde diesesmal keine Flaute geben. Sie wünschte sich, sie könnte eine herbeizaubern. Dann war das Festmahl endlich zu Ende, und die Gäste trieben alle wieder in den Salon zurück. Die Hocker standen noch da, doch die lange Tafel mit den Vorspeisen war fortgeräumt worden, und an ihrer Stelle hatte man eine hölzerne Plattform errichtet. Sie war die Bühne für Isaks Tanz.

Und nun erblickte Arré zum erstenmal die übrigen Mitglieder der Familie Ryth: sie hatten sich um Tarn i Nuath Ryth geschart, redeten mit ihm, erzählten Geschichten . . . Geschah dies, um ihn vor Leuten wie ihr zu schützen, daß diese Leute so um ihn herumstanden, oder geschah es, um die Gesellschaft vor ihm zu schützen? Sie hätte das gern gewußt. Nathis Ryth und Col Ismenin waren bisher natürlich noch nicht in Erscheinung getreten. Sie würden sich erst ganz kurz vor Beginn der Zeremonie unter die Gäste mischen. Jetzt! dachte Arré. Ich muß es jetzt tun! Nach der Zeremonie werden sie ihn gleich hinausdrängeln.

Sie lächelte Kim zu, der immer noch an ihr klebte, wie ein glückloser Verehrer. »Ich muß mit Marti etwas besprechen«, sagte sie.

»Ich begleite dich«, sagte er prompt. Marti saß im Kreis der um sie gescharten Kinder und bot ein musterhaftes Bild einer Matriarchin. Während sie zu ihr hinüberging, sah Arré Boras Sul durch den Raum streifen. Der hat womöglich noch immer Hunger, dachte sie angewidert. Die bestickten Pantoffel, die man ihnen beim Betreten des Hauses gereicht hatte, wisperten über den Teppich. Martis Kinder — was für ausgezeichnete Manieren sie doch besaßen — standen bei Arrés Nahen auf.

»Was für eine feine Festlichkeit«, sagte Marti und wies auf einen Hocker an ihrer Seite. »Möchtest du dich nicht setzen, Arré? Das Essen war himmlisch.«

»Aber ziemlich lang«, gab Arré grimmig zurück. »Marti, ich habe mir die Laune in den Kopf gesetzt, Tarn i Nuath Ryth kennenzulernen, aber ich werde immer wieder abgelenkt. Magst du mir nicht deine allbekannte Unerschütterlichkeit leihen?«

Marti ergriff ihren Silberknaufstock mit beiden Händen und stemmte sich auf die Füße. »Aber gern.« Sie lächelte Kim Batto zu, der aussah, als hätte ihm soeben jemand auf den Kopf gekackt, und legte den Arm in den Arm Arrés. »Ich bin ihm ebenfalls noch nicht begegnet. »Wollen wir?«

Es gab für Kim oder Karya oder Cha oder Ron Ismenin keine Möglichkeit, die beiden aufzuhalten. Marti Hok war die Seniorin im Rat der Häuser! Und so wanderten sie langsam durch den Raum zu dem versammelten Ryth-Clan hinüber, der wortlos bei ihrem Herannahmen auseinanderschmolz. Kim Batto begleitete sie bis zur Mitte des Salons, murmelte dann etwas und verzog sich. Der bärtige Mann beobachtete ihre Ankunft mit unverfrorener Neugierde.

Ron Ismenin trat an seine Seite. »Tarn i Nuath Ryth«, begann er, »darf ich dir die Lady Marti Hok und die Lady Arré Med vorstellen? Ladys, dies ist Tarn i Nuath Ryth aus der Stadt Nuath.«

Der Bärtige sagte: »Der *Lord* Tarn i Nuath Ryth!« Er neigte den Kopf mit einem Nicken von Gleichrangigem zu Gleichrangigen. »Es ist mir eine Ehre, euch beiden zu begegnen.« Seine Augen wurden schmal, als er Arré ansah. »Vergib mir, Herrin, doch ich hatte vernommen, daß du nicht kommen könntest. Ja, man hat mich sogar unterrichtet, daß du diese Verbindung mit großer Mißbilligung betrachtest.«

Also sprechen kann er immerhin, dachte Arré. Und es klingt

noch dazu auch ganz intelligent. »Man hat dich falsch unterrichtet«, sagte sie. »Es ist mir ein großes Vergnügen, dich kennenzulernen — ich habe schon sehr viel von dir gehört.« Wie zufällig ließ sie ihre Finger mit dem Saphir spielen.

Er schaute auf den Stein, dann wieder in ihr Gesicht. »Mit deiner Erlaubnis, Lady?« sagte er zu Marti Hok. »Arré Med, wir beide sollten uns einmal unterhalten.«

»Aber gern«, sagte Arré. »Jetzt und unter vier Augen?«

»Gewißlich!«

Ron Ismenin sagte: »Wir wollten aber gerade mit dem Tanz beginnen, meine Freunde.«

Tarn warf ihm einen Blick zu. »Sag ihnen, sie sollen warten, bis wir wieder da sind!« befahl er.

Dann geleitete er Arré über den Flur und durch die Zimmer des Hauses der Ismeninas, als wäre er hier aufgewachsen. »Du kennst dieses Haus aber gut«, sagte sie.

Er stapfte an einem verwirrten Diener vorbei. »Das tue ich. Mein eigenes Haus in Nuath ist ziemlich ähnlich.«

Er öffnete eine Tür und bedeutete ihr, sie möge vor ihm hindurchtreten. Sie trat in die frische Luft hinaus und hielt den Atem an. Der Blick ging über das Delta und darüber hinaus auf den Ozean. Es war Mittnachmittag, und die Hitze stand auf ihrem Höhepunkt, und die Sonne über dieser Unendlichkeit von Wasser ließ alle Farben aufleuchten, grün und rot und blau und silbern und orange . . . Das Wasser weit draußen sah aus wie zerknitterter, geknautschter Samt. Unter ihnen wimmelten die Barken spielzeugklein auf dem Fluß herum.

»O Wächter, wie wundervoll«, sagte sie unwillkürlich.

Tarn i Nuath Ryth nickte zustimmend. »Das ist es. Ihr habt eine schöne Stadt.« Es klang fast bedauernd.

»Wenn es dir hier so gut gefällt, warum lebst du dann denn nicht hier?« fragte sie. »Dein Clan würde dich doch sicher gern willkommen heißen.«

Er lächelte. »Ich habe ein Haus. Familie. Kinder. Und außerdem, Arré Med, es ist ebenso unwahrscheinlich, daß ich hierher in die Großstadt ziehe wie daß du dich flußaufwärts niederläßt.«

Die Goldketten auf seiner Brust blitzten. Arré stützte sich auf die Balkonbrüstung. »Warum?«

Er lehnte sich neben sie. »Weil ich dort ein Herr bin. In Nuath! Hier wäre ich nur der Emporkömmling, ein vulgärer Pfeffersack von Kaufmann, ein unkultivierter Barbar. Ich bin am Oberlauf des Flusses geboren, ich kenn mich dort gut aus, und man kennt mich dort. Ich werde nicht das, was ich mir aufgebaut habe, gegen das zweifelhafte Privileg eintauschen, mit den Ismeninas verwandt sein zu dürfen.«

»Hat Ron Ismenin dir gesagt, daß ich bei diesem Fest heute nicht erscheinen würde?« fragte sie leise. Er nickte. »Ja, ich war nämlich nicht eingeladen. Er wollte mich nicht dabei haben. Und sie haben mich seit mindestens vier Stunden davon abzuhalten versucht, in deine Nähe zu gelangen. Was haben sie dir sonst noch über mich gesagt?«

»Oh, daß du widerspenstig bist, daß du Kaufleute verachtest, die Vergangenheit der Gegenwart vorziehst, daß du eifersüchtig über das Privileg der Herrschaft wachst und dich weigerst, auch andere zuzulassen ...«

»Genug!« rief Arré. Sie lockerte die Finger, die sich um den Eisenring der Balustrade gekrampft hatten.

Er spielte mit den Fingern in der längsten seiner Ketten und schaute sie von seiner größeren Höhe herab an. »Unwahr?« fragte er.

»Halbwahrheiten.« Sie kratzte sich an der Nase. »Ja, ich wache eifersüchtig über das Privileg der Herrschaft, doch das geschieht deshalb, weil ich überzeugt bin, daß ich die Sache gut mache. Und ich ziehe nicht die Vergangenheit der Gegenwart vor. Ich verachte die Kaufleute keineswegs. Ich halte mich nicht für widerspenstig, aber das hängt natürlich immer davon ab ...«

»Wer was erreichen will«, beendete er den Satz für sie. »Aber warum hast du dich dann geweigert, den Blauen Clan in die Ratsversammlung aufzunehmen, warum hast du deine Unterstützung verweigert?«

»Man hat mich weder ersucht, das zu unterstützen, noch es zu verweigern«, sagte Arré langsam. »Ich habe mich allerdings der Aufnahme des Weißen Clans in den Rat widersetzt.«

Eine Flußmöwe segelte an ihnen vorbei, sie schrie nach Futter. Tarn i Nuath Ryth fuhr in eine Tasche und holte eine Handvoll Seetangbällchen hervor, wählte eines und warf es der Möwe zu. Dann aß er selbst eines und bot Arré ein drittes an. Sie schüttelte den Kopf.

»Mir haben sie gesagt, du hättest dich geweigert, den Blauen Clan in den Rat aufzunehmen.«

»Darüber ist gar nicht beraten worden«, sagte Arré. »Jedenfalls auf den letzten drei Sitzungen nicht.«

»Und würdest du den Antrag unterstützen?« fragte er.

»Ich weiß nicht. Ich würde mir die verschiedenen Argumente anhören.« Sie legte ihm die Hand auf den Arm. »Du bist mir ein Rätsel, Tarn i Nuath Ryth.«

»Für meine Freunde bin ich Tarn Ryth, oder einfach Tarn.«

»Tarn. Du redest wie ein Mann von Bildung, von Familie. Und dennoch schleuderst du bei einer Verlobungsfeier Messer in Türen, du reitest zu Pferd durch die Straßen, du bringst Soldaten und Waffen in die Stadt ...«

Er lachte. »Beim Chea, verehrte Dame, dieses Messer hab' ich geworfen, weil mir stinklangweilig war, genau wie du es auch gewesen wärest, wenn du dem Geflüster und Geschnatter meiner Vettern hättest zuhören müssen. Und was die Soldaten und mein Pferd betrifft — ich bin auf meinem Territorium ein Lord. Wenn der Lord Santh von Anhard zu Pferd in die Stadt einreiten wollte, würdest du zu *dem* sagen, er soll absteigen und zu Fuß gehen? Ich glaube, nein.«

»Bist du da nicht — vergib mir — ein wenig zu arrogant? Ich bin mir im klaren darüber, du bist ein mächtiger Mann in Nuath ...«

»Du hast keine Ahnung, worüber du sprichst«, sagte er ausdruckslos. »Ich bin nicht *ein* mächtiger Mann, ich bin *der* mächtigste Mann. Von Shonet bis Septh gehört der Fluß mir. Jede Barkasse entrichtet mir Zölle, jedes Zollhaus zahlt Steuern an mich, und zwar mit Geld, auf dem mein Gesicht abgebildet ist. Meine Soldaten halten das Land von Dieben und anderen Übeltätern frei. Die Aquädukte und Bewässerungsgräben werden von meinen Ingenieuren und Architekten gebaut. Die Wagen fahren auf meinen Straßen ...«

Arré blieb stumm. Schließlich sagte sie: »Ich bezweifle deine Worte nicht. Aber wie kommt es, daß ich davon nichts weiß?«

»Wie solltest du es auch wissen?« sagte er. »*Euer* Vermögen kommt aus euren Weingärten, und die liegen weit südlich von meinen Interessensgrenzen. Aber du entrichtest meine Steuer, ohne es zu merken, durch den Blauen Clan. Jedesmal wenn ein Wagen mit Med-Fracht nach Norden rollt, sagen wir, nach Tezera mit Wein für die Stadt, bezahlt die Familie aus dem Blauen Clan, deren Wagen es ist, mir Zoll, und du wirst entsprechend für diese Dienstleistung belastet. Du verläßt ja die Stadt niemals, doch dein

Bruder tut es, so habe ich jedenfalls gehört. Das gleiche gilt für die Häuser, deren Vermögen auf dem Meer erworben wird. Und Ron Ismenin, also er steht in beständigen Handelsbeziehungen zu mir. Ich kaufe Erz von ihm. Und als Gegenleistung, nun, als Gegenleistung heiratet eben sein Bruder meine Tochter.«

»Und Kim Batto?«

»Er war meine Stimme im Rat — hatte ich jedenfalls geglaubt!«

»Das war er nicht«, sagte Arré bestimmt. »Ich kann dir das schwören, bei welchem Eid immer du willst. Der Blaue Clan wurde bei keiner Ratssitzung auch nur erwähnt. Heiliger Wächter, glaubst du denn nicht, daß es im Protokoll jeder Sitzung verzeichnet sein müßte, wenn dies der Fall gewesen wäre, und diese Protokolle sind veröffentlicht und können eingesehen werden. Eine Abschrift liegt in den Archiven des Schwarzen Clans, eine zweite in der Gildehalle des Blauen Clans.«

»Ich verstehe.« Er holte noch ein Seetangbällchen aus der Tasche und kaute nachdenklich darauf herum. »Die schmecken sehr gut, meinst du nicht? Wir haben sowas nicht oben am Fluß. Vielleicht könnten wir sie einführen. Du sagst also, daß du den Aufnahmeantrag des Blauen Clans beim Rat unterstützen würdest?«

»Das habe ich nicht gesagt. Leg mir nicht Worte in den Mund, die ich nicht gesagt habe. Ich habe nur gesagt, daß ich mir die Argumente anhören würde. Ach, übrigens, was hast du mit den Schwertern zu schaffen, die in unsere Stadt gebracht werden?«

Wenn sie erwartet hatte, ihn zu überraschen oder zu verwirren, so wurde sie nun enttäuscht. Er kratzte sich im Bart. »Gar nichts. Oh, natürlich habe ich davon gehört, daß die Ismeninas ihre Soldaten in der Schwerttechnik ausbilden. Aber mehr als das weiß ich nicht. Obwohl, ich halte es für eine gute Idee.«

»Wirklich? Warum?«

Er schnaubte durch die Nase. »Deine Ahnen hätten eine solche Frage nicht gestellt!«

»Aber ich hab' dir doch erklärt«, sagte Arré, »daß ich die Vergangenheit nicht der Gegenwart vorziehe.«

Er grinste. »Ah, du bist schnell. Du hast zweimal soviel Hirn wie dieser halbseidene Kerl Batto. Und du riechst besser. Zivilisation ist etwas Gebautes wie dieses Haus hier.« Er ließ seine Faust auf das eiserne Brüstungsgitter sausen, daß es knirschte. Arré unterdrückte den dringlichen Wunsch, vom Gitter zurückzutreten. »Das Fundament des Hauses ist die älteste Bauschicht, aber es ist auch die stärkste, weil sie das übrige zu tragen hat. Wenn das Fundament schwach ist, stürzt das Haus in sich zusammen. Unser Fundament — die Grundlage, auf der Arun ruht — ist nicht schwach; es setzt sich aus vielerlei zusammen: aus unseren Adelsfamilien, aus dem Reichtum unserer Städte, der Fruchtbarkeit unserer Erde und der Pracht unserer verschwenderischen Flüsse, ohne die der Boden austrocknen und davonwehen würde, aus unseren Liedern und unseren Tänzen, unseren Wahrheiten, unserem Glauben und Vertrauen in das Chea — und unsere Tüchtigkeit im Waffengebrauch ist ein Teil davon! Ohne unseren Kampfesmut und unsere Waffentechnik wären wir vor vierhundert Jahren von Anhard überrollt worden. Du sagst mir, du hast gegen die Aufnahme des Weißen Clans in den Rat gestimmt. Ich kann dir da nur beipflichten. Das Hexenvolk ist nützlich, aber nicht wertvoller als die Bauern oder die Kaufleute — oder die Soldaten. Der Frieden ist ein wertvolles Gut, er ist wesentlich, um Not abzuwenden, und jedermann sehnt sich nach ihm —, aber nicht um den Preis, daß wir einen der Grundpfeiler unseres Fundaments ausgraben und fortwerfen. Der Bann war ein schwerer Fehler, Arré Med. Ein Land braucht seine Krieger. Und ich spreche *nicht* von einem Heer. Der Bann war ein Fehler, und die Hexer haben sich geirrt. Sie hätten — *ihr* hättet — die *chearis* niemals vertreiben dürfen!«

Seine Leidenschaftlichkeit war beeindruckend. Während seiner feurigen Rede hatten sich die Härchen in Arrés Nacken aufgerichtet, und sie sagte nun, wie um sich zu verteidigen: »Aber die Leute lernen ja noch immer die Schwertkunst. Außerhalb der Städte, oder?«

»Nein. Warum sollten sie auch? Arun lebt im Frieden. Die Menschen *brauchen* es nicht mehr zu lernen. Die Chearis haben ihnen einen Grund geboten: jedes Mädchen in irgendeinem Dorf, wenn sie gut genug dazu war, schnell genug, graziös und diszipliniert, konnte eine *cheari* werden. Aber als ihr ihnen die Städte verboten habt, habt ihr eine ganze Kaste vernichtet, ihr habt ihnen ihr größtes und wichtigstes Publikum gestohlen. Die Stadt ...« — er ließ den Arm über den Fluß, die Docks, die Barkassen, die Menschen gleiten —, »du hast immer hier gelebt, darum weißt du nicht, was es für einen Jungen aus dem Galbareth bedeutet, hierher in die Stadt zu kommen. Die Stadt ist der Mittelpunkt von allem, was lebendig und aufregend und anders und schöpferisch ist. Und die Chearis — nun, man sagt, sie sind aus den Roten Bergen gekommen. Vielleicht. Vielleicht. Aber ...« — seine Hände hoben sich in die Luft — »die Stadt ist wie ein Springbrunnen. Wasser aus allen Ecken Aruns speist ihn, und er sendet seinen lebensspendenden Sprühregen zurück über ganz Arun.« Seine Hände beschrieben einen weiten Kreis in der Luft, stellten die Fontäne des Brunnens dar.

Arré fühlte sich zerschlagen, geschlagen, durchnäßt, in seinen Worten ertrunken. Er legte die Hände über der Brust zusammen und schaute sie voll Spannung an. Sie fuhr sich mit beiden Händen über das Gesicht. »Tarn Ryth«, sagte sie, »du bist ein außergewöhnlicher Mensch.«

Er verneigte sich, schwieg aber.

»Ich ... ich muß über das nachdenken, was du gesagt hast. Deine Ideen ...« — sie zögerte, o Chea, wo hatte der Mann bloß diese Ideen her? — »verwirren und erstaunen mich — und ich weiß nicht im geringsten, ob ich dir vertrauen kann.«

Er grinste, schwieg aber immer noch.

»Aber wenn du der bist, der zu sein du scheinst — und ich habe mich noch nicht entschieden, *was* das ist, und ich will *nicht*, daß du es mir sagst —, dann möchte ich dir gern sagen, daß wir beide *keine* Feinde sind!«

»Sind wir dann Freunde?«

»Ich weiß es nicht.«

Nachdenklich sagte er: »Ich glaube, wir könnten Freunde sein. Das heißt, wenn du dich überwinden kannst, mit einem barbarischen Hinterwäldler vom Oberlauf des Flusses Freundschaft zu schließen.«

»Wenn Kim Batto das kann«, sagte sie, »dann kann ich es schon lange.«

»Kim Batto ...« — sein Gesicht zuckte, als habe ein abstoßender Geruch ihn gestreift, etwas Verfaultes — »ist ein *chaba'ck*!«

»Was heißt das?« fragte Arré.

Wieder grinste er. Das Lächeln hinter seinem mächtigen Bart ließ ihn wie einen Banditen oder einen Flußpiraten aussehen. »Ein Loddel, ein Zuhälter«, antwortete er.

Arré lachte. »Er ist wirklich ein Zuhälter«, sagte sie. »Aber du bist es, der anrüchige Sachen mit ihm betreibt, nicht ich.«

Er strich sich über den Bart. »Wenn du davon weißt, dann sind es ja keine Geheimnisse, oder?«

»Sag mir«, bat sie, »was hast du gegen Cha Minto in der Hand?«

»Ich kenne ihn gar nicht«, sagte Tarn. »Müßte ich ihn denn kennen?«

Sie wußte nicht, sollte sie ihm glauben, oder nicht. Die Tür zur Terrasse öffnete sich, und das Gesicht einer Frau spähte heraus. Es war Karya Ismenin. »Entschuldigt mich«, sagte sie mit einer ungewöhnlichen Ängstlichkeit für eine Frau in ihrem eigenen Haus, »aber die Tanzdarbietung soll gleich beginnen ...«

»Ich danke dir, wir kommen gleich«, sagte Tarn. Karya verschwand. Er bemerkte, daß Arré ihn forschend ansah, und er lächelte säuerlich. »Du glaubst, ich habe keine Manieren? Hältst mich schon wieder für einen Barbaren? Genau das tun die da drin auch. Ich bemühe mich nur, ihren Erwartungen gerecht zu werden.«

»Aber sie sind deine Gastgeber.«

Er zuckte die Achseln. »Und sie bekommen, was sie haben wollen, das Bündnis mit dem Mann, der den Fluß kontrolliert. Col Ismenin ist ein ungestümer junger Hund, aber er wird es nicht mehr sein, wenn ich mit ihm fertig bin.«

»Wie mag deine Tochter sein?« fragte Arré verwundert.

Sein Gesicht leuchtete auf. »Sie ist zauberhaft. Warte, bis du sie siehst. Wollen wir uns jetzt diesen berühmten tanzenden Bruder von dir anschauen?«

Sie spielte mit den Armreifen an ihrem Handgelenk. »Kennst du Isak?«

»Ich habe ihn gestern nacht kennengelernt. Im Haus der Batto. Er war sehr still.«

Die in den Westen sinkende Sonne warf Schatten auf den Balkon. Arré trat noch einmal an die Balustrade. Sie winkte Tarn mit dem Kopf, und er trat neben sie. Sie deutete auf den Fluß hinab, auf eine Barkasse, die mit Getreidesäcken vollbeladen war. »Gehört das auch dir?« fragte sie.

Er lächelte. »Jaaah. Und die dort. Und die da auch. Und die dort drüben ...« Er zeigte ihr eine nach der anderen.

Sie nickte. »Ich begreife, warum die Ismeninas dich brauchen«, sagte sie. »Aber ich begreife nicht, warum du die Ismeninas nötig haben sollst.«

»Erz«, sagte er. »Ihre Minen liegen ziemlich nahe. Die Erzbergwerke von Tezera sind recht weit entfernt, und die meisten werden schon so lange ausgebeutet, daß sie inzwischen bereits leer sind.«

»Aber die Erzminen der Ismeninas liegen in den Roten Bergen, in der Nähe von Shanan, und das liegt weiter von Nuath weg als Tezera«, wandte sie ein.

Er blinzelte sie an. »Du bist gut informiert.« Er hängte die rechte Hand in seine längste Halskette und ließ sie dort schaukeln. »Hmmm! Also, es gibt noch einen anderen Grund. Das wird dir vielleicht als töricht erscheinen . . .« Er schaute sie von der Seite her an.

»Riskier es ruhig!« drängte sie ihn einladend.

»Ich bin in Nuath geboren. Und zum erstenmal kam ich als Kind zu Besuch hierher in die Stadt. Ich fuhr den Fluß hinab . . . Zehn Jahre war ich damals, oder so. Jetzt bin ich siebenundvierzig. Das Haus des alten Rath Ismenin war damals gerade fünfzehn Jahre alt und war etwas ganz Wunderbares. Ich habe es vom Fluß aus gesehen, bei Sonnenaufgang, und die Sonne prallte von diesen weißen Mauern zurück — ich war fast geblendet von der Pracht. Damals kam es mir so vor, als müßten die Ismeninas die weiseste, mächtigste, vornehmste Familie in der Stadt sein, daß sie sich ein solches Haus bauen konnten.« Er streichelte die weiße Marmormauer des Hauses. »Als ich mir mein Haus in Nuath gebaut habe, habe ich mir die Baupläne dieses Hauses hier kommen lassen und sie von meinen Architekten und Baumeistern kopieren lassen, so gut sie es konnten. Das ist der Grund, warum ich mich hier so gut auskenne. Und als Ron Ismenin an mich herangetreten ist wegen dieser Vermählung — wie hätte ich da widerstehen können? Meine Tochter Nathis wünschte es so.« Er lächelte. »Und außerdem gab es ja auch zwingende wirtschaftliche Gründe dafür.«

Eine Brise wehte vom Fluß zu ihnen herauf. Weit draußen über der See zog sich heller blauer Dunst zusammen. Wie lange standen sie schon da und redeten — eine Stunde? Länger? Die Ismeninas sind inzwischen dem Wahnsinn nahe, dachte sie.

Sie legte Tarn Ryth die Hand auf den nackten Unterarm.

»Komm!« sagte sie. »Gehen wir hinein!«

16. Kapitel

Isaks Tanz war atemberaubend. Aber Arré sah nicht viel davon. Sie saß in dem Großen Salon neben Marti Hok und dachte die ganze Zeit unablässig nach . . . Jedesmal wenn sie den Blick vom Teppich hob, sah sie Tarn Ryth, der sie anschaute. Die Trommeln schlugen und schlugen, bis sie sie in ihrem Blutstrom zu spüren glaubte wie ein Fieber. Sorrens Hände bewegten sich so schnell, daß man sie kaum sehen konnte. Das Kind sah zauberhaft aus in all der Seide, die um ihr bleiches Gesicht schimmerte, mit diesem Haar, das auf dem Kopf aufgetürmt war wie unendlich schmiegsame Goldfäden. Arré erhaschte einen Blick auf Boras Suls Gesicht. Er stierte das Mädchen an, als wäre sie etwas zu essen auf seinem Teller — etwa Beeren mit einem weißen Häubchen von Sahne.

Isaks juwelenbesetzter Lendenschurz blitzte bei jeder Bewegung. Er war jetzt der Schwan, und er war verführerisch und königlich. Dieser Teil des Tanzes brachte seinen Körper am besten zur Geltung. Der dritte Ismenin-Bruder, Berd, starrte den Tänzer mit geöffneten Lippen und glänzenden Augen an. Seine Frau neben ihm zog eine Miene der Resignation angesichts der offen anbetenden Hingerissenheit ihres Gatten. Das Haar, das Isak sich auf dem Kopf hochgebunden hatte, ließ seinen schlanken Hals noch länger erscheinen, als er es war. Dieser Tanz war die Imitation des Werbetanzes, den das Schwanenmännchen vollzieht, um das Weibchen zu becircen, und der Tanz war ungeheuer erotisch, ohne irgendwie grob-sexuell zu sein (wie dies der Tanz des Hengstes so drastisch war), oder komisch (wie der Bärentanz). Die Tommeln wirbelten wild und lauter, als Isak sich in seiner Schlußpirouette drehte, den Rücken in einer völlig unmöglich erscheinenden Haltung gebogen, dann wurden die Trommeln weicher, die Bewegungen langsamer, verloren sich wie nach außen fließende konzentrische Wellen, und der ekstatische Schwanenmann faltete die graziösen Schwingen zusammen und glitt hoheitsvoll und elegant von der Bühne.

Alles konnte wieder atmen. Berd Ismenin lächelte verlegen und betätschelte die Hand seiner Frau. Von der Ecke, in der sich die Ryth-Familie aufhielt, ertönte lautes Klatschen, das jedoch verstummte, als man merkte, daß keiner sonst applaudierte. Wahrer Kunst erwies man am besten durch ehrfürchtiges Schweigen seine Reverenz. Ein paar Leute standen auf, um sich die Kleider zurechtzuziehen oder sich bei den Dienern etwas zu trinken zu bestellen. Marti Hok verließ den Raum am Arm ihres Sohnes, Sironen.

Und nun war die Verlobungszeremonie an der Reihe. Arré wünschte, sich davonstehlen zu können. Rituale pflegten sie zutiefst zu langweilen. Andererseits war sie ungeheuer neugierig auf Nathis Ryth, die Braut. Im hinteren Teil des Raumes kam plötzlich ein Lärmen auf. Arré drehte sich um, sie wollte sehen, was da los sei.

Soldaten — in den schwarz-gelben Uniformen von Nuath, die entblößten Schwerter in der Hand — kamen im Gänsemarsch herein.

Tarn Ryths Stimme schnitt glatt durch das Gebrabbel der anderen Stimmen. »Freunde, Familienmitglieder, Gäste«, sagte er, indem er aufstand. »Bitte erschreckt euch nicht. Es handelt sich um eine unterhaltsame Darbietung, weiter nichts, keiner braucht Angst zu haben. Wenn die Diener die Plattform forttragen könnten . . .« — er blickte zu Ron Ismenin, der nach einem Augenblick völliger Bewegungslosigkeit den Dienern hastige Befehle erteilte —, »meine Eskorte hat für euch einen besonderen Augenschmaus vorbereitet. Die Schwerter, die sie tragen, sind aus Holz, und man kann sie ohne weiteres anfassen, aber damit wollen wir bis nach der Darbietung warten. Bitte setzt euch doch alle wieder.«

Seine Art war so zwingend, daß alle sich wieder setzten, sogar Ron Ismenin. Die Soldaten marschierten in den Vorderteil des Salons und stellten sich dort in zwei Reihen einander gegenüber auf, die Schwerter vor sich aufgerichtet, so daß die Spitzen der Waffen eines jeden Paares sich gerade nur leicht berührten. »Mein Sohn Dennis wird euch erklären, was ihr zu sehen bekommen werdet.«

Tarn setzte sich ebenfalls, und der Mann am linken Ende der Doppelreihe drehte sich zum Publikum um. Er sah Tarn recht ähnlich. »Wir wollen euch dreierlei zeigen, Verwandte und verehrte Gäste«, sagte er mit einer Stimme, die eine hellere Imitation der hallenden Stimme Tarns war. »Zuerst werdet ihr die Schwertübungen sehen, die jeder Wächter beim Training zum Aufwärmen ausführt. Das ist die einfachste Übung, die es gibt. Dann werden wir die erste *naiga* vorführen, die ebenfalls noch eine Exzerierübung ist, die von zwei Personen ausgeführt wird und die aus ganz bestimmten vorgeschriebenen Hieben und Paraden besteht. Und zuletzt werdet ihr einen echten Waffengang zwischen zwei Soldaten sehen, natürlich nur mit hölzernen Schwertern.« Er trat wieder ins Glied zurück. Die Soldaten strafften sich. »*Eins* — und *zwei* — und *drei* — und *vier! Eins* — und *zwei* — und *drei* — und *vier!*« Die Klingen schnitten abwärts und flogen wieder empor im Rhythmus der Kommandos.

Bei jedem Hieb traten die Soldaten einen Schritt vor, bei jedem Rückzieher einen zurück. Der Boden erbebte. Arré fixierte die Gesichter der Soldaten. Es waren ganz junge Männer, und sie wirkten angespannt und völlig konzentriert. Es steckte viel Schönheit in ihrer präzisen Bewegung. »Yai!« Dennis Ryths Ruf brachte sie zum Halten. Sie verneigten sich voreinander, vor ihren Zuschauern und vor Dennis, marschierten dann um die freie Stelle und setzten sich an deren Rand nieder. Dennis war in der äußersten linken Ecke des Raumes stehengeblieben.

»Und nun die *naiga*.« Er bellte zwei Namen, und zwei der Soldaten erhoben sich aus ihrer sitzenden Position und traten auf den Kampfplatz. Sie verbeugten sich vor dem Publikum, dann voreinander. Der eine Soldat war eine Frau, man sah ganz deutlich die Brüste unter der Baumwolltunika. Sie hatte ein breites Gesicht und braunes Haar mit goldenen Strähnen darin. Ihr Partner ihr gegenüber war ein Mann, älter als sie, und er trug einen dichten gelben Bart. Er hatte den fahlen, etwas gelblichen Hautton, der auf anhardisches Blut schließen ließ.

»Yai!« rief Dennis, und die beiden Kämpfer hoben die Schwerter. »Ha!« Die Klingen pfiffen durch die Luft. Alle waren aufgesprungen. Arré verkrampfte zuckend die Finger um das harte Holz ihres Hockers. Die Hiebe — auf den Kopf, die Beine, den Bauch zielend — wirkten erschreckend echt. Die Kämpfenden atmeten mit heftigen keuchenden Atemzügen. *Haff! Haff!* Sie stampften und sprangen, griffen an und wichen zurück . . . Arré begann in der scheinbaren Formlosigkeit eine Gestaltung zu erkennen. Ganz bestimmte Hiebe und Paraden wiederholten sich. Aber gerade als sie das Muster zu erkennen glaubte, rief Dennis etwas, und die Sache war zu Ende.

Col Ismenin war im Salon erschienen, und er saß nun an der Seite seines Bruders und lächelte ein wenig nervös vor sich hin. Arré drehte sich um, doch wenn Nathis Ryth schon hereingekommen sein sollte, so wurde sie sicherlich von den unzähligen Vettern und Basen der Ryth-Familie verdeckt. Die beiden Soldaten marschierten wieder an ihre Plätze. Dennis rief wieder etwas, und aus dem Kreis löste sich ein weiterer Kämpfer.

Dennis trat in den Kampfkreis und stellte sich ihm gegenüber auf.

Sie verneigten sich vor den Zuschauern und voreinander. Und dann griff Dennis, ohne den leisesten Laut, den Partner an. Der Knall der aufeinanderstoßenden Klingen ließ alle zusammenzukken. Arré erinnerte sich an das, was Paxe gesagt hatte: »Du kannst jemand mit einem Holzschwert töten, wenn du weißt, wie man es macht.« Und diese Schläge sahen so aus, als könnte man mit ihnen töten. Wenn einer der beiden ausrutscht, dachte sie, wenn eine Parade zu spät erfolgt — sie schaute zu Tarn Ryth hinüber. Er lag in die Kissen zurückgelehnt, lächelte, schien völlig unbekümmert zu sein. Seine Linke spielte mit einer der Ketten um seinen Hals.

Arré wußte nicht genug, um zu entscheiden, welcher der beiden Schwertkämpfer der bessere Mann war. Sie drangen vor und wichen zurück und umkreisten einander. Hin und wieder kamen sie mit einem Absatz dem Kreis der sitzenden Frauen und Männer der Eskorte ziemlich nahe und hätten sie leicht treten können, doch keiner in dem Kreis rührte sich, nicht um eine Handbreit; sie blieben völlig unberührt und wahrten die Disziplin. Plötzlich schlug Dennis Ryth das Schwert seines Gegners zur Seite und sprang vor, und die Spitze seines hölzernen Schwertes kam eine Knöchellänge weit vor der ungeschützten Kehle des Mannes zum Stillstand.

Der Mann ließ sein Schwert fallen. Einer der Soldaten fing es auf. Daraufhin ließ Dennis seine Waffe an den Schenkel herabsinken, und beide Männer verneigten sich vor dem Publikum und voreinander.

Tarn Ryth erhob sich von seinem Sitz. »Ich hoffe, euch hat diese Demonstration Spaß gemacht«, sagte er mit gespielter Sanftheit. O ja, dachte Arré. Die Gesichter der zuschauenden Gäste spiegelten Schock, Zustimmung und ein schönes Quantum Furcht wider. Ja, du hast wirklich deine Macht deutlich demonstriert, Tarn Ryth, und ich jedenfalls bin sehr, sehr davon beeindruckt.

»Ich bilde mir immer gern ein«, fuhr Tarn fort, »daß meine Wachen gut trainiert sind, obwohl sich natürlich ihre Fertigkeiten nicht mit denen der früheren Chearis vergleichen können. Ich habe übrigens noch eine Überraschung für euch.« Er grinste. »Falls ihr es noch nicht bemerkt habt, ich liebe Überraschungen. Ich möchte euch gern ...« — er hielt inne, und die Kämpferin, die an der *naiga*-Darbietung beteiligt gewesen war, stand auf und stellte sich an seine Seite — »meine Tochter vorstellen, Nathis-no-Iryllen Ryth.«

Col Ismenin grinste auf seinem Platz. Nathis Ryth lächelte. Boras Sul stammelte: »Was?« Es klang sehr laut. Und dann stand Col Ismenin neben der ihm Verlobten.

Die Zeremonie währte nicht lange. Aus der Art, wie sich Nathis Ryth und Col Ismenin immer wieder gegenseitig anschauten, konnte Arré entnehmen, daß die beiden Parteien, auch wenn es sich um keine Liebesheirat handeln sollte, wenig oder kein Bedauern empfanden. Nathis Ryth war keine Schönheit, doch war sie wohlgebaut und gesund, und sie würde keine Probleme beim Kindergebären haben. Die einzelnen Punkte des Heiratskontraktes wurden selbstredend nicht laut verlesen, doch Arré konnte sich ein paar davon ganz gut ausmalen, und einen davon glaubte sie mit Sicherheit zu wissen: Col Ismenin erklärte sich bereit, auf seinen Familiennamen zu verzichten und künftig Col Ismenin Ryth zu heißen, und sein Vermögen (oder der Teil des Familienvermögens, auf den er Anspruch hatte) würde mit ihm nach Nuath ziehen.

Die Zeremonie fand ihr Ende, indem Tarn Ryth sagte: »Und ihr müßt alle nach Nuath zur Hochzeit kommen!« Ziemlich unwahrscheinlich, dachte Arré. Die Hochzeit hielt man traditionsgemäß drei Monate nach der Verlobung, und eine Reise gegen Ende des Herbstes den Fluß hinauf, in den einsetzenden Winterregen, würde selbst im Idealfall ungemütlich werden. Sie streckte sich und merkte, daß plötzlich Tarn Ryth an ihrer Seite stand.

Er streckte die Hand vor, um ihr aufzuhelfen. Sie übersah die Geste. »Wie hat dir *mein* Beitrag zur Unterhaltung gefallen?« fragte er voller Stolz.

»Ausgezeichnet«, sagte Arré und legte den Kopf in den Nacken. »Sag mir«, bat sie leise, »war der Kampf gleichfalls nur Schau?«

Er lachte und brachte den Kopf näher an den ihren heran. »Aber natürlich doch«, sagte er mit einem kollernden Flüstern. »Glaubst du, ich würde das Leben oder die Gesundheit meines Sohnes für ein bloßes Spiel riskieren?«

»Nein«, sagte Arré. »Und eigentlich müßte ich sagen, daß ich überzeugt bin, du gehst nicht viele Risiken ein.«

Er richtete sich auf. »Da hast du recht«, sagte er, und seine Hand spielte wieder mit der Goldkette.

Man nahm Abschied. Tarn Ryth sagte: »Ich muß mich wieder zu meinen Vettern und meinen neuen Verwandten begeben.«

»Ich denke nicht daran, dich von ihnen fernzuhalten«, sagte Arré und sah, wie er grinste. »Du bist offen mir gegenüber gewesen — darf ich dich etwas fragen?«

»Frage«, sagte er.

»Hast du schon Heiratspläne für deinen Sohn ins Auge gefaßt?«

Er nickte anerkennend. »Noch nicht. Ich habe aber Kontakte zu einem der herrschenden Häuser der Grenzfesten im Norden aufgenommen. Ein Verbündeter im Norden käme mir zweifellos gut zustatten. Andererseits kann sich das Haus Isara hier in eurer Stadt mit vier Töchtern brüsten.«

»Würdest du wollen, daß dein Sohn ein Isara wird?«

Er schlang die Halskette um seine Hand. »Nein. Aber wenn die Isara sich über die Tradition hinwegsetzen könnten, dann würden sie vielleicht einverstanden sein, wenn eine ihrer Töchter eine Ryth wird ...«

Arré runzelte die Stirn. So etwas konnte sie nicht gerade billigen. »Wann verläßt du uns, um nach Nuath heimzureisen?«

»Beinah sofort. Am übermorgigen Tag.« Er lächelte grimmig. »Ich werde mich während der nächsten zwei Tage bemühen müssen, die Gesellschaft von Kim Batto zu meiden.«

»Es war äußerst lehrreich für mich, mit dir zu sprechen.«

»Ich hatte die Hoffnung gehegt, daß dem so sein möge.« Seine riesigen Hände umschlossen die ihren, ließen sie wie Zwergenspielzeug erscheinen. »Arré Med, du hast gesagt, wir beide müßten nicht Feinde sein«, sagte er. »Ich hoffe, du bist auch weiterhin dieser Überzeugung. Ich bin ein schlechter Feind. Andererseits ...« — er lächelte wieder wie ein Flußpirat — »bin ich aber ein sehr treuer Freund. Gehab dich wohl!« Er gab ihre Hände frei und schlenderte langsam davon; wie ein Schiff unter vollen Segeln hinterließ er eine Heckwelle von ausweichenden Menschen hinter sich.

Arré machte sich auf die Suche nach Marti Hok. Die alte Dame hielt sich im Hofgarten der Ismeninas auf und bewunderte dort die Blumen. »Ich werde Ron Ismenin bitten müssen, mir seinen Gärtner zu leihen«, bemerkte sie. Sie stand mit beiden Händen auf ihren Stock gestützt da. »Du hast dich lange mit diesem Mann unterhalten.«

»Das war es aber auch wert«, gab Arré zurück. »Er ist — recht bemerkenswert.«

Mit flatternder langer Robe kam Kim Batto über die Granitplatten zu ihnen herüber. »Arré«, begann er, »ich glaube, du solltest mich besser anhören!«

»Ich glaube, daß ich es besser nicht tue«, fuhr Arré ihn an. »Du wirst versuchen, mich anzulügen, genau wie du Tarn belogen hast.« Seine Augen weiteten sich. »Hast du etwa geglaubt, daß *du ihn* benutzen kannst? Du bist ein Idiot, Kim Batto. Du bist ein noch größerer Narr als Boras. Geh und laß mich in Ruhe!«

Er wich vor ihr zurück, als habe sie sich plötzlich in einen Bären oder in eine Schlange verwandelt. Marti Hok sagte: »Das war hinreißend! Magst du mir erzählen, was geschehen ist? Ich verabscheue Unwissenheit. Besonders meine eigene.«

Arré sagte barsch: »Kim Batto hat sich ein Spielchen mit uns erlaubt. Er hat Tarn Ryth erzählt, wir hätten uns geweigert, den *Blauen* Clan in den Rat aufzunehmen, und hat so Tarn dazu bewegen wollen, Bündnisse mit einzelnen Häusern der Stadt einzugehen, nämlich mit dem Haus Batto und dem Haus Ismenin.«

»Aber wer *ist* dieser Mensch, und warum sollte es Kim Batto oder Ron Ismenin bekümmern, was er tut?« fragte Marti nachdrücklich.

Und Arré erzählte es ihr. »Der ganze Getreidenachschub nach Kendra-im-Delta läuft durch seine Hände. Er hat die Städte am Fluß zusammengebracht und aus ihnen eine geschlossene Region in Arun geschmiedet, ähnlich wie wir unsere Stadtbezirke haben. Er besitzt Geld, viel, viel Geld, und er hat Einfluß, und er kann über gutausgebildete Soldaten verfügen, wie er sich nicht scheute, uns so drastisch zu demonstrieren.«

»Aber was will er?«

»Er will, daß man ihn als Regenten behandelt, als gleichrangig mit jedem beliebigen Mitglied eines Adelshauses.«

»Tatsächlich«, sagte Marti, und ihre Augen wurden schmal. »Arré, könnte es möglich sein, daß du die ehrgeizigen Absichten eines solchen Mannes unterstützest? Der ist doch ein Barbar! Und wenn wir einmal Schwäche zeigen ihm gegenüber, dann sind wir verloren. Er kann uns alles abpressen, was er nur will, indem er den Getreidenachschub als Druckmittel einsetzt.«

»Ach, das könnte er schon jetzt tun«, sagte Arré drastisch. »Aber er droht ja gar nicht.«

»Ja, wie bezeichnest du denn dann diese Schaustellung im Salon?« fragte Marti. »Unterhaltung, beim Chea!«

»Oh, ich nenne es tatsächlich Unterhaltung«, sagte Arré bestimmt. »Und ich glaube, dem Rat könnte Schlimmeres einfallen, als ein Bündnis mit Tarn Ryth ernsthaft zu erwägen!«

»Und wenn wir das tun, wie vermeiden wir dann, daß wir auf die Ismeninas hören müssen?« fragte Marti.

Arré zog finster die Brauen zusammen. »Das weiß ich nicht. Aber, Marti, es wäre mir lieber, wenn ich weiß, was Ron Ismenin vorhat, als wenn ich es *nicht* weiß!«

»Und du glaubst, Tarn Ryth wird es dir sagen?«

»Ich glaube, daß er das vielleicht täte.«

Sironen Hok kam an die Seite seiner Mutter geschlendert. »Die Sänfte wartet schon, Mutter«, mahnte er. »Lady Arré, du siehst wundervoll aus!«

Er war selbst ein sehr gutaussehender Mann, mit einem dichten prachtvollen schwarzen Schnurrbart und einem kräftigen sinnlichen Mund. Und er war außerdem verheiratet, hatte fünf Kinder und war seiner Frau ziemlich treu. »Ich danke dir«, sagte Arré.

»Er ist immer so taktvoll«, neckte Marti. »Er will mir eigentlich nur sagen, daß ich mich endlich nach Hause schwingen soll. Nun, Arré, hat es sich gelohnt, daß du zu diesem Fest gegangen bist?«

»Aber ganz bestimmt«, sagte Arré. »Ich hab' mich ganz schrecklich amüsiert, und du bist eine boshafte alte Frau!«

Marti Hok gluckste und flüsterte dann: »Ich übe noch!« Ihr Sohn ließ seine Augen ausdrucksvoll rollen und schob ihr die Hand unter den Arm.

»Warte noch!« sagte Marti. »Arré, schick mir dieses Sorrenkind noch in dieser Woche!«

Arré lächelte. »Bei so vielen Enkeln aus deinem eigenen Stall, Marti, mangelt es mir an Verständnis dafür, daß du eine Fremde brauchst, um deine Märchen loszuwerden. Aber ich werde natürlich deinem Wunsch entsprechen.«

»Mutter, komm nun!« Sironen faßte sie fester am Arm.

»Da siehst du's, wie sie mit mir umspringen«, sagte Marti fröhlich und gab Arré einen Kuß auf die Wange. »Ich komm ja schon, mein Guter.«

Lächelnd schaute Arré ihnen nach. Ihre eigene Sänfte war irgendwo draußen auf der Straße unter den anderen, die da warteten, doch empfand sie kein Verlangen, sich hinauszubegeben. Eine lange purpurne Fliederdolde erregte ihre Aufmerksamkeit, und sie neigte sich vor, um an ihr zu riechen.

Als sie sich wieder aufrichtete, stand Cha Minto neben ihr. Der Mann sah äußerst unselig aus. Er sagte: »Arré — ich will dir nur sagen, daß das, was ich getan habe, nicht aus Bosheit geschehen ist. Ich ... ich mußte es tun. Jedenfalls glaubte ich, es tun zu müssen!«

Arré fühlte sich hin- und hergezerrt zwischen Mitleid mit seinem Elend und Verachtung gegenüber seiner Schwäche. »Hier können wir nicht reden, Cha«, sagte sie. »Komm doch mal zu mir!«

Er befeuchtete sich die Lippen, wollte antworten, doch im gleichen Augenblick sagte eine leise Stimme: »Meine liebe Schwester! Hat dir mein Tanz gefallen?«

Isak! Sein Gesicht trug noch immer die Maske mit den Umrissen der Schwanenfedern. Aber er hatte schon Straßenkleidung an, und darunter konnte man seine Muskeln erkennen, fest wie Metall und biegsam wie Wachs. Er schob Cha den Arm unter und zog ihn gegen seinen Leib wie einen Geliebten. »Du hast ja eine Menge mit unserem verehrten Kaufmannsgast zu besprechen gehabt. Hast du ihn sehr kultiviert gefunden?«

Arré erwiderte: »Wir haben über Politik gesprochen, nicht über Kunst. Hast *du* ihn denn kultiviert gefunden, als du gestern nacht mit ihm gesprochen hast?«

»Er hat nicht mit mir geredet«, sagte Isak. »Ich bin ja schließlich nicht das Oberhaupt unserer Familie. Aber *hat* dir der Tanz nun gefallen?«

»Ja«, sagte sie. »Du tanzt immer gut. Isak. — Warum hast du Ron Ismenin dazu überredet, mich fernzuhalten?«

»Ach, nur um dich ein wenig zu ärgern«, sagte Isak lächelnd. »Und weil ich fürchtete, daß Kim Battos Spielchen gestört werden könnte, wenn man dir die Gelegenheit lassen würde, mit Tarn Ryth direkt zu sprechen. Aber das hast du natürlich trotzdem wieder durchgesetzt. Wie raffiniert du doch bist. Der arme Kim sieht aus wie eine ertränkte Henne.«

Ja, dachte Arré, und das ist das Ende dieser speziellen Allianz. Ich werde Jenith sagen können, daß sie auf ihren Posten im Weinlager zurückkehren kann. »Hat Ron gewußt, was Kim Batto vorhatte?« frage sie.

Isak sagte geschmeidig: »Frag ihn, meine Liebe!«

»Hat der L'hel es gewußt?«

Der Tänzer zuckte die Achseln. »Das weiß ich nicht. Ich unterhalte mit dem Tanjo so wenig Kontakte wie möglich — das ist der einzige Punkt, in dem wir beide einer Meinung sind, verehrte Schwester. Cha ...« — seine Stimme bekam Stacheln — »komm jetzt mit mir! Ich muß dir etwas zeigen.«

»Du hast uns unterbrochen«, sagte Arré schroff.

»Oh, ich weiß«, sagte Isak, schob die Hand tiefer unter Cha Mintos Arm und zog den Schwächling davon.

Arré machte sich auf die Suche nach ihrer Sänfte. Sie erkannte sie an den roten und blauen Bändern an den Stangen. Sorren hockte neben der Sänfte und hielt ihre Trommeln und das Paket ihrer neuen Kleider im Schoß.

»Der Tanz war wunderbar«, sagte Arré zu ihr, »und du hast bezaubernd ausgesehen.« Sorren lächelte sie schwach an, sagte aber kein Wort. Sie sah erschöpft aus. »Komm, setz dich zu mir in die Sänfte!«

Sorren sagte: »Ich kann gehen.«

»Ich weiß, daß du gehen kannst! Steig ein!« Sorren seufzte, stand auf und stieg in die Sänfte. Arré folgte ihr, und die Träger standen auf. Sorrens Beine waren zu lang für den engen Raum zwischen den beiden Sitzen, und so zog sie sie auf dem Sitz unter sich. Arré ließ sich gegen die Außenwand sinken, und die Sänfte ruckte aufwärts und vorwärts.

»Also, was ist geschehen?« fragte Arré.

Sorren rieb sich mit beiden Händen das Gesicht. Sie trug das Haar noch immer zu einem Dutt aufgesteckt, und der Lapislazulikamm schimmerte und blitzte in dem dumpf riechenden Sänftengehäuse. »Isak weiß, das ich ihn angelogen hab'«, sagte sie.

»War er sehr wütend?« fragte Arré sanft.

Sorren ließ die Hände in den Schoß fallen und nickte. »Er hat nichts gesagt. Aber ich weiß, er war's.«

»Er braucht es nicht zu sagen, Kind. Sein Körper redet für ihn. Kind, du brauchst nicht mehr für ihn zu trommeln. Er kann sich für das Fest einen anderen Trommler suchen.«

Sorren biß sich auf die Lippen. »Das wird er wahrscheinlich sowieso tun. Er wird mich nicht mehr sehen wollen. Aber ich ... ich spiele *gern* für ihn.« Die letzten Worte kamen wie ein Wimmern. Arré streckte die Hand über den kleinen Zwischenraum hinaus und ergriff eine der Hände Sorrens. Das Mädchen schluckte schwer und atmete tief. »Ich fürchte, Marti Hok hat recht — er ist böse!«

»Wann hat sie dir das gesagt?« fragte Arré.

»Als ich bei ihr im Haus war.«

Arré erinnerte sich an Martis vorhin geäußerte Bitte. »Würdest du sie gern einmal wieder besuchen?«

Sorren antwortete: »O ja!« Ein Hauch ihrer gewöhnlichen Lebhaftigkeit kehrte in ihr Gesicht zurück. »Darf ich denn? Sie möchte nämlich meine Karten sehen.«

»Aber gewiß doch, sie muß sie sehen.« Arré gab Sorrens Hand frei. Munter sagte sie: »Und du darfst dir Isaks wegen keinen Kummer machen. Er ist es nicht wert, daß du dich quälst.« Mein kleiner Bruder, dachte sie, ich vermute, er hat mich einst sogar geliebt.

Die freudige Erregung in Sorrens Gesicht verblich bei der Erwähnung von Isaks Namen. Sie ließ den Kopf sinken.

Arré suchte nach etwas, was das Mädchen ablenken könnte. »Sing mir etwas«, bat sie.

Sorren hob ihr das Gesicht entgegen. »Ich kann doch nicht singen!«

»Aber ich kann«, sagte Arré. »Sing nur, ich helf dir.«

Automatisch zog Sorren die Trommeln auf den Schoß. »Irgendwas?« fragte sie. Arré nickte. Sie hoffte, das Mädchen würde kein allzu schlüpfriges Lied auswählen.

Die Sänfte schwankte im Schritt der Träger, als sie den Hang hinanstiegen. Sorren sang leise: *Wo sind sie hin, die Auserwählten? Wo reiten sie nun, die Tänzer stark und fein?«*

Das war ein Lied, das Arré kannte, und so stimmte sie mit ein und dachte dabei an Tarn Ryth, an seine Kinder, an seine Vision. *»Das Langschwert scharf und das Langhaar im Winde. Wo sind sie hin, und wo mögen ihre Lieder sein?«*

Am Nachmittag darauf stellte sich Jenith wieder im Hause Med ein. Sie hockte in Arrés Arbeitszimmer, blies Rauchringe zur Decke und redete über Tarn Ryth. »Seine Eskorte kampiert auf dem

Batto-Waffenhof«, sagte sie, »und die Diener erzählen, daß er und Kim Batto nicht mehr miteinander sprechen.« Sorren, die gerade über den Flur kam, sah Arrés breites Grinsen.

Der nächste Tag war Waschtag. Sorren und Lalith weichten sämtliche Arbeitskleidung des Haushalts ein und wuschen sie (sogar die Schürze des Kochs) und hängten sie im hinteren Hof zum Trocknen an die Luft. Arré hatte das Haus früh verlassen (an Waschtagen tat sie dies immer, sie behauptete, der Seifengeruch verursache ihr ein Würgen in der Kehle). Am Südende des Bezirks gab es einen Brunnen, der, wie die Leute klagten, angeblich schlechtes Wasser führte. Arré ging ihn inspizieren. Sorren fühlte sich sehr tugendhaft nach der Wäsche, und so nahm sie die Schachtel mit ihren Karten und lief den Hügelhang hinab. In sämtlichen Gassen sah sie Haufen von Seifenschaum, es war, als veranstalte die ganze Stadt heute große Wäsche. In der Luft schwebte auch der Duft gerösteter Walnüsse. Sorren eilte durch den Minto-Bezirk in den Hok-Bezirk, folgte der Weberstraße, bog in die Lerril-Straße — irgendwann einmal würde sie Arré fragen, wer Lerril gewesen war.

Morgen würde sie wieder auf die Koppel im Batto-Bezirk gehen und wieder mit Pfeil und Bogen schießen. Sie spannte die Finger, spürte, wie sich die Muskeln unter der Haut bewegten. Allein in ihrem Zimmer, wo keiner sie sehen konnte, hatte sie Armgymnastik gemacht, Schulterübungen, wie Paxe das tat, hatte sich mit gestrecktem Körper vom Boden abgestemmt. Als sie es das erstemal versucht hatte, waren ihr die Arme nach fünf Liegestützen weggesackt, aber an diesem Morgen hatte sie schon zehn geschafft.

Der Hok-Wachtposten winkte sie ohne weiteres ins Haus, und sie wurde wie eine richtige Besucherin in Marti Hoks Zimmer geleitet. Marti saß da und hatte einen Stapel Schriftrollen auf dem Schoß. Sie wirkte sehr müde. Als Sorren eintrat, lächelte sie und legte die Schriftrollen auf den kleinen Tisch an ihrer Seite.

Sorren sagte: »Ich kann an einem anderen Tag wiederkommen, wenn du beschäftigt bist, Herrin.«

»Nenn mich Marti, ich hab' dich doch darum gebeten, weißt du nicht mehr? Hast du deine Karten mitgebracht?«

Sorren hielt ihr die Schachtel hin.

»Gut.« Marti nahm das Kästchen. Sorren setzte sich auf die Matten. Ein weißgekleidetes Mädchen brachte ein Tablett mit Sorbet, diesmal war es Halbgefrorenes aus Zitronen, mit verquirltem Honig. Marti hob sämtliche Karten aus der Schachtel und betrachtete sie der Reihe nach. »Das sind wunderschöne Stücke«, sagte sie. »Waren sie so geordnet, als du sie erhalten hast?«

»Ja. Zuerst lag der Tänzer, dann der Weber, die Schlafende Frau, die Lady . . .«

»Ja, ich seh schon.« Marti mischte die Karten, legte sie in der richtigen Reihenfolge auf und reichte Sorren den Pack. »Gehen wir in die Bibliothek, ja? Bring dein Eis mit.«

Sie gingen ins Bücherzimmer. Auf halbem Weg dorthin kam das kleine Mädchen, das den Schmetterling so gern hatte behalten wollen, aus einem Zimmer gelaufen. »Abu, wo gehst du hin?« fragte das Kind.

»In die Bibliothek, Schmuddelfinger, und dort ist sie nicht erwünscht.«

»Ich geh zum Wasser.« Das Kind reckte die Brust vor. »Pa zeigt mir die Schiffe!«

Das Bibliothekszimmer war noch genauso, wie Sorren es in Erinnerung hatte, und sie sagte dies.

»Gewiß, mein Kind«, sagte Marti und ließ sich in dem wuchtigen Holzsessel nieder. »Außer mir kommt keiner hier herein. Weißt du noch, in welchem Schrank der rote Faltband ist?«

Sorren zeigte hinüber. »Sie hat ein besseres Gedächtnis als ich, das Kind«, murmelte die alte Frau. »Hol ihn heraus!«

Sorren legte den Band auf den Tisch. Das brüchige Papier bröselte unter ihren Fingern, obwohl sie es so sacht wie möglich berührte. Dann erkannte sie ihren eigenen Namen und deutete auf die Stelle. »Das ist mein Name?«

»Ja. Dieser hohe Buchstabe ist ein ›S‹. Und es ist die Geschichte, die ich dir neulich vorgelesen habe. Also, was hab' ich denn bloß mit den Papieren angestellt? Ah, da sind sie ja.« Sie hob die kleinen Bögen aus dem Faltband. »So, und nun nimmst du die Karten, während ich die Namen lese. Wir wollen mal sehen, ob du das vollständige Spiel hast, oder ob es mehr Karten gibt, die du nicht hast. Der Tänzer. Der Weber. Die Träumende, ja, das ist sie. Die Lady. Der Lord. Der Gelehrte, das ist natürlich der Mann in der schwarzen Robe. Die Liebenden. Der Bogenschütze.« Sorren durchfuhr eine plötzliche blitzartige Erkenntnis, als sie diese Karten hervorzog. »Der Bote. Der Reiter. Diese Karten stammen sicherlich aus dem Norden, Kind. Schau nur, wie es auf dieser hier schneit, und hier reitet der Mann über die Steppe.«

»Bist du einmal dort gewesen?«

»In der Steppe? Nein. Aber ich habe Beschreibungen davon gehört. Es sind weite Ebenen, die sich endlos immer weiter ausbreiten, bis sie an die Berge stoßen. Es muß eine trostlose Landschaft sein ... Der Sternseher. Das ist die Frau in Blau. Der Zauberer.« Marti schaute auf das Blatt und dann auf die Karte. »Wie interessant. Der Mann auf der Karte trägt die gleichen Kleiderfarben wie der Jongleur bei der Ismenin-Verlobung.«

Sorren betrachtete sich die Karte erneut. Marti hatte recht, nur daß Jeshim keine Halskrause getragen hatte.

»Der Adler«, fuhr Marti fort. »Nein, zuerst der Wolf, dann der Adler. Der Phoenix. Der Spiegel. Schau nur, wie geschickt das gemalt ist. Wenn die Karten keine Nummern hätten, würdest du nicht wissen, wie du sie halten mußt. Der Turm. Das Rad. Der Dämon. Was für eine scheußliche Kreatur das ist! Der Tod. Der Mond. Die Sonne.« Sie hielt inne. »Sind das alle?«

»Ja, mehr sind es nicht«, sagte Sorren.

Sie hatte die Karten auf dem dunklen Holz des Tisches ausgelegt: in zwei Reihen zu je elf.

»Schau dir nur die Details an«, sagte Marti bewundernd. »Sieh nur, wie auf diesem Bild der Baum in dem Wandteppich zu sehen ist, den die Weberin webt, und die Gesichter der Menschen, die in den Speichen des Rades gefangen sind. Und du kannst wirklich nicht mit diesen Karten umgehen?«

»Nein.«

»Jammerschade.«

»Aber es ist *ni'chea*, sie zu benutzen!«

Marti schnaubte durch die Nase. »Nein! Es ist bloß der Neid und die Eifersucht, die den Weißen Clan dazu bewegt haben, das Strohhalmwerfen und Sternschauen und die anderen Weissagekünste für *ni'chea* zu erklären.«

Sorren fragte sich, wie das wahr sein könne. Menschen waren doch sicherlich eifersüchtig, weil sie schwach waren, nicht weil sie stark waren.

»Arré hat gesagt, ich soll lernen, wie man sie benutzt, aber sie konnte mir auch nicht sagen, wie.«

Marti nickte. »Ich bin der gleichen Meinung«, sagte sie. Sie berührte mit einem Finger die Karte mit dem Gelehrten. »Der Schwarze Clan besitzt vielleicht noch das Wissen über die Anwendung, irgendwo versteckt und verschlossen in den Archiven.

Aber selbst wenn das so ist, so bezweifle ich, daß sie bereit wären, dieses Wissen mit dir zu teilen. Aller Wahrscheinlichkeit nach würden sie versuchen, dir die Karten abzunehmen.«

»Aber diese Karten gehören mir!« sagte Sorren und griff nach ihnen, wie um sie sofort einzusammeln.

»Gewiß gehören sie dir. Und *ich* nehme sie dir bestimmt nicht fort.« Sie stützte sich auf eine Hand und schaute wieder die Bilder an. »Der Weiße Clan müßte darüber Bescheid wissen. Du könntest sie ja vielleicht fragen.«

Sorren biß sich auf die Lippen. »Das kann ich nicht!«

Marti glättete den Ärmel ihres fahlgelben Jackenkleides. »Ich kann nicht sehen, warum nicht«, sagte sie. »Der L'hel mag ja bestechlich sein, aber das bedeutet nicht, daß jeder Hexer es auch ist. Du würdest vielleicht schwören müssen, sie nicht zu benutzen, aber ein Schwur ist nur soweit bindend, wie du glaubst, daß er es sei. Vielleicht werden sie sie dir wegnehmen wollen, aber du bist eine Leibeigene des Med-Hauses, und so würden sie zuerst Arrés Erlaubnis einholen müssen, ehe sie irgendwas tun können, und ich bin sicher. Arré würde ihnen bedeuten, daß sie dir die Karten lassen sollen. Warum solltest du also nicht mit ihnen darüber reden?«

»Ich kann es nicht.«

»Dann sag mir, warum!« bat Marti.

Und Sorren erzählte es ihr.

Mitten in dem Bericht begann Marti zu lächeln. Und als Sorren zu Ende kam, streckte sie die Hand aus und nahm Sorrens Hand. »Davon hast du Arré nie etwas gesagt, nicht wahr?« fragte sie. Sorren schüttelte den Kopf. Ihre Kehle fühlte sich ausgetrocknet an. Niemals hatte sie jemandem davon etwas gesagt — außer Paxe. »Und das ist der Grund, warum du die Karten nicht in den Tanjo zu den Hexenleuten bringen willst? Weil du fürchtest, daß sie dich zwingen würden, im Tanjo zu bleiben und eine Hexe zu werden — und nie aus der Stadt fortzugehen?« Ihre Finger waren warm. »Armes Kleines! Sorren, man kann dich zu gar nichts zwingen, wenn du kein Verlangen hast, es zu tun! Du hast die Hexengabe, ja. Aber es gibt keine Möglichkeit, *keine*, verstehst du, dich dazu zu zwingen, deine Gabe auch einzusetzen, dein Fernreisen, wenn du es nicht willst. *Tanjo* heißt ›Schule‹. Und genau das ist es auch, eine Schule. Ich glaube, du *solltest* zum Tanjo gehen und dort sagen, was du bist, und du solltest sie dich lehren lassen. Du könntest ja dann vielleicht feststellen, daß du schließlich doch nicht in den Norden gehen möchtest.«

»Nein!« sagte Sorren. »Ich will gehen.«

»Ich versichere dir«, sagte Marti, »sie würden dich nicht zurückhalten. Sie können es nicht!«

Sorren starrte blicklos die gemalten Bilder an. Sagt ihr es mir, dachte sie. Sagt mir, was geschehen wird, wenn ich es tue. Doch die Karten blieben stumm. Ihre Hände flogen, und sie ballte sie an den Schenkeln zu Fäusten. Die Vorstellung, in den Tanjo zu gehen, erfüllte sie mit Entsetzen. Doch wie, wenn Marti Hok recht hatte? Sie dachte an Sorren die Kämpferin, die Prinzessin Sorren, die ihr ähnlich sah, Sorren, deren Namen und (vielleicht auch) Blut sie hatte. Was würde jene Sorren getan haben?

Sie würde gegangen sein, wohin immer sie zu gehen wünschte, und niemand würde es gewagt haben, sie zu berühren!

Aber ich bin ja nicht jene Sorren, dachte sie.

Marti sagte sanft: »Sorren, warum hast du niemals mit Arré darüber gesprochen? Ich bin sicher, daß du es nicht getan hast, denn ich weiß, sie hätte dir genau das gleiche gesagt wie ich!«

Sorren rieb sich die Wange. Es war schwer, es zu erklären. »Sie würde gewollt haben, daß ich hingehe«, sagte sie.

»Sie würde dich niemals zu etwas zwingen!«

»Nein. Aber sie würde darüber reden und mich andauernd fragen, bis ich mir wie eine Närrin vorkäme, weil ich es nicht tun will.«

Marti nickte. »Ja, das stimmt wohl«, sagte sie ernst. »Arré strebt nicht nach Macht, doch wenn sie sich ihr anbietet, dann ergreift sie sie, also würde sie nicht verstehen können, warum du sie ablehnst. Aber was sagt denn deine Geliebte, die Hofmeisterin, zu dieser Sache?«

»Ich habe sie nicht gefragt«, antwortete Sorren.

»Und warum nicht?« sagte Marti. »Sie ist eine gescheite Frau, sie muß es sein, da sie Arrés Vertrauen besitzt. Du solltest vielleicht doch mit ihr reden!«

Es war ein guter Rat. Sorren dachte darüber nach, als sie wieder den Hügel hinanstieg. Als sie an den Waffenhof kam, spähte sie durch die Gitterstäbe, um zu sehen, ob Paxe dort war. Die Wachen exerzierten mit ihren neuen hölzernen Waffen, doch Paxe befand sich nicht unter ihnen. Sorren zauderte ein wenig herum, dann ging sie zur Hütte hinüber. Dort pochte sie ganz leise an die Tür. Falls niemand ihr antwortete, würde sie wieder gehen.

»Einen Augenblick«, rief Paxes Stimme. Schritte kamen über die Bodenmatten, und die Tür ging auf. Paxe schaute mit sehr ernstem Gesicht heraus. »Ach, du bist's. Komm rein!«

Sorren sagte: »Wenn du keine Zeit hast ...«

»Wenn ich keine Zeit habe, dann sage ich das«, erklärte die Hofmeisterin. »Komm!« Sie trat zurück. Sorren trat mit ihren Karten ins Haus. Sie setzte sich auf eine Matte, Paxe warf ihr ein Kissen zu, und sie schob es sich unter den Hintern. Die Schachtel mit den Karten legte sie neben dem Tisch ab.

»Ich hab' dich eine Ewigkeit nicht gesehen«, sagte sie zu ihrer Geliebten.

»Ich hab' jetzt die Nachtwache«, antwortete Paxe. »Und du warst immer beschäftigt. Jedesmal wenn ich dich treffe, bist du auf dem Sprung und willst die Straße hinunter.«

Sorren setzte an, wollte sagen: Arré deckt mich mit Arbeit ein — doch die Worte blieben ihr im Hals stecken. Es war ja nicht Arré, die ihr die Zeit raubte. Sie erinnerte sich, wie Arré sie gefragt hatte, ob sie eine andere Geliebte habe. Glaubte *Paxe* etwa auch, sie habe eine neue Geliebte? Sie betrachtete die ältere Frau eindringlich und entdeckte die neuen Kummerlinien in ihrem Gesicht. Sie schien auch dünner geworden zu sein. Das konnte natürlich auf das Schwerttraining zurückzuführen sein, doch konnte es auch mit einer Frage zu tun haben, die zu stellen Paxe nicht wagte. Wenn Paxe zornig war, oder verärgert, oder wenn etwas ihr Kummer machte, dann redete sie nicht darüber: sie arbeitete.

Sorren sagte: »Du hast mir gefehlt!«

Die Hofmeisterin reichte ihr die Hand. »Und warum hockst du dann da drüben, so weit entfernt, daß ich dich nicht berühren kann? Komm her!«

Sorren rutschte hinüber. Sie umarmten einander flüchtig. »Schon besser«, flüsterte Paxe. Sie zeichnete die Umrisse von Sorrens Augen mit der Zunge nach. »Macht irgendwas dir Kummer, *chelito*?«

Sorren drückte den Kopf in die Kuhle an Paxes Schulter. »Ja. Es gibt etwas, das ich dir sagen muß«, sagte sie.

»Sag es!« befahl Paxe und verstrickte ihre Finger in Sorrens Haar.

»Weißt du noch, es ist Wochen her, da hat Isak mich gebeten, zum erstenmal, ich soll bei der Verlobung für ihn trommeln. Es war während der Ratssitzung ...«

»Ja, ich erinnere mich«, sagte Paxe.

Sorren wollte aber nicht über Isak nachdenken. »Gut. Also am nächsten Morgen hat Arré mich gebeten, für sie herauszufinden, wen der Ismenin-Junge heiraten würde.«

»Und war sie überrascht, als du es ihr gesagt hast?«

»Ja — aber das war es nicht, was ich dir erzählen wollte. Ich habe Jeshim den Jongleur gefragt. Er war beim Jalar-Dock und jonglierte da für die Matrosen und Fischer. Jedenfalls, ich hab' da diesen — diese Person am Dock getroffen. Sie heißt Kadra. Sie hat mir erzählt, daß sie ein Botschafter war und dann eine Beinverletzung bekam und nicht mehr reiten konnte.«

»Kadra? Und sie lebt in diesem Bezirk?«

»Nein, im Jalar-Viertel — irgendwie. Also, ich hab' mit ihr geredet. Sie ist auch eine Kartenzeichnerin. Ich fragte sie, ob sie von Tornor gehört hat, und sie sagte, ja. Sie sagte, sie würde mir eine Landkarte machen, auf der ich die Ortschaften sehen kann, in die ich gehen muß, und die Straßen ...«

Paxe fragte: »Wie lange ist es her, daß sie verletzt wurde? Es hat sich manches geändert.«

»Das weiß ich nicht«, sagte Sorren. »Das hat sie mir nie erzählt. Ich glaube aber, es ist lange her.« Sie entwand sich Paxes Umarmung. »Wenn du mir andauernd Fragen stellst, werde ich es dir niemals richtig sagen können«, maulte sie.

»Tut mir leid.« Paxe legte die Beine überkreuz und ließ die Hände in ihrem Schoß ruhen. »Ich halt dich eben so gern fest.«

»Halt mich später fest. Kadra — also, Kadra, ist seltsam. Zuerst einmal ist sie eine Trinkerin. Ich hab' noch nie jemand gesehen, der so viel hinunterschlucken und sich dabei noch auf den Beinen halten kann. Sie war Botin, bis sie sich bei einem Sturz das Hüftgelenk gebrochen hat. Und sie will auf diesem Schiff mitfahren. Auf der *Ilnalamaré*.« Sie sprach das fremdartige Wort betont sorgfältig aus, um nur ja keine Silbe zu unterschlagen.

»Was für ein Schiff?« fragte Paxe. So erzählte Sorren ihr von dem Schiff. Paxe schüttelte den Kopf. »Was ich alles über meine Stadt *nicht weiß*! Aber, ich hab' dich schon wieder unterbrochen. Bitte sprich weiter!«

»Also, Kadra hat diese Landkarte für mich aufgezeichnet und

mir alle Städte genannt von hier bis nach Tezera. Ich kenne sie, ich meine, ich kenne alle ihre Namen.«

»Wirklich? Das möchte ich hören!«

»Terzi, Mahita, Warrintown, Elath — ich werde nach Elath *nicht* gehen — Shonet, Sharon, Nuath, Yfarra, Morriton, Septh, Kup-in-der-Marsch, Tezera.«

»Hervorragend«, lobte die Hofmeisterin.

Sorren holte Luft. »Es kommt noch mehr.« In einer der Matten steckte ein loser Halm hervor, und sie spielte mit den Fingern daran herum, um ihn abzubrechen. »Kadra bringt mir bei, wie man mit Pfeil und Bogen schießt.«

Paxes Rücken versteifte sich. »Wer ist denn darauf gekommen?«

»Sie. Sie hat gesagt, ich muß jagen lernen, wenn ich allein in den Norden fahren will.« Der widerspenstige Strohhalm lag endlich abgebrochen in ihrer Hand. Sie hob den Kopf und schaute Paxe in die Augen. »Ich weiß, es ist für mich nach dem Gesetz verboten, eine Waffenkunst zu lernen, aber ich will ja nur lernen, wie man Tiere schießt, Fische, weiter nichts.«

Paxe schüttelte den Kopf. »*Chelito*, da gehst du aber ein Risiko ein«, sagte sie sanft. »Wo übst du denn das?«

»Auf einer Koppel im Batto-Bezirk. Den Bogen haben wir versteckt. Ich war in dieser Woche dort, und ich werde nächste Woche wieder hingehen, und in der Woche darauf und so weiter, bis das Schiff ausläuft.«

»Und was willst du dann machen?«

»Das weiß ich nicht«, sagte Sorren.

Paxe sagte abrupt: »Bring den Bogen her!« Sie sprang auf. »Ich werde ihn für dich in meiner Truhe aufbewahren.« Sie wies mit dem Kinn zu der geschnitzten Holztruhe hin. »Und ich werde dir im Waffenhof eine Zielscheibe aufstellen, mit der du üben kannst. Was für ein Ziel benutzt du denn jetzt?«

»Heuhaufen. Und ich bin noch nicht besonders gut.« Sorrens Puls schlug heftig an ihrem Hals. »Meinst du es wirklich?«

»Ich sage nie, was ich nicht meine«, murrte Paxe. Aber sie lächelte halb dabei. »*Chelito*, du bist gewachsen.«

»Aber meine Kleider passen mir alle noch.«

»Das habe ich nicht gemeint.« Sie kam herüber, beugte sich nieder und legte ihren Mund fest auf die Lippen von Sorren. Sie küßten sich lange, und ihre Leiber formten einen Kreis aus einer dunklen und einer lichten Hälfte in dem sonnendurchfluteten

Haus. Paxe löste als erste die Lippen und blickte auf. »*Chelito*, meine Süße«, flüsterte sie, »ich werde dich vermissen, wenn du in den Norden ziehst.«

»Ich bleib ja noch ein ganzes Jahr hier«, sagte Sorren.

»Ich werde ein ganzes Jahr brauchen, um mich an den Gedanken zu gewöhnen«, sagte die Hofmeisterin. »Komm, ich will dir etwas zeigen!« Sie führte Sorren vor die Truhe. Die Schnitzerei auf dem Deckel stellte einen mächtigen Baum mit weitausladenden Ästen dar. Vögel lugten aus den Zweigen, und auch die Bronzeschnalle des Schlosses war wie ein großer Vogel mit weitausgespannten Schwingen geformt.

Paxe hob den Deckel hoch und nahm ein Schwert heraus.

Es war voller Rostflecken, doch die Schneide sah scharf aus, und das Heft und der Korb, der die Hand des Schwertträgers schützte, waren sauber und blitzten. Paxe nahm auch das Wehrgehänge aus der Truhe. »Es ist sehr alt«, sagte sie. »Ich stecke es nicht in die Scheide, weil die so alt und abgenutzt ist, daß das Leder zerbröckelt. Die Seide schützt es.« Sie hob die Klinge ins Licht. »Du hast es sehen wollen«, sagte sie. »Möchtet du es gern berühren?«

Sorren nickte. »Streck die Hände aus. Flach«, sagte Paxe. Sorren gehorchte, und Paxe legte ihr das Schwert quer über beide Hände. Es war nicht so schwer, wie sie sich vorgestellt hatte. Paxe nahm es wieder fort. »Möchtest du es am Griff anfassen?«

»Darf ich?«

»Leg die rechte Hand an das Heft.« Sorren streckte die Rechte aus. Paxe hielt das Heft mit der linken Hand. Sorren schloß die Finger um den Griff, und Paxe zog die Hand zurück. Sorren faßte das Schwert mit kräftigeren Fingern. »Ist es . . . ist es sehr alt?« fragte sie.

»Sehr alt«, sagte Paxe ernst.

Sorren überlegte, ob dieses Schwert jemals getötet haben mochte. Die Vorstellung ließ sie erschaudern. Sie schloß die Augen, zwang sich mit allen ihren Kräften in den Norden, als wirke die Gegenwart dieses Schwertes einen Zauber, der ihr helfen konnte, dort zu sein.

Sie war dort. Sie war der Vogel, flog über die Bergkämme — nur waren dies nicht die Berge, nicht die mächtigen grauen Kuppen, an die sie sich gewöhnt hatte. Diese Berge waren rot. Sie erinnerten sie an den Tanjo, aber wo der Stein des Tanjo geformt und poliert war, war hier das Gestein rauh und zerschrundet von Wind und

Regen und Frost. Schnee lag auf den Gipfeln. Der Vogel Sorren glitt tiefer hinab und sah, daß Sommer war. Sie erspähte Grün, Häuser, eine Windmühle — sie schwamm auf den Luftströmen zwischen zwei hohen Bergketten — und da unten lag ein Dorf.

Sie stürzte tiefer, bis sie über dem Dorf schweben blieb. Langsam trieb sie dahin, unsichtbar wie eine Musik, und eine Straße hinab, die anscheinend die Hauptstraße des Dorfes war. An einer Stelle lag ein großer Lehmplatz — ein Waffenhof, dachte sie — mit Menschen darauf.

Die Menschen sprachen miteinander, aber ihr Akzent war fremdartig, und Sorren konnte sie nicht verstehen. Manche trugen Waffen, Holzmesser wie jene, die Paxe und ihre Soldaten benutzten. Ein Mann ragte aus der Menge hervor. Er stand in der Mitte des Platzes, hielt die Hände in die Hüften gestemmt, die Haltung eines Lehrers, dachte sie. Er hatte Haar von drei Farben, und es war mit einem roten Schal aus der Stirn gebunden — eine shariza, *dachte Sorren —, und dann brach die Vision abrupt ab.*

Sie kehrte in die Gegenwart zurück und merkte, daß Paxe ihr das Schwert aus den Händen genommen hatte. Ihre Knie zitterten, und die Hofmeisterin fing sie auf und ließ sie sanft auf den Boden nieder. »Was hast du gesehen?« fragte sie. »War es die Burg?«

»Nein.« Sorren schluckte Speichel hinunter. Hals und Lungen schmerzten, als habe sie wahrhaftig die Luft der Berge geatmet. »Nein. Berge — aber andere Berge. Rote!« Und sie beschrieb die Berge.

Paxe hatte den Arm um sie gelegt und hörte zu. »Das sieht mir ganz nach den Roten Bergen aus«, murmelte sie, als Sorren die Färbung und die Höhe der schneebedeckten Ketten beschrieb. »Was hast du sonst noch gesehen, *chelito*?«

Sorren sagte: »Einen Platz. Ein Dorf in den Bergen. Und einen Mann, der auf einem Waffenhof Unterricht erteilte. Er trug die *shariza.*« Wieder schloß sie die Augen und versuchte Einzelheiten aus ihrer Erinnerung zu pressen. »Er hatte Kleider an wie die, die du im Hof trägst, und sein Hemd hatte ein Muster, ein galoppierendes Pferd — wie auf dem Batto-Wappen.«

»Was für Unterricht hat der Mann erteilt?«

»Ich sah hölzerne Messer.« Sie mühte sich ab, die Erinnerung zurückzurufen, und sie hatte gleichzeitig Angst, sich wieder in den Vogel Sorren zu verwandeln. »Diesen Ort habe ich noch nie zuvor gesehen. Was hat mich dazu bewogen, dorthin zu gehen? Was war das, was glaubst du?«

Paxe sagte: »Ich weiß es nicht. Es kann überall in den Roten Bergen gewesen sein. Vielleicht Tors Rest. Sogar Vanima.«

Sorren fuhr herum. »Vanima?«

Paxes Lippen lächelten halb. »Ich hab's nicht so gemeint, *chelito*. Ich glaube, das Schwert hat dich irgendwo hingeführt, wo es einst gewesen ist, aber ich kann nicht erraten, wo.«

»Ich *habe* aber einen Cheari gesehen!«

»Vielleicht hast du das«, sagte Paxe und fuhr Sorren mit dem Daumen über das Rückgrat hinab. »Aber es gibt keine Möglichkeit, das sicher herauszufinden.«

Es sei denn, ich frage die Hexenleute, dachte Sorren.

Paxe nahm das Schwert von den Bodenmatten, schlug es in die Seide ein und legte es zurück in die Truhe. Sorren beobachtete, wie gekonnt sie es tat. Paxe hat einmal einen Cheari gekannt. Eine Frage wollte sich auf ihren Lippen formen. Sie zögerte und sagte dann: »Glaubst du, es sind noch welche übrig?«

Paxe verstand. »Nein«, sagte sie. »Jedenfalls hoffe ich, daß nicht. Die Welt ist über sie hinausgewachsen. Die Welt hat sich verändert.«

Nein, dachte Sorren, und ihre Hände krampften sich zusammen. Sie hat sich nicht so sehr geändert.

Sie hob die Karten von der Stelle auf, wo sie sie neben dem Tisch niedergelegt hatte. »Ich hab' das da zu Marti Hok mitgenommen, sie wollte sie sehen«, erklärte sie.

»Und was hält sie davon?« fragte Paxe.

»Sie sagte, ich sollte in den Tanjo gehen und lernen, eine Hexe zu sein. Sie sagt, die können mich lehren, wie man die Karten benutzt.«

»Und willst du?« fragte Paxe.

Ich will nicht in den Tanjo gehen, dachte Sorren. Aber wie, wenn alles, was Marti gesagt hat, wahr ist? Sie erinnerte sich an jenen Zwischenfall auf der Straße, als die schwarzhaarige Hexe sie . . . sie berührt hatte. Die Erinnerung ließ sie schaudern. Es hatte nicht richtig wehgetan. Was wäre, wenn sie die Karten in den Tanjo brächte? Wahrsagen war *ni'chea*, sie könnten ihr die Karten wegnehmen. Wenn aber nicht? Wenn sie ihr beibrachten, wie man liest, was die Zukunft bringen wird? Vielleicht war es ja gar nicht so schrecklich, eine von ihnen zu sein.

»Was würdest *du* machen?« fragte sie.

»Wenn ich du wäre?« sagte Paxe. »Ich würde hingehn.«

»Und wenn ich gehe und eine Hexe werde«, sagte Paxe, »wirst du mich dann noch lieben?«

Paxes Mund zuckte, als schmerzten sie diese Worte. Sie durchquerte den Raum zwischen den beiden, bückte sich und küßte Sorren auf den Scheitel. Ihre Stimme klang rauh, als sie antwortete: »Ich werde dich immer lieben, wohin du auch gehen magst.«

Arré legte sich früh zu Bett. Der Ausflug zum Brunnen hatte sie ermüdet; sie aß nichts, was den Koch zutiefst erboste. Als sie zu ihrem Schlafzimmer hinaufstiegen, stützte sie sich schwer auf Sorrens Arm. »Haben deine Karten Marti gefallen?« fragte sie dann vom Bett her, und als Sorren nickte, sagte sie: »Fein.«

Nachdem sie Arré schlafengelegt hatte — wie ein übermüdetes, kränkelndes Kind bestand sie darauf weiterzuplappern, bis sie mitten im Satz einschlief —, begab sich Sorren in ihr eigenes Zimmer. Sie war ruhelos, viel zu unruhig, um schlafen zu können, doch sie wollte auch nicht trommeln. Sie ging wieder in den kleinen Salon hinunter. Elith kam hereingewatschelt und sah sie. »Was treibst du hier?« fragte die Alte. »Geh weg, geh!« Sie machte mit beiden Händen scheuchende Bewegungen. Es wäre nutzlos gewesen, mit ihr zu streiten, so ging Sorren davon. Sie trat in die Küche. Toli war dabei, einen Stör für das Frühstück auszunehmen. Der Fischgeruch ließ sie zurückweichen.

Schließlich trat sie ins Freie. Der Himmel war mondlos; die Mondsichel, die über den Nachmittagshimmel gewandert war, war hinter dem Rand der Welt versunken. Sorren ging durch den hinteren Hof des Hauses. Die Platten fühlten sich an den bloßen Füßen kalt an. Wenn sie in den Tanjo gehen würde ... Der Gedanke ließ ihren Mund austrocknen. Sie wanderte zur Umzäunung des Waffenhofes und ließ die Hand über eine der Planken gleiten. Wenn sie wirklich und wahrhaftig eine Hexe war ... Sie biß sich auf die Lippen und wanderte weiter, und ließ dabei die Finger sacht über das Holz gleiten.

Sie kam am Tor zum Waffenhof vorbei und blieb abrupt stehen. Jemand hielt sich da auf. Das Geräusch von schweren bestimmten Atemzügen drang über den umzäunten Platz zu ihr herüber, so gleichmäßig, als wäre es die Brandung der See. Sie spähte durch das Torgatter, und ihr Herz begann wild zu schlagen. Paxe stand auf dem Kampffeld. Ihre hohe Schattengestalt war nicht zu verwechseln. Sie hielt ein Schwert, als stünde sie einem Gegner gegenüber, und sie bewegte sich in einem raschen Bewegungsmuster, und die Lotschnur ihres Rückgrats war straff und gerade. Sorren krallte die Finger um die kühlen Eisenstangen des Tores und stand völlig still da. Das Schwert schimmerte — es war Metall, kein Holz.

Paxe hatte sie nicht gesehen. Die Hofmeisterin trug die Kleidung, die sie auch sonst anzog, wenn sie Wache hatte, doch in der sternklaren Nacht sah sie mehr wie ein Schatten, denn wie ein menschliches Wesen aus. Ihre Bewegungen erinnerten Sorren an die Bewegungen Isaks in seinem Tanz, doch wo Isak graziös gewirkt hatte, wirkte Paxe tödlich. Und plötzlich kam ihr Isak vor wie ein Kind, das Kunstmachen spielt. Das da ist die wahre Kunst, dachte Sorren. Ihre Augen begannen zu schmerzen, und sie blinzelte, um sie zu entspannen. In der Halbdämmerung veränderte sich Paxes Umriß, und plötzlich sah Sorren nicht sie, nicht Paxe, sondern den Lehrer aus ihrer Vision . . . Sie blinzelte erneut, und nun sah sie wieder ihre Geliebte. Aber es war eine Paxe, die Sorren nicht kannte, die sie wohl nie gekannt hatte. Das Mädchen schauderte fröstelnd zusammen. Und Paxe, hochgewachsen und schlank und todbringend, tanzte . . . stieß zu, sprang auf, stieß wieder zu, ein dunkler fließender Schatten vor dem Webmuster der Sterne, die weißen Augäpfel blitzend wie Quarz.

17. Kapitel

Am vierten Tag der Woche machte sich Sorren zu dem Haus in der Pflaumenstraße auf, um Kadra zu treffen.

Seitdem sie Paxe von Kadra und den Übungen im Bogenschießen berichtet hatte, fiel es ihr leichter, ganz wie üblich ihre Arbeit zu tun und aus dem Haus zu gehen. Elith murrte zwar die ganze Zeit, doch solange Sorren die Einkäufe erledigte und beim Saubermachen half, konnte sie sich eigentlich nicht beklagen. Und Arré schien keine Einwände zu haben.

Auf der Pflaumenstraße spielten die Asechkinder Fangen zwischen den Häusern und Gärten. Sorren spähte nach dem Mädchen mit den Holzklötzen, das sie beim erstenmal zu dem Ziegenstall geschickt hatte, konnte es aber nirgends entdecken. Mit ihren dunklen Augen, der braunen Haut und den schmalen Gesichtern sahen alle diese Kinder für sie gleich aus.

Kadra war nicht im Ziegenstall. Sorren suchte überall hinter dem Haus. Sie trat sogar an die Fenster und preßte das Gesicht gegen die Paravents, versuchte durch das seidengefleckte Papier zu spähen, konnte jedoch nichts entdecken. Sie rief, aber nur das helle Lachen der Kinder gab ihr Antwort. Schließlich verließ sie die Pflaumenstraße und machte sich zur Pferdekoppel auf.

Tammo schien entzückt zu sein, sie wiederzusehen. Er schlurfte sofort an die Stelle, wo er den Bogen und die Pfeile versteckt hatte, und holte sie hervor. »Nein, Tammo«, sagte Sorren. »Ich werde heut nicht schießen.« Sein Gesicht überzog sich mit Runzeln der Enttäuschung. »Tammo, hast du Kadra gesehen?« Er wedelte aufgeregt mit den Händen durch die Luft. »Wenn du sie siehst, sag ihr bitte, daß Sorren hier war und sie sucht. Sorren. Kannst du das behalten?« Der Kindmann nickte und schaufelte wieder mit den Händen durch die Luft. »Sorren«, wiederholte sie und stakte vorsichtig über die pferdemistbedeckte Weide.

Inzwischen brauchte sie sich den Weg zur Werft der Jalars nicht mehr weisen zu lassen. Sie eilte durch die Stadt, durch den Sul-Bezirk und zum »Silberfisch«. Scherben des Klappfensters an der Front blitzten auf den Pflastersteinen wie der Lapislazuli in ihrem Kamm, und die schwere Schwingtür der Kaschemme war regelrecht aus den Angeln gerissen worden. Ein Mann mit dem Werkzeug eines Schreiners maß die Rahmen aus. »Was ist passiert?« fragte sie.

Er knurrte. »Irgendein Idiot von einem Fuhrmann hat versucht durch die Gasse zu fahren und ist in das Haus reingerammt. Die Tür ist hinüber, die Fenster kaputt. Norres ist wütend wie 'ne Wespe.« Sorren konnte die Kaschemmenwirtin drinnen kreischen hören. Sie kehrte dem Scherbenhaufen den Rücken und wanderte zur Pier; sie war froh, daß sie ihre Sandalen angezogen hatte. Aus einem Hauseingang knurrte ein Hund sie an, und sie warf ein Steinchen in seine Richtung.

Die Wachtposten in ihren gelben Uniformen ließen sie lange ungestört auf der Pier stehen und das Schiff betrachten. Es sah aus, als wäre es fertig. Die Wandung schwang sich glatt und weich zum Deck herauf; das Heck war gerade, der Bug zugespitzt. Drei schlanke Masten ragten hoch in die Luft. Taue hingen überall um sie herum, und überall auf dem Schiffsdeck lagen weitere Taue zu Rollen aufgeschossen. Wo sich die Schiffswandung an Bug und Heck nach innen schwang, waren Kajüten angebracht, und auf mehreren Stellen an Deck gab es viereckige Löcher, neben denen Lukendeckel lagen. Leitern stiegen dort schräg ins Dunkle hinab. Das Deck war weiß, und die Flanken des Schiffes waren weiß, und die Kabinen waren gelb. Und während Sorren so zuschaute, strich eine schwarzweiße Katze über das Deck, wand sich geschmeidig wie ein Akrobat zwischen dem Wust von Tauen und aufgerolltem Segeltuch und Kisten und Kasten hindurch.

»Kann man da runtersteigen?« fragte sie. Der Schlammgrund schien verlassen zu sein, aber vielleicht war Kadra da unten, nahe bei dem Schiff, das sie so liebte. Die Wachtposten runzelten die Stirn, winkten sie aber dann weiter, und sie rutschte die Böschung der Gleitbahn in einer Lawine kleiner Steinchen hinab.

Hier, näher beim Schiff, überwältigte der strenge Geruch der frischen Farbe fast den Geruch des Meeres. Zahlreiche irdene Töpfe standen krumm und schief auf dem Strand herum. An einigen Stellen hatte der driftende Modder die Töpfe umgekippt. Vom Rand eines dieser Töpfe wedelte eine Rotpanzerkrabbe sie angriffslustig mit den Scheren an. Sie ging weiter zum nächsten Tiegel, und hier begrüßte sie nicht einmal eine Krabbe.

Sie rief laut, und ihre Stimme ging fast im Geräusch der Wellen unter. »Kadra!« Niemand gab Antwort. Schließlich gab sie es auf und kletterte wieder zur Straße hinauf. Sie ging wieder zu der Schenke zurück. Zwei Frauen versuchten ein Brett durch die Tür zu fädeln, und Sorren wartete, bis sie drinnen waren, und folgte ihnen dann.

Aus der Küche dröhnten Hammerschläge. Norres stand mitten im Gastzimmer der Taverne, die Arme in die Hüften gestemmt, und erklärte den Tischlern, wenn sie noch länger brauchen würden, dann würde sie ihnen keinen Pfennig bezahlen. Die Stakkatostimme der Frau trommelte wie ein Platzregen in Sorrens Ohren. Die Schenkenwirtin sah, daß Sorren ihr zuhörte, und fuhr zu ihr herum. »Was willst du denn hier?«

»Ich suche Kadra«, sagte Sorren. »Wir sollten uns heute eigentlich treffen, in einem Haus in der Pflaumenstraße. Aber da war sie nicht.«

Norres funkelte sie an. Ihr Haar war kurz und wild zerzaust, und es reichte ihr kaum bis zu den Schultern. »Ich hab' keine Ahnung, wo die sich wieder rumtreibt.«

»Wann hast du sie zuletzt gesehen?«

»Vorgestern. Sturzbesoffen.« Und sie fuhr wieder auf die Schreiner los. »Und für das Bier, das ihr hier sauft, werdet ihr auch blechen. Glaubt ihr, ich geb euch das umsonst?«

Sorren machte einen neuen Anlauf. »Willst du denn nicht wissen, wo sie ist?«

»Warum sollte ich?« knurrte Norres.

»Ich hab' gedacht ...«

»Es ist mir scheißegal, was du gedacht hast«, fauchte die Wirtin. Sie musterte Sorren von oben bis unten. »Bist ein langer Schlacks, was?«

»Nein«, sagte Sorren. »Ich bin kein Schlacks, ich bin nur groß. Und ich will Kadra finden. Sie ist krank. Sie liegt vielleicht krank irgendwo in einem Rinnstein hier in der Stadt ...«

Norres' Augen saugten sich in die Sorrens. Sie hatte grüne Augen wie rauchige Jade. Leise sagte sie: »Das weiß ich. Und ich habe gelernt, es nicht zur Kenntnis zu nehmen, in all den Jahren.«

»All den Jahren?«

»Wir waren acht Jahre lang ein Liebespaar. Davon kannst *du* natürlich nichts wissen. Die sagt einem ja nie was. Acht lange Jahre — und ich hab' mir das Saufen und die Prügeleien angeschaut und gewußt, daß sie eines Tages zu mir kommen werden und zu mir sagen werden: ›Du kennst doch Kadra-no-Ilézia, diesen *ghya*? Du kommst besser mit zum Wachhaus, da liegt eine Leiche, die du vielleicht abholen willst.‹ Wenn einer den Tod so herbeisehnt, wie die das tut, dann kann man wenig tun, um sie davon abzuhalten. Ich hab' mein Bestes getan. Aber nach 'ner Weile, da gibt man dann ganz einfach auf.«

Sorren hatte das Gefühl, wie wenn sie plötzlich in einen Morast gestiegen wäre. »Ich verstehe nicht, was . . .«

»Nein. Wie könntest du auch!« sagte Norres, und Sorren sah, wie sich diese unglaublichen Augen mit Tränen füllten. »Geh weg, Mädchen, geh nach Haus, wo immer dein Zuhaus ist, und geh zu deiner Geliebten und halt sie fest und sei glücklich! Hast du beim Schiff nachgeschaut?« Sorren nickte. »Ich auch. Gestern nacht. Warst du bei Tammo?«

»Ja.«

»Ich hab' nicht hinkönnen. Aber ich glaub, wenn die tot wäre, ich glaub ich würd's wissen.« Wütend wischte sie sich die Tränen aus den Augen. »Ai! Jetzt hast du mich zum Heulen gebracht, und dabei hab' ich mir geschworen, daß ich wegen der nicht mehr weinen will. Verschwinde hier, Mädchen! Du stehst im Weg rum.«

Und in diesem Augenblick hörten sie die Muschelhörner blasen.

»Aber es ist doch gar kein Nebel . . .«, sagte einer der Tischler.

»Das ist das Signal für Gefahr!« sagte Norres. »Feuer oder Flut oder Kampf.« Sie legte den Kopf schief. »Woher kommt das?«

»Von Norden«, sagte der Schreiner.

»Nein! Westen«, sagte der andere.

Sorren sagte: »Ich geh wohl besser.« Und sie glitt aus der leeren Tür, im Ohr die blökenden Hörnertöne. Langsam begann sie nordwärts zu traben, durch den Jalar-Bezirk auf das Gebiet der Isara-Familie. Ein Isara-Posten lief ihr quer über den Weg; er trug eine Pike und eine Schleuder mit drei schweren Kugeln zum Werfen bei sich. Die Soldatin schrillte irgend etwas Unverständliches, als sie vorbeirannte.

Als Sorren in die Pinienchaussee einbog, hörte sie wieder die Hörner blasen. *»Hawuuuh!«* heulten sie. So heulten wohl die Wölfe auf den Steppen. *»Hawuuuh!«* Ein Mann schlingerte mit einer Keule vorbei, in die Eisennägel geschlagen waren. Er sah Sorren, und brüllte wortlos etwas, wirbelte die behelfsmäßige Keule kreisend über dem Kopf, blieb aber nicht stehen. Voll Furcht, aber fest entschlossen, verließ Sorren die Chaussee und strebte dem Tanjo zu. Sie vernahm ein dumpfes Dröhnen, das wie das Meer im Regensturm klang. Erstarrt blieb sie stehen, ihr Herz hämmerte wild, und sie versuchte herauszufinden, woher der Lärm kam, damit sie eine andere Richtung einschlagen konnte.

Und während sie noch zögerte, holte der Lärm sie ein. Plötzlich war die Straße voller brüllender Menschen. Sie sah einen Mann mit einem Messer, und ein zweiter versuchte es ihm aus den Händen zu winden. Ihre Kleider waren voll Blut. In einem Türeingang kauerte eine Frau, den Boden einer zerbrochenen Flasche in der Hand.

»*Jalar — Jalar — Jalar — Jalar . . .*« Der Brüllgesang kam aus dem Süden. »*I-sa-ra, I-sa-ra-a-.*« Sorren suchte nach einem Winkel, in dem sie sich verstecken konnte. Die Leute vor ihr kamen plötzlich in einem Schwall wieder zurückgelaufen, und sie mußte mitrennen oder sich zertrampeln lassen. Ein schriller Schrei ertönte, als jemand stürzte. Ein Messer zuckte blitzend auf, dann ein zweites. Die Jalar-Wachen versuchten die Menge auf die Isara-Wachen zuzutreiben, und die Menschen setzten sich dagegen zur Wehr. Ringsum in dem Lärm und Gewirr dröhnten die Muschelhörner. *Weg von den Straßen!* brüllten sie.

Sorrens Kehle fühlte sich an, als hätte sie Sand geatmet. Sie drückte sich in einen flachen Hauseingang und merkte plötzlich, daß es die gleiche Tür war, an der die Frau mit der abgeschlagenen Flasche gehockt hatte. Sorren blickte sich um, aber die Frau war nirgendwo zu sehen. Eine Frau in der Tunika der Jalarwachen rannte vorbei. Sie hinkte, und Blut strömte ihr das Bein hinab.

Dann schien die Straße frei zu sein. Zitternd trat Sorren aus dem Türeingang. Aber plötzlich füllte sich die Straße wieder. Menschen ergossen sich in die schmale Schlucht wie Wasser, das in einen Ebbepriel zurückströmt. Sorren drückte sich wieder in den Hauseingang. Eine sich wild wehrende Frau taumelte rücklings aus einem Knäuel kämpfender Leiber, und ihr Kopf prallte vor Sorrens Füßen auf den Boden. Es war ein häßliches breiiges Geräusch. Die Frau blieb reglos liegen. Sorren streckte die Hand aus und berührte den Mund der Frau — sie spürte nichts. Blicklos stierte das fahle Gesicht in den Himmel. Sorren krampfte die Finger in den Rock der Frau und versuchte sie in den schützenden Hauseingang zu ziehen. Der Kopf fiel dumpf auf den Stein.

Sie ließ die Frau los. In der Straße hallte weiter unten lauter schreiender Singsang wider. Diesmal kam es von Norden. Sie hörte Marschtritte. *»Is-men-in, Is-men-in!«* Soldaten in Gold und Grau, den Ismeninfarben, sperrten den Ausgang der Straße ab. Sie hielten gezückte Schwerter vor sich und begannen langsam vorzurücken, auf den Tumult zu.

Sorren drückte sich gegen das harte Holz der Tür. Sie sah die Schwerter heranrücken; die Gesichter der Soldaten waren ausdruckslos wie Stein. Ein Mann versuchte mit seiner Keule einen der Soldaten zu treffen — das Schwert schlitzte ihm die Kehle auf, und er rollte aus dem Weg, aus der breit klaffenden Wunde sprudelte Blut über Brust und Rücken. Ein kleiner dunkelhäutiger Mann schien die Soldaten zu befehligen. Sorren wandte das Gesicht ab, um das blutige Schwert nicht sehen zu müssen, wenn es auf sie zukam. Die Straße dröhnte. Dann war der Trupp an ihr vorbei, und es lagen da nur noch zerfetzte, blutgetränkte Tote herum.

Sie kroch auf die Straße. Die Muschelhörner waren verstummt; die Stadt lag vollkommen still da. Sie brauchte lange, bis es ihr gelang, die tote Frau in den Türeingang zu ziehen. Ihre Hände, ihre Arme zuckten, und sie weinte. Als sie fertig war, waren ihre Hände rot. Gegenüber ging eine Tür auf, und ein Mann spähte heraus. Als er sie erblickte, schloß er hastig die Tür wieder. Sie fragte sich, wer dort lebte, ob die Bewohner im Haus seien, und ob sie gewußt hatten, daß sie hier war. Sie zwang sich aufzustehen und schleppte sich dann an einem Leichnam vorbei, einem zweiten ... Das Geräusch des Windes, der durch die Straßen fegte, scharf und frisch wie ein frischer Schmerz, schien ihr wie die Stimme der Stadt zu sein, wie ein Weinen ...

Das Lärmen hatte aufgehört. Arré stand am Fenster ihres Salons und wartete, daß die von Paxe ausgeschickten Boten zurückkehrten.

Ihr Magen knirschte vor Nervosität. Der erste Posten hatte atemlos berichtet, daß die Wachen der Jalars und Ismeninas mit scharfen Schwertern auf den Straßen kämpften. Der zweite Posten hatte gesagt, dem sei nicht so: ein Kampf sei bei den Jalar-Docks ausgebrochen, und die Wachen der Jalaras und Ismeninas seien gemeinsam nicht in der Lage gewesen, ihm Einhalt zu gebieten.

»Wenn nicht die Ismenin-Wachen gekommen wären, dann hätte sich das bis in den Hok-Bezirk und vielleicht sogar noch weiter ausbreiten können!«

»Das bezweifle ich«, sagte Arré. Aber der Klang der Muschelhörner hatte ihr Furcht eingejagt. Als man zuletzt die Hörner geblasen hatte, hatte eine Feuersbrunst fast den ganzen Sul-Bezirk zu erfassen gedroht, und es waren die vereinten Kräfte dreier Bezirke und die Gedankenheber aus dem Tanjo nötig gewesen, um die Flammen zu ersticken. Die Küchenhilfen in der Küche schnatterten aufgeregt über die Kämpfe. Arrés Nerven schrillten. Sie wollte etwas zu trinken. Sie ballte die Fäuste und strich tigernd im Salon auf und ab. Ich hätte es wissen müssen, dachte sie und gab sich gleich selbst Antwort: Sei kein Schaf, wie hättest du es wissen können? Bist du allwissend? Kannst du in die Zukunft blicken? Sowas geschieht eben.

Ich glaube nicht, daß dieser Kampf so einfach »passiert« ist, dachte sie. Nein, ich bin nicht allwissend. Trotzdem — *ich hätte es wissen müssen!*

Paxe kam ins Zimmer. Sie trug die Rüstung, einander überlappende Leder- und Stahlschuppen, und hielt eine Pike in der Hand. »Zweiundzwanzig Tote«, sagte sie leise. »Sie räumen jetzt die Straßen auf.«

Arré stöhnte. Der letzte Bericht hatte von zwölf Toten gesprochen, warum empfand sie zweiundzwanzig als so viel schlimmer als zwölf? »Ist Sorren immer noch nicht zurück?« fragte sie.

»Noch nicht«, gab Paxe zurück.

Lalith kam herein, ihre Augen schimmerten. »Noch zwei Antworten, eine von Boras Sul, eine von Kim Batto«, verkündete sie. »Sie sagen beide, sie kommen. Der Koch will wissen, was er zum Abendmahl servieren soll.«

»Ich bin nicht hungrig«, sagte Arré. Lalith verneigte sich und ging.

Paxe sagte: »Es ist besser, wenn man was ißt.«

Arré sagte: »Tote essen nicht.«

Paxe schüttelte den Kopf. »Arré, du bist dafür nicht verantwortlich.«

»Aber ich fühle mich dafür verantwortlich!«

»Gefühle sind keine Fakten.«

»Und Geduld ist eine Tugend«, antwortete Arré brüsk und

kehrte dem Fenster den Rücken zu. »Sing mir keine Litaneien vor! Ist es deinen Wachen gelungen, eins von diesen Schwertern zu erwischen?«

»Noch nicht.«

»Ich will eins haben! Und ich will mit jemand, irgend jemand, Paxe, sprechen, der gesehen hat, wie dieser Aufruhr anfing. Jemand, der dabei war, der mitgekämpft hat, von mir aus, es ist mir gleich, aber ich will mit einem direkt Beteiligten sprechen. Bring mir irgendeine Frau her!«

»Das werde ich. Hab Geduld!« Paxes Ruhe konnte einen zur Weißglut bringen. Die Hofmeisterin trat an die Tür, rief nach Lalith und erteilte ihr Anweisungen. Dann trat sie wieder in den Salon zurück.

Sie stellte die Pike wie beiläufig neben die Tür. Der Koch drängte sich herein. Er stemmte die Pranken in die Hüften. »Was soll das heißen, du willst nicht essen?« murrte er. »Du wirst krank werden.« Lalith glitt durch die Tür und brachte eine Schale mit Äpfeln, die sie in beiden Händen trug, und der Koch starrte sie mit offenem Mund an.

»Verschwinde«, sagte Paxe leise zu ihm. Er warf den Kopf zurück. Er war beleidigt. »Mach was zu essen, sie wird es schon nehmen.«

Der Duft der Äpfel ließ Arré das Wasser im Mund zusammenlaufen. Zwischen aufeinandergepreßten Zähnen sagte sie: »Du sollst nicht über mich sprechen, als wäre ich nicht vorhanden!«

Lalith stellte die Schale auf den Tisch und ging hinaus. Paxe hob einen Apfel auf und rollte ihn zwischen den Handflächen. Sorren kam herein. Paxe legte den Apfel fort.

Arré fauchte: »Wo, zum Teufel, hast du gesteckt? Der Rat tritt heute abend zusammen. Hier!«

Sorren trat vor die Schale mit den Äpfeln. »Ich war dabei«, sagte sie leise.

Ihr Gesicht wirkte spitz und war ganz bleich. Arré trat neben sie, und Sorren begann die Äpfel zu sortieren, als wären sie das allerwichtigste im Raum. Sie wählte einen glatten gelben Apfel und umschloß ihn mit beiden Händen. Ihre Nagelränder waren rot, und an ihren Kleidern klebte Schmutz, und der Ausdruck ihrer Augen war seltsam.

»Du warst *wo*?« fragte Arré.

»Ich war dabei, beim Kampf. Ich hab' es gesehen.«

Arré spürte Kälte in sich aufsteigen. »Was hast du dort zu schaffen gehabt?«

»Ich war bei den Docks. Und dann hab' ich die Hörner gehört ...« Sie biß in den Apfel und begann plötzlich zu zittern. Ihr Mund arbeitete. »Ich hab' mich in einem Hauseingang versteckt. Vor meinen Füßen ist eine Frau gestorben. Ihr ganzer Kopf war weich, ganz wie Brei.« Sorren schluckte bebend.

Paxe nahm ihr den Apfel aus der Hand. »Geh rauf und wasch dich!« befahl sie brüsk. Und über die Schulter sagte sie zu Arré: »Am besten, wenn sie mit was beschäftigt ist.« Zu Sorren sagte sie: »Heut abend ist Ratssitzung, und du wirst dabei gebraucht. Lalith!« Es war Paxes Waffenhofstimme. Lalith kam ins Zimmer geschossen, als habe ihr jemand einen Tritt in den Hintern versetzt. »Begleite Sorren ins Waschhaus und hilf ihr, sich zu säubern. Du bleibst bei ihr!«

»Aber ... die Küche ...«

»Geh!« befahl Paxe und stupste Sorren an der Schulter. Das blonde Mädchen ging hinaus. Arré blickte zu Paxe hinüber und sah, daß diese vor Wut zitterte. »Wenn ihr etwas passiert wäre ...« sagte die Hofmeisterin.

»Aber es ist ihr ja nichts geschehen«, sagte Arré. Paxe holte tief Luft, um sich zu beruhigen, aber ihre Augen blieben schwarz wie Obsidian.

Auf dem Gang erklangen schwere Schritte, und die beiden Frauen fuhren herum. Ein Wachtposten kam mit einem blanken Schwert in der Hand durch die Tür. »Du hast das da haben wollen, Hofmeisterin.«

Paxe nahm ihm die Waffe ab. »Danke. Abtreten.« Er verneigte sich und polterte davon. »Schau, Arré!« Paxe hielt die Klinge ins Licht, die Sonne lief schimmernd über den Stahl. Arré schauderte zusammen, als sie sich fragte, ob dieses Schwert einen Menschen getötet hatte.

»Wo kommt es her?« fragte sie. »Kannst du das sagen?«

Paxe nickte. »Das ist eine Arbeit der Ismeninschmiede. Der Stahl ist heller als der Tezera-Stahl. Das ist eins von den Schwertern, die Cha Minto aus dem Westen hereingebracht hat.«

»Wenn es Cha Minto war«, sagte Arré.

Paxe antwortete: »Leth-no-Chayatha hat nicht gelogen, Arré.«

»Oh, ich glaub dir's.« Aber ich kenne auch Cha Minto, dachte sie, und selbst angesichts Isaks stillschweigendem Einverständnis kann ich nicht glauben, daß er etwas mit dem Auftauchen der Schwerter hier in der Stadt zu tun hat. Nein, es *müssen* die Ismeninas gewesen sein. »Würdest du einen Eid auf die Herkunft dieses Schwertes leisten?« fragte sie.

»Vor dem Wächter im Tanjo«, sagte Paxe.

Arrés Augen brannten. Ich werde es ihr sagen müssen, dachte sie. »Paxe ...« Sie holte tief Luft.

Paxe unterbrach sie: »Ich weiß, was du gleich andeuten wirst«, sagte sie. »Du willst sagen, daß Dobrin mich belogen hat. Sag es nicht!«

Arré seufzte. »Nein, das wollte ich nicht sagen. Wenn du mir erklärst, daß Dobrin dir die Wahrheit gesagt hat, dann muß ich dir glauben. Ich kenne den Mann nicht. Nur — es ist möglich, daß jemand *ihn* belogen hat.«

Paxe runzelte die Stirn. »J-j-jaaa. Aber er hat so sicher geklungen, Arré.«

»Nach der Sitzung heut abend werde ich mit Cha Minto sprechen. Ich werde ihm das sagen, was du mir über die Schwerter und seine Beteiligung an der Sache gesagt hast. Wünschst du dabei anwesend zu sein?«

»Ja«, sagte die Hofmeisterin. »Ist das möglich?«

»Es läßt sich arrangieren«, antwortete Arré.

Paxe blickte visierend die Schwertkante entlang. »Das würde mich freuen«, sagte sie leise. Sie griff nach ihrer Pike. »Ich muß das da wegräumen. Wenn du mich brauchst, ich bin kurz im Waschhaus, dann später drunten am Hang beim Tanjo-Wachhaus. Der Torposten wird wissen, wo man mich findet.« Seitwärts drückte sie sich aus der Tür, in jeder Hand eine Waffe. Arrés Kehle schmerzte, es verlangte sie zu weinen. Wir hätten nicht warten dürfen, dachte sie, wir hätten den Waffenhof der Ismeninas durchsuchen müssen, ihnen die Waffen fortnehmen müssen; wir hätten die Schwertausbildung noch in der Woche, in der sie damit anfingen, unterbinden müssen — zweiundzwanzig Tote! Ich hätte es wissen müssen, ich hätte in der Lage sein müssen, es zu verhindern! Verflucht sollst du sein, Ron Ismenin! *O Mutter, ich hätte es wissen müssen ...*

Als Paxe die Waffen hinter dem Tor des Waffenhofes abgelegt hatte und in das Waschhaus trat, fand sie Sorren allein vor. Sie rieb sich die Haare mit einem Handtuch trocken, und die Strähnen liefen wie gesponnenes Gold zwischen ihren Handflächen und dem Stoff hindurch. Das Waschhaus wirkte verwahrlost; früher einmal war es in leuchtendem Safrangelb ausgemalt gewesen, doch im Lauf der Jahre hatte der Dampf aus den Waschzubern die Farbe von den Wänden blättern lassen. Sorrens helle Haut war scharlachrot. Als Paxe eintrat, ließ sie das Handtuch fallen und flüchtete wie ein Reh zwischen den Zubern zu ihr.

»Du wirst dich kratzen«, sagte Paxe und hielt sie mit sanftem Druck von ihrem Brustpanzer weg.

»Das ist mir gleich«, sagte Sorren.

Paxe blickte in dem dunstigen Gemach herum. »Wo ist Lalith? Ich hab' ihr doch befohlen, bei dir zu bleiben!«

Sorren sagte: »Der Koch hat sie gebraucht, also hab' ich gesagt, sie soll gehen. Ich bin ganz in Ordnung.«

»Wirklich?«

»Ja«, sagte Sorren. Unter ihrem glatt aus der Stirn zurückgelegten Haar sah sie aus wie ein bleicher pelzloser Seehund. Paxe fuhr ihr streichelnd über das Gesicht.

»Bist du so nackig hier herübergelaufen?«

»Aber nein! Lalith hat meine dreckigen Sachen genommen und mir frisches Zeug gebracht.« Sie nahm die sauberen Kleider von einem Haken und begann sich anzuziehen. Sie zog die Bundschnur ihrer Hosen ganz fest an. »Paxe, wie ist das passiert?«

Paxe antwortete: »Ich weiß es nicht, *chelito*!« Aber ich habe so meine Vermutungen, dachte sie. Ron Ismenin hat dafür gesorgt, daß es passiert. Sie dachte an Dobrin, und ihr Herz versetzte ihr einen Stich.

Sorren wand sich das Haar um die Hände und drückte es wie ein nasses Tuch. Wasser tröpfelte zu Boden. »Gibt es heut abend wirklich eine Ratssitzung?« fragte sie.

»Arré sagt es«, antwortete Paxe mit ein wenig Neid auf die Elastizität der Jugend. Sie können so schnell vergessen, dachte sie, das Entsetzen streift durch ihre Seelen wie ein schlimmer Traum. »Wirst du dich auch wirklich gut genug fühlen und bedienen können?«

Sorren runzelte die Stirn. »Ich bin doch kein Kind mehr!« Sie streckte die Hände vor und begutachtete sie: die Knöchel, Nägel, die Handflächen. Paxe blickte sie fragend an, und Sorren errötete. »Es war Blut an ihnen.«

Paxe ergriff die makellos sauberen Hände mit ihren beiden

großen Händen und küßte sie. »Wenn dir etwas geschehen wäre ...« Sie konnte nicht zu Ende sprechen. Eine flüchtige qualvolle Vision streifte sie: Sorren, leblos auf der Straße hingestreckt. Ein schrecklicher Zorn schwoll durch ihre Muskeln, und sie begann zu zittern wie ein Espenblatt.

Sorren fragte: »Paxe?«

»Nichts. Es ist nichts. *Chelito*, ich bin im Dienst, ich muß fort.« Sie stieß die Tür der Waschküche auf, und sie traten hinaus. Nach der dunstigen Hitze fühlte sich die Brise angenehm kühl an.

Der Himmel im Westen verblich langsam zu Lavendelblau, je mehr die Sonne ihren Sturz in die Berge beschleunigte. Paxe zog Sorren an sich und küßte sie auf den Mund. Die Lippen des Mädchens waren weich, und sie schmeckten nach Seife. »Trink ein paar Schluck Wein heut abend, ehe du schlafen gehst«, schlug sie vor.

»Ich möchte lieber Himmelskraut rauchen«, sagte Sorren. Sie gingen zurück zum Haus.

»Hofmeisterin!«

Paxe drehte sich um. Sekki kam eilends über den Hinterhof auf sie zu. »Hofmeisterin, wir haben ihn gefunden.«

»Wen?« fragte Paxe.

»Den Mann, den du sehen wolltest. Jemand, der gesehen hat, wie der Krawall anfing. Er ist Fischer, und er hat alles von Anfang an gesehen, sagt er, und ist davongerannt, als die Wachen aufzogen. Er hat sich in einer Latrine versteckt, und er stinkt zum Mond, aber er will gern alles sagen.«

»Wo ist er?« fragte Paxe.

»Im Waffenhof. Kaleb hält ihn dort fest.«

Paxe sagte: »Ich komme sofort.«

Der Name des Fischers war Luki. Er war jung, kaum sechzehn, aber seine Schultern waren breit wie die eines ausgewachsenen Mannes, und er hatte krumme Beine wie einer, der die meiste Zeit damit verbringt, die Beine in die Wanten eines Bootes gegen das Rollen und Stoßen der See zu stemmen.

Sie nahmen in ins Waschhaus und gossen ihn ab, doch er stank noch immer. Es war Paxes Idee, daß Arré in der Küche mit ihm sprechen solle. Nach einigem Bohren gestand er, daß er seit dem Morgengrauen nichts mehr gegessen hatte. Paxe schnitt ihm Brot und Käse ab, Arré setzte sich auf einen Hocker, der Junge auf einen anderen, das Brot in der einen, den Käse in der anderen Hand, abwechselnd große Bissen abbeißend, begann er zu schlingen.

Der Junge hatte die grobe Baumwollkleidung der Armen an, und seine Arme und Hände waren von Narben übersät — »von den Schuppmessern«, sagte er, als Arré ihn nach ihrem Ursprung fragte. Langsam taute er auf, ganz offensichtlich überwältigt von Ehrfurcht ihr gegenüber, aber auch ein wenig voll Furcht vor Paxe, die einen Kopf größer war als er. Aber nach einer kleinen Weile packte ihn der Bericht seiner eigenen Erlebnisse, und er vergaß, daß er Zuhörer hatte.

»Ich komm grad vom Schiff — wir hatten 'ne Ladung Tüpflinge, und der Käpt'n will sie in Zubern haben, damit wir zu den äußeren Bänken rauslaufen können, und es war ein guter Fang, die sprangen uns fast ganz von selber in die Netze — und da hab' ich einen Haufen Docker gesehen — was *ihr* Hafenarbeiter nennt, Herrin — und die standen da alle so im Kreis rum und ham gelacht und auf was gezeigt. Also bin ich hin, um zu sehen, was die da so lachen. Also, was es war, das war, daß sie die alte Oma Puss in eins von ihren eigenen Netzen gewickelt haben, weil sie das lustig finden.«

»Wer ist Oma Puss?« fragte Arré.

»Das is 'ne alte Frau, die was für die Fischer die Netze flickt. Sie issen bißchen plemplemm im Kopf, weißt du, aber sie macht noch immer die Netze so gut wie nur einer, sagt meine Ma ... Sie war fuchsteufelswild und hat gespuckt und sie angekreischt und is mit den Krallen auf sie los durch die Maschen, und die haben alle bloß gebrüllt vor Lachen und ham mit den Fingern auf sie gezeigt, und ein paar ham auf sie losgestochert, damit sie noch wütender wird, wie du 'nen Hund anstupst, um ihn zu necken ... Ich würd ja nicht mal 'nen Hund stoßen. Und es waren auch nicht lauter Dockers, 'n paar von denen waren Protzies ...«

»Was ist ein Protzy?« fragte Arré.

Er griente verlegen. »Du bist 'n Protzy, Lady. Die Leute aus den feinen Häusern.«

Arré nickte. »Erzähl weiter!« sagte sie freundlich. »Was waren das für Protzies?«

»Ismeninas«, sagte der Junge kurz. »Die zwei jüngeren.«

»Wie viele Dockarbeiter waren in dem Kreis?« fragte Paxe leise.

»Och, so an die fünfzehn. Aber es gab 'ne Menge Leute, die bloß so da rumstanden und zugeschaut ham. Und dann, dann kommt die restliche Crew rauf. Und Medi, sie ist unser zweiter Maat, sie sieht, was da los is, und sie rast hinüber, weil die Oma Puss sowas wie 'ne Tante von ihr is, und sie fängt Stunk an und brüllt. Und dann fangen die an und binden sie auch fest und wickeln sie in eins von den Netzen von der Oma Puss, eins von den Schleppnetzen, und sie fängt an sich mit denen zu prügeln, und die andern von der Crew sehen das und stürzen alle hin und mischen mit.«

»Wer hat als erster eine Waffe gezogen?« fragte Paxe.

»Medi hat ihr Messer gezogen, um Oma aus dem Netz rauszuschneiden, und einer ist dazwischengeraten. Sie hat den gar nicht verletzen wollen. Dann hört die Mannschaft vom *Aal* den Lärm — die liegt grad auffem Dock, weil sie sie neu kalfatern — und die kommen zu Hilfe. Und dann waren plötzlich überall die Jalarwachen, und ich hab' mich schleunigst davongemacht.« Er schauderte. »Ich hab' gesehen, wie sie meinen Vetter in den Hals gestochen haben. Das ganze Blut — wo's um Blut geht, bin ich 'n Feigling, Herrin, ich kann nix dafür, mir wird ganz komisch und schwummerig. Ich bin ganz weg vom Dock gerannt und dort geblieben. Und als ich wieder rauskam, lagen da zwei Mann tot und drei bluteten wie kämpfende Seehunde — Medi war eine davon, und ihr ganzes Gesicht war aufgeschlitzt . . .«

Paxe sagte: »Das genügt.« Sie legte dem Jungen die Hand auf die Schulter. »Wo wohnst du?«

»Im Jalar-Bezirk, Samstraße.«

»Kannst du heimgehen, oder werden die Jalar-Wachen dich festnehmen?«

»Weiß ich nich.« Er zog die Schultern hoch.

»Ich geb dir eine Wache mit«, sagte Paxe. »Da!« Sie legte ihm eine Largomünze in die Hand. Er starrte die Bonta ungläubig an. »Bloß fürs Reden?« fragte er.

»Richtig. Und dafür, daß du *hierüber nicht* redest«, sagte Arré. »Vergiß, daß du je in diesem Haus warst!«

Er grinste verlegen. »Was für 'n Haus?« Er fuhr mit seinen Wurstfingern über die Bonta. »Ich hab' noch nie so eine in der Hand gehabt.« Er stand auf und verneigte sich ungelenk. »Ich werd' keinem nichts sagen, Herrin!«

Er ging hinter Paxe aus der Tür, und Arré hörte, wie sie eine Wache herbeirief. Dann kehrte Paxe zurück und stellte sich mit in die Hüften gestemmten Händen hin. »Also waren es die Ismeninas«, sagte sie.

Arré nickte. »Ich hatte es mir gedacht.« Sie stand auf. »Die Soldaten der Ismeninas haben aber davon wissen müssen, daß sich dieser Auflauf ereignen würde. Sie waren gleich zur Stelle, bewaffnet und bereit. Und sie können nur auf eine Weise davon gewußt haben, daß das passieren würde, und so schnell darauf reagieren, wenn sie vorher bereits darüber informiert waren, bevor es anfing, und das bedeutet, daß sie es anzetteln mußten ...« Arré ertappte sich dabei, daß sie uralte Flüche wortlos auf Ron Ismeninas Haupt herabrief: Möge dir deine Ernte verhageln und möge dir dein Samen unfruchtbar sein, mögen die Winterdämonen dir das Herz zerfressen ...

»Wird Ron Ismenin zur Ratssitzung erscheinen?« fragte Paxe.

»Nein«, gab Arré zurück. Nicht heute und niemals, dachte sie. Ihr Magen krampfte sich zusammen, als sie sich das Bild der Frau auf dem Dock ausmalte, das blutige Gesicht »wie kämpfende Seehunde«.

Der Koch kam in seine Küche zurückgetrapst. Er schnüffelte. »Hier stinkt's«, klagte er.

»Das macht nichts«, sagte Arré.

»Gib aber nicht mir die Schuld, wenn das Essen komisch schmeckt!« Er begann Fleisch mit weiten Schwüngen seines Hackebeils zu zerkleinern.

Arré ging in ihr Arbeitszimmer und sank mit zitternden Knien in ihren Sessel. Lalith kam herein. »Die Lady Marti Hok sendet und läßt sagen, daß sie an der Sitzung teilnehmen wird, Herrin.«

»Gut«, sagte Arré. »Sag mir Bescheid, wenn Cha Minto Antwort schickt.«

Allmählich wichen die drastischen Bilder aus ihrer Vorstellung. Sie rief Lalith und trug ihr auf, herauszufinden, was der Koch vorbereitete.

»Suppe, Herrin.«

»Bring mir was davon!«

Lalith kehrte mit einer Schüssel zurück, in der Erbsensuppe schwappte. Es roch köstlich. »Wo ist Sorren?« fragte Arré.

»Sie zieht sich an, Herrin. Soll sie kommen?«

»Nein. Später werde ich sie brauchen.«

Während der ganzen Abendmahlzeit kamen Wachen ans Tor und brachten neue Berichte über die Ereignisse. Nach der abschließenden Zählung hatte es dreiundzwanzig Tote gegeben und einundvierzig Verletzte. Sechs von den Getöteten waren Jalar-Wachleute. Sieben Isara-Wachen und drei Hok-Soldaten waren schlimm verletzt. Wenn der Ismenin-Hof Verluste erlitten hatte, so gab er dies jedenfalls nicht zu; nachdem die Straßen geräumt waren, waren die Ismenin-Wachen auf ihre Posten zurückgekehrt und hatten, sobald die Rüstungen und Schwerter außer Sicht geräumt waren, ihre normalen Pflichten wieder übernommen. Irgend jemand hatte während des Tumults im Isara-Bezirk ein Feuer zu legen versucht, doch die Isara-Posten hatten es gelöscht und den Mann festgenommen, der auf dem Weg zum Wachhaus von seinen erzürnten Nachbarn beinahe gelyncht worden wäre. Außer den Toten gab es enormen Sachschaden: zerschlitzte und zertrümmerte Paravents, zerschnittene Netze, umgestürzte Karren. Auch gab es Anzeigen von Diebstählen: im Kielwasser des Aufruhrs wurden die menschenleeren Straßen zur Spielwiese für die halbe Diebespopulation der Stadt. Dreiundvierzig Personen wurden verhaftet. Es erschien als immer wahrscheinlicher, daß an dem Aufruhr mehr Menschen beteiligt gewesen waren (an die einhundert, sagte Paxe), aber die übrigen hatten sich dünngemacht, waren in Seitengassen und Gärten und Häuser und auf die Koppeln davongeschmolzen. Die festgenommenen Männer und Frauen schwiegen verstockt, doch Arré war überzeugt, daß dieses Schweigen nur drei oder vier Tage lang anhalten würde, so lange, bis der harte Kern dieser Leute begriffen hatte, daß keiner kommen würde, um sie gewaltsam aus dem Wachhaus zu befreien oder sie gegen Kaution herauszuholen. Dann würden auch die zu reden beginnen.

Marti Hok traf als erste ein. Arré ging ihr an die Haustür entgegen und begrüßte sie mit einem Kuß. »Meine Liebe«, sagte die alte Frau mit zittriger Stimme, »was für schreckliche Sachen!«

»Komm!« Arré geleitete sie in den Großen Salon und machte es ihr in einem Sessel bequem. Sie hatte angeordnet, daß der Wein erhitzt werden sollte. Nun läutete sie danach, und Sorren brachte das Tablett herein. Sie reichte Marti einen Becher voll dampfenden Weins und fragte Arré mit hochgezogenen Augenbrauen und einem ausgestreckten Finger. Arré seufzte. Sie verlangte nach Wein. »Tee«, sagte sie.

Cha Minto und Kim Batto trafen zusammen ein. Arré streifte Cha mit einem verächtlichen Blick und Kim mit einem giftigen. Seid willkommen, in meinem Spinnennetz, dachte sie. Cha wirkte nervös und war sehr wortkarg. Er nahm den Becher, den Sorren ihm brachte, mit beiden Händen und trank den Wein zur Hälfte auf einen Zug, ungeachtet der Wärme.

Kim wirkte entschlossener. Er rutschte in seinem Armsessel herum, ehe er zu sprechen begann. »Marti, man hat mich unterrichtet, daß drei deiner Soldaten bei diesem Zwischenfall verwundet wurden. Es tut mir so leid.«

»Ich danke dir«, antwortete Marti. »Das ist sehr nett von dir.«

Boras Sul kam durch die Doppeltür. »Schrecklich, schrecklich!« rief er laut. »Schockierend!« Er sank in einen Sessel. »Widerwärtig scheußlich!«

Marti sagte: »Boras, bist du nur fähig, jeweils ein einziges Wort auszusprechen?«

Er glotzte sie mit verletztem Gesichtsausdruck an. »Ich . . .«

»Wenn du nämlich nicht in ganzen Sätzen zu sprechen vermagst, dann ersuche ich dich, den Mund zu halten!«

Er übergoß sich mit einem unschönen Rot und riß Sorren den Wein aus der Hand, ohne sie überhaupt wahrzunehmen. »Bin zutiefst betrübt«, sagte er steif.

Kim bemerkte: »Unsere Schreiberin ist nicht da.«

»Sie kommt noch«, sagte Arré. »Geduld ist eine Tugend, Kim!«

Sorren brachte Arré ihren Tee in einer Schale mit roten und blauen Fischen. Die Fischschwänze wirbelten in dem Keramikmeer. Sie erinnerten Arré an Tänzer. Wir alle sind Tänzer, dachte sie, besonders Isak, und der ist heute abend nicht hier. Und Ron Ismenin. Aber das hier ist mein Haus, und so werde ich diesen Tanz bestimmen. Sie nippte an ihrem Tee. Sorren hatte Honig hineinfließen lassen, und die Süße wirkte besänftigend auf Arré. Die Lampenflammen flackerten in ihren bemalten Gefängnissen, und der Südwind rüttelte an den Fensterschirmen.

Azulith trat ein. In dem gedrückten Schweigen ließ sie sich links von Arré nieder und machte ihre Tuschen und Pinsel bereit. Arré wartete, bis sie sich die erste Schriftrolle auf die Knie gelegt hatte.

»Ehrenwerte Räte«, begann sie, »ich habe eine Erklärung abzugeben. Ich beantrage, daß wir über die Herstellung, den Schmuggel und die Verwendung des Kurzschwertes, genannt *kyomos*, seitens der Ismeninas diskutieren.«

Kim Batto fragte: »Ist dies wirklich das Problem, das wir vor uns haben? Ich gestatte mir, anderer Meinung zu sein, als du, Arré. Ich glaube, was uns heute hier zusammenführt, dieses Ereignis, hat weniger mit dem Vorhandensein von Kurzschwertern in der Stadt zu tun als damit, wer auf den Straßen unserer Stadt Ordnung schaffen soll. Für mich steht eindeutig fest, daß die Jalar-Wachen kläglich versagt haben bei ihrem Versuch, die Ausbreitung des Aufruhrs zu verhindern. Ich meine, das Haus Ismenin verdient nicht etwa Tadel, sondern vielmehr hohes Lob dafür, daß es so prompt seine Soldaten den Jalar-Männern zu Hilfe geschickt hat.«

Wenn Kim Batto pompös wird, dachte Arré, dann müßten sich sogar einem Keramikfisch die Zähne zusammenziehen. Sie fragte sich, ob er vielleicht bei der Planung des Aufruhrs mitgeholfen hatte. Sie bezweifelte es. Sie stellte sich Isak und Ron Ismenin vor, wie sie gemeinsam die einzelnen Bewegungen der Truppe austüftelten, so wie Isak die Schritte bei einem seiner Tänze festlegte.

Marti Hok sagte: »Kim, willst du *wirklich* über Ordnung in unserer Stadt diskutieren?«

Kim verrenkte sich in seinem Sessel, um die alte Frau anzusehen. »Ich weiß nicht, was der Ton soll?«

»Die Unruhe ist auf der Werft entstanden, und das ist das Territorium der Jalaras. Es hat sich ausgebreitet auf meinen Bezirk, als die Jalar-Wachen mit den Piken die Aufrührer in die Flucht geschlagen haben. Wer oder was hat die Ismenin-Soldaten dazu veranlaßt, den Jalaras ›zu Hilfe‹ zu kommen, wie du das so prächtig ausdrückst? Haben die um Hilfe ersucht? Das glaube ich nämlich nicht.«

Kim Batto sagte verärgert: »Vielleicht hätten sie das besser tun sollen! Ich habe keine Ahnung, warum die Ismeninas zur Stelle waren, als man sie brauchte, aber ich finde, wir können von Glück sagen, daß sie da waren!«

Marti strich glättend über ihren Ärmel. »Ich bezweifle, daß Glück irgendwas mit der Sache zu tun hat.«

Boras Sul wurde von einem seiner seltenen Intelligenzblitze getroffen und sagte: »Wie haben die gewußt, daß es da einen Kampf geben wird, he?«

Cha Minto wurde so bleich, daß er beinahe kreideweiß aussah. Er sagte: »Du glaubst also, die Ismeninas haben von dem Kampf gewußt, bevor er ausbrach?«

Arré sagte: »Cha, ich glaube sogar, daß sie ihn geplant haben. Doch das dürfte ja eigentlich kaum eine Überraschung sein für *dich*!«

Er schüttelte den Kopf hin und her, seine Hände zuckten. »Ich habe nichts davon gewußt«, stammelte er. »Wie hätte ich etwas wissen können?«

Kann er wirklich so vergeßlich sein? dachte Arré.

Marti Hok verlor die Geduld. »Cha! Führ dich nicht auf, als wärest du ein noch größerer Narr, als du schon bist! Wer hat dir aufgetragen, solche Worte zu sprechen?« Sie imitierte ihn voller höhnischer Wildheit. »*Warum sollte jemand so etwas tun wollen?* Um Macht zu erlangen, du Esel! Du bist fast vierzig Jahre alt, und du kannst noch immer nicht das allerstärkste Motiv am Werk erkennen? Arré, erklär es ihm!«

Arré sagte: »Es *waren* die Schwerter, die die Straßen freigefegt haben, ja! Aber die Ismeninas haben von dem Kampf vorher gewußt, haben vielleicht sogar die Leute gedungen, die ihn angefangen haben. Und Kim hier ist die Stimme der Ismeninas im Rat.« Kim setzte zu einem Protest an, doch sie fuhr ihm dazwischen. »Und es ist der Wunsch der Ismeninas, hier in der Stadt einen Markt für das Kurzschwert aufzubauen. Dieser Zwischenfall war arrangiert, damit es so aussieht, als würden wir das Schwert brauchen, um in unseren Straßen die Ordnung aufrecht zu erhalten.«

Kim sagte mürrisch: »Für keine deiner Behauptungen hast du Beweise, Arré.«

Marti sagte: »Wir haben keinen Beweis dafür, daß du in die Sache verwickelt bist. Aber zwölf der Aufrührer sitzen in den Zellen des Hok-Wachhauses, nicht in dem der Ismeninas, und obwohl die im Wachhaus der Ismeninas zweifellos den Mund halten werden, die in meinem Gefängnis werden reden, oder ich kenne meinen Hofmeister schlecht. Drei Hokwachen wurden verwundet bei diesem Kampf, wie du so freundlich bemerkt hast!« Sie klammerte sich fester an ihren Krückstock. Sie war so zornig, wie Arré sie kaum jemals erlebt hatte. »Diese Leute *werden* reden!«

Kim verlor ein wenig von seiner Selbstsicherheit. Er trank hastig von seinem Wein. »Seit wann ist es ein Verbrechen, einen Markt zu schaffen, Marti? Wenn es das ist, dann müßte Arré Med für alle Trunkenbolde und Säuferwracks verantwortlich gemacht werden, die in den Weinbeizen herumhängen, und wir alle wären verantwortlich zu machen für die Himmelskrautsüchtigen.«

»Vielleicht sind wir das auch«, sagte Arré. »Am heutigen Tag sind in Kendra-im-Delta dreiundzwanzig Menschen getötet worden. Wenn Menschen sterben müssen, um dem politischen Ehrgeiz eines Menschen zu dienen, dann erachte ich einen solchen Ehrgeiz als ungeheuerlich und bösartig. Im besten Fall können wir so etwas nur als einen schweren Fehler bezeichnen. Wenn wir nicht besser sind als unsere Vorfahren, die mit dem Schwert argumentierten, dann sollten wir zu jenem Zustand zurückkehren, in dem man durch die Anzettelung und Durchführung von Kriegen Menschen tötete. Der Krieg war immerhin wenigstens ein offenkundiges Übel.« Ihre Stimme bebte, und sie sprach nicht weiter, weil sie von ihrer eigenen Leidenschaft überrascht war. Schließlich bemerkte sie: »Ich habe nicht gewußt, daß ich so etwas aussprechen würde.«

Marti hob in stummem Beifall ihren weißen Becher. Doch Kim sagte voller Wut: »Du bist gerade die rechte, so zu reden, Arré Med. Auf deinem eigenen Waffenhof üben sie mit dem *kyomos*!«

»Und woher weißt du das?« murmelte Arré. »Von Ron Ismenin oder vom Tanjo?«

Cha fragte laut: »Was ist mit dem Tanjo?«

»Nichts«, gab Kim kalt zurück. »Arré beliebte zu scherzen.«

Arré sagte: »Kim, es gibt hier nichts, was ich komisch finden kann. Und du irrst dich gewaltig, wenn du meinst, ich besitze keine Beweise für meine Anschuldigungen. Es gibt Beweise, und ich kann meine Hand darauf legen.« Sie starrte ihn fest an. Wenn du gegen mich kämpfst, Kim Batto, dachte sie, dann bringe ich hier und jetzt deine Geschäfte mit dem Nuather auf den Tisch.

Die Gedankenbotschaft schien ihn zu erreichen; seine Lippen preßten sich fest zusammen, und er starrte verbissen in seinen Trinkbecher.

Marti Hok sagte: »Was ist also dein Vorschlag, Arré?«

Der Raum schien zu schrumpfen. Arré sagte: »Ich schlage vor, daß dieser Rat offiziell die Anfertigung, den Import und den Gebrauch des Kurzschwertes *kyomos* in Kendra-im-Delta unter Bann stellt. Ich beantrage ferner, daß die Familie Ismenin mit einem Tadel belegt wird, dafür daß sie diese Schwerter in die Stadt gebracht hat, und daß sie haftbar gemacht wird für die Gesamthöhe des Schadens, der bei dem heutigen Aufruhr entstanden ist.« Marti Hok nickte beifällig. »Außerdem schlage ich vor, daß wir bei der nächsten Ratssitzung im nächsten Monat die Erweiterung des Bannes auf den *kyomos* erwägen sollten. Angesichts der Vorfälle von heute bin ich sicher, daß der Tanjo uns darin unterstützen wird.«

»Ich stimme dafür«, sagte Marti.

»Ich gleichfalls«, sagte Boras. »Es ist schrecklich!«

Da drei Stimmen ausreichten, um Arrés Antrag anzunehmen, meldeten sich weder Kim noch Cha zu Wort. Kim wirkte wie zusammengeschrumpft, wie eine Schweinsblase, aus der man mit einer Nadel die Luft abgestochen hat.

»Und nun möchte ich euch alle bitten zu gehen«, sagte Arré. »Ich bin müde.«

Azulith erhob sich als erste. Schweigend packte sie ihre Tuschkästen zusammen, verneigte sich vor den Ratsmitgliedern und schlurfte aus dem Zimmer. Kim stampfte ohne Abschiedsgruß hinaus. Boras mümmelte etwas von Wein und trollte sich unter den Fittichen seines Dieners. Sorren brachte Marti den Mantel.

Marti fragte: »Arré, glaubst du noch immer, daß unser Rat mit Tarn i Nuath Ryth von gleich zu gleich verhandeln soll? Der ist doch ein Mann, der Spaß an Waffenzeug hat. Wir würden nur noch mehr Blutvergießen auf unseren Straßen haben.«

»Nein, genau das würden wir nicht haben«, gab Arré zurück. »Tarn Ryth macht kein Hehl aus seinen Waffen.« Cha Minto kämpfte mit den Öffnungen seines Mantels wie einer, der plötzlich mit Blindheit geschlagen wurde. Arré berührte ihn am Arm. »Cha, würdest du noch einen Augenblick bleiben?«

Seine Augen waren wie Brunnenschächte. »Ich ... eigentlich müßte ich gehen ... Arré ... du weißt doch noch, was ich auf der Verlobung zu dir gesagt habe ...«

»Ehe Isak dich davongezerrt hat? Doch, ich erinnere mich. Aber erinnerst du dich, daß ich gesagt habe, du sollst zu mir kommen? Du hättest es tun sollen!« Mitleid mit ihm quoll in ihr hoch; der Mann sah so verzweifelt aus. »Cha, bleibe«, sagte sie freundlich. »Bleib da, und wir werden reden.«

Sie geleitete Marti zu ihrer Sänfte. Der Hörnermond lag wie ein Boot auf dem Meer. Als sie in den nebligen Hof traten, brachen sich die Gedanken, die sie mit sich herumgeschleppt hatte, seit sie von dem Blutzoll der Toten und Verletzten gehört hatte, Bahn und drangen ihr über die Lippen. »Marti — haben *wir* das geschehen lassen, sind *wir* schuld, mit unseren Gerüchten und unseren Plänen? Angenommen, wir hätten Ron Ismenin in Ruhe gelassen, würde es dann heut nacht nicht friedlich sein in der Stadt?«

Marti schüttelte den Kopf. »Nein!« Hinter ihr klingelten die Sänftenglöckchen, als die Träger sich erhoben. »Nein, meine

Liebe, nicht wir haben das geschehen lassen. Nicht wir haben Schwerter in die Stadt gebracht. Und wie, wenn das Ganze während des Festes geschehen wäre, Arré? Ich glaube nämlich, daß es dafür geplant war. Es wären noch mehr Menschen tot, und es wäre möglich, daß bei dem allgemeinen Entsetzen man die Ismeninas auch noch als Retter in der Not feiern würde.« Sie drückte Arré flüchtig die Wange ans Gesicht. »Ich halte es für sehr wahrscheinlich, daß wir durch unser Tun ein paar Leben gerettet haben.«

18. Kapitel

Arré lauschte dem verwehenden Klang der Glöckchen nach. Als sie sie nicht mehr hören konnte, schritt sie durch den Hof zu der Stelle hin, wo der Torposten Wache hielt. Da stand er, auf seine Hellebarde gelehnt. Der faulige Duft abgefallener Kavafrüchte trieb durch den Nebeldunst auf sie zu. Wir haben Herbst, dachte sie. Dann sagte sie: »Idrith!«

Der Posten nahm Haltung an. »Herrin?«

»Die Hofmeisterin sagte, du würdest wissen, wo sie sich befindet. Würdest du bitte nach ihr senden lassen?«

Er bog die schnurrbärtige Lippe und stieß zwei Pfeiftöne hervor, ein durchdringendes Rufen. Und kurz darauf wurde der gleiche Ruf etwas entfernt wiederholt. »Das ist das Signal, Herrin«, erklärte der Posten. »Wenn sie es hört, kommt sie.«

»Ich danke dir«, sagte Arré und wandte sich dem Haus zu. Als sie eintrat, fand sie Sorren im Flur vor. »Was hängst du denn noch hier herum?« schalt Arré. »Geh ins Bett!«

»Cha Minto ist immer noch da.«

»Das weiß ich! Bring einen Krug Tee in den Salon und dann laß uns in Ruhe. Glaubst du, ich könnte nicht eine Tasse Tee eingießen? Wer, glaubst du, hat bei den Ratssitzungen bedient, als meine Mutter noch lebte? Ich war das, wenn sie hier abgehalten wurden.«

»Ich weiß«, sagte Sorren, »du hast es mir ja oft genug gesagt.«

»Verzieh dich!« sagte Arré. »Ich kann dich nicht schubsen, dafür bist du zu groß!«

Sorren lächelte. »Ich geh ja schon.« Sie ging zur Küche. Arré kehrte in den großen Empfangsraum zurück. Cha Minto hockte zusammengekauert in seinem Ledersessel wie ein kleiner Junge, der auf seine Bestrafung wartet. Arré trug die Lampe vom Kaminsims herüber und stellte sie auf den Tisch zwischen sie beide. Sorren

stieß mit der Schulter die Tür auf und brachte ein Tablett herein, das sie auf den Tisch setzte.

»Ich danke dir«, sagte Arré. »Laß die Tür offen, wenn du gehst!« Sorren nickte und drückte sich die Faust an den Mund, um ihr Gähnen zu verbergen.

Arré goß den Tee ein und sah zu, wie die schwarzen Blätter wirbelnd auf den Boden sanken. Cha Minto beugte sich in seinem Armsessel vor und nahm die ihm nächste Tasse. »Marti hatte recht, oder?« sagte er. Sein Gesicht zuckte. »Ich war ein ziemlicher Tölpel.«

»Ein Gimpel, ja«, sagte Arré. Sie legte den Kopf schief, da sie Schritte hörte. Wie ein wuchtiger Schatten glitt Paxe durch die offene Tür in den Salon. Geräuschlos wie ein Schatten trat sie hinter Chas Sessel und verschwand. »Wie lange behandelt dich mein Bruder schon, als wärest du sein Leibeigener, Cha?«

Er rieb sich die Augen. »Hat es diesen Anschein?«

»Ja.«

»Es hat nicht so angefangen.«

»Aber wann hat es angefangen?«

»So um die Zeit des Mittsommerfestes, glaube ich. Ich habe ihn tanzen gesehen, und ich bin zu ihm hin — bloß um ihm zu sagen ... ach, du weißt schon, was man halt so sagt — wie wundervoll ich seinen Tanz gefunden habe. Er ... er war ganz bezaubernd zu mir. Witzig, voller Komplimente und Schmeicheleien — wie soll ich es dir beschreiben?«

»Du brauchst es nicht«, sagte Arré trocken. »Ich kenne Isak. Sprich weiter!«

Irgendwo in dem großen Raum knarrte etwas; der Wind an den Fensterschirmen, oder Paxe, die sich in ihrem dunklen Versteck reckte. Arré versteifte sich, doch Cha Minto hatte anscheinend nichts gehört. »Dann hat er mich in sein Haus eingeladen. Ich erwiderte seine Einladung. Wir haben viel geredet, und es war immer so angenehm.«

»Worüber habt ihr geredet?« fragte Arré.

»Über dich, meistens. Im Anfang nicht. Aber nach einer Weile ging es immer nur um dich.« Er errötete. »Ich ... es tut mir leid. Aber ich muß gestehen, daß ich das meiste geglaubt habe — daß du auf Isaks Schönheit eifersüchtig seiest, auf seine Begabung, daß du ihm nur eine Scheinverantwortung übertrügest, daß du selber alles beherrschen wolltest, daß du ihm, obwohl er ja dein Erbe sein würde, kein Wort über die Geschäfte des Rates sagtest und daß du ihn weder nach seiner Meinung noch um seinen Rat fragtest ...«

Arré trank und schaute wieder zu, wie sich die Teeblätter auf dem Grund niederließen. »Einiges davon ist wahr«, sagte sie. »Ich bitte Isak nicht zu den Ratssitzungen, und ich frage ihn nicht nach seiner Meinung. Ich vertraue ihm nicht. Und was die Weingärten betrifft — die verabscheut er. Seine Frau kümmert sich da um alles. Und ja, ich nehme an, ich bin eifersüchtig auf seine Schönheit. Aber ich würde niemals diese Eifersucht eine Rolle spielen lassen bei meiner Beurteilung.« Nein, ich glaube, das würde ich nicht, schränkte sie insgeheim ein. Ich hoffe, daß ich das nicht tun würde. »Also seid ihr dann Freunde geworden.«

»Wir sind Freunde geworden.«

»Ein Liebespaar?«

Cha schüttelte den Kopf. »Nein. O doch, ich gebe zu, daß mir das in den Sinn gekommen ist. Aber — leider nein.« Er beugte sich in dem Sessel tief nach vorn. Arré trank von ihrem Tee, sie genoß das süße Minzenaroma.

»Und dann? Was ist dann geschehen?« soufflierte sie.

»Ich habe ihm Geld geliehen«, sagte Cha.

Arrés Augenbrauen hoben sich. »Es gibt keinen Grund, daß mein Bruder knapp an Geld sein müßte«, sagte sie.

»Er hat mir eine lange Geschichte erzählt — ich ... ich will sie nicht wiederholen. Du warst natürlich im Mittelpunkt von allem. Und es war ja auch nicht viel Geld.«

»Wieviel?«

Cha sah elend aus. »Vierhundert Largos«, sagte er.

»Das würde ich aber doch eine Menge Geld nennen«, sagte Arré. »Heilige Wächter, Cha, einer meiner Soldaten verdient vielleicht die Hälfte davon in einem ganzen Jahr! War es ein persönliches Darlehen?«

»Ja. Aber Isak hat darauf bestanden, daß wir einen Vertrag darüber unterschreiben. Ich habe ihn mir kaum angeschaut.«

»Und was geschah dann?«

»Dann kam die Ratsversammlung«, sagte Cha. Er rieb sich wieder die Augen. »Vorher kam Isak mich besuchen. Er begann von dem Antrag zu reden, daß man die Jalaras und Ismeninas als Ratsmitglieder aufnehmen solle. Ich war verblüfft, daß er darüber Bescheid wußte. Ich hab' ihm erklärt, daß ich mit ihm nicht über die Verfahrenssachen des Rates reden könne — und dann hab' ich ihn gefragt, wer ihm von dem Antrag erzählt habe. Er sagte, das sei Ron Ismenin gewesen. Ich fragte: Wer soll den Antrag einbringen? Er lachte und sagte, daß *ich* das tun würde! Ich sagte ihm, daß er sich nicht lächerlich machen soll und daß ich glaubte, die Ismeninas seien nicht zuverlässig. Er wechselte das Gesprächsthema und berichtete mir alles über die Schwerter, die die Ismeninas in die Stadt brächten. Als ich darüber mein Entsetzen äußerte, sagte er, ich soll mir keine grauen Haare wachsen lassen, der Bann erstreckte sich nicht auf Kurzschwerter. Ich fragte, woher er all das wisse, und er sagte, er habe Ron Ismenin bei der Planung geholfen und habe einen Teil des Geldes für die Schmuggelei vorgestreckt.« Die Worte, die bisher nur so aus ihm herausgeströmt ware, schienen sich plötzlich zu stauen.

»Ja«, sagte Arré, »sprich weiter!«

»Ich fragte ihn — ich war wütend, empört —, wie er es sich leisten könne, Ron Ismenin Geld zu leihen, wenn er sich gerade welches von mir hatte borgen müssen. Er lächelte und holte den Zettel hervor und gab ihn mir zu lesen. Da stand: *Für den Transport von Kurzschwertern nach Kendra-im-Delta.* Und darunter meine Signatur und mein Siegel!« Chas Stimme brach.

»Trink deinen Tee«, murmelte Arré. Er schluckte heftig, als er trank. Sie goß ihm erneut die Tasse voll. »Das muß schrecklich gewesen sein für dich.«

Chas Mund zuckte. »Ich verdiene dein Mitgefühl nicht, Arré. Es wäre mir lieber, du würdest mich den Narren nennen, der ich gewesen bin. Ich wußte nicht, was ich tun sollte. Ich sagte zu ihm, daß das keiner ihm glauben würde. Er sagte, indem er auf meine Unterschrift zeigte, daß dem jedermann glauben würde. Er sagte, daß man den Schmugglern außerdem bei der Bezahlung ganz deutlich sagte, daß es sich um mein Geld handle. Ich sagte zu ihm, daß ein Wahrheitsfinder sagen könnte, was wirklich geschehen sei, aber er lachte nur und sagte, daß der Tanjo alles über den Schmuggel wisse und daß der Weiße Clan seine eigenen Eisen dabei im Feuer habe. Er brachte mich dazu, zu glauben, daß er oder Ron Ismenin irgendwie den Weißen Clan bestochen hätten.«

Arré lauschte auf irgendein Rascheln als Zeichen einer Reaktion seitens Paxes, aber sie vernahm nichts. Das Herz schlug ihr so heftig im Hals wie Sorrens Trommeln. Sie lehnte sich im Sessel zurück und nippte an ihrem Tee, zwang sich, ruhig zu bleiben, gleichmäßig zu atmen, sich zu entspannen.

»Und dann hast du also dem Rat diesen Antrag unterbreitet«, sagte sie.

»Das habe ich. Und dann bei der Verlobung hielt ich es einfach nicht länger aus, und ich habe versucht, dir zu sagen ...«

»Und Isak hat dich daran gehindert.«

Cha flüsterte jetzt: »Vielleicht dürfte ich nicht als Repräsentant meines Hauses auftreten. Ich könnte den Rang aufgeben. Gwyneth könnte die Stellung übernehmen.«

Gwyneth war seine Schwester und Erbin. Wahrscheinlich würde sie es kaum schlechter machen als er, dachte Arré.

Aber es gab auch keine Garantie dafür, daß sie den Posten besser ausfüllen würde. Arré zwang ihre Stimme zur Schärfe: »Selbstmitleid bringt dich nicht weiter, Cha. Ich sehe keinen Grund, warum du deine Position aufgeben solltest. Benutz doch deinen Verstand, Mensch! Du bist in eine Falle getappt, aber jetzt steckst du doch nicht mehr in ihr drin. Du brauchst die Ismeninas nicht zu unterstützen. Wenn Kim den Antrag bei der nächsten Ratssitzung einbringen sollte ...« — sie machte eine Pause — »nun, ich bezweifle, daß er das tun wird, aber wenn doch, dann kannst du ja dagegen stimmen, wenn du das willst. Und wenn Isak dir droht, deine Unterschrift gegen dich zu verwenden, dann sage ihm einfach, du gehst zu einem Wahrheitsfinder, und laß dir von ihm keinen Schrecken einjagen mit dem, was er über den Tanjo sagt.«

»Es war also eine Lüge?« fragte Cha eifrig. »Er hat so hundertprozentig sicher getan.«

Arré schöpfte tief Luft. »Nein, um ganz genau zu sein, es war keine Lüge. Der L'hel und Senta-no-Jorith, seine Wahrheitsfinderin, und möglicherweise andere aus dem Weißen Clan haben von Anfang an über den Schmuggel Bescheid gewußt. Sie haben das Vorhandensein der Schwerter dafür zu benutzen versucht, dem Rat Sitz und Stimme für sich selber abzupressen — der L'hel hat zu mir gesagt, der Tanjo würde die Ratsentscheidung unterstützen, den Bann auch auf das Kurzschwert auszudehnen, wenn der Rat dem Weißen Clan die Mitgliedschaft verleihen würde. Kim Batto war der Verbindungsmann zwischen dem L'hel und den Ismeninas, er verkehrt mit beiden.«

»Also das hast du gemeint«, sagte Cha, »als du Kim gefragt hast, ob er über das Training im Med-Hof vom Tanjo erfahren hat.«

»Ja, das habe ich gemeint«, sagte Arré.

Ihre Arme waren von Gänsehaut überzogen, der Abend war sehr kühl geworden. Arré dachte: Ich hätte Sorren bitten sollen, ein Feuer im Kamin anzuzünden, ehe ich sie ins Bett schickte. Der zunehmende Mond ritt auf dem Horizont und schickte seine silbrigen Strahlen in das Gemach. Arré blickte zu der Stelle hinter Chas Sessel. Paxes Schatten fiel lang über den Teppich. Arré mühte sich, ihr Gesicht zu erkennen, sah jedoch nichts. Sie wandte sich wieder Cha zu.

»Geh nach Hause, Cha!« sagte sie sanft. »Geh heim und mach dir keine Sorgen! Alles wird sich lösen.« Die Platitüde ließ sie zusammenzucken. »Wünschst du eine Eskorte? Ich werde dir einen meiner Wachsoldaten zur Begleitung mitgeben.«

Er schüttelte den Kopf. »Ich bin kein kleines Kind, das sich vor Schatten fürchtet«, sagte er und fügte mit einer Grimasse hinzu: »Wenn ich Fehler begehe, sind es große Fehler. Ich sehe Schatten und bilde mir ein, ich sehe die Sonne.« Er stand auf. »Ich hätte gleich zu dir kommen sollen.«

»Ich verstehe aber, warum du das nicht getan hast«, sagte sie.

Sie begleitete ihn ans Tor. Die Feuchtigkeit ließ sie erschauern. Er ging durch das Tor und drehte sich dann um und sagte: »Warum glaubst du, daß Kim den Antrag nicht ein zweitesmal vor den Rat bringen wird, Arré? Hat er das gesagt?«

»Nein«, sagte Arré. »Aber ich glaube einfach, daß er es nicht tun wird.«

»Irgend etwas willst du mir nicht sagen«, sagte Cha. »Nun, du hast natürlich recht, mir nichts anzuvertrauen.« Er reckte die Schultern, wandte sich zum Gehen, und der Nebeldunst verschluckte ihn.

Sein Verschwinden bewirkte, daß Arré von einem plötzlichen Panikgefühl befallen wurde. Selbst seine Schritte, die von der Nässe gedämpft wurden, konnte sie nicht von den anderen Nachtgeräuschen unterscheiden. Sie drehte sich dem Posten zu. »Schicke ihm jemand nach!«

»Herrin?«

»Er hat keine Eskorte. Schicke ihm jemand nach und sag ihnen, sie sollen sich nicht sehen lassen. Ich will sicher sein, daß er unbehelligt zu seinem Haus gelangt, nach dem, was heute in der Stadt geschehen ist.«

Der Posten spitzte die Lippen, doch wagte er es nicht, ihr etwas zu entgegnen. Er stieß die drei Pfeiftöne aus. Kurz darauf tauchte eine kapuzenverhüllte Gestalt am Hügelhang auf. Sie redeten, die Gestalt nickte und wandte sich nach Osten, dem Minto-Bezirk zu.

»Hani wird ihm folgen, Herrin«, sagte der Posten. »Es wird ihm nichts geschehen.«

»Ich danke dir.« Und vor Kälte zitternd eilte sie ins Haus zurück.

Elith stand wartend da. »Narretei«, brummte sie und schloß die Tür. Sie begann die Riegel vorzuschieben.

»Warte noch!« sagte Arré und eilte in den Salon. Der Mond schien nun direkt durch die Fenster, übergoß die Chobatalampen auf dem Kaminsims mit Silber, daß das Porzellan schimmerte, versilberte die Messingzangen vor der Feuerstelle und ließ das graue Holz der großen geschnitzten Türen silbern leuchten ... Arré trat zu dem Sessel, aus dem Cha sich erhoben hatte, weil sie damit rechnete, daß Paxe sich darin niedergelassen hatte. Er war leer.

Elith stand in der Tür. »Wen suchst du denn?« fragte sie. »Hier ist keiner. Ich werde jetzt abschließen.«

»Warte!« befahl Arré. Sie hob die Chobata vom Tisch auf und trug sie in die Ecke, in der sie Paxes Schatten zuletzt erblickt hatte.

»Paxe?« rief sie fragend. Doch in der Ecke war niemand — und auch in dem Flur war niemand, und als sie nachsah, war auch keiner mehr in der Küche. Paxe war fort.

Die Tanjokuppel schimmerte in dem sterbenden Licht des Mondes. Paxe stand dicht vor dem Tor. Der Wind zerrte wie ein grämliches Kind an ihren Haaren, rief ihr zu, sie solle hineingehen, es sei kalt draußen ... Sie spürte die Kälte nicht. Das kühle Licht des Mondes fiel über die Landschaft, von den Chobaplantagen in Shirasai bis zu den Westbergen. In Tors Rest, dachte sie, liegt Tyrés Grab in Mondlicht gebadet da. Die Granitplatten des Tanjohofes schimmerten wie Wasser. Wie wäre es, wenn sie ein Vogel wäre und über Arun flöge, was würde sie sehen? Siedlungen und Gehöfte, Reisende, die sich um ein funkenspuckendes Feuer drängen ... Der Wind zerrte wieder an ihr, ließ ihren Mantel klatschen, und sie barg ihre Wange an den Eisenstäben des Gittertores und flüsterte dem Wind zu: »Geh weg!«

Unter einem Stiefel knirschte ein Steinchen. »Ist da jemand?« Die Gestalt kam näher. Es war ein Med-Posten. »Hofmeisterin, laß mich dir das Tor aufmachen.«

»Nein«, sagte Paxe. »Ich gehe.« Der Posten starrte ihr nach. Sie blickte zurück und sah sein bleiches törichtes Gesicht wie einen kleinen Mond im Dunkel schweben. Ich muß wohl sehr merkwürdig klingen, dachte sie, oder sehr merkwürdig aussehen, oder beides.

Sie wanderte südwärts, zur Öffnung des Stiefelschafts hin, ans Ende ihres Bezirks, und herum und zurück an die Grenze zum Batto-Bezirk. Der Posten salutierte, sprach aber nicht. Vielleicht waren sie ja nur zwei Gespenster. Sie ertappte sich über der Vorstellung und befahl sich, keine Närrin zu sein. Sie wandte sich die Straße der Kleinen Birnen hinab, und den nächsten Posten, zu dem sie kam, rief sie an: »Wie geht die Nacht?«

»Ruhig«, antwortete Nekko, eine hochgewachsene dunkle Frau, die man in der Dunkelheit oft mit Paxe verwechselte, beziehungsweise umgekehrt Paxe mit ihr.

Sie wanderte die Breite Reihe hinauf, die den Batto- vom Med-Bezirk trennte und fast die gesamte Grenze entlanglief. Sie ging ans Nordwestliche Tor. Die Stadtmauer ragte fest in dem zauberischen Mondlicht auf; an der Mauer des Torwächterhauses stapfte eine durch das Mauerwerk zwergenhaft klein wirkende Gestalt hin und her. Das zuckende Licht eines Kohlenbeckens huschte kurz über das Gesicht, als sie stehenblieb und sich die Hände wärmte. Dann kehrte sie der wohligen Wärme den Rücken und stapfte wieder auf und ab. Vor der Stadtmauer begann ein Hund zu jaulen.

Paxe bog um die Spitze des Stiefels. Während sie an einem Minto-Wachtposten vorbeikam, sah sie an einer sich bewegenden Hand eine Laterne hin- und herschwingen; Darin-no-Sara, die Minto-Hofmeisterin, machte ihrerseits die Runde und ging nordwärts auf das Stadttor zu. Paxe verhielt im Schatten, bis Darin an ihr vorbei war. Dann ging sie langsam weiter — wie lange war es schon her, daß sie Arrés Salon verlassen hatte? Eine Stunde? Das Licht war unterdessen immer schwächer geworden, und sie spähte über die Schulter, konnte aber die Gestalt des Mondes nicht sehen, nur den Lichtschimmer, der über dem Horizont glomm. Es war also schon nach Mitternacht. Unter ihren Füßen raschelte das Laub im Wind. Der Nebel trieb aus dem Süden herein und wehte in zerfetzten Strähnen um den Kuppelbau des Tanjo. Einer, der in diesem Wetter an den Docks Wache hielt, würde nur eine Wolkenwand sehen, die ins Nichts reichte, und keinen einzigen Stern.

Als die Morgendämmerung sich näherte, hatte sie ihren Bezirk fünfmal abgeschritten. Bei Sonnenaufgang kehrte sie in den Waffenhof zurück, um das Kommando abzugeben. Und wenn sie seltsam aussah oder klang, so verkniff Ivor sich doch jede Bemerkung darüber. Die Sonne stieg wie ein riesiger blinder Adler aus ihrem Nebelnest.

Paxe war müde, und sie wäre gern nach Hause gegangen, um zu schlafen. Doch sie durfte das nicht, noch nicht; sie hatte noch einen Gang zu tun. Sie durchquerte den Minto-Bezirk (an der Drei-Brunnen-Straße vorbei, in der die Kauffrau Vanesi wohnte, wenn sie in der Stadt war) und kam auf Ismeningebiet.

Es war nichts von dem Blutbad des Vortages zu bemerken. Alles wirkte friedlich. Die Fischerleute standen am Flußufer und schauten auf ihre Angelschnüre; Barkassen voller Kornsäcke lagen an ihren Ankerplätzen, und die Strömung und das Gezeitenwasser des Großen Flusses zerrten an ihnen. Rauch und Essensgerüche zogen aus den Häusern, in denen die Bewohner des Viertels aufstanden und sich an ihre Geschäfte machten, und der Duft auf Kohlen röstender Nüsse stahl sich durch die Hintergassen. Der Waffenhof der Ismeninas war voller Menschen; hinter dem hohen roten Zaun hörte Paxe, wie sie die Kommandos nachbrüllten. *(Eins — zwei, eins — zwei!)* Eine Frau in der Kleidung der Asech wanderte westwärts vorbei. Sie trug ein Netz mit Schnecken über der Schulter; Schnecken, erinnerte sich Paxe, waren für die Asech eine Delikatesse.

Sie machte sich nicht die Mühe, am Eingang anzuhalten, sondern ging um den Hof herum direkt zu Dobrins Kate. Die Fensterschirme waren geschlossen (damit hatte sie gerechnet), doch die Tür stand unerwarteterweise weit offen, und sämtliche Bodenmatten lagen vor dem Häuschen im Schmutz.

Das war ein Brauch im Galbareth, wenn einer gestorben war, wurden sämtliche Matten hinausgetragen und alle Häuser des Dorfes wurden ausgefegt und gesäubert ... Dobrin stammte aus dem Galbareth ... Schneckenlangsam kroch der Gedanke in Paxes Hirn herum. Sie keuchte, als habe jemand sie heftig in den Rücken gestoßen, und begann zu laufen.

Sie glitt in Dobrins Kate, ohne sich die Stiefel auszuziehen. Der Tisch war hochkant aufgestellt; die Statue des Wächters lag auf der Seite, und die Blütenzweige lagen zertreten auf den Bodenbrettern. Das Gemach war nicht leer. Gavriénna, der Zweite

Wachhauptmann, stand in der Mitte des Raumes, und Tränen liefen ihr die Wangen herab.

Sie sagte: »Er hat gesagt, du wirst kommen. Da!« Sie reichte Paxe etwas hin — einen Brief, und Paxe nahm ihn.

»Ist er tot?« fragte sie.

Gavriénna schüttelte den Kopf. »Er ist fort. Aus dem Brief wirst du alles erfahren.« Sie ging aus dem Haus. Paxe riß den Brief auf.

Paxe — stand da —, *du behältst recht, ich habe mich geirrt. Ich habe meine Pflicht gegenüber dem Hause erfüllt, dem ich diente, und nun gehe ich fort. Ich werde in den Galbareth heimkehren und werde ein Bauer sein und lege meine Waffen nieder. Ich habe Gavriénna gebeten, meinen Platz als Meister im Hof zu übernehmen, bitte hilf ihr, wenn du dich dazu überwinden kannst. Sie ist schuldlos und hat mit den Absichten der Ismeninas ebensowenig zu schaffen gehabt wie ich. Laß es dir gutgehen, Freundin. — Dobrin.*

Arré saß in ihrem Arbeitszimmer. Sie hatte die Nacht zuvor nicht gut geschlafen. Und als Sorren ihr das warme Waschwasser aufs Zimmer brachte, war sie hellwach und saß aufrecht in ihrem Bett. Und nun bemühte sie sich (mit recht geringem Erfolg), die Pläne zu studieren, die ihr ihre Stadtinspektoren am frühen Morgen durch fliegenden Boten hatten zustellen lassen — ganz als hätte sie nicht über wichtigere Dinge nachzudenken! Sie schubste die Rollen von sich fort, und sie landeten auf dem Boden und schrumpften zusammen wie altes Laub. Lalith trat mit einer Schüssel voll Fischküchlein ins Zimmer und starrte auf die Papiere, zitternd, als könnten die sie beißen.

»Soll ich das aufheben, Herrin?« fragte sie.

»Nein. Laß es liegen!« Lalith zuckte die Achseln, reichte ihr die Schüssel und verschwand. Arré knabberte an einem Fischplätzchen und starrte finster auf den Boden. Sie wollte mit Paxe reden — nicht, daß sie irgendwas zu sagen hätte, denn was konnte sie schon sagen? — nein, nur um sicherzugehen, daß mit ihr alles in Ordnung war.

Sorren pochte an den Türpfosten.

»Komm rein!« befahl Arré. »Und heb mir die Zeichnungen auf. Bitte!«

Sorren fischte die Rollen auf und legte sie auf den Tisch. »Ich geh einkaufen«, erklärte sie.

Arré machte eine Handbewegung zu ihrer Truhe hin. »Du weißt doch, wo die Geldschnüre liegen. Nimm dir selber was!«

Sorren trat an die Truhe, nahm sich eine Schnur heraus und schloß den Deckel wieder. Sie blieb dort stehen und ließ die Schnur durch die Finger gleiten. Die Bontas klirrten.

»Hast du Paxe heut morgen schon gesehen?« fragte Arré. Das Mädchen schüttelte den Kopf. Sie hatte dunkle Ringe unter den Augen und auf ihrem hellen Teint wirkten sie wie Prellungen. Sie findet ebenfalls keinen ruhigen Schlaf, dachte Arré. Keiner von uns schläft gut.

»Wo kaufst du heut ein?« fragte sie.

»Wo ich meistens hingehe«, antwortete das Mädchen. »Zum Flußmarkt.«

»Im Hok-Bezirk. Gut. Ich möchte, daß du dich gut umschaust und mir dann berichtest, wie groß der Schaden ist. Du kannst auch ins Isara-Viertel und in das der Jalaras gehen.«

Sorren nickte. Sie befeuchtete sich die Lippen mit der Zungenspitze. »Hätten die Hexer gestern diese Kämpfe verhindern können?« fragte sie.

»Ich sehe nicht, wie«, sagte Arré. »Außer wenn sie sich den Aufrührern entgegengeworfen hätten, und auch das würde vielleicht nichts genutzt haben.«

»Wenn sie aber vorher was davon gewußt hätten?«

»Dann, nehme ich an, hätten sie was sagen können — aber wie hätten sie vorher etwas wissen können, wenn es dann nicht geschehen wäre?« Arré erinnerte sich an die Geschichte, die ihr der L'hel im Tanjo erzählt hatte, die von den verschiedenen Zukunftsmöglichkeiten, die die Seher des Tanjo erblickt hatten. Sie überlegte, ob das hier so eine der möglichen Zukünfte war. »Ich weiß es nicht, Kind. Aber du könntest sie ja fragen gehen«, fügte sie freundlich hinzu, so daß Sorren spüren konnte, daß sie sich nicht über ihre Ängste lustig machte.

Sorren nickte nur. Sie schob sich das Geldband über den Arm und ging hinaus. »Vergiß mir nicht, Süßbeeren zu bestellen!« rief Arré hinter ihr drein. Dann nahm sie die Zeichnungen vom Tisch und rollte sie auf den Knien auf. Die Sache sah nicht allzu schlecht aus.

Lalith meldete sich unter der Tür. »Herrin, die Hofmeisterin ist da und möchte dich gern sprechen.«

Arré war erschrocken, und die Rollen fielen auf den Boden. »Sag ihr, sie soll reinkommen, und bitte, heb mir das da auf!« Lalith schaute sie an, als halte sie sie für verrückt, dann legte sie die Papiere auf den Tisch. Darauf ging sie auf den Korridor hinaus. Arré hörte Gemurmel, dann den festen Schritt Paxes. Sie kam ins Zimmer gestapft, beide Hände in den Taschen vergraben. Arré legte den Kopf schief, um sie zu betrachten: sie sah müde aus, und die Stiefel waren schmutzverklebt.

»War die Nacht ruhig?« fragte Arré.

Paxe nickte. »Dobrin ist fort. Er hat einen Brief für mich hinterlassen.«

»Der Hofmeister der Ismeninas? Was soll das heißen, er ist fort?«

»Er ist heim ins Galbareth und will Bauer sein. Gavriénna-no-Nusuth ist die neue Meisterin im Ismenin-Hof.« Ihre Stimme klang dünn vor Gram. Arré suchte hastig nach Worten.

»Was für ein Verlust«, sagte sie.

Paxe nickte. »Ich hab' Sorren unterwegs getroffen. Sie sagt, du hast nach mir gefragt.«

»Aber gewiß habe ich nach dir gefragt!« sagte Arré. Sie streckte die Hand aus. »Nach der letzten Nacht — Paxe, setz dich bitte hin!«

Paxe schüttelte den Kopf. »Nein. Ich will schlafen.«

Arré seufzte. »Ich wünschte, ich hätte einen Trost für dich«, sagte sie traurig. Wohin war ihre Wortgewandtheit verschwunden? Sie rieb sich die Augen. »Weißt du«, sagte sie und tastete sich langsam vor wie ein Matrose, der ein Spierholz entlangbalanciert, »aber du weißt's ja, daß ich nicht an das Chea glaube — aber wenn es existiert, wenn es wirklich eine einzige große Harmonie gibt, nach der wir alle tanzen — dann hängt seine Existenz nicht von der Ehrenhaftigkeit des Weißen Clans ab, und auch nicht von seiner Unehrenhaftigkeit.«

Paxe reagierte nicht sogleich. Doch nach einer Weile sagte sie: »Ja. Du hast recht.« Und plötzlich trat sie an den Sessel, neigte sich herunter und drückte ihre Wange gegen die Wange Arrés. »Arré — warum hast du *so lange* damit gewartet, bis du mir von dem Verrat des L'hel etwas gesagt hast?«

Arré sagte ruhig: »Weil ich feige bin, Paxe. Ich hab' es einmal versucht, gestern, aber du hast geglaubt, ich will was anderes sagen, und ich konnte nicht sprechen, ich *konnte* es einfach nicht! Schimpf mich nur aus, wenn du magst.«

»Das tu' ich auch. Ein bißchen«, flüsterte Paxe an ihrem Ohr. »Aber mich trifft die gleiche Schuld, weil ich nicht hören wollte.« Sie richtete sich auf und verließ das Zimmer, ehe Arré sie zurückrufen konnte. Sie hob die Hand und fuhr sich über die Wange. Sie hatte keine Ahnung, ob sie das richtige oder das falsche Wort gesagt hatte. Jenseits eines bestimmten Punktes, sagte sie sich dann, spielen Worte keine Rolle mehr. Wichtig ist nur das Vertrauen. Ihr Magen polterte, er verlangte nach Sahne und Beeren und Honig.

Sie konnte sich nicht auf die Baupläne konzentrieren. Sie erhob sich und ging durch den Flur in die Küche und von dort auf den hinteren Hof hinaus. Über ihr wölbten sich die Äste der Bäume, üppig und voll im Laub. Kleine Saueräpfel baumelten von den Zweigen, doch Arré war nicht großgewachsen genug, sie zu erreichen, und überdies schmeckten sie schrecklich. Sie wanderte in den Garten. Die Blumen standen ordentlich in Reihen wie eine Lanzenphalanx. Die letzten Bienen des Sommers summten um die vertrockneten Blüten. Sie bückte sich und fuhr mit der Hand über das Gras, es fühlte sich trocken an. Das Jahr neigte sich dem Ende zu. Bald würden die Regen das Blattwerk von den Bäumen peitschen, die duftlosen Blütenköpfe von den Stengeln, und die Stadt würde ihr Fest feiern. Sie malte sich aus, wie der L'hel seine schöne kräftige Stimme erheben würde, um dem Wächter für die überreiche Ernte des Jahres zu danken.

Ihre Hände ballten sich zu Fäusten. Hatte der Mann etwas von Ron Ismenins Plänen gewußt?

Sie stapfte die Blumenbeete entlang. Sie hatte keine Möglichkeit, gegen den Mann vorzugehen; der Rat der Stadt verfügte über keine Autorität über den Weißen Clan. Doch sie konnte immerhin dafür sorgen, daß er nicht das bekam, wonach er verlangte: einen Wahrheitsfinder im Rat. Isak? dachte sie plötzlich. Was mache ich nur mit Isak?

Vielleicht, dachte sie, vielleicht ist es meine Schuld, daß er so ist, wie er ist — ein Lügner, verantwortungslos. Ich habe ihn nicht wie meinen Erben und Nachfolger behandelt. *Ich* habe an den Ratssitzungen teilgenommen, als ich siebzehn war; vielleicht sollte ich für ihn tun, was unsere Mutter für mich getan hat? Sollte ihn dabeisein lassen, sei es nur, um zuzuhören. Vielleicht ist es, weil ich ihm nicht traue, daß er das tut, was er tut? Wenn ich ihn zum Rat einladen würde, ihn um Rat fragen würde, ihm den Einfluß geben würde, nach dem ihn so verzweifelt verlangt, würde er dann nicht vielleicht wachsen und sich ändern?

Ich sollte ihm vielleicht einen Geschmack geben von dem, was ich Tag für Tag tue, ihn einen, zwei Monate lang den Bezirk regieren lassen. Dann stellt er vielleicht fest, daß Abwasserkanalisation und kleine Diebereien und Drainage wenig aufregend sind.

Und du, Arré Med, wohin würdest du gehen? dachte sie. Auf die Weinfelder, um Myra Gesellschaft zu leisten? Drei Tage in den Weingärten würden dich zu Tränen langweilen!

Aber wohin dann?

Und dann wußte sie es plötzlich, und sie mußte lachen. Rasch schritt sie durch den Hinteren Hof, hielt kurz in der Küche und befahl Lalith, ihr eine Schale Wasser zu bringen, dann ging sie in ihr Arbeitszimmer.

Sie wußte nun, wohin sie gehen konnte. Hatte man sie denn nicht eingeladen? Sie legte sich das Schreibgerät auf dem Tisch zurecht, tauchte den Pinsel in die Tusche und schrieb: *Von der Lady Arré Med, Kendra-im-Delta, an den Lord Tarn i Nuath Ryth. Sei gegrüßt ...*

Sorren ging einkaufen. In den größeren Straßen des Hok-Bezirks sah sie die Narben der Zerstörung, die der Aufruhr hinterlassen hatte: zertrümmerte Fensterschirme, zerschmettertes Glas, die weniger offenkundigen Nachwirkungen in den traurigen Gesichtern der Männer und Frauen, das zornige Gemurmel der Wachtposten. Dreimal kam sie an Häusern vorbei, in denen die Fenster verhüllt, die Fensterflügel zurückgeschlagen waren. Sie konnte durch die weitoffenen Türen das Weinen hören. An einigen Stellen waren die Straßen naß, wo die Straßenfeger das Blut weggeschrubbt hatten.

In einem verwilderten Garten spielten drei Kinder. Eines von ihnen hatte einen Stecken in der Hand und hieb damit auf die beiden anderen ein, als wäre es ein Schwert. Sorren hätte die Kinder beinahe angeschrien, um ihnen zu sagen, daß Schwerter kein Spielzeug sind — doch dann trat ein Mann aus der Hintertür der Kate, sah die Kinder und begann zu schimpfen.

Sorren ging zum Fischhändler. Thule war da, und sein rotes Gesicht war noch röter als sonst. Teilnahmslos hörte er ihrer Bestellung zu. »Was ist los?« fragte sie.

»Soketh ist in den Aufruhr geraten«, sagte der Händler seufzend. Soketh war Mirrims Mann. »Die Heilfrau im Tanjo sagt, er wird wohl einen Arm verlieren.«

Während sie wieder am Tanjo vorbei auf den Hügel zu ging, sah sie die Familienangehörigen derer, die verletzt worden waren, geduldig da warten, um zu erfahren, wann die Mutter, der Vater oder der Onkel wieder nach Hause kommen würden. Die Frage, die sie Arré gestellt hatte, dröhnte durch ihren Kopf. Ganz sicher dachte sie, ganz sicher würden doch die Hexer einen Weg gefunden haben, um dem Aufruhr Einhalt zu gebieten, wenn sie etwas davon gewußt hätten.

Du hättest was davon wissen können, flüsterte eine Stimme in ihrem Hirn. Die Karten hätten es dir verraten können, wenn du sie hättest lesen können.

Aber ich weiß nicht, wie man sie liest, gab sie sich selbst Antwort.

Die Hexenleute hätten es dir beibringen können. Du hättest die Karten zu ihnen bringen müssen, schon vor Wochen.

Sie würden sie mir weggenommen haben.

Das weißt du nicht. Vielleicht hätten sie dir gezeigt, wie man mit ihnen umgeht. Du, Sorren von den Feldern, wärest vielleicht der Schlüssel gewesen für die Erkenntnis des Tanjo, was die Zukunft betrifft. Aber sie wußten nichts von dem Aufruhr und konnten ihn nicht unterbinden, und jetzt sind dreiundzwanzig Menschen tot, und Mirrims Mann verliert vielleicht einen Arm . . .

»Nein!« sagte sie laut. Ein paar Leute drehten sich um und starrten sie an und blickten dann wieder fort. Es ist nicht meine Schuld, wütete sie innerlich und stumm. Keiner kann sagen, daß ich schuld bin!

Doch die bohrende Stimme ließ sich nicht zum Schweigen bringen, auch nicht, als sie auf dem Hügel zurück war.

Sie trat ins Haus. Arré schrieb irgend etwas. Die Statue des Wächters im Korridor zog ihren Blick auf sich, und sie trat zu ihr hin. Die schwarze Vase auf dem Tisch unter dem Bildnis war mit den weißen und purpurnen Blüten des Gartenspitzkrauts und der Herbstrosen gefüllt.

Sie starrte in das strengmodellierte Gesicht. Sprichst du zu mir? dachte sie. Sie wartete auf eine Antwort. Doch die leeren Augen sahen sie nicht unter den schweren Lidern, und die steinernen Lippen taten sich nicht auf.

Schließlich stieg sie die Treppe hinauf und holte ihre Karten unter dem Kopfkissen hervor. Die gehören mir, dachte sie. Die Hexer können sie nicht bekommen, die sind mein, sie sind mein Erbteil. Das hat Arré so gesagt. Meine Mutter hat sie mir gegeben, und davor ihre Mutter ihr, und deren Mutter wieder ... sie stellte sich eine lange Reihe von Frauen vor, manche hochgewachsen, manche klein, einige blond, andere dunkel, die die Karten an Töchter und Söhne weitergaben. Sie hätte gern gewußt, wie weit ihre Linie in die Vergangenheit reichte. Sie umklammerte das Kästchen so fest, daß die Kanten ihr in die Handflächen schnitten. Vielleicht redeten jetzt die Geister jener Frauen zu ihr, Sorren? Wenn du sie nicht benutzen kannst, dann dürftest du sie auch nicht besitzen, die Karten, sagte die innere Stimme. Du hast kein Recht auf sie. Du mußt sie entweder hergeben oder lernen, wie man sie benützt.

Einen Fuß zögernd vor den anderen setzend, wanderte sie aus dem Haus und auf den Tanjo zu.

Der Wachtposten am Tor zum Tanjo stellte ihr überhaupt keine Fragen. »Dorthin«, sagte er und wies auf die dichtgedrängte wartende Menge. Sie ging über das weiße Pflaster zu der Stelle, wo die Akolythen die Menschen zurückhielten, und dachte dabei an das, was Marti Hok gesagt hatte: daß die Hexen sie zu nichts zwingen könnten, was sie nicht tun wollte. Sie flüsterte Entschuldigungen, während sie sich durch die Wartenden drängte. Ein Akolyth mit so dunkler Haut, daß sie wie aufgemalt aussah, schob die Hand vor, damit sie nicht weitergehen könne.

»Name der Person!« sagte er.

»Was?«

»Name der Person, über die du Erkundigungen einziehen willst«, sagte er.

»Ich will keine Erkundigungen über irgendwen«, sagte Sorren. »Eine Wahrheitsfinderin hat mir gesagt, ich soll zu ihr kommen.«

»Ach wirklich?« sagte er gedehnt. »Welche denn?«

»Ich weiß ihren Namen nicht. Sie hat lange schwarze Haare und eine wunderschöne Stimme.«

Die Augenbrauen des Akolythen kletterten seine Stirn hinauf. »Und was sollte die Wahrheitsfinderin des L'hel mit sowas wie dir wollen?«

Seine Ungläubigkeit ließ Sorrens Temperament aufflammen. »Warum gehst du nicht und fragst sie?«

Er schnaubte. »Schön dumm würde ich dann dastehen. Sie *heilt* gerade!«

»Und noch dümmer wirst du dastehen, wenn du mich nicht reinläßt«, sagte Sorren. »Sag ihr, daß Sorren aus dem Haus der Arré Med gekommen ist.« Sie wandte sich so, daß er das Armband der Leibeigenen an ihrem linken Arm sehen konnte. »Oder denkst du, es ist ihr gleich, wenn sie herausfindet, daß du mich hast warten lassen?«

Er kratzte sich am Kinn. »Warte hier!« sagte er unfreundlich. »Ich bin gleich wieder da.« Mit um die Waden flatterndem Talar eilte er auf den Tempel zu. Sorren wiegte das Kartenkästchen mit beiden Armen. Ihre Kehle war trocken. Die Leute ringsum starrten sie an, ein paar unterhielten sich flüsternd. Rascher, als sie erwartet hatte, war der Akolyth zurück. Er winkte ihr zu. »Komm mit!«

»Wieso darf die rein?« rief eine große dicke Frau mit einem zerfledderten Strohhut auf dem Kopf. »Ich warte hier seit Sonnenaufgang.«

Der Akolyth antwortete: »Eine *lehi* wünscht sie zu sehen.«

Sie folgte ihm in der Annahme, sie würde durch den Tanjobau gehen müssen. Sie war in ihrem Leben nur dreimal im Innern gewesen, und die Vorstellung, in dieses dunkle, weihrauchgeschwängerte Gebäude treten zu müssen, ließ sie erschauern. Aber der Akolyth steuerte sie außen um den Kuppelau herum. Sie traten in eine Tür, durchquerten eine Halle mit blauen Fliesen und gelangten mitten in einen Garten. »Hier sind die Privatgemächer«, erklärte der Mann. »Alle Hexer, sogar der L'hel, wohnen hier.«

Der Garten war bezaubernd: es gab hohe Blumenbeete auf Hügelchen und einen flachen Teich, in dem Sorren rote Fische herumschwimmen sah. An einem der Blumenhügel stand eine Bank aus rosa Granit. Sie drückte das Kästchen fest an die Brust und wartete. Auf der Seite des Gebäudes ging eine Tür auf, und die Wahrheitsfinderin kam heraus.

Der Tempeldiener verneigte sich tief. Auch Sorren machte eine Verbeugung.

»Ich danke dir, Jomi«, sagte die Hexe mit ihrer wohlklingenden verführerischen Stimme. »Du kannst gehen.«

Der Akolyth verschwand. Die Wahrheitsfinderin setzte sich auf die Bank. »Also bist du doch noch gekommen«, sagte sie. »Ich hatte gehofft, du würdest deine Furcht genug unter Kontrolle bringen und zu mir kommen. Ich hatte Arré Med gebeten, dich zu mir zu schicken, doch anscheinend hat sie es vorgezogen, das zu unterlassen. Dein Name lautet Sorren, das weiß ich. Weißt du den meinigen? Ich heiße Senta. Senta-no-Jorith.« Sie legte den Kopf schräg. »Und was führt dich heute zu mir, Kind?«

Sorren leckte sich über die Lippen. Wie sollte sie diesen Wirbelsturm in ihrem Innern erklären, der sie hergetrieben hatte? Sie hielt das Kästchen hin. »Ich mußte«, sagte sie. »Ich mußte dir das da bringen. Marti Hok hat gesagt, ihr werdet mir zeigen, wie man sie benutzt.«

»Also hast du mit Marti Hok über mich gesprochen?« sagte Senta. Sie schien nicht ärgerlich darüber zu sein. Dann nahm sie das Kästchen mit beiden Händen. Sorren erwartete, daß sie es aufmachen werde, doch sie tat es nicht. »Wie geht es dem Hause Med, mein Kind, nach all diesen trauervollen Ereignissen?«

Sorren vermutete, daß sie damit sagen wollte: Wie geht es Arré Med? »Sie ist zornig«, antwortete sie.

Senta verzog das Gesicht. »Und ganz mit Recht. Ron Ismenin ist ein Narr. Ist der Rat schon zusammengetreten?« Sorren nickte. »Hab keine Angst, ich werde dich nicht fragen, was dabei gesprochen wurde.« Sie öffnete das Kästchen und drehte die erste Karte um, den Tänzer. »O je . . .« Sacht legte sie die Karte in ihren Schoß und nahm eine zweite, eine dritte heraus . . . »Woher hast du die?«

»Sie haben meiner Mutter gehört«, sagte Sorren. »Meiner Mutter, Kité. Sie hat sie mir hinterlassen.«

»Sie sind schön«, sagte die Wahrheitsfinderin. »Man sieht mit ihnen die Zukunft voraus, nicht wahr? Man legt sie aus und sie bilden ein Muster?« Sie beschrieb mit der Hand einen Halbkreis.

»Ich glaub schon«, sagte Sorren.

Senta nickte bestimmt. Das Haar ergoß sich über ihr Gesicht. Es schimmerte wie eine Rabenschwinge. »Ich möchte wissen, was das da bedeutet. Sorren . . .« — sie blickte auf — »du weißt doch, daß du eine Hexe bist, oder? An dem Nachmittag, als wir uns am Brunnen begegnet sind, als ich mit Kim Batto spazieren ging, habe ich dich berührt, und du hast es gespürt. Bist du deswegen weggelaufen?«

Sorren nickte. Ihr Herz hämmerte wild in ihrer Brust bis hinauf zum Hals.

»Wie alt bist du?« fragte die Hexe.

»Siebzehn. Im Frühling werde ich achtzehn.«

»Wie alt warst du, als deine Mutter starb?«

»Dreizehn.«

»Und wann hast du die Begabung zum erstenmal in dir gespürt?«

»An dem Tag, an dem ich von der Beerdigung meiner Mutter in die Stadt zurückgekehrt bin«, sagte Sorren.

»War deine Mutter eine Hexe?«

»Ich weiß es nicht«, gab Sorren zurück.

»Hast du jemals gesehen, daß sie die Karten benützt hat?«

Sorren schüttelte den Kopf. »Nein, nie.«

Senta sprach: »Laß mich dir gleich sagen, Sorren-no-Kité, daß ich dir nicht dabei helfen kann, deine Hexengabe beherrschen zu lernen. Du hast nicht die Innere Sprache — du nennst es Wahrheitsfinden. Ich vermute, du bist eine Fernreisende. Sag mir, hast du jemals Visionen oder lebhafte Träume von Orten, an denen du noch nie gewesen bist?«

Sorren sagte: »Ja. Ich sehe eine Burg im Norden, eine Bergfeste, genannt Tornor Keep. Und ich will dorthin gehen, sobald ich frei bin.«

Senta schien erfreut zu sein. »Aber dann hast du dich ja schon mit deiner Begabung befaßt, sie ausprobiert! Warum bist du nicht schon früher in den Tanjo gekommen?«

Sorren sagte: »Ich will keine Hexe sein.«

»Das ist nicht etwas, was man sich aussucht«, sagte die Wahrheitsfinderin. »Genauso wenig, wie du dir aussuchen kannst, nicht so groß zu sein.« Sie strich über das weiße Gewand. »Aber ich versichere dir, es ist gar nicht so schlimm.«

Marti Hok hatte gesagt, daß man sie hier nicht festhalten können würde. »Ich will in den Norden!«

»Norden, Osten, Westen — wer würde dich aufhalten wollen? Geh, wohin es dir beliebt!«

»Aber — wenn ich eine Hexe bin, muß ich dann nicht hier im Tanjo bleiben?«

»Hier im Tanjo? In Kendra-im-Delta? Sorren, du wirst mit deiner Gabe tun, was du willst. Ich würde natürlich hoffen, daß du — wenn du sie beherrschen gelernt hast — hierbleibst, oder, da du ja in den Norden ziehen willst, vielleicht dich dem Tanjo in Tezera anschließen wirst. Aber das liegt allein bei dir.«

Sorren mußte schlucken. »Versprichst du's mir?« sagte sie und wußte, wie kindisch das war, und wollte es dennoch unbedingt hören.

Sofort sagte Senta: »Ich schwöre es beim Chea, daß du — ob du deine Gabe erlernst oder nicht — immer tun kannst, was du selbst willst und wo du willst.« Sie strich sich lächelnd das Haar aus dem Gesicht. »Bist du zufrieden?«

Sorren nickte. Sie hatte noch immer Furcht, aber nicht mehr ganz so große.

Nachdenklich sagte Senta: »Ich war das Kind einer Fischersfrau, als ich anfing, die Gedanken fremder Leute zu hören und mit meinem Verstand zu verstehen. Ich war entsetzt. Keiner in meiner Familie ist ein Hexer, dachte ich. Schließlich habe ich es meiner Mutter erzählt, und sie, gescheit wie sie war, brachte mich zum Tanjo. Einmal in jedem Jahr kehre ich in mein Dorf zurück, drunten an der Küste, und fahre mit meinen Leuten zum Fischen, damit ich nicht vergesse, wie das alltägliche Leben meiner Schwestern und Brüder ist . . . Manchmal sehne ich mich danach . . .« Sie hatte sich auf der Bank halb abgewandt und schaute zu der Tür hinüber. Einen Augenblick später ging die Tür auf, und ein Mann trat heraus. Er war braunhäutig und klein und wirkte wie ein Akrobat. »Das ist Rinti«, sagte Senta. »Er ist ein Fernreisender.«

Rinti trug eine Kette von leuchtendblauen Perlen um den Hals, und er hüpfte beim Gehen. Er rieb sich die Hände auf eine Weise, die Sorren als abstoßend empfand. »Was haben wir denn da? Was haben wir denn da?« sagte er.

»Das ist Sorren«, sagte Senta, »und sie ist vielleicht eine von uns. Sie ist Leibeigene bei Arré Med, und ich vermute, sie ist eine Fernreisende.«

»Ha!« Rinti grinste. Er hatte große und sehr schiefe Zähne. »Wirklich? Siehst du unbekannte Orte, Mädchen?«

Sorren wurde es allmählich leid, immer »Mädchen« gerufen zu werden, und so sagte sie verkniffen: »Mein Name ist Sorren.«

Rinti starrte sie an, dann lachte er. »Ich bitte dich um Vergebung.« Er ließ sich ohne Umstände im Gras nieder. Ein Duft von Knoblauch stieg von ihm auf. »Sorren, siehst du fremde Orte?«

»Manchmal.«

»Erzähl mir was davon.«

»Ich sehe die Steppe — manchmal ist sie grün, manchmal ist sie braun, und manchmal liegt Schnee darauf — ich sehe die Berge . . .«

»Wie sehen die aus?« fragte Rinti.

»Grau. Eisbedeckt. Es führen Pfade durch sie durch. In den Klüften leben Bergziegen. Die Bäche sind sehr kalt ...«

»Weiter«, forderte Rinti. »Was siehst du sonst noch?«

»Die Burg.«

»Wie sieht sie aus?«

»Sie wandelt sich«, sagte Sorren. »Manchmal sieht sie sehr alt aus, ganz in Trümmern, dann wieder neu.«

»Siehst du Menschen?«

»Nicht oft. Einmal habe ich einen Mann mit nur einem Arm gesehen, der schrieb in einem Turmgemach. Und ich hab' einen *cheari* gesehen.« Das war zwar ein anderes Bild, aber sie hatte keine Lust, Einzelheiten zu berichten. Die Fragerei wurde ihr unbehaglich.

»Wie gelangst du dorthin?« fragte Rinti.

»Ich geh einfach. Im Traum oder auch im Wachen.«

Rinti runzelte die Stirn. »Du mußt nicht irgendeinen Gegenstand anfassen, um hinzugelangen?«

»Nein. Einmal ...« — sie dachte an das Schwert — »einmal habe ich das. Aber da bin ich nicht zu dieser Burg gegangen.«

»Wenn du reist, sind dann die Jahreszeiten die gleichen wie die, in denen du lebst?«

Senta erklärte: »Er meint, im Herbst, siehst du dann die Burg auch im Herbst und so fort?«

»Manchmal ja, manchmal nein«, sagte Sorren.

Rinti nickte. »Geh jetzt dorthin!« befahl er.

Sorren begriff nicht. Befahl er ihr zu verschwinden? Sie blickte zu Senta. Die Wahrheitsfinderin sagte: »Er will, daß du Gedankenreist, Sorren, damit er sich in dich einkoppeln und dir folgen kann. Kannst du deine Seele auf Tornor Keep konzentrieren, wenn andere Menschen um dich herum sind?«

»Ich weiß nicht«, sagte Sorren, »ich hab' es nie getan.«

»Versuch es«, sagte Rinti. »Da!« Er grapschte das Kartenkästchen von Sentas Schoß und legte es auf Sorrens Schenkel. »Versuch es jetzt!«

Seine brüske Art war ihr zuwider, und sie wollte sich sperren wie ein störrisches Maultier. Aber Senta nickte ihr zu, als wolle sie sie ermutigen. »Fang an!« sagte sie laut, und dann sagte ihre Stimme in Sorrens Gehirn: *Mißtraust du uns denn noch immer, Sorren? Seele zu Seele kann nicht lügen. Du bist eine von uns; und wir würden dich auf keine Weise in eine Falle locken oder über-*

listen oder dir wehtun. Die leisen Worte klangen unmißverständlich nach Wahrheit. Sorren legte die Hände auf das Kästchen und dachte an Tornor, an die Burgmauern, die wie eine Rüstung vor dem grauen Nordlandhimmel schimmerten ...

Der Garten löste sich auf. Sie schwebte über einem Bett. Darin lag eine Frau; ihr Haar war weiß wie Milch, von Strähnen einer dunkleren Färbung durchzogen, aus denen man erkannte, daß es einstmals golden gewesen war. Zu beiden Seiten des Bettes saßen zwei andere Frauen: eine war jung und hatte bernsteinfarbenes Haar; das Gesicht der zweiten Frau war Sorren verborgen, doch auch ihr Haar war weiß, und ihre Hände sahen knotig und alt aus. Die jüngere Frau weinte, und die Frau im Bett betätschelte ihre Hand. Dann mühte sie sich, einen Ring vom Finger zu ziehen, doch die Gelenke waren so geschwollen, daß der Ring nicht abging. Plötzlich sah Sorren, daß sich noch eine vierte Person im Raum befand. Es war ein Mann. Er hatte lohfarbenes Haar mit Silberstreifen darin, und sein Gesicht war gezeichnet von Linien wie ein Herbstblatt. Sanft griff er zu der Frau im Bett hinüber und half ihr den Ring abstreifen ...

»Sorren!« Einen Augenblick lang vermochte Sorren nicht zu sagen, ob die Stimme aus ihrem Traum kam oder aus der Wirklichkeit. »Sorren!!!«

Die Vision verschwamm.

Sie blinzelte, sah Senta. »Ich war fort«, sagte sie.

»Was hast du gesehen?« fragte die Hexe.

»Eine Frau auf einem Bett und noch zwei Frauen und einen Mann ...« Langsam beschrieb sie ihre Vision. Senta blickte zu Rinti, der mit beiden Händen an seiner Perlenkette zerrte.

»Was ist los?« fragte sie. Er blickte finster und wild drein.

»Ich weiß es nicht. Ich hab' versucht mich einzukoppeln und ihr zu folgen, aber es war, als würde ich gegen eine Mauer rennen. Die Verbindung ist zerbrochen. Sie war weg — aber ich will verdammt sein, wenn ich weiß, *wo* sie war!«

»Ich hab' es dir doch gesagt«, sagte Sorren. »Es ist Tornor Keep.«

»Versuch es noch einmal«, sagte Senta. »Versuch einen anderen Ort. Gib ihr deine Perlen.«

»Was?« Rinti bedeckte die Kette schützend mit einer Hand.

»Rinti, laß sie die Perlen anfassen«, sagte Senta. »Sie kann mit ihrer Hilfe fernreisen.«

Rinti liebkoste spielerisch jede einzelne der Perlen, fuhr dann zum Schloß der Kette. »Ich werde sie schon nicht zerbrechen«, sagte Sorren. Ziemlich zögernd reichte er ihr die Kette. Sie fragte sich, ob sie sie wirklich irgendwohin führen würde. Das Schwert damals, das hatte es ja getan — warum also nicht auch die kleinen blauen Kügelchen? Sie ließ leicht die Finger über die Perlen gleiten und schloß die Augen.

... Sie war auf einem Feld. Überall rings um sie stand Korn, hoch über ihren Kopf aufragend. Sie erhob sich aus dem Feld, Sorren-der-Vogel, und fand sich auf eine gewellte, rollende große Ebene hinabblickend, die mit Gold bedeckt war. Direkt unter ihr lag ein winziges Haus mit einem weißen Dach, und daneben stand eine Windmühle. Die Mühlenflügel drehten sich träge im Wind und der Sonne. In einer Ecke des Himmels trieb ein Hörnermond wie ein bleiches Gespenst dahin. Plötzlich kam ein kleiner Junge aus dem Haus gelaufen und rannte ins Korn, als werde er von einem Dämon verfolgt, nur daß das Kind fröhlich wirkte, nicht furchtsam. Sie glitt tiefer, um zu sehen, worüber er so glücklich war, und das Korn und das Haus und der Junge verschwanden ...

Sie blinzelte. »Ich bin zurück«, sagte sie.

Rinti hieb mit den Händen auf das Gras ein. »Verdammt! Es ist wieder passiert!« Er nahm seine Kette an sich. »Wo warst du? Beschreibe es!«

»Es war ein Bauernhof. Überall war Getreide. Ich habe einen Jungen gesehen ...« Sie beschrieb ihn, seine Kleidung, sein Haar. Mitten in ihrer Beschreibung hob Rinti die Hand.

»Halt!« befahl er. Seine Stimme klang heiser. »Ich weiß nicht, wie du das gemacht hast — aber was du gesehen hast, das war ich!«

»Was?« sagte Senta. »Bist du dir ...«

»Sicher? Ich bin mir ganz sicher! Und ich erinnere mich genau an den Tag. Ich rannte wie toll, weil meine Mutter mir gerade gesagt hatte, daß wir nach Shanan zu meinem Vater gehen würden. Ich lief und lief, bis ich umfiel. Ich hatte damals diese Kette um. Heiliger Wächter! Senta, kein Wunder, daß ich ihr nicht folgen kann! Das Mädchen macht keine Gedankenreisen, sie *sieht*! Aber sie sieht nicht die Zukunft, sie sieht die Vergangenheit. Nicht ich sollte hier sein, um zu helfen, sondern Tukath!«

Von der Tanjokuppel herab kam ein roter Vogel geflogen und

ließ sich auf Sentas Schulter nieder. »Nicht jetzt, Leeka«, sagte sie, und der Vogel flog mit einem traurigen Gurren fort. »Davon habe ich noch nie etwas gehört«, sagte Senta. »Ein Fernreisender, der in die Vergangenheit reist ...«

»Sie ist keine Fernreisende. Wenn sie das wäre, dann würde ich ja mit ihr gehen können. Sie ist eine *Seherin.*«

Sorren runzelte die Stirn. Sie haßte es, wenn man über ihren Kopf hinweg über sie sprach. Senta sagte: »Sorren, vergib uns! Aber du bist — oder vielmehr deine Gabe ist — wie nichts, von dem wir je gehört haben. Hattest du jemals das Gefühl zu wissen, was geschehen wird? Und es ist dann eingetroffen?«

»Nein«, sagte Sorren.

»Keine Vorahnung von Freude oder Unheil?«

»Nein.«

»Wir sollten ganz bestimmt Tukath fragen, ob er je von so etwas gehört hat«, sagte Senta und stand auf. Auch Rinti rappelte sich aus dem Gras auf. »Komm mit!« sagte er.

Sorren faltete die Arme über der Brust. »Wohin gehen wir?« Sie war keiner der Tempelzöglinge, und sie würde sich nicht herumschubsen und herumkommandieren und irgendwohin bringen lassen. »Wer ist Tukath?« fragte sie.

Senta gab ihr Antwort. »Tukath-no-Amani ist unser Seher, und er ist sehr weise. Und wenn du auch eine Seherin bist, dann weiß er das bestimmt. Willst du mitgehen und ihn kennenlernen?« Sie streckte Sorren beide Hände hin. »Du kannst jederzeit fortgehen, Sorren. Aber wenn du lernen willst, wie du deine Karten benutzen kannst, dann solltest du hierbleiben.«

19. Kapitel

Tukath-no-Amani bewohnte ein Zimmer hinter dem Tanjo. Die blaugekachelte Halle war still und sauber und erinnerte Sorren ein bißchen an das Haus der Ismeninas. Sie konnte sich zwar nicht vorstellen, daß sie sich hier je zu Hause fühlen würde, doch sie hatte jetzt keine Furcht mehr; eigentlich war sie vorwiegend neugierig, und sie hätte gern gewußt, wie viele Menschen hier lebten. Sie hatte keine Ahnung, wie viele Hexen es in Kendra-im-Delta gab.

Die Gänge dufteten nach irgendeinem schwachen Parfüm, das sie nicht einzuordnen vermochte. Senta schritt mit weiten Schritten vor ihr her, während Rinti an ihrer Seite trabte. »Wie alt bist du?« fragte er.

»Siebzehn.«

»Und wie lange lebst du schon hier in der Stadt?«

»Sieben Jahre.«

»Ist deine Begabung in dir wachgeworden so etwa zu der Zeit, als deine Regelblutungen einsetzten?«

Sorren blickte auf ihn hinab; sie war erstaunt. Sie hatte bisher gedacht, daß über die Blutungen nur Frauen sprächen. »Ja«, sagte sie.

»Und warum bist du dann nicht früher zu uns gekommen?« Er schrie sie fast an.

Senta drehte sich um, und ihr langes Haar flog wie eine schwarze Wolke um ihren Kopf. »Rinti, laß das Mädchen in Ruhe! Ihre Gründe sind ihre eigene Angelegenheit.«

Rinti blickte mürrisch drein über die Zurechtweisung, und Sorren fragte: »Was für einen Unterschied würde das gemacht haben?«

Zwischen seinen Brauen bildete sich eine tiefe Falte. »Was soll das heißen, was für ein Unterschied? Du besitzt eine Gabe, von der keiner von uns je zuvor etwas gehört hat. Du kannst in die

Vergangenheit schauen. Bedenke doch nur, wie wertvoll solch eine Begabung sein könnte, wenn man sie entwickelt. Du könntest durch die ganze Geschichte Aruns zurückwandern und uns sagen, was geschehen ist, was *wirklich* war, und du könntest uns die Geheimnisse und Rätsel enthüllen, von denen wir nichts wissen oder die uns verschlossen bleiben. Wir könnten von dir erfahren, wie der Ur-Lehrmeister gestorben ist. Darüber wurden niemals Berichte angefertigt!«

»Wer war das, und was hat er gelehrt?« fragte Sorren.

»Er errichtete den ersten Tanjo in Elath«, sagte Rinti voller Ehrfurcht, »und sein Name lautete Sefer. Du könntest die alten Kriege schauen, erkennen, wie sie passiert sind, auf daß wir Krieg mit Sicherheit vermeiden lernen. Du könntest deine Familie schauen — würde dir das nicht gefallen?«

Sorren mußte schlucken. »Könnte ich den Roten Clan sehen?«

»Gewiß doch. Aber warum würdest du das wollen?«

»Ich ... ich möchte bloß so wissen, wo sie hingegangen sind.«

»Sie sind einfach ausgestorben, meine Liebe«, sagte Rinti. Seine nicht festgebundenen Sandalen klatschten auf den Fliesen. »Sie sind tot.«

»Da ist Tukaths Zimmer«, sagte Senta. Sie schob die Tür zur Seite und winkte Sorren zu. »Nur Mut, Sorren, geh hinein!«

Sorren trat ein. Der Raum hatte Wandschirme an allen vier Seiten. Als Sorren eintrat, sprang eine weiße Katze, die auf dem Kachelboden geruht hatte, auf und verschwand steifbeinig unter einem Tisch. Der Mann am Tisch blickte auf und lächelte sie an. Er trug den weißen Talar mit der Kapuze, und das Haar darunter leuchtete silbern und schwarz. Vor ihm auf dem Tisch lag ein Stück durchsichtigen Glases, das in merkwürdiger Art gekrümmt war, und es standen da mehrere Gefäße und lagen einige Lappen weicher Wolle. Er blickte zu Senta und bewegte signalisierend die Finger.

»Tukath ist taub«, erklärte Sentas wundervolle Stimme. »Er ist es seit seiner Kindheit. Er kann sprechen, aber weil die Laute, die er hervorbringt, für andere so unschön klingen, zieht er es vor, stumm zu bleiben. Er hat eine Zeichensprache entwickelt, die wir hier im Tanjo beherrschen und anwenden. Mit mir kann er direkt sprechen, weil ich seine Gedanken in meinem Kopf hören kann und er die meinen in seinem, aber für dich werde ich übersetzen müssen. Wenn es dir möglich ist, stelle dir vor, daß er dich hören kann, und sprich zu ihm, als könnte er das wirklich. Ich werde ihm sagen, was du sprichst, und er wird zu mir reden.«

Sorren schaute auf den Tisch und auf das Glas. »Was tust du da?« fragte sie.

Tukath strahlte. Er hob das Glas auf und zeigte ihr, daß es auf beiden Seiten gekrümmt war. Senta sagte leise: »Dieses Glas kann kleine Dinge groß erscheinen lassen. Tukath hat es selbst gefertigt und poliert es nun, damit das Bild so vollkommen wird, wie es nur möglich ist.«

»Was für kleine Dinge?« fragte Sorren.

Der Erfinder nickte ihr zu, sie solle es sich anschauen. Er hielt die Linse über etwas auf dem Tisch. Sorren neigte sich vor. Zunächst konnte sie gar nichts sehen, doch als Tukath die Linse behutsam auf und nieder führte, erschien vor ihrem Auge ein verwischtes Bild, wurde schärfer — sie faßte den Mann am Handgelenk, um ihn anzuhalten, und nun konnte sie das Ding ganz deutlich sehen: es war milchigweiß und hatte eine große gebogene Spitze wie ein monströses Horn. »Was ist das?« fragte sie ehrfurchterfüllt.

Tukath nahm die Linse fort und bedeutete ihr, sie solle hinsehen. Aber sie vermochte nicht einmal zu erkennen, auf was sie gestarrt hatte. Er lachte lautlos und hob etwas auf und hielt es ihr dicht vor die Augen. Es war ein Fetzchen der Haut um eine Katzenkralle.

»Tukath möchte wissen, ob du jemals Steine unter Wasser angeschaut hast und sie dann an die Luft gehoben hast, nur um zu sehen, daß sie kleiner wirkten, als es zuvor den Anschein hatte.«

»Ja, das habe ich.«

»Das Glas hat die gleiche Wirkung. Die Oberfläche des Wassers ist gekrümmt wie das Glas, nur ganz wenig, nur soviel, um das zu verzerren, was wir sehen.«

Rinti sagte: »Das ist ja wundervoll, aber es bringt uns dem nicht näher, was wir wissen müssen. Tukath, hör dir an, was dieses Kind tun kann: Sie sieht zurück! Senta hat erst geglaubt, sie ist eine Fernreisende, aber ich hab' versucht ihr zu folgen und es gelingt mir absolut nicht, es ist, als versuchte ich durch Nebel zu schauen. Darum bin ich sicher, daß sie keine Fernreisende ist, und außerdem benutzt sie kein Koppelglied, sondern sie geht einfach fort. Geh doch mit ihr und prüfe selbst, ob ich recht habe.«

Tukath blickte Sorren an. In seinen Augen stand eine Frage.

»Tukath möchte wissen, ob du zu müde bist, es noch einmal zu versuchen?«

»Ich bin überhaupt nicht müde«, sagte Sorren.

»Da haben wir noch was Neues«, brummte Rinti. »Wieso ist sie nicht müde? Sie müßte doch wenigstens ein bißchen müde sein!«

»Tukath sagt, er ist bereit, sich bei dir einzukoppeln, wann immer du bereit bist zu gehen.«

»Gut«, sagte Sorren. »Soll ich irgendwas in die Hand nehmen?«

»Nein«, sagte Rinti. »Mach es ohne was. Wenn du es ohne kannst, dann reist du nicht in die Ferne.«

Sorren starrte auf die Linse ... *Das Gemach verschwand. Sie schwebte über einem Bach. Am Ufer kniete ein kleiner Junge, das Gesichtchen war ganz verkniffen vor Aufmerksamkeit. Er betrachtete etwas. Sorren schwebte tiefer, um zu sehen, was es war. Es war ein Blatt, auf dem ein Wassertropfen lag. Das Kind spähte durch den Tropfen auf das Blatt. Der Junge machte den Mund auf und machte »Aha!« Es war ein triumphierender Laut.*

Und dann war sie wieder zurück, und Tukath starrte sie an, und seine Augen waren groß vor fragendem Staunen. Er hob eine Hand, deutete auf die Linse und zeigte dann langsam auf sich selbst.

Sorren begriff. Sie hatte ihn gesehen. Er war der kleine Junge am Bachufer gewesen. An ihrer Seite tanzte Rinti hüpfend von einem Bein auf das andere, so aufgeregt war er. »Bist du ihr gefolgt?« schrie er. Der Seher nickte. Er verzog grinsend das Gesicht. »Siehst du, ich hab' es dir ja gesagt«, erklärte er Senta, »sie *ist* eine Seherin. Aber sie sieht in die Vergangenheit!«

»Ja, ich glaube, du hast recht«, sagte Senta und legte Sorren die Hand auf die Schulter. »Mein Kind, verstehst du, was dies bedeutet? Du besitzt eine außerordentlich seltene Gabe. Tukath sagt, er hat noch nie von einem Seher gehört, der in die Vergangenheit gehen kann. Du mußt in den Tanjo kommen, wahrhaftig, du *mußt*! Wir müssen dies verstehen lernen.«

Sorren wurde steif. »Du hast gesagt, daß ich gehen darf.«

Die Wahrheitsfinderin ließ die Hand sinken. »Das habe ich, und du darfst gehen. Aber, Sorren, bedenke doch nur, was du aufgibst, wenn du gehst! O ja, du kannst natürlich auch fortgehen und später wiederkommen, aber bedenke es gut. Der Ort, den du in deinen Träumen gesehen hast, ist noch immer vorhanden — Tornor —, sicherlich, aber er ist bestimmt nicht mehr so, wie du ihn in deinen Visionen erblickt hast. All das ist in der Vergangenheit. Du kannst nicht hingehen.«

Sorren wußte, dies war die Wahrheit. Tukath blickte sie aufmerksam an und nickte, wie um die Worte der Wahrheitsfinderin zu unterstreichen. Sorren überlegte, wer die Leute, die sie geschaut hatte, wohl sein mochten, diese drei Frauen, der einarmige Mann, die vielen anderen, die sie im Laufe der Jahre gesehen hatte . . . Sie reckte die Schultern. »Ich will aber immer noch dorthin gehen«, sagte sie. Rinti stöhnte und fuhr sich mit den Händen durch die Haare.

Senta nickte. »Das habe ich mir gedacht«, sagte sie. »Doch wenn du dich anders entscheidest, Sorren-Vergangenheitsseherin, dann kehre zu uns zurück. Unsere Tür steht dir immer offen.«

Es war wie ein Abschied. Rinti schüttelte unablässig den Kopf und brabbelte leise vor sich hin. »Was ist mit meinen Karten?« fragte Sorren. Sie nahm sie vom Tisch, wo sie sie abgesetzt hatte.

Tukaths lange sensible Finger nahmen sie ihr aus der Hand. Er warf Senta einen um Erklärung bittenden Blick zu. Verständnis strömte zwischen den beiden hin und her. Dann öffnete er das Kästchen und betrachtete sich die Karten. Bei dem Bild des Sternguckers hielt er inne und dann wieder bei der Darstellung des Rades. »Was weißt du über diese Karten?« fragte Senta.

»Sie sind alt«, sagte Sorren. »Und sie kommen aus Tornor Keep. Marti Hok hat Bilder wie die bei ihren Aufzeichnungen. Sie haben meiner Mutter gehört, und sie wußte, wie man sie benutzt, aber ich kann es nicht. Ich möchte es lernen.«

Tukath faltete die Seide wieder über den Karten zusammen und legte sie in das Kästchen zurück. Er schob es ihr über den Tisch hin zu, und sein fahles Faltengesicht blickte auf einmal ganz traurig drein. Senta sprach: »Tukath sagt, die Karten sind tatsächlich Glückskarten, Karten, in denen man die Zukunft lesen kann. Er sagt, er kann spüren, wie sie an seiner Seele zerren. Aber er glaubt nicht, daß sie bei dir funktionieren werden, oder wenn sie es tun, dann werden sie dir niemals die Zukunft sagen können. Für dich werden sie nur die Vergangenheit verkünden.«

Nun schwieg sogar Rinti. In der Stille konnte Sorren den Gesang der Tanjo-Vögel hören, und bestürzend wurde ihr plötzlich bewußt, daß Tukath bei all seiner Macht, dies nicht könnte, ebensowenig wie er Sentas wundervolle Stimme hören konnte oder das Rauschen des Wassers, das nach dem Regen durch die Straßenrinnen schoß, oder den Wind, der durch die Bäume fuhr, oder auch nur seine eigene Katze.

Sie schob ihm die Karten in ihrem Kästchen zu. »Du sollst sie haben«, sagte sie. »Du kannst damit umgehen. Ich nicht.«

Doch der Seher schüttelte den Kopf und schob sie ihr sanft, aber bestimmt wieder zu. »Tukath sagt, sie gehören dir, auch wenn du sie nicht zu benutzen wünschest. Wenn du sie fortgibst, dann müßte dies geschehen, um deinen Zielen zu dienen, nicht denen eines Fremden.«

Sorren nahm die Karten an sich. »Ich danke dir«, sagte sie zu Tukath. »Ich danke euch, daß ihr mir über meine Gabe Bescheid gesagt habt.«

Der Seher hob einen Finger. »Tukath sagt, sei vorsichtig!«

»Wobei?« fragte Sorren.

»Die Vergangenheit ruft dich gewißlich, und es ist ein verführerischer Ruf. Laß dich von ihm nicht in die Falle locken!«

Marti Hok hatte einmal etwas ganz ähnliches gesagt. »Dann soll ich also meine Gabe nicht benutzen?« fragte sie.

»Nutze sie, nutze sie!« murmelte Rinti.

»Benutze sie, wie du willst«, sagte Senta. »Aber laß nicht zu, daß sie dein Leben auffrißt. Denk daran, die Vergangenheit ist dahin und kann nie zurückkehren. Selbst wenn du es dir wünschen solltest.«

Rinti sprach: »Warum nur wird sie nicht müde? Sie müßte doch nach ihren Reisen müde sein!«

Senta blickte Tukath antwortheischend an. »Weil sie«, vermittelte sie, »in die Vergangenheit reist. Das Vergangene ist wie gefroren, ist starr und unveränderlich und bietet deshalb keinen Widerstand.«

»Dann kann ich also meine Karten dazu benutzen, nach Tornor zu gehen, wann immer ich es will!« sagte Sorren. »Ich brauche nicht erst auf eine Vision zu warten.«

»Nein, das brauchst du nicht«, sagte Senta für den Seher. »Aber du solltest es vielleicht. Es ist nicht weise, eine Gabe über Gebühr zu beanspruchen. Es sind Fälle bekannt, in denen sie dabei schwächer wurde. Und, Sorren, wenn du dem Ort deiner Träume nahekommst, dann sei nicht verwundert, wenn deine Gabe verschwindet oder abnimmt, oder überhaupt ganz vergeht. Je näher du in dieser Welt dem Objekt deines Schauens kommst, desto weniger von ihm wirst du erkennen können. Dies gilt für die Zukunft, also muß es auch für das Vergangene gelten.«

»Warum?« fragte Sorren.

»Wir wissen es nicht«, sagte Rinti. »Geh nach Elath und hilf uns, es herauszufinden!«

Aber Sorren wollte nicht nach Elath gehen. Sie wies den hartnäckigen Hexer mit einem Kopfschütteln ab. »Nein!« Dann schaute sie zu Senta. »Und jetzt möchte ich gehen.« Tukath lächelte sie mit warmen grauen Augen an.

»Nun, nun«, sagte eine kräftige Stimme, »was haben wir denn da?«

Alle fuhren herum, und alle drei Hexer verneigten sich. Tukath bedeckte seine Lupe mit einer langen Hand. *Knie nieder,* zischte Senta in Sorrens Gehirn. Sie fiel auf ein Knie nieder, und als sie den Kopf hob, sah sie einen hellhaarigen Mann mit breiten Schultern, der sie flüchtig betrachtete. Er trug ein langes weißes Gewand. Eine weiße Perle baumelte an einer Kette um seinen Hals.

»Wer ist das?« fragte er.

»Eine Dienerin aus dem Hause der Arré Med«, sagte Senta. »Sie brachte uns einen Satz Glückskarten. Da sie weiß, daß sie *ni'chea* sind, wünscht sie sie uns zu übergeben.« *Gib sie mir,* sagte Sentas Stimme. *Laß sie bei mir, und ich werde sie dir wieder zustellen lassen.*

»Eine Dienerin von Arré Med? Wie überaus praktisch«, sagte der Mann. »Erheb dich, Mädchen!«

Sorren stand auf und reichte Senta die Karten.

»Du siehst einigermaßen intelligent aus«, sagte der Mann. »Ist es dir möglich, dir eine einfache Botschaft zu merken?«

Sein Ton bewirkte, daß sich die Muskeln in Sorrens Nacken verkrampften. »Ja, mein Lord und Herr«, sagte sie, obwohl sie wußte, daß man Hexer nicht als »Lord und Herr« anredete, und weil sie nicht wußte, wie sie ihn sonst titulieren sollte.

»Ich bin der *L'hel,* Mädchen. Und ich habe eine Botschaft an deine Gebieterin. Sag ihr, daß unser Krieg nicht vorbei ist und daß sie nur ein Scharmützel gewonnen hat. Wiederhole das!« Sorren tat es. »Gut. Sage ihr außerdem, daß es stets sehr bedauerlich ist, wenn es Tote gibt. Doch ist es nicht immer möglich, sich die richtigen Werkzeuge zu wählen.«

Sie wiederholte es.

»Ausgezeichnet«, sagte der L'hel. Er streifte die restlichen Hexer mit einem Blick. »Lehi, es sind Heilungen vorzunehmen, man wird deine Dienste brauchen.«

»Ja, L'hel«, sagte Senta. Ihre bezaubernde Stimme klang de-

mütig. Der Mann machte kehrt und verschwand. Die drei Hexer tauschten Blicke aus. Sorren lehnte gegen den Tisch. Marti Hok hatte gesagt, der L'hel sei käuflich. Sorren wußte nicht genau, was das bedeutete, aber es klang irgendwie grausam.

Senta legte ihr die Hand auf den Arm. »Ich bring dich hinaus, Sorren«, sagte sie. »Laß mich vorläufig die Karten behalten, vielleicht will *er* sie später sehen, und ich kann nicht sagen, ich habe sie vernichtet. Ich lasse sie dir wieder zukommen, das verspreche ich. Komm jetzt!« Und noch während sie sprach, hatte sie sich in Bewegung gesetzt.

In der Tür drehte Sorren sich um, sie wollte Adieu sagen, Tukath grüßen, doch der alte Mann stand schon wieder über sein Glasstückchen gebeugt und bemerkte sie nicht. Sie folgte Senta durch die blaugekachelte Halle an die kleine Tür zum Garten und durch den Garten auf die Straße hinaus.

Die Sonne gleißte auf dem weißen Pflaster. Sie war heiß und stark. Sorren hob schattend die Hand vor die Augen.

Senta legte ihr behutsam beide Hände auf die Schultern. »Sorren, kann ich dich mit einer zweiten Botschaft belasten?« fragte sie. »Sie ist ebenfalls für deine Herrin bestimmt.«

»Ja.« sagte Sorren.

»Ich danke dir. Wenn du Arré Med die Botschaft des L'hel überbringst, dann sage ihr auch, daß ich bei dir war und gehört habe, was er sagte. Und dann sage ihr dies von mir ...« Sie hielt inne. »Sage ihr, daß die ehrgeizigen Pläne des L'hel geteilt werden von einigen, in Elath und anderswo. Man wird sich bald an sie wenden und sie um ihre Zustimmung bitten. Sage ihr, sie soll fest bleiben, und sage ihr, wenn sie Menschen außerhalb der Stadt hat, denen sie vertrauen kann, sie soll sie warnen. Sie wird wissen, wovor sie warnen soll.«

Als Sorren zurückkehrte, befand sich Arré in ihrem Arbeitszimmer. Der Brief an Tarn Ryth lag gesiegelt auf dem Tisch vor ihr, und sie hatte sich entschieden, Jenith zu bitten, ihn für sie an den Herrscher von Nuath zu übermitteln. Sie hörte Sorren im Flur herankommen und dann stehenbleiben. Ein Klopfen ließ sie den Kopf heben. »Ja, was gibt es?« fragte sie.

Sorren sagte: »Ich habe eine Botschaft aus dem Tanjo für dich.«

Arrés Brauen hoben sich. »Aus dem Tanjo?« fragte sie verblüfft. »Was hast du denn im Tanjo zu schaffen?«

»Ich bin mit meinen Karten hingegangen.«

»Du bist *dorthin* gegangen?« fragte Arré, und Sorren nickte. Auf ihrem Gesicht war kein Schrecken zu lesen, sie wirkte ruhig und beherrscht und sehr entschlossen.

»Und was hast du gemacht?« fragte Arré.

»Ich habe mit der Wahrheitsfinderin Senta gesprochen«, sagte Sorren. »Und noch mit zwei anderen Hexen. Sie waren sehr freundlich zu mir.«

»Haben sie dir gezeigt, wie man die Karten benützt?«

Sorren runzelte leicht die Stirn. »Ja und nein. Meine ... mein Talent läßt mich in die Vergangenheit schauen, nicht in die Zukunft, und darum kann ich die Muster der Karten nicht lesen.«

Arré sagte: »Und darum hast du sie dortgelassen.«

»Senta wird sie mir zurückgeben. Sie hat es versprochen. Ich habe eine Botschaft für dich. Von ihr und eine vom L'hel.«

Ein Frösteln ließ die Härchen in Arrés Nacken sich sträuben. »Dann sage sie mir.«

Sorren wiederholte ihren Auftrag, zuerst die Nachricht des L'hel, dann die Worte Sentas. Die Botschaft des L'hel ließ Arré aus ihrem Sessel hochfahren, und sie war so wütend, daß sie nicht zu sprechen vermochte. Der L'hel meint also, daß der Tod von dreiundzwanzig Mitbürgern »bedauerlich« ist, wie? Eine wilde Wut durchströmte sie, schoß rascher durch ihren Leib als das Blut in ihren Adern, und sie spürte, wie sie vor Zorn dunkelrot anlief. »Dieser ... dieses Ungeheuer!« keuchte sie.

»Ist er das?« fragte Sorren.

»O ja, das ist er!« fauchte Arré.

Doch die zweite Botschaft ließ den Zorn rasch abkühlen. »Hat die Wahrheitsfinderin dir gesagt, wen sie durch mich warnen lassen möchte?« fragte Arré.

»Nein. Menschen, denen du vertraust, hat sie gesagt, außerhalb der Stadt.«

Tarn Ryth, dachte Arré. Aber was kann ich ihm schon sagen? »Ich danke dir, mein Kind«, sagte sie geistesabwesend zu Sorren, die sich verneigte und verschwand. Vielleicht sollte ich abwarten, bis man sich an mich »wendet«? Sie überlegte, wer das wohl sein würde, der sich an sie wenden würde — der L'hel selber? Kim Batto? Über Kim Batto konnte der L'hel nicht gerade glücklich sein. Und ebensowenig konnte er sich über die Nachricht gefreut haben, daß seine Marionette Ron Ismenin formell getadelt und vom Rat mit einer Geldbuße belegt worden war.

Doch sie brauchte nicht lange zu warten, um zu erfahren, was im Kopf des L'hel vorging. Am folgenden Nachmittag fand sich Kim Batto im Med-Haus ein. Sorren meldete ihn. Arré blickte ihm kalt entgegen. Sie hatte ihm die Rolle nicht verziehen, die er beim Tod der vielen Menschen gespielt hatte; vielleicht werde ich ihm das nie verzeihen, dachte sie. »Ich werde dich nicht bitten, dich zu setzen, weil ich nicht wünsche, daß du lange bleibst«, sagte sie und genoß es heimlich, ihn erröten zu sehen.

»Ich überbringe dir eine Botschaft des L'hel«, stammelte er.

»Und findest du diese Beschäftigung interessant, Botschaften herumzutragen?« erkundigte sie sich.

Seine Lippen preßten sich fest zusammen in dem Bemühen, ihr keine Antwort zu geben. Sie beschloß, ihn nicht weiter zu reizen, und legte die Hände zusammen.

»Jerrin-no-Dovria i Elath wünscht dich zu sehen«, sagte er.

»Ich werde in den Tanjo kommen«, sagte Arré.

»Nein, er wird hierher kommen.«

Arré überlegte sich, ob sie es wagen sollte, ihm das zu verweigern. Sie glaubte, daß dies denn doch eine allzu offenkundige Kränkung wäre. »Wann?« sagte sie.

Kim bezeichnete einen Tag der folgenden Woche.

»Gut. Ich akzeptiere das«, sagte Arré. »Sagen wir am Nachmittag. Ein Besuch von ihm am Morgen würde mir den Rest des Tages versauern.«

Es regnete leise an dem Tag, an dem der L'hel sich einfand. Er kam in einer Sänfte und in Begleitung eines Akolythenpaares. Arré schaute vom Fenster ihres Arbeitszimmers aus zu, wie er aus der Sänfte tauchte und barhäuptig den Pfad herankam. Als sie die Vordertür gehen hörte, begab sie sich rasch wieder in ihren Sessel. Ein zweiter Armstuhl war gegenüber aufgestellt worden, und zwischen beiden bildete ein langer Tisch eine Art Barrikade. Die Tür glitt beiseite, und Jerrin stand im Türrahmen. Schmierenkomödiant, dachte Arré voll Verachtung. Aber er bot ein prächtiges Bild. Sie holte Luft — der Mann war imposant! — und sagte: »Sei willkommen, L'hel.«

Lächelnd kam er auf sie zu und ließ sich in dem kissenbelegten Armstuhl nieder. Die Luft um seine Gestalt schien vage zu schimmern. Das Leuchten verblich, und Arré fragte sich, ob sie sich das nur eingebildet habe, doch als Jerrins Kleider sich bewegten, sah sie, daß die weiße Seide glastrocken und vom Regen vollkommen unbenetzt war. Sie ballte die Hände zu Fäusten und entspannte sie dann so abrupt, daß ihre Armreifen klirrten.

»Kann ich dir eine Erfrischung anbieten?« fragte sie. »Wein? Tee? Wasser?«

»Wein«, sagte er. Arré nahm das Glöckchen vom Tisch und läutete. Lalith schob den Kopf durch die Tür.

»Bring eine Karaffe Wein für den L'hel und für mich ein Glas Wasser!«

Die Narben auf seinen Wangen kräuselten sich. »Du magst nicht mit mir trinken, nicht wahr?«

»Nein«, sagte Arré, »das stimmt ganz und gar nicht. Ich habe nur das Weintrinken aufgegeben. Ich werde krank davon.«

»Hast du einen Heiler konsultiert?«

Arré antwortete: »Nein. Aber andere aus unserer Familie haben es getan. Es ist eine unheilbare Krankheit.«

»Das gilt unseligerweise auch von anderen Krankheiten als denen des Körpers«, sagte er milde.

Lalith kam mit einem Tablett herein. Sie blickte ängstlich und von Ehrfurcht überwältigt drein. Als sie niederkniete und das Tablett auf dem Tisch absetzte, zitterten ihr die Hände. Jerrin neigte sich vor, nahm ihr das Bord ab und stellte es auf den Tisch. Dann lächelte er dem Mädchen warm zu. »Ich danke dir, meine Tochter.« Lalith stand auf. Ihre Augen glühten über seine Dankesworte, als sie hinausging. Und wieder mußte Arré sich eingestehen, daß der Mann einen starken Zauber ausübte.

Sie nahm ihr Glas Wasser vom Tablett und trank. Als die kühle Flüssigkeit ihre Magenwände berührte, zuckte das Organ zusammen. Jerrin schenkte sich Wein in sein Glas und tat es Arré nach. »Wir wollen auf unsere schöne Stadt trinken«, begann er mit dieser beredten, wohl abgewogenen Stimme, »und daß sie sich bald von ihren Übeln erholen möge.«

Arré setzte ihr Glas mit einem Knall ab. »Übel, für die du zu einem großen Teil verantwortlich bist!« sagte sie.

Der L'hel spreizte die Hände. »Das ist nicht gerecht«, sagte er. »Ich versichere dir, Arré Med, ich hatte keine Ahnung, daß Ron Ismenin sich der Macht auf eine solch zerstörerische Weise bemächtigen wollte. Ich unterstütze dies nicht, und ich stimme aus ganzem Herzen mit dem Rat überein, der ihn deswegen verurteilt hat.«

Dies war ganz und gar nicht, womit Arré gerechnet hatte. »Kim Batto hat dagegen gestimmt«, sagte sie.

»Kim Batto übernimmt sich«, sagte der L'hel trocken. Sein Ton heiterte Arré beträchtlich auf.

»Ja, er neigte dazu, sich zu übernehmen«, gab sie zu und konnte den Sarkasmus nicht unterdrücken, der sich in ihre Stimme schlich. »Ich bin erfreut, daß der Tanjo die Maßnahmen des Rates billigt.«

Jerrin ging nicht darauf ein. Er blickte sich in dem Arbeitszimmer um. Toli hatte am Morgen ein Feuer im Kamin angezündet, und die Kiefernkloben hatten im Raum einen angenehmen Duft verbreitet. »Das ist ein sehr schöner Raum«, sagte der L'hel.

»Ich danke dir«, sagte Arré. Sie trank einen Schluck Wasser. »Wenn du nicht hergekommen bist, mir die Mißbilligung des Tanjo mit den Maßnahmen des Rates mitzuteilen, L'hel, warum *bist* du dann gekommen?«

Jerrin lehnte sich in seinen Sessel zurück. »Um einen Pakt mit dir zu schließen, Arré Med.«

»Um ein Werkzeug aus mir zu machen, meinst du wohl«, erwiderte sie.

Er runzelte die Stirn. »Das war eine aus dem Zorn geborene Botschaft«, sagte er. »Ich bedaure sie. Es dürfte doch wohl klar sein, daß keiner von uns beiden diese Stadt in ein blutiges Schlachtfeld zu verwandeln wünscht, nur um unsere ehrgeizigen Absichten durchzusetzen. Ich biete dir eine Partnerschaft an, Arré Med. Die alte Herrschaftsordnung in Arun ist im Wandel begriffen — sie muß sich wandeln, denn Veränderung ist das Wesensmerkmal des Lebens. Im Norden erwachsen neue Kräfte, und unsere Stadt muß stark sein, um ihnen zu begegnen. Ich glaube, du besitzt eine solche Stärke, und ich glaube, du weißt, daß ich sie besitze. Du beherrschst den Rat — aber zu mir kommen die Menschen der Stadt und flehen um Führung, zu mir und zum Tanjo. Und gemeinsam könnten wir beide eine sehr große Macht darstellen.« Er hatte sich vorgebeugt, und seine blauen Augen brannten sich mit beinahe körperlich spürbarer Kraft in die ihren. »Wenn wir es nicht tun, dann wird es ein anderer tun. Willst du, daß diese Stadt von Leuten wie Kim Batto und Ron Ismenin regiert wird? Oder daß sie Tarn Ryth in die Hände fällt?« Er sprach den Namen höhnisch aus. »Die Zeit verläuft kreisförmig, Arré Med, aber sie gelangt nie wieder an den gleichen Punkt.« Seine stumpfe Linke mit dem Goldring beschrieb eine Spirale in der Luft. »Eine einmal verpaßte Chance kehrt niemals wieder.«

Arré schluckte Speichel hinab. »Wenn du vom Sitz des Weißen Clans im Rat sprichst . . .«

»Aber das tue ich ja nicht! Das ist ganz unwichtig. Wenn es dahin kommt, dann ist es gut, aber kannst du denn nicht sehen, Arré Med, daß der Rat dem Untergang geweiht ist! Alle die alten Formen, die alten Ordnungen wandeln sich, müssen sich wandeln, und wir müssen uns mit ihnen verändern. Der Rat hat seinen Zweck erfüllt. Aber jetzt bricht eine neue Zeit an. Tritt an meine Seite, Arré Med, und schmiede mit mir die neue Zeit. Denn es ist besser, wenn wir beide Verbündete sind, als Feinde, die sich bekämpfen. Bitte glaube mir, ich habe nur das Wohl der Stadt im Sinn. Und es ist nicht nur Kendra-im-Delta, um das es mir geht, sondern das ganze Land Arun. Dieses Land hat über Jahrhunderte hin wie eine Insel funktioniert. Doch nun ist es Zeit für uns — für Arun —, uns auszudehnen und zum Herzstück von etwas Größerem zu werden, als man es sich je hat träumen lassen. Und es hat schon begonnen. Das Schiff der Isaras ist ein Teil von diesem Neuen. Und die Gründung von Shirasai ebenfalls. Und das Bündnis mit den Asech. Auch sie sind Teil von Arun, obwohl sie davon nichts wissen.« Er holte tief Luft. »Und auch dies haben unsere Seher vorhergesehen.«

Arré sagte: »Aber du hast mir doch erklärt, daß die Seher des Tanjo ganz verschiedene Zukunftsvarianten vorhersehen.«

»Ja. Aber da wir wissen, daß die eine Zukunft, die wir uns herbeiwünschen, tatsächlich möglich ist, können wir sie voller Hoffnung planen und auf sie hinarbeiten.«

Der Mann war beredt. Gegen ihren Willen fand Arré sich mitgerissen von seinen Worten. Sie lehnte sich in ihren Sessel zurück, setzte bewußt größere Distanz zwischen sich und ihn. Manches an seinen Worten erinnerte sie an Tarn. Ja, dachte sie, sie sind sich wirklich ziemlich ähnlich. Und es beeindruckte sie, daß der Mann sich soweit erniedrigte und hierherkam, um sie um ihre Hilfe zu bitten. »Teilen die L'helis der übrigen Städte deine Überzeugung?« fragte sie.

Er machte eine wegwerfende Handbewegung. »Ich habe darüber nicht mit ihnen gesprochen. Sie — wie die meisten, die in Arun

Macht ausüben — klammern sich an die althergebrachten Formen. Sie würden gern jede Stadt, jede Region gegen andere abriegeln, sie autonom und isoliert halten, nur durch den Handel miteinander verbunden.«

»Du dagegen?« sagte Arré.

Seine Stimme gewann an Kraft. »Ich sehe alles vereinigt, zusammengefügt, zu einem Ganzen geschmiedet.«

»Und wen siehst du als Herrscher über dieses Ganze?« fragte sie.

»Ich weiß nicht, wer das sein könnte«, sagte er. »Eine solche Entscheidung liegt vielleicht nicht in Menschenhand.«

»Könntest es vielleicht du sein?« fragte Arré.

»Wenn das Chea es so will.« Er breitete die Arme aus, als ziehe er die Möglichkeit an seine Brust. Dann faltete er die Hände im Schoß. »Oder es könntest du sein.«

Arré kam sich in ihrem Sessel wie gefangen vor, wie an den Sitz genagelt. Sie stand auf und glitt zwischen Tisch und Stuhl hindurch und trat dann hinter den Sessel. Sie stützte sich auf den Holzrahmen der Lehne. Eine Stadt regieren, das ist ein Ding, dachte sie. Aber wie könnte ein einziger Mensch über ganz Arun herrschen? »Es bereitet mir schon genug Schwierigkeiten, einen einzigen Stadtbezirk in Kendra-im-Delta zu regieren.«

»Du unterschätzt dich«, sagte Jerrin.

Arré schloß die Augen und bemühte sich, sich in das Bild hineinzutasten, das ihr die Worte des L'hel ausmalten. Sie fragte sich, wie es möglich sein sollte, wie es geschehen könnte, daß dieser Traum von einem einzigen geeinten Land unter der Herrschaft eines einzigen Herrschers sich verwirklichte. Durch Gewalt? Denn es würde nicht leicht sein, alle die einzelnen Stadtgemeinden und ihre Räte dazu zu bewegen, ihre Macht abzugeben. »Hast du von dieser Vision Kim Batto etwas mitgeteilt?«

Der L'hel schnaubte: »Kim Batto ist ein Schwächling und ein Narr!«

»Das ist aber keine Antwort auf meine Frage.«

Jerrin blickte finster drein. »Ja«, sagte er und spuckte das Wort aus wie etwas Unangenehmes. »Wir sprachen darüber. Zu einer Zeit, in der ich besser von ihm dachte, als dies nun der Fall ist. Und kurz darauf überraschte er mich damit, daß er sich davonmachte und mit diesem Barbaren aus dem Norden ein Geheimbündnis schloß.« Verachtung schwoll in seiner Stimme an. Sein Gesicht verhärtete sich. Arré nickte langsam. Sie überlegte sich, ob hier die Wahl lag, die getroffen werden mußte. Erforderte es die Zukunft, daß sie sich mit Tarn Ryth verbündete oder mit Jerrin-no-Dovria i Elath? Sie schätzte Jerrin mit dem Blick ab: sie brauchte nicht die Gabe eines Wahrheitsfinders, um zu erkennen, wie tief das Verlangen nach Macht in ihm verwurzelt war. Er gierte danach, geil wie ein gefräßiger Jagdwolf. Der Mann hatte keine Wärme in sich, kein Mitgefühl und keinen Raum für Gleichberechtigte. Er sei gekommen, um einen Pakt zu schließen, hatte er gesagt, doch der wirkliche Grund seines Kommens war gewesen, aus ihr seine Kreatur zu machen: ein Ding, das tat, was er wollte, und das nicht ausbrechen und abspringen würde wie Ron Ismenin oder Kim Batto.

Sie stützte sich mit beiden Unterarmen auf die Sessellehne. »L'hel du verschwendest nur deine Zeit.«

Er saugte sich in ihren Augen fest, und sie spürte die Stärke des Bösen in ihm. »Wieso denn das?«

»Weil ich mit dir keine gemeinsame Sache mache.«

»Dann bist du eine Törin!« sagte er.

»Dann bin ich eine Törin.« Sie reckte sich hoch auf, trat um den Sessel herum und beugte sich über den Tisch. Sie nahm das Glöckchen und läutete. »Du wirst das, was immer du tun wirst, ohne mich tun müssen.«

Er starrte sie an, dann reckte er, während er sich erhob, einen Finger auf ihr Glas zu. »Es wird der Tag kommen, da wirst du dir wünschen, eine andere Wahl getroffen zu haben«, sagte er und ballte die Hand zur Faust, und das Glas zersprang. Die Scherben schossen durch die Luft und ein paar drangen tief in den Stoff seines Lehnsessels ein. Das Wasser bildete eine Pfütze auf dem Tisch und troff langsam auf den Fußboden. »Dann wirst du weniger für mich sein als dieses Glas da.« Lalith tauchte im Türrahmen auf und stierte verblüfft auf die verstreuten Kristallscherben.

»Der L'hel wünscht zu gehen«, flüsterte Arré. Er machte kehrt und ging hinter dem Kind drein. Arré schaute ihm nach. Ihre Haut fühlte sich eiskalt an, und ihre Hände zitterten. Sie nahm ihre ganze Kraft zusammen und griff mit beiden Händen nach dem Glas des L'hel und hob es an die Lippen. Der Wein brannte im Magen. Einen flüchtigen Augenblick lang empfand sie Mitleid mit Kim Batto, der sich zwischen dem Felsen Tarn Ryth und dem Hammer

L'hel hatte fangen lassen. Draußen klingelten die Glöckchen der Sänfte. Sie stellte das Glas weg. Mit einer schmerzhaften Heftigkeit wünschte sie sich, sie hätte einen Menschen, bei dem sie Zuflucht finden könnte, der sie in den Armen halten würde, hinter dessen Freundschaft sie sich verbergen könnte: eine Freundin, eine Schwester, eine Geliebte ...

Sie trat vor, und ihr Fuß knirschte auf Glas. Nein, sie war ja nicht allein, sie hatte doch Marti Hok! Und sie hatte Paxe! Und sie hatte den armen Cha Minto, der möglicherweise etwas aus seinen Fehlern gelernt hatte. Und sie besaß sogar eine Verbündete mitten im Tanjo: die Wahrheitsfinderin Senta, deren Warnung sich als nur allzu treffend erwiesen hatte. Arré war es klar, daß sie der Wahrheitsfinderin würde vertrauen müssen, so sehr sie auch den Tanjo insgesamt verabscheute.

Lalith kam an die Tür und blieb mit dem Besen stehen. »Herrin, soll ich ...«

»Ja.« Arré trat an den Aktenschrank und holte ihr Schreibzeug hervor. Dann setzte sie sich in ihren Sessel, zog den Lacktisch näher heran und begann zu schreiben: *Von der Lady Arré Med, Kendra-im-Delta, an den Lord Tarn i Nuath Ryth ...*

Eine Woche vor dem großen Fest wurde die Wacheinteilung zu einem Alptraum. Paxe versetzte vier Posten aus der Nachtwache zur Tageswache und zur Spätschicht, so daß sie nur zwölf Mann unter ihrem Kommando hatte, und das war das absolute Minimum für ihren Stadtbezirk. Die Stunden der Nachtwachen wurden länger, je später die Sonne aufging, und die Wachen waren müde. Paxe ging von Posten zu Posten und löste jene ab, die es nötig hatten, so daß sie ins Wachhäuschen gehen, etwas essen, vielleicht ein kurzes Nickerchen machen konnten.

Sie stand gerade auf Wache auf der Jasminstraße an der Grenze zum Sul-Bezirk, als sie das Pfeifsignal vernahm, das bedeutete, daß die Hofmeisterin oben am Hügel gebraucht wurde. Rasch rannte sie zum Wachhaus und rüttelte den schlaftrunkenen Posten wach. »Ich muß fort!« Und indem sie ein Stoßgebet ausstieß, daß es sich nicht um einen Notfall handeln möge, machte sie sich eilends nach Norden auf.

Sie brauchte eine halbe Stunde bis ans Ziel. Im Waffenhof hatte jemand eine Fackel entzündet. Paxe trat durch das Tor und fand Idrella vor, die Torwache, die auf sie wartete.

»Wer ist am Tor?« fragte Paxe.

»Ich habe Rak von der Ölstraße rübergerufen.« Sie nahm die Fackel von der Halterungsstange und führte Paxe zum Waffenschuppen. An dem Türschloß zeigten sich die Spuren eines Stemmeisens. Paxe rüttelte an dem Schloß, es war noch intakt. »Schau!« sagte Idrella. Sie ging um den Schuppen herum zu dem einzigen kleinen Fenster. Das dicke halbdurchsichtige Glas war nach innen gedroschen worden, und im Staub davor waren Fußspuren.

»Ich habe ein Geräusch gehört und bin nachschauen gegangen. Ich kam gerade rechtzeitig, um zu sehen, wie einer davonrannte. Wer immer es war, er ist über den Zaun geflankt, als ich kam, ich hab' grade noch gesehen, wie sein Bein über der Spitze verschwand. Es gibt keine Möglichkeit herauszufinden, wer das war und ob sie hineingekommen sind.«

Paxe tastete nach dem Schlüssel zum Waffenschuppen. »Sehen wir mal nach«, sagte sie. Sie schloß auf und bückte sich unter dem Türbalken durch. Idrella reichte ihr die Fackel, und Paxe hielt sie auf Armeslänge von sich weg, um sich nicht die Augenbrauen abzusengen, und ging auf die Hinterwand des Schuppens zu. Die Piken, die normalerweise ordentlich an den Längswänden aufgestellt waren, lagen durcheinander herum, so daß sie über sie hinwegsteigen mußte. »Es war jemand hier drin«, sagte sie.

Der Fettgeruch kitzelte sie in der Nase. Sie machte einen weiteren Schritt in den kleinen vollgestopften Schuppen hinein und blieb stehen, als ihre Fackel etwas Metallisches aufglänzen ließ. »Oh, verflucht«, sagte sie.

»Was ist denn?« fragte Idrella.

Paxe kniete nieder. »Jemand hat sich an den Schwertern zu schaffen gemacht.« Die Seide lag zerknüllt auf der harten Lehmerde. Langsam zählte sie die Schwerter — elf, zwölf, dreizehn, vierzehn — es sollten doch fünfzehn sein. Von den fünfunddreißig Schwertern, die durch sämtliche Tore hereingekommen waren, hatte der Med-Hof fünfzehn — das heißt, er hätte sie haben sollen —, der Hok-Hof sechs, der Hof der Minto zehn, der Sul-Hof vier.

Und nur vierzehn Schwerter waren noch da. Sie streckte die Fackel vor, leuchtete in die spinnwebbedeckten Ecken, weil sie hoffte, der Dieb könne das Schwert bei der Flucht fallengelassen haben. Doch in der Dunkelheit blitzte nichts weiter auf. Rückwärts gehend verließ sie den Schuppen, reichte Idrella die Fackel zum Halten, machte die Tür zu und verschloß sie.

»Es tut mir leid, Hofmeisterin«, sagte Idrella.

»Du kannst nicht überall zugleich sein«, gab Paxe zurück. »Gib mir die Fackel mal für einen Augenblick!« Sie trug sie zum Gartenschuppen, in dem Toli sein Werkzeug aufbewahrte, fand ein Brett und einen Hammer und ein paar lange Eisennägel und brachte sie zurück. Sie nagelte das Brett über das zertrümmerte Fenster. »Wir werden den Glaser rufen und ein neues Fenster einsetzen lassen müssen«, sagte sie.

In der Küche zuckte zitternd ein Licht auf, und Toli rief: »Wer da?«

»Ich bin's«, sagte Paxe. »Schon gut.« Sie schritt den Zaun des Waffenhofes ab, für den Fall, daß der Dieb nicht hinausgelangt war und sich irgendwo versteckte, doch der große, stille Platz war leer.

Sie überlegte sich, wer der Dieb sein könnte. Das braucht Nerven, dieses Fenster einzuschlagen, dachte sie. Es hätte jeder sein können, der den Wagen mit den Schwertern vom Stadttor hat herankommen und sich ausdenken konnte, was auf ihm geladen war ... Aber die Sache beunruhigte sie, und nicht nur, weil nun eine scharfe Waffe irgendwo in der Stadt herumlag, in ihrem Bezirk. Das Risiko für den Dieb erschien ihr als zu hoch für ein Ding, das man nicht offen benutzen konnte, das man vor der eigenen Familie und den Nachbarn verstecken mußte.

Am folgenden Abend begab sich Paxe zur Abendmahlzeit ins Haus, um Arré von dem Diebstahl zu berichten.

Man hatte früh gespeist. Paxe ging ins Obergeschoß und fand dort Arré auf ihrem Bett sitzend vor. Sie war gerade nach dem Bade, und ihr kurzes Haar war in festen Löckchen zusammengeklebt; sie waren fast so fest wie die von Paxe selbst. Arré nippte an einem Tee. »Ich habe mich in eine Teesäuferin verwandelt«, sagte sie und bedeutete Sorren, eine zweite Tasse zu holen.

Paxe beobachtete das große Mädchen, wie es aus dem Zimmer ging. Irgend etwas schien sie zu beunruhigen, und Paxe fragte sich, was es sein mochte. Arré hustete diskret, und so wandte sie sich dem anliegenden Problem zu. »Ich habe die Schwertübungen abgebrochen, wie du befohlen hast«, sagte sie.

»Gut.«

Aber ich vermisse sie, dachte die Hofmeisterin. Doch sprach sie es nicht aus. »Die Ismeninas haben das auch getan.«

»Das will ich aber auch hoffen!« Arré lehnte sich in die Kissen zurück. »Ron Ismenin wird vielleicht seine Schwerter einschmelzen müssen und das Metall verkaufen, um die Buße zu entrichten, mit der ihn der Rat belegt hat.«

Sorren trat mit einer grünen Tasse in der Hand wieder ins Zimmer. Sie reichte sie Paxe, die »ich danke dir« sagte.

»Soll ich sonst noch was bringen?« fragte das Mädchen Arré.

»Nein. Das ist alles. Laß uns allein!« Sorren ging hinaus. Arré drehte die Tasse zwischen den Handflächen. »Letzte Woche war der L'hel hier im Haus«, sagte sie.

Paxe sagte: »Ich weiß. Die Torwache hat es mir gesagt.«

»Er hat mich gefragt, ob ich mich mit ihm verbünden möchte, um das Land zu einen, es zu einer Einheit unter einer einzigen Oberherrschaft zu machen.«

»Was hast du ihm gesagt?« fragte Paxe.

»Ich habe nein gesagt. Das Land Arun mag sich vereinen oder nicht, ich weiß es nicht. Meine Sorge ist diese Stadt. Ich könnte mir vielleicht sogar die Einigung wünschen. Doch der L'hel will das alles jetzt haben und tun, zu seinen Lebzeiten, und er will der Oberherrscher sein. Ich habe ihm gesagt, daß ich mit ihm nicht zusammenarbeite.«

Paxe nickte. Der Gedanke an den L'hel — an das, was er war und was er zu tun vermochte — erregte ihr Übelkeit und Zorn. Aber sie wollte nicht darüber sprechen.

»Hast du Nachricht von deinem Sohn?« fragte Arré.

»Nichts mehr, seit ich ihm die Stiefel geschickt habe. Die Schreiberin ist jetzt wahrscheinlich sehr beschäftigt mit dem Abfassen der Festtagsgrüße für all die Leute auf den Feldern. Aber ich mach mir keine Sorgen.« Das stimmte zwar nicht, sie machte sich Sorgen, aber nur ein wenig. Sie würde sich immer Sorgen machen um diesen Sohn. Paxe setzte die Tasse ab. »Arré, in der letzten Nacht ist etwas geschehen, worüber du Bescheid wissen mußt.« Und sie legte die Hände flach auf die Oberschenkel und berichtete von dem Einbruchdiebstahl.

Arré zog ein finsteres Gesicht. »Trink deinen Tee!« befahl sie. Paxe hob die Tasse vom Tisch und trank die bittere Flüssigkeit. Im Grunde mochte sie Tee gar nicht gern, außer wenn man Honig hineingetan hatte. »Was hast du unternommen?« fragte Arré.

»Ich habe Bekanntmachungen im Bezirk aushängen lassen und eine Belohnung für Informationen angeboten, und ich habe das Schuppenfenster mit Brettern gesichert.«

Arré nickte. »Die Sache wird nicht lang geheim bleiben. Der Dieb wird es einem Freund zeigen und damit protzen, und am nächsten Tag wirst du davon erfahren.«

»Das hoffe ich.«

Es trat eine kleine Pause ein. Dann sagte Arré: »Ich bin froh, daß du heut abend hergekommen bist. Ich hatte mir vorgenommen, über meinen Bruder mit dir zu sprechen. Ich brauche deinen Rat.«

Paxe rutschte unbehaglich auf ihrem Schemel hin und her. Sie verabscheute es, jemandem Ratschläge zu erteilen, und was könnte sie schon zu Arré über Isak sagen, was diese nicht selbst besser wußte? »Was ist mit ihm?«

Arré sagte: »Ich denke daran, mal für einige Zeit wegzugehen.«

Die steinerne Figurine, die wie ein Bär aussah, stand auf dem Tisch. Paxe stellte ihre Tasse ab, hob die Statuette auf und streichelte den kühlen Stein. »Wohin?«

»Flußaufwärts. Letzte Woche habe ich an Tarn Ryth geschrieben und ihm den Ausgang der Ratssitzung mitgeteilt, neben ein paar anderen Dingen, und hab' ihn dabei gefragt, ob ich ihn besuchen dürfte. Bei der Verlobungsfeier sind wir recht gut miteinander ausgekommen, und er ist mir zu mächtig, als daß man ihn ignorieren sollte. Ich habe heut morgen seine Antwort erhalten.«

»Das ging aber schnell«, sagte Paxe. Normalerweise dauerte es mindestens eine Woche, bis Antwort auf einen Brief von Kendra-im-Delta aus Nuath zurückkam. »Und was schreibt er?«

Arré lächelte. »Ach, ziemlich viel. Er schreibt, Ron Ismenin war ein Narr und ein Schurke, daß er diesen Aufruhr angezettelt hat. Er schreibt, wir sollen Kim Batto aus dem Rat rausschmeißen. Er warnt mich, ich soll vor dem L'hel auf der Hut sein, aber das hätte es gar nicht gebraucht.« Das Lächeln verwandelte sich in ihr Straßengörengrinsen. »Und er schreibt, natürlich soll ich kommen und so lange bleiben, wie ich Lust habe, und er nimmt mich zum Fischen mit. Ich habe noch nie gefischt.«

Paxe sagte weich: »Du magst den Mann, nicht wahr?«

Arré warf ihr einen raschen undurchdringlichen Blick zu. »Ja. Ich mag ihn.«

»Wann gedenkst du zu gehen?«

»Nach dem Fest.«

Paxe schaute sie fest an. »Und wer würde an deiner Stelle regieren?«

Arré betrachtete ihre Hände. »Ich hab' daran gedacht, Isak zu bitten, mein Sachwalter zu sein.«

»Warum?«

Arré seufzte. Sie drehte die Tasse zwischen den Handflächen hin und her. »Wegen . . . weil einiges von dem, was Cha Minto neulich nachts gesagt hat, der Wahrheit entspricht. Ich habe Isak zu wenig Verantwortung übertragen. Ich habe ihn nie um seinen Rat gebeten und ihn nie eingeladen, sich an den Ratssitzungen zu beteiligen . . . Er ist mein Bruder. Es könnte sein . . .« — sie zögerte — »es könnte doch gewissermaßen teilweise meine Schuld sein, daß er mit den Ismeninas konspiriert und mit Cha Minto schmutzige Spielchen treibt. Vielleicht wäre nichts von alledem geschehen, wenn ich ihn als das behandelt hätte, was er ist, als meinen Erben.«

Paxe sagte: »Du hast natürlich das Recht, das zu tun.«

Arré stellte die Tasse ab. »Mußt du mir gegenüber so formell sein, Paxe? Ich möchte wissen, was du wirklich davon hältst.«

Paxe seufzte. Sie stellte das Figürchen auf den Tisch zurück. »Ich glaube, Isak steckt voller Haß«, sagte sie. »Und ich glaube nicht, daß du daran etwas ändern kannst.«

Arré zog eine Grimasse. Unzusammenhängend sagte sie: »Erinnerst du dich noch an ihn, als er klein war, Paxe? Er war ein bildschönes Kind. Wenn ich gehen und ihn zum Stellvertreter ernennen würde, würdest du ihm dann dienen?«

Der Schein der Lampe zitterte auf ihrem Haar, dessen graue Spitzen schon zu Silber zu verbleichen begannen. Paxe sagte: »Ich diene dem Hause Med.«

»Du würdest es tun«, murmelte Arré, »Aber du würdest es verabscheuen.« Sie lehnte sich in die Kissen zurück. »Genau wie ich; ich würde mir in jedem Augenblick meiner Abwesenheit Sorgen machen. Trotzdem — ich glaube, ich werde gehen.«

»Du mußt tun, was du für das Beste hältst«, sagte Paxe.

Sorren war besorgt wegen Kadra. Es fiel ihr leichter, sich über Kadra Gedanken zu machen — wo war sie, was war schiefgelaufen? —, als über den Tanjo nachzudenken. Trotzdem war es nicht Kadra, an die sie als erstes dachte, als Lalith zu ihr ins

Zimmer trat und sagte: »Da ist jemand an der Küchentür und will dich sprechen.«

Sorren sprang vom Bett auf, wobei ihr die Trommeln aus dem Schoß rollten. »Ich komme.« Sie fragte sich, ob das wohl eine Botschaft von Senta sein konnte, ob man ihr die Karten zurückbrachte. Sie rannte die Treppe hinab, wobei sie beinahe die unterste Stufe verpaßt hätte. Toli sagte: »Du hast aber eigenartige Besucher« und fuhr mit dem Daumen in Richtung auf den Hinteren Hof zu.

Es war Kadra. Sie hockte auf den Fliesenplatten. Und sie sah sehr bleich aus, und ihre Augen waren geschlossen. Erschreckt kniete Sorren sich neben sie, und im selben Augenblick, in dem ihre Knie die Fliesen berührten, öffneten sich Kadras Augen. Die Ghya hustete, dann sagte sie mit der altvertrauten Schärfe: »Schau mich nicht so dumm an, als wäre ich eine kranke Kuh!«

Sorren seufzte. »Ich hab' mir Sorgen um dich gemacht.«

»Ich weiß. Norres hat's mir erzählt. Hast du geglaubt, ich laufe dir mit deiner Landkarte davon?«

»Das war es nicht, woran ich gedacht habe, ganz und gar nicht«, sagte Sorren.

»Schön. Und ich bin nicht abgehauen.« Sie bewegte sich, verzog das Gesicht und schlug den Mantelschoß, der ihre Oberschenkel bedeckte, beiseite. »Ich hab' lang genug dazu gebraucht, drum wär es mir gar nicht recht, wenn es umsonst gewesen wäre. Hier ist die Karte.«

Sorren nahm den Papierzylinder mit beiden Händen entgegen. Dann entrollte sie ihn und folgte mit den Augen der Route in den Norden und wiederholte im Geiste die Namen der Ortschaften. Sie kannte sie nun alle auswendig. Als sie bei Tornor Keep angelangt war, grinste sie. Anstatt Schriftzeichen zu verwenden, die Sorren nicht hätte lesen können, hatte Kadra für sie eine Burg mit einem Turm in roter Tusche gezeichnet. Und neben dem Turm war ein roter achteckiger Stern.

Behutsam rollte sie das kostbare Papier wieder zusammen. »Ich danke dir«, sagte sie.

»Hier«, sagte die Ghya. »Bind es zu!« Sie zog ein Band aus ihrem Gürtel. Es war leuchtend grün, von der Botschafterfarbe, und sein Anblick erweckte in Sorren ein eigenartiges Gefühl. Sie nahm das Band aus Kadras Hand und schnürte die Rolle zu.

»Ist dein Bogen noch auf der Koppel?« fragte Kadra.

»Ich denke schon«, sagte Sorren. Sie war fast zwei Wochen nicht mehr dort gewesen.

»Ja hast du denn nicht weitergeübt?«

»Ich hab' was anderes zu tun gehabt«, sagte Sorren als Rechtfertigung, »und als ich nach dir gesucht habe, warst du nirgends zu finden. Ich hab' schon Angst gehabt, du bist in die Kämpfe geraten.«

»Bin ich.«

»Warst du verletzt?«

Kadra schüttelte den Kopf. »Ich hab' einen Pikenschaft in den Bauch gekriegt.«

»Ich war auch dabei«, sagte Sorren.

»Warst du das?« fragte die Ghya. »Und was hast du da gemacht?«

»Überwiegend habe ich mich versteckt.« Und dann erzählte Sorren, was sie gesehen hatte. Furcht und Entsetzen waren soweit verblaßt, daß ihr nicht mehr schlecht wurde, wenn sie davon erzählte. Kadra lauschte und nickte dazu.

»Ich bin froh, daß du davongekommen bist«, sagte sie. »Eine Menge Leute hatten nicht soviel Glück.« Sie hustete. »Ich bin gekommen, um dir auf Wiedersehen zu sagen.«

»Auf Wiedersehen?«

»Verdammt, Mädchen, spielst du heut nur das Echo? Ich fahre mit dem Schiff fort. Heut morgen habe ich meine Papiere bekommen.«

»Aber was — wirst du denn Matrose sein?«

Kadra lachte und begann wieder zu husten. »Ich bin Kartographin. Sie werden mein Können brauchen, um die neuen Länder zu vermessen, die sie finden wollen.«

Ach so war das. »Aber wie kannst du mitfahren? Du bist doch nicht ges ...« Sorren brach mitten im Wort ab, weil sie sich erinnerte, wie sehr die Ghya es haßte, wenn man ihretwegen ein Getue machte.

»Oh, aber ich werde gehen. Auf die eine oder die andere Art. Aber ich werde dich wahrscheinlich nicht wiedersehen. Und darum habe ich ein paar Sachen für dich, nur Kleinigkeiten. Sie sind in der Taverne. Hör zu, das Schiff segelt am Tag nach dem Fest. Wirst du zur Abfahrt kommen? Wenn du ans Dock kommst, kannst du vielleicht sogar sehen, wie ich an Bord gehe. Ich werde nach dir Ausschau halten. Wirst du das tun?«

»Aber sicher werde ich das«, sagte Sorren. »Aber wirst du denn bis dahin nicht in der Taverne sein? Ich könnte kommen und dir vorher schon Lebewohl sagen.«

»Vielleicht bin ich dort, vielleicht nicht«, sagte Kadra. Sie stand auf, und als sie sich reckte, sah Sorren, daß sie die Hand auf die rechte Flanke preßte. Sie machte einen schleppenden Schritt. »Alle deine Freunde gaffen mich vom Küchenfenster her an. Was werden die sich denken?«

»Das weiß ich nicht, und es ist mir auch egal«, sagte Sorren. »Hast du gegessen? In der Küche sind noch Fischkuchen, ich kann dir welchen holen.«

Kadra lachte, doch das Lachen endete in einem schrecklichen krampfartigen Husten. Schließlich hustete sie den Schleim hoch und spuckte ihn in ein Blumenbeet. »Es geht schon wieder«, sagte sie und wischte sich mit dem Handrücken die Lippen ab. »Ich halt nach dir Ausschau, wenn das Schiff abfährt, vergiß es nicht. Mit der Flut am Tag nach dem Fest.« Sie hob eine Hand zum Abschied und schleppte sich langsam zur Straße hin davon.

Toli hing aus dem Fenster. »Pssst!« machte er. »Wer war denn *das*?«

»Ich denke nicht daran, dir das zu sagen«, erklärte Sorren. »Laß mich zufrieden!«

20. Kapitel

Arré und Myra Med standen im Hof und redeten miteinander. Sorren steckte den Kopf in die Küche. Lalith grinste sie an, sie stand inmitten eines Haufens von Töpfen und Pfannen. »Wir gehen jetzt«, sagte Sorren. »Bis später!« Sie eilte durch den Flur, am Salon vorbei, in dem noch die Überreste des Abendessens herumlagen: Fischgräten und Muschelschalen, Pfirsichsteine und Kavarinden.

Im Vorderhof warteten zwei Sänften. Es war eine vollkommene Nacht für das Fest. Die Hexer hatten gutes Wetter prophezeit, und sie hatten ihr Versprechen gehalten: nach Tagen voller Dunst und Hitze war der Nebel in den Süden abgezogen. Die Dämmerung knisterte vor Erregung: Menschenmassen zogen wirbelnde Kreise in den schattigen und lichterglitzernden Straßen und redeten und lachten und sangen alle zusammen. Der Himmel stand klar und von unzähligen Sternen besät da.

Isaks zwei jüngste Kinder kletterten zuerst in der einen, dann in der zweiten Sänfte herum und kreischten vor Vergnügen. Sorren hatte ganz vergessen, wie lärmend kleine Kinder sein können. Riat, der Achtjährige, der Älteste und Erbe, stand an der Seite seiner Mutter und blickte in seinem neuen Seidenanzug ernst und erwachsen drein. Sorren holte tief Luft. Ihre Füße zuckten vor Lust, sich zu bewegen. Im Geist ging sie noch einmal die Vorbereitungen durch. Die Decken lagen in beiden Sänften bereit. Myra und Arré hatten ihre Umhänge. In der vorderen Sänfte lag der Korb mit dem Essen, und sie hoffte, es werde genug von allem da sein. Sie biß sich auf die Lippen und überlegte, ob Arré und Myra zum Aufbruch bereit seien. Eigentlich konnte sie Myra Med ganz gut leiden: sie war eine dralle, frische Person, angenehm und mit freundlichen Manieren und ziemlich viel gesundem Menschenverstand. Sie war fast nie in Eile, und sie drängte auch jetzt nicht, sondern stand da auf der Treppe und redete mit Arré über die Verwaltung der Weingärten.

Sorren blickte sich suchend nach Paxe um. Die Hofmeisterin war früher dagewesen, um mit Arré die Einzelheiten der Wacheinteilung zu besprechen. Aber sie war wieder verschwunden, und das war keineswegs verwunderlich, denn die Nachtwache war mit doppelt so vielen Männern besetzt als üblich war, und sie mußte auf sie alle ein Auge haben. Kaleb stand am Tor und schaukelte eine Laterne in der Hand. Er redete mit den Sänftenträgern, und Sorren hörte ein Klirren, als Bontastücke von einer Hand in eine andere glitten. Der Wächter am Tor wechselte Stand- und Spielbein und schaute gelangweilt drein.

Arré sah heute abend sehr elegant aus. Sie trug rote Hosen und eine rote Tunika. Sie hatte sich das Haar gewaschen und mit Jasminduft besprüht, und es stand um ihren Kopf in weichen Locken wie das Federkrönchen eines Pfaus. Myra hatte etwas Dunkles an, etwas Dunkelgrünes, so gedeckt, daß es fast blau aussah. Sie und Arré kamen blendend miteinander aus, solange sie nicht zu lange zusammensein mußten. Der Tag und der Abend des Festes »sind so ungefähr das höchste, was ich aushalte«, hatte Arré am Morgen gesagt. »Sie redet von der Weinlese und von ihren Kindern, unablässig, und nach einer Weile möchte ich am liebsten schreiend aus dem Zimmer rennen.« Aus der zweiten Sänfte ertönte ein durchdringender Lärm, und alle zuckten zusammen. Das kleine Mädchen (von drei Jahren) saß in der Sänfte und blies auf einer Rohrpfeife.

Sorren trat an die Sänfte und lehnte sich über den Einstieg. »Warum wartest du nicht damit, bis wir im Park sind? Dann kannst du blasen«, sagte sie. Das Mädchen lächelte süß und schüttelte den Kopf. Sorren nahm ihr die Trillerpfeife aus der Hand und brachte sie Myra.

»Ich danke dir«, sagte Myra und fuhr in ihrer Rede fort. Das Mädchen in der Sänfte stimmte ein Geheul an. Schließlich wurde dem Kind klar, daß keiner sich darum scherte; sie kletterte aus der Sänfte und rannte zu ihrer Mutter. »Du bekommst die Pfeife wieder, wenn wir im Park sind«, sagte Myra ruhig. »Laß das Schniefen sein!«

»Wollen wir losziehn?« fragte Arré.

Am Nachmittag waren sie alle in den Tanjobezirk gegangen, um die Zeremonie zu sehen, bei der der L'hel den Segen und das

Wohlwollen des Wächters über das Land und die Stadt herabbeschwor. Und den ganzen Nachmittag lang hatte man in allen Bezirken Festzelte errichtet. Das Zelt des Blauen Clans im Ismenin-Bezirk war das größte, aber der Pavillon der Jalaras war der schönste und am prächtigsten ausgeschmückte. Zwölf Tage nach den Unruhen sah man im Jalar-Bezirk nirgends mehr Anzeichen davon und von Beschädigungen, außer an den Stellen, wo man Mauern und Fenster und Fensterschirme hatte erneuern müssen. Der Med-Pavillon stand im Park am Fuß des Hügels. Er war rot mit blauen Dreiecken darauf, und er war groß genug, hatte Arré gesagt, um mehreren tausend Menschen Platz zu bieten. Arré hatte die letzten vier Tage im Park zugebracht und den Architekten dabei zugeschaut, wie sie sich um die Plazierung stritten, und sie hatte ihrerseits sich um den Standort mit ihnen gezankt. Zwei große Gruben waren für den Abfall ausgehoben worden, und in den bloßen Grund hatte man zwei Straßen gebahnt, und am Rand des Platzes hatte man große Wasserzuber aufgestellt, für den Fall, daß ein Feuer ausbrach. In einem Jahr war im Sul-Bezirk eins ausgebrochen, und das Festzelt war in Flammen aufgegangen, und viele Menschen waren verletzt worden. Darum trafen jetzt alle Bezirke Vorkehrungsmaßnahmen.

Sorren überlegte sich, daß es doch eigentlich ein Wunder sei, wenn es nicht mehr Brände gab. Alle Straßenlaternen waren entzündet, alle Hauslaternen, und die Menschen wanderten bis zum Mondaufgang mit Kerzen durch die Gegend. »Da nimm!« Arré schob ihr die Umhänge zu. »Bist du sicher, daß du weißt, wo wir sein werden?«

»Bei den großen Bäumen. Ich finde euch schon. Es steht ein Posten dort. Richtig?«

Arré schaute finster drein. »Ich wollte, es wär schon vorbei«, sagte sie. »Bist du traurig, daß du in diesem Jahr nicht trommeln wirst?«

Sorren seufzte. »Ein klein bißchen.«

Isak hatte sich in diesem Jahr einen anderen Trommler zur Begleitung seines Tanzes gewählt. Damit hatte Sorren gerechnet, nach dem, was bei der Verlobung geschehen war, aber sie kam sich noch immer komisch dabei vor, Zuschauer zu sein und nicht aktive Mitwirkende.

»Denk nicht daran«, sagte Arré. Mit dem Kopf voran stieg sie in die Sänfte. Myra lächelte Sorren zu und folgte dann Arré.

In der zweiten Sänfte brüllte die Dreijährige: »Will Mama gehn!« Sorren hievte sie aus der Sänfte und trug sie zu ihrer Mutter, die sie in die Arme nahm.

»Husch — sei still!« sagte Myra und wiegte das Kind.

»Ich auch«, sagte Kathi, die zweitjüngste, und begann aus der Sänfte zu klettern. Riat seufzte und faltete in mannhafter Verachtung die Arme.

»Nein!« sagte Sorren. »Du bleibst hier, oder ich sorge dafür, daß du zu Hause bleibst und mit Lalli die ganzen Töpfe schrubben mußt.« Dies bewirkte Stillschweigen. Die Sänftenträger nahmen ihre Plätze ein, und im Handumdrehen schwankten die Sänften unter Glöckchengebimmel den Hang hinunter. Sorren winkte Kaleb zu und ging langsameren Schrittes hinterdrein. Die Umhänge trug sie über dem Arm.

Der Lärm auf den Straßen war enorm. An jeder Ecke, so hatte es den Anschein, war eine kleine Vorstellung im Gange. Überall trieben sich Jongleure herum, wirbelten Birnen und Äpfel durch die Luft; oder Sicheln oder Löffel; es gab Tänzer und Pantomimen, es gab Artisten, die auf dem Kopf standen oder einander auf den Schultern, und es gab Leute, die Fischkuchen verkauften und Nudelpasteten und Himmelskraut und Wein. Kinder ritten Huckepack auf den Schultern ihrer Eltern und bekamen große Augen angesichts des Schauspiels, das sich ihnen bot; Männer und Frauen mit Stirnbinden und Burnussen und wehenden Asechkleidern drängten sich in Klumpen in den Ecken zusammen und schauten den Darbietungen zu ... Ein Greis trieb mitten auf der Straße Wahrsagerei. Der Duft bratender Wachteln wehte vom Schiebkarren des Verkäufers herüber. Überall standen Wachen herum und spähten nach Dieben aus, denn das Große Fest war auch die Saison für die Taschenfilzer. Die stahlen da Geldbörsen; und viele hatten scharfe Messer, mit denen sie die Fäden sorglos gehandhabter Geldschnüre zerschnitten. Sorrens eigenes Geldband (es war wirklich und wahrhaftig ihr eigenes, denn Arré hatte es ihr als Geschenk zum Fest gegeben), lag sicher in ihrer Hosentasche verstaut. Auf der Schnur war eine Münze jeder Größenordnung, außer einem Largo, aufgereiht.

Während sie weiterschlenderte, hielt Sorren nach Freunden Ausschau. Aller Wahrscheinlichkeit nach würden Tani und Simmy und Nessim sich im Isara-Bezirk aufhalten, und Jeshim — der aber inzwischen nicht mehr ihr Freund war — jonglierte im Zelt des Blauen Clans. Aber Leute, die sie von den Märkten kannte, mochten vielleicht vorbeikommen; es war Tradition, daß man an diesem Tag durch alle Stadtbezirke streifte und an jedem Festzelt vorbeischaute.

Wolken von Himmelskrautrauch schwappten um die Laternen, und die Leute trugen Weinschläuche auf der Schulter. Eine Hand, die einen Pfeifenkopf umklammert hielt, schwankte unter ihrer Nase hin und her. Sie blickte nach unten. Ein Asechjunge grinste zu ihr herauf. Sie zog an der Pfeife, und ehe sie noch »ich danke dir« hätte sagen können, war der Junge verschwunden. Die Rauschdroge ließ ihre Glieder angenehm prickeln. Der glühende Schein des Vollmondes verbreitete sich über den Himmel. Sorren wußte nicht, was ihr mehr Spaß machte, dieses Fest oder das Frühlingsfest, bei dem die Menschen in langen Schlangenreihen mit Fackeln durch die Straßen tanzten. In den Weinfeldern, erinnerte sie sich, tanzte man dann durch die Felder und stampfte die eben ausgeworfene Saat mit den nackten Füßen in die Erde.

Sie betrat den Park. Überall trieben sich die Posten der Nachtwache herum. Überall purzelten Kinder herum und rannten dahin wie junge Hunde. Sorren suchte nach dem großen Baum. Er stand nahe beim Festzelt, doch nicht zu nahe bei den Gruben, denn die stanken, oder an den Wegen, denn die waren staubig.

Sie entdeckte den Baum und strebte auf ihn zu. Plötzlich war überall Geschrei zu vernehmen: der Mond stieg herauf. Er zog fast genau im Süden empor, und er war goldgelb wie das Blütenherz einer Margerite und riesig groß und hell genug, daß man in seinem Licht Farben unterscheiden konnte. Die Menschen hüpften und stampften und johlten. Sorren warf den Kopf in den Nacken und schrie: »Joi-joi-joi-joi!« Das war der Ruf der Weinleser, und ein Halbhundert Stimmen gab ihr Antwort. Sie drückte die Mäntel an die Brust und zitterte vor Erregung über den Freudenlärm.

Sie fädelte sich durch das Gedränge zu dem Großen Baum hinüber. Die Dreijährige blies mit tiefem Ernst auf ihrer Rohrpfeife und stapfte auf und ab, als führe sie eine Blaskapelle an. Arré saß auf einer Decke, der geöffnete Eßkorb stand neben ihr. Sie zermahlte ein Seetangbällchen im Mund. »Setz dich her!« Sie wies auf die Decke. Sorren ließ sich nieder. Sie fühlte sich ein wenig verlegen. Myra erzählte Kathi alles über das Fest, was dabei gefeiert wurde, wie alt das Fest war und so fort.

Der Posten neben dem Baum zeigte Riat seine Pike. Sorren ließ sich rücklings auf die Decke sinken, bettete den Kopf auf einen Arm und schaute dem aufsteigenden Mond zu. Als er höher am Himmel heraufstieg, wurde er weißer, doch er war noch immer riesig und schimmernd und schön. Die Dreijährige begann sich mit ihrer Pfeife zu langweilen und kam und setzte sich neben ihre Mutter. Sie sah Myra ähnlich, hatte die braune Hauttönung und das braune Haar und die hellen Augen der Mutter.

Sorren fragte sich, wo Paxe sein mochte. Eigentlich war die Hofmeisterin erst wieder um Mitternacht im Dienst, doch sicher hielt sie sich hier irgendwo mitten in der Menge auf und sorgte dafür, daß alles glatt verlief.

»Sorren!«

Sie schrak zusammen. Riat stand neben ihr. »Du hast mich erschreckt, *chelito*! Was gibt's denn?«

»Ich will zu Papa! Bringst du mich hin?«

Im Jahr zuvor war er zu den kleinen Zelten gekommen, in denen sich die mitwirkenden Darsteller umzogen, um seinen Vater vor der Vorstellung zu besuchen. »Frag deine Mutter, ob du darfst«, sagte Sorren.

Riat trat zu Myra und flüsterte dringlich auf sie ein. Dann kam er hüpfend zu Sorren zurück. »Sie sagt, ich darf!« Er griff nach Sorrens Hand. »Bringst du mich hin?« Er lächelte vertrauensvoll zu ihr herauf. Die dunklen Augen erinnerten sie an die Isaks. Sie wollte es nicht tun, aber es gab sonst niemanden, der den Jungen hätte begleiten können. Sie warf Arré einen Blick zu, die nur die Hände ausbreitete.

»Dann komm!« Sie begann auf das Große Festzelt zuzugehen.

Kathi brach in eifersüchtiges Geheul aus. Myra nahm sie in die Arme und stopfte ihr ein Seetangbällchen in den Mund. Riat raste vor Sorren auf das Zelt zu. Er war ganz wie ein Miniatur-Isak, ganz Kühnheit und Feuer, doch ohne Isaks Grausamkeiten. Die Wachtposten am Festzelt begutachteten die beiden scharf, und Sorren drehte sich so zur Seite, daß sie ihren Armreif der Leibeigenen sehen konnten.

Am Zugang zu den kleinen Zelten hielt man sie an. »Bedaure, aber hier darf keiner rein, außer den Darstellern.«

»Aber er ist Isak Meds Sohn«, sagte Sorren. Riat hüpfte an ihrer Hand auf und ab.

Der Posten runzelte die Stirn. »Ich hab' aber meine Befehle«, sagte sie.

»Papa!« schrillte Riat. Sorren blickte auf und sah, wie Isak um die Zeltecke herumgerannt kam. Riat riß sich von ihr los und schoß auf seinen Vater zu, der ihn hochnahm und in die Luft warf.

Dann ließ er den Jungen auf der Hüfte reiten. »Was treibst du denn hier, he?« In seiner Stimme schwang echte Zuneigung mit. Sorren starrte zu Boden. Er kam langsam auf sie zu. »Und Sorren auch noch. Dann sind also meine Frau und meine Schwester auch da.«

»Ja, mein Herr und Lord.«

»Papa, ich will die Feuerschlucker sehen, nimmst du mich mit hin. Bitte?«

»Das mache ich — Sorren!« Sie blickte auf. Isak lächelte sie an. »Ich vergebe dir«, sagte er. »Und ich wünschte, du würdest für mich trommeln, statt Itaka, aber dafür ist es jetzt zu spät.«

Ach, verflucht soll er sein, dachte sie, der weiß doch immer, was er sagen muß, um mich wieder rumzukriegen. »Herr und Lord, das wünschte ich mir auch.«

Das Mondlicht blitzte auf seiner mit Goldmünzen besetzten Kleidung. Er drückte Riat fest an sich. »Ich nehme Riat mit. Du brauchst nicht hierzubleiben.« Riat starrte seinen Vater mit anbetenden Augen an. »Du kannst in einer Weile kommen und ihn abholen.«

»Das werde ich, mein Herr und Lord.«

»So formell!« sagte er neckend. Er fuhr seinem Sohn durch die Locken. »Also los, Junge!« Der Knabe glitt zu Boden und stolzierte in Isaks Kielwasser auf das kleine Zelt zu.

Er würde des Jungen rasch überdrüssig werden, das wußte sie, aber dennoch hatte sie auf diese Weise ein paar Augenblicke für sich selbst. Sie schlenderte um den Park. Der Posten, der sie zuvor angehalten hatte, nickte ihr zu. Das Licht des Mondes verzauberte alle Farben zu Pastelltönen. Sie trat langsam in das Zelt; es steckte so voller Menschen, wie eine Bienenwabe voller Bienen ist. Auf der großen Bühne führten zwei Frauen akrobatische Kunststücke vor, während eine dritte auf einer Holzflöte blies.

Hinter sich vernahm sie Paxes Namen und drehte sich um. Zwei Med-Posten standen bei einem der Zeltmasten und unterhielten sich. Sie fluchten voller Bewunderung über Paxe. »Versuch mal und geh mit einer von den verdammten Holzklingen so um, als wär die tatsächlich Holz, und die reißt dir die beschissenen Ohren ab! Sanft wie 'n Grobschmied ist die.« Sie merkten, daß Sorren sie belauschte, und klappten die Mäuler zu. Sie lächelte sie an.

Sie ging wieder in den Park hinaus. Sie kreuzte die Arme über der Brust und verdeckte das Armband der Leibeigenen mit einer hohlen Hand. Nun war sie niemand mehr, irgendwer, eine Fremde. Sie kam an einem Stand vorbei, wo man Schweinsfüße verkaufte. Sie tastete in ihrer Tasche nach einem Zweierling und gab ihn dem Mann. Er gab ihr vier Fingerlinge und einen Schweinsfuß zurück. Der Schweinsfuß war heiß, und sie warf ihn von einer Hand in die andere, bis er sich etwas abgekühlt hatte.

Sie wanderte wieder zu den kleinen Zelten zurück. Ein Mann in Rot, Orange und Blau lief an ihr vorbei. Sie erkannten einander zur gleichen Zeit. Der Mann wirbelte herum.

»Was machst du denn hier?« fragte sie.

Jeshim grinste. »Redest du wieder mit mir, was?« Er griff nach vorn, und ehe sie ihn bremsen konnte, tat er, als ziehe er ihr einen roten Ball aus dem linken Ohr. »Ach, ich mach so Sachen. Ich hab' jetzt Pause. Komm doch und schau mir zu!«

Sie blickte mit gerunzelter Stirn hinter ihm drein. Sie hatte keineswegs die Absicht, sich seine Vorstellung anzusehen. Sie biß in ihren Schweinsfuß, und der Bratensaft rann ihr übers Kinn.

Riat war bei Isak in dem kleinen Zelt und schaute zu, wie der Tänzer vor einem Silberspiegel die Gesichtsmaske auftrug. Die Kerzenflammen bewirkten, daß es sehr heiß im Zelt war. Isaks Kostüm war Grün und Gold und hatte ein Muster wie die Schuppen im Leib einer Schlange: er würde »Die Schlange und die weise Hexe« tanzen. Er zog sich Linien um die Augen, damit sie deutlicher hervortraten. Sorrens Finger pochten auf ihren Schenkeln den Rhythmus des Tanzes, an den sie sich gut erinnerte. Riats Mund stand vor Bewunderung über die Verwandlung seines Vaters offen.

Itaka hockte in der Zeltecke und probte noch einmal den Tanzrhythmus. Sorren lächelte ihm zu und wünschte sich insgeheim, sie könnte ihm seinen Platz wegnehmen. »Wie lang noch?« fragte Isak.

Sorren schaute auf die Stundenkerze rechts vom Spiegel. »Eine halbe Stunde noch.«

»Ah. Befreie mich von diesem Quälgeist!«

»Riat. Komm jetzt mit! Dein Papa ist beschäftigt.«

»Ich will aber zuschaun!« protestierte der Junge. Doch dann ließ er sich von Sorren von seinem Schemel losreißen.

»Kannst du allein zu dem Großen Baum zurückfinden?« fragte sie das Kind.

»Aber klar doch!« Er wölbte die Brust heraus und stolzierte umher wie ein Gockel.

»Gut, warum gehst du nicht und sagst deiner Mutter, daß dein Papa gleich tanzen wird? Sie möchte ihm vielleicht gern zuschaun.« Der Junge warf den Kopf in den Nacken wie ein Füllen und schoß davon.

Isak grinste sie im Spiegel an. »Du kannst gut mit den Zwergen umgehn. Warum suchst du dir nicht einen Kerl und läßt dir selber welche machen?«

Sie lachte. »Arré wäre damit nicht einverstanden.«

Das war die falsche Antwort gewesen. Sie wünschte sich vergebens, sie könnte sie rückgängig machen.

Doch Isak lächelte nur einfach weiter. »Sind dir denn die Wünsche meiner teuren Schwester *so* wichtig, Mädchen?« fragte er.

»Natürlich!«

»Natürlich. Nun, für mich hat dieses Problem nie existiert.« Er malte noch eine letzte Linie in sein Gesicht, dann legte er den Pinsel beiseite. »Sag mir, glaubst du, sie kommt und schaut sich meinen Tanz an?«

Es war eine rhetorische Frage; sie wußten es beide, daß Arré nicht kommen würde.

Sie trat in den Pavillon. Die drei Akrobatinnen entzündeten gerade die Fackeln um die Bühne, boten eine Nummer dabei, indem sie eine auf der Schulter der anderen ritten, Clownereien vorführten, so taten, als verlören sie die Balance, einander fallen ließen, zu Boden platschten. In der Menge flüsterte man Isaks Namen. Eine Hand schob sich in Sorrens Hand; sie sah hinunter. Es war Riat. »Sie kommen. Ich hab' sie gefunden«, sagte der Junge. Sorren wandte sich um. Sie überlegte, wieso sich Arré nun doch noch entschlossen haben sollte, zur Vorstellung zu kommen. Aber nein, »sie«, das waren Myra und die zwei Kleinen — und Paxe. Sorrens Herz pochte. Paxe trug die Dreijährige.

Riat schenkte Paxe einen Blick, in dem ein wenig von der ehrfürchtigen Hingabe lag, die er für seinen Vater reservierte. Sie trug die Med-Farben und hohe Stiefel aus weichem Leder, und sie sah prächtig aus. Paxe sah den Blick des Kindes und lächelte. »Sorren willst du die Kleine für mich halten?« Sorren nahm ihr das Baby ab, und Paxe hob Riat mit beiden Händen hoch und warf ihn sich auf die Schultern. Myra hielt Kathy fest. »So, jetzt kannst du alles sehen«, sagte Paxe.

Myra sagte mit Grazie: »Hofmeisterin, du darfst dich nicht von meinen Kleinen von deinen Pflichten abhalten lassen.«

Paxe antwortete: »Das werden sie nicht tun, Herrin und Lady; sie liefern mir im Gegenteil einen Vorwand, den Tanz sehen zu können.« Und dich sehen zu können, sagten Paxes Augen zu Sorren. Sie stellte sich so hin, daß ihre Arme einander berührten. Die Menge ringsum hatte Paxe erkannt und hielt sich ehrerbietig in Distanz. »Wir können näher rangehen, wenn du es wünschst.«

»Es ist gut so«, sagte Myra. Dann sah sie das Gesicht ihres Sohnes und lächelte. »Nun, also gut, vielleicht ein klein bißchen näher.« Paxe trat vor, und die Leute machten ihr Platz. Sorren folgte ihr, wobei sie die Dreijährige von einem Arm in den anderen wechseln ließ. Die Kleine wurde allmählich schläfrig, und sie ließ den Kopf gegen Sorrens Brust sinken. Sorren wiegte sie sanft. Sie ist sehr lieb, dachte Sorren, wenn sie nicht gerade brüllt; knubbelig und weich und süß duftend. Und sie rieb ihre Wange sacht gegen den Hals des Kindes.

Die Gaukler schleuderten einander nun flammende Fackeln zu, taten, als ließen sie sie fallen, wozu die Menge »Oooh!« stöhnte. Schweiß träufelte Sorrens Flanken hinab. Sie schob das Baby auf die andere Seite und reckte die Hüfte vor, um das Gewicht des Kindes abzustützen. Itaka kam auf die Bühne. Alle grüßten ihn jubelnd.

Riat beugte sich herüber und sagte zu seiner Mutter: »Papa kommt jetzt.«

»Ach, wie nett«, sagte Myra. »Kathi, Papa kommt gleich. Zupf doch nicht so an meinen Haaren, *chelito*!« Riat hoppte auf Paxes Schultern auf und ab, die Arme flogen vor Erregung wie Windmühlenflügel.

Und Isak betrat die Bühne.

Er hatte einen weißen Ring um seine Augen gemalt, um sie zu betonen. Seine Kleidung schimmerte wie die Schuppen der Schlange. Der Trommler war ein unsensibler Hämmerer: *pum-pum, pum-pum.* Nach einem ersten Ausbruch von Jubel war die Menge in Schweigen versunken und gab sich ehrfürchtig der Magie des Tanzes hin. Und Isak *war* die Schlange — geschmeidig, hinterlistig und brutal. Er zischelte, und die Menschen in der vordersten Reihe wichen zurück. Sorren erschauderte angesichts seiner Kunst. Er glitt hinter den Paravent, und als er wieder auf die Bühne zurückkehrte, trug er ein langes weißes Gewand über dem grüngoldenen Kostüm. Nun war er die weise Hexe. Langsam entwickelte sich die Geschichte. Die Schlange begehrte nach der Weisheit der Hexe. Sie kam zu ihrem Haus und tanzte im Haus herum. Die Hexe ahnte nicht, daß die Schlange da war. Sie mischte einen Zaubertrank in ihrem Hexenkessel, und als sie einmal nicht hinsah, glitt die Schlange herein und legte sich um den Kessel nieder. Als alles gut gemischt war, probierte die Hexe den Trank. Die Schlange lauerte darauf, daß sie wieder wegschauen möge. (Mittlerweile riefen die Kinder im Publikum laut: »Paß auf!«, und ihre Eltern mühten sich, sie zum Schweigen zu bringen.) Die Hexe ging aus dem Haus, und die Schlange richtete sich auf, bereit, den Zaubertrank zu stehlen. Die Hexe kehrte zurück und ertappte die Schlange dabei. Die Trommeln schwollen in einem Crescendo an. Die Hexe sprach einen Zauber, und das Riesentier sank zusammen und kroch auf dem Bauch hinaus, unfähig zu stehen, armlos und beinlos.

Bei dieser Bestrafung der Schlange jubelten die Kinder begeisterte Zustimmung. Isak kam wieder hinter dem Wandschirm hervor, zuerst als die Schlange, dann als die Hexe. Sorren rief: »Joi-joi-joi-joi!« Isak blickte zu ihr herüber und lächelte.

»Er ist gut, nicht wahr?« sagte Myra und ihre Stimme klang weich und traurig und verloren. Er fehlt ihr, dachte Sorren. Sicher liebt sie ihn sehr.

»Die Leute sind jedenfalls dieser Meinung«, sagte Paxe. Sie griff hinter ihren Kopf, packte Riat und stellte ihn auf den Boden. »Tut mir leid, *chelito*, aber ich muß jetzt gehen.« Sie schaute Sorren an und lächelte. Sorren blies ihr einen stummen Kuß zu.

»Macht er noch einen Tanz?« fragte Riat. »Ich will es sehen!«

»Nein«, antwortete Sorren. »Er tanzt immer nur einmal.«

Dann waren sie wieder am Großen Baum. Arré lächelte ihnen entgegen. »Nun?« fragte sie.

Myra setzte sich neben sie. »Den Leuten hat es gefallen«, sagte sie. »Ich hoffe, du hast dich nicht zu sehr gelangweilt, hier draußen. Deine Hofmeisterin war sehr nett zu uns, sie ist gekommen und bei uns geblieben, während wir uns den Tanz anschauten.«

Riat bettelte: »Kann ich noch mal zu Papa gehn?«

Myra nahm die Dreijährige aus Sorrens Armen und legte sie in einer Decke zurecht. »Den Kindern fehlt er, weißt du«, sagte sie zu Arré.

»Ja, das glaube ich gern«, gab Arré freundlich zurück. »Sorren, magst du nicht den Jungen wieder hinters Zelt führen?«

Sorren verneigte sich und nickte Riat zu. »Also komm!«

Die Menge war noch lauter geworden. Und sie brauchten lange, bis sie sich wieder bis zum Pavillon durchgedrängt hatten. Riat hielt sich dicht bei Sorren, diese Masse fremder Leiber, die alle größer waren als er, erschreckte ihn ein bißchen. Sie blieben eine Weile stehen und schauten einer Frau mit einer Schlange zu. Die Schlange hatte grüne Schuppen. »Genau wie Papa«, erklärte ihr Riat.

»Aber nicht so groß«, sagte Sorren, was ihn zum Lachen brachte. Die Tänzerin war nicht so geschmeidig wie Tani.

Als sie weitergingen, fragte Riat: »Ist mein Vater ein guter Tänzer, Sorren?« Der Klang der Liebe in seiner Stimme war so unverhohlen nackt, daß es schmerzte.

»Der beste«, sagte Sorren mit Bestimmtheit.

Riat wiederholte sich das Wort auf dem ganzen Weg durch den Park — »der beste, der beste«.

Sie bogen um die Ecke des Pavillons und fanden sich direkt vor Borti. Er begrüßte Sorren mit einem Lächeln und einer Umarmung. »Wie geht's dir, Mädchen?«

Sie war entzückt, ihn zu treffen. Seit er Ivors Zweiter Wachoffizier war, sah man ihn kaum jemals im Haus. »Mir geht es prima.«

»Komm mit mir!« flüsterte er. Er führte sie hinter eines der Zelte. Riat kam in ihrem Schlepptau. »Schau mal, was ich da habe.« Er hatte eine Wasserpfeife und Himmelskraut, und er reichte ihr das Mundstück.

»Das solltest du aber nicht — was wird, wenn Paxe dich damit sieht?« sagte sie, aber sie nahm dennoch einen Zug aus der Pfeife. Das Wasser gluckerte blasig.

»Sie sieht mich schon nicht. Hab da mal keine Angst!« Er zog an der Pfeife und füllte sich die Brust mit Rauch. »Du hättest dort oben sitzen und für Isak Med trommeln sollen, nicht dieser Kerl!«

Riats Kopf fuhr herum, als sein Vater erwähnt wurde. »Ich geh Papa suchen«, erklärte er. Ehe sie ihn packen konnte, lief er leichtfüßig über den zertrampelten Grassoden davon.

»O verflixt«, sagte Sorren und stieß Borti die Pfeife in die Hand. »Jetzt muß ich hinter ihm dreinrennen.«

»Wer ist das denn?« fragte der alte Wächter.

»Isak Meds Sohn, du Narr!«

»Dann ist er völlig in der Lage, sich in achtzunehmen!«

Wahrscheinlich hatte Borti damit recht. »Ich bin für ihn verantwortlich. Was, wenn er sich verläuft?«

»Es ist hell. Er wird seine Mutter schon finden.«

»Nein. Ich geh ihn besser suchen.«

Sie rief nach ihm, während sie suchte. »Riat? Riat!« Doch in dem Babel von Menschenstimmen um sie herum vermochte sie kaum die eigene Stimme zu hören. Sie ging zu Isaks Zelt, doch es war leer. An Haken in der Ecke hingen die Kostüme. Ihr Herz begann schmerzhaft schwer zu klopfen. Eigentlich passierte Kindern ja niemals was — wie aber, wenn nun doch etwas passierte? Der Junge könnte in die Abfallgrube fallen, er könnte etwas Schlechtes essen und ihm könnte übel werden, ein Hund könnte ihn beißen, ein Maultier könnte nach ihm treten ... »Riat!« Aber nur ihre eigene Stimme war zu hören.

Sie würde es ziemlich bald den Wachtposten sagen müssen, wenn sie ihn nicht fand. Und Arré und Isak! Heiliger Wächter, sagte sie in ihrem Kopf, hilf mir, daß ich ihn finde. Sie fühlte Tränen in den Augen aufsteigen und hätte gern geweint, und sie wußte, dies rührte vom Himmelskraut her. Sie hielt einen der Gaukler an. »Hast du einen kleinen Jungen gesehen? Ungefähr so hoch? In blauer Seide?«

»Nein. Tut mir leid.«

»Wenn du ihn siehst, würdest du ihn dann packen und zu einem Med-Posten bringen?«

»Sicher doch. Gehört er dir?«

»In gewisser Weise schon. Riat!« rief sie erneut.

Sie konnte ihn nirgendwo finden. Sie durchkämmte den Pavillon, suchte hinter der Bühne, unter der Bühne, in jedem Winkel und hinter jedem Stück Stoff. Sie erinnerte sich an die Schlangentänzerin und raste hinaus, um sie zu suchen. Wächter, laß ihn bei ihr sein ... Sie drängte sich bis in die vorderste Reihe der

Zuschauer bei der Schlangentänzerin. Riat war nicht da. Sie fluchte, mühte sich, ihre Panik unter Kontrolle zu halten, drängte sich wieder durch die Zuschauerreihen, überhörte die beißenden Bemerkungen, die man hinter ihrem Rücken machte.

Eine seidige Stimme fragte: »Wieder Schwierigkeiten, Sorren?«

Sorren wirbelte herum. Die Wahrheitsfinderin Senta stand vor ihr. Sie hatte das weiße Überkleid abgelegt, und diesmal war sie in ganz gewöhnlicher Kleidung: eine rote Baumwolltunika, dunkle Hosen, Stiefel. Doch ihre Stimme war unverwechselbar, und ihr Haar war einmalig, das wie ein Wasserfall aus Ebenholz im Mondlicht schimmerte.

Sie lächelte. »Was bist du so erstaunt? Auch Hexen freuen sich an Festen. Ich bin gekommen, dir zu sagen: Deine Karten sind in deinem Haus. Ich habe sie bei einer alten fetten Frau gelassen, die mich angeschnauft hat. Ich hab' ihr aufgetragen, die Karten zu deinen Sachen zu legen. Was ist denn?« Die Stimme wurde sehr sanft. »Kann ich dir vielleicht helfen?«

Sorren stammelte: »Ich suche jemand, *lehi*.«

»Wir sind Kolleginnen, oder? Also nenne mich Senta. Nach wem suchst du?«

»Nach einem kleinen Jungen in Blau. Er ist davongelaufen. Er ... er ist Isak Meds Sohn.«

»Er war in deine Obhut gegeben, und du hast ihn verloren? Das ist schlimm. Würde er hierbleiben oder aus dem Park fortlaufen?«

»Ich weiß es nicht. Nein, ich glaube, er würde hierbleiben.«

»Dann wollen wir mal sehen, ob ich ihn aufspüren kann. Sei still!« Ihre Brauen zogen sich zusammen. »Ah! Ja. Da ist er, bei den Zelten.« Sie holte heftig Luft. »Ich an deiner Stelle würde sehr leise und behutsam dorthin gehen, Sorren-Vergangenheitsseherin. Isak Med ist beschäftigt, und er würde auf eine Unterbrechung nicht freundlich reagieren.«

Sorren wurden die Knie weich vor Erleichterung. Sie ließ sich auf ein Knie nieder und sagte: »Ich danke dir, *lehi*!«

Senta zog sie empor. »Du sollst mir nicht danken, Kind. Aber geh! Doch leise, leise! Und erinnere deine Herrin an mich!«

Also warum nur — doch Sorren hatte nicht die Zeit, sich Fragen zu stellen. Eingedenk der Mahnung der Wahrheitsfinderin, leise zu gehen, eilte Sorren an das Hinterende des Pavillons.

Das Gras stand hier noch höher und war weniger zertreten; ein kleines Kind konnte sehr leicht darin liegen und den Blicken entzogen sein. »Riat?« rief sie leise. Sie ging um das erste Zelt herum, dann um das zweite. »Riat?« Sie glaubte, ein Kichern zu hören, und drehte sich um, aber da war nichts. »Riat, ich bitte dich!« flüsterte sie. Es war schwer, Gestalten von Schatten zu unterscheiden, der Mond sprenkelte das Gras und die Zeltbahnen mit Tupfern von Silber.

Auf einmal kam ein Mann weiten Schritts aus dem zweiten Zelt. Er war hochgewachsen, und als der Mondschein auf sein Haar fiel, leuchtete es rot auf. Trotz seiner eiligen Schritte, hatte sein Gang etwas Heimlichtuerisches. Ohne weiter nachzudenken, verschmolz Sorren mit der Zeltwand, wo der Firnis des Mondlichts das Auge verwirrte.

Mit einer einzigen hastigen Bewegung blickte der Mann sich nach allen Seiten hin um, riß dann die Kapuze seines Mantels über den Kopf und ging davon. Auf dem Umhang waren keine Stammesinsignien zu sehen, doch in dem einen kurzen Augenblick, in dem der Mann sich in ihre Richtung gewendet hatte, hatte sie sein Gesicht ganz deutlich gesehen und ihn erkannt. Es war Ron Ismenin gewesen.

Vor Überraschung hätte Sorren beinahe die Sorge um Riat vergessen. Was konnte das Oberhaupt des Hauses Ismenin hier zu schaffen haben, hier im Herzen des Med-Bezirks? Ein Rascheln in der Dunkelheit rief ihr wieder den Zweck ihres Hierseins ins Gedächtnis. »Riat!« sagte sie und sprang vor.

Ihre Finger schlossen sich über einer Stoffalte.

Verdrießlich stand sie wieder auf. Doch nun vernahm sie tatsächlich ein Kichern, es zirpte ganz deutlich in der Stille. »Riat, komm sofort hierher!« befahl sie, immer noch leise.

Drinnen im Zelt sprach eine Stimme: »Das ist ein Haufen Geld, mein Herr und Lord. Es muß dir sehr viel daran liegen, deine Schwester tot zu sehen.«

Sorren fuhr herum, als Isaks Stimme antwortete. Sie klang halb amüsiert, halb drohend: »Das ist richtig. Soviel immerhin, daß ich dafür zu zahlen bereit bin — und wenn du es versiebst, einen anderen zu bezahlen, damit er dich findet!«

»Oh, ich werde es nicht verpfuschen«, sagte die zweite Stimme voll Selbstvertrauen. »Ich habe selbst ein Hühnchen mit dem Med-Haus zu rupfen. Du willst, daß es heut nacht passiert?«

»Das ist ein guter Zeitpunkt — die Wachen sind beschäftigt. Du weißt, wer dein Komplize sein wird — der Gaukler.«

»Sag lieber Partner, Herr und Lord. Das hört sich besser an.« Man hörte Münzen klingeln. »Nuather Geld, Herr und Lord?«

»Willst du am Stadttor anhalten und deine Bontas einwechseln müssen?«

»Nein!«

»Dann stell keine idiotischen Fragen! Habt ihr Waffen?«

»Ich habe ein Schwert. Gerade diese Woche aus dem Med-Hof geklaut.«

Isak kicherte. »Ai, das gefällt mir. Dein Partner . . .« — seine helle Stimme triefte von Ironie — »wird euch beide aus der Stadt hinausbringen, ehe man Alarm schlägt. Hast du was gegen die Asech?«

»Ich bring es fertig, sie zu ertragen.«

»Du wirst eine Zeitlang bei ihnen leben müssen, bis ich zu ihrem Nachfolger ernannt bin. Dann wirst du in die Stadt zurückkehren.«

»Vielleicht auch nicht, mein Herr und Lord.« Die Stimme des zweiten Mannes klang trocken.

»Wie es dir beliebt.«

»Papa!« schrie Riat und sprang aus dem Gras auf. Sorren sah den Jungen als Schattengestalt im Mondlicht, während er durch den Zelteingang schoß. »Papa, darf ich auch mit? Ich hab' die Asech gern!«

Im Zeltinnern stießen beide Männer einen Ruf aus. Dann fragte Isak: »Riat, was hast du hier zu suchen?«

»Ach, ich versteck mich bloß vor Sorren. Ich hab' dich gesucht. Papa, da drüben gibt es eine Frau mit einer Schlange, und die Schlange sieht genauso aus wie du!«

Der andere Mann fragte: »Sorren? Wer, zum Teufel, ist das?«

»Achte auf deine Rede!« sagte Isak. »Sie ist meine frühere Trommlerin, Dienerin bei meiner Schwester. Ein Mädchen aus dem Norden.«

»Aha. Die Bettschlampe der Hofmeisterin. Ich geh mal nachsehen.« Sorren löste den Griff vom Zelt und sackte flach ins Gras. Sie robbte so nahe an das Zelt heran, wie sie sich getraute, und zog die lose Zeltleinwand über sich. Ein Mann kam aus dem Zelt und umkreiste es.

Seine Stiefelsohlen knirschten auf den Steinchen — eine Handbreit von ihrem Kinn entfernt. Sie hielt den Atem an. »Ich seh sie nirgends«, rief der Mann und kehrte ins Zelt zurück. Sofort danach rollte Sorren von dem Zelt fort und kroch in den Schatten, den das nächstgelegene Zelt warf. Sie bebte am ganzen Leib.

Sie zwang sich, tief zu atmen, bis das Zittern aufhörte. Wenn ich meinen Bogen bei mir hätte ... dachte sie. Aber sie hatte ihren Bogen nicht. Sie stand auf, trat fest einen Schritt vor und rief: »Riat!«

Riat krähte im Zelt. Die Eingangsklappe wurde nach außen geschlagen, und zwei Männer traten ins Mondlicht. Der eine war Isak, und er trug seinen Sohn auf dem Arm. Der zweite Mann bog um das Zelt und verschwand in Richtung auf den Pavillon. Sein Gang kam Sorren bekannt vor, doch mehr konnte sie nicht von ihm erkennen. »Die Bettschlampe der Hofmeisterin« hatte der Kerl sie genannt. Sie zwang sich, so zu tun, als habe sie ihn nicht bemerkt, aber ihr Herz schien ihr in der Kehle zu stecken, als Isak langsam auf sie zukam.

Er trug weiche blaue Baumwollsachen, und in seinem Gesicht war keine Schminke mehr. Er lächelte dünn. Er sprach: »Riat, es ist wenig freundlich, daß du Sorren Kummer bereitest. Sie ist für dich verantwortlich.« Er stellte den Jungen ins Gras.

»Papa, wer war der Mann?« fragte Riat.

»Einer, den ich kenne. Denk nicht mehr an ihn.« Über den dunklen Kopf des Kindes hinweg blickte er Sorren an, und sie stählte ihren Willen, seinem Blick zu begegnen.

»Mein Herr und Lord, er hat mir eine gräßliche Angst eingejagt. Ich suche schon fast eine Stunde lang nach ihm.« Ihre Stimme zitterte trotz ihrer Anstrengung. Würde er es bemerken?

»Ach wirklich?« Isak legte seinem Sohn die Hand auf die Schulter. »Riat, das war sehr übel getan. Entschuldige dich bei Sorren, daß du ihr Kummer bereitet hast.«

»Es tut mir leid«, sagte Riat. »Papa, komm doch mit und schau die Schlangendame an!«

»Nein. Sorren, wie fandest du meinen Tanz?«

»Er war sehr schön«, sagte Sorren. »Aber dein Trommler war zu laut.«

»Ich weiß«, sagte Isak. »Du hättest das machen müssen. Wo gehst du jetzt hin?«

Sie streckte die Hand nach Riat aus. Mutwillig schlüpfte er ihr davon. »Ich bringe jetzt diesen Kobold zu seiner Mutter zurück. Das heißt, wenn er mich läßt!«

»Er wird!« Isaks Hand schoß vor und packte den Jungen am

Handgelenk. »Du kommst jetzt mit mir, junger Mann.« Sie wanderten auf den Zelteingang zu. Sorren legte die Handflächen an die Wangen. Sie war eiskalt, und gleichzeitig fieberte sie.

Sie mühte sich zu überdenken, wer dieser Mann gewesen sein könnte. Jemand, den sie kannte — oder der sie kannte. Sie wußte, wer der Gaukler, der Jongleur, sein mußte — Jeshim. Das war einfach. Isak sprach leise auf den Jungen ein, und Riat nickte mehrmals mit dem Kopf. Wahrscheinlich befahl Isak dem Kind, nichts über »den Mann« zu seiner Mutter zu sagen. Heiliger Wächter, steh mir jetzt bei! dachte sie. Sie mußte unbedingt zurück, mußte Paxe finden! Isak und Riat kamen wieder heraus.

»Ach, hier bist du«, sagte Isak. »*Chelito*, wir beide sehen uns dann morgen.« Noch einmal lächelte er Sorren zu und schritt dann gemächlich davon.

»Wiedersehn, Papa«, rief Riat. Er sah aus, als wolle er hinter Isak dreinlaufen, und Sorren packte ihn am Hemd. »Ich lauf nicht weg. Laß mich los!« Sie gab ihn frei. Er stand da und starrte hinter seinem Vater her. »Ich hab' ein Geheimnis«, sagte er mit ängstlichem Stolz.

»Nun, dann sag mir bloß nicht, was es ist«, sagte Sorren. Sie hob ihn auf und setzte ihn sich auf die Schultern. Er hakte die Finger in ihr Haar.

»Auf, Pferdchen!« befahl er. Sie ließ ihn spielen, daß sie sein Pferd sei, und trabte durch den Park auf den Großen Baum zu. Dabei spähte sie nach Med-Posten aus. Ihr Herz pumpte in ihrer Brust. Ihre Knie fühlten sich weich an und schwach. Sie redete sich selber gut zu, es seien zu viele Menschen unterwegs, hier im Park könne nichts geschehen.

Das Baby schrie. Myra ging auf und ab und schaukelte es rüttelnd. Sorren ließ Riat absteigen. »Wo habt ihr gesteckt?« fragte Arré barsch.

Riat sagte: »Ich bin weggerannt. Und ich hab' eine Frau gesehn mit einer Schlange. Und Papa!«

Sorren sagte: »Er ist mir davongelaufen, und ich hab' bis jetzt gebraucht, um ihn zu finden.«

»Ich bin müde«, sagte Arré. »Geh, hol uns die Sänften, Kind! Myra, ich setz dich vor Isaks Haus ab.«

Myra nickte nur. »Riat, das war sehr ungezogen, daß du dich so lange herumgetrieben hast.«

Kathi schlief fest, sie lag zusammengerollt auf der Decke, ihre

Pfeife fest in der klammernden Faust. Sie sieht wie Arré im Schlaf aus, dachte Sorren. Sie ging zum Rand des Parks, um die Sänften zu rufen. Sie mußte unbedingt Paxe finden. Sie stieß auf einen Med-Posten und packte ihn am Hemd. »Wo ist die Hofmeisterin?« Er zuckte die Achseln. »Bitte! Es ist wichtig. Arré Med braucht sie!«

Sein Gesichtsausdruck veränderte sich. »Was sagst du das nicht gleich?« Er stieß zwei Pfeiftöne aus. Einen Augenblick später wurde der Ruf in Richtung des Pavillons erwidert. »Sie ist dort drüben«, sagte der Posten und deutete in die Richtung.

»Ich danke dir«, sagte Sorren. Sie blieb beobachtend stehen, wartete, daß sich die Menge zerteile, daß Paxe durch das Gedränge herankäme ... Ihr Atem kratzte rauh in der Kehle. Die Sätze, die sie vor dem Zelt gehört hatte, waren wie ein Brandzeichen in ihr Gedächtnis geätzt. »Du hast ein gutes Gedächtnis«, sagte Kadras Stimme in ihrem Kopf.

»Nun, da ist sie!« sagte der Posten an ihrem Ohr. Sorren blinzelte. Paxe kam munter lächelnd auf sie zu.

Heiliger Wächter, mach, daß sie weiß, was zu tun ist, dachte Sorren, und dann zersplitterte ihre Selbstbeherrschung in tausend Scherben. Mit einem dumpfen Schluchzen warf sie sich Paxe in die Arme.

21. Kapitel

»Ich glaube dir nicht«, sagte Arré. Paxe schwieg. Arré wanderte ruhelos von einer Wand zur anderen. Sie streifte mit den Fingern in dem verdunkelten Schlafzimmer über die Paravents und hielt sich mit unsicheren Händen an den Möbelstücken fest. Mit dem Nachtwind wehte von den Straßen der Lärm fröhlicher Ausgelassenheit herauf. Paxe wartete, daß Arré aufhöre herumzulaufen. Sie konnte das leise *Pah-pah-dam* von Sorrens Trommel hören, das nicht aus ihrem Zimmer ertönte, sondern von oben von der Treppe her. In der Küche schrubbte Lalith immer noch die bereits blitzsauberen Töpfe. Arré trat ans Fenster. Die Blende war geöffnet, und man sah in den Garten. Paxe trat hinter sie und legte ihr beide Arme um den Leib. Arré wurde von einem Beben geschüttelt. Der Mond ergoß sein Licht auf ihr erstarrtes Gesicht.

»Es geht schon«, murmelte sie, sich umwendend, und legte die Stirn an Paxes Brüste. »Und ja, ich glaube dir!« Sie füllte tief die Lungen mit Luft. »Mein kleiner Bruder! Mein mörderisches, dummes Brüderchen! Und was soll ich jetzt machen? Was hast du unternommen?«

Sie tauchte aus ihrem Schock auf. Paxe zog sie vom Fenster fort. »Sorren trommelt auf der Treppe, wo sie die Vordertür im Auge behalten kann. Lalith ist in der Küche und macht Lärm. Die Küchentür ist von innen verbarrikadiert. Die Wachen — die paar, die noch ums Haus sind — stehen auf ihrem gewöhnlichen Platz.«

»Wissen sie Bescheid? Hast du es ihnen gesagt?«

»Nein. Ich habe es zuerst dir sagen müssen. Gib mir eine halbe Stunde Zeit, dann habe ich eine Wehr von Leibern ums Haus aufgebaut.« Arrés Herzschlag war rasend wie der eines kleinen Vogels. Paxe hob ihr Gesicht zu sich herauf und küßte sie sanft. Der Mund schmeckte salzig — sie hatte so leise geweint, daß Paxe es nicht gehört hatte. »*Nika*, nicht doch«, sagte Paxe. »Nichts wird dir geschehen, das schwöre ich dir!«

»Ich kann nicht anders!« Arré entzog sich den Armen Paxes sanft und begann wieder im Zimmer herumzuwandern. »Ich habe nicht gewußt, daß man Leute dafür bezahlen kann, daß sie töten.«

»Was glaubst du denn, was ein Heer anderes ist? Soldaten bezahlt man, daß sie töten!« sagte Paxe. Sie rieb sich mit den Händen das Gesicht. Die Haut fühlte sich gespannt an. »Du kannst Menschen für alles mit Geld bekommen.«

Arré sagte: »Aber eine Armee ist doch etwas anderes!« Sie drehte sich zu Paxe um. »Kannst du Leute bezahlen, und sie tun dafür alles? Kannst du sie bezahlen, loyal zu sein — dich zu lieben?«

»Nein«, sagte Paxe. »Das nicht.«

Die fröhlichen Nachtschwärmer hatten unter dem Fenster angehalten und beredeten, wohin sie als nächstes gehen sollten. Bleibt da stehn und fangt einen Streit an, flehte Paxe im stillen. Los, fangt an! Doch die Nähe des großen Hauses ließ die Leute nervös werden, und unter ständigem Geplapper machten sie sich davon. *Pah-pah-dam.* Sorren auf der Treppe. Nach ihrem ersten Tränenausbruch war sie still und ruhig geworden, nachdenklich — und sie war es dann gewesen, die vorgeschlagen hatte, daß Lalith in der Küche herumlärmen solle.

Arré fragte: »Wie viele werden es sein?«

»Wir wissen von zwei, von dem Messerwerfer und von einem andern. Aber vielleicht sind es noch mehr.«

»Ich will nicht, daß jemand aus meinem Haus verletzt wird!«

Paxe sagte ruhig: »Jemand muß sie aufhalten, Arré.«

»Könnten wir sie nicht verscheuchen?«

»Damit sie's erneut versuchen? In irgendeiner anderen Nacht, an irgendeinem andern Tag? Willst du dein Leben weiterleben, indem du andauernd über die Schulter schaust?« Die Worte dröhnten laut in dem plötzlich stillen Haus. Sorren hatte aufgehört zu trommeln, nun begann sie wieder.

»Wenn sie mich heute nacht töten, müssen sie hierher in dieses Zimmer kommen«, sagte Arré. »Könnten wir sie ins Haus lassen und sie festnehmen, wenn sie hierher kommen?«

»Du willst sie bei der Tat erwischen.«

»Ja. Und ich will sie lebend haben, damit sie aussagen können, wer sie angestiftet hat.«

Paxe drehte und wendete dies im Geiste herum. »Doch, ich

denke, man kann es machen. Aber du mußt mir etwas versprechen«, sagte sie schließlich.

»Was?«

»Daß du es mir überläßt zu entscheiden, wie wir es tun werden, und daß du, wenn ich dir befehle, etwas zu tun, es auch tun wirst, genau wie ich es dir sagen werde.«

Arré lachte brüchig. »Es fällt mir aber schwer, Dinge nicht auf meine eigene Weise zu tun.«

»Oh, ich weiß, wie du bist.«

»Ich verspreche es«, sagte Arré. »Aber ich behalte mir das Recht vor, hinterher zu nörgeln.«

»Was du ja sowieso tun würdest.«

Arré setzte sich auf das Bett. Ein Mondstrahl fiel über ihre Hände, die ruhelos die Armreifen drehten und hin und her schoben. »Alles in allem, denke ich, werde ich wohl doch nicht in den Norden reisen.«

»Wohl kaum«, antwortete Paxe. »Dein Bruder ist nicht fähig zu herrschen, Arré. Sein Denken ist vergiftet.«

Arré mühte sich ein Lächeln ab. Es mißlang, und sie zitterte statt dessen. »Tarn Ryth wird enttäuscht sein.«

»Ich glaube, er wird Verständnis haben, wenn er erfährt, warum du hierbleibst.«

Arré hämmerte die Faust auf das Bett. »Keiner darf etwas erfahren! Ich will, daß das geheim bleibt, Paxe! Soll ich es der ganzen Stadt verkünden, daß mein Bruder mich umzubringen versucht?«

»Ich werde die Sache vertuschen, so gut ich kann«, versprach Paxe. »Und ich werde mich bemühen, dafür zu sorgen, daß niemand verletzt wird. Keiner braucht etwas zu wissen, außer dir und mir — und Sorren und den Leuten, die du zu unterrichten beschließest.«

»Und die Wahrheitsfinderin«, sagte Arré. »Ich möchte wissen ...« Doch sie ließ den Satz unbeendet. »Und natürlich mein Bruder.«

Paxe schickte Arré mit Sorren zusammen in deren Zimmer weiter hinten im Flur. »Ihr dürft keinesfalls rauskommen, bevor ich euch hole«, instruierte sie die beiden. »Selbst wenn ihr Lärm hört, verhaltet euch ganz still. Wenn ihr reden müßt, dann nur flüsternd!«

Sorren sagte: »Soll ich so tun, als wäre ich da oder als wäre ich fort?«

»Sei da.«

»Soll ich trommeln?«

»Tust du das normalerweise nachts?«

Sorrens Gesicht überzog sich rosa. »Manchmal. Aber ich versuch dabei leise zu sein.«

Paxe lächelte ihr zu. »Dann spiel eine Weile und dann hör damit auf.«

Sie ging durch Arrés Zimmer und richtete den Raum so her, wie es ihrem Plan entsprach. Sie stellte den Hocker an die Tür, wo jeder, der hereinkam, ihn umstoßen mußte. Dann ging sie in die Küche. Lalith stand vor dem Mondschein wie ein schmaler Schatten mit Ringelschwanzzöpfchen.

»Meine Arme fallen mir gleich ab«, klagte sie und stieß gereizt mit dem Fuß gegen einen Topf.

Paxe sagte: »Ich gehe hinaus. Ich will, daß du noch eine Weile lang Lärm machst und dich dann in dein Bett verziehst und dortbleibst. Laß diese Tür da ...« — sie deutete auf die Küchentür zum Garten — »unverriegelt, und dann bleibst du im Bett und stehst auf keinen Fall auf, wegen gar nichts, bis ich komme und dir sage, du darfst. Hast du das verstanden?«

Laliths Augen waren groß wie Untertassen. »Was haben wir denn vor?« fragte sie.

»Kümmere dich jetzt nicht darum. Du wirst es später erfahren.« Und Paxe ging in der Küche herum und stapelte Töpfe in strategischen Positionen unter den Fenstern aufeinander. Die Fenster wirkten zwar zu eng, als daß jemand durch sie hätte hereinklettern können, doch war es besser, wenn man sicherging. Lalith beobachtete sie und erlaubte sich dabei ein mißbilligendes Stirnrunzeln.

»Da gehören die aber nicht hin«, sagte sie.

»Laß sie!« sagte Paxe. »Ihr könnt sie morgen früh an ihren Platz stellen.« Sie zupfte leicht an einem der Ebenholzzöpfe des Kindes. »Denk dran — ab ins Bett und ohne Lärm.« Dann ging sie in das Vorderzimmer zurück und inspizierte dabei die beiden Salons. Der Mond spiegelte sich im Glas des hohen Bücherschranks, und sie sah in diesem Spiegellicht den Raum, sich selbst, die zusammengewickelten Schriftrollen überlagernd.

Und dann — wie in jeder Nacht seit der neuen Wacheinteilung

— trat sie aus dem Haus, um die Runde durch ihren Bezirk zu machen.

Die Nacht war noch immer strahlend klar, doch im Süden ballte sich der Nebel dichter und dichter. Dunstschwaden huschten vogelgleich über den sternbekränzten Himmel. Der Torwächter am Kavafruchtbaum war nur ein Schatten, der Baum selbst ein dichterer Schatten. Sie zwang sich, langsam zu gehen, gleichmäßig, so wie sie es sonst immer tat. Verspätete nächtliche Festschwärmer taumelten aus einer nahegelegenen Gasse und schleppten sich den Hang herauf. Sie lachten. Als sie am Med-Haus vorbeikamen, wurden sie still und warnten einander mit leisen Eulenschreien, Arré Med nicht aufzuwecken. Paxe preßte sich an die Gartenmauer, und die Leute gingen vorbei, ohne sie zu sehen. Sie stanken nach Himmelskraut und billigem Wein. Sie ging ostwärts, in die Zehenspitze ihres Stiefelbezirks, wanderte die Grenze zum Minto-Bezirk ab. Sie kam an einer Ecke vorbei, an der eigentlich ein Posten hätte stehen sollen. Der Platz war leer. Wo war der Kerl? Sie neigte den Kopf lauschend zur Seite, hörte aber nichts, keine erhobenen Stimmen, keinen Streitlärm, keine Schritte.

Sie spürte den Posten in einem Dickicht auf, er rauchte Himmelskraut aus einer Pfeife, die er mit den hohlen Händen abzuschirmen versuchte. Leise schlich sie sich von hinten an den Mann heran. Sie packte ihn an den Ellbogen und grub die starken Finger in die Armnerven. Die Pfeife fuhr aus seinen geschockten Händen. Sie stemmte sich hoch, schob den Mann in die Höhe und rammte ihn hart aufs Straßenpflaster. Der Aufprall ließ ihn von den Zehen bis zum Scheitel erbeben. »Fünf Peitschenhiebe, wenn ich dich noch mal beim Rauchen erwische!« flüsterte sie in sein Ohr.

Er taumelte, als er sich zu ihr umwandte. »Hofmeisterin ...«

»Keine Entschuldigungen! Marsch auf den Posten zurück!« Er reckte sich steif auf und schlich an seine Ecke zurück. Sie suchte, bis sie die Pfeife fand. Sie hob sie auf und schleuderte sie mit aller Kraft fort — sie blitzte kurz im Mondschein auf, ehe sie in irgendeinem Garten klirrend landete.

Vor dem Tanjo-Bezirk hielt sie an, wie es ihre Gewohnheit war, um mit der Wache dort ein paar Worte zu wechseln. Die Kanten des roten Kuppeldoms sahen aus wie aus Papier geschnitten. Der Schatten eines Vogels stieß durch das Gesicht des vollen Mondes. »Sie sind ruhelos heut nacht«, sagte der Posten. »Hörst du sie

kommen? Das Licht hält sie wach.« Sie spähte nach den Lichtern in den Gemächern des L'hel, doch die Fenster waren dunkel. Und wieder überlegte sie, warum die Wahrheitsfinderin Sorren gewarnt hatte, sie solle »leise« zu den Zelten gehen. Diese Warnung hatte wahrscheinlich Arrés Leben gerettet — und möglicherweise das Sorrens.

Paxe überlegte, ob Isak das Mädchen auf der Stelle getötet haben würde, wenn er angenommen hätte, daß sie von seiner mörderischen Intrige etwas wußte. Vielleicht nicht, während sein Sohn dabeistand und zuschaute, doch getan haben würde er es gewiß. Paxe wandte sich nach Norden. Am Park zögerte sie, dann ging sie weiter. Inzwischen würde Lalith ihr Lärmen in der Küche beendet haben.

Den Rest ihrer Runde erledigte sie rasch. Ihre Muskeln fühlten sich steif an; sie war schon zu lange im Dienst — seit man den Pavillon errichtet hatte —, und sie war nun sehr erschöpft. Sie winkte dem Wächter am Tor zu und sprach laut mit ihm, in der Hoffnung, daß man sie belauschte. »Ich bleib jetzt eine Weile in meinem Haus. Weck mich, wenn du mich brauchst!«

Ehe sie zu ihrer Hütte ging, machte sie kurz im Waffenhof halt. Der Mond zeichnete ihren Schatten scharf auf die Hofmauern. Dann ging sie zu ihrem Häuschen. Die Katze begrüßte sie mit einem verwirrten »Mi-järau«, und Paxe streichelte das Tier, das nach einer Weile zu schnurren begann. Dann stieg sie zu ihrem Schlafzimmer hinauf und entzündete die Lampe. Sie hoffte, die Mordbuben stünden draußen, sähen das Licht und würden denken, daß sie sich ins Bett begeben wolle. Sie stapfte durchs Zimmer, ließ das Waschbecken und den Nachttopf scheppern und vollführte alle jene Geräusche, mit denen die Lauscher rechnen würden. Dann blies sie schließlich die Lampe aus.

Dann legte sie sich aufs Bett und zwang sich, ganz still in dem schummerigen Mondlicht dazuliegen.

Der Schweiß brach ihr aus den Poren. Sie empfand Furcht. Sie versuchte zu erraten, wie viele es sein würden — zwei, drei, vier, fünf? Sie müssen doch heut nacht kommen, dachte sie. O heiliger Wächter, mach, daß sie heut nach kommen! Arré wird niemals damit einverstanden sein, sich hinter einer Armee zu verstecken, immer bewacht zu sein und immer in Angst . . . Sie lauschte, ob sie den Klang von Sorrens Trommeln hören könne, vernahm aber nichts. Aber sie war sowieso zu weit vom Haupthaus entfernt. Ihr

Bett fühlte sich an, als wären Felsbrocken darauf, und sie mußte sich zwingen, ganz still zu liegen, während sie dem Mondlicht zusah, das über die Bodenbretter wanderte. Mach, daß sie heut nacht kommen! Sie merkte, wie ihr allmählich kalt wurde, und so begann sie ihre Übungen, spannte die Muskeln an, entspannte sie wieder, um sie warm und geschmeidig zu halten für die Arbeit, die sie erwartete.

Nach einer Weile vernahm sie ein fernes Getöse. Sie hatte damit gerechnet, obschon sie nicht wußte, was es sein würde: ein künstlich vom Zaun gebrochener Streit, ein vorgetäuschter Diebstahl, irgendeine Ablenkung, um die Aufmerksamkeit der Wachtposten zu erregen. Sie spannte die Finger, die Schenkel — und die Nackenmuskeln und stand geräuschlos vom Bett auf. Leise ging sie nach unten. Sie öffnete die Zedernholztruhe und nahm das Nordlandschwert heraus. Sie hatte fast den ganzen Rost wegschleifen können. Licht schimmerte scharf auf der frischgeschliffenen Schneide. Sie stellte sich vor, daß Tyré ihr zuschaute, wo immer er sein mochte, und sie bemühte sich, ihre Gedanken zur Ruhe zu bringen, für den Fall, daß seine Seele nach ihr rufe — doch sie vernahm nur die Stille um sich und ihr eigenes dröhnendes Herz. Nichts sprach zu ihr über die trostlose Ebene des Todes hinweg.

Sie schob das Schwert in die Scheide, drückte es fest an sich und machte leise die Tür der Hütte auf. Der Mond segelte durch ein Wolkengespinst. Sie wartete, bis sein diffuses Licht schwächer wurde, dann schloß sie die Tür hinter sich und lief über den Hinteren Hof an die Hinterfront des Med-Hauses. Die Dachrinne warf einen breiten Schatten über den Eingang. Die Töpfe standen noch so auf dem Küchenfußboden, wie Lalith sie zurückgelassen hatte. Paxe stapelte sie hinter der Küchentür auf, so daß sie beim Öffnen umgestoßen werden mußten. Sie ließ die Küchentür unverriegelt und stieg zu Arrés Schlafzimmer hinauf, wo sie sich auf das Bett legte.

Sie kamen bei der Hintertür herein, wie sie es sich gewünscht hatte, stolperten über die Töpfe und lieferten ihr so die Warnung, auf die sie gehofft hatte. Sie stand auf und zog ihr Schwert aus der Scheide. Sie kamen durch den Flur an den Fuß der Treppe, und sie kamen schnell; sie hörte eine Stimme, etwas fiel zu Boden. Sie überlegte, was es gewesen sein könnte. Noch war sie nicht zornig.

Also betete sie um Zorn, wie andere um Frieden flehen mögen — Heiliger Wächter, mach, daß ich wütend werde! —, sie stieß das Schwertgehänge unters Bett und bemühte sich, vergangene Verletzungen heraufzubeschwören, ausgetrocknete Kränkungen, alte Haßgefühle, irgend etwas, nur um die nötige mörderische Wut in sich in Gang zu setzen.

Sie kamen herauf. Sie hatten Stiefel an, und Paxe zählte jeden Schritt mit. Ein Mann flüsterte etwas, sie konnte die Worte nicht verstehen, aber die Stimme kam ihr bekannt vor. Das Blut pochte wild in ihren Adern. Sie kamen näher, und sie preßte sich flach an die Wand und zählte mit — eins, zwei, drei, vier . . . *vier Mann, um eine kleine schmale Frau umzubringen!* dachte sie, und die rote Wut begann in ihrem Kopf aufzuwallen wie ein Feuer, ganz wie sie gehofft und gebetet hatte, daß es sein möge, sonst würden die Männer sie töten können — sie kamen durch die Tür, einer, zwei, drei, der vierte blieb draußen, und Paxe sprang die Männer an und stieß dem ersten das Schwert in den Hals, als er vorschoß, zum Bett hin, das blanke Messer in der Hand.

Er sackte mit einem gurgelnden Blutsturz über das Blatt. Paxe riß das Schwert aus seinem Hals und holte nach dem zweiten Mann aus. Er versuchte die Klinge abzuwehren; sie fuhr unter seinem Hieb durch und traf ihn quer über den Bauch, sie spürte, wie die Klinge über die Rippen glitt. Er schrie wie ein angestochenes Schwein und sackte, die Hände auf die klaffende Wunde gepreßt, auf dem Boden zusammen. Der vierte Mann kam hereingesprungen. Die Lampe wackelte auf ihrem Sockel, fiel vom Tisch und verschüttete Öl auf dem Boden. Sie erkannte den Mann. Es war Seth. Er grinste sie quer durch das Zimmer mit verzerrtem Gesicht an. »Ich hab's mir doch gedacht, daß du das bist, du Fotze!« fauchte er. Er hielt ein Schwert in der Hand. Paxe erkannte es wieder, noch vor drei Tagen hatte es in ihrem Waffenschuppen gelegen. Der andere Mann hielt ein langes Messer an der Spitze fest. »Halt dich zurück, Partner, die da will ich selber haben!«

»Willst du das?« fragte Paxe. Sie richtete die Schwertspitze auf die Männer und kreiste um sie herum an die Schlafzimmertür, die sie mit der Ferse zustieß. »Nun, dann komm!«

Der Messerwerfer hielt sich zurück, als Seth auf sie zusprang. Er führte einen flachen Hieb gegen sie und zerschnitt dabei einen Paravent. Sie duckte sich unter dem Hieb weg und spürte, wie er über ihren Kopf pfiff. Sie machte einen Aufwärtsstoß auf Seth zu, doch er wich aus und sprang auf die andere Seite des Bettes. Der Tote auf dem Bett lag nun zwischen ihnen.

»Jetzt!« rief Seth. Der Messerwerfer schwang den Arm. Paxe sah das Messer glitzernd durch die Luft wirbeln. Es traf sie am Oberarm, und der Schmerz brannte sich in ihr Fleisch. Sie knurrte und verriegelte dann ihr Gehirn gegen den Schmerz. Als der Messerwerfer nach seiner zweiten Klinge tastete, packte sie ihn und durchstach ihn. Er schrie. »Verdammt sollst du sein!« sagte Seth. Ihre Füße rutschten in dem Öl aus, als er gegen sie ausfiel, und sie verlor das Schwert aus dem Griff. Der Hieb ging daneben. Auch seine Füße rutschten unter ihm weg, er verlor die Balance, und sein Schwert wedelte wild durch die Luft. Sie bekam ihn mit der linken Hand am Handgelenk zu fassen, mißachtete den Schmerz, der ihr einen Schrei auf die Lippen zwang, packte seinen Ellbogen mit der Rechten und zwang ihn rückwärts gegen die Holzwand.

Sie rangen miteinander. Er fauchte ihr ins Gesicht. Sie rammte ihm so fest sie konnte das Knie zwischen die Beine, und er kreischte. Das Schwert fiel ihm aus der Hand. Sie ließ ihn auf die Knie sacken, dann brach sie ihm mit einer brutalen Drehung den rechten Ellbogen. Er brach zusammen, bewußtlos, oder doch der Bewußtlosigkeit nahe. Die Tür ging auf. Sorren stand im Türrahmen, eine Kerze in der Linken, ein monströses Küchenbeil in der rechten Hand. Paxe, an der Wand lehnend, fluchte ihr entgegen: »Ich hab' dir doch gesagt, du sollst dein Zimmer nicht verlassen!«

»Ich hab' aber gemußt!« sagte Sorren. Sie hielt die Lampe höher. Orangefarbene Schatten rangen mit dem Licht des Mondes. Ihre Augen glitten von einer reglosen Gestalt zur anderen. »Sind sie tot?« fragte sie.

»Drei sind es.«

»Ist Jeshim dabei?«

»Der Jongleur? Er ist es.«

Ihre Wachen kamen eilig die Treppe heraufgerannt. Jetzt waren sie endlich aufgestört. »Hofmeisterin, was ...« Paxe hob das Schwert auf. Sie schaute zu Seth hin, der die Hände zwischen die Beine gepreßt hielt und stöhnend dalag.

»Schafft die Leichen hier weg! Achte auf die Lampe!« warnte sie Sorren. »Der ganze Boden ist voller Öl.«

Dann prallte die Reaktion auf sie ein. Der Schmerz in ihrem Arm ließ sie auf der Stelle, auf der sie stand wie angewurzelt, hin- und herschwanken. Die Füße der Leichen polterten auf den Treppenstufen, als die Wachen sie hinausschafften. Paxe fühlte, wie Sorren sich beiseitebewegte. Das Licht beschrieb einen Kreis — »Du bist verletzt«, sagte Arrés Stimme. Sie stand vor Paxe und blickte spähend in ihr Gesicht herauf. »An deinem Hemd ist Blut. Mußt du da so stehenbleiben, oder kannst du dich bewegen und gehn?«

»Ich kann gehen«, antwortete Paxe. Sie ließ sich über den Flur in Sorrens Zimmer führen. Dort legte sie das Schwert ans Fußende des Bettes und sank selbst darauf nieder. Das Haus war vom Lärm vieler Leute erfüllt; Lalith, Toli, der zeternde empörte Koch ...

Sorren ging Wasser holen. Arré setzte sich neben Paxe aufs Bett und schlang ihr den Arm um die Hüfte. »Wer waren die Leute?« fragte sie.

»Jeshim der Jongleur, der gleiche, der bei der Verlobungsfeier die Messer geworfen hat«, sagte Paxe. »Seth, eine unserer Wachen, die desertiert ist. Zwei andere, die ich nicht kenne.«

»Ist noch einer am Leben?«

»Ja, Seth. Du hast gesagt, du brauchst einen lebendig.« Das Blut rann ihr den Arm hinab. »Bringt mir was für einen Druckverband!« Arré blickte sich suchend um, dann zog sie sich das Hemd über den Kopf und schob es Paxe hin.

»Ist es schlimm?« fragte sie.

»Kann ich nicht sagen.« Sie preßte das Hemd auf die klaffende Wunde und fluchte. »Geschieht mir ganz recht«, murmelte sie. Sie hatte sich dumm verhalten. Sie hätte den Männern nicht die Chance bieten sollen, sie anzugreifen. »Vor fünf Jahren hätten die mir nicht mal einen Kratzer versetzt!«

Der Koch kam herein und brachte eine Schüssel voll Wasser. Lalith tapste hinter ihm drein, sie brachte ein weißes Tuch. »Laß mich das mal anschaun!« sagte der Koch zu Arré, die bereitwillig vom Bett aufstand. Er setzte sich und stellte die Schüssel auf den Boden. »Schönes Schlamassel«, sagte er zu Paxe, nachdem er Arrés Hemd von der Wunde genommen hatte. »Leg das hierhin!« sagte er zu Lalith und wies mit dem Kinn auf seine Schenkel. Lalith legte das Tuch ab und schlug die Seiten auseinander; da lag ein Beutel Grünpulver, Faden und eine lange gekrümmte Nadel. »Wo sind die Tücher, die zu holen ich Toli aufgetragen habe?« Lalith wieselte zur Tür hinaus und kehrte fast sofort mit einem Armvoll Leinwandstreifen wieder zurück.

Der Koch tunkte einen Lappen in das Wasser und wusch das

Blut von dem Schnitt weg. Paxe biß die Zähne gegen den heißen Schmerz aufeinander. »Muß genäht werden«, sagte der Koch.

»Kannst du denn das?« fragte Arré.

»Ach, das ist auch nicht schwieriger, als einer gefüllten Gans den Hintern zuzunähen.« Er blickte prüfend in Paxes Gesicht. »Lalith, hat dieser Hohlkopf von Toli irgendwo Himmelskraut?« Sie nickte. »Hol es, und auch eine Pfeife!«

Lalith war schnell wieder zurück. Sie brachte eine Tonpfeife, die mit dem starken grünlichen Rauschkraut gestopft war. Sorren entzündete die Pfeife und hielt sie an Paxes Lippen. Paxe saugte den Rauch dankbar tief in die Lungen und lehnte sich an die Wand zurück, während der Koch den langen häßlichen Schnitt säuberte, mit Puder bestreute und schließlich vernähte. »Das Messer hätte in der Wunde bleiben sollen«, murmelte der Koch.

»Er hat sich bewegt, als er es warf, und ich ebenfalls. Ich hab' ihm den Wurf verpatzt.« Paxe grinste. Sie fühlte sich inzwischen, als schwebe sie. »Er hat auf mein Herz oder auf die Gurgel gezielt.«

Der Koch knüpfte die Enden des Stoffstücks, das über der Bandage lag, zu einem säuberlichen letzten Knoten. »Du könntest damit zu einem Heiler gehen«, sagte er.

»Tu' ich vielleicht«, erwiderte Paxe. »Und ich danke dir! Saubere Arbeit!«

»Ach, das ist leichter, als es aussieht«, sagte er, plötzlich verlegen. »In den nächsten Tagen werde ich dir immer Brühe ansetzen.« Er sammelte die blutigen Lappen, die Nadel und das Waschbecken zusammen. Sein Blick fiel auf das Hackmesser. »Was hat denn das hier verloren?« Sein Kopf fuhr zu Lalith hin. »Los, komm, die Vorstellung ist beendet!« Dann stampfte er durch den Flur, und seine großen Füße ließen den Boden erbeben. Der Mond schien zu schwanken ... Paxe lächelte. Das war die Wirkung des Himmelskrauts.

Sorren fragte: »Ist es vorbei?«

Arré gab ihr Antwort: »Nein. Nur dieser Teil ist vorbei.« Sie hob Paxes rechte Hand aus ihrem Schoß auf und küßte sie. »Ich weiß nicht, was ich sagen soll, um dir zu danken.«

»Du hast mich gebeten, es zu tun«, sagte Paxe und richtete sich auf. Der Schmerz schoß ihr durch den linken Arm, und das Gefühl zu schweben schwand ein wenig. Sie sah einen ihrer Wachtposten unter der Tür stehen und fragte: »Ja?«

»Herrin!« sagte der Posten. Arré blickte auf. »Herrin, es tut mir leid — willst du kommen?«

»Was?« sagte Arré. Sie schaute Paxe an. Dann stiegen sie alle hinter dem Posten die Treppe hinab.

Jemand hatte die Lampen angezündet. In ihrem Licht konnten sie Elith sehen, die an der Tür zum Großen Salon lag, halb auf dem Korridor, halb im Raum drinnen. Die Wachen hatten eine uralte Decke über sie gebreitet, die nach Pferdstall roch. Paxe kniete bei der Greisin nieder. Der Posten zog die Decke von dem Gesicht fort, und Paxe berührte die trockenen Lippen. Die Augen der Alten waren glasig und starr. Paxe hob eine schlaffe, fette, schwere Hand und ließ sie wieder sinken.

»Sie muß gehört haben, wie sie hereinkamen, und ist gegangen, um nachzusehen, was los war«, sagte der Wachtposten. »Sie hat nicht die geringste Chance gehabt.«

Ich hab' sie vergessen, dachte Paxe. Sie stand auf, und ihr war übel. Ich hab' vergessen, sie zu warnen.

»Ich hab' sie vergessen«, sagte Arré. »Ich hab' vergessen, daß sie herumwandert — nachts. Ich hab' überhaupt nicht an sie gedacht. Warum hab' ich denn nicht an sie gedacht?« Ihr Gesicht zuckte unter plötzlich hervorquellenden Tränen. Die Wache zog die Decke wieder über den Leib der toten alten Frau.

Paxe legte die Hand auf Arrés Arm. »Nein, ich bin schuld«, sagte sie. »Es wäre meine Aufgabe gewesen. Gib mir die Schuld!« Arré schluckte heftig und wie ein Kind, aber sie schwieg.

»Nein, es war Isaks Schuld«, sagte Sorren plötzlich. »Isak trägt die Schuld!«

Arré blickte auf. »Ja«, sagte sie. »Isak! Wo ist der Mann? Der, der überlebt hat?«

»Im Schließhaus.«

»Nehmt — nehmt Eliths Leichnam da weg! Bringt den Mann her!« Sie zerrte einen der tiefen Armsessel näher zur Lampe und setzte sich. »Paxe, bist du stark genug, um zu bleiben? Sorren, bring mir Wein!«

»Solltest du das?« fragte Sorren.

»Heiliger Wächter, Mädchen! Nur einen Schluck! Und du trink selber auch ein Glas!« Sie neigte den Kopf zur Seite. »Kennst du den Mann, Paxe?«

»Ich kenne ihn«, antwortete Paxe grimmig.

Dann brachten sie Seth in den Salon. Mit tiefer Zufriedenheit stellte Paxe fest, daß er beim Gehen beträchtliche Schwierigkeiten zu haben schien. Jemand hatte ihm einen groben Verband aus Stoff und Zwirn um den Ellbogen gebunden. Sorren kam mit zwei Gläsern Wein, eins für Arré, eins für sich selbst. Seth starrte Arré an; er schien die Augen nicht von ihren nackten Brüsten losreißen zu können. Paxe sagte zu Sorren: »Hol ihr ein Hemd!« Dann trat sie vor Seth und ballte die rechte Hand in seinem Haar. Sie brachte ihr Gesicht dem seinen ganz nahe und sagte sehr leise: »Du kannst sehr rasch tot sein. Denk daran!« Sein Gesicht wurde grau, und die Augen verengten sich. Sie ließ ihn los und trat zurück. Ihr Arm pochte, doch das Himmelskraut bewirkte immerhin, daß der Schmerz nicht allzu wirklich wurde.

Arré sagte: »Du warst einer meiner Wachsoldaten, sagt mir die Hofmeisterin. Warum bist du fortgelaufen?«

»Es hat mir nicht gepaßt, wie man mich behandelt hat«, sagte der Mann und starrte auf seine Füße. Sorren brachte Arré das Hemd. Es war enorm groß, denn es war eines ihrer eigenen.

»Ich konnte nicht in dein Zimmer«, sagte sie. »Das Öl — Toli macht sauber.«

Arré zog sich das Hemd an. »Wie ist mein Bruder auf dich gestoßen?« fragte sie. Er kratzte sich mit der unverletzten Hand am Kinn. »Ich bin auf ihn gestoßen. Ich hab' gehört, daß er dich nicht besonders gut leiden kann. Und da hab' ich mir gedacht, er wird mich in seinen Dienst nehmen.«

»Und tat er das?« fragte Paxe.

»Ich arbeite seit fast einem Monat für ihn.«

»Deshalb also konnten wir dich nicht finden«, sagte Paxe.

Arré fragte: »Nachdem du mich getötet hättest, was hättest du dann tun sollen?«

»Fliehen«, sagte Seth. »Zu den Asech. Der Jongleur sollte das arrangieren.«

»Wer waren die übrigen?« fragte Paxe.

Seth setzte zu einem Achselzucken an, überlegte es sich aber. »Mietkiller aus der Ölstraße«, sagte er.

Arré nippte an ihrem Wein. »Du weißt doch, was nun mit dir geschehen kann«, sagte sie.

Seth fuhr sich mit dem Daumen in jener allgemein verständlichen Geste quer über den Hals.

»Richtig«, sagte Arré. »Aber das werde ich nicht tun. Ich werde dich am Leben lassen, damit du gegen ihn aussagen kannst. Später werden wir dann sehen.« Sie gab den Wachen einen Wink, ihn fortzuführen, und schaute dann zu Paxe. »Du könntest dich eigentlich auch setzen!« sagte sie. Sorren sprang zu einem der Sessel und drehte ihn so, daß er Arré gegenüberstand. Paxe setzte sich. Die Kissen fühlten sich so angenehm an, daß sie befürchtete, sie könne gleich hier und jetzt einschlafen.

Sie bewegte den verletzten Arm, damit der Schmerz sie wachhielt. Arré rieb sich die Augen. »Und was nun?« sagte sie.

Paxe sagte: »Laß mich gehn, ich kriege ihn!«

Arré sagte: »Er ist Angehöriger eines Adelshauses. Du müßtest eine Order vom Rat haben, oder er braucht sich überhaupt nicht vom Fleck zu rühren.« Man hatte ihr nicht erklären müssen, wen Paxe mit »ihn« gemeint hatte.

Ein kurzes Aufflammen der Reste der Wut, von der Paxe in Arrés Schlafzimmer besessen gewesen war, ließ sie erschauern. »Das möchte ich sehen, wie er sich gegen mich wehrt«, sagte sie rauh. »Auch mit einem Arm!«

Arré sagte hastig: »Nein! Er — Myra ist dort. Und die Kinder!«

Der Himmel im Osten wurde langsam fahl. Unter den Fenstern begannen die Karren zu rumpeln. »Er braucht ja nichts zu merken«, erklärte Paxe. »Wenn sein Plan gelungen wäre, würde ich dann jetzt nicht auch zu seinem Haus gehen, ihm von deinem Tod berichten und ihn fragen, was zu tun sei? Laß ihn doch im Glauben, daß es gelungen ist, bis ich ihn aus seinem Haus herausgeholt habe.«

Arré zog Sorrens Hemd enger um die Schultern, als wäre es eine warme Decke. »Nun gut«, sagte sie. »Mach es so!«

»Schön«, sagte Paxe. Sie hatte Schmerzen, und sie wünschte, sie müßte sich nicht bewegen. Sie seufzte, unternahm eine willentliche Anstrengung und stand auf.

»Was wirst du mit ihm machen?« fragte Sorren.

»Ich weiß es nicht«, antwortete Arré.

»Und mit Ron Ismenin?«

»Ron Ismenin?« fragte Arré erstaunt. »Was ist mit dem?«

»Er war auch dabei«, sagte das Mädchen. »Ich hab' ihn aus dem Zelt kommen sehen, bevor ich die anderen Stimmen hörte. Er hat mich nicht gesehen.«

»Ron Ismenin«, sagte Arré. »Dieser ... dieser ...« Die Worte fehlten ihr. Sie bearbeitete eines ihrer silbernen Armbänder — das breite mit dem blauen Stein —, zog es über die Hand und reichte es

Sorren. »Hier, mein Kind, nimm dies mit! Damit kommst du durch die Posten. Geh in den Hok-Bezirk und bring mir Marti Hok her!«

Eine Stunde später stand Arré im kleinen Salon ihrem Bruder gegenüber.

Sie war nicht allein mit ihm: Paxe und einer der Posten waren gleichfalls anwesend. Arrés Knie bebten, und sie zwang sie durch eine starke Willensanstrengung zur Ruhe. Mein kleiner Bruder, dachte sie. Sie blickte zu ihm hinüber, versuchte in seinem hübschen, bösen Gesicht den kleinen Jungen wiederzufinden, mit dem sie gespielt hatte, den sie geliebt hatte. Sie erkannte, wie immer, Riat in ihm. Er hatte sich hastig angekleidet, war ohne die Juwelen, die er gewöhnlich trug; Paxe hatte ihm erklärt, sie, Arré, sei tot, und er hatte sich angezogen, was gerade dalag, und war mitgegangen und hatte Myra und die Kinder in friedvoller Unwissenheit weiterschlafen lassen. Er rieb sich die Handgelenke wie geistesabwesend, aber seine Augen wichen nicht einen Augenblick lang von den ihren, und sie sah die roten Druckspuren der Stricke an seinen Armen. Paxe hatte gesagt, daß er sich nicht gewehrt habe, warum also hatte sie ihn dann gefesselt?

»Also?« fragte er, und sie überlegte sich, wie es auf ihn wirken mochte, daß er sie da so lebendig vor sich sah und erkannte, daß sein Anschlag ins Leere gelaufen war.

»Warum?« fragte sie ihn. »Warum denn nur auf diese Weise?«

»Ach, es war ein letzter Ausweg«, sagte er. »Ich hätte es nie getan, wenn du bereit gewesen wärst, die Ismeninas in den Rat aufzunehmen.«

»Sie haben also davon gewußt?«

»Nicht im Detail«, antwortete er. »Sie haben dafür bezahlt, ohne zu wissen, für was sie bezahlten. Aber zu einem späteren Zeitpunkt hätte ich es ihnen dann gesagt. Vielleicht. Oder sicher.«

Es war die gleiche Taktik, die er bei Cha Minto angewendet hatte. »Wie hast du Ron Ismenin dazu gebracht, dir Geld zu geben?«

»Wir haben gewettet«, sagte Isak, ohne eine Miene zu verziehen, »und er hat verloren.«

»Und worum habt ihr gewettet?«

»Ach, etwas ganz Unwichtiges.«

Sie bezweifelte das. Doch sie konnte — und sie würde — sich später um Ron Ismenin kümmern. »Hätte der Rat die Stadt spalten sollen, nur um deinem Ehrgeiz zu dienen?«

Ein Lächeln flackerte über seine Züge. »Du hast nie etwas begriffen«, sagte er.

Einen Augenblick lang, da sie sich so müde und voll von seelischem Schmerz fühlte, haßte Arré ihn. Immer war er der Schöne gewesen; von rascherem Geist als sie, weicher als sie, anmutig und so wenig greifbar wie die Strahlen des Mondes. Dann erstarb dieser Anflug von Haß, und sie war nur noch verdrossen und müde. Sie spreizte die Finger. »Dann erkläre es mir!«

»Ach, vielleicht sollte ich das wirklich. Wie wäre es denn gewesen, Schwester, wenn du an meiner Stelle gewesen wärest? Aufs Land zur Verwaltung der Güter verbannt, zum Ernteaufseher verdonnert, zum Pflanzen von Kindern und Weinstöcken verurteilt — wärest du mit einem solchen Leben zufrieden gewesen, Arré?«

Ein Vogel trillerte im Garten. Jemand — Lalith? — schlich auf Zehenspitzen an der Salontür vorbei. »Ich weiß es nicht«, antwortete Arré. »Nein, ich zweifle, daß ich damit zufrieden gewesen wäre, Isak, aber ich weiß sicher, daß ich meine Aufgaben, so gut ich es gekonnt hätte, erfüllt haben würde!«

Er antwortete: »Das hab' ich auch. Und es war ein Leben wie in einem Käfig.«

Arré sagte: »Hier in der Stadt gibt es Leute, die würden für einen solchen Käfig ihre Seele verschachern!«

»Das sind Narren.« Er streckte eine Hand nach ihr aus. Paxe machte eine scharfe Bewegung. Er zog die Hand zurück. »Arré, du kannst mir doch nicht böse dafür sein, daß ich mich nach Macht und Einfluß sehnte.«

»Aber ich zürne dir dafür, daß du sie zu erlangen versucht hast, indem du mich umbringen wolltest.«

»Wenn du sie mir auf andere Art gegeben hättest, dann hätte ich — vielleicht — nicht versucht, dich beseitigen zu lassen.«

»Also gibst du es zu?«

Er zuckte die Achseln. Es war eine schöne, eine tänzerische Bewegung, die über die Hände, die Arme, den Nacken, die Schultern verlief. »Ich hab' mir sagen lassen, daß du zwei Zeugen hast.« Arré nickte. »Nun, ich bin Realist — warum sollte ich leugnen? Aber die Schuld liegt einzig und allein bei dir selber!«

Arré schüttelte den Kopf. »Isak, du wirst mich nicht dazu beschwatzen, daß ich mir selbst die Schuld an deinem Ehrgeiz gebe. Warum gibst du nicht die Schuld unseren Eltern, die mich zuerst gezeugt haben?«

»Oh, aber das tue ich!« sagte er.

Sie wollte dies nicht länger ertragen. Ihr Sessel stand an ihrem Schenkel, sie ließ sich in ihn sinken und schaute dann zu Isak hinauf. »Nun, was soll ich jetzt mit dir tun?« fragte sie.

Er lächelte. »Ich wüßte schon, was ich täte, wenn ich an deiner Stelle wäre.«

»Was?«

Er fuhr sich mit dem Daumen über die Kehle, von einem Ohr zum andern. Paxe, die Augen auf Arrés Gesicht gerichtet, nickte beifällig.

»Nein«, sagte Arré. »Ich will nicht, daß du stirbst, obwohl man mir immer wieder sagt, daß das das Beste wäre.«

Seine Augen verengten sich.

»Aber ich will dich auch nicht hier in Kendra-im-Delta haben. Du würdest nur weiter intrigieren und herumschnüffeln, deine Nase in alles stecken und mir Ärger machen.«

»Wenn ich ...«

»Mir dein Wort gebe? Ich traue deinem Wort nicht!« Sie schaute auf das Sonnenlicht, das durch die Fensterscheiben sickerte, und fragte sich, wann Marti Hok endlich käme. »Ich will, daß du hier verschwindest!«

Isak sagte: »Eine Verbannungsorder muß von jedem einzelnen Ratsmitglied unterzeichnet sein.«

»Es wird so sein. Heute bei Sonnenuntergang wird öffentlich verkündet, daß du gesetzlos bist. Du wirst deines Ranges entkleidet, und man wird dich vor die Stadttore führen. Und es ist mir gleich, in welche Richtung des Himmels du fahren wirst. Die Weingärten sind nicht länger dein Besitz; ich werde sie übergeben, wem immer ich sie anvertrauen will.«

Er schluckte. »Und Myra?« fragte er. »Und die Kinder? Sollen auch sie Gesetzlose sein?«

»Würde Myra dir denn folgen?«

Er schüttelte den Kopf. »Nein. Warum sollte sie? Es ist ein hartes Leben — ohne Dach überm Kopf, ohne Freunde, ohne Geld. Ich will nicht, daß meine Kinder so leben müssen.«

Arré ließ die Armreifen an ihren Handgelenken klirren. Er will, daß ich Myra die Weinfelder übertrage, dachte sie. »Du weißt ja, daß es dir nicht gestattet sein wird, sie zu treffen. Wenn man dich auf Med-Gebiet ertappt, wirst du gehetzt wie ein räuberischer Wolf.«

Er lächelte. »In den Weingärten gibt es keine Wölfe, Arré. Und Myras Ambitionen sind weniger hochfliegend als die meinen. Sie zieht es vor, ihr Leben in Bequemlichkeit zu verbringen, als daß sie mir folgen würde durch Wüste und Wildnis.«

»Wohin wirst du gehen?«

Er breitete die Arme aus. »Nicht flußaufwärts. Tarn Ryth wird sich kaum mit mir belasten wollen. Und nicht in den Galbareth, da würde ich vor Langeweile sterben. Vielleicht nach Shirasai oder noch weiter. Es gibt noch andere Länder.«

»Anhard?« fragte Arré.

»Zu kalt.«

Er trug es mit erstaunlich guter Fassung. Vielleicht rechnete er damit, daß Cha Minto oder Ron Ismenin ihm Geld senden würden. Es war ihr gleichgültig. Sie hatte länger wachen müssen, als ihr lieb war, und ihre Augen fühlten sich wie voll Sand an, ihr Mund wie Wachs, und sie war sehr, sehr müde. »Solange du dich von Kendra-im-Delta fernhältst, ist es mir gleich, wo du hingehst. Bringt ihn fort!« Paxe trat vor und faßte ihn am Arm. Einen Augenblick lang spannten sich alle seine Muskeln, dann lächelte er, wurde ganz gelöst und ließ sich von ihr fortführen. Arré schloß die Augen. Plötzlich war es ihr unmöglich zuzusehen, wie er davonging.

Als sie die Augen wieder öffnete, stand Marti Hok in der Tür. Die alte Frau kam auf sie zugehumpelt und legte ihr die Hand aufs Haar. »Als Sorren mich heut morgen holen kam, war ich wach«, sagte sie. »Ich wache immer früh auf und liege im Bett und lausche den Vögeln und höre den Kaufleuten zu, in den Straßen auf ihrem Weg zu ihren Läden. Als Sorren mich bat, in dein Haus zu kommen, habe ich nicht gedacht, daß irgendwas nicht in Ordnung ist. Ich hab' bloß gedacht: Wie originell von Arré, eine Party am Morgen. Und ich war entzückt.«

»Und dann hat sie's dir gesagt.«

»Dann hat sie's mir gesagt«, bestätigte die alte Frau. »Meine Liebe, es tut mir ja so leid.«

Arré nickte. Sie griff nach dem Glöckchen und klingelte Lalith.

Aber Sorren kam herein. »Sag Toli, er soll einen zweiten Sessel bringen!« Sie stand auf. »Setz du dich, Marti, du bist älter.«

»Aber ich vermute, du bist die müdere von uns beiden«, sagte Marti. Dennoch setzte sie sich. Toli, die Augen noch schlafverkrustet, brachte einen der Sessel aus dem Großen Salon. Arré ließ sich darin nieder.

»Möchtest du Tee?« fragte sie.

»Ja, gern.«

Arré klingelte erneut. Sorren kam mit halbgeflochtenem Haar herein. »Bring uns Tee, Kind.«

Der Tee wurde serviert, und sie saßen da und schlürften ihn. Arré gähnte. Marti fragte: »Was möchtest du, soll ich tun, Arré?«

Arré antwortete: »Zweierlei. Ich möchte, daß du mir hilfst, die Unterschriften der Räte für ein Verbannungsurteil für meinen Bruder zu bekommen.«

Marti seufzte. »Hast du mit ihm gesprochen? Was sagt er?«

»Er zeigt keine Reue.«

Marti schüttelte den Kopf, nicht als Verneinung, sondern besorgt. »Natürlich werde ich dir helfen. Was wird mit Myra und den Kindern?«

»Ich werde Myra die Weingärten übertragen. Riat bleibt mein Erbe.«

»Ich stimme dir zu«, sagte Marti. »Was ist das zweite?«

»Ich möchte, daß du anwesend bist, wenn ich mit Ron Ismenin spreche.«

Marti fragte langsam: »Hat er etwa davon gewußt?«

Arré antwortete: »Er hat dafür bezahlt. Aber Isak sagt, er hat nicht gewußt, wofür er bezahlte.«

Marti schnaubte: »Ron Ismenin ist zwar dumm, aber ich kann mir nicht vorstellen, daß er für was bezahlt hat, ohne zu wissen, was es war.«

»Ich auch nicht«, sagte Arré. »Aber nur er und Isak kennen die Wahrheit.«

Grimmig sagte Marti: »Es wird mir ein Vergnügen sein dabeizusein, wenn du mit ihm redest.«

Sorren klopfte an der Türfüllung. Arré blickte auf. »Ja, komm herein, Kind!« sagte sie.

»Sie ist kein Kind mehr«, sagte Marti bewundernd. »Sie ist eine Frau.«

Das hochgewachsene Mädchen trat ein. Ihr Zopf war nun zu

einem Nest um den Kopf gelegt und wurde von dem Kamm aus Lapislazuli gehalten. Ihre Augen waren gerötet, und Arré fragte sich, ob sie vielleicht über Isak Tränen vergossen habe. Sorren fiel vor Marti auf ein Knie nieder und wandte sich dann Arré zu. »Darf ich zu den Docks runtergehen?« bat sie.

»Zu den Docks? Aber warum denn?«

»Das Schiff segelt heut ab, und ich habe einem Freund versprochen, daß ich an den Strand komme, wenn es abfährt. Mein Freund — sie ist auf dem Schiff.«

»Ein Schiff? Oh, das Isara-Schiff. Wer ist diese Freundin?«

»Sie heißt Kadra. Sie ist eine Kartenzeichnerin.«

Die Erinnerung an das Schiff der Isaras ließ Arré an den L'hel denken. War es möglich, daß *er* etwas von dem Mordkomplott gewußt hatte? Und konnte Kim Batto etwas gewußt haben? Vielleicht ergab sich eine Möglichkeit, Senta-no-Jorith darüber zu befragen. Sie blickte finster auf den Fußboden, sah wieder hoch und merkte, daß Sorren geduldig auf ihre Antwort wartete.

»Tut mir leid, Sorren. Ich hab' mich in Gedanken verloren. Ja, natürlich darfst du gehen. Versprechen sollte man immer halten. Weißt du denn, wann das Schiff abfährt?«

Sorren schüttelte den Kopf.

»Die Flut setzte heute vier Stunden vor dem Mittag ein«, sagte Marti Hok. »Das Schiff wird wohl bei steigender Flut auslaufen.«

Arré knurrte: »Woher weißt du das?«

Marti sagte: »Arré, sei doch nicht kindisch. Mein Bezirk grenzt an den Deltaansatz, also kenne ich natürlich die Gezeiten. Genau wie gut die Hälfte der Bewohner dieser Stadt.«

»Ja«, sagte Arré, »vermutlich tun sie das.«

Sie konnte die Gedanken an Isak nicht verjagen. Sie fragte sich, ob man ihn gefesselt hatte, als man ihn wieder in seine Zelle brachte. »Ron Ismenin«, murmelte sie und griff nach einem Stück Papier. *»Bitte finde dich heute in der ersten Stunde vor dem Mittag in meinem Hause ein!«*

»Das klingt wie die Aufforderung einer Magistratsperson«, sagte Marti.

»Das soll es ja.« Er würde kommen, dessen war sie sicher. Sie schob das Papier Sorren hin. »Übergib das einem unserer Posten, er soll es im Haus der Ismeninas abgeben.«

Sorren verneigte sich.

»Geh! Nun geh schon!« befahl Arré. Das große Mädchen drehte

sich und verschwand durch die Tür. Arré hörte, wie sie stehenblieb und mit dem Wachtposten sprach.

Marti beugte sich vor. Die Sonne schimmerte auf ihrem Haar. »Arré«, begann sie mit umflorter Stimme, »gib Sorren frei. Laß sie gehen!«

Arré war in Gedanken noch bei Ron Ismenin. Wenn sie mit ihm gesprochen hatte, würde sie Tarn Ryth einen neuen Brief schreiben. »Was ist?« fragte sie. »Das hab' ich doch!«

»Nein«, sagte Marti. »Laß sie von *hier*, von *dir fortgehen*! Siehst du denn nicht? Sie ist erwachsen geworden. Sie ist eine erwachsene Frau! Sie ist bereit! Sie sehnt sich danach, in den Norden zu ziehen. O ja, sie hat es mir eingestanden. Und du wußtest es natürlich auch. Wie lange ist sie dir noch verdingt?«

Einen Augenblick lang vermochte Arré sich nicht zu erinnern. »Ein Jahr. Glaube ich jedenfalls«, sagte sie. »Doch, es ist noch ein Jahr.«

»Erlaß ihr dieses Jahr! Wenn aus keinem andern Grund, dann für den Dienst, den sie dir heut nacht geleistet hat! Sie hat sich die Freiheit verdient.« Marti Hok hob die Teetasse an die Lippen. Arré erinnerte sich an das langbeinige lohfarbene Kind, wie sie es zum erstenmal gesehen hatte: auf den Weinfeldern, über Unkraut gebeugt, jätend. Es ist wahr, dachte sie, sie *ist* gewachsen. Das Kind ist dahin.

22. Kapitel

Das stolze Schiff *Ilnalamaré* war zum Auslaufen bereit. Es lag gerade auf der Gleitbahn, dicke Schrägbalken hielten es im Gleichgewicht, während eine freundliche Flut um den Bug wirbelte. Die Arbeitsmannschaft stand bereit, die Stützhölzer mit Seilen fortzuziehen. Im Wasser warteten zwei gedrungene Barkassen, um sie in die Fahrrinne des Flusses zu schleppen, ins tiefe Wasser; sie waren mit einem größeren Schiff mit Tauen verbunden, die in krallenartigen Haken endeten. Sorren kniff die Augen in der Sonne zusammen. Sie schmerzten sie, und ihr Mund war pelzig vom Mangel an Schlaf. Sie fragte sich, ob man Myra schon eröffnet hatte, was Isak getan hatte. Die Ereignisse der vergangenen Nacht erschienen ihr nun allesamt wie ein böser Traum, an den sich zu erinnern sie nicht erst hatte schlafen müssen.

Sie hatte erwartet, daß sich auf dem Bretterstieg eine Menge Menschen versammeln würden. Mehr Posten als gewöhnlich patrouillierten durch die Straße. Als sie sich dem Stieg näherte, gebot ihr ein Posten Einhalt. »Du kannst da nicht hin«, sagte er.

»Wieso nicht?«

»Das sind reservierte Plätze.« Er trat kurz beiseite, damit sie es sehen konnte. Ein Grüppchen reichgekleideter Menschen stand an der Spitze des Steiges; sie erkannte Edith Isara.

»Darf ich zum Ufer runter?« fragte sie.

Er spähte kurz nach links und nach rechts, dann zuckte er die Achseln. »Mich hast du nicht gefragt. Ich hab' dich nicht gesehn!«

»Ich danke dir.«

Während Sorren die steinchenbedeckte Böschung hinabschlitterte, erhob sich ein Lärmen. Sie bremste und blieb stehen. *»Awuu! Awuu!«* Der Alarm, dachte sie in unsinniger Panik. Doch die Werftmänner, die im Schlamm herumstanden, zogen nur ihre Handschuhe an und schauten zu dem Schiff hin. Aus ihrer Froschperspektive konnte Sorren wieder erkennen, wie groß es war.

Aber angesichts des Ozeans war es nicht größer als ein Spielzeug, nicht größer als ein treibender Holzspan.

»*Awuu!*« Wieder dieser Laut. Er kam von Süden.

»Das sind die Fischerboote«, sagte ein Mann. Er hockte im Schatten, den der Steig warf. Sorren beschattete die Augen. Etwa zwanzig Menschen saßen den Steig entlang da. »Die salutieren ihre neue Schwester.« Er wandte den Kopf ab, räusperte sich und spuckte in den Sand.

»Ist die ganze Mannschaft schon an Bord?« fragte sie.

»Jaha. Kennste wen?«

Sie nickte. Er fuhr mit dem Daumen in Richtung auf die anderen, die da hockten. »Die da auch. Und ich auch.«

Die Flut stieg höher um den weißen Schiffsleib. Sorren setzte sich neben den freundlichen Mann in den Modder. Er roch nach Fisch. Sie lauschte den Leuten, die Geschichten über den Bau des Schiffes erzählten, über den Kapitän. Der Kapitän trug den Namen Ruth-no-Tania, und sie war westlich von der Stadt erzogen worden, in einem Fischerdorf, und war als Decksjunge, Maat und dann als Skipper sechzehn Jahre lang zur See gefahren. Sie war einer der renommiertesten Schiffsführer in Kendra-im-Delta, und als Edith Idara mit der Idee des Schiffs geschwängert wurde, hatte sie sich zuerst, vor allen anderen, an Ruth-no-Tania gewendet.

»Wie alt ist sie?« fragte Sorren und stellte sich eine starke magere Frau mit eisengrauem Haar vor.

Der Fischersmann lehnte sich wieder zur Seite, um auszuspucken, ehe er es ihr sagte. Auf seinem linken Oberschenkel hatte er ein riesiges purpurrotes Muttermal in der Form einer Hand. »Einunddreißig.«

Immer mehr Leute kamen die Böschung herunter und ließen sich im Schatten nieder. Sorren zog die Knie an den Bauch und legte den Kopf darauf. Ein Mädchen in einem zerfledderten Hemd sagte: »Also ich glaub, sie segeln nach Westen.«

»Nach Osten«, sagte ein anderer.

»Nach Süden, in den Dunst.« Man stritt sich zusammenhanglos. Jemand reichte einen Wasserschlauch herum, er kam auch zu Sorren, und sie trank dankbar. Der aufdringliche Geruch ungewaschener Leiber erregte ihr Unbehagen, und sie wünschte, sie hätte etwas höher hinaufsteigen können. Hier unten würde Kadra sie niemals sehen, sie würde nie wissen, daß sie gekommen war. Sie überlegte sich, wo Norres sein mochte. Plötzlich fuhr ein

Schauder durch die kleine Menschenansammlung: alle standen auf. Sorren reckte den Hals wie ein Seevogel, als die Leute ringsum zu stöhnen begannen: »Aaah!«

»Da fährt sie hin!«

»Sie hebt sich!«

Die Taue zwischen den Schiffen strafften sich. Die rudernden Männer in den kleineren Booten warfen sich ins Zeug. Die Dockmannschaft begann rückwärts zu gehen und zerrte die Stützbalken von den Flanken des Schiffes ... Und plötzlich, mit einem schweren Zittern und mit großem Gespritze, glitt die *Ilnalamaré* ins Wasser und auf das Meer zu. Die gelbgetakelten Fischerboote ließen wieder die Muschelhörner ertönen, und die schlammige Mulde unter den Streben des Steiges hallte wider von Jubelrufen.

Ein kleines Boot scherte an die Seite des weißen Schiffes. Vom Deck des großen Fahrzeugs baumelte ein Seil zu dem kleineren hinab. Eine Gestalt in Blau fing das Tau ein und begann, Hand über Hand, hinaufzuklettern. An den Spieren blühten die Segel auf; auch sie waren von einem Blau, das ein tiefdunkles Indigo war, fast Purpur. Der Fischer an Sorrens Seite sagte: »Die wer'n bald ausbleichen. Zwei Monate in Salz und Sonne, dann sin sie hell wie Weizen.«

»Kadra«, flüsterte Sorren. »Sichere Fahrt dir ...« Die Worte blieben ihr im Hals stecken. Es gab ein großes Gedränge nach vorn, als die Leute auf das Loch zurannten, in dem das Schiff gelegen hatte, um kleine Holzstückchen aufzuheben, Fetzen Segeltuch, Nägel, Netzteile, alles mögliche, irgend etwas von dem neuen Schiff, ehe alles gleichfalls mit der Tide hinausflutete. Sorren rührte sich nicht vom Fleck. Der Ostwind ließ die Segel schwellen, und sie sah das weiße Schiff drehen, um die Brise einzufangen. Kurz erhaschte sie einen Blick auf etwas Geschnitztes am Bug; es war ein großer Vogel mit großem Schnabel, wie der Adler, wild und stark und gewaltig genug, um Tag und Nacht über die Welt zu fliegen. Sie hoffte, die Figur würde mächtig genug sein und das Schiff ans Land führen und dann umkehren und es sicher nach Hause zurücklenken.

»Lebewohl«, sagte sie, mehr zu dem Schiff als zu ihrer Freundin. Zu Kadra hatte sie ihre Abschiedsworte schon gesagt. Sie erinnerte sich an die Anweisungen der Ghya, kehrte dem Menschengewimmel den Rücken und kletterte den Abhang zur Straße hinauf. Als sie sich noch einmal umwandte, um dem Schiff nachzuschauen, war es merklich kleiner geworden. Sie erblickte den Wachtposten, der sie auf den Strand gelassen hatte, und winkte ihm nochmals ein Dankeschön zu.

Die neue Tür der Taverne war mittels eines Steines geöffnet gehalten, und der Schankraum wurde vom Licht der Sonne durchflutet. Sie trat ein. Der Raum war leer. »Hallo!« rief sie. Niemand antwortete. Sie rief erneut, und die Küchentür glitt beiseite. Norres stand vor ihr.

»Ah«, sagte sie, »du bist's. Sie hat gesagt, daß du kommst.«

Ihre Stimme klang trübe, und ihr Gesicht war hager. Sorren fragte sich, ob sie krank sei. »Geht's dir nicht gut?« fragte sie.

Norres überhörte die Frage. Sie deutete hinter sich. »Da, durch die Tür«, sagte sie. »Durch die Küche, im Vorratsraum. Dort ist sie.«

»Wer ist da?« fragte Sorren dümmlich.

»Kadra.«

Sorren blinzelte. *»Waas?«*

»Geh und schau selber nach!« sagte Norres. Langsam schritt Sorren an ihr vorbei in die Küche. Ein Mädchen, das den Herd schrubbte, blickte nicht einmal auf, als sie vorüberging. Es roch nach Fett und Fisch in der Küche. Von den Dachsparren hingen getrocknete Kräuterbüschel. Sorren blickte sich nach einem Vorratsraum um und sah im hinteren Teil der Küche eine halboffene Tür. Sie trat dorthin, stieß die Tür ganz auf und kam in ein düsteres und dumpfiges Gelaß.

Sie dachte, das muß die Vorratskammer sein. Es gab Borde mit Dosen und auf dem Boden hohe Krüge. Durch ein netzbespanntes Fenster fiel Licht, und sie sah eine Pritsche, etwas über den Boden erhoben, und auf dem Strohsack eine menschliche Gestalt, die mit einem Laken bedeckt war. Sie trat näher. Das Gesicht war nackt. Es war Kadra.

»Aber . . . sie wollte doch mit dem Schiff . . .«, flüsterte Sorren.

»*Die da* hätte nie mit dem Schiff mitfahren können«, sagte Norres im Türrahmen. »Du hast doch auch ihren Husten gehört. Das Saufen und die Raufereien und das Schlafen unterwegs und auf den Straßen und am Strand haben *die da* umgebracht, genau wie es ihr bestimmt war. Ich hab' ihr immer gesagt: Komm und schlaf in der Taverne! Aber — ›*Nein!*‹ Komm und schlaf bei mir im Haus! — ›*Nein!*‹ Und so habe ich mir angewöhnt, sie nicht mehr zu bitten. Das Schiff — dieses Schiff war nichts als ein Traum, Mädchen. Vielleicht hast du dran geglaubt. *Die da* hat nie daran geglaubt. Hier nimm!« Sie trat an die Borde. »Das Zeug da ist für dich. *Die da* hat gesagt, ich muß dafür sorgen, daß du es bekommst.«

Sorren flüsterte: »Wann ist sie gestorben?«

»Heut früh, vor dem Morgengrauen. Und jetzt beeil dich und nimm Abschied! Ich werd' ihr das Grab graben, wenn du weg bist.« Sie verschwand abrupt. Sorren trat dichter an das Lager. Kadra sah friedvoll aus. Sorren fragte sich, wo Norres sie beerdigen würde. Man war verpflichtet, eine Amtsperson zu informieren, wenn jemand starb, damit jemand kommen und den Leichnam untersuchen konnte und damit sie sicherstellten, daß diese Person nicht an der Pest gestorben war.

»Ich hab' geglaubt . . .« Sorren brach ab und schluckte. Warum redete sie zu der Toten? Sie schaute in das Gesicht des Leichnams hinab. Die Haut verlor schon die Feuchtigkeit und begann straffer über den Knochen zu sitzen, und es roch eigenartig im Raum. Sorren streckte die Hand aus und berührte mit den Fingern behutsam die gelblichen Lippen. Das Tuch lag lose über dem Körper. Und es war jetzt nur noch ein toter Körper, die Seele war aus ihm gewichen und wanderte, wohin immer Seelen gehen mochten. Bald würden die Leichenwickler kommen und den Leib in grobe Leinenstreifen binden und ihn in die Erde senken. Sorrens Hand glitt zu dem Tuch. Sollte sie es zurückschlagen? Es war keiner da, der sie dabei beobachten konnte. Die lebende Kadra hatte sie nie nackt gesehen. Und sie würde nie wieder die Gelegenheit bekommen herauszufinden, was aus einem Menschen ein *ghya* machte.

Und während sie noch so dastand, liefen ihr die Augen über, und die Tränen rollten. Sie hob die Hand. »Ach, verdammt!« schluchzte sie. Die Lehmmauern saugten ihren Ruf auf und warfen noch nicht einmal ein Echo zurück. »Warum? Warum denn?« Die tote Ghya stach mit dem Kinn nach ihr. Ein um das Gesicht gebundener Faden hielt die Kinnlade geschlossen. Sie konnte jetzt im Tod nicht mehr sagen, was zu verschweigen sie im Leben entschlossen gewesen war. Sorren hob die Hand und rieb sich die Augen, bis sie wehtaten. »Flieg mit dem Segelschiff!« sagte sie zu der Toten. Vielleicht schwebte ihre Seele noch zögernd hier im Raum und konnte sie hören. »Flieg mit dem Schiff und bring es uns heim!«

Sie trat an das Gestell, das Norres ihr gewiesen hatte. Dort lag ein Lederetui, wie ein Flötenfutteral, nur sehr viel länger. Sie öffnete es. Es lagen ihr Bogen und zehn Pfeile darin. Neben dem Etui lag der Silberflakon, das gebogene Messer und, ganz kleingefaltet, der zerschlissene, flickenbesetzte Mantel der Botin.

Sie nahm den Bogenkasten vom Bord. Das Leder war weich und geschmeidig wie Tuch. Es war mit Intarsien aus Blumenmustern geschmückt. Sie zögerte, dann nahm sie auch das Messer mit seiner Scheide und die Flasche. Dann hob sie den Mantel herunter, schüttelte ihn aus und wickelte den Flakon und das Messer hinein. Keiner würde sie wegen dieses Mantels anhalten. Und wenn irgendein Wachsoldat sie fragte, was in dem Futteral sei, würde sie sagen, sie bringe es für Paxe zum Hügel.

Sie nahm die Bogenhülle und den Mantel in beide Arme und ging in den Schankraum. Die Tür ließ sie halboffen, wie sie sie vorgefunden hatte.

Norres schrubbte die Tische. Sie sah Sorren und nickte. »Die hat gesagt, du gehst in den Norden«, sagte sie. »Ich wünsch dir eine sichere Fahrt.«

»Ich danke dir«, sagte Sorren. Sie zögerte einen Augenblick lang, dann trat sie auf die Straße. Der Wind fegte rasselnd die kleinen Steinchen über die Pflastersteine. Sie schaute zum Meer hinaus — da zog das Schiff davon, klein jetzt wie ein Kinderspielzeug, und segelte in den Süden.

Als sie durch den Hof vor dem Haus kam, sah sie, daß Marti Hoks Sänfte verschwunden war. Eine andere Sänfte mit blauen und roten Wimpeln an den Stangen ruhte im Straßenstaub. Der Wächter am Tor schälte sich eine Kavafrucht. Die grüne Rinde wand sich um seinen Unterarm wie bei Tani ihre zahme Schlange.

Sie trat zu dem Posten. »Wem gehört die Sänfte?« fragte sie.

»Myra Ishem Med«, antwortete er. »Sie besucht ihren Mann.«

»Ist die Hofmeisterin in der Nähe?«

»In ihrem Häuschen. Hauptmann Ivor hat das Kommando.« Der Posten hatte den übermäßig wachen Blick eines Mannes, der zu lange nicht geschlafen hat. Sorren fragte sich, ob sie alle so aussahen. Sie knetete ihre Finger und ging dabei auf die Hütte zu. Sie hoffte insgeheim, daß Paxe sich schlafen gelegt haben möge.

Sehr vorsichtig schob sie die Tür auf. Das Sonnenlicht schimmerte auf den Strohmatten. Die Kissen lagen in wohlgeordneten Stapeln. Neben der Truhe lag ein öliger Lappen, so wie Paxe ihn fallengelassen hatte. Sorren legte den Mantel und das Bogenetui daneben. Aus der Küche hörte sie ein Plumpsen; die einäugige Katze kam ins Zimmer geschlendert und kreiste langsam an sie heran, um sich den Kopf an ihrem Bein zu reiben. Sie streichelte das Tier und lauschte. Nach einer Weile hörte sie Paxes Atem und das leise, immer wieder unterbrochene Schnarchen.

Sie hätte Paxe gern von Kadra erzählt — aber nein, nicht jetzt; jetzt noch nicht. Sie fuhr noch einmal streichelnd der Katze über den Kopf. Behutsam und leise verließ sie das Häuschen und ging hinüber und durch die Küchentür ins Herrenhaus. Der Koch war allein. »Da«, sagte er, als sie an ihm vorbeikam, und reichte ihr ein Stück Kavafrucht. Sie aß geistesabwesend, an den Schneidetisch gelehnt. Von der Vorderseite des Hauses läuteten schwach Sänfteglöckchen, und Sorren ging in den Flur, um zu sehen, wer es sei. Die Vordertür ging auf, und sie hörte eine Frauenstimme und dann das Klopfen von Marti Hoks Stock. Sie blieb unter der Tür stehen, um zu lauschen, wie die alte Frau sich durch den Gang entfernte.

Sie aß den Fruchtschnitz auf und wischte sich die Finger an einem Lappen sauber. Als sie an der Tür zum Arbeitszimmer vorbeikam, sah sie, wie Marti Hok Arré gerade ein Stück Papier reichte. Sie verlangsamte den Schritt, um zu lauschen.

»Kim hat unterschrieben, ohne mit der Wimper zu zucken«, sagte die alte Frau. »Irgendwas hat diesen Mann verändert; er wirkt geschlagen. Boras war empört — am meisten darüber, daß ich es wagen konnte, ihn vor dem Mittagessen zu wecken. Cha Minto wollte mich erst nicht empfangen. Als ich ihm aber sagte, was passiert ist, hat er geweint. Jedenfalls sind Tränenspuren auf dem Dokument. Eine Kopie habe ich zum Schwarzen Clan gebracht und den Schreibern gesagt, daß ich bis Sonnenuntergang so viele Abschriften haben will, daß ich sie in jedem Stadtbezirk aushängen lassen kann.«

Also hat noch jemand um Isak Tränen vergossen, dachte Sorren. Die Stufen knarrten, als sie hinaufstieg, und sie erinnerte sich, wie sie in der Dunkelheit auf der obersten Treppenstufe gehockt und geweint hatte und wie sie Isaks Trainingsrhythmus immer und immer wieder getrommelt hatte.

Ron Ismenin traf in der Stunde vor dem Mittag im Med-Haus ein. Er war ohne Sänfte, war zu Fuß gekommen. Arré hatte Befehl gegeben, daß man ihn in den kleinen Salon führe, in dem Marti und sie ihn erwarteten. Lalith meldete ihn an, und er kam mit langen ungeduldigen Schritten ins Zimmer, als überquere er eine verkehrsreiche Straße.

Arré schlang die Hände im Schoß fest zusammen. Sie vergaß immer, wie blond die Ismeninas waren. Und Ron war ebenso hellhäutig wie Sorren. Er trug die Farben seines Hauses, Gold und Grau, und an der rechten Hand hatte er einen riesigen Goldring. Er sah müde aus und verärgert.

»Meine Verehrten«, sagte er knapp und neigte den Kopf zu einem Gruß von gleich zu gleich. Er blickte sich suchend nach einem Stuhl um, sah keinen und verzog finster das Gesicht. »Ich hoffe, daß es wichtig ist; ich habe nämlich viel zu erledigen. Und ich schätze es nicht, Einladungen zu erhalten, die wie ein Befehl klingen.«

Arré sprach: »Es ist wichtig, und du warst nicht gezwungen zu kommen, wie du ja weißt.«

Steif sagte er: »Ich nahm an, es geht um Ratsangelegenheiten.«

»Zum Teil«, gab Arré zurück. Ihre Augen fühlten sich wie verklebt, und ihr Mund war wie Filz. Marti saß steif wie eine Statue in ihrem Sessel. Nur ihre Augen leuchteten. »Vielleicht vergibst du mir meine Kürze. In der vergangenen Nacht sind vier Männer in dieses mein Haus eingedrungen und haben versucht, mich umzubringen.«

Ron Ismenins langes Kinn sackte herab. »Was?« Die hellen blauen Augen wichen den ihren aus. Arré beobachtete, wie sein Blick zuckend von einer Ecke des Zimmers in die andere fuhr. Er räusperte sich. »Es freut mich zu sehen, daß sie erfolglos geblieben sind.«

Arré dachte kalt: Er kann nicht schauspielern! »Du fragst mich gar nicht, wer die Leute waren«, sagte sie.

»Wer waren sie?«

»Thugs. Gedungene Mörder«, sagte Arré, »von meinem Bruder Isak gedungen. Einer von ihnen steckt im Gefängnis, die andern sind tot. Mein Bruder steht unter Gewahrsam, und der Rat hat ihn aus der Stadt exiliert. Der Beschluß wird bei Sonnenuntergang vollstreckt. Ich dachte mir, du würdest das gern erfahren wollen, bevor die öffentlichen Proklamationen an den Straßenecken auftauchen.«

Ron Ismenins Gesicht wurde so bleich, daß seine Sommersprossen zu brennen schienen. »Das . . . das ist schrecklich«, stammelte er.

»Was von beidem«, fragte Marti Hok leise, »ist schrecklicher? Der Mordversuch an Arré — oder Isak Meds Verbannung?«

»Der Mordversuch, selbstverständlich.« Wieder schaute er sich suchend nach einer Sitzgelegenheit um. »Ich ... ich kann's einfach nicht glauben!«

Arré sagte mit flacher Stimme: »Ron Ismenin, du bist ein Lügner. Du hast davon gewußt!«

Er trat einen Schritt zurück. »Du bist verrückt!« keuchte er. »Wie hätte ich von sowas wissen können?«

Arré zählte die Sätze an den Fingern ab. »Erstens: Du hast Isak das Geld gegeben, mit dem er die Mörder bezahlt hat; das hat er eingestanden. Zweitens: Man hat dich gestern nacht im Park gesehen. Drittens: Einer der Mordbuben war der Jongleur, der sich bei der Verlobungsfeier deines Bruders produziert hat. Viertens: Ein anderer von den Mördern hatte ein Schwert, das in den Waffenschmieden der Ismeninas angefertigt wurde und das durch *deine* Machenschaften in die Stadt geschmuggelt worden ist. Alle Beweise deuten auf dich.«

Ron Ismenin schluckte, und sein Kehlkopf zuckte über dem Kragen auf und ab. »Du kannst mir nicht beweisen, daß ich von der Tat gewußt habe«, flüsterte er. »Ich hab' es nicht gewußt.« Seine Stimme schwoll an. »Ich hab' nichts gewußt!«

Er ist ein feiger Hund, dachte Arré. Und sie fragte sich, ob Tarn Ryth das auch wußte. Sie ließ ihn nicht aus den Augen, während sie zur Glocke griff und läutete, und sie gab sich dabei keine Mühe, ihre Verachtung zu verheimlichen. Lalith kam an die Tür. »Sag Toli, er soll noch einen Sessel bringen.«

Der Küchenjunge schwankte mit einem Sessel aus dem Salon herein und stellte ihn neben Ron Ismenin ab.

»Du kannst dich setzen«, sagte Marti Hok.

Langsam ließ Ron sich nieder. Er kämpfte sichtlich, um die Fassung wiederzugewinnen. Er holte tief Luft und stieß sie heftig wieder aus. »Ich kann es nicht glauben, daß du deinen eigenen Bruder zum Gesetzlosen erklären lassen willst, Arré Med!«

Du Narr, dachte Arré. »Es ist bereits geschehen.«

Die Farbe war in Ron Ismenins Wangen zurückgekehrt. »Es muß ganz bequem sein, wenn man den Rat der Stadt im Sack hat«, sagte er. »Aber ich glaube nicht, daß es dir so leicht fallen wird, mit mir das gleiche zu machen.«

Arré zwang ihre Stimme, träge zu klingen, obgleich ihre Muskeln gespannt waren wie Stahlfedern. »Ich würde den Versuch nicht unternehmen. Die Räte sind darin einer Meinung, daß du so etwas wie ein Tor bist, daß du dich von Isak hast spielen lassen wie eine Trommel, aber wir ziehen es vor, mit dir zu tun zu haben und nicht mit deinen jüngeren Brüdern.«

Er runzelte die Stirn über die Beleidigung, aber Arré sah, daß seine Schultern sich entspannten. »Hast du mich hierhergebeten, um mir zu eröffnen, was du nicht zu tun gedenkst?«

Und wie ein Kontrapunkt zu dieser Frage begann der Klang der Flöte durch die Tür zu schwingen. *Ich bin ein Fremdling in einem fremden Land, ich bin verstoßen, wohin ich immer geh . . .* Arré schauderte zusammen. Sie würde dieses Lied niemals hören können, ohne an Isak zu denken. Schweißtropfen rieselten ihr an den Schläfen herab, und die Sonne blitzte vom Glas des Schriftrollenschrankes in ihren Augen. »Bist du ein Spieler, Ron Ismenin?« fragte sie.

Seine Augen verengten sich argwöhnisch. »Ich bin kein Glücksspieler«, antwortete er.

»Aber man hat gehört, daß du schon mal eine Wette eingehst«, sagte Arré.

»Ja.«

»Ist dir je in den Sinn gekommen, daß Politik wie ein Spiel ist?«

Sie sah, wie er sich versteifte. »Nein!«

»Dann denk mal darüber nach«, sagte Arré. Sie beugte sich vor. Aus dem Augenwinkel sah sie Marti Hok unmerklich nicken. »Sie ist wie ein Spiel, Ron Ismenin, und der Einsatz, um den es geht, ist Macht. Aber dieses Spiel ist kompliziert, und du hast dabei bereits zu viele Fehler gemacht. Zweiunddreißig Menschen haben in diesem Jahr ihr Leben verloren, nur weil du ehrgeizig bist. Aber du bist nur ein Werkzeug, Ron Ismenin. Du bist von meinem Bruder benutzt worden, bist benutzt worden von Jerrin-no-Dovria i Elath und sogar von Tarn Ryth. Du hast keine Ahnung von Politik und nicht die allergeringste Ahnung von dem, was Macht bedeutet.« Sein Gesicht war kreideweiß vor Wut geworden. Arré lächelte. »Ja, jetzt bist du zornig. Aber ich versichere dir, daß ich die Wahrheit spreche. Nur weil du bei dem Spiel deinen Einsatz verloren hast und darum jetzt keine Gefahr mehr bist, kannst du hier sitzen und bist nicht im Gefängnis. Wünschst du zu behalten, was du hast, Ron Ismenin? Dann scheide aus dem Spiel aus. Ein kluger Spieler weiß, wann er seine Knochen in Sicherheit bringen muß.«

Ron Ismenin funkelte sie an. »Das ist Gassengeschwätz«, sagte er.

»So ist es«, pflichtete Arré ihm bei. »Aber du hast die Wahl, guter Mann. Zieh ab oder bleib hungrig.«

Seine Brust wogte, während er von Arré zu Marti blickte. Schließlich stand er auf. »Ich geb auf«, sagte er, machte wirbelnd auf dem Absatz kehrt und schoß durch die Tür, wobei er fast die Schiebetür aus der Schiene riß. Arré stieß die Luft aus. Ihr war ganz schwindlig vor Anspannung.

Dann fragte sie: »Hab' ich's gut gemacht?«

Marti Hok lächelte und hob die Teetasse vom Lacktischchen. »Meine Teure, deine Mutter hätte es nicht besser machen können«, sagte sie. »Du warst besser als gut. Du warst grandios!«

Bei Sonnenuntergang führte Paxe Isak Med ans Nordwestliche Tor. Sie hätte es nicht zu tun brauchen; Kaleb hatte sehr deutlich zu verstehen gegeben, daß er den Exilierungsbefehl mit Wonne durchführen würde. Doch Paxe hatte darauf bestanden, daß er sie wecke. Er kam dazu die Treppe herauf. Von der Schlafzimmertür her rief er ihren Namen, doch sie hatte ihn bereits gehört und begann schon aufzustehen. Der Arm schmerzte sie, und sie verzog das Gesicht, als sie sich auf ihn stützte.

Kaleb trat einen Schritt vor. »Laß mich das mal anschaun!«

Sie schüttelte den Kopf. »Es heilt schon.«

Er schaute sie finster an. »Dickköpfiges Weib. Du bist keine zwanzig mehr, weißt du!«

»Der Koch hat's vernäht. Laß es in Ruhe!« Sie schwang den Arm, um zu prüfen, wie weit sie ihn bewegen könne. Es schmerzte, doch damit war zu rechnen gewesen, und der Schmerz war klar und scharf, keine Spur von jenem unangenehmen trockenen Brennen, das bedeutet hätte, daß die Wunde sich entzündet hatte.

Durch ihr Fenster konnte sie den lavendelblauen Himmel sehen — er war orange gemasert wie eine Sommerrose. Der Mond stieg mit nur einem verdunkelten Streifen leuchtend aus dem Meer auf. »Wie steht's mit ihm?« fragte Paxe. »Hast du ihn gesehen?«

»Du meinst den Gefangenen? Es geht ihm gut. Seine Frau hat ihm etwas Gold gebracht, und Arré Med hat gesagt, wir sollen es ihn behalten lassen.«

»Sind die Proklamationen ausgehängt?«

Kaleb schüttelte den Kopf. »Noch nicht.«

Paxe trat zu dem Waschbecken und spritzte sich das lauwarme Wasser ins Gesicht. Dann suchte sie in ihrer Truhe nach einem

Hemd ohne Rangabzeichen. »Weiß der Hauptmann am Stadttor Bescheid, daß wir kommen?«

»Ja. Es wird keine Fragerei geben.« Kaleb war nervös; Paxe konnte es an der Ruhelosigkeit erkennen, mit der er seine Hände bewegte.

Als sie die Treppe hinunterstiegen, sagte sie zu seinem Rücken: »Was ist los mit dir?«

Er warf ihr einen dunklen Blick zu, ohne auf der Stufe zu stolpern. »Ich verstehe nicht, warum wir das machen«, sagte er.

»Was machen?«

»Ihn am Leben lassen«, sagte der Asech. »Wenn ich die Entscheidung zu treffen hätte ...«

»Aber du hast nicht!« sagte Paxe. »Und auch ich nicht. Es ist Arré Meds Entscheidung.«

Sie verstand nur zu gut, wie Kaleb Isak gegenüber fühlte. Die Stämme der Asech waren in Familienverbänden organisiert, und ein solcher Verrat, wie Isak ihn sich geleistet hatte, einer leiblichen Schwester gegenüber, konnte nach dem Gesetz der Wüste nur auf eine einzige Art und Weise geahndet werden. Paxe erinnerte sich an Isaks glattes, gespieltes Entsetzen, als sie ihn im Morgengrauen aus dem Schlaf geweckt hatte, und ein Teil von ihr wünschte sich gleichfalls für ihn den Tod. Aber Töten war nicht der rechte Weg. Sie stellte sich vor, wie Jerrin-no-Dovria i Elath das mit seiner klingenden beschwörenden Stimme sagte. Als sie ihm zuhörte, wie er die »Anrufung des Wächters« beim Fest zelebrierte, hatte sie Sorge und eine stechende Verachtung verspürt. Was geschieht, fragte sie sich jetzt, nach dem Tod des Körpers mit der Seele eines, der das Chea verhöhnt?

Sie ging an der Truhe vorbei und blieb stehen. Neben dem Kasten lag ein graues Stoffbündel und ein Lederfutteral. Sie kniete nieder und zog die Klappe des Futterals auf. Es lagen ein entspannter Bogen und eine Handvoll Pfeile darin.

»Übst du dich jetzt in der Kunst des Bogenschießens?« fragte Kaleb.

Sie verschloß das Futteral wieder und stand auf. »Nein.«

Sie stiegen den Hügel zur Wache hinab. Die Wache am Gefängnis nahm Habachtstellung ein, als sie sie erblickte. »Hofmeisterin! Kommandant.«

»Was macht dein Gefangener?« fragte Paxe und nahm der Frau die Zellenschlüssel aus der Hand.

»Sehr still. Seine Frau war da, aber sie ist schon wieder gegangen.«

Paxe steckte den Schlüssel ins Schloß und drehte ihn. Es gab ein knarrendes Geräusch, die Tür ging auf, und der Geruch von schalem alten Wein, von Kot und Erbrochenem drang hervor.

Paxe hatte Isak absichtlich in einer der kleinen Zellen unterbringen lassen, wie es sie bei jeder Postenstelle gab. Die Gebäude waren nichts weiter als einfache Ziegelschuppen. Sie waren nicht auf Bequemlichkeit hin errichtet worden, und es gab kein Wasser und kein Licht. Statt eines Nachttopfes gab es nur ein Loch im bloßen Erdboden. Und als Bett diente Stroh und eine rauhe Decke.

»Raus!« sagte Paxe.

Isak kam blinzelnd heraus. Sein Gesicht wirkte verkniffen und müde. Paxe fragte sich, ob er geruht habe.

»Guten Abend, Hofmeisterin«, sagte er.

Die Stimme klang flach, alle Keckheit, aller Übermut waren aus ihr gewichen. Paxe warf dem Posten den Schlüssel zu, die Soldatin verschloß die Tür. »Gib ihm sein Geld!« sagte sie.

Kaleb zog eine kleine Börse aus dem Gürtel. Aus der Art, wie er damit umging, sah Paxe, daß sie schwer war. Isak hob beide Hände, um sie entgegenzunehmen. Es blieb ihm gar nichts anderes übrig, denn die Arme waren ihm durch einen losen Strick an den Ellbogen und durch eine enge Schnur um beide Handgelenke gefesselt.

»Ich danke dir«, sagte er. Er blickte auf seine Hände. »Könnte man mich nun freilassen?«

»Am Stadttor«, sagte Paxe.

Sie warf Kaleb einen Blick zu, weil sie erwartete, daß er nun wegtreten würde. Er rührte sich nicht. »Kommandant«, sagte sie, »ich will dich nicht von deinen Pflichten abhalten.«

Sein Gesicht blieb ausdruckslos. »Ich komme mit dir mit.«

Paxe reckte sich hoch. »Kaleb ...«

Stumm schüttelte er den Kopf. Isak entging dies nicht, und er kicherte leise in sich hinein. Imrath, der Posten der Spätwache, blickte betont in die andere Richtung.

Paxe merkte, wie sich ihre Fäuste ballten. Der Schmerz lief ihr wie eine Flamme den lädierten Arm hinauf. Sie fluchte und entspannte die Hände. Der Schmerz nahm etwas ab. Sie packte Isak mit der rechten Hand am Arm. »Geh!« befahl sie. Gehorsam setzte er sich in Bewegung. Sie schritten nach Norden, Arm in Arm, dicht beieinander wie zwei Liebende; Paxe konnte den Zellengestank an Isaks Kleidern riechen. Geräuschlos wie stets schritt Kaleb an Isaks rechter Seite dahin. Nach einiger Zeit grinste Paxe ihm zu.

»Ich könnte dir Prügel verordnen für deine Insubordination«, sagte sie.

Er lächelte. »Du wirst aber nicht«, sagte er. »Ich bin Wachoffizier. Außerdem — wen würdest du denn dazu bringen, es zu tun?«

Ein Kastanienverkäufer schlurfte an ihnen vorbei, und der Duft der gerösteten Kastanien erfüllte die Luft. Isak sog die Luft durch die Nase. »Das wird mir fehlen«, sagte er.

Paxe runzelte die Stirn. Sie hätte ihm am liebsten gesagt, er solle schweigen. Doch das erschien ihr als unnötig grausam.

Der Verkehr wurde dichter; sie näherten sich dem Stadttor. Es war Paxe nie zuvor aufgefallen, wie kurz die Strecke war. Ein Läufer fädelte sich zwischen den Karren hindurch, seine Arme waren voll Papierrollen, und sie fragte sich, ob dies die Verbannungsverkündigung war. Hinter ihnen hing die noch zögernde Sonne am Himmelsrand, doch der Himmel vor ihnen war zu Blau gedunkelt. Der Verkehr floß stadteinwärts, und die Leute drängten sich, um noch vor Torschluß in die Mauern zu gelangen.

Paxe konnte fühlen, wie verkrampft Isak war, sie spürte es im Griff ihrer Hand an seinem Arm. Er spähte von einer Seite zur anderen. Suchte er jemanden? Spähte er nach einem Komplizen, der ihm helfen könnte? Doch während sie seinem sich drehenden Kopf argwöhnisch folgte, kam sie zu dem Schluß, daß er sich nicht nach irgendeiner Person umsah. Er schaute sich nur die Stadt noch einmal an.

»Hofmeisterin«, sagte er plötzlich, »bitte, können wir anhalten?«

»Warum?« fragte Kaleb scharf.

Doch Paxe blieb stehen. »Halt du ihn fest!« sagte sie. Kaleb packte Isaks rechten Arm. Sie streckte die Finger. Isak schaute in die Menschenmenge. Eine hochgewachsene Asechfrau trieb eine Herde Geißen durch das Tor, erblickte Kaleb und rief ihm etwas in der Asechsprache zu.

Er antwortete in der gleichen Sprache, und die Frau grinste.

»Du kennst sie?« fragte Isak.

»Wir sind von einem Stamm«, gab Kaleb zurück.

Eine Kinderschar spielte an der Flanke des Wachhauses Fangen. Isak straffte die Schultern. »Hofmeisterin«, sagte er gleichfalls sehr knapp, »würdest du für mich eine Nachricht übermitteln? An Sorren?«

Paxe ergriff seinen Arm wieder, um ihn zum Weitergehen zu veranlassen. »Das kommt darauf an«, sagte sie.

»Oh, sie wird es gern hören«, sagte der Tänzer. »Sag ihr, es tut mir leid, daß sie in all das hineingezogen worden ist. Und sage ihr, sie ist eine viel bessere Trommlerin als Itaka.«

Paxe nickte. »Und für deine Schwester?« fragte sie plötzlich.

Isak lächelte sardonisch. »Ich habe nichts zu Arré Med zu sagen über das hinaus, was bereits in der letzten Nacht gesagt wurde.«

»Ich verstehe«, sagte Paxe.

Kaleb murmelte etwas in sich hinein.

Sie waren fast am Torwächterhaus angelangt. Die Wachen ließen die letzten Fahrensleute durch. Der Torhauptmann sah sie und zeigte auf das kleine Tor. Es stand in geringer Entfernung vom Großen Stadttor und war genaugenommen kein Tor, sondern nur ein Türschlupf, gerade breit genug für eine Person, viel zu schmal für Pferd und Wagen.

Vor Jahrzehnten hatte die Stadt durch diese kleinen Tore Späher in das von den Asech besetzte Land geschickt. Aber schon vor Paxes Zeit war der Schlupf nicht mehr gebraucht worden, und die Angeln hatte man verrosten lassen. Paxes Vorgänger Kemmeth hatte die Reparatur befohlen, und auf Paxes Befehl hin ölte man die Angeln regelmäßig. Es gab da sogar ein eigenes Fallgatter, das die Wachen hin und wieder herunterließen, um es zu säubern, doch normalerweise blieb es oben.

»Gute Idee«, sagte Paxe zu Kaleb. »Dein Einfall?« Er hob eine Schulter hoch, was bei den Asech eine Verlegenheitsgeste bedeutete. Ein Posten machte sich vom Haupttor her auf und kam an den kleinen Durchschlupf. Kaleb trat neben ihn, und gemeinsam zogen sie die Tür nach innen und befestigten sie mit einem Stein, gerade nur so weit, daß ein schlanker Mensch sich durch den Spalt hindurchzuschieben vermochte.

Vor den Stadtmauern lagerten die Karawanen der Leute, die zu spät eingetroffen waren und keinen Einlaß mehr in die Stadt gefunden hatten. Kochgerüche stiegen von Kohlebecken und Lagerfeuern auf. Ein Streifen grauer Wolken bildete Muster am Horizont, und über ihnen glitzerte der nördliche Sternhimmel. Isaks Atem begann hastiger zu gehen, flacher, als er in die Düsternis hinausblickte.

»Bind ihn los!« sagte Paxe.

Kaleb bückte sich, und als er sich wieder aufrichtete, hielt er sein Messer in der Hand. Er zerschnitt Isaks Fesseln mit einer raschen Aufwärtsbewegung. Sie fielen in den Staub, und Isak rieb sich die Handgelenke. »Das ist besser.« Er schob die Goldbörse in die Tasche. Die Münzprüfer hinter ihnen räumten ihre Wechseltische auf. Der Wind drehte und trug den Dunst aus den Stallungen herüber; Paxe hörte den hohen Singsang der Laternenanzünder, die einander zuriefen.

Isaks Gesicht sah in dem Mischlicht des Mondes und der Fackeln bleich und entschlossen aus. Er zog sich den Hemdkragen fester um den Hals. Dann, als bereite er sich zu einem Tanz, löste er den Haarknoten. Das Haar fiel ihm wie eine schwarze Wolke über die Schultern. »Guten Abend, Hauptmann«, sagte er, und die alte Leichtigkeit schwang wieder in seiner Stimme. Er blickte zum bestirnten Himmel hinauf. »Eine schöne Nacht zum Wandern.«

Und mit drei großen gleitenden Schritten ging er durch die Mauerluke. Kaleb drückte sich und steckte sein Messer wieder in die Scheide im Stiefel. Der Posten stieß den Stein von der Tür, und die Tür fiel zu.

Paxe wurde von einem Frösteln überfallen. Kaleb schob ihr den linken Arm unter ihren unversehrten Arm, und so standen sie aneinandergelehnt in der Dunkelheit da. »Eine schöne Nacht zum Wandern«, sagte sie. »Gehen wir nach Hause!«

Sorren erwachte spät. Der Essensgeruch, der aus der Küche die Treppe heraufschlich, bewirkte, daß ihr Magen grollte. Langsam setzte sie sich auf. Sie konnte sich nicht mehr erinnern, wann und wie sie eingeschlafen war. Sie hatte geträumt, doch während sie nun auf das Dunkel hinter den seidengefleckten Fenstern starrte, konnte sie sich an nichts mehr erinnern. Ihre Kleider klebten; sie wand sich aus ihnen heraus und suchte sich im Dunkel saubere Sachen. Sie fragte sich, wer im Haus sonst noch wach sein mochte. Es war seltsam, sich anzuziehen, sich die Haare zu kämmen, nach dem Essen zu schnuppern: an dem einen Tag war soviel geschehen, daß sie fast das Gefühl hatte, alles müsse nun verändert sein.

Ihre Hand stieß gegen das Kästchen mit den Wahrsagekarten neben dem Bett. Sie streichelte darüber hin; sie war voller Unsicherheit und Fragen. Irgendwo in den Mustern der Karten, wenn sie sie nur richtig auslegen könnte, stand alles geschrieben, was seit dem gestrigen Sonnenaufgang geschehen war; da mußte das Fest zu lesen sein, Isaks Verrat, Paxes Verwundung, das Verbannungsedikt . . . Wohin würde Isak sich wenden? Sie rieb mit einem Finger die Kante des Kästchens entlang. Sogar Kadras Tod und die Jungfernfahrt des Schiffes standen vielleicht irgendwo in diesen Karten.

In der Küche fand sie den Koch und Kaleb vor, die das Steinchenspiel spielten. Es war die Zeit der Spätwache, und sie fragte sich, was Kaleb hier zu suchen habe. Vielleicht war er nur hereingekommen, um sich aufzuwärmen. Toli tranchierte unter den Augen des Kochs eine Gans. »Faule Bettwanze«, sagte er zu ihr.

»Halt den Rand!« sagte der Koch und verschob ein Steinchen. »Wir sind alle todmüde.«

Sorren hätte Kaleb gern gefragt, wie das mit Isak gegangen war. Statt dessen sagte sie zu Toli: »Ist Marti Hok noch da?«

Er schüttelte den Kopf. »Die ist heim. Aber die Hofmeisterin ist im Arbeitszimmer.« Er grinste sie dreckig an.

»Oh.«

Kaleb bewegte ein Steinchen und nahm vier der Figuren des Kochs vom Brett. »Spiel!« sagte er. »Sorren, die Hofmeisterin hat eine Nachricht für dich.«

»Für mich?« Sorren stibitzte sich ein Stück Gansfleisch unter Tolis Messer fort. »Ich danke dir.« Und während sie mit langen Schritten auf das Arbeitszimmer zustrebte, riß sie Stücke Fleisch mit den Zähnen ab.

Die Tür war geschlossen. Ehe sie anklopfte, leckte sie sich den Fettsaft von den Fingern. Dann pochte sie leise. Arré rief: »Komm rein!« Sie schob den Türschirm zur Seite und trat ein. Es war warm im Zimmer, die Porzellanlampen auf dem Kaminsims waren angezündet, und in ihrem Lichtschein sah sie Arré in ihrem Armsessel und Paxe, die die gestiefelten Beine in den Raum streckte. Auf dem Lacktischchen zwischen beiden stand eine Teekanne.

Paxe wirkte ausgeruht, und ihr Arm trug einen sauberen Verband. Sie hatte den Kopf schräggelegt, als Sorren hereinkam, und lächelte nun. Aber es war ein seltsames Lächeln. Sorren wurde steif. »Hofmeisterin«, sagte sie, »Kaleb . . . H-H-Hauptmann Kaleb sagt, du hast eine Nachricht für mich.«

Arré streckte die Hand nach ihr aus. »Komm hierher, Kleines!« sagte sie und kopfte auf ihren Sessel. Sorren sank neben dem Sessel zu Boden und kreuzte die Beine. »Ist dir klar, daß du noch immer mein Armband trägst?«

Sorren blickte verblüfft auf ihr Handgelenk. Da war kein Armband ... »Oh!« Sie fuhr mit der rechten Hand zu ihrem linken Oberarm hinauf. Sie hatte das Silberarmband zu dem anderen hinaufgeschoben und es ganz vergessen. Sie begann es herabzudrehen.

»Nein«, sagte Arré. »Behalte es! Ich will, daß du es behältst. Als Geschenk.«

»Aber ...« Sorren schaute von Arré zu Paxe.

Paxe sagte leise: »Geh nur, behalte es!«

Sorren streifte den Armreif bis zum Gelenk hinunter und starrte ihn an. Das schwere Silber war vom Tragen dunkel patiniert. Der blaue Stein leuchtete in der Fassung. »Ich danke dir«, sagte sie und rieb den Stein mit dem Daumenballen.

Plötzlich sagte Arré: »Isak ist fort, Sorren. Paxe hat ihn bei Sonnenuntergang zum Tor gebracht. Er ist jetzt ein Gesetzloser in der Stadt.«

Sorren schluckte. »Für immer?«

»Für immer«, sagte Arré.

»Allein?«

»Allein. Er wollte keine Gesellschaft haben. Myra hat ihm Lebewohl gesagt. Ich habe gestattet, daß sie ihm Gold gibt.«

Sorren erschauderte. Es erschien ihr als grausam, jemanden einfach so aus der Stadt hinauszustoßen. Doch dann erinnerte sie sich an die Männer auf der Treppe. An Elith. »Wohin wird er gehen?« fragte sie. »Nach Norden?«

Paxe bewegte sich in ihrem Sessel.

Arré zuckte die Achseln. »Nach Osten wahrscheinlich, nach Shirasai. Oder vielleicht will er nur, daß ich das glauben soll. Ich weiß es nicht. Ich habe Tarn Ryth einen Brief geschrieben, nach Nuath, und ihn von dem Ausweisungsbefehl informiert und ihn ersucht, auf der Hut zu sein. Wenn Isak sich in der Gegend von Nuath blicken läßt, werde ich davon hören.« Sie lehnte sich in ihren Sessel zurück.

Lalith kam an die Tür. »Herrin, wünschst du dein Mahl jetzt?« fragte sie.

»Ein wenig später«, gab Arré zurück. »Ich werde läuten.«

Lalith verneigte sich und ging.

Paxe räusperte sich. »Isak hat mich gebeten, dir etwas auszurichten.«

Die Härchen in Sorrens Nacken stellten sich auf.

»Ich soll dir sagen, es tut ihm leid, daß du in all das hineingezogen wurdest und daß du eine viel bessere Trommlerin bist als Itaka.«

Sorren biß sich auf die Lippe. »Das war freundlich von ihm«, sagte sie. Sie fragte sich, ob er auch Arré eine Nachricht hinterlassen hatte.

Es breitete sich ein kleines Schweigen aus. Durchbrochen wurde es von Tolis Flöte, die die Tonleitern auf und ab trillerte. Mit einer Stimme, aus der alle Wärme gewichen war, sagte Arré:

»Sorren, geh und befiehl ihm aufzuhören. Ich kann keine Musik hören!«

Sorren sprang auf. Sie raste durch den Korridor, schlitterte in die Küche und stieß dabei fast mit dem Ellbogen des Kochs zusammen. Sie riß Toli die Flöte von den Lippen.

»He!« murrte er. »Was machst du denn da?«

»Arré hat gesagt, du sollst aufhören. Sie wünscht keine Musik zu hören.«

Er schaute verletzt drein. »Das hat sie aber noch nie gesagt«, murrte er, doch der Koch starrte ihn so wild und finster an, daß er zusammenzuckte und nach dem Samtfutteral für das Instrument griff. »Sag ihr, daß die Gans austrocknet«, warnte er. Das Aroma ließ Sorrens Magen sieden. Sie schob eine Hand unter das Tuch über dem Gänsefleisch, stahl sich ein zweites Stück und aß es auf dem Rückweg ins Arbeitszimmer.

Als sie durchs Zimmer ging, sah sie ihr Spiegelbild im Glas des Schriftrollenschrankes: eine geisterhafte Gestalt vor der Landschaft der Stühle und Tische und Wandteppiche. Die Spannung im Raum war lastender als zuvor. War Arré etwa böse auf sie? Sie konnte sich nicht denken, was sie falschgemacht haben könnte. Beunruhigt begab sie sich wieder an ihren Platz neben Arrés Sessel. Der Lampenschirm versilberte das Haar der älteren Frau. Paxe saß fast unsichtbar in dem anderen Sessel, ihre Augen waren geschlossen, und sie sah aus wie ein düsterer brütender Schatten.

Arré legte Sorren die Hand auf die linke Schulter. Dann ließ sie sie zu dem Armband der Leibeigenen hinabgleiten und fummelte an der Schließe herum. Die Schnalle sprang auf, und das Armband fiel klirrend zu Boden. Arré sprach: »Sorren-aus-den-Weingärten, ich entlasse dich hiermit aus meinen Diensten. Du bist von nun an nicht mehr Leibeigene für mich noch für mein Haus. Die Jahre deines Dienens sind beendet. Du bist frei und kannst gehen, wohin zu gehen du wünschest.«

Frei — was bedeutete das: *frei?* Sorren vermochte nicht zu sprechen. Sie starrte auf das Armband der Leibeigenen. Sie hob es vom Boden auf und drehte es in den Händen. Die roten und blauen Dreiecke blitzten. Sie schnippte das Schloß mit dem Finger an. Es sah aus wie zerbrochen.

»Warum?« fragte sie.

»Weil es an der Zeit ist«, sagte Arré und beugte sich vor. »Du kannst natürlich gern weiter in meinen Diensten bleiben, wenn du das willst — aber dann als bezahlte Dienerin, nicht als Leibeigene. Außerdem liegt Geld für dich bereit. Oder du kannst auch in die Weinfelder gehen, wenn du Lust hast. Ich werde dir ein Pferd geben.«

Sorren betastete den blassen Ring aus Fleisch an ihrem Oberarm. »Ich kann ja nicht reiten«, sagte sie. Sie schaute zu Paxe hinüber. Die Hofmeisterin hatte nun die Augen geöffnet. »Ich möchte aber nicht in die ... die ... die Weingärten.«

Sie schloß die Augen und sah vor sich die Landkarte, die Kadra für sie gemalt hatte, und die genaue Reiseroute darauf eingezeichnet. An deren Ende lag Tornor Keep. Sie konnte ebensowenig nicht dorthin reisen, wie sie aufhören konnte zu träumen, oder zu sprechen, oder zu lieben. Sie erhob sich und ging zu Paxe und kniete an ihrem Sessel nieder. Die Hofmeisterin neigte sich über sie; in ihren Augen glitzerten die nichtvergossenen Tränen. Sorren streckte die Hand aus, und Paxe faßte sie fest und zog sie an ihre Lippen. Ihr Atem war warm. »*Chelito!*« Sanft legte sie die andere Hand auf Sorrens Haar.

Sorren drängte sich an sie, behutsam wegen des verbundenen Armes.

Sie fragte: »Wirst du mit mir in die Berge fahren?«

Arré bewegte sich, sprach aber kein Wort. Sie blickte von Paxe weg.

Paxe sagte: »Ich habe meine Fahrt zu den Bergen vor vielen, vielen Jahren gemacht, *chelito.*« Über Sorrens Kopf hinweg schaute sie zu Arré hin. »Ich werde dich vermissen, mit jedem Atemzug, den ich tue. Aber — mein Sohn ist hier, meine Verantwortlichkeiten sind hier, meine Freunde sind hier. Ich mag nicht aus Kendra-im-Delta weggehen.« Der Lampenschein bestrahlte die Bögen ihres Gesichtes. »Ich habe meine Fahrt hinter mir, du beginnst die deine. Für dich ist das hier der Ort des Aufbruchs. Aber für *mich* ist hier die Heimat.«

23. Kapitel

Die Mauern der Stadt lagen nun hinter ihr. Das helle Herbstlicht warf ihre Schlagschatten nach links. Ein langer Schatten, ein kurzer Schatten, dachte Sorren, als sie von ihrem eigenen schweren Schatten auf den kürzeren von Jenith blickte. Rechts von ihnen blitzte der Fluß zwischen den hängenden Zweigen der Weiden. Die Barkassenskipper waren draußen im Fahrwasser — sie konnte sie hören, wie sie Geschichten erzählten, Neuigkeiten austauschten, Grüße übermittelten. Am anderen Flußufer lagen die Baumwollfelder noch weiß von den aufgesprungenen Fruchtbällchen. Die Pflücker zogen mit ihren Säcken durch die Pflanzenreihen. Sorren fragte sich, ob sie die Neuigkeit über Isak Med schon gehört hatten.

Sie verschob die Tragriemen ihres Packs auf den Schultern. Das Bogenfutteral und die Pfeile schlugen ihr gegen die rechte Hüfte. Drei Tage waren vergangen, seit Isak in die Verbannung gejagt worden war. Myra Ishem Med befand sich noch in Kendra-im-Delta. Sorren erinnerte sich an die Gerüchte, die sie gehört hatte, daß Isak Med sich, trotz des Verbannungsbefehls, noch immer in der Stadt aufhalte. Aber sie wußte, das konnte nicht wahr sein. Sie fragte sich, wo er sein mochte. Seltsam erschien es ihr, an ihn als nur einen anderen Landfahrer zu denken, als an einen, der über die Straßen zog. Aber wenn sie an Elith dachte, wallte noch immer Zorn gegen ihn in ihr auf. Aber dann, wenn sie an Isak-den-Tänzer dachte, verblichen ihre Zornesgefühle und machten selbst jetzt noch der Bewunderung und Sorge Platz — und noch einem anderen Gefühl, das sie nunmehr als reines Mitleid zu erkennen glaubte.

»Hast du schon Hunger?« fragte Jenith.

»Nein. Du?«

»Auch nicht.« Jenith pfiff leise vor sich hin. Arré hatte sie beauftragt, die Nachricht von Isaks Verbannung zu den Weinfeldern zu bringen, und Jenith hatte nur zu gern zugestimmt, weil sie so die

Möglichkeit erhielt, ihre Töchter zu sehen. Nun schritt sie gemächlich an Sorrens Seite dahin, einen kleinen Pack auf dem Rücken, und schien nie zu ermüden.

Sorren rief sich den Augenblick wieder in die Erinnerung zurück, in dem sie durch das Nordwestliche Tor gegangen war. Sie hatte geglaubt, dieser Augenblick würde bedeutungsschwanger sein. Aber dem war nicht so gewesen. Verstohlen spähte sie über die Schulter zurück, aber da gab es zu viele Karren und Pferde, zu viele Fahrende auf der Straße. Alles, was sie zwischen sich und der Stadt sehen konnte, war Staub.

Dann dachte sie an Paxe, und ihr Herz zuckte kurz und schmerzhaft. Sie hatten sich an jenem Abend Glück und Lebewohl gesagt. Paxe weigerte sich, sie ans Stadttor zu begleiten; sie wollte sich nicht vor ihren Soldaten zur Schau stellen. »Außerdem«, hatte sie in Sorrens Haar hineingeflüstert, »hasse ich breitgewalzte Abschiede!« Ihr Abschiedsgeschenk für Sorren war ein praktisches gewesen: zehn Jagdpfeile mit breiten Spitzen. Arrés Geschenk war gleichermaßen nützlich: sie hatte Sorren Stiefel geschenkt. Und heute morgen hatte sie Sorren beinahe beiläufig Lebewohl gesagt. Und im letzten Augenblick hatte sie ihr einen Brief hingehalten und sie gebeten, ihn Tarn Ryth von Nuath zu übergeben.

»Wenn du aber nicht nach Norden kommst«, hatte sie gesagt, »gib ihn einer Karawane mit, die nach Norden zieht.« Doch dann, als Arré sich abwandte, sah Sorren Tränen auf ihren Wangen schimmern.

Sieben Asech zu Pferd trotteten an ihnen vorbei. Einer sah Jenith und rief ihr einen Gruß in der Asechsprache zu. Sie gab ihm Antwort, und alle lachten.

Sorren fragte: »Macht es dir sehr viel aus, daß du nicht zu Pferd bist?«

Jenith zuckte die Achseln. »Arré Med hat mich beauftragt, zu Fuß zu gehen, also geh ich. Mach dir nur darum keine Gedanken!«

Gegen Mittag machten sie am Wegrand Rast. Das Gras war hier trocken und spröde. Jenith trank aus ihrem Wasserschlauch und ließ sich rücklings ins Gras fallen. Sie sah so frisch aus wie am Morgen bei Sonnenaufgang. Sorren setzte sich schwerfällig nieder, sie war dankbar für die Rast. Ihr Magen zischte, mahnte sie, daß man sich um ihn kümmern müsse, und so zog sie die Spießchen mit dem Trockenfleisch aus ihrem Pack.

Ihre Finger glitten über den festen kühlen Bauch ihrer Flasche, und sie dachte an Kadra. Sie überlegte, wo die *Ilnalamaré* jetzt sein mochte. »Bist du schon mal auf dem Ozean gewesen?« fragte sie Jenith.

Die Asechfrau fuhr schaudernd zusammen. »Nein, und ich habe nicht das geringste Verlangen danach«, sagte sie mit verzerrtem Gesicht. »Er ist mir viel zu bewegt. Ich ziehe es vor, unter den Füßen was Festes zu haben.« Ihre braune Hand streckte sich und klopfte beredt auf die vertrocknete braune Erde.

Auf einer kleinen Fuchsstute ritt eine Frau vorbei. Die Art, wie sie den Kopf bewegte, erinnerte Sorren an Paxe. Sie überlegte, was die Hofmeisterin gerade tun mochte. Vielleicht schlief sie auf ihrem harten niedrigen Bett, und die einäugige Katze lag neben ihr. Oder sie leitete den Unterricht im Waffenhof ... Der Anprall der Erinnerungen traf sie wie ein körperlicher Schmerz. Sorren wand die Finger in ein Grasbüschel und zog fest daran. Die langen Stengel brachen, und sie fiel auf ihren Ellbogen zurück.

»Wir sollten weiter«, sagte Jenith.

Sie wanderten. Sorren begannen die Beine zu schmerzen. Die Füße waren noch in Ordnung; sie hatte die letzten zwei Tage damit zugebracht, durch die Stadt zu trotten, um die Stiefel einzulaufen. Aber ihre Waden schmerzten. Sie verriegelte ihr Denken gegen den Schmerz und konzentrierte sich auf das, was sie auf der Straße sah und hörte und roch: die vorüberziehenden Karawanenzüge, die Felder und Scheuern, den heißen, süßen Duft der Ernte, die Zikaden im Gras versteckt, ihr Schrillen. Und Jenith glitt geschmeidig an ihrer Seite dahin, die Hände an die Schenkel gelegt, einen Strohhalm zwischen den Zähnen. »Wann warst du zum letztenmal in den Weinfeldern?« fragte die Asech.

»Als meine Mutter gestorben war. Vor vier Jahren«, antwortete Sorren. »Warum — ist es jetzt anders?«

Jenith schüttelte den Kopf. Die Ringe in ihren Ohrläppchen fingen die Sonne auf und blitzten. »Nee«, sagte sie, »es wird da immer so sein, wie es war.«

An den Geruch erinnerte sich Sorren als erstes: den starken betäubenden Duft der Trauben. Sie schnüffelte die Luft ein. »Ich ... ich glaube, wir sind bald da, oder?«

»Ha, du kennst einen Weinstock, wenn du einen siehst?« sagte Jenith. »Wir sind da.« Sie reckte ihr Kinn Richtung Westen. Sorren kniff die Augen zusammen und spähte in das rötlich gewordene Sonnenlicht. Sie sah tiefe Furchen und hochgewachsene grüne Pflanzen, die sich um hölzerne Spaliere wanden. Die Pflanzen standen in Reihen schräg zur Straße angeordnet, und sie erinnerte sich — und wie sie sich erinnerte in all den Jahren der Abwesenheit! —, daß die Trauben am süßesten reiften, wenn sie die ganze Stärke des Sonnenlichts aus Südwest in sich aufsogen.

Jenith deutete über ein Feld zu einem Spitzdach, das unter Weinlaub halb versteckt dalag. »Das ist eine Kelter in dem Schuppen da«, sagte sie erklärend.

Sorren verschob ihren Pack auf den Schultern. »Ist alles das hier Med-Land?«

Jenith breitete die Hände aus — die Asechgeste für »ja«.

An einem Einschnitt zwischen den Feldfurchen bogen sie von der Landstraße ab. »Wo gehen wir hin?« fragte Sorren.

»Meine Töchter suchen«, sagte Jenith. »Die sind jetzt bestimmt bei den Erntetrupps.« Sorren blickte über die stillen Felder. Soweit sie schauen konnte, gab es nur Weinstöcke.

Sie folgte Jenith durch das Labyrinth der Furchen und Gräben. Die Erde unter ihren Stiefeln war krümelig. Reben streiften ihre Wangen. Sie zwang ihr Gehirn zurück, versuchte sich sieben Jahre weit zurückzuerinnern, an jene Zeit, in der sie so viel kleiner gewesen war . . . Ich war damals kleiner als die Rebstöcke, dachte sie. Verschwommen erinnerte sie sich, wie es war, wenn sie an Unkrautstengeln zerrte. Sie hatte einen Strohhut aufgehabt — ihre Hand berührte ihr Haar —, einen Strohhut mit einem blauen Band um die Krone!

»Da ist das Haus«, sagte Jenith.

In der Ferne sah Sorren das Schimmern von Zedernplanken. Isaks Haus, dachte sie und verbesserte sich sofort: es war nicht länger Isaks Haus. Plötzlich wurde sie starr vor Aufmerksamkeit und lauschte. *Pah-pah, pah-dam-pah.* Die Trommeltöne klangen ins Abendlicht hinein. *Pah-pah-dam.* Ihre Finger pochten den Rhythmus gegen ihre Schenkel. Das waren die Trommeln der Weinleser, die die Nachricht von ihrer Ankunft verbreiteten.

»Die wer'n schon auf uns warten«, sagte Jenith und deutete vorwärts. »Da lang jetzt.« Sorren folgte ihr, und das Trommeln ging weiter und verschmolz mit dem Wind und dem Summen der Insekten, bis Sorren sich einbildete, das Klopfen durch die Sohlen ihrer Stiefel spüren zu können.

Plötzlich nahmen die Rebstöcke ein Ende. Sie befanden sich in einer Lichtung für die Weinleser: ein kleiner Kreis von Zelten und Bretterhütten. Der Rauch von einem Feuer wehte zu ihnen her, es roch nach gerösteten Maiskolben. Im Halbkreis hockten Leute ums Feuer. Sorren folgte Jenith langsam zu ihnen hinüber. Das Trommeln hatte aufgehört.

»Nun komm schon!« Das war Jenith, die sie zur Eile mahnte.

»Ich komme«, antwortete Sorren. Sie warf einen Blick auf die Bretterhütten. Aus den schmalen Türeingängen beobachteten sie dunkelhäutige Gestalten. Viele der Frauen trugen goldene Ringe in den Ohren. Ihre Gesichter waren verschlossen, geheimnisvoll, gleichmütig, doch Sorren spürte ihre Gedanken, als verfüge sie über die Gabe der Wahrheitsfinder ... Fremdling, sagten sie zu ihr. Du bist eine Fremde, nicht eine von uns ...

Keck reckte Sorren die Schultern und marschierte auf die Feuerstelle zu.

Ein Weib hob die Hand. »Ich bin Nado«, sagte sie. »Sei uns willkommen!«

»Ich danke dir«, antwortete Sorren und setzte sich neben Jenith nieder. Selbst im Sitzen war sie noch einen halben Kopf größer als irgendeiner im ganzen Kreis.

Nado sprach: »Jenith sagt, du warst einst eine von den Weinfeldern?«

Sorren ließ ihren Pack von den Schultern gleiten. Sie stellte ein Bein auf und bohrte die Knöchel in die schmerzende Wade. »Das war ich.«

»Du bist hier geboren?«

»Ja. Meine Mutter war Weinleserin. Vor vier Jahren ist sie gestorben. Und in den letzten sieben Jahren war ich Leibeigene bei Arré Med in der Stadt.«

Nado klatschte weich in die Hände. »*Ai*, dann bist du *das* Kind. Jetzt erinner' ich mich. Ich hab' deine Mutter gekannt. Du siehst ihr ähnlich, bloß bist du größer.«

»Du hast sie — gut gekannt?« Sorren beugte sich vor. Es war ihr nie in den Sinn gekommen, daß irgend jemand auf den Feldern sich an sie oder an ihre Mutter erinnern könnte.

»Nein, nicht sehr gut«, sagte Nado. »Sie war immer — so anders.«

Sorren dachte: Ich sollte sie nach den Karten fragen. Doch dann würde sie sie wohl aus dem Pack holen müssen, und das wollte sie nicht. Plötzlich sprang Jenith auf, und Stimmen ertönten aus den Reihen der Rebstöcke.

»*Yaaaa!*«

»*Yipp-yipp-yipp-yipp!*« antwortete Jenith. Zwei Frauen kamen auf den freien Platz geeilt. Jenith strahlte vor Freude und lief ihnen entgegen. Dann brachte sie sie ans Feuer. Es waren braune, untersetzte Gestalten, und sie sahen ihr ähnlich; die ältere Tochter wurde Jezi genannt, die jüngere Aisha. Diese hatte Goldringe in den Ohrläppchen, genau wie ihre Mutter, doch Jezis linkes Ohrläppchen fehlte, und wenn im rechten ein Loch gewesen sein sollte, so hatte es sich wieder geschlossen. Auf den Hemden trugen sie Kreise aus Perlstickerei, auf der Brust und auf den Ärmeln.

»Seid gegrüßt«, sagten beide zusammen, und dann lachten sie mit blitzend weißen Zähnen. Aisha machte ein Zeichen mit der Hand.

Jezi sagte: »Ich will sprechen.« Sie grinste. »Wir würden uns freuen, wenn du unser Gast sein möchtest, für so viele Nächte, wie es dir gefällt, bei uns zu bleiben.« Aisha schubste sie mit dem Ellbogen und sagte etwas in der Asechsprache zu ihr, und die ältere Schwester schüttelte den Kopf zu einem Nein. »Unser Zelt liegt nicht weit von hier.«

»Ich danke euch«, sagte Sorren, »ich würde das gern annehmen.«

Nado klatschte in die Hände. »*Wa'hai*«, sagte sie. »Und nun, das Essen ist fertig. Wir werden essen. Und danach wirst du uns alles Neue erzählen.«

Nun sammelten sich auch die restlichen Weinleser am Feuer. Das Essen war einfach: Maiskolben, in der heißen Asche an der Feuergrube geröstet, Streifen Ziegenfleisch, Melonenschiffchen, Wein. Es gab keine Teller und keine Messer zum Essen, und das Fleisch kam aus einem Topf für alle: man fuhr mit den Fingern hinein und nahm sich, soviel man wollte. Es gab Butter für die Maiskolben und Honig für die Melonenschnitze. Die Unterhaltung rings um das Feuer fand überwiegend in der Asechsprache statt. Jenith saß bei ihren Töchtern und sah diebisch stolz und vergnügt dabei aus. Sorren aß gemächlich. Ihre Beine pochten, und ihre Lider waren schwer vor Müdigkeit; das ist vom Wandern, sagte sie zu sich selber. Und dann war die Mahlzeit beendet. Viel zu früh für sie.

»Und jetzt«, sagte Nado, während ringsum die Kinder der Erntearbeiter herumwuselten und die abgenagten Maiskolben und Knorpel für die Schweinemast einsammelten. »Was kannst du uns Neues berichten?« Und Jenith erzählte: daß Isak Med vier Männer bezahlt hatte, um seine Schwester zu töten, daß er jetzt ein Gesetzloser war, daß Myra Ishem Med sich in Kendra-im-Delta aufhielt und in einigen Tagen zu den Weingärten zurückkehren werde.

Sorren beteiligte sich nicht an den Berichten. Sie hatte sich die Stiefel ausgezogen und saß nur so da und gähnte unablässig. In der Dunkelheit sehe ich nicht so sehr wie eine Fremde aus, dachte sie. Jenith ließ beim Sprechen die Hände tanzen. Auf der anderen Seite der Feuerstelle warteten die Trommeln. Und wenn die Reden zu Ende sein würden, würden die Trommeln sprechen.

»Entschuldige!« Eine Männerstimme. Ein Schatten ragte an ihrer Seite auf. Automatisch rückte sie beiseite, um dem Neuangekommenen Platz zu machen.

»Sorren?« fragte die Stimme.

Sie starrte ihn an. Der Schein des Feuers prallte von seinem Gesicht zurück. »Ricky? Bist du das wirklich?« fragte sie.

»Ich bin's — und ich hoffe, du hast nichts dagegen.« Seine Stimme war dunkler geworden. »Ich bleib nicht lang. Ich hab' die Trommeln gehört und mir gedacht, ich geh her und hör mir die Neuigkeiten an. Aber ich hab' nicht gewußt, daß du die Botin sein würdest.«

»Das bin ich auch nicht. Die Botin ist Jenith.«

Er machte es sich an ihrer Seite bequem. Sie sah es rot an seinem Ohrläppchen schimmern und begriff, daß er sie sich hatte stechen lassen. Sie verlangte danach, daß er sie ausfragte, doch er machte keine Anstalten dazu. Er saß nur still da, lauschte den Worten Jeniths, mit denen sie die Geschichte von Isaks Verrat wob.

Schließlich verstummte Jenith und faltete die Hände im Schoß, Nado sprach ein paar Worte in der Asechsprache. Die Feldarbeiter zogen sich vom Feuer zurück, manche gingen zu ihren Zelten, andere zu den wartenden Trommeln.

Ricky fragte: »Kehrst du in die Stadt zurück?«

»Nein«, sagte Sorren, »ich reise in den Norden.«

Sie sah sein Nicken. Er wirkte magerer und viel muskulöser. Er fuhr sich mit der Zunge über die Lippen und fragte scheu: »Geht's meiner Mutter gut?«

Sorren holte Luft. »Ja. Ihr Arm war verletzt, bei einem Kampf, aber er heilt schon wieder.«

»Was für ein Kampf?«

»Der Kampf mit den Mordbuben. Sie hat sie gefangengenommen.«

Und natürlich mußte sie ihm nun doch alles erzählen.

Der Bericht dauerte länger, als sie angenommen hatte, und als sie damit zu Ende kam, konnte sie sich nur mit äußerster Mühe noch wachhalten. Ricky begleitete sie zum Zelt der Töchter Jeniths. Der Junge hatte sich verändert — die Sauertöpfigkeit, an die sie sich erinnerte, war ganz verschwunden. Am Zelteingang murmelte er ihr etwas entgegen, ehe er sich in die Dunkelheit davonmachte. Es klang wie »Sichere Fahrt dir!«

Sorren gähnte so ausgiebig, daß ihre Kiefer knackten und trat ins Zelt. Der Platz reichte so gerade für vier Personen. Sie holte den grauen Mantel aus ihrem Reisepack und stopfte den Sack in eine Ecke. Knieend breitete sie dann den Mantel aus und legte so eine Lage Stoff zwischen sich und den Erdboden. Jenith holte ihre Pfeife hervor und hielt sie ihr hin. Sorren schüttelte den Kopf. »Das brauch ich heut nicht«, sagte sie. »Ich träum auch so schon.«

»Dann hab süße Träume«, sagte Jenith. Sie sprach in der Asechsprache zu Aisha, der jüngeren ihrer Töchter, und diese reichte Sorren kichernd eine Decke.

»Aber das da genügt mir doch«, sagte Sorren und klopfte auf ihren Mantel. Doch Aisha ließ die Decke einfach vor Sorrens Füße fallen und ging wieder zu ihrem Strohsack zurück.

»Ich danke dir«, sagte Sorren. Sie legte sich nieder, wickelte die Decke um sich und ließ den Kopf auf ihre Stiefelschäfte sinken. In einer Lücke zwischen den Zeltstangen glomm ein Stückchen dunkelblauen Himmels, und der Rauch aus Jeniths Pfeife stieg ruhig strömend dorthin auf.

Dann begannen die Trommeln zu sprechen.

»Fühlst du dich behaglich?« fragte Jenith sanft.

»Ja«, gab Sorren zurück. »Ich fühl mich fein.«

Jenith gähnte. »Ich möcht gern wissen, wo Isak Med sich heut nacht rumtreibt«, sagte sie.

Nein, sie wollte nicht an Isak denken ... Statt dessen überlegte sie, ob Arré wohl schon zu Bett gegangen war. Lalith würde nun all das für sie erledigen müssen, was bisher Sorren getan hatte. Der Koch würde ein neues Küchenmädchen brauchen, irgendeine Neue, um Toli Gesellschaft zu leisten ... Paxe schlief wohl schon, vielleicht allein, vielleicht mit jemand anderem ... Sorrens Augen brannten. Sie wälzte sich herum, so daß sie wieder zum Himmel hinaufblicken konnte, und bettete den Kopf auf den Arm. Nein, jetzt kann ich nicht mehr nach Kendra-im-Delta zurückgehen, dachte sie. Es gab keinen Platz mehr für sie, an den sie hätte heimkehren können.

Am folgenden Morgen bedankte sie sich bei Jeniths Töchtern für die Gastlichkeit. Zu Jenith sagte sie: »Wie weit ist es bis Nuath?«

»Eine Woche und eine halbe«, sagte die Asechfrau. »Sechs Tage bis zur Wegkreuzung bei Shanan, und von dort nochmal sechs bis Nuath.«

Der erste Tag war nicht so schlimm. Sie wanderte am Straßenrand dahin und schaute zu, wie die Karren an ihr vorbeizogen. Bei Sonnenuntergang kam sie nach Terzi, ging aber nicht in den Ort hinein, sondern machte es statt dessen so, wie sie es viele andere Fahrende tun sah: sie baute sich einen Ring aus Steinen und legte ein Lagerfeuer an. Die Weinleser hatten ihr Essen aufgedrängt: Maiskolben und Ziegentrockenfleisch. Sie hockte an ihrem Feuer, aß und trank Wasser aus ihrem Silberflakon. Sie dachte kurz daran, die Trommeln aus dem Pack zu holen, doch hier draußen im Freien wäre ihr Klang kaum vernehmbar gewesen. Als ihr dies bewußt wurde, beschloß sie, etwas zu singen. Sie sang sämtliche Liebeslieder, an die sie sich zu erinnern vermochte. Sie begann »Ich bin ein Fremdling« zu singen und brach ab, weil sie an Arré und Isak denken mußte.

Der zweite Tag ließ sich schwieriger an. Vor ihr rollten die Felder dahin, eintönig, ohne besondere Merkmale, genau wie auf Kadras Karte. Karren und Pferde polterten an ihr vorüber und wirbelten den Staub auf. Zu Mittag aß sie die letzten Bissen von dem Trockenfleisch. Der Himmel leuchtete blau mit fernen Pilzknäueln von Wolken, die Felder waren braun, und kein Mensch schien ihr auch nur die geringste Aufmerksamkeit zu schenken, ihr, der einsamen kleinen Wandernden auf der Landstraße ... Sie begann sich zu langweilen.

Am Abend schoß sie sich ein Kaninchen für die Abendmahlzeit. Sie häutete es ab und nahm es aus und verwendete dafür Kadras Messer. Sparsamkeit bewog sie, das Fell sauberzuschaben und etwas vom Feuer entfernt mit Pflöcken zum Trocknen auszuspannen; das Fleisch schnitt sie in Streifen, hielt es in die Flammen und aß es. Ein Beerenstrauch nahebei lieferte ihr eine würzige Zukost. Sie hatte nur einen Pfeil gebraucht, um das Kaninchen zu erlegen, und sie war recht stolz auf sich. Und weil sie so stolz war, holte sie dann doch ihre Trommeln hervor. *Ich jagte Beute,* trommelte sie. *Pah-pah-pah-dam-pah.* Sie machte ein Liedchen daraus, ahmte das Huschen des Kaninchens nach, das Aufprallen des Pfeiles. Und der Fluß hinter ihr sang seine dunklere Melodie dazu. Schließlich vergrub sie sich in einem Nest aus trockenem Gras, wickelte den Mantel um sich und lauschte den Zikaden und dem Wasser und wünschte sich, jemand wäre bei ihr, damit sie mit ihm sprechen könnte.

Gegen Mittag des dritten Tages langte sie in Mahita an. Je näher sie kam, desto heftiger pochte ihr Puls: das da, das war eine richtige Stadt, kein Dorf. Der Trubel um die Tore zog sie magisch an. Sie wollte hinein.

Aber sie benötigte nichts vom Markt. Wenn sie den Ort betrat, verschwendete sie nur ihre Zeit. Darum zwang sie sich energisch zur Ordnung und ging die Straßen entlang, die zu den Toren führten, und wanderte um die Stadt herum. Auch in dieser Nacht schlief sie wieder am Straßenrand. Sie lag lange wachend da, schaute der Glut zu, die in ihrem Feuer verglomm, und dachte an Kadra. Die Ghya wäre sicher stolz auf sie gewesen, darauf, wie rasch sie es gelernt hatte, ein Feuer zu bauen, zu jagen, sich aus dem Land zu ernähren.

Sie brauchte noch vier Tage, bis sie die Shanan-Kreuzung erreichte. Als sie dort anlangte, regnete es. Die Wegekreuzung war in Wirklichkeit eine kleine Ansammlung von Häusern für sich: es gab einen Stall, ein Badehaus, elf Kaschemmen und einen Markt, auf dem die Fahrenden Nahrung und Vorräte und sogar Pferde erstehen konnten. Sorren gab etwas von ihrem Geld für einen Strohhut aus, für einen Schirm und eine Schnur Räucherfisch. Nach der Shanankreuzung war die Landschaft verändert. Zwar verlief die Straße noch immer am Fluß, doch die Felder buckelten sich zu braunen Hügeln auf. Fette Schafe weideten an den Hängen, und niedrige Steinmäuerchen grenzten die Felder der Bauersleute ein. Auf beinahe jeder Anhöhe kreisten schaufelarmige Windmühlen.

Ihre Karte verriet ihr, daß sie nun bald an die Straße gelangen mußte, die nach Elath führte. Während sie den Habichten zuschaute, die in den Stoppelfeldern jagten, überlegte sie: *Soll* ich nach Elath gehen? Soll ich *nicht* nach Elath gehen? Sie war eine Hexe, war eine von ihnen, und sie war eine Freie, keine Leibeigene mehr. Man würde sie nicht festhalten, wenn sie fortzugehen beschloß. Neugier regte sich in ihr. Sie hätte doch gern gewußt, wie diese Stadt aussehen mochte, wer dort lebte — nichts außer Hexen? —, wie der Tanjo — der *allererste* Tanjo, hatte Rinti gesagt — aussehen mochte. Sie stellte sich vor, daß er aus Stein war, doppelt so groß wie der in Kendra-im-Delta. Wenn sie nun in die Stadt gehen würde, wie lange könnten die sie dort festhalten wollen? Zwei Wochen? Drei Wochen? Einen Monat? . . . Sie drehte an dem Silberreif an ihrem Handgelenk, ertappte sich bei der Geste und kicherte.

Wenn sie sich mehr als nur ein paar Tage in Elath aufhalten ließe, dann würde im Norden der Winter hereingebrochen sein und es wäre zu spät, um zu reisen. Dann würde sie das Reststück der Fahrt bis in den Frühling verschieben müssen. Nein, das wollte sie nicht. Und überhaupt — was hatte Elath ihr schon zu bieten? Die würden sie dort zu Sorren-Vergangenheitsseherin machen. Und sie hatte nicht die Absicht, ihr ganzes restliches Leben lang durch Visionen aus der Vergangenheit zu reisen. Nein, sie wollte nach Tornor Keep ziehen!

Sentas Stimme, die Tukaths Worte aussprach, meldete sich in ihrem Hinterkopf. *Man kann eine Begabung nicht so leicht aufgeben.*

Vor den Mauern von Shonet erblickte sie die erste bewaffnete Patrouille von Soldaten. Sie ritten in einer Sechsergruppierung; an den Schultern trugen sie goldene und schwarze Abzeichen, und in Wehrgehängen hingen ihnen Schwerter auf dem Rücken. Sorren war neugierig, ob die Soldaten sie anhalten würden. Wenn sie es taten, dann wollte sie ihnen Arrés Brief zeigen. Aber sie ritten an ihr vorbei und würdigten sie kaum eines Blickes. Später am gleichen Tag kam sie an einer zweiten Patrouille vorbei. Der Hauptmann, dessen Helm mit einer goldfarbenen Feder verziert war, lauschte einem Karawanenführer des Blauen Clans.

Als sie in die Nähe von Nuath kam, wurde die Straße breiter. An einer Stelle verlief sie eine Weile unter einem Äquadukt dahin. Eine Wegstunde von den Stadttoren entfernt, bildete sich eine Verkehrsstockung. Worte sickerten nach hinten, daß die Posten die Straße blockiert hätten. Sorren erfuhr aus den Bemerkungen der anderen Reisenden ringsum, daß dies ein nicht seltenes Ereignis sei; einmal, zweimal die Woche pflegten die Soldaten die Reisenden auf der Straße anzuhalten und befragten sie sämtlich, woher sie kämen und wohin sie führen. An den übrigen Tagen schienen sie sich damit zufrieden zu geben, nur den einen oder anderen stichprobenhaft herauszugreifen.

Als sie bei den Soldaten angelangt war, hatte sie den Brief in der Hand. »Name?« forderte ein fetter schnauzbärtiger Mann. Er erinnerte sie an Borti.

»Sorren-no-Kité.«

»Ausgangspunkt der Reise?«

»Kendra-im-Delta.«

»Ziel der Reise?«

»Nuath.«

»Zu welchem Behufe?« leierte der Soldat.

Sie hielt ihm den Brief hin. Er blickte an ihr vorbei und sah das Schreiben nicht. »Geschäfte, Vergnügungsreise, Familienangelegenheiten . . .«

»Hier ist der Grund«, sagte Sorren und fuhr ihm mit dem Brief unter der Nase hin und her.

»Heinh?« Er besah sich den Brief. Seine Augen verengten sich. »Ah!« Er trat zurück und stieß den Posten dahinter an. Sie flüsterten miteinander. Der zweite Posten steckte zwei Finger in den Mund und stieß einen schrillen Pfiff aus. Eine Frau mit Federhelm kam langsam an die Holzschranke. Sie hatte helles Haar und das gelbliche Gesicht der Leute von anhardischem Blut. Hinter Sorrens Rücken rief jemand schrill: »He da, wer hält denn da schon wieder auf?!« — »Macht weiter!«

Die behelmte Frau achtete nicht auf das Geschrei. »Was gibt es?« fragte sie. Die Soldaten zeigten ihr Sorrens Brief. Sie drehte ihn hin und her, schaute auf die Inschrift, dann zu Sorren hin. »Wann bist du in Kendra-im-Delta aufgebrochen?« fragte sie.

»Vor dreizehn Tagen«, antwortete Sorren.

Sie nickte. »Pitor!« rief sie. Am Ende der Postenkette drehte sich ein Mann um. »Geleite dieses Mädchen zum Haus des Lord Tarn Ryth!«

Sie halfen ihr hinter dem Mantel in den Sattel. »Halt dich mit den Armen an meinen Hüften fest«, sagte er. Er war noch jung, und sein Lächeln wirkte fröhlich. Auf der rechten Achsel hatte er ein Rangabzeichen, und an der Hüfte hing ihm eine Axt, aber er hatte weder eine Rüstung noch ein Schwert. Er ritt auf einem kastanienbraunen Wallach, dem das zusätzliche Gewicht wenig ausmachte. »Ich heiße Pitor-no-Ellita«, sagte der junge Mann.

»Sorren«, antwortete Sorren.

»Du mußt wer Wichtiges sein, was?« Er schielte sie über die Schulter an. »Ach, vergiß es, ich bin bloß neugierig. Kennst du Nuath schon von früher?«

»Nein.«

Von außen erinnerte Nuath sie an Kendra-im-Delta. Es war eine Großstadt, nicht bloß eine Siedlung. Dunkle Steinmauern bildeten einen abweisenden Schutzwall um sie. Doch drinnen, auf den Straßen konnte Sorren dann die Unterschiede zwischen beiden Städten erkennen. Kendra-im-Delta roch nach Fisch und nach Salz, Nuath roch nach Eisen und nach Fleisch und nach Pferden. Die Häuser waren aus Stein, nicht aus Holz, und die Fenster hatten dickes opakes Glas und nicht Schirme wie daheim. Alle Soldaten trugen Schwerter, und Sorren sah viele normale Leute, die ganz ungeniert Messer in Scheiden am Gürtel trugen.

Auch die Bevölkerung sah anders aus. Die Menschen waren größer gewachsen, waren breiter als die im Süden. Viele hatten helle Haut und gelbliches oder rötliches Haar, und Sorren empfand sich — zum erstenmal in ihrem ganzen Leben — als völlig unauffällig.

Während sie auf die Vorderfront des Herrenhauses zuschritt, fragte sich Sorren flüchtig, ob sie vielleicht einen Schritt in die Vergangenheit getan habe. Es war ein großes Haus, und es war weiß und lag über dem Fluß. »Großartig, wie?« fragte Pitor, als er ihr Gesicht erblickte. Als sich die große Vordertür auftat, hätte sie fast erwartet, dort Tokki, den Majordomus, zu erblicken. Aber im Inneren war das Haus Ryths nicht mit dem Herrenhaus der Ismeninas zu vergleichen: helle Hängelampen erleuchteten breite Steinkorridore; Fellteppiche bedeckten den Boden, und an den Wänden hingen riesige Bildteppiche. Der Gang wurde von duftenden Kohlebecken erwärmt.

Eine Frau in einem gelben Kleid begrüßte Sorren an der Tür.

»Sei willkommen in Nuath!« sagte sie. »Mein Name ist Widra. Ich bin hier die Hausdame. Der Lord Tarn i Nuath Ryth ist gerade beschäftigt, doch sobald er frei ist, wünscht er dich zu empfangen; er hat mir aufgetragen, dir indessen etwas zu essen anzubieten, saubere Kleidung und, wenn du es wünschst, ein Bad.«

»Ich wünsche es«, sagte Sorren. Das letzte Bad hatte sie in Kendra-im-Delta genossen, und der Reisestaub klebte dick auf ihrer Haut. Die Frau geleitete sie zu einer Kammer im Innern des Hauses; dort stand ein mit heißem Wasser gefüllter Zuber, ein Tisch, auf dem sich Essen häufte, und ein Bett mit Baldachin.

»Wenn du irgend etwas wünschest, läute mit dieser Glocke, dann kommt jemand«, sagte die Frau. Sie schloß die Tür. Sorren streifte sich ihren Pack ab. Dann zog sie sich aus und stieg wollüstig seufzend ins Wasser. Eine Seifenkugel, die nach Orangen duftete, lag für sie da. Sie räkelte sich wohlig in dem Holzzuber und ließ den Staub der Straße von Haut und Haaren weichen. Und als sie dann aus dem Wasser stieg, war die Haut an ihren Fingern schrumpelig und weißgelaugt. Sie trocknete sich in einem zeltgroßen Badetuch ab, das länger war als sie selber, und zog sich dann die Kleider an, die auf dem Bett für sie bereitlagen. Es war praktische Kleidung, Reisekleidung; braune Stepphosen, eine blaue Wolltunika und leichte pelzgefütterte Stiefel.

Die Gerichte erschienen ihren an den Süden gewöhnten Augen als seltsam: es gab Fisch, natürlich, aber es gab auch viel mehr Fleisch, als sie es gewohnt war, und Gemüsesorten, wie sie sie nie zuvor gesehen hatte. Vorsichtig probierend nahm sie sich davon. Und sie hatte sich kaum die Hände saubergerieben, als Widra die Tür öffnete. »Der Lord Tarn Ryth möchte dich nun empfangen«, sagte sie. Sorren folgte ihr durch einen Gang in ein kleines Gemach. Den Brief trug sie in der Hand. »Geh nur hinein«, sagte die Hausdame, und Sorren betrat allein den Raum, der Tarn Ryths Arbeitszimmer sein mußte, wie sie rasch erkannte. Überall standen Schränke für Schriftrollen herum, weit mehr als in der Bibliothek des Hok-Hauses. Tarn Ryth stand mitten im Raum und erwartete sie. Er wirkte mächtiger, als sie ihn in Erinnerung hatte; er trug einen gewaltigen Krausbart, und in der goldenen Pracht seiner Kleidung sah er nach etwas Größerem aus als nur nach dem Herrn einer Stadt. Da sie nicht wußte, was sie sonst hätte tun können, ließ Sorren sich vor ihm auf ein Knie nieder und war recht überrascht, als er sie am Ellbogen abfing und wieder emporzog.

Durch das dichte Bartgestrüpp blitzten seine Zähne. »Wir hier sind noch nicht ganz so zeremoniell und steif wie ihr im Süden«, sagte er. »Du hast ein Schreiben an mich?«

»Ja, Herr und Lord«, sagte Sorren und reichte ihm den Brief.

Er nahm ihn ihr aus der Hand und riß mit dem Daumennagel das Siegel auf. »Aha«, sagte er, während seine Augen über die Seite glitten. »Aaaha!« Die Augen wurden schmal. Und am Schluß grinste er. »Weißt du, was in diesem Brief steht?« fragte er und blickte auf.

»Nein, mein Herr und Lord.«

»Ich werde darin unterrichtet, daß Isak Med ins Exil geschickt worden ist — das und noch ein paar andere Dinge. Wann bist du von Kendra-im-Delta fortgereist?«

»Drei Tage nach Isaks Verbannung, Herr und Lord.«

»Den ganzen Weg zu Fuß?«

»Ja.«

Seine Lippen stülpten sich vor, doch er fragte sie nicht, warum. Statt dessen bat er: »Sag mir, wie es Arré Med geht. Hat sie sich sehr bekümmert über die Untat ihres Bruders? Hat sie sich erholt? Geht es ihr gut? Und hat sie irgendwelche Kontakte zu dem L'hel gehabt, seitdem sie mir geschrieben hat?«

All diese Fragen ausführlich zu beantworten, das machte eine Unterhaltung von mehreren Stunden nötig. Doch schließlich war er befriedigt und sagte: »Ich werde ihr noch heute abend schreiben und den Brief am Morgen absenden. Soll ich sie von dir grüßen?«

»Das wäre überaus freundlich von dir, Herr und Lord!«

Seine dunkle tiefe Stimme wurde sanft. »Du liebst sie, nicht wahr?«

Sorren nickte.

»Sie bittet mich in ihrem Brief, dir zur Verfügung zu stellen, was immer du brauchst. Sie sagt, sie sieht in dir die Tochter, die sie nicht gehabt hat.«

Sorren blieb stumm. Arré hatte so etwas niemals zu ihr gesagt, nicht mit Worten jedenfalls. Schließlich sagte Sorren: »Mein Herr und Lord, ich habe Geld. Ich werde mir auf dem Markt kaufen, was ich brauche.«

Er schnaubte durch die Nase. »Würdest du dann wenigstens ein Pferd aus meinem Stall annehmen?«

»Nein, Lord. Ich fühle mich im Sattel nicht wohl. Ich möchte eigentlich lieber zu Fuß gehen.«

Er zerrte an seinem Bart. »Sie hat geschrieben, daß du das sagen würdest. Aber ...« — er streckte einen Finger gegen sie aus — »du wirst die Kleider, die du jetzt anhast, mitnehmen. Als ein Geschenk. Du wirst sie bald nötig brauchen; das Wetter hier ist rauher als das, an das du gewöhnt bist. Und du wirst heute nacht mein Gast in diesem Haus sein. Du wirst es hier besser und angenehmer haben als in irgendeiner Taverne.«

Sorren neigte den Kopf. »Ich danke dir, Herr und Lord.«

»Zu welchem Zweck fährst du in den Norden, Sorren?« erkundigte er sich.

»Meine ... meine Familie kam einst aus dem Norden, Herr und Lord.«

Er war ständig ruhelos und in Bewegung, und das Licht der Hängekerzen fiel glitzernd von seinen goldbesetzten Kleidern ab. »Wo genau im Norden?«

Sie wollte ihm das nicht sagen. »Von einer Grenzfeste. Von Tornor Keep.«

»Ach, wirklich?« Wieder verengten sich seine Augen. »Ich hatte geschäftlich einiges mit den Leuten von Tornor zu tun. Sie sind — unabhängig. Aber bewunderungswürdig. Ich überlege mir gerade — würdest du vielleicht eine Botschaft für mich nach Tornor Keep überbringen?«

»Einen Brief, Herr und Lord?«

»Nein, nein, keinen Brief. Nein, übermittle nur einfach der Lady Merith, der Herrscherin von Tornor, meine Grüße. *Und* ...« — er hob die Hand, wie um die folgende Passage der Botschaft zu unterstreichen — »die Grüße meines Sohnes, die Grüße von Dennis, an ihre Tochter. Das ist alles. Kannst du dir das merken?«

»Deine Grüße an die Lady Merith; deines Sohnes Dennis' Grüße an ihre Tochter«, sagte Sorren.

»Ich danke dir.« Er berührte eine Glocke, die an einer Schnur hing, und augenblicklich erschien Widra im Türrahmen.

Am darauffolgenden Morgen erstand sich Sorren auf dem Markt eine Axt, Reisepelze, einen Wetzstein für ihr Messer und einen Splitter Magnetstein. Die Einkäufe verbrauchten beinahe ein Drittel der Summe, die sie mit sich führte. Während sie danach durch den Markt schlenderte, entdeckte sie die Statue des Wächters. Sie sah hier wie ein Soldat aus, hatte einen Helm auf dem Kopf, und unten an dem Block, wo normalerweise die Füße waren, war ein Schwert in den Stein gegraben. Das Bildnis beunruhigte sie, und sie drückte sich rasch daran vorbei.

Dann zog sie von Nuath nach Yfarra und Morriton und weiter nach Septh. Dreimal wurde sie unterwegs von Patrouillen angehalten. Nach der dritten Unterbrechung holte sie den alten Botschaftermantel aus ihrem Pack und zog ihn über den Reisepelzen an. Zu ihrem Entzücken und Erstaunen winkten die Wachen sie ohne weiteres durch, ohne sie zu befragen. In Septh gab sie noch mehr Geld aus: sie erstand sich eine Passage von den Flußleuten zum Aruna-See; dieser Clan transportierte Waren und Passagiere auf seinen langen, hochwandigen Barken, die mit Stangen den Fluß hinauf und hinab gestakt wurden. Man fragte sie, wohin sie reise, und sie sagte nur: »Nach Norden.«

»Hüte dich vor den Gesetzlosen«, warnte man sie. Das Wort ließ sie an Isak denken.

»Was für Gesetzlose?« fragte sie, und sie erklärten ihr, daß seit einiger Zeit, seit ein paar Jahren, Banden von zu Gesetzlosen erklärten Männern die Gegend nördlich von Tezera unsicher machten, die Schafe aus den Dörfern raubten, arglose Wanderer überfielen und ausraubten und daß hin und wieder sogar eine späte herbstliche Karawane ihnen zum Opfer falle.

»Der werden sie nichts tun«, sagte der Zweite Maat der Barkasse, ein Mann namens Rok. »Sie hat ja Waffen.«

»Tragen die denn keine Waffen?« fragte Sorren. Die Vorstellung, sich plötzlich einer Bande bewaffneter Räuber gegenüberzufinden, jagte ihr Furcht ein.

Doch der Käpt'n des Bootes, eine Frau namens Tovi, schüttelte den Kopf und spuckte über die Bordwand. »Neeh. Wer würde denen auch Waffen verkaufen, wenn die am Tag darauf vielleicht ankommen und dir die Gurgel durchschneiden?«

»Sie könnten sie sich ja auch stehlen«, bemerkte Sorren.

Wieder schüttelte Tovi den Kopf. »Wo denn?« fragte sie ruhig. »Außer den Schwertern, die Tarn Ryths Soldaten tragen ...«

»Und unseren Messern ...« warf Rok ein.

»... und unsern Messern«, sagte Tovi, »außer denen gibt es hier im Norden keine Waffen mehr.«

Sorren versprach, vorsichtig zu sein. Am Ufer des Aruna-Sees jagte sie im Mondschein und teilte ihr Mahl mit einer vorbeikommenden Fischersfrau. Der Boden wurde marschig und trügerisch, sogar bereits dicht neben der Straße. Gänseschwärme verdüsterten die Luft über der Marsch und kreisten in endlosen niederen, eintönigen Schleifen. Mit der Axt schlug Sorren sich einen Wanderstab. Sie hielt achtsam Ausschau nach Gesetzlosen, sah aber keinen. Hinter Tezera wanderte sie drei Tage lang mit einem Händler, der nach Zilia Keep reiste. Wo die Straße sich verzweigte, ließ er sie zurück. Seine Straße führte nach Nordosten, ihr Weg ging nach Nordwesten.

Nun war sie fast an ihrem Ziel. Die Riemen ihres Packs schnitten ihr in die Schultern, und ihre Wadenmuskeln schmerzten schrecklich, wie sie dies nicht mehr seit unterhalb des Galbareth getan hatten; seit zwei Tagen wanderte sie nun schon bergan, durch ein Land, auf dem nur Steine wuchsen. Vor ihr schnitten die Berge wie Messer in den Himmel.

Die Tage waren kurz geworden, und sie waren trübe, und selbst am Mittag hob sich die Sonne nur ein Stück weit über die Bergspitzen. Der zunehmende Mond hing tief im Westen. Und Sorren stolperte weiter über die Savanne. Vor vier Tagen hatte es auch schon geschneit. Sorren hatte noch nie Schnee gesehen, und die weißen blitzenden Flocken hatten sie begeistert, bis sie versuchte, sich durch die dünnen Schichten einen Weg zu bahnen und feststellte, daß der Schnee sowohl naß war als auch kalt.

Im Dämmerlicht des nächsten Morgens erblickte sie ihren ersten Graufuchs. Sie hielt ihn zuerst für einen Wolf und erstarrte vor Furcht, und ihr Herz hämmerte, bis sie erkannte, daß das Tier klein war, eine Fuchsschnauze hatte und den breiten buschigen Schweif des Fuchses. Zwischen den Lefzen lappte eine rote Zunge aus dem Maul. Das Tier stand vollkommen still an einem Felsbrocken, bis der Wind sich drehte.

In der folgenden Nacht sank die Temperatur zu einer Kälte ab, wie sie sie nie zuvor erlebt hatte: sie grub sich unter abgefallenen Fichtenzweigen ein wie ein Tier, als ihr der Atem vor den Lippen zu gefrieren begann, zu Eis wurde und zu Boden fiel.

Vor ihr kauerte ein Gestrüpp von Zwergkiefern, und sie beabsichtigte, bei ihnen haltzumachen und in ihrem Schutz auszuruhen. Während der vorherigen Nacht hatte sie in der Hütte eines Holzfällers übernachtet. Er hatte sie unterwegs getroffen und ihr einen Sitz auf seinem Karren angeboten. Es war ihnen schwergefallen, einander zu verstehen, denn Sorren redete noch immer mit dem hastigen Städterakzent, und seine Rede war langsam, verquollen und butterweich. Sie fragte ihn, ob er wisse, wo Tornor Keep liege, und erriet schließlich aus seinen Antworten, daß es eine Tagereise entfernt sei. Er ließ sie die Nacht über bei sich bleiben, und sie schlief neben dem Feuer auf der Erde. Am nächsten Morgen gab er ihr ein paar Streifen Dörrfleisch. Sie ließ ihm das Kaninchenfell zum Dank und hoffte, er werde Verwendung dafür finden. Das Fleisch war ein größeres Geschenk, als er ahnen konnte, denn sie hatte nur noch zwei Jagdpfeile.

Der Wind war weniger bitter im Schutz des kleinen Gehölzes. Dankbar wand sich Sorren unter ihrem Pack hervor. Sie tastete in dem Sack nach dem Silberflakon, zog den Korken mit den Zähnen heraus und trank einen Schluck Wasser. Dann nahm sie einen Streifen Fleisch heraus und begann zu kauen. Sie genoß den Geschmack auf der Zunge. Sie konnte sich selber riechen, sie stank. Sie überlegte sich, wie das sein würde, wieder einmal ein Bad zu nehmen. In den letzten Nächten hatte sie von heißem Wasser geträumt, von heißem Essen, von heißem Wetter. Sie schluckte einen Bissen Fleisch die kalte Gurgel hinunter.

In den Zwergkiefern bewegte sich etwas: ein Vogel vielleicht, oder ein Wiesel. Sorren spähte neugierig umher, ob es sich zeigen würde, doch das Tier hatte die Hebung ihres Kopfes bemerkt und verschwand in sein Nest oder seinen Bau. Mühsam streifte sie sich die Tragriemen ihres Packs wieder über die Schultern. Sie atmete eine Lunge voll der eisigen, trockenen Luft ein: sie schmeckte nach Fichtenharz, nach kaltem Fels und nach Stille. Vor ihr standen wartend die Berge.

Die Stiefel knirschten auf der froststarren Erde, als sie aus dem Gehölz aufbrach. Sie machte die Augen schmal gegen das blendende Flimmern.

24. Kapitel

Es war Mittag, als Sorren Tornor Keep erreichte. Unbezwingbar und drohend stand die Festung vor der Eislandschaft im trüben Mittagslicht. Die Burg war größer als der Tanjo, viel größer als das Haus der Ismeninas. Die Ebene vor ihr war von Schneeplacken bedeckt und von runden, glatten Steinen übersät, wie wenn ein Riese versucht hätte, auf dem unfruchtbaren Land eine zweite Bergkette zu pflanzen.

Sorren, den Wanderstab in der Hand, suchte sich ihren Weg zwischen den Steinblöcken hindurch. Immer mächtiger ragte die Burg auf, je näher sie herankam. Sie sah das Tor des Äußeren Festungswalls, es war zertrümmert, und sie sah auf den Zinnen eine Fahne wehen, die den roten achtzackigen Stern auf weißem Feld zeigte: Tornor. Sie löste die Verschnürung ihrer Kapuze und schob sie zurück, sie achtete nicht des bitterbeißenden Windes, sie suchte den Stoff, aus dem ihre Traumvisionen waren: Wachen, Schafe, den Wachtturm. Wo war der Wachtturm geblieben? Sie sah ihn nicht. Sie starrte, bis ihr die Augen tränten.

Aus der Burg dampfte ein dicker Rauchstrang in die Höhe. Sorren packte ihren Stab fester und eilte auf die Trümmer des Torhauses zu. Sie ging über die hölzerne Brücke, die den vereisten Fluß überspannte. Auch die Brückenbohlen waren von Eis überzogen, und der Wanderstab kam ihr hier gut zustatten. Mitten auf der Brücke hielt sie inne und schaute den Fluß hinab. Das Eis wirkte fest, war aufgeworfen und verfärbt, und dennoch konnte Sorren durch es hindurch das lebendige Wasser, schwarz und pulsierend vor Bewegung, in die Richtung schießen sehen, aus der sie gekommen war: durch die Tezeraner Marsch, durch Galbareth, an Hügeln und Obstgärten und Baumwollfeldern vorbei, bis zum Südlichen Meer.

Sie näherte sich dem Tor noch mehr.

»Halt!« rief eine Stimme.

Sorren hielt in ihrer Bewegung inne. Langsam streifte sie den Eingang mit ihrem Blick und suchte die Person zu entdecken, die sie gerufen hatte. Aus dem Gewirr zertrümmerter Steine an dem geschleiften Tor löste sich eine Gestalt. Als sie näher herankam, erkannte Sorren, daß es ein Junge war. Er war schlank, die helle Haut war wettergerötet, und seine Augen waren blau, blau wie die Farbe des Lapislazuli, blau wie der Stein in ihrem Armreif. Seine Haare waren eine verfilzte Mähne, und er trug Pelze mit der Fellseite nach außen. Seine Hände waren behandschuht, aber leer.

»Wer bist du?« verlangte er zu wissen. »Wohin führt dein Weg?«

»Ich heiße Sorren«, antwortete sie. »Ich komme aus dem Süden.«

»Das kann ich sehen«, sagte der Junge. »Deine Stiefel sind aus Nuath. Bist du eine Botin?«

Sorren dachte an die Botschaft, die sie von Tarn Ryth im Gedächtnis mit sich trug. »Ja.«

»Das habe ich mir gedacht. Bist du allein?«

Sorren grinste und wies mit dem Daumen über die Schulter auf die Spuren, die sie auf dem Feld hinterlassen hatte. »Siehst du sonst noch jemanden?«

Er gluckste. »Nein.« Er strähnte sich mit beiden Händen das Haar. Sorren überlegte sich, wie alt er wohl sein mochte — sie nahm an, elf oder zwölf, kaum älter. »Kannst du damit umgehen?« fragte er und wies auf ihren Bogen.

Sie nickte. Der Wind biß, und sie erschauderte, als die Wärme aus ihren Muskeln zu weichen begann. »Bist du der Wachtposten der Burg?« fragte sie.

Er grinste seinerseits, geschmeichelt. »Ja! Manchmal«, sagte er einschränkend. »Hast du meine Schwester getroffen? Sie ist zu Pferd unterwegs.«

»Ich bin niemandem begegnet«, antwortete Sorren.

»Lauf ist bei ihr. Komm mit!« sagte er und machte eine Kopfbewegung. »Das Tor ist aufgezogen.« Sorren folgte ihm, stieg behutsam durch die Trümmer des zerstörten Torhauses, durch zersplittertes Holz und verrostete Eisenstücke.

Selbst ohne das Tor wirkte der Torbogen im Äußeren Wall furchteinflößend. »Meine Mutter ist im Burghof«, sagte der Junge. Er stapfte auf das Innere Tor zu. Es war von zwei kleinen Wächterhäuschen flankiert. Das Fallgitter war hochgezogen und in dieser Stellung eingerostet, und es erinnerte Sorren, während sie unter

ihm hindurchschritt, an ein Maul voll gezackter eiserner Spitzzähne.

Sie ging hinter ihrem kleinen Führer her zum Inneren Burghof. Dort fegte eine Frau den Boden. Der Knabe rannte auf sie zu. »Mutter!« Und er flüsterte ihr aufgeregt etwas ins Ohr. Die Frau hob ihren Besen auf und kam um einen Berg toten Laubs und Dungs herum auf Sorren zu. Auch sie war klein, und ihr Körper wirkte untersetzt unter dem baumwollenen Steppanzug und der Pelzjacke, die sie trug. Das Gesicht war breit, die Haut fahl und die Augen farblos.

Ich sollte etwas sagen, dachte Sorren. Ich bin hier die Fremde.

»Sei gegrüßt«, sprach die Frau. »Und sei willkommen auf Tornor Keep!«

Sie hatte eine angenehme kehlige Stimme. Ihr Haar war lang und von hellem Braun, und sie trug es ungeflochten in den Kragen zwischen Hemd und Jacke gestopft.

»Es ist eine böse Zeit jetzt, um hier im Norden zu reisen.«

»Ich weiß«, antwortete Sorren. »Als ich aus dem Süden aufbrach, war noch Sommer.«

»Du kommst aus dem Süden?«

Sorren lehnte sich auf ihren Stab. »Aus Kendra-im-Delta«, sagte sie. Dem Knaben blieb vor Verblüffung der Mund offenstehen.

»Das hast du mir ja gar nicht gesagt«, maulte er.

»Ryke«, sagte die Frau mit sanftem Verweis, »es zeugt von schlechten Manieren, wenn du sie nicht ihre Geschichte erzählen läßt, wie es ihr beliebt.«

Der Junge wurde kirschrot im Gesicht.

»Bist du zu Fuß gekommen?« fragte die Frau.

»Den größten Teil«, antwortete Sorren. »Ein paarmal bin ich auf Wagen mitgefahren. Aber seit dem Aruna-See bin ich meist zu Fuß gegangen.« Der Wind stieß herab und bewegte den Laubhaufen.

»Und zu welchem Ziel führt dich deine Fahrt?« fragte die Frau.

»Hierher«, sagte Sorren. »Hierher nach Tornor Keep.« Sie ließ die Augen von der Fragenden fort und über den Hof gleiten. Er war leer — leer wie eine Muschelschale, wenn der Seekrebs sich ein neues Haus gesucht hat. Das Banner klatschte mit einem Laut, der fast ein Wehklagen war, gegen die Mauer.

»Nur wenige Reisende aus dem Süden mühen sich so weit in den Norden herauf«, sagte die Frau und lehnte den Besen gegen die Wand. »Ryke, geh und sage Meg, daß wir einen Gast haben! Und bitte Innis, sie soll Wasser heißmachen.« Der Junge nickte und rannte davon. Die Frau schaute hinter ihm drein, und ihr Gesicht war auf einmal ganz weich geworden.

Dann hustete sie; in der Stille der Burg klang das Geräusch hart und störend. »Wie lautet dein Name, Fremdling?«

»Sorren-no-Kité.«

Die Brauen der Frau hoben sich. Das Mienenspiel erinnerte Sorren an Arré. »Sorren? Das ist ein berühmter Name; berühmt zumindest in Tornor. Anderwärts wohl vergessen. Genau wie Tornor.«

»Ich hab' Tornor nicht vergessen.«

»Viele taten es«, sagte die Frau ernst. »Denn was bedeutet schon eine Festung, wenn es nichts zu schützen gibt. Wir haben hier keine Garnison mehr. Es ist eine lange Zeit her, seit der Norden etwas besaß, das Arun brauchte oder haben wollte. Aber das könnte sich ändern«, fügte sie geheimnisvoll hinzu. »Mein Sohn sagte, du bringst eine Botschaft?«

»Ja«, sagte Sorren. »Sie kommt von Tarn Ryth von Nuath und ist an die Lady Merith gerichtet.« Sie blickte zu den inneren Gebäuden hinüber und überlegte, in welchem davon die Lady von Tornor leben mochte. Sie stellte sie sich als eine kleine bleiche Frau vor, die sich irgendwo hinter den dicken Mauern versteckte.

Die Frau lächelte, und die Fältchen um ihre Augen vertieften sich. »Ich bin Merith.«

Sorren blieb der Mund offenstehen. »Ich hab' gedacht, du bist eine Magd?«

Die Herrin von Tornor lachte. »Weil ich einen Besen schwinge? Ich arbeite. Alle arbeiten hier.« Sie nahm den Besen wieder in die Hand, und Sorren bemerkte erst jetzt den Ring, den sie an der Linken trug. Es war ein tiefroter Stein in einer Fassung aus einem gelben Metallband, und er wirkte sehr alt.

Sorren faltete die Hände zusammen und verneigte sich. »Meine Herrin!« sagte sie.

Wieder hustete die Frau. Merith. Ein nasses, reißendes Geräusch, das Sorren an Kadra erinnerte. »Komm mit hinein! Komm rein, und dann kannst du mit mir reden! Ich nehme an, ich muß mir deine Botschaft anhören. Und ich bin neugierig, was dich aus Kendra-im-Delta hierherführt. Ich bin sicher, es war nicht so, daß du nur eine Botschaft von Tarn Ryth bringen solltest.«

Den Wanderstab in der Hand, folgte Sorren der Lady von Tornor Keep über den Burghof. Links erhoben sich dunkle Steingebäude mit einem Karo von lädenbewehrten Fenstern. Einige der Fensterläden waren zurückgeschlagen. Aber die meisten hingen lose in den Angeln und schlugen im Wind kreischend gegen das Mauerwerk. Direkt vor ihr ragte eine Halle auf. Rechts lag ein Brunnen und ein weiteres Gebäude, das, wie Sorren vermutete, früher einmal eine Schmiede gewesen war. Sie vermochte nicht zu erraten, welchem Zweck es jetzt diente. Neben der Schmiede lag ein freier Platz. Der Waffenhof, vermutete sie. Keine Fußspur zeichnete sich im Staub ab. Aus dem Gebäude rechts neben der Halle stieg Rauch in die Luft. Sorren starrte auf die Innere Mauer und fragte sich, wie alt sie sein mochte. Kendra-im-Delta war älter als die Grenzfesten, soviel wußte sie, doch die Wohnhäuser und Werkstätten und Hallen dort waren hundertmal immer wieder neu gebaut worden. Holz verrottete oder brannte nieder; Fensterschirme zerschlissen, Backsteine zerbröselten zu Staub. Die Mauern von Tornor waren sicher älter als irgend etwas, das in Kendra, ja im ganzen Süden noch stand.

Sie spürte die Last des Vergangenen in dem Granit, sie sah sie in dem dunklen unversöhnlichen Stein. Mein Geschlecht ist hier umhergewandelt, dachte sie. Sie traten in die Große Halle. Die Fenster waren hier schmal und ließen nur kärgliches Licht durch, doch vermochte sie die hohen geschwungenen Balken der Decke zu erkennen, die Linien des riesigen Feuerkamins, die Wandbehänge. Sie waren schmutzverkrustet, beladen von dem Staub der Jahrhunderte; hier bäumte sich ein Pferd mit geblähten Nüstern; dort hob sich der Arm eines Mannes und schwang ein kaum mehr erkennbares Schwert.

Ein Feuer züngelte im Kamin. Merith ging mit widerhallenden Stiefelschritten darauf zu. Vor dem Kamin, fast an der Kante des Kaminsockels, stand eine lange Tafel. Ein alter Mann stand daneben und setzte Eßgeschirr auf den Tisch. Sein Rücken war verwachsen, so daß eine Schulter höher stand als die andere, und seine Hände waren knotig und krumm wie Wurzeln. Er schaute den beiden Frauen unter buschigen grauen Brauen entgegen.

Merith sprach: »Das ist Sark, der Majordomus von Tornor.«

Der alte Mann knurrte etwas. Es mochte ein Gruß sein. »Das Mädchen ist immer noch draußen«, sagte er mit tiefgrollender Stimme.

Meriths Lippen preßten sich zusammen.

Sark warf Sorren einen langen prüfenden Blick zu. »Von woher kommt Sie?« fragte er Sorren.

»Kendra-im-Delta.«

»Sie wird sich waschen wollen.«

»Dafür ist bereits gesorgt«, sagte Merith ungeduldig. »Sag Meg, sie soll sich mit dem Essen beeilen.« Der alte Mann schnaubte durch die Nase. Er stellte einen Teller ab und ging auf die Küche zu. »Du könntest deinen Reisepack ablegen, Sorren«, sagte Merith, indem sie sich auf einer der langen Bänke niederließ. Sorren lehnte ihren Wanderstab an den Tisch, löste die Tragriemen ihres Packs und ließ ihn im Niedersitzen von den Schultern gleiten. Sie streifte ihre Handschuhe ab und rieb sich mit beiden Händen das Gesicht. Die Hitze des Feuers drang zu ihr herüber und ließ sie erschauern.

Dieser trostlose Ort war nicht das, was sie geträumt hatte. Sie hatte sich Tornor Keep als eine kleine Stadt ausgemalt, voller Leben und Geschäftigkeit. Sie schloß die Augen, und die Erschöpfung breitete sich in ihren Adern aus. Sie versuchte einen Traum heraufzubeschwören, irgendeinen Traum. Hier, im Herzen von Tornor, mußte sich doch sicherlich eine Vision einstellen. Doch nichts geschah; die Wirklichkeit — Kälte, Schmutz, diese Leblosigkeit — überlagerte ihre Verbindung in die Vergangenheit. Was will ich hier? dachte sie. Warum bin ich hergekommen? Schmerzlich ertappte sie sich dabei, daß sie an Paxe dachte, auf Paxes Schritte lauschte, wartete — erwartete, daß sie gleich um die Ecke biegen würde ... Doch hier war keine Paxe. Paxe konnte nicht hier sein.

Sie hob den Kopf, bemüht, die Tränen zurückzuhalten. Merith beobachtete sie. »Ich sehe, daß du müde bist«, sagte die Herrin auf Tornor.

Sorren nickte wortlos. Auch Merith sah müde aus. Um ihre Augen standen strahlenförmig die Fältchen; es waren nicht die Zeichnungen des Alters, sondern jene tiefergehende, wie Angst und Anstrengung sie eingraben. Als sie sich die Jacke aufgeknöpft hatte, konnte Sorren auf ihrem Stepphemd Flicken sehen. Und der Tisch war von Kerben und Dellen übersät. Die Platten und Teller waren aus Metall, doch so verfärbt, daß Sorren sehr genau hinschauen mußte, um unter der Patina ein Muster zu erkennen. Sie tastete das Relief mit dem Daumen nach und erkannte zuerst ein

Tier — eine Geiß, dachte sie, denn da sind Hörner —, dann einen Jäger, der in der Hand einen Bogen hielt.

»Wie alt sind die?« fragte sie.

»Zwei-, dreihundert Jahre?« Meriths Stimme klang unsicher. »Ich weiß es nicht. Die Aufzeichnungen sind verlorengegangen; als der Turm einstürzte, wurden sie zerstört.«

»Wann ist denn der Turm eingestürzt? Und wie? Und warum?«

»Ach, das ist viele Jahre her«, sagte Merith. »Vielleicht vierzig Jahre schon. Ich war noch ein Kind. Sie haben mir gesagt, der Wind hat ihn umgeworfen. Doch das kann nicht wahr sein. Es muß die Kälte gewesen sein, die den Stein zum Zerspringen gebracht hat.«

»Was ist mit ihm geschehen?«

»Die Steine wurden ins Dorf gekarrt und dort zum Bau von Häusern verwendet. Die Aufzeichnungen . . .« — sie brach ab — »viele sind verbrannt. Einige wurden in den Süden gebracht und verkauft. Die Gilde der Schriftgelehrten in Tezera hat viele davon erworben.«

Sorren erinnerte sich an die Schriftstücke in Marti Hoks Arbeitszimmer und verspürte einen schuldbewußten Gewissensbiß. Sie befahl sich, sie solle nicht närrisch sein: *sie* hatte ja schließlich diese Aufzeichnungen nicht an Marti Hoks Großvater versilbert. »Warum wurden die Dokumente verkauft?«

Meriths Gesichtsausdruck wurde spöttisch. »Für Geld natürlich«, sagte sie. Sie wies mit der Hand auf die Halle. »Siehst du es denn nicht, Sorren? Tornor ist arm. Einst kam fast die ganze Wolle für Arun aus dem Norden. Doch die Herden sind nach West und Ost und Süd weggezogen. Und die Händler aus Anhard kommen nicht länger nach Tornor. Sie ziehen die tieferliegenden Pässe bei Pel Keep und Zilia Keep vor. Während der Jahre der Großen Kriege brauchten die Grenzfesten niemals für Fleisch oder Getreide oder Kleidung oder Leder zu bezahlen — heute versorgen uns die Dorfleute, nicht aus Dankbarkeit, sondern aus Barmherzigkeit. Ich bin die fünfundzwanzigste Herrscherin auf Tornor — und vielleicht die letzte. Tornor ist eine Ruine. Würdest du deinen Kindern eine Ruine als Erbe hinterlassen wollen?« Ihre Stimme hatte sich gehoben und hallte nun im Saal wider.

Sorren nahm einen Silberbecher in beide Hände. »Ich weiß es nicht«, antwortete sie. »Meine Mutter arbeitete bei der Traubenlese in den Weingärten. Als sie starb, hinterließ sie mir ein Hemd und einen alten Strohhut. Und ein Kästchen mit Karten.«

An der Küchenseite der Halle öffnete sich eine Tür, und eine Frau trat ein. Sie trug eine Platte mit Essen. Sorrens Magen knurrte, als sie den Duft des Fleisches wahrnahm. Die Frau schleppte das Tablett an den Tisch und knallte es vor Merith auf die Platte. Sie war eine kurze, stämmige Person und hatte Muskeln wie ein Hafenarbeiter. Sie trug eine fleckige Lederschürze. »Wir haben nicht genug frisches Fleisch«, verkündete die Frau. »Wir werden im Dorf um was bitten müssen.«

Merith sprach: »Sorren, das ist Meg. Sorren kommt aus dem Süden.«

»Hah«, machte Meg. »Dann ist sie grad noch rechtzeitig gekommen. In zwei Tagen haben wir Schnee.«

»Wie kannst du das wissen?« fragte Sorren.

»Ich riech's am Himmel. Ich bin hier geboren.«

Sorren sagte: »Ich bin in einem Weingarten geboren. Glaub ich jedenfalls. Aber meine Familie kam aus Tornor.«

»Das überrascht mich gar nicht«, sagte Meg. »Ich könnte ja Sark sagen, er soll eins von den Schweinen abstechen«, sagte sie zu Merith.

»Ja, tu dies«, sagte Merith. Auf dem Tablett standen eine Karaffe mit Wein und drei Trinkkelche. Sie goß zwei davon voll und schob Sorren einen zu.

Sorren trank einen kleinen Schluck. Es war Weißwein, und er war herb wie der Winter, doch hinterließ er auf ihrer Zunge und in ihrem Magen ein wärmendes Glühen. Die Kelche waren aus gelblichem Kristall. Merith löffelte Fleisch auf ihren Teller. Sorren aß etwas davon; es war ein scharfgewürztes, pfefferiges Gericht. »Es schmeckt gut«, sagte sie.

Meg war am Tisch stehengeblieben, die keulenstarken Arme über der Brust gekreuzt. Sie nickte. »Gewiß tut es das«, sagte sie und stapfte davon.

Merith sagte: »Meg und ich sind gleichaltrig, und wir sind zusammen aufgewachsen. Sie hat meine beiden Kinder aus mir herausgeholt.« Sie wischte sich mit einem Tuch über die Lippen. »Nun, ich glaube, ich muß mir deine Botschaft anhören.«

Sorren sagte: »Es sind Grüße an dich von dem Lord Tarn Ryth und die Grüße seines Sohnes Dennis an deine Tochter.«

Merith runzelte die Stirn. »Wie kommt es, daß du Tarn Ryths

Botin wurdest? Es gibt auch eine Halle des Grünen Clans in Nuath.«

»Ich war sowieso hierher unterwegs, und ich hatte *ihm* eine Botschaft von Arré Med gebracht.«

»Arré Med — aha, das Haus Med in Kendra-im-Delta. Es war ein Rebell aus dieser Familie, der Tornor Keep erbaut hat.« Sie lächelte Sorren zu. »Es schockiert dich, daß ich nachdenken muß, um mich an diese Namen zu erinnern? Tornor liegt sehr abgeschieden, Sorren-no-Kité. Ich bin zwar in Tezera gewesen, und zweimal in Nuath, aber nie weiter im Süden von Nuath, und keiner hier im Haus war jemals in Kendra-im-Delta.«

»Wieviele Menschen umfaßt dein Haushalt?« fragte Sorren.

»Zehn insgesamt«, sagte Merith. »Dabei habe ich die Pferde schon mitgezählt. Ich, Ryke und Kedéra, Sark, Meg, Juli, Megs Hilfe, Innis, Megs Schwestertochter, die saubermacht, und Embri, der überm Stall haust. Einmal jedes Jahr kommt meine Schwester aus Elath zu uns zu Besuch.«

»Deine Schwester ist eine Hexe?«

»Ist sie. Seit dreißig Jahren lebt Miella jetzt schon in der Hexenstadt. Sie ist eine Wettermacherin.«

Ryke kam aus der Küche in den Saal geschossen. »Sark sagt, ich darf ihm das Schwein schlachten helfen!« sagte er atemlos.

»Komm her zu mir!« befahl seine Mutter. Er trat neben sie. Sie strich ihm glättend übers Haar. »Denk daran, tu genau, was er dir aufträgt.«

»Jawohl, Herrin.« Und im Augenblick, in dem sie die Hand fortnahm, rannte er auf die Tür zu.

»Wie alt ist er?« fragte Sorren, als er sicher außer Hörweite war.

»Elf.«

»Ihm scheint die Abgeschiedenheit hier nichts auszumachen.«

»Nein. Er verbringt viel Zeit unten im Dorf. Aber Kedéra, die leidet darunter. Sie ist — unzufrieden. Und ich weiß nicht, was sie glücklich machen könnte.« Meriths Stimme war weich geworden und leise, daß Sorren sie fast nicht mehr hören konnte.

Sie aß weiter von dem Fleisch. Es hatte einen fremdartigen Geschmack, so als wäre es beinahe, aber nicht ganz verdorben. Arré pflegte niemals derart abgelagertes Fleisch zu speisen. Und auf einmal sah Sorren die Burg mit Arrés Augen, sah sie als eine große, kalte und ungemütliche Ruine. Niemals würde Arré an einem solchen Ort verweilen.

»Warum bleibst du hier?« fragte sie.

Merith antwortete: »Weil ich hier geboren bin und weil dies meine Aufgabe ist.« Ihre Stimme wurde lebhafter. »Warum bist du hier? Deine Mutter war eine Arbeiterin im Weinberg, aber deine Familie stammt aus Tornor, hast du gesagt. Wie willst du das wissen?«

Sorren stützte die Ellbogen auf den Tisch. So schlicht es ging, erzählte sie von ihren Visionen und von den Besuchen bei Marti Hok und bei den Hexern und von ihrem eisigen Entschluß, nach Norden zu wandern, sobald die Zeit ihrer Dienstbarkeit vergangen war.

Merith lauschte und trank dabei immer wieder von ihrem Wein. Als Sorren schwieg, sagte sie: »Das klingt wie eine Legende, wie eine Sage.« Sie lächelte verstohlen. »Befänden wir uns wirklich in einer Legende, dann müßte ich jetzt zu einer feierlichen Rede ansetzen und eine lange verlorengeglaubte Tochter in ihrem Mutterhaus begrüßen. Aber es gibt hier nicht viel Begrüßenswertes. Ich fürchte, deine Visionen haben dich getrogen, wie es denn bei derlei Dingen oft geschieht. Was immer du suchen magst — Ruhm, Glanz, Heldentum —, hier hausen sie nicht länger, wenn es sie jemals hier gab, was ich bezweifle.«

Sorren sagte: »Aber ich suchte ja nicht nach Ruhm und Glanz.« Sie fuhr mit dem Daumen über die angelaufene Schüssel und fragte sich, ob ihre Namensschwester jemals an diesem Tisch auf dieser Bank gesessen oder ob sie diese Schale in der Hand gehalten hatte.

»Würdest du mir deine Karten zeigen?« bat Merith.

Sorren fühlte sich seltsam gehemmt, sie hervorzuholen. Doch dann grub sie dennoch in ihrem Sack herum und stellte das Kästchen auf den Tisch. Merith hob den Deckel und faltete die Seide über dem Tänzer auf. Während sie das Bildnis betrachtete, wurde ihr Gesicht weich, wie zuvor, als sie auf ihren Sohn geblickt hatte. »Ja«, sagte sie dann und hob den Tänzer heraus, um auf die darunterliegende Karte zu starren. »Die Farben — wie frisch sie aussehen. Wie alt, sagst du, sind sie?«

»Das weiß ich nicht«, antwortete Sorren. »Alt.«

Merith hustete wieder und faßte das Kästchen mit beiden Händen. »Es ist seltsam, wenn man sich vorstellt, daß solch zerbrechliche Stückchen Pergament die Kraft besitzen sollen, Visionen hervorzurufen.« Sie blickte Sorren flüchtig von der Seite her an. »Sind dir irgendwelche Visionen gekommen, seit du durch das Tor getreten bist?«

»Nein. Aber die Hexenleute haben mir gesagt, daß es so kommen könnte. Wenn man am Ziel ist, hat einen die Kraft verlassen.«

»Und du kannst die Karten überhaupt nicht lesen?«

»Nein.«

»Dann sind sie für dich recht wenig nütze, oder?« Wieder mußte Merith husten. »Wenn sie mir vererbt worden wären«, fuhr sie fort, »ich hätte sie verkauft.«

Sorren war entsetzt. »Warum denn?«

»Wozu sind sie gut?« fragte Merith. Ihre Stimme bekam einen schrillen, schmerzlichen Klang. »Können sie den Hunger eines Kindes stillen oder ein gebrochenes Bein heilen oder einen Mann vor dem Ertrinken bewahren? Und wenn sie mir vererbt worden wären und ich hätte sie nicht verkaufen können, dann hätte ich sie verbrannt!« Mit starrem Gesicht stierte sie auf die Wandteppiche und ihren verblichenen Farbschimmer. »Die Vergangenheit ist eine Fessel, eine Kette. Besser man vergißt sie und beginnt von neuem, wenn man kann. Ich würde auch diese Tapisserien herunterreißen und verbrennen, wenn wir sie nicht dringend brauchten, um den Raum zu wärmen!« Sie stieß das Kästchen heftig in Sorrens Hände zurück.

Aus der Richtung des Burghofes hörte man ein Pferd wiehern. Sorren vernahm das Klirren des Sattelzeugs und das Klappern der Hufe auf den Pflastersteinen. Eine junge Stimme rief laut: »Hoi! Embri!« Jemand rannte über den Hof. Ein Hund bellte.

Merith legte die Hände im Schoß zusammen. »Kedéra ist zurück.«

Die Tür öffnete sich. Sorren fühlte, wie ein kleiner Schock ihr die Nervenbahnen entlangschoß, wie wenn jemand sie gekniffen hätte. Kedéra stand im Rahmen der Tür. Sie war klein wie ihre Mutter, hellhaarig wie der Bruder; sie hatte verschmierte Reitleder an und über einer groben braunen Tunika eine Pelzjacke und an den Beinen rötliche Reitstiefel. Sie kam mit weiten Schritten an den Tisch, leicht und beweglich wie ein Tänzer. Merith blickte ihr mit starrem unnachgiebigem Gesicht entgegen.

Dann sagte sie: »Kedi, dies ist Sorren-no-Kité. Sie kommt aus dem Süden. Sorren, das ist meine Tochter, Kedéra.«

»Ich grüße dich«, sagte Sorren.

»Hallo«, sagte Kedéra. »Willkommen auf Tornor Keep.« Ihr Gesicht war schmaler als das der Mutter.

»Sorren kommt aus Kendra-im-Delta«, sagte Merith. »Und sie hat eine Botschaft für dich von Dennis Ryth von Nuath.«

Kedéra verzog finster das Gesicht. »Ich mag sie nicht hören!« Ihre Stimme klang feindselig und abweisend und leidenschaftlich. Sie ließ sich an Sorrens Seite auf die Bank fallen, warf die Beine mit einem Schwung unter den Tisch und griff nach der Weinkaraffe. Sie goß sich ein und schaute dabei ihre Mutter trotzig an. »Ich weiß schon, worum es wieder geht.«

Mit einem Unterton von Zorn in der Stimme sprach Merith: »Er sendet dir Grüße, weiter nichts.«

Kedéra setzte die Karaffe heftig ab. »Ich will aber keine Grüße von Dennis Ryth. Ich will *überhaupt nichts* von Dennis Ryth!« Sie schaute finster drein, und ihre grauen Augen schienen sich zu verdunkeln. Heftig riß sie ein Stück Fleisch von der Platte. Saft tropfte auf das Holz des Tischs.

Merith sagte: »Das ist keine Art, mit einem Boten zu sprechen. Deine Manieren sind wirklich abscheulich.«

Irgendwas stimmt hier nicht, dachte Sorren. In den Worten hatte alter Groll mitgeschwungen. Kedéra errötete. Merith seufzte, und der Ausdruck ihres Gesichtes wurde weicher. »Wir dürfen uns nicht vor unserem Gast zanken«, sagte sie.

»Nein«, stimmte Kedéra ihr zu.

Ihr Haar war kurzgeschnitten, es reichte nur gerade bis in den Nacken, und es sah glatt und weich aus wie Federn. Sorren überlegte sich, wie es sich unter den Fingern anfühlen mochte.

»Warum schaust du mich so an?« fragte Kedéra.

Es wurde Sorren klar, daß sie schamlos gestarrt hatte. Verlegen und verwirrt stammelte sie: »Du siehst aus wie jemand, den ich kenne.« Also, warum habe ich jetzt das gesagt? dachte sie. Es stimmt doch gar nicht.

Ein schwarzer Schatten stahl sich an den Schenkel des Mädchens. Es war ein Hund. Sorren rutschte beiseite; sie war von Hunden nicht übermäßig begeistert, und dieser hier war hager und sah hungrig aus und hatte zerfledderte Ohren und lange, gekrümmte Krallen. »Was für ein Hund ist das?« fragte sie.

Die Krallen des Hundes klickten auf dem Boden. »Ein Wolfshund«, sagte Kedéra. »Er heißt Lauf.« Sie betastete streichelnd und mit beiläufiger Autorität den schmalen Tierkopf. »Erzähl mir von deiner Reise«, bat sie dann. »Wie lang hast du dazu gebraucht?«

»Einen Monat und einen halben«, sagte Sorren.

»Zu Pferd?«

Sorren grinste. »Zu Fuß.«

Kedéras Augen weiteten sich. Die Wimpern waren sehr hell, aber sehr lang. Sie waren so lang, daß ihr Gesicht dadurch zerbrechlich wirkte. »Das ist eine lange Fahrt. Warst du denn allein?«

»Zuerst nicht, dann schon.«

»Sowas würde ich auch gern machen«, sagte Kedéra und warf ihrer Mutter einen Blick zu. »Auch so eine Fahrt, irgendwann einmal.«

»Wohin würdest du fahren wollen?« fragte Sorren.

Kedéras Kinn schob sich herausfordernd vor. »Nach Westen. In die Berge.«

Merith sagte trocken: »Es wäre besser für dich, wenn du nach Süden gingest. Nach Nuath.« Sie erhob sich gleitend von der Bank. »Sorren, ich bin sicher, dein Badewasser ist inzwischen heiß. Laß mich dir dein Zimmer zeigen!«

Kedéra sagte: »Ich bring dich hin!«

»Nein!« sagte Merith scharf. »Du wirst Meg in der Küche helfen, während Juli und Innis das Badewasser bringen.«

Kedéra hielt den Atem an, und ihre helle Haut verfärbte sich von Rot zu Weiß. Die Spannung in dem großen Saal wuchs so stark an, verdichtete sich dermaßen, daß man sie mit den Händen zu spüren glaubte. Rasch, noch ehe Kedéra etwas sagen konnte, fuhr Sorren dazwischen: »Ich war eine Leibeigene in Kendra-im-Delta!«

Das Mädchen hielt zurück, was immer es hatte sagen wollen. »Ich dachte, du bist eine Botschafterin«, sagte Kedéra dann.

»Nein. Eigentlich nicht. Ich habe die Nachricht überbracht, weil man mich darum gebeten hat. Aber ich wurde dazu ausgebildet, für den Haushalt einzukaufen, auf den Märkten, und die Wäsche zu machen und in der Küche zu arbeiten.«

»Ich hasse solche Arbeiten«, sagte Kedéra.

»Genau wie ich früher«, gab Sorren zurück. »Aber ich hab' sie trotzdem getan. Wenn du auf mein Zimmer kommen willst, nachdem ich gebadet habe, kann ich dir mehr von meiner Fahrt erzählen.«

Kedéra hob eine Silberschüssel auf und setzte sie auf das Tablett.

»Ich danke dir«, sagte sie. »Das würde ich gern hören.« Und sie setzte eine zweite Schüssel genau in die Höhlung der ersten.

Als sie den Saal verließen, murmelte Merith: »Ich danke dir. Das war äußerst geschickt von dir.« Es war ganz klar, daß sie Sorren die Dienerin nicht glaubte. Wieder hustete sie hart und bellend und fuhr sich mit der gleichen Bewegung durchs Haar wie ihre Tochter.

Sie traten auf den Burghof. Die Kälte schlug in Sorrens Gesicht und biß ihr in die Hände und drang eisig in die Kehle. Ihr Reisepack erschien ihr schwerer, nun da sie ihn in der Hand trug, als zuvor auf dem Rücken. Licht fiel schräg über die Innere Burgmauer. Sorren maß sie mit dem Blick aus; sie machte viermal ihre eigene Größe aus. Sogar im Sommer, dachte sie, muß es hier im Burghof rasch dunkel werden. Im Schatten der Mauer war die Luft sogar noch kälter. Merith ging vor Sorren her und öffnete die Tür zu den Kemenaten. Der Gang war eng, dunkel und roch moderig und alt.

Eine Kerze in einem Wandleuchter verbreitete ein schwaches Licht im Gang. In ihrem Schein erblickte Sorren an den Wänden grobes Sackleinen. Stroh raschelte unter ihren Schritten.

Merith sagte: »Dies waren früher einmal die Dienstbotenkammern. Aber da wir so wenig Leute hier haben, schien es töricht, daß Sark und Meg und Juli hier schlafen und Kedi und ich anderswo schlafen sollten.« Sie fuhr mit der Hand über den Sims eines mit Läden verschlossenen Fensters, hob die Kerze und hielt die Flamme an den Docht einer Kerze in einem Wandleuchter.

Sie gingen die Treppe hinauf. Sorren nieste zweimal; die Kanten der ausgetretenen Stufen und das schüttere Sackleinen an den Wänden lagen unter einer dicken Staubschicht. Ihr Bogen verfing sich in einer Stoffalte. Vorsichtig machte sie ihn frei. Irgend etwas huschte an ihren Füßen vorbei. »Mäuse«, sagte Merith entschuldigend.

Im Obergeschoß war es wärmer. Merith stieß die Tür zu einem Gemach auf. Es war vom Licht mehrerer dicker Kerzen erleuchtet. »Das Schlafzimmer ist dort«, sagte Merith und deutete auf eine Tür in der gegenüberliegenden Wand. Sorren ließ ihren Reisepack fallen. Das Gemach roch nach Wachs und nach noch etwas, etwas Weicherem, einem Duftwasser oder Duftöl. Es stand da eine große hölzerne Kleiderablage, zwei Truhen, ein Holzsessel, ein Kaminschirm, ein Fußschemel, ein Tisch ... Sorren schaute zu, wie

Merith die Kissen in dem Sessel zurechtschüttelte, und sie begriff, daß dies hier kein Gästezimmer war.

»Das ist dein eigenes Zimmer, nicht wahr?« fragte sie.

Merith sagte: »Das Gästezimmer ist so schmutzig.«

Sorren fragte sich, ob es überhaupt ein Gästezimmer gab. »Ich werde dir nicht dein Zimmer wegnehmen«, sagte sie. »Wo würdest denn du schlafen?«

»Bei Kedéra.«

»Dann will ich bei ihr schlafen.« Sorren hob ihren Pack wieder auf. »Wo ist denn ihr Zimmer? Zeig es mir!«

Kedéras Zimmer lag über dem Gang und dem Meriths genau gegenüber. Die Einrichtung war ähnlich: eine Garderobe, ein Sessel, ein Tisch. Durch die offene Tür ins Schlafzimmer sah Sorren die schattenhaften Behänge eines breiten Himmelsbetts. Auf dem Tisch stand ein hoher silberner Kerzenleuchter, und Merith setzte ihre Kerze auf den Dorn. Das Licht blitzte von einem Gegenstand zurück, der auf dem Tisch lag. Sorren hob ihn auf; es war eine Silberbrosche in der Form eines Gänseblümchens. Die Berührung zahlloser Hände — über wie viele Jahre hin? fragte sich Sorren — hatte die gebogenen Blütenblätter glattgerieben wie Seide.

»Julis! Innis!« rief Merith. Sorren hörte Schritte auf der Treppe. Zwei Frauen tauchten im Gang auf und schleppten zwischen sich einen Messingkessel. Er schwang gewichtig hin und her an seinem Holzjoch. Die Frauen drehten sich seitwärts und brachten den Kessel an den Kamin. Die eine — sie war untersetzt und wirkte verschwiegen und sah aus wie Meg — kniete vor dem Kamin nieder und entzündete ein Feuer. Die Flammen faßten fauchend zu. Die andere Frau brachte Handtücher herein, eine Seifenkugel, einen hölzernen Schöpflöffel und ein flaches Porzellanbecken und setzte alles neben dem Wasserkessel ab.

Es wurde Sorren klar, daß sie, um sich zu säubern, sich nackt ausziehen, sich in das Becken stellen und das erhitzte Wasser mit der Schöpfkelle über sich würde gießen müssen.

»Juli wird hierbleiben und dir helfen«, sagte Merith. Juli grinste. Auch sie hatte helles Haar und einen blassen Teint — die Nordländerfärbung, dachte Sorren, während sie wieder einmal ihren Pack absetzte. Merith schien zu zögern, ging dann jedoch zusammen mit Innis hinaus. Sorren zog sich die Reisepelze aus, ganz langsam, denn sie wollte warten, bis der Raum sich etwas erwärmt hatte. Neben dem Kamin lag ein abgenagter Knochen, und am Knopfgriff der Garderobe hing ein Teil eines geflochtenen Zaumzeugs, und eine dünne Reitgerte lag quer über dem Sessel.

Sie konnte nicht umhin, sie mußte sehnsüchtig an die Badehäuser in Kendra-im-Delta denken. Mit einem Seufzen fegte sie die Peitsche von dem Sitz und ließ sich nieder, um sich die Stiefel von den Beinen zu schieben. Dann schälte sie sich die verschiedenen Lagen ihrer Kleidung vom Leib und stieg schließlich in das Becken. Juli hob den Deckel vom Bottich, und Dampf wölkte durch den Raum. Juli nahm die Schöpfkelle und goß ihr Wasser über den Rücken. Es rann kitzelnd über ihre Brüste und über den Bauch. Sie seifte sich überall mit der groben unparfümierten Seife ein, dann kniete sie sich in das harte Porzellanbecken und schloß die Augen. Juli spülte ihr die Seife vom Kopf. »*Chea*, das tut gut«, stöhnte Sorren vor Wonne, als die Hitze ihr über die wieder durchblutete, gereinigte Haut glitt.

Juli berührte sie am linken Oberarm. »Was ist das?« fragte sie.

Sorren brauchte einen Augenblick, um die Frage zu begreifen. »Das ist das Mal von einem Leibeigenenring. Ich war bis vor kurzem noch Leibeigene.«

Juli schob die Lippen vor. »Sowas machen wir hier im Norden nicht«, sagte sie. Sie klang, als mißbillige sie das alles sehr. Dann legte sie Sorren ein Handtuch über den Arm. »Tritt besser ans Feuer, sonst wirst du dich erkälten.« Sorren ging näher an den Kamin und rubbelte sich hart mit dem Handtuch ab. Die Wärme machte sie dösig. Sie griff nach ihrem Pack, sie hatte saubere Kleidung darin, tief unten am Grund, unter allen anderen Sachen, und sie hatte sie für diesen Augenblick aufbewahrt. Sie zog sie über. Juli wischte den Boden, wo Wasser vergossen worden war, und rieb den Stein trocken.

»Ich hab' nie davon gehört, daß sie sowas in Nuath haben«, merkte sie.

Sie meinte offensichtlich das Leibeigenenarmband. »Ich hab' keine Ahnung, ob ja oder nein«, sagte Sorren. Das Silberarmband, das Arré ihr geschenkt hatte, war auf den Boden ihres Reisepacks gerutscht. Sie angelte es heraus und drückte es über die Fingerknöchel. »Ich war nur auf der Durchreise in Nuath.«

»Hast du den Lord gesehen?«

»Du meinst Tarn Ryth? Ja. Ich habe eine Botschaft von ihm an deine Herrin überbracht.«

Juli nickte, daß die blonden Zöpfe flogen. »Das war sicher wegen der Verlobung.«

»Was für eine Verlobung?«

»Na, die von unserem Mädchen mit dem Sohn vom Lord«, sagte Juli. Sie warf die nassen Tücher in das Becken und stand auf.

»Warte«, sagte Sorren und streckte die Hand aus. »Sag mir mehr über diese Verlobung.«

Juli stemmte das Becken in die Hüfte. »Der Lord möchte, daß sein Sohn unsere Kedi heiratet. Sie soll mit ihm nach Nuath ziehen und in dem großen Steinhaus leben, das er angeblich hat. Und als Gegenleistung will der Rythlord Maurer und Schmiede und Reiter und Wachsoldaten nach Tornor schicken, und Tornor wird wieder reich sein.« Sie fuhr mit dem Daumen zu dem Bottich hin. »Ich hol Innis, und wir bringen das da weg.« Sie ging hinaus. Sorren hob das Handtuch auf. Also das steckte hinter Tarn Ryths Botschaft, dachte sie. Ein Fensterladen knallte im Wind. Sorren rieb sich die Feuchtigkeit aus den Haaren. Sie überlegte, was Arré wohl zu Tarn Ryths schlauem Plan sagen würde. Wenn Kedéra Dennis Ryth heiratete, würde Ryke Tornor erben. Prosperität, Wohlstand, würde wieder auf der Burg Einzug halten. Und Kedéra — Sorren runzelte die Stirn. Kedéra war noch ein Kind.

Aber was, überlegte sie, was will Tarn Ryth mit Tornor?

Arré würde es wissen. Mit Nachdruck rubbelte sie sich die Haare trocken. Sie fragte sich, ob Arré vielleicht Kenntnis von Tarn Ryths Plänen besaß. Vielleicht war es ihr möglich, eine Nachricht in den Süden gelangen zu lassen. Sie erhob sich aus dem Sessel, machte einen zu großen Schritt und prallte mit der Hüfte gegen den Tisch. »Oh, verflucht!«

Julis Stimme rief vom Korridor her: »Dürfen wir hereinkommen?«

»Kommt rein!« rief Sorren zurück. Die beiden Frauen traten ein. Sie gingen zum Kamin und schoben die Schultern unter das Joch, an dem der Kessel hing. Als sie sich wieder aufrichteten, schwang er gewichtig zwischen ihnen hin und her. Sie nahmen Gleichschritt an und schwankten zur Tür.

Sorren fragte: »Was haltet ihr von diesen Verlobungsabsichten?«

Juli sagte: »Dem Chea sei Lob und Preis! Diese ganzen Leute, die dann in den Norden kommen, werden Arbeit für das Dorf bringen.«

»Will sich Kedéra denn verheiraten?«

Juli schnaubte: »Sie ist ja noch'n Baby. Die will bloß immer reiten und mit ihrem Hund herumtollen. Aber wer wäre nicht gern mit einem Lord verheiratet, wer würde nicht gern in einem schönen Haus wohnen?«

Innis sagte: »Ich!«

»Du!?« Juli war ganz Verachtung. »Was weißt denn du schon vom Leben? Du bist doch nie übers Torfmoor hinausgekommen. Ich aber, ich war in Nuath, und das is' 'ne wunderschöne Stadt. Los, beweg schon deine Quadratlatschen durch die Tür!«

Innis setzte sich in Bewegung. Juli schob die Tür mit der Hüfte hinter sich zu. Die kurze Öffnung hatte den Raum wieder abkühlen lassen. Sorren kauerte sich am Feuer nieder und schob das Gesicht nahe an die Glut. Ein Pochen an der Tür ließ sie herumfahren. »Komm herein!« rief sie.

Die Tür ging auf und Kedéra stand da. Der schwarze Hund preßte sich an ihren Schenkel. »Ich wollte dich nicht stören«, sagte sie.

»Dies hier ist dein Zimmer«, sagte Sorren und merkte, daß ihre Stimme nicht völlig sicher klang. »Du mußt unbedingt kommen und gehen, wie es dir beliebt.«

Kedéra schien das Zittern in Sorrens Stimme nicht zu bemerken. »Du hast versprochen, daß du mir von deiner Fahrt erzählen wirst«, sagte sie erläuternd.

Sorren verspürte einen Augenblick lang Panik. Was konnte sie schon diesem Mädchen erzählen? Sie war die Tochter einer Weinleserin, eine freigelassene Leibeigene, weiter nichts. Sie kam sich plump vor, töricht, ein riesiger ungeschickter Eindringling. »Da gibt es nicht viel zu erzählen«, sagte sie. Ihr standen einfach keine Worte mehr zur Verfügung.

Kedéra hob die Reitgerte auf und bog sie mit den Händen zum Kreis. »Möchtest du mein Pferd sehen?« fragte sie.

»Aber gewiß doch«, antwortete Sorren und griff nach ihren Stiefeln.

»Laß mich dir helfen!« sagte Kedéra. Sie griff hinab und schob die Hände zwischen die von Sorren über den Stiefelschaft. Beinahe hätte Sorren losgelassen. Diese leichte Berührung ließ ihr das Herz in der Brust springen, als hätte sie einen Feueraal angefaßt.

Heiliger Wächter, dachte sie, was geschieht da mit mir?

Kedéra schien nichts bemerkt zu haben. »Ich mach es schon!«

sagte Sorren. Kedéra ließ los. Wie blöd, dachte Sorren, nun glaubt sie, ich bin böse mit ihr! Sie stieß den Fuß in den zweiten Stiefel und stand auf.

Kedéra hatte ihren Bogen aufgehoben. Sacht fuhr sie mit den Fingerkuppen über den äußeren Rand. »Das . . . das ist schön«, sagte sie. »Hast du ihn gemacht?«

»Nein«, antwortete Sorren, »eine . . . ein Freund hat ihn für mich anfertigen lassen. Kannst du denn schießen?«

Kedéra runzelte die Stirn. »Nein. Meine Mutter wünscht nicht, daß ich es lerne; sie sagt, Frauen brauchen solche Fertigkeiten nicht.« Plötzlich glühten die rauchgrauen Augen auf. »Kannst *du* reiten?«

Sorren griff nach ihrem Mantel. »Nein.«

25. Kapitel

Der Stall roch warm und aromatisch nach Heu und Pferdefell. Nur ein Pferd stand in dem boxenähnlichen Verschlag, daneben ein braunes Maultier. Kedéra führte Sorren an die Boxe. »Das ist Windfuß«, sagte sie. »Sie gehört mir.« Sie streichelte das schimmernde Fell an der Wange des Pferdes. »Du kannst sie ruhig anfassen, sie tut dir nichts.«

Sorren streckte vorsichtig die Hand aus und ließ sich von der Stute beschnuppern. Der Atem strich warm über ihre Handfläche hin. Kedéra grinste. Sie glitt seitwärts in die Boxe und umhalste das Tier. »Ist sie nicht wunderschön?«

In Sorrens Augen sah die Stute nur einfach riesig aus, obschon auch sie sah, daß und wie sie sich von den Pferden im Süden unterschied. Sie war eigentlich kleiner und runder, und ihr graues Fell war zottig. »Was für eine Rasse ist sie?« fragte sie.

Kedéra tauchte furchtlos unter den Bauch der Stute. »Sie ist eine Kreuzung, halb Asech und halb Nordlandpferd aus der alten Anhardzucht.« Sie schob den Nüstern der Stute die flache Hand hin; es lag eine Karotte darauf. Das Pferd nahm sie mit den Lippen und begann geräuschvoll zu mahlen, wobei es Karottensplitter über das Haar des Mädchens prustete. Wieder tauchte sie unter dem Bauch der Stute hindurch und lehnte sich lässig an die Boxentür. Sie sah glücklich aus, völlig sicher und kein bißchen zerbrechlich.

Ein rothaariger Junge mit kantigem Gesicht kam mit beiden Armen voll Sattelzeug den Gang herunter. Er nickte Kedéra zu. »Das ist Embri«, stellte Kedéra vor. Sie legte den Kopf schief. »Du magst Pferde nicht besonders, wie?«

Sorren antwortete trocken: »Ich habe nie die Gelegenheit gehabt, sie kennenzulernen.« Sie dachte an den Ritt in Nuath. An den Wachsoldaten, der sie zum Stadthaus von Ryth gebracht hatte — wie hieß er doch gleich? Ja, Pitor, so hieß er. »Reitest du schon lange?«

»Seit ich sechs war«, sagte Kedéra. »Mein Vater hat es mir beigebracht.«

»Lebt er nicht mehr?« fragte Sorren leise.

»Er ist vor sechs Jahren gestorben.« Kedéras Stimme schwankte nicht. »Da war ich zehn.«

»Ich habe meinen Vater nie gekannt«, sagte Sorren. »Und meine Mutter ist gestorben, als ich dreizehn war.«

Mitfühlend fragte Kedéra: »Und bist du seitdem allein gewesen?«

Sorren dachte an Arré und an Paxe und sagte: »Nein, ich war nicht allein.«

Sie traten aus dem Stall auf den Burghof hinaus. Der Himmel war blau, und im Westen schimmerten ein paar Sterne. Im Osten schoben sich Wolken gleichmäßig voran. Im Norden warfen die Berge Schatten gegen den Himmel. Der Mond schwamm hinter der Krümmung der Welt. Ryke kam aus der Dämmerung getrabt, sein helles Haar flog hinter ihm drein, und er preßte Sorrens Stab an die Brust. Der Stecken war länger als er selbst. »Du, brauchst du das?« fragte er hoffnungsvoll.

Sorren lächelte ihn an. »Du kannst ihn für mich aufheben, bis ich ihn wieder brauche.«

»Wann wirst du ihn wieder brauchen?«

»Wenn ich mich entschließe, weiterzureisen.«

»Und wann ist das?«

Sorren stopfte die Hände unter ihren Mantel. »Das weiß ich noch nicht«, antwortete sie.

Befriedigt ließ Ryke den Stab über dem Kopf wirbeln und galoppierte außer Sichtweite. Kedéra fragte: »Wozu bist du hergekommen?«

Sorren holte tief Luft. Ihre Brust fühlte sich eng an. »Ich habe Träume gehabt«, sagte sie. »Träume von den Bergen und von Tornor Keep. Aber jetzt bin ich mir nicht sicher, warum ich hierher geleitet wurde, *wenn* ich denn überhaupt geleitet wurde. Meine Träume bleiben nun aus.«

Kedéra hob unter ihrer rotbraunen Pelzjacke die Schultern. »Ich habe auch Träume«, sagte sie. »*Ich* träume von Bergen — nein, nicht denen da, sondern von höheren, roteren Bergen. Und ich träume von einem Tal und von den Leuten, die dort leben. Ich träume, daß ich sie tanzen sehe und daß ich bei ihnen bin.«

Sorren sagte: »Den Traum kenne ich.«

Kedéra wirbelte mit zum Himmel gestreckten Armen im Kreis herum. »Ich hab's gewußt, daß du ihn kennst«, sagte sie. Sie hielt inne und schaute zu den Fenstern der Kemenaten, wo ein dünnes Licht durch die Läden sickerte. »Mutter will, daß ich den Dennis Ryth heirate und meine Träume vergesse. Aber ich will das nicht.«

Ihre Stimme klang klar und entschlossen. Sorren war dankbar für die Dunkelheit, die ihr Gesicht verhüllte. Ihre Gefühle kämpften miteinander wie gegenläufige Sturmböen. Sie fühlte sich gedrängt, Kedéra zu schützen — vor Tarn Ryth, vor Dennis Ryth, vor ihrer Mutter Merith — und sie wollte gleichzeitig davonlaufen, diesem Tumult entrinnen, der in ihren Knochen siedete.

»Was wird mit Tornor geschehen«, fragte sie, »wenn du Dennis Ryth nicht heiratest?«

Kedéra kreuzte die Arme über der Brust. »Meine Mutter würde mir das nie verzeihen«, sagte sie.

Das habe ich aber nicht gemeint, wollte Sorren sagen, als ihr klar wurde, daß Kedéra auf die einzige ihr mögliche Art geantwortet hatte. Sie machte sich nichts aus der Burg Tornor. Sie war nur um ihre Familie besorgt.

Langsam schlenderten sie zu den Kemenaten hinüber. Hinter der Kammertür erwartete sie der Hund Lauf. Als er Kedéra erblickte, schlug sein Schweif pochend auf den Boden, doch als Sorren eintrat, hörte das Pochen auf, seine Ohren legten sich zurück, und er stand knurrend auf. Kedéra knuffte ihm die Ohren, und das Grollen erstarb. »Er haßt es, wenn ich jemand im Bett habe«, erklärte sie.

Das Feuer im Kamin war zu Asche verglüht, es war wieder kalt im Gemach. Sorren zog sich den Mantel aus. Juli kam an die Tür und brachte ein Tuch mit zwei Ziegelsteinen. Kedéra ergriff die Kerze und ging in das Schlafgemach voraus. Sorren wollte den beiden folgen, doch der Wolfshund ließ ein dunkles Grollen tief in der Kehle vernehmen.

Sorren kniete nieder und streckte die Hand aus. »Lauf«, flüsterte sie, »ich will ihr nichts Böses tun! Sei mein Freund.« Doch der Hund wurde steif, und seine Lefzen zogen sich von den Zähnen zurück. Kedéra kam aus dem inneren Raum zurück, Juli hinter ihr her.

»Juli sagt, sie weiß, wo Kleider liegen, die dir passen«, sagte Kedéra. »Du wirst sie brauchen.« Sie zögerte. »Ich könnte dir ein Nachthemd leihen.«

Ein Hemd zum Schlafen? »Ich brauche gar keins«, sagte Sorren.

Juli verschwand und kehrte dann mit einem Eimer zurück. Am Fußende des Himmelbetts stand ein Kohlebecken auf drei hohen Beinen, und die Magd schüttete Kohle in das Feuerloch. Kedéra richtete den Zeigefinger gegen den Hund. »Lauf, Platz!« sagte sie sanft. Lauf legte den Kopf auf die Vorderpfoten und beobachtete seine Herrin mit weiten Augen. »Komm her!« sagte sie zu Sorren. Sie gingen in das Schlafgemach. Juli hatte die Kohlen im Feuerbecken angezündet, und durch das Eisengitter drang neue Wärme zu ihnen her. In einem Wandleuchter brannte eine Kerze. Der Raum war klein. In einer Ecke stand ein Waschstand mit Krug, Schüssel und Nachttopf, in einer anderen eine hohe Stange, von der strahlenförmig hölzerne Pflöcke ausgingen. Kedéra hängte ihre Jacke an einen der Pflöcke.

Juli zog die Vorhänge am Fußende des breiten Himmelbetts auf. Es stapelten sich Steppdecken darauf, und es lag so hoch über dem Fußboden, daß, wie Sorren erkennen konnte, auf der einen Seite ein paar kleine Stufen hinaufführten. Juli stapfte um das Bett herum und schüttelte die Vorhänge aus. Hoch oben in der Wand war ein Klappfenster, und Sorren konnte ein Fetzchen Himmel erkennen. In Kendra-im-Delta würden die Laternenanzünder jetzt gerade ihre Runden abgehen. Arré würde ihre Abendmahlzeit beenden. Paxe würde . . . Sie verbannte diese Bilder abrupt, und war wütend auf sich selber. Sie merkte, daß sie allein im Schlafgemach war. Juli war verschwunden, und Kedéra hielt sich im vorderen Gemach auf und flüsterte auf Lauf ein.

Sorren setzte sich auf die Bettkante. Sie sank unter ihrem Gewicht ein. Sie zog sich den Mantel aus, die Stiefel und ließ alles auf den Boden fallen. Auf einmal erschien ihr die Luft im Zimmer eisigkalt. Ordentlich zog Sorren die Tunika aus, die Hosen, die Untertunika, die Socken, die Unterhosen und hängte alles an den Kleiderpfosten. Dann kletterte sie ins Bett. Sie brauchte eine Weile, bis sie die Öffnung in den Steppdecken fand. Sie schob sich nach unten, wickelte die Decken um sich, tastete mit den Zehen zur Wärme am Fuß des Bettes hin . . .

»Du bist aber schnell«, sagte Kedéra. Sorren lugte aus dem Nest hervor, das sie sich in den Decken gebaut hatte. Kedéra stand neben dem Kleiderpfosten — nackt. Wo die Sonne sie nicht berührt hatte, war ihre Haut hellweiß. Feine goldene Härchen lagen flaumig wie Staub auf ihren Brüsten, verdichteten sich über dem Bauch und wurden zwischen den Schenkeln zu einem goldenen Vlies. Sie hob ein kleines Kerzenhütchen von einem Nagel an der Wand und löschte die Kerze. Nun erleuchtete nur der Schein des Kohlebeckens den Raum. Sie kam ins Bett geklettert. Sorrens Handflächen wurden feucht. Die Leinentücher raschelten, als Kedéra sich unter ihnen zurechträkelte.

»Laß ich dir zuwenig Platz?« fragte sie.

»Nein«, stammelte Sorren. Ihr Kopf war voll von dem Bild der nackten Kedéra. Sie blieb ganz still und unbeweglich auf ihrer Seite liegen.

»Gute Nacht.« Kedéra zog die Bettvorhänge zu und schloß sogar das Glimmen des Kohlebeckens aus.

Die Luft wurde schwer und bewegungslos, und es wurde sehr dunkel . . .

Am nächsten Morgen schneite es. Lauf weckte sie durch sein Wimmern vor dem Bettvorhang. Kedéra sprang aus den Decken, beruhigte ihn und ging auf den Nachttopf. Sorren lauschte halb verschlafen auf die Geräusche. Sie fühlte sich steif, als sei sie völlig unausgeruht, dennoch wußte sie, sie hatte geschlafen. Doch wenn sie geträumt haben sollte — sie konnte sich nicht erinnern. Hinter den geschlossenen Vorhängen war es sehr dunkel im Bett. Sie räkelte sich, lockerte ihre Muskeln. Der Vorhang glitt beiseite, grinsend erschien Kedéra in der Öffnung. »Bist du endlich wach?« fragte sie.

»Ich bin wach.«

»Juli bringt uns gleich Tee.« Sie verschwand, und Sorren hörte, wie klappernd die Lüftung geöffnet wurde. Licht erhellte das Schlafgemach. Ein Schwall kalter Luft fiel herein, und Sorren kuschelte sich mit den Schultern tiefer in die Steppdecke. Das Licht war grau, abweisend und trübe.

Schritte erklangen im äußeren Zimmer. Sorren hörte Julis Stimme. Kedéra rief etwas mit lauterer Stimme. Der Duft frischgebackenen Brotes wehte durch die Vorhangsöffnung, und Sorren lief das Wasser im Mund zusammen. Sie achtete der Kälte nicht, hob sich auf den Ellbogen und zog den Vorhang auf ihrer Seite auf. Durch den Türbogen sah sie Juli, die ein Tablett hielt, auf dem eine Teekanne, Teebecher und ein Teller mit frischem Brot standen. Kedéra stand bei Juli, und sie trug ein rotes Kleid mit weißem

Pelzbesatz, auf den Armen trug sie einen Packen, der aussah wie Kleider.

Sie drehte sich um und erblickte Sorren. Sie trat ans Bett und ließ die Kleider auf das Fußende des Bettes fallen. »Die sind für dich«, sagte sie lachend. »Einiges davon ist Männerzeug, aber nicht alles.« Sie strich über das oberste Kleidungsstück, eine Tunika aus blauem Samt. »So eine feine Arbeit.« Sie hob die Tunika hoch. Sie war am Kragen und an den Armstulpen mit schwerer Spitze besetzt, und sie roch nach Zedernholz. »Sie hat sie aus den Truhen in den Kemenaten geholt.« Sie ließ die Tunika fallen, zog die Vorhänge ganz zurück. »Nun komm und trink deinen Tee!« Sie fuhr mit dem Arm in den Kleiderhaufen und zog etwas Langes, Purpurnes hervor. »Das ist ein Kleid, glaube ich. Ja.« Sie hielt es sich vor den Leib. Es fiel ihr in weichen Falten um die Füße.

Sie lachte. »Aber dir wird es passen!« Sie ließ es oben auf die anderen Kleider fallen und ging ins äußere Zimmer zurück. Sorren kletterte vom Bett herab. Kältepusteln blühten auf ihren Armen, ihren Brüsten auf. Sie zwängte sich in das Kleid, sie sog den Zederduft ein . . . Es war Wollstoff und sehr warm.

Während sie ins andere Zimmer hinüberging, fragte sie sich, wer dieses Kleid wohl zuletzt getragen haben mochte. Juli hatte das Tablett abgesetzt und war gegangen. Im Kamin loderte ein gelbes Feuer, und Kedéra kniete davor und stocherte mit der Feuerzange darin herum. Lauf lag neben ihr. Er hob bei Sorrens Eintreten den Kopf, knurrte aber nicht.

»Ich hab' dir schon Tee eingegossen«, sagte Kedéra.

»Ich danke dir.« Sorren nahm den dampfenden Becher. Er war braun, erdfarben, genau wie der Tee. Der starke, bittere Geschmack trieb ihr Tränen in die Augen, aber die Flüssigkeit wärmte ihren Körper auf. Sie warf einen Blick zum Fensterladen, der offenstand, und sah, wie die Schneeflocken zu Boden schwebten.

Sie trat ans Fenster. Der Schnee lag wie eine glatte Decke über der Welt. Er bedeckte den Äußeren Hof, lag wie Stoff auf der Mauerkrone des Äußeren Walls . . . »Schau!« sagte Kedéra. Sie hatte Sorren die Hand auf die Schulter gelegt und zeigte mit der anderen hinaus. »Siehst du die Straße da? Die führt nach Westen.«

»Nach Cloud Keep«, sagte Sorren, die sich an ihre Karte erinnerte.

Der Druck der Finger ließ nach. »Ja. Und nach Pel Keep, und weiter, zu den Westlichen Bergen.«

Sorren wandte sich um und schaute sie an. Sie lächelte ihr mit weiten lichterfüllten Augen entgegen.

Dann trat das Mädchen an das Tablett und nahm sich Brot. »Hast du was geträumt?« fragte sie.

»Nichts«, antwortete Sorren.

»Ich schon«, sagte Kedéra, setzte den Satz jedoch nicht fort. Sie sagte statt dessen: »Erzähl mir was über den Süden!«

Auch Sorren nahm sich Brot. »Was willst du denn wissen?«

»Was die Leute tun.«

»Sie bebauen das Land«, sagte Sorren, »und sie fischen und bauen Häuser. Sie spinnen Seide.«

»Wir weben mit Wolle«, sagte Kedéra.

»Sie bearbeiten Metall und Tonerden.«

»Tanzt ihr?« fragte Kedéra.

»Manche. Die Asech tanzen mit Schlangen. Und die von ihnen, die in der Stadt aufwachsen, werden Akrobaten und Gaukler, und ein paar, die edelgeborenen unter den Städtern, erlernen den wahren Tanz. Ich habe für einen Tänzer getrommelt.«

»Wer war sie?« fragte Kedéra.

»Er. Isak Med. Er ist jetzt fort aus der Stadt. Verbannt.« Selbst jetzt und hier fiel es ihr schwer, über Isak Med zu sprechen. Und sie brachte es nicht über sich, das häßliche Wort »gesetzlos« zu gebrauchen.

Kedéra sagte: »Du warst eine Leibeigene, jetzt bist du eine Botin; du warst eine Trommlerin, du bist eine Hexe — gibt es etwas, was du nicht kannst?«

Sorren grinste. »Singen«, sagte sie. »Und auf einem Pferd reiten. Und lesen und schreiben«, fügte sie hinzu.

Sie aßen das Brot auf. Kedéra schlug die Steppdecken zurück, damit sie auslüften konnten. Lauf strich zwischen Kedéras Knie und der Tür hin und her. »Er ist ruhelos«, sagte sie. »Er will rennen.« Sie zog sich an. Dann gingen sie hinunter in den Inneren Hof. Lauf schwänzelte, rutschte auf dem Bauch im Pulverschnee wie ein Hundejunges. Sorren legte den Kopf in den Nacken und spähte zum Himmel. Wie Federn aus Eis rieselten die Schneeflocken herab. Sie streckte die Hand aus, um eine zu erhaschen, doch sie wichen ihr aus. Sie machte den Mund auf, um herauszufinden, wie sie schmecken mochten . . . Ihr Atem stieg rauchig in die Luft und brachte die Flocken zum Schmelzen. Eine streifte ihre Lippen, und sie beleckte die Stelle mit der Zunge. Der Schnee besaß keinerlei Geschmack. Auf eine unklare Weise enttäuscht, wandte sie sich wieder zu Kedéra um.

Sark, Ryke, Kedéra und Merith standen am Tor des Inneren Hofes. Daneben stand gleichmütig das braune Maultier vor einem karrenähnlichen Gefährt. Als Sorren nähertrat, sah sie, daß der Karren keine Räder hatte, sondern statt dessen glatte flache Hölzer, die am vorderen Ende aufwärtsgebogen waren. Leise flüsterte sie Kedéra ins Ohr: »Was ist denn das?«

Kedéra antwortete: »Das nennt man Schlitten.«

Merith lächelte Sorren entgegen. »Hast du wohlgeschlafen? Hast du es warm genug gehabt?«

»Ja. Ich danke dir«, gab Sorren zurück.

»Es muß für dich schwer sein, unsere Kälte auszuhalten, wo du doch aus dem Süden kommst«, sagte Merith freundlich.

Aber ich bin keine Südländerin, dachte Sorren, ich hab' den Winter im Blut. »Ach, nicht besonders«, sagte sie zu Merith. »Ich fühle mich richtig zu Hause hier.«

Meriths Lächeln wurde ein wenig säuerlich. Sie wandte sich Sark und ihrem Sohn zu. »Sagt Varin meine Empfehlungen, wenn ihr ins Dorf kommt, und fragt, ob sie uns ein paar Fische abgeben können.«

»Fisch?« fragte Sorren.

Kedéra erklärte es ihr. »Im Winter fischen wir durch das Eis.«

Sorren dachte: das würde ich gern mal sehen. Sark klatschte dem Maultier aufs Hinterteil. »*Yaa!*« rief er. Das Maultier schnaubte und setzte sich in Bewegung. Der Schlitten glitt glatt durch den frischen Schnee. Wie vernünftig, dachte Sorren. Lauf folgte dem Gefährt bis unter das Äußere Tor. Kedéra rief ihn, und er bellte einmal und kam dann in den Hof zurückgetrottet. Er trug etwas im Maul.

Sie nahm ihm mit spielerischer Gewalt den Gegenstand ab. »Das ist ja eine Wachtel.« Sie drehte und wendete den kleinen braunen Vogel hin und her. Er war steif, und die Federn waren von einem Netz eisiger Kristalle überzogen. »Kein Blut daran«, sagte sie. »Die ist sicher an der Kälte gestorben.«

»Oder weil sie krank war«, sagte Merith.

Kedéras Finger tasteten prüfend. »Ein Flügel ist gebrochen. Ich kann spüren, wo der Knochen zersplittert ist. Sie konnte nicht mehr fliegen und sich Futter suchen; daran ist sie gestorben, Mutter. Ich bring sie Meg, die kann sie in den Suppentopf stecken.« Sie schnippte mit den Fingern. »Komm, Lauf!« Sie zog mit langen Schritten davon, und der Hund hechelte dicht auf ihren Fersen hinterdrein.

Sorren fragte: »Was sollen Sark und Ryke mit dem Schlitten befördern?«

»Holz«, sagte Merith. »Und Fisch. Hoffe ich jedenfalls.«

Sorren sagte: »Ich könnte jagen. Damit hätten wir ein wenig Frischfleisch.«

Merith hustete. »Ich danke dir«, sagte sie. »Es ist freundlich von dir, dies anzubieten. Doch wenn du mit deiner Rückkehr nach Nuath noch lange zögerst, wirst du den Winter hier oben verbringen müssen.«

»Aber ...« Sorren brach zögernd ab und überdachte noch einmal blitzschnell alles, was sie am Tag zuvor zu Merith gesagt hatte. Nein, sie hatte nicht direkt gesagt, daß sie auf Tornor zu bleiben gedenke. Doch, wollte Merith sie wegschicken? »Ich hatte eigentlich nicht vor, nach Nuath zurückzukehren.«

Merith verschränkte die Arme über der Brust. »Aber du mußt zurück«, sagte sie. »Wir haben hier oben jetzt schon kaum genug zu Essen, um das Gesinde und uns durchzubringen. Außerdem bist du ein Bote. Du kannst doch nicht den ganzen Winter über in Tornor eingesperrt sein.«

»Ich bin kein Bote«, sagte Sorren.

»Du hast mir eine Botschaft überbracht«, sagte Merith. »Wenn du Tornor einen Dienst erweisen möchtest, könntest du eine Botschaft von mir an Tarn Ryth überbringen. Sag ihm, ich würde seine Grüße mit größerem Wohlwollen entgegennehmen, wenn sie von etwas Handgreiflicherem begleitet wären — etwa Getreide und Kleiderstoffen.« Sie machte kehrt und ging auf die Wohngemächer zu.

Bedeuten dir denn die Wünsche deiner Tochter gar nichts? dachte Sorren. »Herrin, was willst du?« fragte sie.

Merith sprach mit einer Stimme, so frisch und kalt wie der Neuschnee: »Ich will, daß Tornor Keep weiterbesteht, daß es überlebt. Ich will, daß die Leute im Dorf Wohlstand erleben. Ich will, daß Tarn Ryth Güter und Gold und Soldaten in den Norden schickt, und damit so etwas geschehen kann, muß Kedéra Dennis Ryth heiraten.«

»Kannst du denn nicht mit Tarn Ryth über all das einen Handelsvertrag abschließen?«

»Nein!« gab Merith zurück. »Der Rat der Häuser in Tezera würde sich jeglichem Vertrag widersetzen, den ich mit Tarn Ryth abschließe. Doch wenn Dennis Ryth und Kedéra heiraten, kann der Rat keine Einwände dagegen haben, wenn Tarn Ryth Wachen und Vorräte nach Tornor Keep entsendet.«

»Werden sie dir denn nicht helfen?«

»Die Adligen von Tezera?« Merith lachte. »Soll ich etwa zu denen kriechen und betteln? Da verhungere ich lieber. Tarn Ryth kam zu *mir*!« Der Schnee legte sich immer dichter auf ihr braunes Haar wie ein lockeres weißes Gewebe. Sorren sah sie, wie sie in zwanzig Jahren sein würde, klein und bleich und weißhaarig und verbittert. Plötzlich begriff sie, warum Tyrn Ryth Tornor haben wollte. Sein Einfluß, seine Macht stammten vom Fluß, doch seine Kontrolle über den Fluß endete an der Grenze von Septh. Bis dorthin gingen seine Patrouillen. Aber wenn er Tornor in seinen Besitz bringen konnte, würde er die Kontrolle über den Flußlauf oberhalb *und* unterhalb von Tezera ausüben können, und das würde ihm eine sehr große Macht verleihen. Wenn er Tornor gewaltsam in Besitz zu nehmen versuchte, würde der Tezeraner Rat sich dem widersetzen, und es würde vielleicht Krieg geben. Aber gegen diese uralte Form eines Bündnisses, wie es eine Heirat war, vermochte der Rat nichts.

Das ergibt einen Sinn. Sorren mußte schlucken. Es war so leicht, es zu durchschauen, sobald man nur wußte, wohin man schauen mußte. In ihrem siebenjährigen engen Leben mit Arré Med hatte sie einiges von dem politischen Geschick Arrés abgeguckt. Aber Arré war so unendlich weit weg und konnte ihr jetzt nicht helfen. »Könnten dir nicht die anderen Grenzfesten in deiner Not beistehen?« fragte sie.

Merith war an der Tür zu den Kemenaten angelangt. »Sie befinden sich in genau der gleichen Lage«, antwortete die Frau. »Man sagt, daß Lord Meth von Zilia Keep ein Separatabkommen mit Anhard getroffen hat. Doch ich weigere mich, das zu glauben.« Sie spähte in den Burghof. Kedéra kehrte wieder zu ihnen zurück. »Wir werden davon nun nicht weitersprechen!« befahl sie leise.

Kedéra sagte: »Meg hat sich gefreut. Lauf hat einen Knochen bekommen.«

Merith sagte: »Ich habe eine Webarbeit zu erledigen. Willst du mir nicht helfen kommen, Kedi?«

Kedéra fuhr sich mit beiden Händen durchs Haar. »Ich hab'

doch Sorren die Burg zeigen wollen«, sagte sie. »Kannst du eine Stunde lang ohne mich auskommen?«

Merith zuckte die Achseln. »Ich nehme an, es wird möglich sein.« Sie trat in den Wohnbau. Sorren und Kedéra blieben allein. Kedéras Augens strahlten hell wie die eines sehr kleinen Kindes.

»Was möchtest du mir denn zeigen?« fragte Sorren.

Kedéra zog sich den Pelzkragen enger um den Hals. »Ich hab' mir gedacht, du willst vielleicht einen Gang auf den Wall machen.«

Sorren sagte: »Eigentlich wäre ich ja lieber drinnen.«

Kedéra blickte enttäuscht drein. »Wir könnten uns die Kemenaten anschauen«, schlug sie vor und deutete auf das größere Gebäude. »Ich kenne den Weg hinein gut.«

»Dann tun wir das«, stimmte Sorren ihr zu.

Sie traten durch die Tür, die Merith auch benutzt hatte. Doch anstatt sich nach rechts und eine Treppe hinauf zu wenden, bog Kedéra nach links. Augenblicklich empfand Sorren die starke Kälte. Sie legte die Arme über der Brust zusammen, um die Wärme bei sich zu behalten. Kedéra sagte: »Wir kommen sonst nie hierher.« Sie wies auf die Mauern, die blank und ohne Behänge waren. »Mutter hat uns die Wandteppiche abnehmen und in die Dienstbotenräume bringen lassen — das heißt, die, die man bewegen konnte.«

In der verschatteten Halle tauchte eine Treppe auf, die ins Dunkel hinaufführte. Sorren schnüffelte. An den Wänden hing ein verwehter Duft. Sie überlegte sich, ob Alter einen besonderen Geruch besitze. Kedéra hockte sich nieder, ihre Hände waren emsig in Bewegung. Sorren hörte das Klicken von Feuersteinen. Kedéra stand auf, einen Kerzenstumpf in der Hand. »Komm weiter!« bat sie.

»Warte«, sagte Sorren. »Was ist da drüben?« Während sie den Gang hinabschaute, konnte sie in dem glatten Stein der Halle die Einzüge erkennen, die darauf hinwiesen, daß es dort Türen gab.

»Das sind Vorratskammern«, sagte Kedéra. »Aber die sind jetzt leer.« Sie berührte Sorren am Arm. »Komm!«

»Waren das immer Vorratsräume?« bohrte Sorren weiter. Dann folgte sie Kedéra die Treppe hinauf. Die hölzernen Stufen knarrten unter ihren Stiefeln mit Lauten, die fast wie Lachen klangen. Die Kerze tanzte vor ihr her, ein schmaler Lichttümpel in der ausgedehnten Dunkelheit. Sorren spürte, wie sich die Härchen in ihrem Nacken bewegten, und befahl sich, sie solle keine Närrin sein. Nichts konnte ihr in diesen leeren Räumen etwas antun.

»Nein«, antwortete Kedéra am Ende doch noch. »Ich glaube es nicht. Aber als es keine Kämpfe mehr gab, wurde Tornor immer leerer, und die Leute, die noch übrig waren, suchten sich die wärmsten Ecken aus und wohnten dort. Im Oberstock ist es immer etwas wärmer.« Plötzlich hielt sie die Kerze höher empor. Ein eisernes Gebilde sprang aus dem Dunkel auf sie zu. Es war ein Wandleuchter in der Form eines Fisches. Während Sorren ihn betrachtete, erinnerte sie sich an das, was Marti Hok ihr über den Rebellen aus Kendra-im-Delta gesagt hatte, der aus seiner Stadt verbannt und in den Norden gejagt worden war, um in der Wildnis zu überleben oder zu verderben. Er hatte Tornor Keep errichtet. Sorren überlegte sich, ob er wohl seinen Schmieden befohlen hatte, ihm Wandleuchter in Fischform zu schmieden, und was die davon gehalten haben mochten. Flüchtig glitt ihr ein Bild durch den Kopf — so lebendig, daß sie zunächst glaubte, eine ihrer Vergangenheitsvisionen zu erleben: ein Mann, der unablässig Fische auf ein Stück Pergament zeichnete, der versuchte, sie so aussehen zu lassen, wie die Fische, die er kannte, die Bewohner des Meeres. Sie blinzelte. Das Maul des Fischs öffnete sich nach oben weit, der Schwanz krümmte sich gegen die Wand. Sie stellte sich auf die Zehenspitzen und streckte sich, berührte den Fisch. Als sie die Hand fortnahm, waren ihre Finger voll Staub. Sie beschnupperte ihre Fingerspitzen. Das war es, was sie gerochen hatte: Staub.

Es gab Gespenster hier. Kein Wunder, dachte sie, daß mir meine Geister nicht bis hierher gefolgt sind. Sie ließ die Hand über die uralte Wand gleiten.

»Komm weiter!« drängte Kedéra.

Der Gang im Obergeschoß war etwas heller als der unten. Die Türen standen halb offen. Licht fiel aus ihnen. Kedéra stemmte die Schulter gegen eine massive Holztruhe und drückte. »Schau!« sagte sie.

Sorren trat ein paar Schritte in das Gemach hinein. Ein großes Bett nahm fast den ganzen Raum ein. Es war aus irgendeinem schweren dunklen Holz gemacht. Samtbehänge, die von den Halterungen gezogen worden waren, lagen darüber hingebreitet. Daneben stand eine Waschgelegenheit und ein Becken. Am Fuß des Bettes befand sich eine Truhe mit aufgeklapptem Deckel. Auf einem Tischchen stand ein Messingkrug. Neben dem Bett war der

Fußboden mit Wachs vollgetropft. »Wer immer hier gehaust hat, ist recht sorglos mit Kerzen umgegangen«, sagte Kedéra.

Ein Laden schlug irgendwo. Sorren machte einen Satz vor Schreck. Sie starrte auf das Bett und fragte sich, wer hier wohl geschlafen haben mochte und ob sie dieses Bett in ihren Visionen erblickt hatte. Der Messingkrug fing ihren Blick ein; der Künstler hatte auf der Bauchung einen Baum einpunziert. Sie trat an das Tischchen und hob den Krug auf. Er fühlte sich kalt an. Sie neigte den Krug, erwartete beinahe, daß Wasser herauströpfle, doch es kam nur ein Geriesel von weichem grauen Staub heraus.

Sie stellte den Krug ab. »Laß uns woandershin gehen«, bat sie.

»Gut«, sagte Kedéra. Sie gingen zum nächsten Raum weiter. Hier fehlte das Bett. »Mein Bett kommt von da«, erklärte Kedéra. Der nächste Raum war größer, und er führte zu einer getrennten Schlafkammer. Ein Wandteppich über dem Waschstand zeigte das Bild eines Mädchens, das durch eine Mauer hindurchgreift. Das Bild war ungekonnt, die Stickerei schlampig. Kedéra sagte: »Das hat wohl ein Kind gemacht.«

»Vielleicht«, gab Sorren zu. Oder eine Frau, dachte sie, die sich langweilte und die mit der Nadel nicht erfahren war, die auf diese Weise so gut wie möglich ihre Sehnsucht nach dem Süden ausdrückte ... Warum denn Süden? fragte sich Sorren. Die ausgeblichenen Farben beunruhigten sie. Auf einmal wollte sie nichts mehr sehen. »Mir ist kalt«, klagte sie und rieb sich mit beiden Händen die Oberarme. »Ich möchte wohin, wo es warm ist.«

Kedéra grinste. »Wir gehen und stören Meg ein bißchen.«

Sie liefen die Treppe hinab, rannten über den Hof und in die Küche. Sie war riesig und voller Dünste, und es roch wunderbar. Meg stand vor dem gewaltigen offenen Herd, spähte in einen Topf und schwang eine Gewürzdose. Als Kedéra und Sorren hereinkamen, wirbelte sie herum und verzog finster das Gesicht. »Ich hab' dir doch gesagt ...« Sie brach ab. »Oh, ich hab' gedacht, du bist Embri.« Kedéra trat zu ihr und küßte sie auf die Wange. »Ach, dich kenne ich schon, du willst was von mir. Die Kuchen auf dem Bord sind für die Hauptmahlzeit.«

»Wir wollen keinen Kuchen«, sagte Kedéra überheblich und sank auf einen Hocker. »Sorren möchte sich aufwärmen, und hier bei dir ist der wärmste Fleck in der ganzen Burg.«

»Ja, aber auch der, wo am meisten zu tun ist. Wie soll ich denn arbeiten, wenn ihr mir dauernd zwischen die Beine stolpert?« Meg fuhr übertrieben geschäftig in den Topf und rührte in dem Gebräu herum. »Hier, du kannst das da weiterrühren.« Sie stellte die Gewürzbüchse wieder auf das Bord. Sorren fragte sich, was der Koch der Med wohl zu so einer Küche sagen würde. Sie war sehr viel größer als die seine. Von den hölzernen Deckenbalken hingen große Haken, und Sorren überlegte, was wohl für gewöhnlich daran aufgehängt worden sein mochte — Gewürze, Fleisch, Töpfe und Pfannen? Kedéra rührte im Topf herum. Sie nahm eine Probe.

»Braucht noch Salz«, murmelte sie.

Meg fauchte: »Da brauch ich dich dazu, damit du mir sagst, wie man kocht, was?« Sie funkelte finster. »Wart bloß, bis daß du in Nuath lebst, dann kannste deine Küche nach deines Herzens Lust kommandieren.«

Kedéra hörte auf zu rühren. »Ich werde nicht in Nuath leben«, sagte sie.

»Hmmpf!« machte Meg wegwerfend.

Der Temperaturwechsel hatte auf Sorrens Armen wieder die Gänsehaut hervortreten lassen. Sie rückte näher zum Feuer. Kedéras Gesicht war bestimmt und regungslos. Plötzlich ließ sie die Kelle fallen. »Ich geh jetzt auf die Mauer«, sagte sie und blickte zu Sorren herüber. »Kommst du mit?«

Sorren nickte, ein wenig zögernd; ihr war gerade erst ein bißchen wärmer geworden. Kedéra wies auf eine Treppe, die um den bauchigen Kamin herum nach oben führte. »Paß auf die Tritte auf!« sagte sie.

Die Stiege war eng, aber die Stufen knarrten nicht. Oben lag eine Tür. »Die war früher immer verriegelt«, sagte Kedéra und berührte die eiserne Riegelklammer, in die früher der Riegel geschoben worden war. »Ich hab' Sark gebeten, es wegzunehmen.« Sie stieß die Tür auf. Kalte Luft und weicher puderiger Schnee kamen hindurchgeweht. Sie stieß fester gegen die Tür, die zurückfiel. »Komm!« Sie stieg drei weitere Stufen hinan. Sorren folgte ihr. Schnee peitschte ihr ins Gesicht. Sie überlegte, was sie mit der Tür tun sollte . . . »Laß sie nur!« sagte Kedéra.

Um ihre Gesichter wirbelte der Schnee. Sorren zog die Hände unter ihren Mantel. Mit gesenktem Kopf folgte sie Kedéra blind. Plötzlich legte sich der Wind, und sie blickte auf. Sie standen im Schatten eines Steinmassivs: die Innere Festungsmauer ragte vor ihnen auf.

Sie war höher als die äußere Wehr: massiv, düster und bedrückend. Sorren versuchte sich vorzustellen, daß sie sie erklimmen müsse, und es gelang ihr nicht. Kedéra trat aus dem Windschatten in eine neue Sturmbö hinaus. Sie befanden sich auf der Ostseite der Burg, der kalten Seite, zu der der Wind von der Steppe hereinblies ... Wieder blieb Kedéra stehen. Sie atmete heftig. Auch Sorren holte tief Luft, und die Kälte schnitt in ihre Lungen wie ein Messer. »Warum gehst du hierher?« fragte sie und bemühte sich, ihr Frösteln zu unterdrücken.

Kedéra antwortete ihr: »Damit ich sehen kann.« Sie lehnte sich an die Mauer, Eiskristalle glitzerten auf ihren Wangen — nein, sie weinte. Sorren legte ihr beide Hände auf die Schultern und spürte, daß auch das Mädchen vor Kälte zitterte.

»Es ist zu kalt, um hier oben zu bleiben«, sagte sie.

Kedéra nickte. »Gehn wir zur Treppe am Torhaus.« Ohne auf Sorrens Antwort zu warten, ging sie davon. Ihre Stiefel hallten auf dem steinernen Wehrgang wider. Sie bogen um die Ecke; der Wind griff sie nun von hinten an, zerrte und stieß an ihren Kleidern.

Kedéra blieb an einer der Scharten in der Mauer stehen. Sie spähten nach Süden, über das Feld unter der Burg hinaus. Es war weiß und unbefleckt, und nur die hölzerne Brücke und die dunkle unregelmäßige Spur des Flusses durchbrachen diese Reinheit. Während sie noch schauten, brach zwischen den Bäumen ein Maultier mit einem beladenen Schlitten hervor und holperte über das Feld. Sark hockte hinten auf der Ladung, Ryke saß auf dem Maultier, weit nach vorn gebeugt, das Gesicht dicht am Hals des Tieres. Sark rief etwas. »Sie haben es aber verdammt eilig«, sagte Kedéra verwundert. Noch während sie sprach, hieb Ryke mit einer Peitsche auf das Hinterteil des Maultiers ein. Das sich mühende Tier streckte den Hals vor und lief noch rascher.

Sie näherten sich der Brücke. Plötzlich galoppierte zwischen den Bäumen ein Reiter hervor — und ein zweiter — ein dritter.

»Was ...?« begann Sorren, doch sie sprach zu Kedéras Rücken. Kedéra rannte. Das Torwächterhaus ragte vor ihnen auf. Kedéra sprang hinein, und Sorren folgte ihr, so rasch sie konnte. Sie sah kurz ein großes Rad, auf dem ein Seil aufgewickelt war. Kedéra rutschte eine Leiter hinab, ihre Füße berührten dabei kaum die Sprossen. Sorren kletterte hinterdrein und holte sie in der Finsternis des Torbaus ein. »Was ist los?« fragte sie.

Kedéra stieß die Tür auf und raste in den Äußeren Hof. Keuchend stieß sie hervor: »Gesetzlose!«

Sorren griff nach ihr. »Wo laufen wir hin?« fragte sie. Kedéra schüttelte ihren Griff ab.

»Zum Stall! Dein Bogen!« Sie schoß auf den Stall zu. Lauf tauchte aus dem Nichts auf und raste ihr auf den Fersen hinterher. Sorren lief zu den Kemenaten hinüber. Die Schneeflocken wirbelten in unerbittlichem Treiben um sie herum zu Boden . . . Sie hörte fernes Rufen, einen entsetzten Schrei, der aus der Erde selbst zu bersten schien — das Maultier, dachte sie. Sie rannte dröhnend die Stufen hinauf, an Merith vorbei. Meriths Augen waren weit aufgerissen, das breite Gesicht kalkweiß.

Sorren nahm je zwei der engen Stufen auf einmal. Im Hof hallte das dunkle wütende Gebell Laufs von den Mauern. Sie fiel fast in Kedéras Zimmer hinein. Da stand ihr Bogen an der Wand, die Sehne um ihn herumgewickelt. Sie packte ihn. Sie wirbelte im Kreis herum, das Herz hämmerte ihr bis zum Hals, sie suchte ihren Köcher. Hier lag er. Sie nahm ihn. Sie hatte noch zwei Pfeile. Sie dachte an Paxe, die ihr diese Pfeile gegeben hatte — und der Gedanke war wie ein Stoßgebet. Heiliger Wächter, ich will nicht töten, dachte sie, und noch während sie es dachte, rannte sie bereits in den Hof hinunter. Der Schnee hatte sich verdichtet. Sie sah Embri auf das Tor zulaufen. Er schwang eine Heugabel. Im Sattel der grauen Stute schoß Kedéra aus dem Stall hervor. Das Mädchen nickte ihr zu, beugte sich herab, einen Arm ausgestreckt, die Schenkel fest an den Leib der zaumlosen tänzelnden Stute gepreßt. Ich kann nicht, dachte Sorren, von panischer Angst ergriffen, doch sie schob den Köcher über die Schulter und streckte den Arm aus. Kedéra packte ihn.

»Halt dich an meinen Hüften fest!« rief sie. Die Stute brach seitlich aus, als Sorren sich auf ihren Rücken schwang, fing sich aber sofort wieder. Das ist verrückt, dachte sie, was können wir schon gegen bewaffnete Männer ausrichten? Dann aber schoß die Stute vorwärts; mit einem so heftigen Ruck, daß sie beinahe den Halt verloren hätte. Sie hielt sich mit einem Arm an Kedéras Taille fest, mit der anderen Hand umklammerte sie ihren Bogen. Die Kapuze ihres Mantels wehte ihr im Wind in den Nacken, und ihr Haar flog hinter ihr her wie eine Fahne.

Die Reiter hatten um das beladene Maultier einen Ring gebildet. Sark drosch wirbelnd mit einem Holzknüppel um sich herum. Ryke saß noch immer auf dem Rücken des Tieres und ließ Sorrens Wanderstab wie eine Streitkeule kreisen. Sorren zählte — drei,

vier, sechs Männer auf ausgemergelten Gäulen. Sie fragte sich, warum sie zögerten, warum sie sich nicht das Maultier nahmen und sich davonmachten, dann wurde ihr klar, daß die Männer nicht bewaffnet waren. Lauf schoß an der Seite von Windfuß dahin und dröhnte seine Wut grollend in die Luft. Sogar das Maultier griff mit den Zähnen und den Vorderbeinen an.

Sie hatte den Bogen nicht gespannt, und dazu brauchte man zwei Hände. Chea ...! Das Wort war ein Gebet. Sie drängte sich an Kedéras Rücken, spürte, wie ihre beiden Pulse im Gleichtakt schlugen, und fummelte mit der gewachsten Sehne herum, tastete nach der Bogenspitze. Sie bog ihn gegen die Innenseite ihres Schenkels, streckte sich und schob die Schlaufe der Sehne in die Kerbe — sie saß. Sie spürte, wie Kedéra gewaltig einatmete. Dann schrie sie — es war ein heller schriller Schrei, der aus ihrem Innersten zu brechen schien. Die Stute schoß vorwärts. Kedéra beugte sich vor, bis ihre Wange fast den Hals der Stute berührte. Sie flüsterte dem Pferd zu, lenkte es mit den Händen, und den Knien und den Schenkeln, hielt es im Tempo ... Sorren packte ihren Bogen und griff nach dem Pfeil. Sie blickte auf und sah die Gesichter der Gesetzlosen; die Augen unter den schütteren Fellmützen waren furchtsam und weit aufgerissen. Lauft, rief sie ihnen in Gedanken zu, *lauft!*

Und sie flohen. Sie sah sie auseinanderstieben — alle außer einem, der die Hand bereits auf dem Zügel des Maultieres hatte. Er hatte das Tier bereits halb in Richtung auf die Baumgruppe hin gezerrt. Ryke sprang ihn von einer Schneewächte her an, und der Gesetzlose trat ihn mit dem Stiefel in die Rippen. Ryke brach zusammen. Sorren spannte den Bogen. Ihre Hände waren taub, und sie konnte den Pfeil nicht fühlen.

Sie schoß. Der Pfeil schwankte in dem böigen Wind und fiel klappernd auf die Brückenbohlen. Doch der Gesetzlose ließ den Zügel des Maultieres los und stieß seinem Pferd die Fersen in die Weichen, um unter die Bäume zu fliehen. Die Mütze flog ihm vom Kopf. Lauf sprang auf sie zu und bellte jaulend. Kedéra stieß einen Triumphschrei aus, dann zwang sie die Stute schlitternd zum Stehen. Sorren grapschte nach einem festen Halt, doch ihre Finger wollten nicht zupacken. Ich hab' doch gewußt, daß das idiotisch war, dachte sie, während der Erdboden ihr entgegenfiel. Sie legte die Arme um den Kopf und ließ den Bogen fallen. Eine Schneefontäne stob auf, als sie auf dem Boden aufprallte. »Anh!« Ihre Rippen und die Flanke fühlten sich an wie mit Hämmern bearbeitet. Sie hob den Kopf. Kedéra riß die Stute herum und sprang aus dem Sattel.

»Bist du verletzt?« fragte sie. Ihre Hände tasteten Sorrens Rücken ab, ihren Nacken, vorsichtig klopfend, drückend. Ihr Atem bildete Wolken in der Luft. »Sorren, sprich etwas!«

»Ich bin nicht verletzt«, stammelte Sorren. Sie biß die Zähne zusammen und setzte sich auf. Ein Sturz aus dem Sattel eines Pferdes, das war ja gar nicht so schlimm. »Was ist mit deinem Bruder?«

Über ihrem Kopf sagte Ryke: »Mir geht's prima!« Er schwang seine Kampfkeule. »Der hat nach mir gestoßen! Hast du es gesehen, Kedi?«

»Hab' ich«, sagte Kedéra. Sie hob Sorrens Bogen aus dem Schnee auf und legte ihn ihr quer über die Knie.

»Ihr habt ausgesehen ... ausgesehen wie ...« Dem Jungen fehlten die Worte. »Wie Soldaten!« sagte er. Voller Anbetung schaute er zu Sorren hinab. »Ich hab' nicht gewußt, daß man aus dem Sattel mit dem Bogen schießen kann.«

»Genau wie ich«, sagte Sorren. Sie fragte sich, was die Gesetzlosen gedacht haben mochten, als da zwei Frauen, von denen die eine mit einem Bogen herumwedelte, die andere aus voller Lunge brüllte, sich auf sie stürzten. Ihre Flanke schmerzte sie ganz abscheulich. Aber ich habe keinen töten müssen, dachte sie. Dem Chea sei Dank! Ich habe nicht töten müssen . . . Sie fragte sich, was sie getan haben würde, wären die Gesetzlosen bewaffnet gewesen. Ich wäre wahrscheinlich gestorben, dachte sie.

Kedéra sagte: »Sowas haben sie noch nie gemacht. Uns angegriffen, meine ich. Manchmal stehlen sie im Dorf unten Schafe.« Hinter ihrem Rücken besänftigte Sark das Maultier. Ein Teil des Feuerholzes war in den Schnee gefallen. Kedéra hob einen Kloben an einem Ende hoch. »Helft mir!« sagte sie.

Sorren bückte sich — es tat weh — und hob das andere Ende an. Sie warfen den Stamm auf den Schlitten zurück. Embri mit seiner Heugabel kam heran. Auch er bückte sich und half aufladen. Rasch hatten sie alles wieder auf dem Schlitten und trieben das Maultier vorwärts. Sorren warf einen Blick zu den Bäumen zurück, doch da war nichts mehr von den Marodeuren zu sehen; der Widerstand hatte sie entmutigt. Lauf trottete neben dem Schlitten her, die Pelzmütze fest im Fang. Sie schoben sich durch den treibenden Schnee, und der Wind biß ihnen ins Gesicht und sang seine eigene Melodie. Kedéra stapfte neben ihrer Stute her, beklopfte sie und überschüttete sie mit Lobesworten. Merith wartete unter dem Tor. Ryke rannte voraus und stürzte sich in ihre Arme.

Sie versammelten sich im Saal. Ryke, der noch immer seine provisorische Keule schwang, wurde allmählich übermütig, bis Sark scharf auf ihn einsprach und ihn so dazu brachte, sich hinzusetzen. Sorren trat ans Feuer und wärmte sich die Hände. Kedéra trat an ihre Seite.

»Wer waren die Leute?« fragte Sorren.

»Wer?«

»Die Gesetzlosen.«

Kedéra runzelte die Stirn. »Gesetzlose — sind eben Gesetzlose. In ihren Dörfern jagt man sie fort. Manche sind Diebe. Sie leben auf der Steppe in den kleinen runden Steinhütten, die die Torfstecher sich gebaut haben. Sie überfallen die Dörfer und stehlen dort Schafe. Aber sie haben noch nie zuvor eine Burg angegriffen.«

Sorren erinnerte sich an die leichenfahlen Gesichter der Räuber. »Sie müssen elend Hunger haben«, sagte sie. Es tat ihr weh, daß Menschen so leben mußten. »Sie sollten in die Städte gehen und sich Arbeit suchen.«

Merith sagte: »Das Leben in Tezera ist auch nicht leicht, wenn man an die Steppe gewöhnt ist.« Sie streichelte Ryke übers Haar, bis dieser ärgerlich den Kopf fortzog.

»Und was werden sie jetzt tun?« fragte Sorren, aber sie rechnete nicht mit einer Antwort.

Sark sagte: »Sich ein Schaf stehlen.« Er lag schwer über dem Tisch, und Sorren fragte sich, ob er krank sei.

Merith sprach scharf: »Sark, bist du müde?«

»Nee.« Aber er ließ den Kopf hängen.

Kedéra trat zu ihm. »Aber sicher bist du müde«, sagte sie. »Warum gehst du nicht, hockst dich auf einen Schemel in der Küche und ruhst dich aus?« Sie drängte den alten Mann, von der Bank aufzustehen, und schob ihn in die Küche. Sie kehrte mit einem Tablett mit Trinkbechern und einer Weinkaraffe zurück. »Meg sorgt schon dafür, daß er sich ausruht«, sagte sie.

Juli servierte das Essen. »Du hättest sie alle erschießen müssen«, murrte sie mordlüstern. »Diebe und Übeltäter, das isses, was die sind.«

Kedéra sagte: »Nein, sie frieren nur und haben Hunger.«

»Dann sollten sie sich 'ne Arbeit suchen.«

Merith sagte: »Es gibt keine Arbeit.« Sie blickte ihre Tochter an. »Und es wird auch so bald keine geben, es sei denn, es ändert sich etwas.«

Kedéra richtete sich steif auf. »Ich will jetzt nicht darüber reden«, sagte sie.

Merith sagte: »Wir müssen es aber!« Zwei rote Flecken glühten auf ihren Wangen, als hätte sie Fieber. »Kedi ...« — ihre Stimme nahm einen flehenden Klang an — »diese Menschen sind in unsere Obhut gegeben. Sogar die Gesetzlosen. Wir müssen einen Weg finden, wie wir ihnen helfen können, wie wir diese Armut erträglicher machen können, die sie zu Dieben macht.«

Kedéra schüttelte den Kopf. Um die gespannte Atmosphäre zu durchbrechen, griff Sorren nach der Weinkaraffe und füllte sämtliche Becher reihum. Es war Nordlandwein, wie Arré ihn bei der Ratssitzung hatte servieren lassen. Sie fragte sich, ob Arré wußte, daß der Wein aus Tornor stammte. Sie wünschte sich, Arré möge hier sein. Sie würde wissen, was man für Tornor tun konnte. Arré glaubte nicht an unüberwindliche Schwierigkeiten. Und wo es keine auf der Hand liegende Lösungen gab, da würde sie einfach welche erfinden.

Sie trank langsam von ihrem Wein und dachte an Arré. Weich wie eine Musik drängte sich ein Gedanke in ihren Kopf — nein, dachte sie. Das würde — sie würde ... Sie fragte sich, ob sie der Wein bereits betrunken machte.

»Herrin und Lady«, sagte sie, »siehst du keinen anderen Weg, um die Leute von Tornor zu retten, als daß Kedéra Dennis Ryth heiratet?«

Merith sagte: »Ich sehe keinen.« Sie legte den Löffel neben ihre Schüssel. »Kedi ...«

»Ich will und werde Dennis Ryth nicht heiraten«, sagte Kedéra. »Ich bin volljährig, und dies ist meine Entscheidung.«

»Dir liegt also nichts ...«, sprach die Mutter mit lauter werdender Stimme, »an mir, an deinem Bruder, an deinem Erbe? Was wirst du tun? Davonlaufen in den Westen wie ein Kind, das nach Spatzen jagt, mit einer Handvoll Steinsalz, während Tornor in Trümmer fällt und verdirbt?«

Zu Kedéras Füßen hob Lauf den Kopf und knurrte. Kedéra biß sich auf die Lippe. »Husch, Lauf!« sagte sie. Sie drehte den Weinbecher in der Hand. »Doch, mir liegt daran«, sagte sie. »Aber ich will Dennis Ryth nicht heiraten, und ich bin kein Kind.«

Sorren starrte auf die Muster an den Hallenwänden. Die Wandbehänge schienen ihr zuzublinzeln, als wären sie und Sorren Komplizen bei einer Sache. »Andere teilen die Erbschaft Tornors«, sagte sie.

Merith sprach: »Ich sagte dir schon, daß es den anderen Grenzfesten ähnlich geht wie uns.«

»Ich meine nicht die anderen Festen«, sagte Sorren. Sie stützte die Ellbogen auf den Tisch. »Ich spreche von dem Haus Med im Süden. Es war dieses Haus, das Tornor Keep erbaut hat. Ich weiß, die Verbindung ist seit langem abgerissen. Doch Arré Med, wenn sie von eurer Lage wüßte, sie würde euch helfen wollen.«

Merith sagte zornig: »Ich werde nicht um Almosen aus dem Süden betteln!«

»Es wäre kein Almosen«, sagte Sorren. »Ich kenne Arré Med. Sie sorgt sich in tiefstem Herzen um ihr Stammhaus, und sie hat gerade einen Bruder verloren. Der Rat hat ihn zum Gesetzlosen erklärt. Nur Unkenntnis trennt Arré Med von euch. In Kendra-im-Delta glaubt man, die Burgen seien längst verlassen.«

Ihre Worte hallten von den erbarmungslosen Steinen wider. Sie beobachtete Meriths Gesicht. »Und in Kürze werden sie verlassen sein«, sagte Merith, »wenn wir keine Hilfe erhalten.« Der Zorn war aus ihrer Stimme gewichen, und nur der Schmerz war nun noch zu vernehmen. Sie streckte die Hand nach ihrer Tochter aus. »Ich will nicht, daß du Dennis Ryth gegen deinen Willen heiratest.«

Kedéra glitt von der Bank und ging um den Tisch herum an die Seite ihrer Mutter. Sie nahm sie in die Arme. »Ich bin froh«, flüsterte sie, »denn ich könnte es nicht. Mutter, hör auf das, was Sorren sagt. Sie weiß mehr von der Welt als du oder ich.«

Sorren hätte am liebsten lauthals gelacht. Sie und die Welt kennen — sie, die Tochter einer Weinleserin, sie, das Nordlandmädchen? »Arré Med hat enge Bindungen zu Tarn Ryth«, sagte sie. »Wenn sie dich unterstützen würde, könnte Tarn Ryth keinesfalls beleidigt sein. Er könnte einen Weg finden und seine Soldaten trotzdem nach Tornor schicken, wenn Arré Med damit einverstanden wäre. Denn schließlich kann sie das ja nicht selbst. Es ist zu weit.«

Sie malte sich Paxe im Schnee aus. Paxe würde es hier abscheulich finden, dachte sie.

»Und wie setze ich mich mit Arré in Verbindung?« fragte Merith.

Sorrens Herz begann zu rasen. »Schreib ihr!« sagte sie. »Bring ihr die alten Verbindungen in Erinnerung. Sprich ihr von dem, was ihr nötig habt.«

»Sie wird es ablehnen«, sagte Merith beharrlich. »Warum sollte sie uns helfen, die wir die Schuld nicht zurückzahlen können?«

Sorren sagte: »Wir sind alle Schuldner.« Sie dachte an Paxe, an Kadra, an Isak. »Ich glaube aber, sie wird sich nicht weigern.« Merith runzelte die Stirn. Sie glaubt mir einfach nicht, dachte Sorren. Chea . . . Sie rang nach anderen Worten. Vielleicht sollte sie Merith von dem L'hel berichten. Doch Merith war eben nicht Arré; es würde sie nur verunsichern, wenn sie etwas von dem Ehrgeiz des L'hel erführe. Sorren legte die Hände flach auf den Tisch, als könne sie Meriths Vertrauen aus dem Holz heraufbeschwören, oder aus dem Stein, oder aus der stummen Mutter Erde.

Die Berührung mit dem Holz des Tisches ließ ihre Erinnerung zurückspulen zu einem anderen Tisch in einem anderen stillen Raum. Sie erhob sich. »Ich bin gleich zurück.« Sie trat auf den Hof hinaus. Was hatte Tukath zu ihr gesagt? *Gib deine Karten für deine eigenen Ziele auf* . . . Sie schritt durch den wirbelnden Schnee zur Tür des Kemenatenbaus und stieg die Stufen zu Kedéras Zimmer hinauf. Sie grub das Kästchen mit den Karten aus ihrem Reisepack. Sie schloß die Augen, wartete, daß die Welt verschwämme, daß die teppichbehangenen Wände vergingen . . . Doch es geschah nichts. Die Karten blieben stumm. Dies war Heimat für die Karten, diese Mauern, dieses Schweigen. Hier brauchten sie nicht zu sprechen . . .

Sie trug die Karten in den Saal hinüber. Merith und Kedéra saßen nebeneinander, die Hände verschlungen. Sie reichte ihnen das Kästchen hin. »Hier!«

»Was willst du damit? Was soll ich damit tun?«

»Was du magst«, sagte Sorren. »Sie sind mir hier zu nichts nütze. Verkaufe sie, wenn du das wünschest. Marti Hok aus dem Hause Hok in Kendra-im-Delta würde sie dir sicher abkaufen. Oder verkaufe sie an Tarn Ryth.« Sie setzte das Kästchen auf den Tisch. Merith machte ihre Hand frei und nahm es auf. Kedéra warf Sorren einen Blick zu, eine Frage in den Augen, und Sorren schüttelte den Kopf und hoffte nur, daß Kedéra stillbleiben möge, nichts fragen, nichts verlangen möge.

Merith runzelte die Stirn. Dann wurde ihr Gesicht weich. Sacht hielt sie Sorren das Kästchen wieder hin. »Nein! Ich werde dies nicht annehmen. Ich weiß es zu schätzen, daß du sie mir geben willst. Aber sie sind ein Teil des Erbes von Tornor, und sie sind nicht mit dir über die ganze Welt gereist, um dann verkauft zu werden. Du hast gesagt, sie haben dir Visionen geschenkt.«

»Sie tun es nicht mehr«, sagte Sorren.

»Aber getan haben sie es. Vielleicht werden sie es wieder tun. Visionen sind etwas zu Außergewöhnliches, als daß man sie verkaufen dürfte. Ich würde eher ...« — sie wandte den Kopf von einer Seite zur anderen und schaute auf die Wände — »die Goldfäden aus den Wandteppichen zerren und die verkaufen. Und das werden wir möglicherweise sowieso tun müssen, wenn der Winter vorbei ist und die Händler wiederkehren.«

Kedéra sagte: »Mutter, schreib doch an Arré Med.«

Merith seufzte. Sie fuhr ihrer Tochter mit dem Fingerknöchel über die Wange. »Dickschädel. Die Menschen aus unserm Geschlecht waren schon immer Dickschädel.« Dann blickte sie Sorren an. »Da du ja eine Botin bist — Meg hat gesagt, du bist eine Nordländerin, und sie hat recht behalten. Wenn ich den Brief schreibe, wirst *du* ihn dann Arré Med bringen?«

Kedéra blieb der Mund offenstehen. »Aber ...« Ihre Augen verfingen sich in Sorrens Augen. Ich hab' geglaubt, du willst mit mir in den Westen ziehen, sagten die Augen.

Sorrens Herz verkrampfte sich ihr in der Brust. Sie wollte nicht. Was würde sein, wenn sie Paxe träfe? Was könnten sie einander sagen? Der Geruch des Meeres stieg geisterhaft in ihrem Hirn auf. Feucht und salzig — das Meer rief nach ihr. »Ich werde den Brief überbringen, wenn du ihn schreibst«, sagte sie. »Aber nur, wenn du keinen anderen Boten finden kannst.«

»Das erscheint mir als angemessen«, sagte Merith. Sie schob ihren Teller von sich und stand auf. »Ich muß heut nachmittag noch weiterweben. Kedéra, hilfst du mir?«

Kedéra sagte: »Ja. Gleich. Nachher.«

Merith sagte: »Ich bin in der Vorratskammer und wickle Wolle.« Sie ging hinaus. Juli kam aus der Küche, um den Tisch abzuräumen. Sie pfiff vor sich hin. Sorren kannte das Lied; es war jenes Lied, das Arré nicht ertragen konnte. *Ich bin ein Fremdling in einem fremden Land* ... Es zwang ihre Gedanken zu Isak zurück. Und zu Kadra. Vielleicht hatte es eine tiefere Bedeutung, daß

Kadra ihr den Botschaftermantel hinterlassen hatte? Vielleicht war sie dazu verdammt umherzuwandern, für andere die Fahrten zu erledigen, die Botschaften anderer zu tragen.

Kedéra berührte sie am Arm. »Sorren?«

Sie raffte sich auf. »Ich bin hier.« Ihr Kopf fühlte sich bleiern an. »Geh mit mir herum«, bat sie. Kedéra nickte. Sie gingen langsam zum Eingang des Saales. Lauf erwachte, winselte und sprang an Kedéras Seite. Sie streichelte ihm die Ohren.

»Braver Hund«, sagte sie zärtlich. »Gesetzlose verscheuchender Hund.«

Der Schnee fiel noch immer, doch nun dünner, durch das graue Nachmittagslicht. Sorren umklammerte ihr Kästchen mit einer Hand. »Ich will nicht wieder in den Süden«, flüsterte sie der Burg zu.

Das Gemäuer gab ihr keine Antwort. Vielleicht hatte es ihre Anwesenheit nie richtig bemerkt, ihre Visitationen nicht zur Kenntnis genommen. Für diese Mauern bedeutete sie weniger als der Fluß. Wenn das Tauwetter einsetzte, zog der Fluß nach Süden. Sie erinnerte sich an die Gesichter der Gesetzlosen. Verzweiflung hatte sie angetrieben, nicht Schlechtigkeit. Die ihnen vertraute Ordnung hatte sie im Stich gelassen. Nein, sie vermochte diese Menschen nicht zu hassen. Sie fragte sich, ob sie zurückkommen würden, und wenn ja, wann? Vielleicht konnte man das Burgtor reparieren.

Sie fühlte sich in zwei Stücke gerissen, hin- und hergezerrt, wie sie es in Kendra-im-Delta niemals erfahren hatte. Sie wollte auf Tornor bleiben, und — sie mußte über sich selber lächeln — sie wollte mit Kedéra gehen, wohin immer sie gehen mochte.

Kedéra sagte leise: »Sorren?«

»Hier bin ich.«

»Ich bringe dir das Reiten bei, wenn du mir das Bogenschießen beibringst.«

Sorren schaute sie an. Der Schnee lag glitzernd auf ihrem Haar. Ich habe unrecht gehabt, dachte Sorren. Sie sieht wie niemand sonst aus. Sie ist ganz sie selbst, einzigartig. »Und wenn ich in den Süden fahren muß?« fragte sie.

Kedéra sagte: »Dann werde ich mit dir gehen.«

Sie hätte über einen Ausritt ins Dorf sprechen können, so selbstverständlich klang es. »Du hast keine Ahnung, wovon du sprichst!« sagte Sorren und mußte blinzeln. Sie hörte sich genauso an wie Kadra. Wie kindisch mußte sie doch Kadra vorgekommen sein, mit all ihren Plänen und Absichten und Gewißheiten. Es gibt keine Gewißheit, dachte sie. Nur das Vergangene ist sicher. Und das Vergangene ist tot.

Kedéra beobachtete sie mit einem wilden Blick. Er ließ ihr die Haut brennen. Sie streckte die freie Hand vor und strich mit ihr den schmelzenden Schnee aus Kedéras Haar. Das Haar war seidenweich, daunenweich, weich wie das Licht der Sonne, so zart wie Spinnweb oder Wolfsmilchsamen.

Kedéra drehte den Kopf ganz rasch, und ihre Lippens treiften dabei Sorrens Hand. »Du siehst unglücklich aus«, sagte sie. »Ich will nicht, daß du unglücklich bist.«

Ein tiefes Knurren störte sie. Sie schauten hinunter. Lauf starrte steifbeinig zu ihnen herauf.

Kedéra lachte. »Er ist eifersüchtig!«

Und er hat Grund, dachte Sorren. Sie fragte sich, wie weit entfernt die Westlichen Berge wirklich liegen mochten, und ob in irgendeinem gottverlassenen Tal dort noch *Chearis* tanzten. Oder lag auch das schon in der Vergangenheit? »Du bringst ihm aber besser bei, er soll mich nicht anknurren«, sagte sie.

Kedéra packte Lauf am Halsband. »Lauf, hör mir zu! Das da ist Sorren. Sie ist meine Freundin, du dummer Hund, und ich werde nicht dulden, daß du sie anknurrst. Sie geht nicht fort. Sie gehört hierher, und du gewöhnst dich besser bald daran!« Ihre Stimme hob sich singend, hallte von den Steinen wider. »Ihr Name ist Sorren. Kannst du dir das merken? Sorren. Sorren.«

ANHANG

I. ZUR AUSSPRACHE

Die meisten Eigennamen und zweisilbigen Wörter haben die Hauptbetonung auf der ersten Silbe: Árun, Sórren, *níji*, Ausnahmen — wie Arré und Korré — sind mit Akzent versehen. Dreisilbige Hauptwörter — *shariza, chelito* — sind auf der mittleren Silbe betont. Dreisilbige Eigennamen — Tázia, Méredith, Ismenin — sollten auf der ersten Silbe betont werden; dabei gibt es allerdings einige Ausnahmen, so etwa: Tezéra, Arúna, bei denen der Hauptakzent auf der mittleren Silbe liegt. Längere Namen (Berénzia, Terézia) sind mit Akzent versehen.

Der Plural wird gewöhnlich durch ein an das Wort angehängtes »s« gebildet, wie in *seji, sejis; cheari, chearis;* gelegentlich durch angefügtes »as«, wie in Jalar, Jalaras. Wenn ein Wort mit »se« oder »as« endet, wie in *doisse, chearas,* dann wird die gleiche Wortbildung in Singular und Plural verwendet.

Der Sprachklang ähnelt dem des Englischen sehr stark. Man spricht also »a« wie in *father,* außer ein Wort beginnt mit diesem Buchstaben als erster Silbe (Arun, Alis), dann wird es wie das »a« in *act, fact* ausgesprochen. »E« wird wie in *set, bzw. fett, nett* ausgesprochen, außer es bildet die erste Silbe eines Wortes, wie etwa in Elath, wo es ungefähr wie *equal* bzw. *Biene* ausgesprochen wird. »I« wird etwa wie englisch *big* bzw. *viel* ausgesprochen; »o« ist ein ou-Laut wie in *over.* »U« klingt wie das englische »u« in *run, fun* bzw. *Mann.* »Y« klingt wie das »i« in *if* bzw. *Pfiff* (Lyrith), außer in den Fällen mit stummem Endungs-e, wie Ryke: hier wird es wie ein Reim auf »feig« ausgesprochen. Der »th«-Laut wird wie im Englischen *path, truth* stimmlos ausgesprochen (Sereth, Thule).

Eine der hervorstechenden Ausnahmen zu obigen Regeln bildet das Wort *chearas,* das auf seiner ersten, nicht der zweiten Silbe betont wird, also: *chéaras. Cheári* und *cheáris* dagegen sind wie üblich betont.

II. DIE SCHICKSALSKARTEN SORRENS

0 DER TÄNZER: ist die Karte ohne Wert. *Beschreibung:* Ein junger Mann, der nur einen Lendenschurz trägt. Der linke Fuß ist vom Boden abgehoben. Sein Haar ist golden und sehr lang. Die Augen sind grau. Er ist bartlos. Der Himmel hinter seinem Kopf ist dunkelblau. Eine Mondsichel ist im Aufsteigen. Der Ausdruck des Tänzers ist freudig und entrückt.

1 DER WEBER: ist eine Frau in einem grünen Kleid. Sie sitzt an einem Webstuhl. Ihr Haar ist dunkel, lang und nicht zu Zöpfen geflochten; es hängt ihr über den Rücken. Sie wird von einem Fenster eingerahmt. Sie hält das Webschiffchen in einer Hand. Das Bild, das sie webt, zeigt einen Baum in Blüte.

2 DER TRÄUMER: eine schlafende Frau. Über ihrer Liege ist ein Fenster. Wir sehen im Fenster zwei leuchtendrote Sterne. Die Frau liegt auf dem Rücken, ihre Hände sind über der Decke gefaltet. Ihr Haar ist lang und golden.

3 DIE HERRIN: eine goldenhaarige Frau, die im Freien steht. Es ist Tag. In der Ferne sehen wir Felder, eine Scheune, einen Obstgarten. Die Frau trägt ein Blumenbündel im Arm. An ihrer Seite steht ein schmaler weißer Windhund. Sie lächelt.

4 DER HERR: ein Mann mit strengem Gesicht, der auf einem hochlehnigen Holzstuhl sitzt. Er trägt Rot und Silber. Seine Augen sind blau. Sein Haar ist goldblond. An der rechten Hand trägt er einen Rubinring. Vor seinen Stiefeln liegt ein schwarzer Wolfshund.

5 DER GELEHRTE: ein Mann in Talar mit schwarzer Kapuze. Die Robe ist mit Silberbiesen verziert. Er steht an einem Tisch; eine Hand ruht auf einem Stapel von Pergamentrollen. Das Gesicht liegt größtenteils im Schatten seiner Kapuze.

6 DIE LIEBENDEN: Über eine Wand hinweg halten sich ein Mann und eine Frau an den Händen. Die Mauer ist von Efeu und blauen Blumen überwuchert.

7 DER BOGENSCHÜTZE: eine Frau, die nur einen Lendenschurz trägt. Hinter ihr sieht man den zunehmenden Mond. Sie steht im Profil und spannt einen Bogen. Das Haar fliegt hinter ihr her. Es ist golden.

8 DER BOTE: eine Gestalt in Kapuze und Umhang, in Grün, die auf einem Schecken durch den Schnee reitet. Man kann nicht

erkennen, ob die Gestalt Mann oder Frau ist. Der Himmel ist klar und dunkelblau.

9 DER REITER: ein Mann, der auf einem schwarzen Pferd durch die Steppe reitet. Sein Haar ist golden und fliegt hinter ihm her wie die Mähne seines Pferdes. Das Steppengras ist fahlgrün. Das Pferd trägt weder Sattel noch Zaumzeug.

10 DER STERNSEHER: eine Frau, die auf einem Balkon steht. Sie blickt zu den Sternen auf. Ihr Haar ist dunkel, die Augen sind grau. Sie trägt ein blaues Gewand. Im Vordergrund ein Tisch, auf dem man die zwei sich aufrollenden Kanten einer Schriftrolle ahnen kann. Das Gesicht der Frau ist finster und ohne Lächeln.

11 DER ZAUBERER: ein junger Mann in roter und orangefarbener Kleidung. Er steht auf einem Bein. Er lächelt. Er jongliert mit einer Reihe grellfarbener Bälle. Um den Hals trägt er eine blaue Krause.

12 DER WOLF: zeigt Kopf und Schultern eines Grauwolfs. Die Lefzen sind zurückgezogen, er ist in Angriffshaltung. Die Fänge sind lang und gelb. Die Augen wirken rot.

13 DER ADLER: die Karte zeigt einen Adler, der über einem Abgrund schwebt. Die Greiffänge sind gestreckt, wie um eine Beute zu packen. Die Spitzen des Gefieders schimmern weiß. Der Himmel dahinter ist dunkelblau. Die Felsen sind vom roten Licht des Sonnenuntergangs überzogen.

14 DER PHÖNIX: zeigt den Vogel Phönix aufrecht und unverletzt inmitten der Flammen. Man sieht den Vogel im Profil. Die Schwingen und das ganze Federkleid schimmern in allen Regenbogenfarben.

15 DER SPIEGEL: zeigt eine Landschaft mit einem Haus und Bäumen und einen See, in dem sich all dies so genau spiegelt, daß man nicht unterscheiden kann, was Wirklichkeit und was Spiegelung ist. Auf dieser Karte erscheinen keine menschlichen Gestalten.

16 DER TURM: zeigt einen hohen steinernen Turm, der gerade auseinanderbricht. Er wurde vom Blitz getroffen. Tief unterhalb sieht man Menschen und Pferde, die fliehen.

17 DAS RAD: ist ein großer Kreis mit acht Speichen. Zwischen den Speichen befinden sich Menschen. Sie sind alle verschieden; manche sind Männer, manche Frauen. Es sind alle Altersgruppen vertreten, vom Säugling bis zur alten Vettel.

Alle pressen sich gegen die Radspeichen, als wollten sie dem ihnen zugewiesenen Raum entrinnen.

18 DER DÄMON: ist eine monströse halbmenschliche Gestalt. Er ist schuppig und trägt Hörner. Er ist nackt. Sein Leib ist grün. Er hat einen Stachelschwanz. Er bleckt grinsend die langen Fangzähne.

19 DER TOD: ein menschliches Skelett in einem Getreidefeld. Im Schädel sind rote Augen. Der Himmel ist fahl wie in der Dämmerung.

20 DER MOND: zeigt einen Vollmond, der über dem Wasser aufgeht. Am Ufer steht eine Frau. Sie hebt beide Hände dem steigenden Mond entgegen. Sie wendet uns den Rücken zu. Ihr Haar ist lang und hell. Zu ihren Füßen sitzt eine schwarze Katze.

21 DIE SONNE: ein Kreis von Menschen mit verschränkten Händen. Ihre Zahl kann verschieden sein: manchmal sind es sechs, gelegentlich mehr, aber es sind stets mindestens drei Männer und drei Frauen, das Geschlecht der männlichen und weiblichen Kinder mitgerechnet. Hinter ihnen sehen wir eine Scheune, eine Mühle, eine Herde Ziegen. Helles Sonnenlicht strahlt über die Landschaft. Die Frauen haben Blumen in ihr Haar geflochten.

III. ZEITRECHNUNG IM LANDE ARUN

Jahr

1: Gründung von Kendra-im-Delta.

32: Gründung Shanans.

56: Gründung Tezeras.

60: Erster großer Überfall der Streitkräfte Anhards auf das Gebiet Aruns.

77: Erbauung der Grenzfeste Cloud Keep.

82: Terenth Med unternimmt den Versuch, seiner Schwester Berénzia in Kendra-im-Delta die Herrschaft zu entreißen. Er wird in den Norden verbannt.

84: Beginn der Bauarbeiten auf Tornor Keep.

85: Tornor Keep fertiggestellt; Terenth Med wird zum Ersten Lord von Tornor Keep gewählt.

121—123: Erbauung der Feste Pel Keep.
140—142: Erbauung der Feste Zilia Keep.
166: Auftürmung des Bergfrieds auf Tornor Keep.
245: Col von Iste wird geboren.
247: Raven Batto wird in Kendra-im-Delta geboren.
Kerwin, 11. Lord von Tornor, stirbt.
Morven wird zum 12. Lord von Tornor Keep proklamiert.
263: Ryke von Tornor wird geboren.
266: Norres aus Tornor-Dorf wird geboren.
Morven stirbt. Athor wird 13. Lord von Tornor.
267: Errel, Athors Sohn, wird geboren.
Sorren, Athors Tochter, wird geboren.
280: Raven Batto tötet Ewain Med in Kendra-im-Delta. Er wird verbannt.
281: Gründung Vanimas.
Besiegelung der Waffenruhe und des Friedens zwischen Anhard und Arun.
290: Col Istor fällt im Norden ein.
Athor stirbt.
DIE ZWINGFESTE
322: Tod der Sorren, Lady von Tornor.
376: Gründung des »Rates der Häuser« in Kendra-im-Delta (Nach neuer Zählung: Das Jahr des Rates 1).
380: Vermählung Kerwins von Tornor mit Alis von Elath.
383: Kel von Elath wird geboren.
390: Morven wird zum 19. Lord von Tornor proklamiert.
393: Kerris von Elath wird geboren.
396: Alis von Elath stirbt. Kerris wird bei einem Asech-Überfall verstümmelt.
398: Kel zieht nach Vanima.
400: Erster Überfall der Asech auf Elath.
404: Zweiter Überfall der Asech auf Elath.
405: Kel wird von Jayin zum Cheari ernannt.
406: Kerris tritt zum erstenmal telepathisch mit Kel in Verbindung.
410: DIE TÄNZER VON ARUN
425: Gründung des Weißen Clans.
435: Errichtung des Tanjo in Kendra-im-Delta.
437: Waffenstillstand mit den Asech-Stämmen wird von den Hexern in die Wege geleitet.

442: Gründung Shirasais.
459: Marti Hok wird geboren.
464: Scharfe Waffen werden in Kendra-im-Delta mit einem Bann belegt.
465: Die Hexer unterstützen den Bann.
468: Der Bann wird auf Shanan und Tezera ausgedehnt.
472: Die Häuser Sul und Minto werden in die Ratsversammlung in Kendra-im-Delta mit Sitz und Stimme aufgenommen.
478: Arré Med wird geboren.
485: Paxe-no-Tamaris wird geboren.
489: Isak Med wird geboren.
501: Paxe gebiert eine Tochter.
503: Paxe gebiert ihre zweite Tochter.
504: Die Pest in Kendra-im-Delta. Paxes Töchter sterben. Paxe zieht nach Tors Rest.
505: Die Pest wütet weiter. Shana Med stirbt. Arré Med wird Oberhaupt des Hauses Med und Ratsmitglied.
506: Paxe kehrt zurück.
508: Ricard wird geboren.
509—511: Arré und Paxe sind ein Liebespaar.
512: Isak Med wird die *shariza* verliehen. Paxe wird zur Meisterin des Waffenhofes ernannt.
513: Isak Med heiratet Myra-no-Ivrénia.
514: Kadra-no-Ilézia wird bei einem Sturz ein Krüppel.
515: Arré bringt Sorren nach Kendra-im-Delta.
520: Paxe und Sorren werden ein Liebespaar.
522: DIE FRAU AUS DEM NORDEN

Die Wahl des Jahres 1 ist willkürlich; es ergab sich in Arun keine derartige Chronologie und Datierung. Im Norden fixierte man Ereignisse zeitlich durch das Jahr der Herrschaft des örtlichen Herrn; im Süden variierten die Zeitbezeichnungen von Dorf zu Dorf und von Stadt zu Stadt. Die Gelehrten des Schwarzen Clans verwendeten für ihre historiographischen Arbeiten ein besonderes Datierungssystem, das jedoch für den Alltag kaum Verwendung finden konnte, da der Schwarze Clan derlei für geheim erachtete und eifersüchtig über seinen Aufzeichnungen wachte.

Eine allgemeine Zeitrechnung begann in Kendra-im-Delta mit der Bildung des Rates der Häuser. Shanan, Tezera und Shirasai übernahmen später das dortige System. Im Galbareth und in den Bergdörfern lieferten das Wetter, örtliche Ereignisse und die Üppigkeit oder Kargheit der jeweiligen Ernten Unterscheidungsmerkmale für die einzelnen Jahre.

Die Menschen, die aus Anhard hereinkamen, um Handel zu treiben oder sich niederzulassen, übernahmen die Bräuche Aruns, solange sie sich in seinen Grenzen aufhielten. Die Stämme der Asech verweigerten dies, doch da sie keine schriftlichen Überlieferungen anfertigten (und die mündliche Geschichtserzählung vorzogen, die sie in Form reich ausgeschmückter Geschichten von Mund zu Mund weitergaben) kann ihre Datierungsmethode als für diese Erzählung bedeutungslos betrachtet werden.

HEYNE SCIENCE FICTION MAGAZIN

Das erste deutsche Science Fiction Magazin im Taschenbuch bringt Erzählungen und Kurzgeschichten der bedeutendsten SF-Autoren aus aller Welt, Interviews, Informationen über die Science Fiction Szene im In- und Ausland, Autorenporträts, Buchbesprechungen, Berichte über aufsehenerregende wissenschaftliche und technische Unternehmungen und spekulative Beiträge über Phänomene in den Grenzgebieten der Wissenschaft.

06/3848 - DM 7,80

06/3869 - DM 7,80

06/3888 - DM 7,80

06/3908 - DM 7,80

06/3925 - DM 7,80

HEYNE BÜCHER

Wilhelm Heyne Verlag München